RETOUR DE L'ENFER

DU MÊME AUTEUR
CHEZ POCKET

Le déshonneur d'Ann Campbell

NELSON DEMILLE

RETOUR DE L'ENFER

Roman

ROBERT LAFFONT

Titre original :
SPENCERVILLE

Traduit de l'américain par Nathalie Gouyé-Guilbert

ISBN 2-266-06628-5

En mémoire de mon père, affectueusement.

Ceci est une œuvre de pure fiction et, bien qu'il existe, dans l'Ohio, une ville du nom de Spencerville, elle est en tout point différente, par l'aspect et la situation, de celle que je décris, et il n'existe aucune ressemblance entre sa population ou ses habitants et les personnages de ce livre.

N.D.

« Jamais nous ne cesserons d'explorer,
Et notre exploration, à la fin des fins,
Nous ramènera au lieu de notre départ
Que nous découvrirons d'un nouveau regard. »

T.S. Eliot, « Little Gidding ».

1

Keith Landry rentrait chez lui après vingt-cinq ans de bons et loyaux services. Au volant de sa Saab 900, il quitta Pennsylvania Avenue pour s'engager dans Constitution, cap à l'ouest, et suivre le Mall en direction de la Virginie. Il franchit le Potomac au pont Theodore Roosevelt, adressa un signe d'adieu au Lincoln Memorial qui s'encadrait dans son rétroviseur et s'élança sur la Route 66 en laissant Washington derrière lui.

Ohio, 20 heures, mi-août, au tomber du jour. Keith Landry constate que le soleil flotte encore au-dessus de l'horizon. Il avait presque oublié la générosité de la lumière à cette heure dans cette région. Il redécouvrait l'immensité de son pays.

La navigation sur la route plane et droite n'exigeant aucune attention particulière, il laissa son esprit vaquer à des considérations qu'il avait jusqu'alors écartées : la guerre froide était finie. C'était une bonne nouvelle. Ses combattants avaient reçu leur feuille de démobilisation. C'était, en tout cas pour lui, Landry Keith, la mauvaise nouvelle.

Dieu avait eu pitié. Dans son infinie miséricorde, il avait aboli la menace nucléaire qui pesait sur le monde depuis près d'un demi-siècle. Alléluia. Nous sommes sauvés.

Je convertirai volontiers mon sabre en soc de charrue ou en sécateur, songea-t-il, et *mon pistolet en presse-papiers*. Volontiers ? Peut-être pas. Mais avait-il le choix ?

La guerre froide avait été une industrie prospère. Sa fin condamnait au recyclage tous ceux qui en étaient devenus les spécialistes, les techniciens, les cadres. D'un point de vue intellectuel, Landry reconnaissait qu'il n'était rien arrivé de mieux à l'humanité depuis que l'imprimerie de Gutenberg avait mis les moines copistes au chômage. Mais, d'un point de vue personnel, il admettait mal qu'un gouvernement qui lui avait pris vingt-cinq années de sa vie n'eût pas jugé la paix assez rentable pour l'employer encore cinq ans et lui assurer une retraite pleine et entière.

Bon. Mille kilomètres et deux journées le séparaient désormais de Washington. Ce jour était le troisième de sa seconde vie. Ils n'avaient jamais travaillé pour le gouvernement, ceux qui prétendaient que l'existence des Américains s'écoulait comme un long fleuve tranquille.

Il se mit à fredonner « Je reviens au pays ». Mais, après quelques mesures, sa voix lui parut éraillée et il alluma la radio. Il tomba sur une station locale qui lui servit un reportage en direct de la foire régionale, puis le calendrier de la vie associative du lieu. On lui rappela le programme des activités paroissiales, l'assemblée communautaire qui devait se tenir à 16 heures, le prochain pique-nique de l'amicale féminine, et autres manifestations d'une importance tout aussi capitale, avant de lui assener l'exposé détaillé des cours du bétail et des céréales, suivi de quelques tuyaux précieux sur les bons coins de pêche et, enfin, un bulletin météorologique d'une précision méticuleuse. De violentes tornades sévissaient dans le sud de l'Indiana. Il éteignit la radio. Il avait l'impression d'avoir entendu les mêmes informations un quart de siècle plus tôt.

Entre-temps, il avait connu quelques péripéties, souvent dangereuses. Grâce à Dieu, il était là, sain et sauf, et bien vivant, mais pendant vingt-cinq ans il avait vécu avec la sensation d'avoir un pied dans la tombe et l'autre posé sur une peau de banane. Il sourit. « Je reviens, je reviens, je reviens au pays. »

Il éprouvait — pourquoi le nier? — des sentiments contradictoires, qu'il lui faudrait d'ailleurs approfondir. Deux semaines plus tôt, il échangeait des menaces avec le ministre de la Défense à Belgrade et voilà qu'il se retrouvait en plein cœur de l'Ohio, en train d'écouter une voix nasillarde l'entretenir des prix du porc sur le marché. Sauf, il l'était. Sain, pas encore.

Landry se cala sur son siège et se concentra sur sa conduite. Il aimait l'impression de liberté qu'offrait la grand-route et la Saab était très agréable à piloter. La ligne insolite de la voiture lui attirait des regards étonnés quand il traversait les petites bourgades et les hameaux, et il se dit que, s'il s'installait à Spencerville, il devrait sans doute la troquer, contre des clopinettes dans le meilleur des cas.

Les champs de maïs rejoignaient le ciel à l'horizon. Quelques fermiers avaient planté du soja, du blé ou de la luzerne ici et là. Mais le maïs dominait : maïs à bétail et maïs de table. Huile de maïs, fécule de maïs, épis de maïs, pétales de maïs, du maïs, du maïs, du maïs, pour engraisser une nation déjà obèse. Landry avait traversé trop de pays en proie à la famine. Tant d'abondance lui faisait irrésistiblement penser à l'obésité.

La récolte serait bonne. N'étant ni agriculteur ni industriel de l'agro-alimentaire, il n'avait aucun intérêt financier à retirer de cette constatation. Mais les dix-huit premières années de sa vie avaient été bercées par les discussions sur l'état des cultures et il les remarquait partout où il passait, en Russie, en Chine, en Somalie et, la boucle bouclée, dans l'Ohio.

Landry aperçut la pancarte annonçant Spencerville, rétrograda et aborda le virage sans freiner, incitant la Ford Taurus qui le suivait à l'imiter, avec beaucoup moins de maestria.

Un château d'eau et plusieurs silos se dressaient devant lui à l'horizon. En continuant d'avancer, il reconnut la tour de l'horloge du palais de justice du comté de Spencer, sorte d'entassement gothico-victorien de meulières et de briques, bâti dans l'euphorie du début du siècle. C'était, à l'époque de sa construction, une extravagance, et elle ne laissait toujours pas d'étonner, faisant songer que le comté avait été en son temps assez prospère et peuplé pour s'offrir un tel palace.

À mesure qu'il approchait, il voyait se profiler, presque au complet, les clochers des dix églises de la ville, découpés en ombres chinoises sur le soleil couchant.

Il évita l'agglomération en empruntant un chemin vicinal. « Véhicules agricoles fréquents », signalait un panneau. Il leva le pied de l'accélérateur. Un quart d'heure plus tard, il discernait la grange ocre de la ferme Landry.

C'était la première fois qu'il rentrait chez lui par la route. D'ordinaire, il prenait l'avion jusqu'à Toledo ou Columbus et y louait une voiture. Le voyage depuis le district de Columbia s'était déroulé sans incident mais n'avait pas manqué d'intérêt. Outre la beauté du paysage, Keith avait en effet d'autres sujets de curiosité. Ainsi, il ne savait toujours pas pourquoi il retournait vivre à Spencerville après une si longue absence. Nouvelles aussi étaient l'oisiveté indolente qu'il inaugurait, l'absence de rendez-vous urgents sur son agenda, l'incongruité des fils qui pendaient là où siégeait auparavant son téléphone cellulaire, la certitude inhabituelle d'être hors de portée de tous ceux qui tenaient jusqu'alors à vérifier jour après jour s'il était mort ou vif, otage ou prisonnier, en fuite ou en vacances. Une disposition de la loi sur la Sécurité nationale lui accordait trente jours pour leur communiquer une adresse où expédier son courrier. En fait, ils auraient souhaité la connaître avant son départ de Washington. Mais Landry avait commencé à exercer ses droits de simple citoyen en leur répondant sèchement qu'il ne savait pas où il allait. Il partait, mais ne se laissait pas oublier. On le mettait à la retraite forcée, mais il continuait de retenir l'attention de ses supérieurs.

Il longea une rangée de boîtes aux lettres fichées sur des piquets. Celle qui portait son nom avait son petit drapeau baissé. Il l'était depuis cinq ans.

Il s'engagea dans l'allée de gravier envahie de mauvaises herbes.

La maison d'habitation consistait en une bâtisse victorienne de lattes blanches, classique, ceinte d'une véranda à l'ornementation tarabiscotée. Elle avait été édifiée en 1889 par son arrière-grand-père. Deux autres constructions l'avaient précédée sur cet emplacement. La première était une cabane de rondins, élevée par ses ancêtres lorsqu'ils étaient venus assécher et assainir les marais du Great Black Swamp vers 1820. La deuxième était sortie de terre à l'époque de la guerre de Sécession. Il en avait vu une photo, qui montrait un simple cube coiffé d'un toit de bardeaux, sans véranda ni fioritures. La sagesse locale prétendait que, plus la maison était coquette, plus le mari filait doux devant sa femme. Apparemment, arrière-grand-papa Cyrus était mené par le bout du nez.

Landry gara sa voiture devant le perron et sortit. Le soleil déclinant était encore chaud, mais c'était une chaleur sèche, bien différente du bain turc de Washington.

Il regarda la maison. Il n'y avait personne sur la véranda pour l'accueillir et il en serait toujours ainsi. Ses parents s'étaient retirés en Floride cinq ans plus tôt. Sa sœur Barbara, restée célibataire, était partie faire carrière dans la publicité à Cleveland. Son frère Paul assurait la fonction de vice-président de Coca-Cola à Atlanta. Paul avait été marié à une gentille fille prénommée Carol, qui travaillait chez CNN. Il avait la garde conjointe de ses enfants. Sa vie était régie par les termes de son divorce et par Coca-Cola.

Keith Landry ne s'était jamais marié, en partie à cause de l'expérience de son frère et de la plupart des gens qu'il connaissait, en partie à cause de son métier qui ne se prêtait guère aux joies de la vie familiale.

Et puis, pour être honnête, il n'avait jamais complètement oublié Annie Prentis, qui habitait à seize kilomètres de l'endroit où il se tenait à l'instant présent, devant la porte de la ferme familiale. Seize kilomètres et demi très exactement.

Il referma la portière de la Saab, s'étira et examina le vieux domaine de son enfance. Dans la pénombre du crépuscule, il se revoyait, jeune diplômé, un baluchon à la main, en train d'embrasser sa mère et sa sœur sur le perron et de serrer la main de son petit frère Paul. Son père attendait près de la Ford, comme lui maintenant près de la Saab. Une scène à la Norman Rockwell, sauf que Keith Landry ne partait pas vivre sa vie; il se rendait au palais de justice, d'où un bus s'apprêtait à emmener le contingent mensuel de jeunes recrues du comté au centre d'incorporation de Toledo. Il se rappelait avec précision l'expression inquiète qu'il lisait sur les visages des siens. Il lui revenait aussi le souvenir d'une grande tristesse, à laquelle se mêlaient un appétit d'aventure et une hâte coupable de s'en aller. Il n'avait pas très bien compris sur le moment l'ambivalence de ses sentiments. Maintenant, il en connaissait l'explication. Elle tenait en une phrase puisée dans les couplets d'une vieille chanson : « N'espère pas les retenir à la ferme quand ils auront vu Paris... »

Ils n'avaient pas vu Paris, mais le Viêt-nam. On ne s'était pas contenté de rassembler les appelés sur la place du village pour les passer en revue avant de les renvoyer dans leurs foyers. Ils n'avaient pas non plus défilé fièrement dans la rue principale au lendemain de la victoire. Et cependant, le résultat était le même, au moins pour Landry : il n'était jamais revenu à la ferme. Certes, il y était revenu physiquement, et entier, mais jamais en âme et en esprit, et la ferme n'avait plus jamais été sa maison.

Et voilà. Un quart de siècle après avoir quitté ces murs pour le vaste monde, il se retrouvait au pied de ce perron et les souvenirs de sa famille s'estompaient, lui laissant au cœur une nostalgie inattendue.

Il se dit : « Eh bien, je suis chez moi, même si les autres n'y sont pas. »

Il gravit les marches, trouva la clé dans sa poche et entra.

2

Dans le quartier nord de Spencerville, le plus agréable de la ville, à seize kilomètres et demi très exactement de la ferme Landry, Annie Baxter, née Prentis, débarrassait la table de la cuisine.

Son mari, Cliff Baxter, vida sa canette de Coors, réprima à peine un renvoi, consulta sa montre et annonça :

— Il faut que je retourne travailler.

Annie l'avait deviné, car il ne s'était pas changé avant le dîner pour enfiler son jean et son tee-shirt habituels. Il avait gardé son uniforme brun et glissé sa serviette dans son col pour protéger son plastron des projections de sauce. Annie remarqua les cernes de transpiration qui se déployaient sous ses aisselles et autour de sa taille. Il avait accroché son pistolet et son étui à un piton au mur et laissé sa casquette dans sa voiture de police.

Annie demanda :

— À quelle heure penses-tu être rentré ?

— Tu as de ces questions, mon cœur ! (Il se leva.) Comment veux-tu que je le sache ? Ce boulot devient dingue. Avec la drogue et tous ces gosses déboussolés.

Il ajusta son ceinturon. Il avait atteint le dernier cran. Si Annie avait eu l'âme mesquine, elle lui aurait proposé d'aller chercher un poinçon pour y percer un autre trou.

Cliff Baxter intercepta son regard et commenta :

— Tu me nourris trop bien.

Naturellement, c'était sa faute.

— Tu ferais peut-être bien de boire un peu moins de bière.

— Et toi, tu ferais peut-être bien de garder tes réflexions pour toi.

Elle ne répondit pas. Elle n'avait pas envie de discuter, surtout sur un sujet aussi futile.

Elle considéra son mari. Malgré son embonpoint, il conservait un certain charme, celui d'un visage buriné et tanné sous une masse fournie de cheveux bruns. Ses yeux bleus avaient gardé un peu de leur éclat. C'était son physique qui l'avait attirée vingt ans plus tôt, son culot et sa dégaine de mauvais sujet. Il s'était révélé plutôt doué comme amant, du moins selon les critères de l'époque et du lieu. Par la suite, il s'était montré un père acceptable et un excellent soutien financier en accédant très vite au grade de chef de la police. Mais ce n'était pas un bon mari, même s'il était convaincu du contraire.

Il poussa la porte grillagée.

— Ne mets pas le loquet comme la dernière fois.

La dernière fois remontait à près d'un an. Elle l'avait fait exprès, pour l'obliger à sonner et à la réveiller. À ce moment-là, elle cherchait la bagarre et l'avait obtenue au-delà de ses espérances.

Il était rentré à plus de 4 heures du matin. Et depuis — mais c'était une vieille habitude sans doute — elle constatait que cela lui arrivait une à deux fois par semaine.

Il est vrai que son métier l'amenait à travailler à n'importe quelle heure du jour et de la nuit et qu'elle n'avait de ce fait pas de raison de nourrir de soupçons à son égard. Mais elle avait appris, par diverses sources, que son mari cavalait à droite et à gauche.

Cliff descendit pesamment les marches et émit un hurlement à l'adresse des quatre chiens qui gîtaient dans l'arrière-cour. Les chiens se mirent à aboyer avec force, dressés contre le grillage de leur enclos. Cliff hurla encore et éclata de rire. Il lança à sa femme :

— N'oublie pas de leur donner les restes et de les laisser courir un moment.

Annie ne répondit pas. Elle le regarda entrer dans sa voiture et reculer dans l'allée. Elle referma la porte de la cuisine, donna un tour de clé, mais ne tira pas le loquet.

En réalité, elle n'avait même pas besoin de tourner la clé dans la serrure. Spencerville était une ville plutôt paisible, ce qui n'empêchait d'ailleurs pas les gens de verrouiller leur porte la nuit. Mais elle pouvait s'en passer car, sur ordre de son mari, des voitures de police patrouillaient presque sans interruption dans Williams Street. Son explication : « Les criminels savent où nous habitons et je ne voudrais pas qu'il t'arrive malheur. » La vérité : Cliff Baxter était un homme possessif et soupçonneux, d'une jalousie maladive.

Annie Baxter était en fait prisonnière chez elle. Elle pouvait, bien sûr, aller et venir à sa guise, mais son mari était aussitôt informé de ses moindres faits et gestes.

C'était pour le moins embarrassant et humiliant. Les habitants des demeures victoriennes avoisinantes — médecins, avocats, hommes d'affaires — acceptaient de bonne grâce la raison officielle de ces rondes incessantes. Mais ils connaissaient Cliff Baxter et savaient très bien à quoi s'en tenir. « Jeannot Lapin, le mangeur de radis, a une amie qui est bien trop jolie, chantonna Annie pour la énième fois. Dans son terrier, pour la garder, l'a enfermée. » Et elle ajouta : « Salaud, va ! »

Elle se dirigea vers la porte qui donnait sur la rue et regarda par la vitre sertie de plomb. Un véhicule de la police de Spencerville allait et venait dans l'avenue. Elle reconnut le chauffeur, un jeune homme du nom de Kevin Ward, l'un des sbires préférés de Cliff. Elle rêvait parfois de l'inviter à prendre un café et de le séduire. Mais Cliff le faisait peut-être aussi surveiller par un espion en voiture banalisée. Elle sourit piteusement. Sa paranoïa devenait aussi grave que celle de son mari. Mais, dans son cas, elle était justifiée, alors que celle de Cliff ne reposait sur rien. Annie Baxter était une épouse fidèle. Il est vrai qu'elle n'avait guère le choix. Mais de toute façon, elle prenait très au sérieux son engagement conjugal, même si elle ne pouvait en dire autant de son mari. Et pourtant, il lui venait parfois des pulsions à faire rougir sa mère. Les appétits sexuels de Cliff se manifestaient par crises, suivies de longues périodes d'indifférence. Depuis quelque temps, Annie s'accommodait de mieux en mieux de ces dernières.

La voiture de police s'éloigna dans la rue. Annie alla s'asseoir dans un fauteuil du salon et écouta le tic-tac de l'horloge du grand-père. Son fils Tom était retourné à Columbus, théoriquement pour trouver un job à mi-temps en attendant la reprise des cours, en réalité parce que Spencerville en général et Williams Street en particulier n'avaient rien de bien palpitant à lui offrir pour l'été, ni pour la vie à vrai dire. Sa fille Wendy campait aux abords du lac Michigan avec le groupe de jeunes de la paroisse. Annie s'était proposée comme accompagnatrice pour veiller au grain, mais Cliff avait objecté, avec un large sourire :

— Et toi, ma chérie, qui veillera sur toi ?

Elle considéra autour d'elle le mobilier rustique ancien et les héritages familiaux dont elle avait orné la pièce. Cliff était à la fois fier de sa décoration et ironique. Elle était de meilleure famille que lui. Au début, elle s'était efforcée de minimiser leur disparité sociale. Mais il ne lui laissait jamais oublier leur différence de milieu, en lui faisant remarquer que, chez elle, on avait l'intelligence et le savoir-vivre, mais pas d'argent, alors que sa famille à lui était riche, à défaut d'avoir des manières. *En tout cas, côté jugeote, ça se pose là*, complétait Annie intérieurement.

Cliff aimait faire admirer son intérieur, les animaux empaillés qui peuplaient son sous-sol, ses trophées de chasse, ses coupures de presse, ses armes, sa maison-trophée et sa femme-trophée. Regardez, mais ne touchez pas. Cliff Baxter était le type même du collectionneur, un monomaniaque à tendance obsessionnelle, qui ne savait pas faire la différence entre sa femme et un massacre de cerf.

Annie se rappelait avec perplexité son optimisme des débuts, ses espoirs et son enthousiasme de jeune mariée, fière de son mari et de sa maison, au moment de fonder un foyer et de bâtir une vie. Cliff Baxter avait été un fiancé prévenant et attentionné, surtout dans les derniers mois avant leur mariage. Si elle avait eu des doutes avant de sauter le pas, et elle en avait eu, il ne lui avait fourni aucun motif de rompre leurs fiançailles. Mais, dès les premiers temps de leur vie conjugale, elle s'était rendu compte qu'il se contentait de jouer la comédie du mariage, et la tenait à distance par toute son attitude. Et un beau jour, elle avait compris, non sans effroi, que Cliff Baxter n'était pas un sympathique voyou prêt à se laisser apprivoiser par une gentille épouse, mais un déséquilibré à la limite de la névrose. Il avait bien essayé, un peu mollement, de tendre vers la normalité, mais avait vite renoncé. Seul son rôle officiel de gardien de l'ordre et de la loi le maintenait dans le droit chemin et l'empêchait de basculer. Spencerville avait fait du mauvais sujet son justicier et chacun y trouvait son compte, mais Annie redoutait le moment où Cliff rentrerait dans l'anonymat du citoyen ordinaire et serait privé du prestige et de la respectabilité de sa fonction. Elle s'était juré que, le jour où il serait mis à la retraite ou remercié, elle prendrait la poudre d'escampette.

Elle songea à sa panoplie d'armes, fusils, carabines, pistolets, toutes soigneusement cadenassées dans un râtelier, comme il se doit chez un bon flic. Les autres en confiaient une clé à leur femme, pour le cas où surviendrait un visiteur indésirable. Pas Cliff Baxter. Elle savait ce qu'il pensait : il avait peur qu'elle ne l'abatte un jour à 4 heures du matin en prétendant par la suite l'avoir pris pour un voleur. Certains soirs, elle contemplait le râtelier en se demandant si elle aurait le courage de lui poser un canon sur la tempe, ou de le retourner contre elle, et d'appuyer sur la détente. Quatre-vingt-dix-neuf fois sur cent, la réponse était non. Mais parfois...

Elle renversa la tête en arrière contre le dossier et sentit les larmes rouler sur ses joues. Le téléphone sonna. Elle ne répondit pas.

Elle recueillit les restes du dîner dans une feuille de journal et les apporta au chenil. Elle ouvrit la porte grillagée et jeta les rogatons à l'intérieur. Trois des quatre chiens se jetèrent sur les déchets : le berger allemand, le retriever doré et le labrador. Le quatrième, une petite bâtarde cendrée, se précipita vers elle. Elle la laissa sortir, referma la porte et retourna vers la maison, le corniaud sur ses talons.

Dans la cuisine, elle lui donna une boulette de viande hachée crue et se servit une limonade qu'elle emporta sur la véranda. Elle s'assit dans le fauteuil à bascule, les jambes repliées sous elle, la chienne à son côté. Le soir fraîchissait. Une brise discrète agitait les vieux arbres de la rue. Il flottait une odeur de pluie. Elle se sentit mieux à l'air libre.

Il y avait sûrement une issue, une solution qui ne passait pas par le cimetière de la ville. Maintenant que sa fille s'apprêtait à entrer à l'université, il devenait urgent de prendre une décision. Elle pouvait toujours essayer de partir. Elle n'aurait pas atteint la limite de la ville qu'il l'aurait rattrapée. Et si elle arrivait à lui fausser compagnie, il la poursuivrait sans relâche. Si elle allait consulter un avocat dans le comté de Spencer, il le saurait avant son retour. Cliff Baxter n'était pas spécialement aimé ni respecté, mais on le craignait, et elle ne doutait pas du zèle de ses informateurs.

La voiture de police reparut. Kevin Ward la salua d'un geste qu'elle feignit d'ignorer. La chienne aboya sur son passage.

Pourtant, on était en Amérique, au XXe siècle, et il existait des lois pour protéger l'individu. Mais quelque chose lui disait que sa situation échappait à toute règle. Elle n'avait d'autre choix que la fuite, quitter sa maison, ses amis, sa famille, et cela la mettait en colère. Elle aurait aimé pouvoir lui dire simplement qu'elle voulait divorcer, qu'elle partait s'installer chez sa sœur, qu'ils devraient se mettre en rapport avec des avocats. Mais le chef de police Baxter ne se départirait pas si facilement de l'un de ses trophées, pas plus qu'il ne supporterait de s'exposer aux railleries de ses concitoyens. Il devinait les rêves d'évasion d'Annie, mais se rassurait en se disant qu'il la tenait sous bonne garde. Du moins le pensait-il. *Dans son terrier, pour la garder, l'a enfermée.* Mieux valait le lui laisser croire.

Ce soir d'été sur la véranda lui rappelait d'autres soirs d'été lointains, du temps qu'elle était heureuse et très éprise d'un autre homme. Elle sortit une lettre de sa poche. À la lumière qui s'épanchait de la cuisine derrière elle, elle relut l'enveloppe. Elle l'avait adressée à Keith Landry, à son domicile de Washington, mais apparemment elle ne lui était pas parvenue. Quelqu'un l'avait glissée dans une autre enveloppe et la lui avait réexpédiée avec une note : « Destinataire absent ».

Keith lui avait un jour expliqué dans l'une de ses lettres que, si elle recevait un avis de ce genre, il ne faudrait plus chercher à lui écrire. Qu'une personne de son bureau lui ferait connaître sa nouvelle adresse.

Annie Baxter était peut-être une fille de la campagne un peu simple, mais elle n'était pas si bête. Elle avait compris le message. Le jour où l'une de ses lettres lui serait retournée, cela voudrait dire qu'il serait mort. Quelqu'un de Washington prendrait alors contact avec elle pour lui faire part des circonstances.

Il y avait deux jours que la lettre était revenue chez sa sœur, qui habitait le comté voisin et par qui transitait tout le courrier de Keith à Annie.

Depuis, Annie redoutait de répondre au téléphone ou de voir surgir la voiture de sa sœur venue lui remettre un autre pli, une dépêche officielle cette fois, commençant par ces mots : « Nous avons le regret de vous informer... »

Et cependant, à bien y réfléchir, pourquoi prendrait-on cette peine ? Que représentait-elle pour Keith Landry ? Un ancien flirt, une correspondante occasionnelle. Elle ne l'avait pas vu depuis vingt ans et ne le reverrait sans doute jamais.

À moins qu'il n'eût laissé des instructions pour qu'on la prévienne s'il lui arrivait malheur. Sans doute souhaitait-il être enterré auprès des siens, dans le caveau familial. L'idée l'effleura soudain que son corps gisait peut-être en ce moment même à la morgue. Elle essaya de se convaincre que cela n'avait pas tant d'importance. Elle était triste, mais pas directement concernée. Un ami de jeunesse meurt, on apprend la nouvelle, on est saisi de nostalgie, on médite un instant sur sa propre mortalité, on songe aux jours anciens, on murmure une prière et la vie reprend son cours. Le cas échéant, on assiste aux funérailles. Elle s'avisa aussitôt que, si Keith était mort et devait être inhumé à Spencerville, il ne serait pas question pour elle d'assister à la cérémonie. Quant à lui rendre une visite subreptice sur sa tombe sans traîner derrière elle son éternelle escorte policière, elle ne pouvait l'envisager.

Elle caressa la chienne allongée près d'elle. C'était sa chienne. Les trois autres appartenaient à Cliff. L'animal sauta sur ses genoux et se laissa gratter derrière l'oreille, lové contre sa maîtresse.

— Il n'est pas mort, Denise. Je sais qu'il n'est pas mort.

Annie Baxter inclina la tête sur l'accoudoir et se balança doucement. Des éclairs de chaleur zébraient le ciel à l'ouest. Un grondement de tonnerre éclata sur les champs de maïs et roula sur la ville, chassé par un rideau de pluie drue. Elle était à nouveau en pleurs et se répétait : « Nous nous sommes juré de nous revoir. »

3

Keith Landry arpentait la ferme silencieuse. De lointains parents avaient veillé à son entretien et elle était en assez bon état pour une maison qui n'était plus occupée depuis cinq ans.

Keith avait annoncé son arrivée à tante Betty, qui habitait une ferme voisine. Celle qu'il appelait tante Betty n'était pas vraiment sa tante, mais une cousine au second degré de sa mère, ou quelque chose comme ça. Il voulait seulement l'avertir de ne pas s'inquiéter si elle voyait de la lumière dans la maison ou une voiture inconnue garée dans la cour. Il lui avait bien recommandé de ne surtout pas se déranger, mais, malgré ses prières, son coup de fil avait déclenché un branle-bas de serpillières et de balais. La maison reluisait et fleurait bon le désinfectant aux senteurs de pinède.

Les célibataires, se dit Keith, sont ici l'objet de mille prévenances de la part de la gent féminine, qui éprouve pour les hommes esseulés une insondable pitié. Keith soupçonnait ces braves femmes de vouloir, par toutes leurs attentions, démontrer à ces solitaires l'avantage qu'il y a à s'équiper d'une épouse tendre et efficace. Malheureusement, les confitures, tartes aux pommes, petits plats gracieusement offerts et autres ménages bénévoles tendaient à encourager la situation qu'elles prétendaient corriger.

Keith erra d'une pièce à l'autre et trouva les lieux à peu près conformes au souvenir qu'il avait gardé de son dernier passage, six ans plus tôt. Il en retirait une impression familière et, en même temps, ce décor lui paraissait irréel, comme s'il était en train de rêver de son enfance.

Ses parents n'avaient presque rien emporté, craignant peut-être de se lasser de la Floride ou tout simplement parce que les meubles, les tapis, les lampes, les objets étaient aussi inséparables de la maison que les poutres de chêne.

Certains éléments du mobilier avaient près de deux cents ans. Ils avaient été apportés d'Angleterre et d'Allemagne par ses ancêtres paternels et maternels. En dehors de quelques antiquités authentiques, héritées de lointains aïeux, il ne s'agissait en général que de vieilleries, témoins de l'existence rude et sobre des paysans au fil des siècles. Quel contraste avec l'environnement de ses amis et collègues de Washington qui contribuaient largement au flux de la consommation ! Leurs salaires, comme le sien, étaient prélevés sur le Trésor public. Keith ne s'était jamais fait à l'idée qu'on pût être payé sans rien produire de tangible et il se demandait souvent s'il n'y avait pas trop de gens à Washington pour engloutir le blé des fermiers. Il avait beaucoup réfléchi à cette question, qui ne semblait pas beaucoup préoccuper les Washingtoniens. Ou alors, si c'était le cas, ils n'en laissaient rien paraître.

Keith Landry se sentait bien dans sa peau quand il était soldat. C'était une profession honorable et acceptable dans le comté de Spencer. Mais par la suite, quand il était passé au renseignement, il s'était mis à concevoir des doutes sur son activité. Il n'était pas toujours d'accord avec la politique de son pays et lorsque, ces derniers temps, ses fonctions l'avaient amené à jouer un rôle dans l'élaboration de cette politique, il s'était rendu compte que le gouvernement travaillait pour lui-même et œuvrait à sa propre pérennité. En fait, il le savait déjà, bien avant d'être invité à pénétrer dans le saint des saints de la Maison-Blanche pour siéger au Conseil de sécurité nationale.

Dans la chambre de ses parents, au premier étage, Keith s'arrêta devant la fenêtre et contempla la nuit. Le vent s'était levé. Des nuages traversaient hâtivement le ciel étoilé. La lune montante répandait une lueur bleutée sur les maïs mûrissants. Keith se souvenait d'une longue sécheresse, suivie de pluies incessantes. Les champs étaient plantés de blé à l'époque. Il avait fallu attendre la fin juillet pour le récolter. La pleine lune avait coïncidé avec une période d'aridité, on annonçait de nouvelles intempéries, et les fermiers avaient moissonné avec leurs familles jusqu'au lever du jour. Le lendemain était un dimanche. La plupart des enfants avaient manqué le catéchisme et ceux qui étaient venus s'étaient endormis à leur pupitre. Keith n'avait pas oublié cet épisode de partage, cet effort solidaire pour recueillir le produit de la terre, et il était désolé pour les enfants des villes et des banlieues, qui grandissaient sans savoir ce que le pain devait au blé et les corn flakes au maïs.

Plus une nation s'éloigne de ses racines paysannes et villageoises, philosophait Keith, plus elle ignore les cycles de la nature, le lien qui unit les hommes à la terre, la loi de la cause et de l'effet et, en fin de compte, moins elle comprend notre nature profonde.

Il reconnaissait les contradictions qui opposaient son mode de pensée et son mode de vie. Il avait repoussé l'idée de devenir agriculteur, mais non l'idéal de la vie agricole ; il avait savouré les plaisirs de Washington et des capitales étrangères, mais regrettait sa campagne qui l'avait toujours ennuyé ; son job ne le satisfaisait plus, mais il était furieux d'avoir été débarqué.

Il allait devoir accorder ses actes à ses idées s'il ne voulait pas ressembler à la cohorte de fous peuplant les parages qu'il venait de quitter.

Les nuages masquaient maintenant la lune et les étoiles.

Il fut frappé par l'obscurité et le silence absolus qui régnaient sur la campagne. Il distinguait à peine les ombres fantomatiques du jardin potager, à dix mètres de la maison, et il ne restait du paysage qu'une toile de fond noire, sur laquelle seules brillaient les lumières de la ferme Muller, distante de huit cents mètres.

Il se détourna et descendit pour aller chercher ses bagages et les porter au premier. Il entra dans la chambre qu'il partageait autrefois avec son frère et jeta ses sacs sur le lit.

Des meubles de chêne, un parquet de pin, des murs blanchis à la chaux. Sur le sol, un tapis au crochet, plus vieux que lui. C'était une chambre comme en avaient les enfants des fermes au siècle dernier et encore récemment, avant que les gens du coin se mettent à acheter le mobilier à deux sous des grandes surfaces.

En quittant Washington, Keith avait bourré la Saab des affaires dont il avait besoin ou qu'il comptait garder. Cela ne représentait pas grand-chose, tout compte fait. On devait encore lui livrer quelques caisses pleines d'un fatras divers, composé essentiellement d'équipements de sport. Il avait donné les meubles de son appartement de Georgetown à l'église la plus proche. Il ne se sentait pas encombré par les biens matériels.

À l'époque de la construction de la maison, les placards étaient rares. La chambre comportait donc deux armoires, la sienne et celle de son frère. Il ouvrit celle de Paul et se mit à déballer son équipement militaire, ses uniformes, ses chaussures réglementaires, une boîte contenant ses médailles et citations et, enfin, son sabre d'officier. Puis il rangea les accessoires de son dernier métier : un gilet pare-balles, un M-16, une mallette truffée de gadgets, et son pistolet, un Glock 9 mm avec étui et ceinturon.

Il était heureux de manipuler son barda pour la dernière fois, de déposer les armes, au sens propre du terme, avant le repos du guerrier.

Il considéra l'armoire ainsi chargée et tâcha de peser l'importance de l'instant.

À l'université, il avait étudié l'histoire de Cincinnatus, soldat et homme d'État romain, qui cultivait sa terre avant que Rome devienne un empire. Après avoir sauvé la Cité menacée par les armées ennemies, il avait accepté le pouvoir, le temps de rétablir l'ordre, puis s'en était retourné chez lui. À Washington, il était souvent passé sous les fenêtres de l'imposant manoir Anderson, qui abritait, dans Massachusetts Avenue, la Société des Cincinnati, dont les membres, supposait-il, avaient vécu des expériences analogues à celle de Cincinnatus. Voilà la perfection, à Rome ou en Amérique, l'idéal d'une république agricole : un danger se présente, les citoyens prennent les armes, affrontent l'ennemi, le repoussent et chacun rentre chez soi.

Les choses ne s'étaient pas passées ainsi aux États-Unis après 1945. Depuis un demi-siècle, la guerre était devenue un mode de vie. Quand il était parti, Washington était encore une capitale occupée à gérer et à minimiser les effets de la victoire.

Keith referma la porte de l'armoire en murmurant :

— C'est fini.

Il ouvrit l'autre penderie et y accrocha les deux costumes italiens taillés sur mesure qu'il avait décidé de garder. Il suspendit aussi son smoking, en souriant de l'incongruité d'une telle tenue en ces lieux, et acheva de vider sa valise, en se disant qu'il ferait bien de passer au Kmart pour s'acheter des jeans et des chemises à carreaux.

Pour rester dans la Rome antique, pensa-t-il, il avait, comme César, brûlé ses ponts derrière lui, mais il n'était pas certain que son avenir résidât dans cette ferme. Cela dépendrait de la personne qu'était devenu Keith Landry.

En son for intérieur, il se considérait toujours comme un paysan, malgré l'université, les voyages, les vêtements de haute couture, ses connaissances en langues étrangères, en armes exotiques et en femmes non moins exotiques. À Paris, à Londres, à Moscou, à Bagdad, il se voyait toujours avec un brin de paille dans les cheveux. Il se trompait sans doute ; il était bien celui qu'il était devenu. Et dans ce cas, il n'avait rien à faire ici. Il allait cependant s'attarder quelque temps à Spencerville et, s'il se découvrait un goût pour la pêche à la truite, les réunions paroissiales, la vie associative et les bavardages chez l'épicier, il resterait. Sinon... Il ne pourrait plus retourner à Washington. Il avait passé plus de la moitié de sa vie professionnelle sur les routes et c'était peut-être là sa place : partout et nulle part.

Le lit arborait des draps propres et un couvre-pieds, dus aux bons soins de la tante Betty. Elle s'était donc souvenue que cette chambre était la sienne et n'avait pas jugé bon de l'installer dans la chambre parentale, celle qu'occupait son père autrefois, et son grand-père avant lui. Sans doute estimait-elle qu'il n'était pas assez grand pour y coucher. Il esquissa un sourire.

Keith redescendit et pénétra dans la cuisine. La table ronde pouvait recevoir dix convives : la famille, les ouvriers agricoles, les invités de la dernière heure. Il ouvrit le réfrigérateur. Il contenait toutes sortes de denrées de première nécessité, moins la bière. Les gens du coin militaient volontiers contre l'alcoolisme et, sans prôner le régime sec, étaient en général assez peu portés sur la bouteille. Keith s'en était étonné lors de ses rares séjours dans la région. S'il devait s'installer définitivement, cela pourrait lui poser un problème. Mais, encore une fois, cela serait probablement le cadet de ses soucis.

Il alla au salon extraire une bouteille de scotch de ses cantines et retourna à la cuisine se verser un whisky allongé d'eau dans un verre en plastique bleu qui donnait au breuvage une couleur verdâtre.

Il s'assit à la table, à sa place, et considéra les chaises vides. Outre ses parents, Paul et Barbara, la tablée, autrefois, comprenait son oncle Ned, le plus jeune frère de son père. Il était toujours attablé en face de Keith. Il le voyait encore avaler son repas en silence, le matin, à midi, le soir. Au dîner, il accusait la fatigue d'une longue journée de travail. Ned était un paysan dans l'âme et jusqu'au bout des ongles, un homme sérieux, mais non dénué d'un certain sens de l'humour, un fils du terroir qui ne demandait qu'à se marier, avoir des enfants, cultiver la terre, bricoler et aller à la pêche le dimanche, avec ses neveux et, plus tard, avec ses rejetons.

Keith avait dix ans quand l'oncle Ned avait été mobilisé et il se rappelait l'avoir vu reparaître, un jour, en uniforme. Quelques semaines plus tard, il partait pour la Corée. Il n'était jamais revenu. On avait renvoyé ses affaires, qui avaient abouti au grenier. Keith allait parfois fouiller dans la malle quand il était petit. Il avait même revêtu son uniforme vert une fois.

Une guerre oubliée, un homme oublié, un sacrifice oublié. Son père avait pleuré en apprenant la nouvelle, mais, curieusement, le nom de Ned n'avait plus jamais été prononcé.

Le dernier tué de la Seconde Guerre mondiale avait sans doute consenti le dernier sacrifice utile. Depuis, tout n'était qu'un jeu politique, entre les mains de fous de pouvoir qui jonglaient avec la vie des gens et le sort de leurs familles. *Nous commençons peut-être à nous en rendre compte*, se dit-il. Il regarda la chaise de l'oncle Ned, vide depuis plus de quarante ans, et, un peu tard, mais en toute sincérité, il murmura :

— Tu me manques.

Il vida son verre et se servit un autre whisky. Il tourna son regard vers la porte et le jardin obscur. Le vent soufflait maintenant avec plus de vigueur. Un éclair brilla à l'ouest, suivi d'un coup de tonnerre.

Il sentit la pluie avant de l'entendre et l'entendit avant de la voir. Avant l'âge de dix-huit ans, il s'inscrit dans la mémoire tout un circuit d'impressions — images, sonorités, odeurs. Ce qu'est l'homme à sa maturité est déjà modelé avant même qu'il soit en mesure de contrôler, manipuler ou seulement comprendre le monde qui l'environne. Pas étonnant, songeait Keith, que le cerveau vieillissant revienne au temps de sa jeunesse ; l'éblouissement des premières années, les révélations, la découverte de l'ignoble secret de la mort, les premiers émois de l'amour et du plaisir laissent des empreintes indélébiles, tracées en couleurs vives sur une toile vierge. La première expérience sexuelle frappe si fort l'esprit qu'on en garde souvent un souvenir intact vingt, trente, soixante ans plus tard.

Annie.

Ainsi, sa grande exploration du monde le ramenait au bercail. Il avait vu en chemin des châteaux et des rois, des villes nimbées d'or et de fières cathédrales ; il avait croisé la guerre, la mort, l'épidémie, la famine. Il se demanda si le vieux pasteur Wilkes était encore en vie et s'il pourrait lui dire qu'il avait rencontré les quatre cavaliers de l'Apocalypse et avait appris sur eux plus que leurs seuls noms ; il savait qui ils étaient, nous tous, évidemment.

Il avait vu aussi l'amour et la compassion, l'honnêteté et le courage. Et là, assis à sa place à la table familiale, seul avec lui-même, il pressentait qu'il n'était pas au bout de son voyage et que la route lui réservait encore quelques surprises.

Et voilà. Vingt-cinq années s'étaient écoulées depuis qu'il avait franchi le seuil de cette porte pour parcourir le monde, il avait des milliers de kilomètres à son compteur et il avait connu tant de femmes qu'il n'aurait su toutes les nommer, sa vie en eût-elle dépendu. Mais dans les moments les plus sombres, à l'aube et à la tombée des jours, dans les avions aux destinations effrayantes, dans les jungles d'Asie et les bas-fonds d'Europe de l'Est, et quand il croyait sa dernière heure venue, il pensait à Annie.

4

Annie Baxter ne dormait pas. Des éclairs projetaient de brèves lueurs incandescentes sur les ténèbres de la chambre et les grondements du tonnerre ébranlaient la maison jusqu'à ses fondations. Une alarme, déclenchée par l'orage, hurla dans le lointain. Des aboiements résonnaient dans la nuit.

Son rêve affleurait à la surface de sa conscience. C'était un rêve érotique, qui la dérangeait parce que le protagoniste en était Cliff, alors qu'il aurait dû s'agir de Keith. Elle s'y tenait nue devant son mari en uniforme. Il lui souriait, ou plutôt la narguait, et elle essayait de couvrir sa nudité de ses mains.

Le Cliff Baxter de son rêve était plus jeune et plus joli garçon que l'homme qu'il était devenu dans la réalité. Ce qui la gênait surtout, c'était que, dans son rêve, elle vibrait de désir en sa présence et elle s'était réveillée encore imprégnée de ce trouble.

Keith Landry et les quelques autres qui avaient partagé

son lit avant Cliff étaient des amants plus agréables et plus délicats, attentifs à lui donner du plaisir autant qu'à l'éprouver. Cliff, lui, se comportait en dominateur. Cela la galvanisait au début. Comme dans son rêve. Mais l'égoïsme et la brutalité de Cliff la laissaient insatisfaite, écœurée parfois, souvent mal à l'aise. Elle se rappelait pourtant avoir été une partenaire ardente et empressée.

Elle se sentait coupable d'avoir pu savourer cette relation sado-masochiste et d'y penser, même d'y rêver encore sans dégoût ni aversion. Au contraire, il lui arrivait encore de se réveiller la nuit suintante d'envie de lui. Il fallait exterminer une fois pour toutes ce rêve et ces pensées.

Sur la table de chevet, le réveil indiquait 5 h 16. Elle se leva, enfila son peignoir, descendit à la cuisine et se servit un thé glacé. Après une hésitation, elle décrocha le téléphone mural et appela le commissariat central.

— Sergent Blake à l'appareil. Madame Baxter ?

Elle savait que son nom, son adresse et son numéro de téléphone apparaissaient sur une sorte d'écran quand elle appelait et cela la chiffonnait. Bien que peu versé dans les techniques modernes, Cliff reconnaissait d'instinct le parti qu'il pouvait tirer des sinistres gadgets orwelliens dont s'équipait la police par ailleurs néandertalienne de Spencerville.

— Tout va bien, madame Baxter ?

— Oui. Je voudrais parler à mon mari.

— C'est-à-dire... Il n'est pas là. Il fait sa tournée.

— Dans ce cas, je vais l'appeler dans sa voiture. Merci.

— Attendez. Peut-être... J'ai eu du mal à le joindre tout à l'heure. L'orage, vous savez. Je vais tâcher de le contacter par radio pour lui dire de vous rappeler. Nous pouvons faire quelque chose ?

— Non, je vous remercie.

Elle raccrocha et composa le numéro de son téléphone de voiture. Au bout de quatre sonneries, une voix enregistrée l'informa qu'il était impossible de donner suite à son appel. Elle abandonna et se rendit au sous-sol. Une partie était aménagée en buanderie, une autre en cabinet de travail pour Cliff, avec moquette et lambris de bois. Quand il faisait visiter sa maison, il désignait la buanderie, puis son espace réservé en commentant : « Le bureau d'Annie. Mon bureau. »

Elle entra dans le bureau de Cliff et alluma la lumière. Une douzaine d'animaux empaillés la considéraient du haut des murs, le regard vitreux, une esquisse de sourire au coin des lèvres, comme s'ils étaient heureux d'avoir été tués par Cliff Baxter. Le taxidermiste, ou son mari, avait un sens de l'humour discutable. Sans doute les deux.

La radio crachota et retransmit un échange entre un véhicule de patrouille et le commissariat central. La communication était claire, nullement parasitée par l'orage. Il n'y eut aucune tentative du sergent Blake pour entrer en contact avec le chef de police Baxter.

Annie posa les yeux sur le râtelier à fusils fixé au mur. Les armes étaient maintenues par un câble en fils de métal tressés, passé dans les sous-gardes, puis dans un crochet métallique, pour s'achever en un nœud retenu par un lourd cadenas.

Elle alla chercher une scie à métaux dans l'atelier, tendit le câble et se mit à scier. Les brins cédèrent l'un après l'autre et, bientôt, le câble se sépara en deux. Elle dégagea les sous-gardes, choisit un Browning à deux canons de calibre 12, sortit les boîtes de cartouches d'un tiroir et en glissa une dans chaque chambre.

Puis elle regagna la cuisine, le fusil sur l'épaule. Elle posa l'arme sur la table et se servit un autre verre de thé glacé.

Le téléphone sonna. Elle répondit.

— Allô ?

— Allô, ma poulette. Tu me cherchais ?

— Oui.

— Que se passe-t-il, madame Persil ?

À la friture qui grésillait dans l'appareil, elle devina qu'il l'appelait de sa voiture.

— Je n'arrivais pas à dormir.

— Il est l'heure de se lever de toute façon. Qu'y a-t-il pour le petit déjeuner ?

— Je pensais que tu t'arrêterais au Restoroute. Il paraît que leurs œufs au bacon et leur café sont meilleurs que les miens.

— Qui t'a mis cette idée dans la tête ?

— Ta mère et toi.

Il lâcha un rire.

— Bon, je suis là dans cinq minutes. Mets le café en route.

— Où étais-tu cette nuit?

Il s'ensuivit un bref silence.

— Personne ne me pose ce genre de question, ni toi ni qui que ce soit.

Et il raccrocha.

Elle alla se rasseoir, le fusil sur les genoux, et attendit en sirotant son thé.

Les minutes s'écoulaient lentement. Elle prononça à voix haute :

— Donc, madame Baxter, vous avez cru que c'était un voleur?

— Oui, c'est cela.

— Mais, madame, nous n'avons constaté aucune effraction. Et vous saviez que votre mari allait rentrer d'une minute à l'autre. Vous aviez dû scier le câble du râtelier bien avant d'entendre un bruit à la porte. Cela ressemble fort à un meurtre prémédité. Tout indique que vous l'attendiez.

— Pas du tout. J'aimais mon mari. Qui ne l'aimait pas, d'ailleurs?

— À ma connaissance, personne. Et surtout pas vous.

Annie sourit piteusement.

— C'est vrai. Je l'ai attendu pour l'expédier *ad patres* à coups de plomb dans les fesses. Et alors?

Annie songea à Keith Landry, qui était peut-être mort à l'heure qu'il était et gisait à la Maison funéraire de Gibbs. *Excusez-moi, madame, ici c'est la salle B, un certain M. Landry. M. Baxter est en salle A.*

Et si Keith n'était pas mort? Quelle différence? Elle ferait mieux d'attendre de savoir ce qu'il en était. Et Tom et Wendy? Il s'agissait quand même de leur père. Ébranlée, elle envisagea d'aller remettre le fusil à sa place, dans le râtelier, mais il s'apercevrait qu'elle avait scié le câble et en déduirait ses intentions.

Elle entendit la voiture s'immobiliser dans l'allée de gravier, la portière s'ouvrir et se fermer, puis des pas approcher de l'entrée. Alors elle le vit, par la vitre de la porte, glisser la clé dans la serrure.

La porte s'écarta et Cliff Baxter entra dans la pénombre de la cuisine, obscure silhouette profilée contre la lumière extérieure. Il se dirigea vers l'évier.

— Bonjour, dit Annie.

Il tournoya sur lui-même et fouilla du regard le coin sombre de la table où elle était assise.

— Oh... tu es là. Ça ne sent pas le café.

Annie ignora sa remarque :

— Allume.

Cliff retourna à la porte, trouva l'interrupteur et le tube au néon s'illumina. Il demanda :

— Vous avez un problème, madame ?

— Non, monsieur, pas moi, vous.

— J'ai aucun problème.

— Où étais-tu ?

— Arrête ça et fais-moi un café.

Il s'avança. Annie leva le fusil posé sur ses genoux et l'appuya sur le rebord de la table, le canon pointé vers lui.

— Stop. Arrière.

Cliff regarda le fusil d'un air ahuri et bredouilla :

— Ôte ton doigt de la gâchette.

— Où étais-tu cette nuit ?

— Au boulot. Je faisais mon putain de boulot pour gagner ma putain de vie. Tu ne peux pas en dire autant.

— Je ne suis pas autorisée à travailler. Je dois me contenter d'un job bénévole à la boutique de l'hôpital, dans la rue du commissariat pour que tu puisses me tenir à l'œil. T'as oublié ?

— Donne-moi ce fusil et on n'en parle plus.

Il esquissa un pas timide dans sa direction et allongea le bras.

Annie se leva, épaula, releva les deux percuteurs. En entendant les deux déclics, Cliff battit en retraite jusqu'à la porte.

— Hé ! Hé ! protesta-t-il, les mains tendues devant lui comme pour se protéger. Écoute, ma chérie, c'est... c'est dangereux. La détente est très sensible... il suffit d'un rien pour que le coup parte... Ne me vise pas comme ça...

— Ferme-la. Où étais-tu cette nuit ?

Il respira profondément et s'efforça de contrôler sa voix.

— Je te l'ai dit. Entre les embouteillages, le pont de Hoop Crick qui est fermé, et les petites vieilles paniquées qui appellent toute la nuit...

— Tu mens.

— Écoute... Regarde mes habits... la boue sur mes chaussures... J'ai passé la nuit à secourir des gens. Allons, ma chérie, je ne sais pas ce que tu vas imaginer.

Elle considéra ses bottes et son bas de pantalon maculés et se demanda s'il ne disait pas la vérité pour une fois.

Cliff continuait, sur un ton apaisant, en faisant appel à tous les mots tendres de son répertoire :

— Voilà, ma douce, du calme, mon cœur, c'est fini, mon poussin, je n'ai rien fait de mal, mon amour...

Il avait vraiment peur, mais, curieusement, Annie ne retirait aucune joie de ce renversement des rôles. En fait, elle ne voulait pas l'entendre supplier, seulement le voir mort. Mais elle ne pouvait pas le tuer de sang-froid. Le fusil commençait à peser. Elle lui dit :

— Prends ton pistolet, Cliff.

Il se tut et ouvrit de grands yeux.

— Allez ! Tu ne voudrais pas que les gens apprennent que tu es mort sans dégainer.

Il soupira et passa sa langue sur ses lèvres desséchées.

— Annie...

— Lâche ! Lâche ! Lâche !

Un coup de feu retentit. Cliff Baxter sursauta, affolé, et referma les doigts sur la crosse de son arme.

Annie tira deux fois. Le recul la plaqua contre le mur.

Le fracas assourdissant résonnait encore à ses oreilles. Elle laissa tomber le fusil. L'âcre odeur de la poudre se répandait dans la pièce. Le plâtre dégringolait en pluie blanche du plafond percé d'un trou béant juste au-dessus de Cliff qui s'était affalé sur le sol.

Il se releva lentement sur un genou en brossant les éclats de plâtre et de bois qui lui couvraient la tête et les épaules. Il avait mouillé son pantalon.

Il vérifia que son pistolet se trouvait toujours dans son étui, puis leva les yeux au plafond et, sans cesser de s'épousseter, se redressa tout à fait et s'approcha d'elle. Il tremblait. Elle se demanda ce qu'il allait se passer maintenant quoique, à vrai dire, elle s'en fichât.

Il passa devant elle, empoigna le téléphone et composa un numéro.

— Ouais, Blake, c'est moi. (Il se racla la gorge et tenta de raffermir sa voix.) Ouais, j'ai eu un petit accident en nettoyant mon fusil. Si tu reçois des appels des voisins, tu leur expliques... Ouais, tout va bien. À bientôt.

Il raccrocha et se tourna vers Annie.

— À nous deux, maintenant.

Elle le regardait droit dans les yeux. Lui, en revanche, avait du mal à soutenir son regard. Elle trouvait son ordre de priorité très instructif : d'abord reprendre le contrôle de la situation de façon à préserver son image, sa fonction. Elle ne se faisait aucune illusion : ce n'était pas elle qu'il cherchait à protéger des foudres de la justice. C'est pourtant ce qu'il prétendrait.

Comme s'il avait lu dans ses pensées, il déclara :

— Tu as essayé de me tuer. Je pourrais t'arrêter.

— J'ai tiré en l'air et tu le sais très bien. Mais vas-y, jette-moi en prison.

— Garce. Tu...

Il s'élança vers elle, menaçant, le visage cramoisi. Annie ne broncha pas, sachant qu'à cause justement de son badge elle n'avait pas à craindre de violence de sa part. Il le savait aussi bien qu'elle et elle prit un malin plaisir à assister au spectacle de sa rage impuissante. Mais, un jour, il craquerait. Elle s'y attendait. Elle espérait seulement qu'il meure avant d'apoplexie.

Il la repoussa dans un coin, ouvrit sa robe de chambre, agrippa ses épaules et serra à l'endroit où avait reposé la crosse du fusil.

Une douleur fulgurante l'irradia, ses jambes fléchirent et elle se retrouva à genoux, le nez à hauteur de la tache sombre qui sentait l'urine. Elle ferma les yeux et se détourna, mais il la saisit par les cheveux et la força à revenir face à lui.

— Tu vois ce que tu as fait ? Tu es fière de toi, hein, salope ? Tu peux l'être. Et maintenant, œil pour œil. Nous allons rester ainsi jusqu'à ce que tu mouilles ta culotte. Tant pis si ça prend la journée. Alors, si tu as envie, tu sais ce qu'il te reste à faire. J'attends.

Annie se couvrit le visage de ses mains et agita la tête, les yeux noyés de larmes.

— J'attends.

Un coup à la porte les interrompit. Cliff pivota sur ses talons. La face de Kevin Ward s'encadra derrière la vitre. Cliff hurla :

— Fous le camp !

Ward décampa aussitôt, mais Annie était certaine qu'il avait vu le cerne humide sur le pantalon de son chef. En tout cas, il avait sûrement vu son visage et ses cheveux blancs de plâtre et Annie agenouillée à ses pieds. Parfait.

Cliff reporta son attention sur sa femme.

— Tu es satisfaite ? Sale garce, tu es contente de toi ?

Elle se releva vivement.

— Laisse-moi tranquille. Sinon, j'appelle la police d'État.

— Essaie et je te massacre.

— Ça m'est égal.

Elle rajusta son peignoir. Cliff Baxter la foudroyait du regard, les pouces dans les passants de son ceinturon. Forte de sa longue expérience, elle jugea le moment venu de mettre un terme à l'affrontement. Elle savait comment s'y prendre. Elle demeura muette, immobile, les joues inondées de larmes, et baissa la tête, les yeux au plancher, regrettant de ne pas lui avoir troué la peau.

Cliff laissa s'écouler une minute entière. Estimant alors que le rapport de forces était rétabli selon son goût et que le monde tournait à nouveau comme il le voulait, il lui glissa l'index sous le menton et lui releva la tête.

— D'accord, je passe l'éponge pour cette fois. Tu me nettoies tout ce bordel et tu me prépares un bon petit déjeuner. Tu as une demi-heure.

Il fit mine de sortir mais rebroussa chemin, prit le fusil et s'éclipsa. Elle entendit ses pas dans l'escalier et, un moment plus tard, le murmure de la douche.

Elle trouva de l'aspirine dans le placard, en avala deux cachets avec un verre d'eau, puis alla se laver la figure et les mains au-dessus de l'évier avant de descendre au sous-sol.

Elle considéra longuement les fusils et les carabines désormais libres de toute attache et resta ainsi un bon moment sans bouger. Alors elle se décida à aller récupérer le balai et la pelle dans l'atelier et regagna la cuisine.

Elle fit du café, mit une poêle sur le feu, y déposa le bacon, ramassa les éclats de plâtre et les jeta dans la poubelle. Ensuite, elle lava le sol à la serpillière et les plans de travail à l'éponge.

Cliff reparut dans un uniforme tout propre. Elle remarqua qu'il entrait prudemment, son étui sur l'épaule et la main négligemment posée sur la crosse de son pistolet. Il s'assit en laissant son ceinturon sur le dossier de sa chaise au lieu de le suspendre au clou du mur comme d'habitude. Il n'eut pas le temps de réagir qu'elle s'en était emparé pour l'accrocher au piton.

— Pas d'armes à ma table.

Il lança des regards paniqués avant qu'un grand sourire béat se dessine sur son visage, nettement forcé.

Annie lui versa un jus de fruits et un café, fit revenir les œufs avec le bacon et des pommes de terre, mit le pain à griller. Quand elle lui eut servi son petit déjeuner, il dit :

— Assieds-toi.

Elle obéit. Il mastiquait d'un air jovial.

— Tu as perdu ton appétit ?

— J'ai déjà pris quelque chose.

Il parlait la bouche pleine.

— Je vais laisser les armes et les munitions dans le sous-sol. Encore un peu de café.

Elle se leva pour remplir sa tasse. Il continua :

— Parce que je ne crois pas que tu aies vraiment l'intention de me tuer.

— De toute façon, je peux acheter un fusil n'importe où, si je veux.

— Exact. Mais tu ne peux pas passer ton temps à acheter des fusils, à en voler ou à en emprunter. Je n'ai pas peur de toi, ma chérie.

Il travaillait à réaffirmer sa virilité entamée par sa faiblesse de vessie. Elle ne le contredisait pas. Plus vite il aurait fini, plus vite il s'en irait. Il poursuivit :

— J'ai essayé de dégainer, tu as vu ? Je n'avais pas l'ombre d'une chance, mais j'ai essayé.

— Oui.

Décidément, il était encore plus bête qu'elle ne le pensait. Tout homme un peu intelligent sait qu'il a au moins une chance sur deux de convaincre sa femme de ne pas lui tirer dessus, et moins d'une chance sur un million de riposter contre un fusil chargé braqué sur lui. Mais Cliff Baxter avait plus d'orgueil que de jugeote. Un jour, espérait Annie, cela finirait par lui être fatal.

Il reprit :

— Tu te demandes si je t'aurais tuée ?

— Ça m'est égal.

— Comment ça, ça t'est égal ? Non, ça ne t'est pas égal ! Tu as des enfants, une famille. (Il sourit.) Et puis tu m'as, moi. (Il se pencha sur la table pour lui tapoter la main.) Je savais que tu ne me tuerais pas. Tu sais pourquoi ? Parce que tu m'aimes.

Annie inspira profondément pour refouler le cri qui lui montait dans la gorge. Il lui chatouilla le bout du nez du plat de sa fourchette.

— Tu vois, tu es jalouse. Si tu es jalouse, c'est que tu m'aimes, non ?

Annie était moralement épuisée, vidée. Son épaule lui faisait mal. Il lui restait juste assez de présence d'esprit pour lui dire ce qu'il souhaitait entendre. Elle répondit dans un souffle :

— Oui.

La satisfaction détendit les traits de Cliff.

— Mais en même temps, tu me hais. Je vais te dire une chose : de l'amour à la haine, il n'y a qu'un pas.

Elle acquiesça à cette pensée profonde, comme si c'était pour elle une découverte. Cliff avait le don d'énoncer des clichés imbéciles et des aphorismes éculés, comme s'il était le premier à y penser. Il ne lui venait jamais à l'idée que d'autres, peut-être, y avaient pensé avant lui.

— Souviens-t'en la prochaine fois que tu seras en colère contre moi.

Elle ne put réprimer un sourire et il se rendit compte, un peu tard, que son choix de mots n'était pas des plus heureux.

— Je vais chez le teinturier, ce matin, annonça-t-elle. Tu as des choses à y déposer ?

Il se pencha vers elle.

— Fais attention à toi.

— Bien, m'sieu.

— Cesse de m'appeler « monsieur ».

— Désolée.

Il sauça son jaune d'œuf avec sa tartine.

— Tu convoqueras le vieux Willie pour réparer le plafond.

— Oui.

Il se raidit sur son siège et planta son regard sur elle.

— Tu sais, je me casse le cul pour t'offrir une vie comme peu de gens en ont dans cette ville. Alors, qu'est-ce que tu attends de plus ? Tu veux que je prenne ma retraite, que je reste à la maison et que j'endosse ma part des petites corvées quotidiennes en tirant le diable par la queue, c'est ça ?

— Non.

— Je m'échine à veiller à la sécurité de cette ville et, toi, tu t'imagines que je vais tirer des coups à droite et à gauche.

Pendant la traditionnelle harangue, elle approuva ou nia docilement de la tête aux moments convenus.

Enfin Cliff se leva, noua son ceinturon et vint se poster derrière elle. Il la prit par les épaules, lui arrachant une grimace de douleur, lui posa un baiser sur les cheveux et déclara :

— On oublie l'incident. Tu achèves de mettre de l'ordre et tu appelles Willie. Je rentrerai vers 6 heures. J'ai envie d'un bon steak ce soir. Vérifie qu'il y a de la bière au frais. Donne à manger aux chiens... (Un bref silence et il ajouta :) Et lave mon uniforme. (En se dirigeant vers la porte, il lança sans se retourner :) Et ne m'appelle plus jamais au travail, sauf si quelqu'un est en danger de mort.

Là-dessus, il sortit.

Annie resta assise, les yeux dans le vague. Peut-être que, si elle lui avait laissé le temps de sortir son pistolet, elle lui aurait brûlé la cervelle. Peut-être pas. Peut-être est-ce lui qui l'aurait tuée, ce qui n'aurait pas été plus mal. Peut-être aurait-il été pendu pour la peine.

Une seule chose était sûre : Cliff n'oubliait rien et ne pardonnait rien. Il avait eu peur au point de pisser sur lui. Elle le paierait cher. Mais c'était déjà l'horreur, alors un peu plus, un peu moins...

Elle fut étonnée, en se levant, de se découvrir les

jambes flageolantes et l'estomac gargouillant. Elle alla ouvrir la fenêtre au-dessus de l'évier. Le soleil émergeait, les derniers nuages s'éloignaient vers l'est. Une colonie d'oiseaux chantait dans la cour et les chiens affamés se rappelaient à son bon souvenir en jappant poliment.

La vie pouvait être si belle. La vie était merveilleuse. Cliff Baxter ne pouvait empêcher l'éclosion du jour ni faire taire le chant des oiseaux. Et il n'était le maître ni de son cœur ni de son âme. Elle lui en voulait de l'abaisser à son niveau, de l'amener à songer au meurtre ou au suicide.

Ses pensées retournèrent à Keith Landry. En esprit elle voyait toujours Cliff Baxter comme le chevalier noir et Keith Landry comme le chevalier blanc. Cette vision pouvait survivre tant que Keith demeurait un idéal désincarné. Quelle affreuse déception si elle s'apercevait que, dans la réalité, il n'était pas tel qu'elle l'imaginait d'après une correspondance épisodique et succincte superposée à de lointains souvenirs !

La lettre réexpédiée et le rêve qu'elle avait fait de Cliff s'étaient conjugués pour provoquer la scène qui venait d'avoir lieu. Elle avait flanché. Maintenant, elle se sentait mieux et elle se promit que, si Keith était en vie, elle trouverait le moyen et le courage de le revoir, de lui parler, de découvrir s'il correspondait à l'idée qu'elle s'était forgée de lui.

5

Le grondement d'un engin arracha Keith Landry à son sommeil. Il ouvrit les yeux. Un vent léger soulevait les rideaux de dentelle blanche. Le soleil pointait sur l'aube grise.

Il reconnut l'odeur de la terre détrempée, l'air de la campagne, le parfum de la luzerne. Il laissa errer son regard autour de lui, le temps de reprendre ses esprits. Il avait si souvent rêvé qu'il se réveillait dans sa chambre d'enfant qu'il y avait quelque chose d'irréel à s'y réveiller pour de bon.

Il s'assit dans son lit, s'étira, bâilla. « Deuxième vie, quatrième jour. Moteur. » Il se leva d'un bond et se rendit à la salle de bains du rez-de-chaussée.

S'étant douché et habillé d'un jean et d'un tee-shirt, il inspecta le contenu du réfrigérateur. Lait entier, pain blanc, œufs, bacon, beurre. Il y avait des années qu'il n'avait pas mangé de ces choses, mais il se dit : « Pourquoi pas ? » Et il se prépara un gigantesque petit déjeuner pur cholestérol. C'était très bon. Un goût d'autrefois.

Alors il sortit par la porte du fond et se planta au milieu de l'allée de gravier. L'air était froid et humide et une nappe de brume s'étendait au ras des champs. Il s'avança dans la cour. La grange était en piteux état. En explorant ce qui avait été autrefois une exploitation importante, il remarqua partout les vestiges d'un monde révolu : une hache rouillée fichée dans un billot, une huche à maïs effondrée, le silo vacillant, la serre et les cages à poules en ruine, les clôtures affaissées des parcs à chevaux et à cochons, le hangar encombré de vieux outils délabrés, tout un fatras d'objets délaissés, inutilisés, dédaignés, emblématiques du déclin rural.

Le jardin potager et le carré de vigne anarchiques étouffaient sous les mauvaises herbes. La maison elle-même nécessitait quelque restauration.

La nostalgie qu'il avait éprouvée en chemin ne collait pas à la réalité. Les fermes familiales de son enfance ne lui semblaient plus aussi pittoresques et les familles qui y vivaient étaient en voie de disparition.

Les jeunes allaient à la ville chercher du travail, comme avaient fait son frère et sa sœur, les plus âgés émigraient au Sud pour échapper aux rigueurs de l'hiver, comme avaient fait ses parents. La plupart des terres avaient été vendues ou louées à de grandes entreprises agro-alimentaires. Les agriculteurs restants étaient aussi acculés qu'autrefois. Ce n'était pas la situation économique qui avait changé, mais la volonté des fermiers de persister malgré les difficultés. En venant, il avait songé à reprendre la ferme. Maintenant qu'il était sur place, il voyait les choses autrement.

Il était revenu devant la maison. Son regard s'arrêta sur

la véranda hantée de souvenirs de soirées estivales, de rocking-chairs et de balançoires, de limonade, de postes de radio, d'amis et de cousins. Il fut saisi d'une envie soudaine et urgente de téléphoner à ses parents, à son frère et à sa sœur pour leur dire qu'il était là et leur proposer une réunion familiale à la ferme. Mais il lui parut plus sage d'attendre d'avoir retrouvé son équilibre, éclairci ses motivations, analysé son état d'esprit.

Il monta dans sa voiture et s'éloigna sur le chemin de terre. Les deux cents hectares de la ferme Landry étaient loués aux Muller, qui demeuraient un peu plus bas sur la route. Ses parents recevaient un chèque tous les ans, au printemps. D'après son père, les terres Landry étaient essentiellement plantées de maïs, mais les Muller en avaient consacré une cinquantaine d'hectares à la culture du soja pour fournir une usine de traitement construite à proximité par une firme japonaise. L'usine employait beaucoup de monde dans la région et achetait de grandes quantités de soja. Pourtant, la *xénophobie* allait bon train dans le comté de Spencer et Keith ne doutait pas que ces Japonais avaient aussi mauvaise presse que les immigrés mexicains qui débarquaient tous les étés. Curieux, se dit-il, et peut-être fallait-il s'en inquiéter, que les Japonais, les Mexicains et plus récemment les Indiens d'Inde et les Pakistanais, souvent médecins à l'hôpital régional, aient découvert ce petit coin de campagne perdue au tréfonds de l'Amérique.

Les gens du cru n'en étaient pas ravis, mais ils ne pouvaient s'en prendre qu'à eux-mêmes. Le comté se dépeuplait. Les meilleurs, les plus intelligents s'en allaient et ceux qu'il avait rencontrés lors de ses rares séjours lui avaient paru démotivés et désœuvrés, peu enclins à travailler la terre mais incapables de s'employer ailleurs.

Keith fit un tour en voiture. Les routes étaient bonnes, sans plus, tracées en général du nord au sud et d'est en ouest, sans dénivellation pour les détourner. Vus des cieux, les comtés du Nord-Ouest ressemblaient à une feuille de papier quadrillé, traversée par l'encre brune du fleuve Maumee aux eaux boueuses qui, du sud-ouest, allait se jeter en serpentant dans la tache bleue du lac Érié.

Il parcourut la région jusqu'à midi, aperçut quelques

fermes abandonnées qu'occupaient autrefois des gens qu'il connaissait, longea des voies ferrées dévorées de rouille, traversa des villages étriqués, remarqua un magasin de matériel agricole à jamais fermé, entrevit des écoles et des granges condamnées par des treillis de planches et retira de sa tournée un sentiment de vacuité.

Quelques monuments commémoratifs jalonnaient les routes. Keith se souvint que le comté de Spencer avait été le théâtre de plusieurs batailles pendant les guerres contre les Français et les Indiens, avant la Révolution, avant l'arrivée de ses ancêtres. Il avait toujours imaginé avec perplexité ces poignées d'Anglais et de Français égarés dans les ténèbres de la forêt primitive, enlisés dans ses marécages, cernés par les Indiens et tout acharnés à s'entre-tuer à l'autre bout de leur monde. À l'école, ces guerres lui paraissaient le comble de la stupidité. Mais il n'avait pas encore connu le Viêt-nam.

Le territoire était devenu britannique, la Révolution avait à peine effleuré ses habitants et la population en constante augmentation s'était regroupée sous l'appellation de comté de Spencer en 1838. Puis la guerre de 1846 contre le Mexique avait prélevé son tribut de miliciens, morts le plus souvent de maladie, et la guerre de Sécession avait décimé la jeunesse. Le comté s'en était remis, s'était développé et avait prospéré pour atteindre son âge d'or aux alentours de la Première Guerre mondiale. Après les deux conflits mondiaux et les changements rapides qu'ils avaient entraînés, le déclin s'était amorcé, imperceptible dans son enfance, mais désormais évident. Il se demanda une fois de plus s'il avait réellement l'intention de s'installer ici, à moins qu'il ne fût revenu pour régler une vieille affaire.

Il s'arrêta dans une station-service située à un carrefour, non loin de la ville, concessionnaire d'une marque d'essence qui lui était inconnue. Au garage s'ajoutait une boutique qui relevait, selon Keith, d'un concept commercial singulier : tout-venant alimentaire à prix exorbitants et essence démarquée de qualité douteuse. Il se dit qu'il était grand temps pour sa Saab et lui de s'adapter à leur nouveau régime et décrocha la pompe.

Le gérant, un homme d'une dizaine d'années de moins

que lui, vint à sa rencontre. Il examina la Saab que Keith emplissait de super, la contourna et jeta un coup d'œil à l'intérieur.

— Qu'est-ce que c'est ? demanda-t-il.

— Une voiture.

L'homme éclata de rire en se tapant la cuisse.

— Je vois bien. Mais quel genre de voiture ?

— Une Saab 900. C'est suédois.

— Comment vous dites ?

— Fabriquée en Suède.

— Sans blague !

Keith reboucha le réservoir et remit le tuyau en place. Pendant ce temps, le gérant lisait sa plaque d'immatriculation.

— District de Columbia. La capitale. C'est de là que vous venez ?

— Ouais.

— Vous êtes fonctionnaire ? Collecteur d'impôts ? Nous avons zigouillé le dernier en date.

Il s'esclaffa. Keith répondit par un sourire.

— Rien qu'un simple citoyen.

— Ah ouais ? De passage dans le coin ?

— Je vais peut-être rester un peu.

Il lui tendit un billet de vingt dollars. L'homme prit son temps pour compter sa monnaie.

— Et où ça ?

— J'ai de la famille ici.

— Vous êtes de la région ?

— Ça remonte à quelques années. Landry.

— Oh, ben ça alors ! Lequel vous êtes ?

— Keith Landry. Le fils de George et Alma. Ils avaient la ferme près d'Overton.

— En effet. Ils ont pris leur retraite, non ?

— En Floride.

L'homme lui tendit la main.

— Bob Arles. Mes parents avaient le garage Texaco en ville.

— Je me rappelle. Toujours six centimes le litre ?

Bob Arles étouffa un rire.

— Non. Ils ont fermé. Il n'y a plus de station-service en ville. Les impôts locaux sont trop élevés, les loyers sont trop chers et les compagnies pétrolières nous sucent le sang. Moi, j'achète au jour le jour à ceux qui vendent le moins cher.

— Qu'est-ce que vous fourguez en ce moment ?

— Oh, vous avez de la veine. Moitié Mobil, un peu de Shell, un peu de Texaco.

— Pas de jus de maïs ?

Arles repartit d'un grand rire.

— Juste un peu. Il faut bien vivre.

— Vous vendez de la bière ?

— Absolument.

Arles conduisit Keith dans sa boutique et le présenta à une matrone à l'air sévère.

— Ma femme, Mary. C'est Keith Landry. Ses parents exploitaient une ferme du côté d'Overton.

Elle hocha la tête.

Keith se dirigea vers l'armoire réfrigérée et repéra deux bières d'importation, Heineken et Corona, mais, pour ne pas passer pour un Martien aux yeux de M. Arles, il choisit un pack de six canettes de Coors et un autre de Rolling Rock. Il paya son dû à Mary et sortit, escorté de Bob Arles.

— Vous cherchez du travail ?

— Peut-être.

— Pas facile ici. Vous avez toujours la ferme ?

— Oui, mais les terres sont louées.

— Bon. Empochez le loyer et filez. Il faut avoir des économies pour s'installer comme fermier.

— C'est si dur que ça ?

— Qu'est-ce que vous avez ? Deux cents hectares ? C'est correct. Avec deux cents hectares, des cultures diversifiées et un peu d'élevage, on s'en tire. Je connais un type qui se pavane en Lincoln. Il est au mieux avec les Japonais et les négociants de Maumee. Vous créchez où ?

— À la ferme. Dans la maison.

— Ah ouais ? Votre dame est aussi de la région ?

— Je vis seul.

Arles se rendit compte que son bavardage frôlait l'indiscrétion.

— Bon, eh bien, je vous souhaite bonne chance.

— Merci.

Keith posa ses bières sur le siège arrière et monta.
— Bienvenue au pays, lança Arles.
— Merci.
Keith repartit sur la route à deux voies. Devant lui se dessinait Spencerville, limitée au sud par une rangée de hangars et de petites usines adossés aux champs de maïs ; là prenaient fin les aménagements urbains et, avec eux, l'empire des taxes, pour céder la place à la vie rurale.
Keith contourna la ville. Sans trop savoir pourquoi, il ne tenait pas encore à y pénétrer. C'était peut-être la perspective de remonter la rue centrale dans son véhicule bizarre, de revoir toutes ses vieilles connaissances et d'être reconnu. Il n'était pas prêt.
Il prit la direction de St. James.
En conduisant, il réussit à faire abstraction des mobile homes, des cahutes d'aluminium et des engins abandonnés. Le paysage restait spectaculaire, offrant à la vue de vastes étendues de plantations et de jachères, déployées jusqu'à l'horizon, terminées par des haies d'arbres centenaires. Un écheveau de ruisseaux scintillants et limpides se dévidait au pied de saules en bouquets et courait sous des ponts en dos-d'âne.

Il s'arrêta sur le bas-côté et descendit de voiture.
Le cimetière ombragé de vieux ormes occupait une colline de près d'un demi-hectare environnée de maïs. À cent cinquante mètres s'élevait le clocher de St. James, l'église en bois blanc de son enfance, avec à sa droite le petit presbytère où habitaient autrefois le révérend Wilkes et sa femme. Peut-être y vivaient-ils encore.
Keith entra dans le cimetière et se promena entre les pierres tombales érodées et mangées de lichen.
Il retrouva les sépultures de ses grands-parents et celles de leurs parents, de leurs enfants, toute une lignée dans des tombes disposées selon un ordre chronologique instructif, les plus anciennes au sommet de la colline, les suivantes en contrebas, ordonnées en cercles concentriques jusqu'aux abords des champs de maïs. La première tombe Landry datait de 1849, la première tombe Hoffmann, ses ancêtres germaniques, de 1841. Les tombes portant des dates correspondant aux guerres d'antan n'étaient pas en

nombre, au contraire, car on ne rapatriait pas les corps en ce temps-là. La Corée et le Viêt-nam, en revanche, étaient bien représentés. Keith se recueillit un moment sur la tombe de son oncle, puis alla se pencher sur celles des tués du Viêt-nam. Ils étaient dix, un nombre important pour un si petit cimetière, dans un si petit comté. Keith les avait tous connus, plus ou moins bien, mais il pouvait mettre un visage sur chaque nom. Il aurait pu éprouver le syndrome du survivant en présence de tous ses congénères disparus, mais il n'en fut rien, pas plus ici que devant le mur de Washington. Ce qu'il ressentait ressemblait plutôt à une fureur rentrée devant un gâchis inutile. Une pensée le poursuivait sans relâche depuis quelque temps : la certitude que, malgré ses succès et ses exploits, sa vie aurait été plus belle et plus réussie sans la guerre.

Il s'assit sous un saule pleureur au pied de la colline et se mit à mâchonner un brin d'herbe. Le soleil luisait haut dans le ciel. La terre conservait encore la fraîcheur humide de l'orage. De jeunes vautours tournoyaient dans les airs, un vol d'hirondelles s'affairait aux abords du clocher. Une impression de paix, telle qu'il n'en avait pas éprouvé depuis des années, l'envahit peu à peu. Il s'allongea et contempla l'azur au travers des feuilles immobiles. « Oui. Si je n'étais pas parti à la guerre, Annie et moi serions mariés... qui sait ? » Ce cimetière était un point de départ comme un autre pour remonter le cours du temps.

Il aborda la ville par le nord et atteignit l'embranchement où aboutissait Williams Street. Il ralentit, hésita et s'engagea dans la rue.

Parmi les nobles demeures victoriennes, certaines avaient été restaurées, d'autres se délabraient. Gamin, il était émerveillé par ces quartiers, ces grandes maisons plantées au milieu de petits jardins qui n'étaient pas si petits que ça en fin de compte, les arbres majestueux qui formaient d'amples voûtes sombres en été ; il était fasciné à l'idée que des gens pouvaient vivre si près les uns des autres et leur regard plonger chez le voisin, ahuri par le luxe que représentait la présence de deux automobiles derrière chaque portail. Ce qui l'avait tellement impressionné n'avait bien sûr plus sur lui le même effet. L'étonnement et la naïveté de l'enfance lui semblaient presque ridicules rétrospectivement.

La rue était aussi calme que le laissaient prévoir l'heure et la saison. Des enfants déambulaient en vélo, une femme poussait une voiture d'enfant, un camion de livraison stationnait au bord d'un trottoir, tandis que le chauffeur bavardait avec sa cliente devant sa porte. La rue apparaissait jalonnée de ces larges vérandas dont l'Amérique avait l'exclusivité, ainsi qu'il l'avait constaté au cours de ses voyages, mais qui n'ornaient plus les habitations modernes. Sur certaines, on voyait des enfants qui jouaient ou des petits vieux qui se balançaient dans des rocking-chairs. Il était heureux qu'Annie habitât cette rue.

Comme il approchait de sa maison, il se produisit un curieux phénomène : son cœur se mit à battre la chamade et sa bouche s'assécha. La villa se trouvait sur sa droite. Il faillit passer devant sans s'en rendre compte. Il freina et aperçut une antique camionnette déglinguée dans l'allée. Un vieil homme transportait une échelle vers l'arrière-cour. Et soudain, il l'entrevit, l'espace d'un éclair, au moment où elle disparaissait avec le vieillard derrière la maison. Cela ne dura qu'une seconde ou deux, mais, même à cinquante mètres, il ne douta pas un instant que c'était elle et il demeura pantois d'avoir si spontanément reconnu ses traits, son allure, sa démarche.

Il recula le long du trottoir et ouvrit sa portière, puis se ravisa. Il ne pouvait pas se présenter à sa porte comme ça. Et pourquoi pas ? Quel mal y avait-il à l'aborder sans préambule ? Il n'avait jamais envisagé de lui téléphoner d'abord ou de lui laisser un mot pour la prévenir. Il préférait se contenter de sonner à sa porte et lui dire : « Bonjour, Annie », sans préavis, sans préparation, et advienne que pourra.

Et si elle n'était pas seule ? Si elle avait ses enfants avec elle ? Ou son mari ? Pourquoi n'avait-il jamais songé à cette éventualité quand il imaginait cette scène indéfiniment, année après année ? Apparemment, l'instant tant attendu était devenu si réel dans sa tête qu'il en avait exclu tout ce qui risquait de le gâcher.

Il referma sa portière et démarra. Il reprit la route de la ferme, l'esprit en ébullition. *Qu'est-ce qui t'arrive, Landry ? Il faut te ressaisir, mon vieux.*

Il respira profondément et ralentit l'allure pour respecter les limites de vitesse. Inutile de s'attirer dès son arrivée les foudres de la gendarmerie locale. Cette idée l'amena à penser au mari d'Annie. Évidemment, si elle n'avait pas été mariée, il aurait eu le courage de s'arrêter pour la saluer. Mais on ne compromet pas ainsi une femme mariée. Pas ici. À Spencerville, pas question de s'inviter à déjeuner ou à prendre un verre après le travail.

Peut-être devrait-il déposer un mot chez sa sœur. Ou lui téléphoner. Un gus qui avait pris part au combat et affronté une fusillade à Berlin-Est n'oserait pas un coup de fil à la femme qu'il avait aimée ? « Mais si. » *Dans quelques semaines, quand je serai posé. À noter dans mes tablettes.*

Il rentra à la ferme et resta l'après-midi sur la véranda avec sa douzaine de canettes à regarder passer les voitures.

Bob Arles remplissait le réservoir du chef. Ce n'était pas parce qu'il était dans un self-service que Cliff Baxter allait manier lui-même la pompe à essence. Au cours de la conversation, Arles déclara :

— Hé, chef, j'ai vu un type marrant ce matin.

— Tu as des chips au bacon ?

— Toujours. Servez-vous.

Cliff Baxter pénétra dans la boutique et effleura son chapeau à l'attention de Mme Arles, campée derrière son comptoir. Elle le regarda ramasser des chips au bacon, des biscuits au beurre de cacahuète, des noix salées et une poignée de barres de chocolat. Douze dollars le tout, calcula-t-elle mentalement.

Il saisit un jus d'orange dans l'armoire réfrigérée, se dirigea vers la caisse et déversa ses emplettes sur le comptoir.

— Combien ça nous fait, Mary ?

— Quelque chose comme deux dollars.

C'était ce qu'elle disait chaque fois.

Il jeta quelques pièces sur le bar tandis qu'elle emballait ses achats.

Bob Arles parut, muni d'un formulaire de facture au compte de la municipalité, que Cliff signa sans vérifier le total. Bob gonflait les notes d'essence payables par la ville pendant que Cliff Baxter s'emplissait la panse pour trois fois rien.

Cliff prit son sachet et Bob Arles le raccompagna.

— Comme je vous disais, ce type est arrivé dans une voiture étrangère, immatriculée à Washington, et...

— L'air suspect ?

— Non, il est du coin, à ce qu'il paraît. Il vivait ici dans le temps. Il est revenu pour chercher du travail. Il habite la ferme de ses parents. Il n'y en a pas beaucoup qui reviennent par ici.

— C'est bien vrai. Bon débarras.

Cliff grimpa dans sa voiture.

— Il a une Saab. Qu'est-ce que ça vaut ?

— Oh... voyons... vingt, trente à l'état neuf.

— Eh ben, on dirait que ça ne va pas trop mal pour lui.

— Non, une voiture étrangère, ça ne va jamais, Bob ! (Cliff commença à remonter sa vitre et interrompit soudain son geste.) Tu sais comment il s'appelle ?

— Landry. Keith Landry.

Cliff Baxter en demeura bouche bée.

— Quoi ?

— Ses parents avaient une ferme près d'Overton. Vous les connaissez ?

Cliff ne répondit pas tout de suite.

— Ouais... Keith Landry ?

— C'est ça.

— Il est revenu ?

— À ce qu'il dit.

— Avec femme et enfants ?

— Non. Seul.

— À quoi il ressemble ?

Bob haussa les épaules.

— Sais pas. Normal.

— Ah, tu aurais fait un fameux flic ! Gros, maigre, chauve, chevelu ?

— Plutôt mince, grand, tous ses cheveux. Pas mal physiquement, je dirais. Pourquoi ?

— Oh, comme ça, pour si je le rencontre. Pour lui souhaiter la bienvenue.

— Vous remarquerez tout de suite sa voiture. Il est

dans la ferme de ses parents. Pouvez aller vérifier, si vous voulez.

— J'y vais de ce pas.

Cliff démarra et s'éloigna vers le sud, direction Overton.

6

Cliff Baxter ressassait les événements de la matinée. « Je ne sais pas quelle mouche l'a piquée. » En fait, il savait très bien à quoi s'en tenir : elle le détestait. En un sens, il admettait cette idée, tout en restant convaincu qu'en même temps elle l'aimait. Il l'aimait, donc elle devait l'aimer. Ce qui l'ennuyait davantage, c'était qu'elle était devenue vraiment teigneuse, au point de lui braquer un fusil dessus. Elle avait toujours eu la langue bien pendue, mais s'était contentée jusqu'à présent de lui envoyer la vaisselle à la tête. Et voilà qu'elle se mettait à le canarder avec de vraies balles ! « Ce devait être la mauvaise période du mois. C'est ça. Ses petits ennuis de bonne femme. »

Il était bien certain d'avoir eu le dessus, à condition d'oublier qu'il avait pissé dans son froc. Sur ce point, elle gardait l'avantage, aussi préférait-il omettre ce détail. Mais il n'y arrivait pas. « La garce ! »

Il aurait ruminé encore longtemps sa déconvenue s'il n'avait eu ce tout nouveau souci en tête : M. Keith Landry, ex-béguin de Mlle Annie Prentis.

En longeant la ferme Landry, il remarqua la Saab noire garée dans l'allée. Il distingua aussi un homme sur la véranda. Il était prêt à parier qu'il avait aperçu la voiture de police.

Il décrocha son téléphone et obtint son sergent de garde au commissariat.

— Blake, c'est moi. Appelle Washington, le service des immatriculations, et trouve-moi ce que tu peux sur un certain Keith Landry. (Il épela le nom et ajouta :) Il a une Saab 900 de couleur noire. Je ne sais pas de quelle année et je n'arrive pas à lire la plaque. Tu me sonnes dès que tu as quelque chose.

Puis il demanda les renseignements téléphoniques.

— Ouais, il me faudrait le numéro de Landry. Keith Landry, 28 County Road, nouvel abonné.

— Nous n'avons personne de ce nom-là, monsieur, répondit l'opératrice.

Cliff raccrocha et appela le bureau de poste.

— Ici le chef de police Baxter. Passez-moi le directeur.

Quelques secondes plus tard, Tim Hodge, le directeur du bureau de poste, était en ligne.

— Qu'est-ce que je peux faire pour vous, chef?

— Tim, regardez donc si vous n'avez pas un nouveau client du nom de Landry qui reçoit du courrier réexpédié de Washington. Ouais, district de Columbia.

— Oui, attendez une minute.

Hodge revint au bout d'un moment pour annoncer :

— En effet, l'un de nos postiers a vu deux ou trois enveloppes genre factures avec un avis de réexpédition du district de Columbia au nom de Keith Landry.

— Il n'y a pas de « madame » sur l'avis?

— Non, seulement « monsieur ».

— C'est un avis temporaire?

— Non, un changement d'adresse définitif, on dirait. Il y a un problème?

— Aucun. La ferme était inoccupée et quelqu'un a remarqué du mouvement aux alentours ces temps-ci.

— Oui, je me rappelle bien les fermiers, George et Alma. Ils sont partis s'installer en Floride. Qui c'est, ce gars?

— Leur fils, je suppose. (Cliff réfléchit un instant et demanda :) Est-ce qu'il a pris une boîte postale?

— Non, j'aurais vu le paiement.

— Oui. Bon... dites donc, j'aimerais jeter un coup d'œil sur le courrier qu'il reçoit.

Suivit un long silence, pendant lequel le directeur du bureau de poste se rendit compte qu'il devait s'agir d'autre chose que d'une enquête de routine. Il bredouilla :

— Désolé, chef, on a déjà eu ce genre de conversation. Il me faut un mandat, ou quelque chose comme ça.

— Allez, Tim, je veux seulement voir les enveloppes. Je ne vous demande pas d'ouvrir son courrier.

— Oui... mais... écoutez, si c'est un mauvais sujet, saisissez le juge...

— Je vous demande juste un petit service, Tim, et quand vous en avez besoin, vous savez où vous adresser. D'ailleurs, vous me devez bien ça. Rappelez-vous la conduite en état d'ivresse de votre gendre.

— Bon... d'accord... vous voulez seulement voir les enveloppes qui sortent du tri ?

— Ce sera vite compliqué. Vous n'avez qu'à faire des photocopies, recto verso, et je viendrai vous rendre une petite visite de temps en temps.

— Eh bien...

— Vous gardez ça pour vous et moi aussi. Transmettez mon meilleur souvenir à votre fille et à son mari.

Il coupa la communication et poursuivit sa route, sans un regard pour les alentours tant le préoccupait le nouveau tour pris par les événements. « Le voilà revenu. Pas encore de numéro de téléphone, mais il fait suivre son courrier. Pourquoi est-il revenu ? »

Il enclencha le contrôle automatique de vitesse et engouffra un hamburger. Il avait côtoyé Keith Landry au lycée et le souvenir qu'il en gardait ne lui plaisait pas. Il ne le connaissait pas bien, pas personnellement du moins, mais tout le monde savait qui était Keith Landry. C'était un de ces gus à qui tout réussit, un athlète accompli, un rat de bibliothèque, assez apprécié de tous pour s'attirer la rancœur de types comme Cliff Baxter.

Cliff se rappelait avec satisfaction l'avoir plus d'une fois bousculé dans les couloirs. L'autre ne réagissait jamais. Il se contentait de marmonner une excuse, comme si c'était sa faute. Cliff le prenait pour une poule mouillée, mais certains de ses amis l'avaient mis en garde contre lui et, sans vouloir l'admettre, il sentait qu'ils avaient raison.

Cliff était une classe en dessous de Landry à l'école et il n'aurait jamais fait attention à lui s'il n'était sorti avec Annie Prentis.

Cliff fulminait en songeant à tous les gens comme Landry, qui faisaient toujours ce qu'il fallait, sortaient avec les filles qu'il fallait, à qui tout semblait facile. Et le pire, c'était que Landry n'était qu'un bouseux qui nettoyait sa cour de ferme pendant les week-ends, dont les parents venaient au garage Baxter échanger une vieille chiotte contre une tire tout aussi merdeuse mais un peu plus neuve en payant la différence. Ce gars-là n'avait pas un sou vaillant et était destiné à patauger dans le purin pour le restant de ses jours, mais il avait fait des études, grâce aux bourses de l'Église, du Rotary, des veuves de guerre, et grâce à l'argent de l'État, piqué dans la poche d'honnêtes contribuables comme les Baxter. Après quoi, il avait foutu le camp sans un regard pour ceux qu'il laissait derrière lui. « L'enfoiré. »

Cliff se serait réjoui de le voir partir si ce n'avait été pour aller à l'université avec Annie Prentis. Et d'après ce qu'il avait entendu dire, il l'avait sautée sans relâche pendant quatre ans avant qu'elle le laisse tomber.

Cliff abattit son poing sur le tableau de bord. « L'ordure ! »

L'idée que ce fumier, qui s'était payé sa femme, était de retour en ville le mettait hors de lui. « Ah, la charogne ! »

Cliff conduisit sans but pendant un moment, en réfléchissant à la stratégie à adopter. Pas de doute, il fallait que ce type débarrasse le plancher, coûte que coûte. C'était la ville de Cliff Baxter et personne, absolument personne, n'allait venir l'emmerder, surtout pas un coco qui s'était envoyé sa femme. « Tu appartiens à l'histoire ancienne, mon vieux. »

Même si Landry se tenait à carreau, Cliff voyait rouge à la seule pensée qu'il se trouvait dans les parages, que sa femme et lui pouvaient se rencontrer à la moindre occasion, en ville ou à la première réception. « Vous imaginez ça ! On assiste tranquillement à un mariage ou à je ne sais quel dîner et voilà ce voyou, ex-copain de ma femme, qui débarque et va lui dire bonjour, la gueule enfarinée ? » Cliff agita la tête comme pour chasser cette idée. « Pas question. Alors là, pas question. »

Il soupira. « Nom de Dieu, il s'est tapé ma femme pendant quatre ans, peut-être cinq ou six, et ce salopard se pointe comme si de rien n'était, même pas marié, et il se pose sur sa putain de véranda sans lever le petit doigt... » À nouveau, il frappa le tableau de bord. « Et merde ! »

Son rythme cardiaque s'était accéléré, il avait la bouche sèche. Il prit une profonde inspiration, attrapa le jus d'orange, en avala une gorgée. L'amertume lui souleva l'estomac. Il jeta la canette par la fenêtre. « Et merde de merde... »

La radio grésilla et la voix du sergent Blake s'éleva dans le haut-parleur.

— Chef, au sujet de la plaque d'immatriculation que vous vouliez identifier...

— Tu veux que tout le comté soit au courant ? Sers-toi donc du téléphone.

— Bien, chef.

Le téléphone sonna. Cliff s'en empara.

— Vas-y.

Le sergent Blake déballa son rapport.

— J'ai envoyé un fax au service des immatriculations en indiquant le nom de Keith Landry, le modèle et la marque du véhicule, et ils m'ont répondu par la négative.

— Qu'est-ce que tu racontes ?

— Ils ont dit qu'ils n'avaient personne de ce nom-là.

— Eh bien, Blake, tu vas me relever ce foutu numéro et le leur envoyer.

— Où est la voiture ?

— À la ferme Landry, 28 County Road. Je veux tout le bordel sur son permis de conduire. Ensuite, tu interrogeras les banques des environs pour savoir s'il a ouvert des comptes. Trouve-moi aussi son numéro de sécurité sociale, carte de crédit et tutti quanti. Et à partir de là, tu passes au reste, états de service, casier judiciaire et tout le tremblement.

— Bien, chef.

Cliff raccrocha. Depuis près de trente ans qu'il était dans la police, il avait appris à constituer des dossiers à partir des éléments de base ; les deux détectives de la brigade s'occupaient des dossiers criminels, mais ceux-là ne l'intéressaient pas beaucoup. Il tenait ses propres fichiers sur presque tous les habitants de Spencerville qui jouaient un rôle important ou présentaient pour lui un intérêt quelconque. Il savait vaguement qu'il n'était pas très légal de ficher les citoyens, mais il était de la vieille école et avait appris que rien ne valait l'intimidation et le chantage pour s'assurer réussite et sécurité de l'emploi.

En réalité, il avait acquis cette certitude bien avant d'entrer dans la police ; son père et toute sa famille excellaient dans l'art de la manipulation. Et pour être honnête, ce n'était pas le système qui l'avait corrompu ; c'était lui qui avait corrompu le système, presque à lui tout seul. Cependant, il n'aurait pu y parvenir sans l'aide de ceux qui bousillaient consciencieusement leur vie familiale et professionnelle : les hommes mariés qui avaient des liaisons, les pères dont les fils enfreignaient la loi, les hommes d'affaires qui cherchaient des facilités d'installation ou des avantages fiscaux, les politiciens qui avaient besoin de renseignements sur leurs adversaires, etc. Cliff répondait toujours présent ; toujours prompt à détecter la moindre défaillance, la plus petite faiblesse, les plus infimes symptômes d'embarras juridique ou financier, il était toujours prêt à offrir un coup de main.

Ce qui manquait au système quand il était arrivé, c'était une bourse d'échange, un vaste marché où les citoyens auraient pu proposer un service contre un autre, où tout homme aurait pu vendre son âme.

À partir de ces modestes prémices, Cliff Baxter avait commencé à prendre des notes, qui étaient devenues des dossiers, qui étaient devenus de l'or en barre.

Mais, depuis quelque temps, le système comptait de plus en plus d'éléments contestataires gênants. Des enseignants, des ecclésiastiques, des mères de famille, même des fermiers. Comme cette Gail Porter qui siégeait maintenant au conseil municipal, une ancienne enseignante de faculté, autrefois communiste, une fouineuse de première. Elle avait été élue de justesse, parce que celui qui se présentait contre elle, Bobby Cole, avait été surpris en mauvaise posture dans les toilettes de la gare routière de Toledo. Cliff ne s'était pas méfié d'elle au début. Après, c'était trop tard. Mais il avait accumulé sur elle un dossier gros comme une maison et, en novembre prochain, elle resterait sur le cul. Les femmes de cet acabit ne comprenaient rien au système. Et Cliff savait que, si elle restait, il en viendrait d'autres de la même pâte.

Le maire était son cousin, le conseil municipal et le conseil régional étaient composés d'hommes de sa connaissance. Mais ils devaient tous franchir le cap de l'élection, alors que Cliff Baxter, lui, était membre de droit et il comptait bien le rester à vie. À vrai dire, s'il venait à perdre son job, il connaissait une bonne centaine d'hommes, plus quelques femmes, qui se précipiteraient pour demander sa tête, alors il avait intérêt à défendre ses arrières.

Cliff Baxter n'ignorait pas que le monde avait changé, que le changement gagnait peu à peu le comté de Spencer et qu'il présentait un danger pour lui. Mais il était certain de pouvoir garder la situation en main, d'autant que le shérif du comté, Don Finney, était un cousin de sa mère. Don n'avait que deux assistants pour surveiller l'ensemble de son territoire, aussi avait-il autorisé la police de Spencerville à déborder les limites de la ville autant qu'elle le voudrait, ce dont Cliff ne se privait pas. Cela lui donnait une bien plus grande latitude pour s'occuper de ceux qui habitaient en dehors de la ville, comme cette madame Porter et son mari, et comme *monsieur* Keith Landry.

Il pourrait donc veiller au grain pendant encore un bout de temps. Alors, ses trente années accomplies et ses enfants sortis de l'université, il n'aurait plus qu'à se retirer dans le Michigan, où il avait un petit pavillon de chasse. D'ici là, il lui fallait dévorer ses ennemis même quand l'appétit lui manquait.

Le requin en lui reconnaissait l'odeur du sang à plus d'un kilomètre. Mais il ne la sentait chez aucun de ces nouveaux citoyens, pas même chez Gail Porter. Il lui avait montré son dossier une fois, pensant la mettre au pas ; tout ce qu'il avait récolté sur ses activités gauchistes à l'université d'Antioch, plus quelques informations sur des petits copains que son mari ne verrait pas d'un bon œil. Elle lui avait dit de remballer son dossier, de le fermer serré et de se le mettre où elle pensait. Cliff en avait été plus que contrarié, saisi de rage meurtrière. Si les gens n'avaient plus peur de rien, comment pouvait-il leur faire entendre raison ? Ça devenait inquiétant.

Le loup en lui percevait le danger avec un instinct infaillible. Depuis quelques années, il voyait tous ces nouveaux venus s'allier pour le traquer comme un gibier. C'était le monde à l'envers.

Et puis il y avait Annie. Madame Sainte-Nitouche ne pipait mot, même si elle n'en pensait pas moins. Et puis, tout à coup, la voilà qui se met dans la tête de poser des questions et qui en vient à deux doigts de lui faire sauter la cervelle. « Qu'est-ce qu'il lui prend ? »

Il avait déjà assez de problèmes comme ça. « Foutre ! On s'en prend à moi, on s'en prend à mon boulot et, maintenant, c'est ma femme qui essaie de me descendre au moment où reparaît dans le coin son petit ami d'autrefois. Qu'est-ce que j'ai fait au bon Dieu pour mériter ça ? »

Il se demanda si Annie savait déjà que son ancien tombeur était revenu. C'était peut-être la raison de son agressivité soudaine. Mais cela ne rimait à rien. Si elle l'avait tué, elle serait allée en prison, et adieu les parties de jambes en l'air. Non, elle ne savait pas encore, mais elle l'apprendrait tôt ou tard. Il allait devoir ouvrir l'œil. L'idée l'effleura que peut-être elle se fichait de Keith Landry et lui d'elle. Quoi qu'il en soit, il ne voulait pas de ce lézard à proximité.

En même temps, il se rendait bien compte qu'il ne pourrait pas les surveiller indéfiniment, mais il s'y emploierait au moins pendant quelque temps et parviendrait peut-être à les surprendre. Sinon, Landry se ferait baiser de toute façon, et pas par Mme Baxter.

Cliff avait un don pour dénicher les amoureux en pleine action. Dans le temps, quand les gosses n'allaient pas dans des motels au diable pour s'envoyer en l'air, ou chez eux, pendant les heures de bureau de leurs parents, il en prenait tous les week-ends en flagrant délit de fornication dans les voitures ou les granges abandonnées. Il avait un sixième sens pour les coincer nus ou presque. C'était un aspect de son boulot qui lui plaisait particulièrement. Et, pour tout dire, ces nuits-là, il finissait toujours chez une de ses gonzesses. Parfois, Annie ne manquait pas de remarquer qu'il avait dû faire la chasse aux amoureux. « Ouais, elle a la langue bien pendue. » Trop bien pendue. Ça finirait par lui jouer des tours.

Ces considérations sexuelles l'avaient échauffé.

Il reprit la direction de la ville et roula vers le quartier sud, le plus déshérité. Il appela le commissariat central pour avertir Blake.

— Je prends une heure. Sonne si tu as besoin de moi. Enfin, sonne dans une heure, que j'aie le temps de faire ce que j'ai à faire.

— Bien, chef.

Baxter tourna dans l'allée de béton craquelé qui menait à une maisonnette en bois. Il actionna une commande à distance pour ouvrir la porte du garage, y gara sa voiture, sortit et appuya sur un bouton pour refermer la porte.

Puis il contourna la maison et entra par-derrière avec une clé. La cuisine était exiguë et sale. Il y régnait en permanence une odeur d'égout. Malgré tous ses défauts, Annie, elle, savait tenir une maison.

Il jeta un coup d'œil au salon en désordre avant de pénétrer dans la première des deux chambres. Une femme d'une trentaine d'années dormait, couchée sur le côté, au-dessus des draps. Elle ne portait qu'un tee-shirt. Il faisait chaud dans la chambre. Un ventilateur brassait l'air torride. Son uniforme blanc de serveuse et ses sous-vêtements gisaient à terre.

Baxter s'avança vers le lit. Le tee-shirt était retroussé sur ses hanches. Il attarda son regard sur le sexe, puis le laissa errer sur sa poitrine généreuse, dont les tétons pointaient sous le coton rose. Sur le tee-shirt, on lisait l'inscription : « Restoroute — La qualité à toute heure ».

Elle avait un corps acceptable, des muscles fermes, une peau lisse si on faisait abstraction de quelques taches de son et piqûres de moustique. Sa courte chevelure, rabattue sur son visage, était d'un blond que contredisait la teinte brune de ses poils pubiens.

Elle remua et bascula sur le ventre. Cliff contempla ses fesses charnues. Il tendit le bras et en empoigna la rondeur à pleines mains. Elle marmonna quelque chose, se retourna et ouvrit les yeux.

Cliff Baxter lui souriait.

— Salut, ma belle.

— Oh... (Elle se racla la gorge et tenta de prendre un air aimable.) C'est toi.

— Qui tu croyais que c'était ?

— Personne...

Elle se redressa en s'efforçant de retrouver ses esprits et tira sur le tee-shirt pour couvrir sa nudité.

— Je savais pas que tu devais venir.

— Eh bien, je suis là, tu vois. Et tu devines pourquoi.

Il s'assit près d'elle sur le lit et glissa la main entre ses jambes.

— Tu rêvais de choses émoustillantes ?
— Ouais... je rêvais de toi.
— Encore heureux.
Il la caressait. Elle se tortillait, visiblement dérangée par cette violation brutale de son intimité.
— Qu'est-ce que t'as ?
— Rien. Faut que j'aille à la salle de bains.
Elle se faufila de l'autre côté du lit et disparut dans le couloir.
Cliff s'allongea tout habillé et attendit. Un bruit de chasse d'eau, un robinet qui coule, des gargouillements.
Sherry Kolarik était la dernière en date d'une longue liste de conquêtes. Cela avait commencé avant son mariage, continué pendant sa cour à Annie et ses fiançailles et perduré tout au long de sa vie conjugale. Ces histoires ne duraient jamais bien longtemps. Il n'avait jamais eu de véritable coup de cœur, de petite amie attitrée ni de maîtresse établie. Ce n'étaient que de brèves aventures sans lendemain. En fait, il se savait incapable au fond d'entretenir une relation authentique avec une femme et ses flirts ne tenaient qu'à des aubaines faciles : des prostituées, des filles qui s'étaient mises en marge de la légalité, des divorcées crevant de solitude, des serveuses de bar et de restaurant qui avaient besoin d'arrondir leurs fins de mois, la lie de la société urbaine, d'une petite ville de l'Amérique profonde ; autant de proies commodes pour le chef de police Baxter.
De temps à autre, il jetait son dévolu sur une femme mariée au mari inexistant, telle Janie Wilson, l'épouse du gardien de la prison, ou Beth Marlon, celle de l'ivrogne municipal. Parfois, il s'offrait la femme d'un type qui avait sérieusement besoin de lui, un détenu par exemple. Il savourait particulièrement ces victoires, car se payer la femme, c'est se payer le bonhomme par la même occasion.
Il veillait à ne pas s'attaquer à celles dont les maris pouvaient lui poser un problème. Il lui arrivait de lorgner des avocates, des enseignantes, des doctoresses et autres représentantes d'illustres professions, mariées ou non, qui l'envoyaient promener ; mais il savait, sans vouloir se l'avouer, qu'il n'avait pas la moindre chance avec cette

race-là. Il se doutait, plus ou moins clairement, que, même s'il parvenait à en décrocher une, elle le laisserait choir dès qu'elle aurait appris à le connaître. Son unique succès dans ce domaine avait été Annie Prentis. À l'époque, Cliff Baxter avait meilleure allure et un peu plus de charme, et il avait joué le grand jeu. Et puis il est vrai qu'une guerre était en cours et qu'à Spencerville le choix était mince. Dans ces conditions, un flic sursitaire représentait un parti enviable pour toutes ces jeunes filles. Cela aussi, il le savait, sans se résoudre à l'admettre. Ainsi son amour-propre restait intact et ses instincts prédateurs toujours en alerte. Un loup solitaire qui sait reconnaître la victime vulnérable de celle qui pourrait devenir dangereuse.

Il n'en nourrissait pas moins des fantasmes de viol à l'égard de la magistrate prétentieuse qui travaillait au bureau du procureur, des deux femmes médecins de l'hôpital et de la souveraine pimbêche qui dirigeait l'agence bancaire, sans parler des étudiantes en vacances et autres femelles du même acabit. S'il pouvait s'en taper une, ce serait un pied de nez à toute la catégorie des poseurs qui le traitaient de haut. Un jour, il y viendrait. Il soustrairait une de ces snobinardes à son troupeau moutonnier pour la lâcher dans les grands bois en la défiant d'y trouver à redire. Peut-être qu'elles n'espéraient que ça après tout. En attendant, il devait se contenter de Sherry Kolarik et de ses semblables.

Quand elle revint dans la chambre, Cliff regarda sa montre.

— Je n'ai plus beaucoup de temps.

— Je voulais me laver pour toi.

— Tu n'as pas besoin de te laver pour ce que tu as à faire.

Il sauta du lit, traversa le salon et sortit. Une fois dehors, il sonna. Elle vint lui ouvrir en robe de chambre.

— Vous êtes Miss Kolarik ?

— Oui.

— Chef de police Baxter. J'aimerais vous parler. (Elle s'écarta pour le laisser entrer et referma la porte.) Mademoiselle, vous avez cent dollars de PV pour défaut de stationnement dans le centre-ville. Ou vous les payez, ou je vous embarque.

Si Sherry Kolarik trouvait romanesque cette évocation des circonstances de leur première rencontre, elle n'en laissa rien paraître, n'eut pas l'air de s'en amuser et ne se jeta pas à son cou. Elle balbutia seulement :

— Désolée, je n'ai pas de quoi payer.

— Dans ce cas, je dois vous emmener au poste. Habillez-vous.

— Non, je vous en prie. Il faut que j'aille travailler. Je vous paierai vendredi, quand j'aurai touché ma paye.

— Vous avez eu trois mois pour régler ces PV. Vous êtes en état d'arrestation. Venez sans faire d'histoires, sinon je vous passe les menottes et je vous emmène dans la tenue où vous êtes.

En réalité, elle portait sa tenue de serveuse quand cette scène avait eu lieu, un mois plus tôt. Elle s'était néanmoins sentie aussi impuissante et démunie que maintenant. Sauf qu'elle ne devait plus cent dollars à ce vicelard. Mais sa voiture devait passer l'inspection réglementaire et le garage Baxter pouvait fermer les yeux sur certaines défaillances.

— Écoutez, je travaille au Restoroute, vous savez, vous m'y avez déjà vue. Venez vendredi vers midi et nous irons ensemble porter mon chèque à la banque. Vous pouvez bien attendre jusque-là.

— Non, mademoiselle. Maintenant que j'ai pris la peine de me déplacer jusqu'ici, je retournerai au commissariat avec les cent dollars ou avec vous. Pas la peine d'insister.

Il fit tinter les menottes accrochées à sa ceinture.

— S'il vous plaît... Je n'ai pas cet argent et je ne peux pas manquer un jour de travail... J'ai vingt dollars, si vous voulez...

Cliff agita la tête.

— Un chèque postdaté...

— Non.

— J'ai des bijoux, une montre...

— Je ne suis pas brocanteur. Je suis flic.

— Je suis vraiment désolée. Je ne sais pas quoi vous...

Il détacha les menottes. Ils se regardèrent longuement, revivant tous les deux le moment où elle s'était lancée.

— Vous ne pourriez pas m'avancer l'argent ?

— Qu'est-ce que vous me proposez en échange ?
— Ce que vous voudrez.
— J'ai déjà déjeuné.
— Je n'ai rien, que moi. Vous me voulez ?
— Vous essayez de m'acheter ?
Elle acquiesça.
— Bon, voyons ce que vous avez comme garanties avant de prendre une décision. Enlevez tout.
Elle ouvrit sa robe de chambre et la laissa glisser à terre, puis ôta son tee-shirt qu'elle jeta sur un fauteuil et demeura nue au milieu de la pièce tandis que le chef de police Baxter tournait autour d'elle.
— Bien, bien, Miss Kolarik, vous avez des garanties satisfaisantes. On peut envisager un prêt. À genoux et bon appétit, mon cœur.
Elle s'agenouilla sur le tapis.
Il se débarrassa de son ceinturon, le posa sur la chaise, dégrafa son pantalon, baissa son caleçon.
— Allez, ma chérie.
Elle poussa un grand soupir, ferma les yeux et, d'un doigt, dirigea son sexe vers sa bouche.
Quand ce fut fini, Cliff rajusta ses vêtements, boucla sa ceinture et lâcha un billet de vingt dollars sur la chaise.
— Je me charge de tes contraventions, mais tu me dois encore quatre versements.
Sherry hocha la tête en murmurant :
— Merci.
Il avait dit cela la première fois et, depuis, il rajoutait chaque fois quatre échéances de plus.
Cliff, qui n'était pourtant pas particulièrement sensible, remarqua sa nervosité. Il lui tapota la joue.
— Allons, à tout à l'heure. Je viendrai prendre un café. Il faut que je me sauve.
Il s'en alla par la porte du fond.
Elle se releva, courut à la cuisine, cracha dans l'évier, se rinça la bouche et se précipita sous la douche.

Cliff reprit sa tournée dans les rues de Spencerville, satisfait. Pour le moment, il avait deux femmes sous le coude, ce qui était bien assez : Sherry, excellente à l'oral, et une mère séparée, prénommée Jackie, qui survivait vaille que vaille avec la pension que son mari lui envoyait de Toledo. Jackie avait une jolie chambre et un bon matelas, et c'était une affaire au lit. Cliff lui apportait toujours des pâtisseries, gracieusement offertes par le supermarché du coin. Tout à coup, il se rendit compte qu'il avait une troisième femme, la légitime. Cela le fit rire. « Tu es un sacré mec, mon vieux Cliff. »

Le cellulaire bourdonna. C'était le sergent Blake.

— Chef, j'ai envoyé Ward se promener du côté de chez Landry avec des jumelles. Il a le numéro minéralogique.

— Parfait.

— Je l'ai aussitôt transmis aux zigotos de Washington.

— Bien. Alors ?

— Ben... ils ont dit que c'était un numéro spécial et que, si nous voulions en savoir plus, il fallait remplir un formulaire et expliquer pourquoi, comment, etc.

— Qu'est-ce que c'est que cette histoire ?

— Ils m'ont faxé le formulaire. Deux pages.

— En voilà un merdier ! Tu me rappelles ces enfoirés et tu leur dis qu'il nous faut les infos sur cette plaque tout de suite ! Tu leur racontes que le gars n'est pas en règle, qu'il n'a pas de papiers, ce que tu veux...

— Chef, croyez-moi, j'ai tout essayé. Ils m'ont répondu que ça avait un rapport avec la sécurité nationale.

— La sécurité... quoi ?

— Vous savez, les services secrets.

Cliff en resta coi. Il n'y avait pas deux secondes, il était le roi, en pleine forme, la plomberie vidangée, en parfait état de marche. Et voilà que ce Landry déboulait de la capitale au bout d'un paquet d'années. Vingt-cinq, quelque chose comme ça, et pas moyen d'obtenir le moindre petit renseignement sur son immatriculation ou son permis de conduire. « Qui c'est, ce mec ? »

— Chef ?

— Bon, vous allez me surveiller ce lascar. Je veux des rondes aux alentours de sa ferme au moins deux fois par jour et je veux être informé chaque fois qu'il met les pieds en ville.

— Entendu. Qu'est-ce qu'on cherche au juste ? Enfin, pourquoi... ?

— Contente-toi d'obéir aux ordres !
— Bien, chef.
Cliff coupa la communication. « Parce qu'il s'est tapé ma femme, voilà pourquoi. » Et ça se savait en ville, ou ça se saurait tôt ou tard. « Et je ne peux pas accepter ça. Non, je ne peux pas. »
Plusieurs plans d'action commencèrent à prendre forme dans sa tête. Il se rappela une réflexion du vieux juge Thornby : « Un problème est parfois une occasion masquée. »
« C'est ça. Cet imbécile est venu se jeter dans la gueule du loup. Et je vais faire maintenant ce que je n'ai pas pu faire il y a vingt-cinq ans. Je vais le tuer... ou, plutôt, je vais lui couper les couilles. C'est ça. Lui couper les couilles et les mettre dans un bocal sur la cheminée, comme ça Annie pourra les épousseter une fois par semaine. »
Il éclata de rire.

7

Un vent sec et chaud soufflait du sud-ouest, trait climatique qui remontait à la nuit des temps et étendait jadis les feux de prairies aux pampas verdoyantes, en chassant des hordes de buffles affolés qui allaient s'enliser dans les marécages du Great Black Swamp, où les charrues déterraient aujourd'hui encore leurs ossements blanchis par les ans. Le vent balayait désormais des milliers d'hectares de maïs ondoyant, ponctués de bourgades et de fermes isolées qu'environnaient des prés et des pâtures livrées au bétail. Il traversait l'Indiana, franchissait l'Ohio, atteignait les Grands Lacs et, là, se heurtait aux masses d'air arctiques qui descendaient vers le sud.
À la mi-septembre, quand les vents d'ouest s'apaisaient, la brise septentrionale apportait parfois des odeurs de pin, une bouffée d'air des lacs, et les oies sauvages du Canada envahissaient le ciel. Un jour de septembre, George Landry avait dit à sa femme :
« Il est temps pour nous d'émigrer, comme les oies. »

Et ils étaient partis.

L'histoire des migrations humaines est en général plus complexe, méditait Keith. Les hommes se sont adaptés à tous les climats de la terre et ont petit à petit peuplé la planète au hasard de leurs errances. Contrairement aux saumons, ils n'ont pas besoin de revenir au lieu de leur naissance pour procréer. Pourtant, ce ne serait peut-être pas une mauvaise idée.

Keith s'acclimatait à la sécheresse suffocante, à la poussière ambiante, aux assauts continuels des vents arides, et, comme la plupart de ses compatriotes de l'Ohio, il songeait à l'hiver longtemps avant son avènement. Mais il n'était pas difficile de s'habituer au climat ; l'adaptation au milieu social risquait de se révéler un peu plus ardue.

Il y avait une semaine qu'il était arrivé. Il décida qu'il était temps de tenter une incursion en ville. Il s'y présenta au beau milieu de la journée et se rendit directement au garage Baxter, à l'extrémité est de la grand-rue. Sa famille s'y était fournie pendant des années. Keith croyait se souvenir que son père n'aimait pas beaucoup ceux qui tenaient la boutique. Mais son côté Machiavel l'incitait à penser qu'il défendait mieux son bout de gras en face d'un homme qui lui déplaisait, et il en faisait un jeu.

Keith n'ignorait pas que le garage appartenait à la belle-famille d'Annie. Cela avait peut-être influencé sa décision, même s'il était bien incapable d'en juger.

Il émergea de sa Saab et regarda autour de lui. L'établissement se déclarait concessionnaire Ford exclusivement, sans agrément pour les marques étrangères, comme c'était souvent le cas de ce côté du continent.

Un vendeur vint à sa rencontre et demanda :

— Comment allez-vous ?

— Très bien. Merci de vous en inquiéter.

L'homme parut d'abord surpris par la réponse, puis lui tendit la main.

— Phil Baxter.

— Keith Landry.

M. Baxter était un gros homme potelé d'une quarantaine d'années, muni d'un double menton plus volumineux qu'un annuaire chinois. Il avait l'air plutôt sympathique, mais c'était le métier qui voulait ça. Keith l'interrogea :

— Ce garage est à vous ?

Phil émit un petit rire.

— Pas encore. Il le sera quand mon vieux prendra sa retraite.

Keith essaya d'imaginer Annie mariée à l'une de ces erreurs de la nature et s'en voulut aussitôt de cette pensée mesquine et peu charitable.

Il alla droit au but, peut-être un peu trop vite pour les coutumes locales.

— Je voudrais échanger cette Ford banalisée contre une neuve.

Phil Baxter tourna les yeux vers la Saab et fut secoué d'un nouveau rire.

— C'est pas une Ford, ça, vous êtes un farceur. (Il reprit son sérieux.) Nous préférons ne pas prendre les voitures étrangères. Vous le savez sans doute.

— Et pourquoi donc ?

— Difficiles à revendre. Les gens d'ici achètent américain. (Son regard tomba sur la plaque.) D'où vous venez ?

— Washington.

— Vous êtes de passage ?

— Je suis d'ici. De retour au pays.

— Ouais, votre nom me dit quelque chose. On a déjà fait affaire ensemble ?

— Absolument. Vous voulez me vendre une voiture neuve ?

— Oui... mais... faut que j'en parle au patron.

— Le vieux ?

— Ouais. Mais il est pas là en ce moment. Quel genre de Ford vous cherchez, Keith ?

— Une Mustang GT, si c'est possible.

Phil écarquilla les yeux.

— Bon choix ! On en a deux ici, une noire et une rouge, mais je peux vous commander une autre couleur.

— Parfait. Et que vaut la mienne à l'argus ? Elle est de l'année dernière, douze mille kilomètres.

— Je regarderai.

— Vous reprendriez ma Saab ?

— On en reparlera. En attendant, voici ma carte. Téléphonez quand vous serez décidé.

Keith sourit, amusé par la lenteur circonspecte de la négociation, conforme aux usages de la province. À Washington, le moindre vendeur de voitures se comportait comme un marchand d'armes ou un requin à la solde d'un puissant lobby en mission au Capitol. Ici, on prenait son temps.

— Merci, Phil, conclut-il.

Il tournait les talons pour partir quand une impulsion perverse le ramena sur ses pas.

— J'ai connu un Cliff Baxter autrefois.

— Ouais. C'est mon frère. Il est chef de la police maintenant.

— Pas possible ! Il a bien réussi.

— Ça, c'est vrai. Il a une femme super et deux grands enfants, un à l'université, l'autre qui y entre cette année.

— Dieu le bénisse.

— Amen.

— À bientôt, Phil.

Keith regagna la grand-rue et s'arrêta à un feu rouge. « Ça, c'est pas malin, Landry. »

Il n'avait aucun besoin d'aller au garage Baxter ; il savait parfaitement qu'on n'y reprenait pas les voitures étrangères et il n'était même pas sûr de vouloir une Ford. Et il était bien inutile de parler de Cliff Baxter. Pour un ex-officier de renseignements, il accumulait les bourdes : il passait en voiture devant chez elle, il allait faire le mariole au garage de son beau-frère. Quelle serait la prochaine ? Lui tirer les nattes ? « Allons, un peu de maturité, Landry. »

Le feu passa au vert. Il remonta la grand-rue, cap à l'ouest. Le centre-ville était tout en bâtisses de brique sombre, de deux ou trois étages, comprenant des boutiques au niveau de la rue et des appartements, vides pour la plupart, dans les étages. Ces immeubles avaient en majorité été construits entre la guerre de Sécession et la Grande Dépression. Les ornements de brique et de bois désuets ne manquaient pas de charme, mais les devantures, au ras du trottoir, avaient été modernisées dans les années 50 et 60 et ne payaient pas de mine.

La circulation des voitures et des piétons demeurait réduite. Les commerces étaient presque tous fermés. Seuls restaient ouverts les grandes braderies de vêtements, les boutiques d'articles religieux, les magasins de vente et de location de vidéo et quelques entreprises de taille modeste. Annie lui avait écrit, dans l'une de ses nombreuses lettres, qu'elle s'occupait des surplus de l'hôpital dans une petite boutique du centre-ville. Il la chercha en vain.

Les trois bâtiments les plus importants de la ville, le cinéma, l'ancien hôtel et le grand magasin Carter, étaient désaffectés. Avaient aussi disparu les deux quincailleries, la demi-douzaine d'épiceries, les trois marchands de bonbons et le distributeur d'articles de sport où Keith passait le plus clair de son jeune temps et dépensait l'essentiel de son argent de poche.

Quelques établissements avaient survécu : la pharmacie Grove, le restaurant Miller et deux bistrots, Chez John et l'historique Posthouse. La clientèle du palais de justice devait contribuer à les maintenir à flot.

Le centre de Spencerville ne correspondait certes pas au souvenir d'enfance que Keith en avait gardé. En ce temps-là, c'était le centre de son monde et, objectivement, il lui semblait bien que ç'avait été le centre vital et commercial du comté de Spencer, alors favorisé par la prospérité et l'essor démographique de l'après-guerre. Le cinéma, les marchands de bonbons et le magasin de sport constituaient des lieux de rencontre privilégiés pour la jeunesse.

Et pourtant, à cette époque, les conditions économiques et sociales qui devaient métamorphoser la vie aux États-Unis étaient déjà à l'œuvre. Mais il l'ignorait et pour lui le centre de Spencerville était le plus bel endroit de la planète, fourmillant d'amis et d'activités. Il marmonna pour lui-même : « L'Amérique qui nous a envoyés à la guerre n'est plus là pour nous accueillir. »

Même si on n'est pas né dans une petite ville, comment ne pas éprouver de tendresse pour les bourgades du cœur des États-Unis ? Elles avaient été, et restaient dans une certaine mesure, l'idéal, ne fût-ce que d'un point de vue sentimental et abstrait. En effet, toute nostalgie mise à part, elles dominaient l'histoire de l'âme américaine ; dans les milliers de Spencerville qui, prolongées par d'interminables terres agricoles, tissaient la trame de la nation américaine, avaient jailli, grandi, s'étaient enracinées et épanouies les idées et la culture qui façonnent et nourrissent un pays. Mais les racines étaient en train de dépérir et personne ne s'en rendait compte parce que l'arbre semblait encore sain et vigoureux.

En parcourant le centre de la ville, il remarqua un bâtiment qui, lui, n'avait pas changé d'un pouce : en face du palais de justice, de l'autre côté de la place, s'élevait l'imposant commissariat central. Au milieu des véhicules garés à l'extérieur, un groupe d'officiers parlementait avec un homme en qui Keith reconnut aussitôt le chef de police Baxter. Il apercevait maintenant, à quelques numéros du commissariat central, la boutique de l'hôpital dont Annie avait parlé.

Il contourna le palais de justice monumental, adossé à quelques hectares de jardin public. L'administration judiciaire, civile et criminelle, et les instances bureaucratiques représentaient encore un secteur florissant en cette fin de siècle américaine, même dans le comté de Spencer. Cette gigantesque construction, considérée en son temps comme une folie démesurée, révélait finalement une clairvoyance visionnaire de la part de ses commanditaires qui avaient prévu le genre de société qui allait se développer aux États-Unis.

Outre les salles d'audience des tribunaux, ce palace abritait le bureau du procureur, la sécurité sociale, une bibliothèque publique d'ouvrages juridiques, les services fiscaux, la délégation régionale à l'agriculture, le conseil des électeurs et une dizaine d'autres agences gouvernementales aux sigles plus ou moins prononçables, bref le ministère de Tout et de Rien, avec ses seize étages de tour d'horloge dressée comme une menace sur la ville décadente.

Il y avait du monde dans les jardins, des enfants à vélo, des femmes traînant poussettes et landaus, des petits vieux sur des bancs, des fonctionnaires en récréation et des chômeurs. Pendant un moment, Keith eut l'illusion de revivre l'été 63, lorsqu'il avait rencontré Annie, comme si les dernières décennies n'avaient pas existé, ou plutôt comme si elles s'étaient écoulées différemment.

Il fit le tour complet et se retrouva dans la grand-rue qu'il reprit en direction de l'ouest, là où s'alignaient les nobles demeures d'autrefois. Cette partie de la rue constituait jadis un quartier résidentiel ultra-chic, mais elle avait perdu de son éclat. Les plus grosses maisons avaient été converties en pensionnats, en centres d'accueil, en bureaux, sans oublier les boutiques d'artisanat local qui, avec un peu de chance, parvenaient encore à payer leurs loyers et leurs impôts fonciers.

À partir de la pancarte annonçant la sortie de la ville, la grand-rue s'élargissait en quatre voies pour devenir la route nationale qui menait à la frontière de l'Indiana. Passé la limite urbaine, ce n'était plus la campagne, constata Keith, mais une zone commerciale composée d'une succession de supermarchés, de grandes surfaces et de stations-service. D'immenses panneaux de plastique se déployaient au sommet de mâts innombrables : Wendy, McDonald's, Burger King, Kentucky Fried Chicken, Roy Rogers, Domino's Pizza, Friendly, tout un chapelet d'usines à bouffer qui s'égrenaient sans interruption jusqu'à l'Indiana et sans doute au-delà jusqu'en Californie.

C'était cela qui avait tué le centre-ville. Ou alors le centre-ville s'était autodétruit faute d'avoir su préserver son passé. Dans les petites bourgades proprettes qu'il avait fréquentées en Nouvelle-Angleterre, le passé et le présent ne faisaient qu'un et on construisait prudemment l'avenir sur les fondements établis par le temps.

Mais Keith supposait que, s'il était resté sur place et avait lentement assisté aux modifications, au lieu de les ingurgiter par paquets de cinq ans, il céderait moins à la nostalgie et serait moins frappé par la transformation physique des lieux.

Et puisqu'il n'existait plus une seule épicerie en ville, il allait devoir se mettre à la page. Il s'arrêta sur le parking d'un supermarché, prit un chariot et entra. Les allées était larges, l'espace propre et climatisé, les produits à peu près identiques à ceux qu'il trouvait à Washington. Même s'il regrettait l'échoppe chaotique du père Erhart, il reconnaissait que le supermarché constituait une belle contribution de l'Amérique à la civilisation occidentale.

Comble de l'ironie, les petites rues commerçantes de Georgetown ressemblaient davantage au Spencerville rural que Spencerville. Les rares fois où Keith y avait fait ses courses, il avait dû se transporter de boutique en boutique, en fonction de la spécialité de chacune. Le principe du supermarché lui était étranger, mais pas incompréhensible au point de le désorienter. Il parcourut les allées, saisit au passage les marchandises dont il avait besoin, croisa les regards des ménagères et des anciens qui déambulaient, sourit en murmurant des « pardons » occasionnels et ne prit pas la peine de comparer les prix.

Il était étonné de côtoyer tant d'inconnus. Il se souvenait d'un temps où il saluait quelqu'un presque à chaque pas. Pourtant, certains visages lui disaient quelque chose et certaines personnes donnaient l'impression de le reconnaître, sans arriver à le situer ou à se rappeler son nom. Il aperçut au moins dix femmes de sa génération qui avaient évolué dans son entourage et un homme avec lequel il avait joué au foot. Mais il ne se sentait pas le courage d'aller vers eux pour se présenter.

Il ne repéra aucun de ses vieux amis. Il en aurait d'ailleurs été bien embêté, car il n'avait gardé aucun contact avec eux ni pris part à aucune réunion d'anciens. En dehors des membres de sa famille, Annie était la seule personne avec qui il fût resté en relation à Spencerville.

Il la vit soudain disparaître au détour d'une allée et hâta le pas, puis abandonna son chariot pour la rattraper. Mais ce n'était pas elle. Il avait été victime d'une hallucination.

Il alla récupérer son caddie et se dirigea vers la caisse, sans même terminer ses courses, paya et rapporta ses achats à sa voiture.

Un véhicule de la police de Spencerville était stationné de telle manière qu'il lui bloquait le passage. Il déversa ses sacs dans son coffre, s'installa à son volant et mit le moteur en marche. Les policiers ne bronchèrent pas. Il sortit et alla se pencher à la fenêtre du conducteur.

— Excusez-moi. Je voudrais m'en aller.

Le flic le regarda longuement, puis se tourna vers son coéquipier.

— Je croyais que tous les travailleurs immigrés étaient partis.

Ils s'esclaffèrent.

C'est dans ces moments-là, se dit Keith, que les gens prient la police d'aller se faire voir. Mais Keith n'était pas monsieur tout le monde. Il avait traversé assez d'États policiers pour savoir que cette scène constituait un acte de provocation délibérée. À Haïti, en Somalie, dans quelques-uns des pays où il avait traîné ses bottes, ces situations provoquaient la mort immédiate du citoyen concerné. En Union soviétique, on évitait de vous abattre dans la rue, mais on vous arrêtait, et c'était là le but recherché dans le cas présent, sauf si Keith filait doux. Ce qu'il fit.

— Bon, quand vous voudrez.

Il remonta dans sa voiture, passa la marche arrière pour maintenir les feux allumés et attendit. Au bout d'un moment, un certain nombre de personnes étaient passées et avaient fait remarquer aux policiers qu'ils gênaient le monsieur. En fait, l'incident commençait à attirer l'attention et les flics jugèrent prudent d'y mettre fin.

Keith put donc démarrer et regagner la route. Il aurait pu rentrer par le chemin des écoliers, mais préféra retourner en ville, au cas où la « Gestapo » n'aurait pas dit son dernier mot. Il garda un œil sur le rétroviseur pendant tout le trajet.

Il ne s'agissait pas d'une manifestation fortuite d'ostracisme envers un nouveau venu à la voiture bizarre immatriculée hors de la région. Spencerville n'était pas une de ces villes frontières où la police malmenait les étrangers, mais une bourgade accueillante et civilisée du Middle West, qui traitait avec courtoisie les visiteurs extérieurs. Cette péripétie était préméditée et il n'était pas besoin d'avoir pratiqué l'espionnage pour deviner qui en était l'instigateur.

Ainsi, Keith avait la réponse à l'une de ses questions : le chef de police Baxter le savait revenu. Et Mme Baxter ? Le savait-elle ?

Il avait essayé d'imaginer ce que serait la réaction de Cliff Baxter en apprenant le retour au pays de l'ex-amant de sa femme. Les grandes villes fourmillent d'anciens amants et ce n'est généralement pas un problème. Même ici, à Spencerville, il ne devait pas manquer d'hommes et de femmes mariés qui avaient un peu « vécu » avant de convoler en justes noces. La difficulté, en l'occurrence, tenait à la personnalité de Cliff Baxter qui, si Keith avait bien compris, manquait singulièrement de finesse et de savoir-vivre.

Annie n'avait jamais dit le moindre mal de lui dans ses lettres, pas même entre les lignes. Mais il y avait tout ce qui était sous-entendu, ajouté au souvenir que gardait Keith du bonhomme et aux allusions distillées par sa famille au fil des ans.

Sa mère — Dieu la bénisse — glissait toujours quelque commentaire sur les Baxter, alors que Keith ne lui demandait rien. Des remarques pas trop subtiles, du genre : Je ne vois vraiment pas ce qu'elle peut bien lui trouver. » Ou, plus directes : « J'ai rencontré Annie Baxter dans la rue l'autre jour. Elle m'a demandé de tes nouvelles. Elle est toujours aussi jeune. »

Sa mère avait toujours aimé Annie. Elle aurait bien voulu que son nigaud de fils l'épousât. De son temps, quand un garçon tournait autour d'une fille, c'était pour l'épouser, et il pouvait être traîné en justice pour rupture de fiançailles s'il compromettait ladite jeune fille en l'emmenant en pique-nique sans chaperon et omettait ensuite de la demander en mariage. Keith sourit. Le monde avait bien changé.

Même son père, qui était pourtant homme au parler économe, s'était laissé aller à critiquer le chef de la police, sur des questions d'intérêt public exclusivement. Jamais il n'avait proféré un mot sur des sujets tels que sexe, amour, mariage, ni prononcé le nom d'Annie. Il n'empêche qu'il partageait foncièrement l'avis de sa femme : leur rejeton avait loupé le coche.

Mais comment auraient-ils pu comprendre le monde des années 60, ces bouleversements sociaux et culturels qui touchaient avant tout la jeunesse ? Le pays avait sombré dans la démence. Dans la tourmente, Keith et Annie avaient perdu le nord avant de se perdre l'un l'autre.

Depuis cinq ans que ses parents avaient quitté la ville, il n'avait plus eu de nouvelles de Spencerville, de Cliff Baxter ni d'Annie, « si jolie dans sa robe printanière ».

Et ce n'était pas plus mal, car sa mère, en voulant bien faire, avait aiguisé son chagrin.

Keith traversa lentement la ville, puis tourna dans Chestnut Street, brouilla les pistes, erra un moment dans les quartiers pauvres, entre les vastes parkings et les entrepôts de la zone industrielle, et déboucha dans la campagne.

Il regarda encore dans son rétroviseur. Pas de voiture de police.

Il ne savait pas du tout ce que tramait le chef de police Baxter, mais cela n'avait pas réellement d'importance tant qu'ils restaient l'un et l'autre dans la légalité. Keith ne se laissait pas émouvoir par les mesures d'intimidation. À la limite, il les accueillait même sans déplaisir. En ex-Union soviétique et dans le bloc de l'Est en général, c'était le compliment suprême. Une manière de reconnaître qu'on faisait bien son travail et que les intéressés éprouvaient le besoin d'exprimer leur mécontentement.

Cependant, si Cliff Baxter avait été plus malin, il se serait montré discret pendant quelque temps. La patience et la subtilité n'étaient sans doute pas ses qualités maîtresses. Il était sûrement rusé et dangereux, mais, comme ses homologues des États policiers, trop habitué à obtenir tout de suite satisfaction.

Keith essaya de se mettre à la place de Baxter. D'un côté, il voulait chasser Keith Landry de la ville au plus vite. Mais le fourbe en lui souhaitait provoquer un incident, qui s'achèverait par une arrestation ou une balle perdue.

Au bout du compte, il n'y avait pas place dans cette ville pour deux hommes comme Cliff Baxter et Keith Landry. L'un d'eux était de trop et, si Keith restait, il y aurait du grabuge.

8

La semaine suivante s'écoula sans incident. Keith employa son temps à travailler dans la maison et le jardin. Il arracha les ronces et le chiendent qui envahissaient le potager, retourna la terre et y répandit de la paille pour dissuader les mauvaises herbes de repousser et la couche de surface de s'envoler au vent. Il tailla les rameaux anarchiques de la vigne vierge et en cueillit les grappes.

Il ramassa les branches mortes qui jonchaient le sol au pied des arbres et les débita en fagots qu'il entassa derrière la maison. Il consacra deux journées à réparer les clôtures et entreprit de ranger la cabane à outils et la grange. Il éclatait de santé, mais ces travaux se révélaient particulièrement éreintants. Il se rappelait certains jours de sa jeunesse où il n'avait même plus la force de sortir avec ses amis le soir après dîner. Son père avait exécuté pendant cinquante ans ces tâches harassantes. Il avait bien mérité de se reposer dans son patio de Floride, à l'ombre de son oranger. Il ne pouvait blâmer son frère d'avoir rompu un siècle et demi de tradition familiale en refusant de se casser les reins pour un revenu de misère. Il n'en voulait pas non plus à sa sœur et ne se faisait à lui-même aucun reproche. Évidemment, s'il y avait eu un oncle Ned pour prendre la suite, personne ne s'en serait plaint. Au moins son père avait-il gardé la ferme dans la famille. La plupart des agriculteurs vendaient, soldaient, bradaient jusqu'au dernier caillou, sans remords ni scrupules, et, s'ils avaient le moindre regret, cela ne se savait pas. Aucun ne revenait jamais, de Floride ni d'ailleurs.

La vieille enclume reposait toujours sur son socle dans le hangar. On y lisait un nom et une date, gravés dans le métal : Erfurt, 1817. Son arrière-arrière-grand-père l'avait rapportée d'Allemagne. Il l'avait embarquée sur un voilier, puis chargée successivement sur plusieurs bateaux, de fleuve en rivière, et enfin sur une charrette à cheval pour la déposer au cœur du Nouveau Monde. Deux cents livres d'acier qu'il avait charriées jusqu'à l'autre face de la planète, dans une contrée infestée de peuplades hostiles, grouillante d'animaux et de plantes inconnus. Ses ancêtres avaient dû y réfléchir à deux fois avant de quitter le confort douillet de leurs maisons et du giron familial pour des terres rudes lointaines. Mais ils étaient restés et avaient bâti une civilisation. Finalement, ce que les Indiens et les marais insalubres n'avaient pu détruire avait succombé devant la civilisation elle-même, et cette exploitation se trouvait à l'abandon, comme tant d'autres.

Tandis qu'il s'activait, Keith avait vaguement

conscience de sceller plus ou moins son avenir en débitant du bois pour la cheminée. Il était pourtant encore temps de laisser là sa hache, de reprendre ses esprits et de partir. Pour le moment en tout cas, il était content de s'occuper de la ferme de ses parents, d'entretenir l'héritage de ses aïeux. Ses muscles lui faisaient mal, mais c'était une douleur presque agréable. Il était en pleine forme, tout bronzé et bien trop fatigué pour s'attarder à des soucis mondains ou se laisser gagner par des pensées libidineuses. Il lui en venait bien quelques-unes, mais il les refoulait aussitôt.

Il avait fait rebrancher le téléphone et appelé ses parents, son frère et sa sœur pour leur dire qu'il était là. À Washington, non seulement il était sur liste rouge, mais son nom ne figurait nulle part dans les archives des Télécommunications. Ici, à Spencerville, il avait décidé de s'inscrire à l'annuaire. Pourtant, il n'avait encore reçu aucun coup de téléphone, ce qui ne le gênait pas outre mesure.

Son courrier lui était réexpédié de Washington, mais ne comportait rien d'important, que quelques factures ultimes, qu'il pouvait payer maintenant qu'il avait ouvert un compte à la bonne vieille Farmers and Merchants Bank. Le transporteur lui avait livré ses caisses, qui avaient abouti telles quelles dans la cave.

Il s'amusait de constater la vitesse à laquelle s'éteignait une vie compliquée. Disparus les télex et télécopieurs à demeure, le téléphone de voiture, plus de bureau, plus de secrétaire, plus de billets d'avion en attente sur la table ni de messages de toutes les couleurs, terminés les rapports à la Maison-Blanche, les réunions mensuelles, les communiqués à lire d'urgence, plus rien à décoder que la vie.

Il avait fini par transmettre ses coordonnées à la Sécurité nationale, mais n'avait toujours aucune nouvelle, officieuse ni officielle. Pas un mot de ses amis et collègues de la capitale. Ce qui le confortait dans l'idée que sa vie d'avant confinait à l'absurde et que la partie ne concernait que les joueurs en lice, pas les vedettes à la retraite.

Il songeait tout en travaillant aux années passées au ministère de la Défense, puis à la Sécurité nationale, et il lui vint cette réflexion que Spencerville et le pays entier regorgeaient de monuments à la gloire des hommes et des femmes des forces armées qui avaient accompli leur devoir et sacrifié leur vie. Il y avait aussi le mémorial d'Arlington dédié au soldat inconnu, qui représentait tous les morts non identifiés. Il y avait les défilés et les jours consacrés à l'armée. Mais les vétérans — morts, invalides ou retraités — de la guerre froide n'avaient droit qu'à de modestes plaques dans les jardins ou les halls de bâtiments privés. Il serait temps, se dit-il, d'élever un monument public sur le Mall en hommage aux soldats de la guerre froide qui s'étaient décarcassés, usés à la tâche, dont les mariages avaient capoté, qui avaient été trimbalés au gré des caprices de l'administration, et qui étaient morts, physiquement, mentalement, parfois spirituellement. Il imaginait ce monument comme un trou béant au beau milieu du Mall, une sorte de spirale en creux d'où émergerait en permanence un brouillard sans fin ; et, si l'on prenait la peine d'y mettre une inscription, ce serait : *Aux Soldats de la Guerre Froide 1945-1989 (?) Merci.*

Cette guerre s'achevait non pas en fanfare mais dans un murmure et la transition de la guerre à la paix passait inaperçue. Les combattants de la guerre froide n'étaient pas soudés dans une victoire célébrée avec pompe, marquée par un luxe de cérémonies à chaque démobilisation de bataillon, désarmement de navire, mise au rancart de bombardier. Ils s'étaient seulement dispersés pour s'effacer lentement, avec pour toute récompense un papier administratif et un chèque envoyé par la poste. Personne, à Washington ou ailleurs, n'avait eu un mot de reconnaissance.

Il n'en concevait pas d'amertume. Il était heureux au contraire que de tels événements aient traversé sa vie. Pourtant, le peuple et le gouvernement auraient pu en faire plus de cas, mais il comprenait son pays et la tendance innée des Américains à considérer la guerre et l'histoire comme des phénomènes réservés aux autres, ailleurs, en somme des épisodes plutôt embarrassants. Retour à la normalité.

Retour aux travaux domestiques. Il tailla les vieux chênes autour de la maison, entassa les branches dans une brouette et les rapporta près des billots. Il coupa, fendit, empila.

Tante Betty était passée lui rendre visite, ainsi que quelques lointains parents. Les Muller, ses plus proches voisins, étaient venus le saluer, ainsi que Martin et Sue Jenkins, qui habitaient la ferme de l'autre côté de la route. Ils avaient tous apporté quelque chose de comestible. Tous avaient l'air plus ou moins mal à l'aise et tous avaient posé les mêmes questions : « Tu comptes rester longtemps ? La capitale ne te manque pas trop ? Tu es déjà allé en ville ? Tu as déjà rencontré quelques personnes ? » Et ainsi de suite. Mais aucun n'avait exprimé tout haut ce que tous pensaient tout bas, à savoir : « Tu es tombé sur la tête, ou quoi ? »

Keith s'octroya une bière fraîche et une pause sur la véranda, le regard égaré sur la route déserte, les champs et les arbres agités par le vent. Des papillons, des abeilles, des oiseaux. Une voiture de police bleu et blanc surgit d'un côté de l'asphalte et s'éloigna. Il en défilait ainsi une ou deux par jour, peut-être plus. Si par extraordinaire Annie décidait de venir le voir jusqu'ici, cela risquerait de créer quelques complications. Il songea à lui envoyer un mot par l'intermédiaire de sa sœur, mais cela lui parut une idée saugrenue. D'ailleurs, il ne savait pas trop quoi lui dire. *Salut, je suis là et ton mari me surveille. Ne viens pas.*

Sans compter que son mari devait la surveiller, elle aussi. De toute façon, il était fort probable qu'elle n'avait nulle intention de le gratifier d'une visite, alors pourquoi s'en inquiéter ? Il arriverait ce qui arriverait. Il avait trop longtemps joué à influencer le cours des choses, puis à vérifier l'efficacité de ses manœuvres, à constater les dégâts quand tout avait foiré, encore et encore. « Être aux aguets, rester sur ses gardes, se tenir prêt. Et surtout ne rien faire. » Cela semblait la meilleure des tactiques. N'empêche. Il devenait nerveux.

Le lendemain matin, Keith partit pour Toledo et échangea sa Saab contre une Chevy Blazer d'une couleur verte parfaitement banale et anonyme. Le vendeur y fixa des plaques de l'Ohio et Keith rangea les anciennes sous son siège. Il devrait les renvoyer à qui de droit, ce ne serait pas à la Direction générale de la circulation automobile.

Il reprit la route en fin d'après-midi. Quand il atteignit Spencerville, la nuit s'annonçait et, quand il arriva à la ferme, le crépuscule étirait de longues ombres mauves dans la cour. Il passa devant la boîte aux lettres, s'engagea dans l'allée, s'arrêta. Il recula. Le drapeau rouge était levé, ce qui l'étonna, car il avait pris son courrier le matin. Il ouvrit la boîte et y trouva une enveloppe sans timbre, libellée simplement au nom de « Keith ». Il reconnut aussitôt l'écriture.

Il alla garer la Blazer derrière la maison pour échapper aux regards et entra chez lui. Il posa l'enveloppe sur la table de la cuisine, sortit une bière, la reposa et se prépara à la place un whisky soda bien tassé.

Il s'assit devant la table, but quelques gorgées, ajouta une rasade de scotch dans son verre et répéta plusieurs fois l'opération avant de s'intéresser de nouveau à la lettre. « Bon. »

Une foule de pensées se pressait dans son esprit.

Ils avaient eu une liaison intense et exclusive pendant deux ans au lycée, puis pendant quatre ans à l'université de Bowling Green, où ils avaient obtenu ensemble leur diplôme. Annie, étudiante brillante et passionnée, avait accepté une bourse pour poursuivre ses études à Ohio State. Lui, plus impatient et lassé des bancs de l'école, n'avait pas demandé son inscription. Il l'avait néanmoins suivie à Columbus, mais avait été mobilisé en cours d'année, dès que le conseil de révision avait eu connaissance de son statut.

Keith ouvrit la lettre et lut la première ligne :

« Cher Keith, il paraît que tu es revenu et que tu habites la ferme de tes parents. »

Son regard glissa sur la pénombre de la cour où chantaient les criquets.

Ils avaient passé ensemble un été magique, deux mois de rêve à Columbus, à explorer la ville et le campus. Ils habitaient l'appartement qu'elle venait de louer. En septembre, il avait dû partir. Il lui avait dit qu'il reviendrait; elle lui avait dit qu'elle l'attendrait. Mais il n'en avait rien été, car cela ne risquait pas d'arriver en 1968 aux États-Unis.

Keith soupira et reprit sa lecture.

« La rumeur locale prétend que tu vas rester quelque temps. Est-ce vrai ? »

Peut-être. Il se versa encore une dose de whisky et se laissa à nouveau envahir par les souvenirs.

Il avait été incorporé à Fort Dix, dans le New Jersey, pour y faire ses classes, avant d'être envoyé à l'école des aspirants de Fort Benning, en Géorgie, où il avait été promu en un an au grade de sous-lieutenant. Pas mal pour un gars de la campagne. Ils s'étaient écrit, souvent au début, puis de moins en moins, comme c'était prévisible, des lettres peu réjouissantes. Elle trouvait la fidélité lourde à assumer et à défendre et l'informait qu'elle sortait avec d'autres. Il comprenait. Non, il ne comprenait pas. Pour sa dernière permission, il s'était rendu à Spencerville au lieu de la rejoindre à Columbus. Ils s'étaient téléphoné. Elle était submergée de travail. Il craignait d'être affecté dans une zone de combat et se fichait un peu de ses études. Il lui avait demandé si elle voyait un garçon. Elle avait répondu oui, mais que ce n'était pas sérieux. Au bout de dix minutes de cette conversation, il était presque impatient d'aller se battre. Il lui avait dit : « Tu as changé. » Elle avait répondu : « Nous avons tous changé, Keith. Regarde autour de toi. »

Il avait dit :

« Bon, il faut que j'y aille. Bonne chance à la fac.

— Merci. Sois prudent, Keith. Reviens-nous entier.

— Ouais.

— Au revoir.

— Au revoir. »

Mais ils ne se décidaient pas à raccrocher. Elle avait fini par dire :

« Tu comprends, j'essaie de nous faciliter les choses à tous les deux.

— Je comprends. Merci. »

Et il avait raccroché.

Ils avaient continué à s'écrire, incapables l'un autant que l'autre d'admettre que c'était fini.

Keith écarta son verre. L'alcool ne produisait pas l'effet escompté, ses mains tremblaient et son esprit refusait de s'engourdir paisiblement. Il continua :

« Bienvenue au pays, Keith. Et bonne chance. »

« Merci, Annie. »

Il avait commandé une section d'infanterie, vu trop de morts, trop de sang frais imprégner la terre ou sécher au soleil. Il ne connaissait pas d'exemples d'une telle boucherie, sauf aux abattoirs de Maumee. Il avait vu flamber des villages et des fermes où ne poussaient plus que des sacs de sable et des barbelés et il avait pleuré pour les paysans et leurs familles. Il avait accompli son temps et regagné Spencerville.

Keith essuya la sueur qui perlait à sa lèvre supérieure, relut la lettre depuis le début et poursuivit :

« Je pars demain conduire Wendy à l'université. Elle entre comme bizut à notre ancienne fac. J'ai hâte de revoir les lieux. Je serai absente une semaine environ. »

Il secoua la tête et prit une longue inspiration.

Il avait passé trente jours à Spencerville sans rien faire, ou presque, que manger, boire et se promener longuement. Sa mère lui avait suggéré d'aller à Columbus. Il s'était contenté d'appeler. Elle préparait son doctorat. Ils avaient eu une conversation assez pénible. Il ne l'avait pas interrogée sur sa vie privée. Il s'était habitué à l'idée qu'elle sortait avec d'autres hommes. Il avait bien eu d'autres femmes. Cela n'avait pas d'importance. Elle avait encore plus radicalement changé en un an. Elle était plus engagée politiquement, avait pour le soldat en uniforme des sentiments mitigés et lui avait exprimé son avis sur la guerre.

Il était furieux; elle avait gardé son calme. Il maîtrisait mal sa colère tandis qu'elle conservait un ton égal. Il s'apprêtait à lui raccrocher au nez quand elle avait déclaré : « Il faut que je te laisse. » Et il s'était aperçu qu'elle pleurait ou n'en était pas loin. Il lui avait proposé d'aller la voir; elle avait accepté. Mais il n'était pas allé à Columbus et elle n'était pas venue à Spencerville. Ils ne s'étaient pas non plus retrouvés à mi-chemin.

Keith parcourut la fin de la lettre :

« Ma tante Louise habite toujours près de chez toi. La prochaine fois que j'irai la voir, je m'arrêterai pour te dire bonjour. Prends soin de toi. Annie. »

Il glissa la lettre dans sa poche et sortit par la porte de derrière. Le vent chaud avait cessé. Il faisait plus frais. Un halo de soleil s'attardait sur l'horizon à l'ouest, mais les étoiles investissaient le ciel à l'est.

Il se dirigea vers le champ, s'enfonça entre les hautes rangées de maïs. À une centaine de mètres s'élevait une petite butte, sans doute un monticule funéraire indien. Il créait une faible dénivellation, accessible aux charrues, mais les membres de sa famille ne l'avaient jamais cultivé et avaient prié les Muller d'en faire autant. Il y poussait une débâcle d'herbes folles et un bouleau solitaire, planté ou jailli spontanément, s'épanouissait au sommet.

Keith s'abrita sous l'arbre pour contempler l'étendue de maïs. Il venait ici jouer dans son enfance et méditer dans sa jeunesse.

Ils ne s'étaient pas non plus retrouvés à mi-chemin. Question d'honneur, de fierté, comment savoir ? Il ne pouvait tout bonnement pas admettre ses aventures masculines alors qu'ils devaient passer leur vie ensemble. Il était vrai aussi qu'il ne lui avait pas parlé mariage, peut-être parce qu'il ne voulait pas la transformer en jeune veuve. C'était l'éternel dilemme des temps de guerre : se marier ou ne pas se marier ? Il ne se souvenait pas exactement de ce qui s'était dit entre eux à ce sujet, mais, elle, elle s'en rappelait sûrement.

Il s'assit au pied du bouleau et regarda les étoiles. À Washington, il les voyait à peine. Ici, en pleine campagne, la beauté du ciel l'impressionnait. Il admirait l'univers, identifiant au passage les constellations qu'il connaissait, comme avec elle autrefois.

Après le Viêt-nam, il lui restait moins d'un an de service, mais il avait décidé de le prolonger en demandant son admission à l'École de renseignement militaire de Fort Holabird, dans le Maryland. C'était un domaine intéressant. Il ne regrettait pas son choix. Il avait alors été renvoyé en mission dans cette guerre interminable, cette fois comme agent de liaison. Il avait été promu capitaine, la solde était confortable, le travail satisfaisant. C'était mieux que les champs de bataille, mieux que Spencerville, mieux que la vie dans un pays qui perdait la boule.

Ils avaient cessé de s'écrire, mais il avait appris qu'elle avait abandonné son doctorat pour voyager en Europe, avant de rentrer à Spencerville pour assister au mariage d'un cousin. D'après un ami qui était au nombre des invités, c'était là, au mariage, qu'elle avait rencontré Cliff Baxter. Ils avaient dû se donner du bon temps, au mariage ou après, car ils s'étaient mariés quelques mois plus tard. C'est du moins ce qu'on lui avait dit, mais, à ce moment-là, c'était un sujet dont il ne voulait plus entendre parler.

Keith ressortit la lettre de sa poche. Il ne pouvait plus la lire dans le jour finissant. Mais il la considérait en s'en remémorant le contenu. Les phrases, les mots étaient anodins, mais, à la lumière du passé, ils comblaient son attente. Il savait ce qu'il lui en avait coûté d'écrire cette lettre, le danger qu'elle avait bravé en la glissant dans sa boîte et en promettant de venir le voir. Et ce n'était pas seulement un danger physique, en la personne de Cliff Baxter, mais affectif aussi. Ils n'avaient pas besoin d'une autre déception, d'une autre blessure d'amour. Elle avait quand même choisi de courir le risque, et même de mener le jeu, ce qui n'était pas pour lui déplaire.

Il remit la lettre dans sa poche et tira sur les brins d'herbe qui l'entouraient.

Quand lui était parvenue la nouvelle de son mariage, il l'avait évacuée de ses pensées. Cela avait duré une semaine, au terme de laquelle, refusant d'entendre la voix de la raison, il lui avait envoyé un court billet de félicitations aux bons soins de ses parents. Elle lui avait répondu, plus brièvement encore, pour le remercier de ses vœux et le prier de ne plus jamais écrire.

Il avait toujours pensé, et elle aussi peut-être, qu'ils finiraient tôt ou tard par se retrouver. En fait, ils ne pouvaient oublier ce qu'ils avaient été l'un pour l'autre. Amis et amants pendant six ans, ils avaient chacun façonné l'existence et la personnalité de l'autre, partagé les joies et les souffrances du passage à l'âge adulte et n'avaient jamais imaginé de vivre autrement qu'ensemble. Le monde avait réussi à les séparer et sa lettre d'alors signifiait clairement que c'était bien fini entre eux, à jamais. Mais il n'y avait jamais cru.

Alors qu'il se trouvait en poste en Europe, quelques mois après son mariage, il avait reçu un mot d'elle, dans lequel elle s'excusait du ton de sa dernière lettre et lui proposait de reprendre leur correspondance, par l'intermédiaire de sa sœur qui habitait dans le comté voisin.

Il avait attendu de revenir aux États-Unis pour lui écrire, de Washington, juste quelques mots lui annonçant qu'il était de retour sur le continent, en fonction au Pentagone pour un an, plus ou moins. Ainsi avait commencé un échange de vingt ans, quelques lettres par an, signalant les événements familiaux, la naissance des enfants d'Annie, les changements d'adresse, la nomination de Keith au ministère de la Défense, les nouvelles de Spencerville, les tribulations de Keith dans le monde entier.

Ils ne s'étaient jamais envoyé de photos, n'en avaient pas demandé, n'en avaient pas même émis l'idée. Comme s'ils avaient voulu s'en tenir au souvenir vivace et mouvant de l'autre, sans le placage de clichés figés.

Il n'y avait jamais rien eu d'autre, dans cette relation épistolaire, qu'une amitié profonde, fortifiée par le temps, sauf peut-être, une fois de-ci de-là, une lettre rédigée aux heures tardives de la nuit, où surgissaient une ligne ou deux qui contenaient plus que le simple « Salut, comment va ? ». Un jour qu'il séjournait en Italie, il avait avoué : « J'ai vu le Colisée de nuit pour la première fois. J'aurais voulu que tu sois là. »

Elle avait répondu : « Je l'ai vu quand j'étais en Europe, Keith, et tu sais quoi ? J'ai eu la même pensée que toi. »

Mais ce genre de confidence demeurait rare et ils ne dépassaient jamais de beaucoup la mesure.

Chaque fois qu'il lui apprenait une nouvelle affectation dans quelque contrée exotique et lointaine, elle commentait : « Comme je t'envie tous ces voyages et ces changements. J'avais toujours imaginé que je serais celle qui mènerait une vie aventureuse et toi qui resterais planté à Spencerville. »

Ce à quoi il répliquait : « Et moi, comme je t'envie ta stabilité, tes enfants, ta vie de famille. »

Il ne s'était jamais marié, Annie n'avait jamais divorcé et Cliff Baxter n'avait pas eu le bon goût de mourir. La vie avait suivi son cours, le monde son évolution.

Il était à Saigon pour la troisième fois quand les Nord-

Vietnamiens s'étaient emparés de la ville en 1975. Il avait pris l'un des derniers hélicoptères qui avaient quitté les lieux. Il avait écrit à Annie de Tokyo : « Je savais cette guerre perdue depuis cinq ans. Quelle folie ! Un grand nombre de mes collègues ont démissionné. Je songe à les imiter. »

Elle avait répondu : « Quand nous avons joué contre Highland, ils nous menaient 36-0 à la mi-temps. À la deuxième mi-temps, tu t'es déchaîné. Tu n'as jamais aussi bien joué de ta vie. Nous avons perdu, mais quel souvenir en gardes-tu ? Celui du jeu ou celui de la défaite ? »

Un rossignol chanta au loin. Keith se tourna vers la ferme des Muller. La cuisine était éclairée. On y dînait sans doute. Il avait certainement vécu une existence plus passionnante que la leur, mais, en fin de compte, ils se retrouvaient réunis autour de la table. Il regrettait sincèrement de ne pas avoir d'enfants. Dans un sens, il était heureux qu'Annie en eût, même si ce n'était pas logique. Il ferma les yeux et écouta la nuit.

Il avait failli se marier à deux reprises au cours des cinq ou six années qui avaient suivi ; une fois avec une collègue avec qui il travaillait à Moscou, une autre fois avec une voisine de Georgetown. Chaque fois, il avait rompu. Il ne se sentait pas prêt. En fait, il ne serait jamais prêt et il le savait bien.

Il avait décidé de cesser leur correspondance, sans s'y résoudre tout à fait. Alors, il mettait des mois à lui répondre quelques mots rapides et distants.

Elle n'avait pas relevé ce changement de ton et avait continué à lui envoyer ses deux ou trois pages de nouvelles locales, émaillées çà et là d'une allusion au passé. Et puis elle avait fini par suivre son exemple et les lettres s'étaient espacées. Vers le milieu des années 80, leur correspondance semblait tarie, réduite aux cartes de Noël et d'anniversaires.

Il revenait à Spencerville de temps en temps, mais ne la prévenait jamais, pensant chaque fois lui rendre visite pendant son séjour, sans jamais passer de l'intention à l'acte.

En 1985, elle lui avait écrit après l'une de ses escales : « Il paraît que tu es venu pour l'enterrement de ta tante.

Quand je l'ai appris, tu étais déjà reparti. J'aurais aimé prendre un café avec toi. Enfin, je ne sais pas. Tant que je n'ai pas été sûre que tu avais quitté la ville, j'ai été comme une pile électrique à l'idée que tu pouvais te trouver dans le coin. Quand j'en ai eu la certitude, j'ai été soulagée. Quelle trouillarde ! »

Il avait protesté : « C'est moi le trouillard. J'ai moins peur de faire la guerre que de tomber sur toi au coin de la rue. Pour tout te dire, je suis passé devant ta maison. Je me souviens du temps où la vieille Mme Wallace y habitait. Tu l'as bien arrangée. Les fleurs sont très jolies. Je suis ravi pour toi. » Il avait ajouté : « Nos chemins se sont séparés en 1968 et ils ne peuvent se croiser à nouveau. En nous revoyant, nous quitterions nos trajectoires pour pénétrer en terrain miné. Quand je suis à Spencerville, je ne fais que passer et je ne veux pas semer le trouble. En revanche, si tu te trouves un jour à Washington, je serai enchanté de prendre cette tasse de café avec toi. Je pars pour Londres dans deux mois. »

Elle ne lui avait pas répondu tout de suite, mais lui avait écrit à Londres, sans mentionner leur dernière conversation épistolaire. Il n'avait pourtant pas oublié ce qu'elle disait dans ce billet : « Mon fils Tom a disputé son premier match de foot samedi dernier. Ça m'a rappelé le jour où je t'ai vu pour la première fois débarquer sur le stade en maillot. Toi, tu ne vis pas entouré de ces objets et de ces lieux familiers, moi oui, et parfois il suffit d'un match de foot pour m'évoquer un souvenir. Et alors, j'ai envie de pleurer. Désolée. »

Il avait aussitôt saisi sa plume : « Non, je ne vis pas entouré d'objets et de lieux chargés de souvenirs, mais, quand je me sens très seul et inquiet, je pense à toi. »

Dès lors, leur courrier s'était intensifié. Surtout, il avait pris un tour plus intime. Ils n'étaient plus des gamins, ils approchaient l'âge mûr, avec tout ce que cela implique. Il avait lu cette phrase d'elle : « Je ne peux pas croire que je ne te reverrai pas au moins une fois. »

Elle avait reçu cette réponse : « Je te promets que nous nous reverrons, si Dieu le veut. »

Apparemment, Dieu le voulait.

Pourtant, il s'était encore écoulé six années sans que se

produise la rencontre promise. Il attendait peut-être un événement, qu'elle divorce ou qu'elle tombe malade. Il n'était rien arrivé de tel. Alors, ses parents avaient quitté Spencerville, lui ôtant toute raison d'y revenir.

En 1989, le mur de Berlin était tombé. Il y était. Ensuite, il avait dû se rendre à Moscou, où il avait assisté au coup d'État manqué d'août 1991. Il était alors au sommet de sa carrière et participait à l'élaboration de la politique à Washington. Son nom était parfois cité dans les journaux. Du point de vue professionnel, il était comblé. Sur le plan personnel, il sentait bien qu'il lui manquait quelque chose.

L'euphorie des années 80 avait cédé la place au marasme des années 90. Il y avait une réflexion de Churchill que se répétaient ses collègues : « La guerre des géants s'achève, celle des pygmées commence. » Parce que la guerre des pygmées nécessitait moins de monde, on avait prié ses homologues de rentrer chez eux et, finalement, son tour était venu. Et voilà.

Keith rouvrit les yeux et se leva. « Me voilà. »

Il regarda autour de lui et alors seulement établit un lien entre ce tertre funéraire et ceux qu'il avait vus au Viêtnam. C'étaient les seules élévations de terrains qui brisaient la platitude infinie des rizières et il lui arrivait souvent d'y aménager avec ses hommes un abri défensif pour la nuit. Une fois, un vieux moine bouddhiste s'était approché pendant qu'ils creusaient et lui avait dit : « Puisses-tu vivre des temps intéressants. » Le jeune lieutenant Landry avait pris ce souhait pour une sorte de bénédiction et n'avait appris que bien plus tard qu'il s'agissait d'une antique malédiction. Beaucoup plus tard encore, il en avait compris la teneur.

Le soleil avait disparu, mais la lune éclairait les champs à perte de vue. Tout était silencieux. L'air soulevait un parfum de bonne terre et de riche moisson. C'était une de ces nuits que la mémoire retient des années plus tard.

Il quitta la butte et s'engouffra dans la travée végétale. Il se rappelait la première fois que son père avait planté vingt hectares de maïs à titre d'essai. Quand les premières pousses étaient sorties, il en avait été ébahi. Elles formaient un dédale de verdure aux parois élevées, tout un monde de mystère pour ses amis et lui. Ils jouaient à cache-cache, fomentaient de nouveaux jeux, s'égaraient des heures durant en se représentant d'épouvantables dangers tapis au détour du labyrinthe. Le champ leur inspirait une délicieuse frayeur la nuit. Ils dormaient souvent à la belle étoile entre deux rangées de maïs, armés de fusils de bois, et montaient la garde dans l'ombre en se laissant envahir par une indicible terreur.

Nous étions tous de petits soldats à l'entraînement. Il ne savait si c'était inscrit dans leurs gènes ou si c'était la réminiscence de l'époque où cette terre appartenait encore à l'Ouest à conquérir. *Parce que le danger n'existait pas, nous l'inventions, nous ressuscitions les Indiens d'antan, imaginions des bêtes fauves à l'affût dans la campagne et des croque-mitaines derrière chaque plant. Ainsi, quand la vraie guerre est arrivée, nous étions prêts.* C'était là le nœud de leur histoire en 1968. Il aurait pu rejoindre Annie à l'université, l'épouser, lui donner des enfants et vieillir avec elle, comme tant de ses camarades d'école. Mais il était déjà programmé pour une autre vie et elle l'avait compris. Elle l'avait laissé partir parce qu'elle savait qu'il lui fallait pourfendre quelques dragons. La suite n'avait été qu'une série d'occasions manquées, une conjonction d'orgueil masculin et de réserve féminine, une question d'incommunicabilité, de malchance et de mauvaise synchronisation. *Eh oui, nous étions des amants aux destins contraires.*

9

Il plut toute la journée et ce n'était pas l'un de ces grains passagers qu'apportent par à-coups les orages d'été. C'était une pluie froide et tenace venue du lac Érié, un avant-goût d'automne. Elle arrivait à point car le maïs n'était pas encore mûr et ne le serait pas avant Thanksgiving. S'il se trouvait encore dans les parages au moment des récoltes, Keith irait proposer son aide aux Muller et aux Jenkins. De nos jours, les machines agricoles effectuaient l'essentiel de la tâche, mais on voyait encore chez l'homme désœuvré à l'époque des moissons un pécheur vautré dans la paresse. En revanche, ceux qui mettaient la main à la pâte étaient assurés de leur salut. Le principe protestant de la prédestination laissait Keith dubitatif et il soupçonnait bon nombre de ses voisins, les amishs exceptés, de ne plus trop y croire. Mais, à tout hasard, les gens préféraient se comporter comme s'ils faisaient partie des justes et, de toute manière, Keith avait envie de prendre part à la moisson.

Comme il avait pas mal de choses à faire dans la maison, la pluie ne le dérangeait pas. Il avait dressé la liste des bricolages à exécuter : plomberie, électricité, volets arrachés, vis à resserrer, boulons à desserrer. Son père avait laissé tout un atelier dans la cave, avec les outils et le matériel nécessaires.

Keith prenait plaisir à ces menus travaux. Il y puisait une satisfaction telle qu'il n'en avait pas éprouvé depuis longtemps.

Il commença par changer les joints de tous les robinets. Ce n'était sans doute pas le genre d'occupations auxquelles s'adonnaient en ce moment ses confrères du renseignement, mais elles lui laissaient l'esprit assez libre pour réfléchir.

Aucun incident n'avait troublé la semaine. Keith avait remarqué que le va-et-vient des voitures de police avait cessé devant chez lui. Cet état de choses coïncidait avec l'absence d'Annie. Cliff Baxter l'avait peut-être accompagnée à Bowling Green, mais il en doutait. Il savait trop quel genre d'homme était Baxter. Un anti-intellectuel dans la pire tradition de l'Amérique profonde. Mais surtout, il n'était pas du genre à jouer les pèlerins dans un endroit où sa femme avait connu quatre années de bonheur avant de se marier avec lui.

D'autres auraient été rassurés de savoir que leur femme n'avait eu qu'un seul amant à la fac et n'avait pas couché avec toute l'équipe de foot. Cliff Baxter, lui, devait considérer comme inacceptables par principe toutes les expériences prémaritales de son épouse. La femme du grand homme ne pouvait avoir vécu avant lui.

Keith avait songé à la rejoindre à Bowling Green. N'était-ce pas le lieu idéal pour la retrouver ? Mais elle lui avait promis une visite à son retour. Et il n'était pas exclu, malgré tout, que Cliff Baxter l'ait accompagnée pour la tenir à l'œil et rendre aussi pénible que possible sa tournée avec sa fille. Keith imaginait assez bien la discussion qu'avait dû déclencher chez les Baxter la décision de leur fille d'intégrer l'ancienne université de sa mère.

Maintenant que ses deux enfants avaient quitté le giron familial, Annie Baxter devait se poser quelques questions. Keith en avait l'intuition, d'autant qu'Annie le lui avait laissé entendre dans une lettre récente. Elle y parlait seulement de « se décider à terminer son doctorat, à prendre un emploi rémunéré ou à se lancer dans des activités auxquelles elle avait trop longtemps renoncé ».

Peut-être qu'il existait pour chacun un chemin tracé à l'avance, comme le proclamait le révérend Wilkes dans ses sermons, et que la vie n'était pas le chaos que montraient les apparences. L'arrivée de Keith Landry à Spencerville ne coïncidait-elle pas avec le départ des enfants d'Annie, désormais seule dans une maison vide ? En même temps, cet heureux concours de circonstances n'était peut-être pas aussi fortuit qu'il le semblait ; Keith savait par les lettres d'Annie que Wendy devait à son tour s'envoler du nid et cette nouvelle avait pu influencer inconsciemment son désir de revenir. Et cependant, sa mise à la retraite forcée aurait pu se produire deux ou trois ans plus tôt, ou plus tard. Quoi qu'il en soit, il était prêt à changer de vie, et Annie aussi, qui, au ton de ses dernières lettres, était atteinte de sérieuse lassitude. Alors, coïncidence, volonté inconsciente ou miracle ? Sans doute un peu de chaque.

Il était partagé entre la passivité et l'action. À l'armée, on l'avait entraîné à agir ; au renseignement, on lui avait enseigné la patience. « Il y a un temps pour tout, un temps pour semer, un temps pour récolter », disait la catéchiste de son enfance. L'un de ses instructeurs du renseignement ajoutait : « Laissez passer le moment et vous êtes foutus. »

« Amen. »

Il avait accepté une invitation à un barbecue chez sa tante Betty le jour de la fête du Travail. Il faisait beau, les grillades étaient délicieuses, les salades fraîches et savoureuses et le maïs de table, qui mûrissait bien avant le maïs à bestiaux, venait d'être cueilli.

Il y avait une vingtaine de personnes, que Keith connaissait toutes, de près ou de loin. Les hommes de sa génération, ceux qui frisaient la cinquantaine, avaient l'air vieux. Cela lui avait sapé le moral. Autour d'eux gravitait toute une jeunesse qui l'avait assailli de questions sur Washington. Ils voulaient tous savoir s'il était allé à New York. Paris, Londres, Rome, Moscou et les autres endroits où il avait vécu sortaient trop de leur cadre de références pour les intéresser. Quant à sa profession, ils avaient entendu dire par leurs parents qu'il était dans la diplomatie, mais la plupart ignoraient ce que cela recouvrait et, à plus forte raison, en quoi consistaient ses dernières fonctions auprès du Conseil de sécurité nationale. À vrai dire, pendant les vingts années passées au renseignement militaire, à l'Agence pour la défense du territoire et à la Sécurité nationale, il avait eu lui-même de plus en plus de mal, d'affectation en promotion, à cerner la définition de ses attributions. Tant qu'il était agent, simple espion, c'était clair comme de l'eau de roche. Plus il gravissait les échelons, plus les choses devenaient floues. Il avait participé, à la Maison-Blanche, à des conférences où siégeaient des représentants du Conseil consultatif sur le renseignement étranger, de l'Agence centrale de renseignements, la CIA, du Bureau de recherche et d'information, du Groupement de réseaux, de l'Agence pour la sécurité nationale, à ne pas confondre avec le Conseil de sécurité nationale, et d'autres services de renseignements, dont l'Agence pour la défense du territoire, son dernier employeur en date. Dans le monde du renseignement, multiplicité est synonyme de sécurité maximale. Comment quinze ou vingt agences et bureaux différents pourraient-ils laisser échapper une information capitale ? Simple.

Les choses étaient peut-être troubles dans les années 70 et 80, mais, au moins, elles avançaient. À partir de 1990, la situation s'était bloquée. Keith se disait que son départ anticipé lui avait sans doute évité cinq années de confusion embarrassante. Son dernier poste l'avait parachuté dans une commission chargée très sérieusement de mettre au point une caisse de retraite secrète pour les anciens hauts gradés du KGB. « Une sorte de plan Marshall pour nos vieux ennemis », disait l'un des membres. Il n'y a que l'Amérique pour inventer des choses pareilles.

Toujours est-il que le barbecue s'acheva par une partie de base-ball improvisée au crépuscule dans le jardin de la tante Betty. Keith n'avait pas pensé qu'il s'amuserait autant.

Un seul détail l'avait gêné : la présence de trois femmes sans mari, une cousine issue de germain prénommée Sally, célibataire de trente ans, d'un poids approchant les cent kilos, néanmoins adorable, et deux femmes divorcées, Jenny, mère de deux enfants, et Anne, sans enfants, toutes deux âgées d'une quarantaine d'années et jolies. Il avait eu la nette impression qu'elles n'étaient pas là seulement pour déguster les salades.

Jenny était mignonne, délurée, excellente au base-ball et très appréciée des enfants. Les enfants et les chiens sont souvent meilleurs juges du caractère des gens que leurs congénères. Keith avait eu maintes occasions de le vérifier.

Jenny lui avait expliqué qu'elle faisait un peu de ménage chez les gens pour arrondir ses fins de mois et proposé de l'appeler s'il avait besoin d'elle. Il le lui avait promis. Dans cette région, un homme qui avait franchi la quarantaine sans se marier suscitait une certaine agitation et donnait lieu à toutes sortes de spéculations sur la manière de le caser. Keith ignorait ce que Jenny en pensait, mais il lui faisait confiance pour approfondir la question.

Or, depuis son retour, il lui semblait, sans raison, devoir rester fidèle à Annie. Cela ne lui posait aucun problème. Il se serait de toute façon plié bien volontiers à cette exigence. Mais il jugea prudent d'avoir l'air de s'intéresser aux autres femmes, de peur que ne se crée dans les esprits une association systématique entre Keith Landry et Annie Baxter. Il avait donc noté le numéro de téléphone de Jenny, remercié sa tante et salué la compagnie en la laissant à ses spéculations. Il avait passé une bonne journée.
Keith s'apprêtait à monter au grenier quand la sonnette de l'entrée retentit. Il regarda par la fenêtre et aperçut une voiture inconnue, une toute petite chose grise qui ne payait pas de mine. Il alla ouvrir. Sur le seuil se tenait un

homme entre deux âges, à la moustache tombante, un parapluie replié à la main. Il était plutôt gringalet, portait des lunettes à monture d'acier et arborait une couronne de cheveux bruns autour d'une calvitie sommitale. Il dit :

— Je maintiens que cette guerre était immorale et révoltante, mais je regrette de t'avoir traité de massacreur d'enfants.

Keith sourit en reconnaissant la voix.

— Salut, Jeffrey.

— J'ai appris que tu étais revenu. Il n'est jamais trop tard pour présenter des excuses.

Il tendit la main. Keith la serra.

— Entre.

Dans la grande salle de séjour, Jeffrey Porter enleva son imperméable et l'accrocha au portemanteau. Alors, il déclara :

— Par où on commence après tout ce temps ?

— Je commence par te dire que tu es chauve.

— Mais pas gros.

— Non, pas gros. Les contestataires gauchistes, tendance bolchevique, sont toujours maigres comme des clous.

Jeffrey éclata de rire.

— Il y avait longtemps que je n'avais pas entendu ces douces paroles.

— Eh bien, tout arrive, quand on le veut bien, gaucho.

Ils tombèrent dans les bras l'un de l'autre en riant.

— Tu as l'air en forme, Keith.

— Merci. Allons chercher des bières.

Ils se dirigèrent vers la cuisine, remplirent une glacière de canettes et la transportèrent sur la véranda. Là, ils s'échouèrent dans des fauteuils à bascule et burent en contemplant la pluie, perdus dans leurs pensées. Soudain, Jeffrey demanda :

— Où sont passées les années, Keith ? Banal comme remarque, non ?

— Oui et non. C'est une bonne question et nous ne connaissons que trop bien la réponse.

— En effet. Dis, je n'ai vraiment pas été très sympa avec toi.

— Personne n'était sympa avec personne à l'époque.

Nous étions jeunes, passionnés, convaincus. Persuadés de tout savoir.

— Nous ne savions rien de rien, commenta Jeffrey en ouvrant une autre bière. Tu étais le seul type au lycée et à Bowling Green que je trouvais presque aussi intelligent que moi.

— Aussi intelligent ? Plus intelligent, tu veux dire.

— C'est pour ça que ça me mettait en rogne de te voir faire l'imbécile.

— Quant à moi, je n'ai jamais compris comment un mec aussi malin que toi pouvait débiter toute cette salade radicaliste sans réfléchir par lui-même.

— Je n'y adhérais pas complètement, même si je la formulais.

— Affolant. J'ai vu pratiquer ça par des populations entières.

— Ouais. Mais toi, tu as avalé le credo patriotico-cocardier sans beaucoup te poser de questions non plus.

— J'en suis revenu. Et toi ?

Jeffrey opina.

— Je suis revenu de beaucoup de choses aussi. Allez, assez parlé politique. Sinon, cela finira encore par un pugilat. Raconte-moi. Comment te retrouves-tu ici ?

— J'ai été viré.

— D'où ? Tu étais toujours dans l'armée ?

— Non.

— Qui t'a viré alors ?

— Le gouvernement.

Jeffrey lui jeta un regard en coin et le silence retomba. Keith regardait la pluie tomber sur la campagne. Il y avait quelque chose de très agréable à regarder tomber la pluie à l'abri d'une grande terrasse. Cette sensation lui avait manqué.

Jeffrey s'informa :

— Tu es marié ?

— Non. Et toi, tu l'as épousée, cette fille... ? Cette hippie qui avait des cheveux jusqu'aux fesses, que tu avais rencontrée en dernière année ?

— Gail. Oui, je l'ai épousée. Nous sommes toujours mariés.

— Bien. Des enfants ?

— Non. La terre est déjà trop peuplée. Nous apportons notre contribution autrement.

— Moi aussi. Où habitez-vous ?

— Ici. Nous sommes revenus nous installer il y a deux ans, si tu veux tout savoir. Nous sommes d'abord restés à Bowling Green quelques années.

— J'ai su ça. Ensuite ?

— Nous avons tous les deux obtenu une bourse de recherche à Antioch et nous y avons travaillé et enseigné un certain temps avant de nous retirer ici.

— Je crois que, si j'étais resté un an de plus à l'université ou à proximité d'un campus, je serais devenu dingue.

— Ça ne convient pas à tout le monde, admit Jeffrey. Comme le gouvernement.

— Exact.

— Tu as revu Annie depuis ton retour ?

— Non.

Keith décapsula une autre bière.

Jeffrey observait son vieil ami et camarade de classe. Keith sentait le poids de son regard sur lui.

— Ça ne te fait plus rien de parler d'elle, n'est-ce pas ?

— Non.

— Je la rencontre de temps en temps. Chaque fois, je lui demande si elle a de tes nouvelles et elle me dit qu'elle n'en reçoit jamais. C'est drôle, nous étions si proches... *Those were the days, my friend, we thought they'd never end*... c'était le bon temps et nous croyions qu'il ne finirait jamais...

— Nous savions bien que ça ne durerait pas éternellement.

Jeffrey approuva.

— Je lui ai plusieurs fois demandé de venir prendre un verre avec Gail et moi, mais elle a toujours refusé. Ça m'a déçu au début et puis j'en ai appris davantage sur son mari. Un vrai facho, tu savais ça ? Je les ai aperçus à une vente de charité de l'hôpital à Elks Lodge une fois. Annie était charmante, comme elle sait l'être, et son nazi de mari la surveillait comme le lait sur le feu. Tu vois le genre ? Ce primate était au bord du coup de sang parce qu'elle parlait avec des hommes, des types mariés, nom d'un chien, des médecins, des avocats, pas des freluquets. Son comportement n'avait vraiment rien d'équivoque et il aurait dû être fier au contraire du succès de sa meilleure moitié. Dieu sait qu'un bon service de relations publiques ne peut pas lui faire de mal. Alors, il l'a prise par le bras et ils sont partis. Comme ça. J'ai peut-être des idées socialistes et égalitaires, mais je suis aussi un fieffé snob, et de voir une fille si raffinée et cultivée se trimbaler avec un connard pareil... Où vas-tu ?

— Toilettes.

Keith s'enferma dans la salle de bains et s'aspergea le visage. Il se regarda dans la glace. Franchement, il était plutôt bien conservé et n'avait pas trop changé par rapport à ses photos de la fac. En revanche, Jeffrey était méconnaissable. Il se demanda à quoi ressemblait Annie. Jeffrey pourrait le lui dire, mais il n'avait pas l'intention de le lui demander. D'ailleurs, il s'en moquait. Cela ne faisait aucune différence. Il revint s'asseoir sur la véranda.

— Comment as-tu su que j'étais là ?

— Oh... quelqu'un l'a dit à Gail. Je ne sais plus qui. (Jeffrey revint à son premier sujet.) Elle est encore jolie.

— Qui, Gail ?

Jeffrey pouffa de rire.

— Annie. Je t'aurais bien encouragé à renouer, Keith, mais ce salaud serait capable de te tuer. (Il ajouta :) Il sait qu'il a eu de la veine et il ne veut pas risquer de la perdre.

— Comme ça, tu as atterri à Antioch, patrie du politiquement correct. Ça te va bien.

— Ben... sans doute. Avec Gail, on y a eu quelques belles années. On organisait des manifestations, des grèves, des boycotts des centres de recrutement de l'armée. Génial.

Keith lâcha un petit rire.

— Incroyable. Pendant qu'on me tirait dans le cul, toi, tu dissuadais la relève.

Jeffrey rit avec lui.

— C'était toute une époque. Tu aurais dû rester avec nous. Seigneur, nous fumions assez d'herbe pour shooter un troupeau entier d'éléphants, nous couchions avec tout le campus, nous...

— Tu veux dire que tu allais forniquer ailleurs ?

— Évidemment. Tu as manqué quelque chose pendant que tu faisais le mariole dans la jungle.

— Mais... écoute, je suis un gars de la campagne... vous n'étiez pas mariés ?

— Si, en principe. Ben, ouais, il le fallait pour tout un tas de raisons, le logement, les allocations, tous ces machins-là. C'était l'État-flic, tu te souviens qu'on disait ça ? Mais nous croyions à l'amour libre. Gail prétend jusqu'à présent que c'est elle qui a lancé le slogan « Faites l'amour, pas la guerre ». En 64, d'après elle. Ça lui serait venu en rêve. Droguée jusqu'aux yeux, probablement.

— Engagez un spécialiste des droits d'auteur.

— Ouais. Enfin, nous refusions toutes les valeurs et les sentiments petits-bourgeois, nous rejetions en vrac la religion, le patriotisme, les parents et tout ça. (Il se pencha vers Keith pour lui confier :) Nous étions déboussolés, mais heureux, nous y croyions. Peut-être pas tellement, mais suffisamment. Nous détestions vraiment la guerre. Vraiment.

— Oui. Je ne l'aimais pas beaucoup non plus.

— Allons, Keith, ne te mens pas à toi-même.

— Ce n'était pas politique pour moi. Juste un grand jeu avec des fusils et des canons.

— Des gens sont morts.

— C'est vrai, Jeffrey. Je pense encore à eux en pleurant. Et toi ?

— Non, mais je n'ai pas voulu leur mort. (Il pinça le bras de Keith.) Allez, n'en parlons plus. Tout le monde s'en fout maintenant.

— Tu as sans doute raison.

Ils entamèrent chacun une autre bière et se balancèrent dans leur fauteuil. Keith se disait que, dans vingt ans, ils auraient des couvertures sur les genoux, un jus de pomme à la main, et qu'ils s'entretiendraient de leur santé et de leur enfance. Les années intermédiaires, entre le début et la fin, les années d'amour, de sexe, de passion, de politique et de lutte seraient effacées et presque oubliées. Pourvu que non.

Il dit :

— Combien de Spencerville étions-nous à Bowling Green ? Moi, toi, Annie, ce gus un peu bizarre qui était plus vieux que nous... Jake, c'est ça ?

— Oui. Il est parti en Californie. Jamais plus entendu

parler de lui. Il y avait aussi Barbara Evans, un sacré morceau celle-là. Elle est allée à New York et s'est mariée avec un type plein aux as. Je l'ai revue à la vingtième réunion des anciens.

— Du lycée ou de Bowling Green ?

— De Bowling Green. Je ne suis jamais allé à aucune réunion d'anciens du lycée. Et toi ?

— Non plus.

— La dernière vient d'avoir lieu cet été. J'irai l'année prochaine si tu viens aussi.

— Marché conclu.

— Il y avait un autre copain du lycée à la fac. Jed Powell, deux ans de moins que nous. Tu te souviens de lui ?

— Et comment ! Ses parents avaient une petite quincaillerie en ville. Qu'est-ce qu'il devient ?

— Il a été blessé à la tête au Viêt-nam. Après son retour, il a vivoté pendant quelques années plutôt pénibles et il est mort. Nos parents étaient très amis. Je suis allé à l'enterrement avec Gail. Nous avons distribué des tracts antimilitaristes. Ce n'était pas de très bon goût.

— Peut-être pas.

— Tu vieillis ou tu es pinté ?

— Les deux.

— Moi aussi.

Ils parlèrent encore de leurs familles, rameutèrent leurs souvenirs de Spencerville et de Bowling Green. Ils se racontèrent des anecdotes et évoquèrent de vieux amis arrachés à la nuit des temps.

La lumière baissait, la pluie tombait toujours. Keith remarqua :

— Pratiquement tous ceux que j'ai connus se sont trouvés à un moment ou à un autre sur cette véranda.

— Tu sais, Keith, nous ne sommes pas encore vieux et nous sommes déjà environnés de fantômes.

— Je vois ce que tu veux dire. Nous n'aurions peut-être pas dû revenir, Jeffrey. Au fait, pourquoi es-tu revenu ?

— Je ne sais pas. C'est moins cher qu'à Antioch. Nous ne sommes pas très à l'aise financièrement parlant. Nous étions tellement occupés à endoctriner la nouvelle génération de gauchistes que nous n'avons pas pensé à l'argent. (Il ajouta en riant :) J'aurais dû souscrire à l'emprunt pour la Défense.

— Ce n'est pas un très bon placement par les temps qui courent. Tu travailles ?

— Je donne des cours de soutien aux gosses du lycée. Gail aussi. Et elle siège au conseil municipal pour un dollar par an.

— Sans blague ! Qui a bien pu voter pour une soixante-huitarde ?

— Son adversaire a été surpris dans une drôle de situation dans des toilettes pour hommes.

Keith sourit.

— Tu parles d'un choix !

— Ouais. Son mandat s'achève en novembre. Baxter y a veillé.

— Tu ne m'étonnes pas.

— Dis, fais attention à lui, Keith. Il est dangereux.

— Je suis respectueux des lois.

— Ça ne suffit pas, l'ami. C'est un malade.

— Alors, qu'est-ce que vous attendez pour y remédier ?

— Nous faisons notre possible.

— Vous faites votre possible ? N'est-ce pas vous qui avez failli renverser le gouvernement des États-Unis dans le temps ?

— C'était plus facile. C'était dans le temps.

Les papillons de nuit s'élançaient à l'assaut des vitres de la maison, les rocking-chairs grinçaient. Keith ouvrit les deux dernières bières et en tendit une à Jeffrey.

— Je ne comprends pas pourquoi vous avez quitté le confort de vos emplois d'enseignants.

— C'est que... ça devenait difficile.

— Qu'est-ce qui devenait difficile ?

— Tout. Gail enseignait la sociologie, moi Marx, Engels et autres philosophes blancs, mâles, européens et morts pour de bon. J'étais dans ma tour d'ivoire et je ne voyais pas ce qui se passait dans la réalité du monde. L'effondrement du communisme m'a pris par surprise.

— Moi aussi. Pourtant, j'étais payé pour éviter les surprises.

— Ah oui ? Tu étais une sorte d'espion ?

— Continue. Tes héros avaient des pieds d'argile. Et alors ?

Il sourit.

— Résultat, je ne savais plus si je devais réécrire mes cours ou repenser ma vie.

— Je vois.

— De toute façon, mes conférences n'attiraient pas beaucoup de monde, et moi qui avais été à l'avant-garde de la pensée sociale, je me retrouvais complètement dépassé. Mon Dieu, je n'arrivais même plus à faire des touches. Bon, je suis peut-être trop vieux pour les petites étudiantes de première année... mais c'est plus mental que physique. Tu comprends ? Et puis c'est réglementé maintenant, des bottins entiers de réglementation sur le comportement sexuel. Rends-toi compte, il faut demander la permission à chaque étape du processus. Puis-je déboutonner ta chemise ? Puis-je t'enlever ton soutien-gorge ? Puis-je te caresser les seins ? Sans rire, dit-il en riant. Tu aurais imaginé ça quand on était à la fac ? Seigneur, on baisait et on s'envoyait en l'air, un point c'est tout. Enfin, pas toi, mais... Quant à Gail, elle n'était plus en phase, elle non plus. Tous les étudiants qu'elle aurait dû avoir s'inscrivaient en études féministes, histoire afro-américaine, philosophie amérindienne ou en cours de capitalisme New Age. La sociologie pure n'intéresse plus personne. Elle avait l'impression de... dater. Grands Dieux, le pays a donc changé à ce point !

— Antioch n'est peut-être pas représentatif de l'ensemble du pays, Jeffrey.

— Sans doute. Mais, merde, il n'y a rien de plus pathétique qu'un vieux révolutionnaire qui n'est plus dans le coup. La révolution finit toujours par user ses partisans. Je le savais il y a trente ans. Mais je ne m'attendais pas à rester aussi vite sur le carreau.

— On vous a licenciés ?

— Non. Ça ne se fait pas. Gail et moi nous sommes réveillés un matin, notre décision prise. Nous avons démissionné pour une question de principe. C'est idiot, non ?

— Non. C'est bien. C'est honorable. Je ne peux pas en

dire autant. J'aurais bien aimé faire comme vous. Mais moi, on m'a vidé.

— Pourquoi ? Restrictions budgétaires ?

— Ouais. Le prix de la victoire, c'est le chômage. Quelle ironie !

— Oui mais, au moins, tu as gagné. Moi, je ne peux plus rêver d'un paradis socialiste sur terre. (Il finit sa bière et écrasa sa canette dans sa main.) La politique est une chose redoutable. Elle divise les gens.

— Je te l'avais bien dit.

Keith se tut. Il réfléchissait à ce que Jeffrey venait de dire. Ses amis d'enfance et lui avaient eu des vies différentes et des convictions différentes. Apparemment, leur séjour à l'université ne leur avait rien laissé de commun avec lui. Et pourtant, il y avait entre eux plus d'unité qu'il n'y paraissait.

Ils avaient grandi ensemble, joué dans la même cour d'école, intégré l'université le même jour. Tous se considéraient comme d'honnêtes gens, des idéalistes peut-être, et pensaient sans doute contribuer de leur mieux au bien de l'humanité. Ils avaient servi dans des armées différentes pendant que d'autres restaient à l'écart. Mais en fin de compte, ils avaient tous été dupés, usés et abusés par des systèmes différents. Et cependant, ils se retrouvaient sur cette véranda pour boire ensemble un peu trop de bières. Keith dit à Jeffrey :

— Nous avons tous les deux été rejetés sur le bas-côté de l'histoire, mon ami. Nous sommes des reliques inutiles qui ont perdu la guerre.

Jeffrey hocha la tête.

— Oui. Crois-tu que nous vivrons correctement les trente prochaines années ?

— Probablement pas. Mais nous ne commettrons pas les mêmes erreurs.

— C'est sûr. Quand même, le passé nous colle à la peau, Keith. Le bruit s'est répandu que Gail et moi étions communistes, ce qui n'est pas tout à fait exact. Mais cela ne nous a pas aidés à trouver des élèves. Qu'est-ce qu'il faut qu'on fasse ? Qu'on aille à l'église ? Qu'on aille se pavaner en bleu, blanc, rouge le jour de la fête nationale ? Qu'on s'inscrive au parti républicain ?

— Mon Dieu, non !

— Évidemment. Nous sommes toujours de gauche. On n'y peut rien.

— Non, et vous aimez ça. C'est pour ça que vous êtes ici. Hier, vous faisiez l'actualité à Antioch. Ici, vous êtes hors normes et donc dangereux.

Jeffrey se frappa le genou.

— C'est vrai. Ici, le temps s'est fourvoyé dans un cul-de-sac. Ça me plaît. (Il regarda Keith.) Et toi, sais-tu pourquoi tu es ici ?

— Je crois.

— Pourquoi ?

— Eh bien... je suis un cynique invétéré. Ici, on ne sait même pas ce qu'est le cynisme. Alors, je suis venu me désintoxiquer.

— Ouais. Le cynisme, c'est l'humour en mauvaise santé. H.G. Wells. Je te souhaite de guérir.

— J'espère bien.

— Peut-être que j'arriverai à guérir de mon idéalisme. Tu sais ce qu'est un idéaliste ? C'est un mec qui a remarqué que les roses sentent meilleur que les choux et qui croit qu'il fera une meilleure soupe avec les roses qu'avec les choux. C'est mon problème. C'est pour ça que je suis fauché, au chômage et au ban de la société. Et pourtant, je ne suis pas cynique. Il y a de l'espoir.

— Dieu te garde. Peut-on dire ça à un athée ?

— On peut. Tu es déjà allé à l'église ?

— Non.

— Tu devrais.

— Est-ce bien toi qui me donnes ce conseil, Jeffrey ?

— Eh oui... J'ai vu ce qu'était le pouvoir de la religion en Pologne, en Russie... je n'adhère pas mais c'est un remède souverain pour les esprits troublés. Il t'en faudrait une dose.

— Peut-être.

Jeffrey se leva en titubant un peu.

— Bon, je dois m'en aller, vieux. Le casse-croûte m'attend. Viens donc dîner avec nous demain soir. Gail sera ravie de te voir. Nous sommes toujours végétariens, mais tu peux apporter ton steak. Il y a du vin et de la bière. Nous n'avons rien contre l'alcool.

— Je vois ça. (Keith se leva à son tour, tout aussi chancelant.) À quelle heure ?

— Peu importe... 6 heures, 7 heures. (Il se dirigea vers le perron et s'appuya à une colonnade.) Tu veux amener quelqu'un ? Une amie ?

— Non.

— Qu'est-ce que tu fais pour la gaudriole ? Il ne faut pas te laisser dépérir. La ville est pleine de femmes divorcées qui ne demanderont pas mieux.

— Es-tu en état de conduire ?

— Évidemment. C'est tout droit. Nous louons une ferme et quelques mètres carrés pour nos cultures macrobiotiques. À quatre kilomètres, sur la route. L'ancienne ferme Bauer.

— Je vais te ramener.

— Non... si je suis arrêté, Gail m'arrangera ça. Tandis que toi, ils ne te rateront pas.

— Pourquoi tu dis ça ?

Jeffrey revint vers Keith et le prit par l'épaule. Il confia à voix basse :

— C'est pour ça que je suis passé... même si nous n'avons pas toujours été très copains... Il fallait que je te prévienne. Gail a un informateur proche de la police... au commissariat central en fait, mais tu gardes ça pour toi. Il s'avère que Baxter veut ta peau et tu sais aussi bien que moi pourquoi. Fais extrêmement attention, vieux.

— Merci.

Après une hésitation, Jeffrey reprit :

— Je ne sais pas si vous avez gardé le contact, mais j'ai le sentiment que vous deux... comment dire ? Je n'ai jamais pu vous imaginer autrement qu'ensemble... Quand je vois Annie, je pense à Keith et, quand je suis arrivé ici, j'ai pensé à Annie. C'est tout juste si je ne m'attendais pas à vous trouver tous les deux derrière la porte, comme à Bowling Green... Ouf, je radote.

Il tourna les talons, descendit les marches du perron et s'éloigna sous l'averse sans son parapluie. Il grimpa dans sa voiture et partit.

Keith suivit du regard le sillon de ses feux sur la route noire, luisante de pluie.

10

Le lendemain matin, le soleil apparut dans un ciel sans nuages. Keith aurait voulu travailler dehors, mais tout était mouillé à cause de la pluie. Il enfila donc un jean propre et une chemisette toute neuve et se rendit en ville pour s'y acquitter de quelques démarches.

Il fut tenté d'effectuer un détour par la maison des Baxter, mais la police avait dû déjà identifier sa nouvelle voiture. À quoi bon d'ailleurs vérifier si Annie était rentrée ? Le moment venu, elle irait voir sa tante Louise et s'arrêterait chez lui en chemin.

Il alla donc directement dans le centre-ville et trouva une place à proximité du débit régional de vins et spiritueux. Il entra et inspecta les rayonnages, qui exposaient tout un échantillonnage de crus nationaux dont les noms ne lui disaient rien. Il se souvint que Jeffrey et Gail, comme tous les étudiants de Bowling Green, consommaient un alcool doux à bon marché. Keith prit, pour rire, une bouteille de cidre et un truc appelé liqueur de vigne, qui consistait en un jus de raisin additionné d'alcool de fabrication locale. Il dénicha ensuite un flacon de vrai chianti italien qui leur rappellerait aussi de bons souvenirs.

Il paya et regagna sa Blazer, fourra les bouteilles dans le coffre, puis récupéra ses plaques d'immatriculation de Washington, qu'il avait placées dans une grande enveloppe brune déjà libellée, et se dirigea vers le bureau de poste, situé sur la face ouest de la place du Palais de Justice.

La poste occupait l'un de ces vieux bâtiments du siècle dernier à l'architecture gréco-romaine classique qui suscitaient son admiration d'enfant. Il avait une fois demandé à son père si ce monument avait été construit par les Romains et avait reçu une réponse franchement affirmative. Ses connaissances historiques s'étaient améliorées depuis et ce souvenir fit naître un sourire. Il comprenait maintenant ce qu'Annie voulait dire quand elle parlait dans ses lettres de lieux évocateurs. Combien de fois l'avait-il accompagnée à la poste pour acheter des timbres ou expédier son courrier ?

Il repéra un guichet libre et tendit son enveloppe à l'employé, qui la pesa et l'affranchit. Keith désirait un accusé de réception. Il remplissait le formulaire quand un autre employé, quelques guichets plus loin, lança :

— Bonne journée, madame Baxter.

Il se retourna et aperçut une femme aux cheveux auburn mi-longs, vêtue d'une simple robe d'été de coton rose et blanc, qui marchait vers la porte. Elle sortit.

Il demeura un instant figé. Le préposé lui demanda :

— Terminé ?

— Oui. Non... laissez tomber.

Il froissa le formulaire et quitta les lieux précipitamment.

Du haut des marches, il examina le trottoir, en vain, et soudain la vit qui abordait l'angle de la place en compagnie de trois autres femmes.

Il hésita, dévala le perron et s'élança dans leur direction.

D'Annie, il avait conservé l'image de ce qu'elle était vingt-cinq ans plus tôt, la dernière fois qu'il l'avait vue avant de se présenter au centre d'incorporation. Ils avaient fait l'amour dans son appartement de Columbus et, à l'aube, il l'avait embrassée et il était parti. À quarante ans passés, elle avait une silhouette encore jeune et la même démarche sautillante de gamine que dans son souvenir. Elle riait et plaisantait avec ses amies et il n'obtenait de son visage que des visions fugitives, de profil, quand elle tournait la tête pour parler.

Keith s'immobilisa, le cœur battant, pour les observer. Elles s'arrêtèrent à l'angle et attendirent au feu. Keith esquissa un pas en avant, se ravisa, tenta un autre pas, hésita. *Vas-y, idiot. Allez !*

Le feu passa au rouge et les quatre femmes s'engagèrent sur le passage pour piétons. Keith les épiait de loin. Alors Annie dit quelque chose à ses compagnes, qui continuèrent sans elle. Elle resta un moment sans bouger, puis se retourna et vint droit vers lui.

Elle lui tendit la main en souriant.

— Salut, Keith. Ça fait un bail !

Il prit la main qu'elle lui offrait.

— Bonjour, Annie.

— Je suis tout émue.

— Tu as l'air en forme. J'ai les jambes en coton.

— Je ne te crois pas. (Elle s'écarta.) Laisse-moi te regarder. Tu n'as pas vieilli d'un poil.

— J'ai vieilli de vingt-cinq ans. Tu es très bien.

— Merci, monsieur.

Leurs regards se rencontrèrent et restèrent soudés. Il voyait des yeux plus grands et pétillants que jamais ; elle avait toujours le même rouge à lèvres rose pâle et une jolie peau satinée, où il s'étonna de ne remarquer aucune trace de bronzage alors qu'elle adorait le soleil. Elle avait bien quelques rides, mais qui donnaient un air de maturité à son visage enfantin. Autrefois, elle était jolie ; maintenant, elle était belle.

— J'ai... (Il bredouilla.) J'ai trouvé ton mot. Dans ma boîte aux lettres.

— Bien.

— Et Bowling Green, c'était bien ?

— Oui. C'était bien... un peu triste.

— Je voulais... Je ne savais pas si tu y étais allée seule ou...

— Oui, seule. Avec ma fille. (Elle ajouta :) Je t'ai cherché là-bas. Enfin, pas physiquement, mais... tu vois ce que je veux dire...

Il hocha la tête et attarda son regard sur elle.

— Tu te rends compte ?

— Non. Je rêve.

— Je... je ne trouve pas les mots...

Elle regarda autour d'elle.

— Dans une minute, il faudra que je m'en aille.

— Je comprends.

— Je t'ai envoyé une lettre. Elle est revenue. J'ai cru que tu étais mort.

— Non... C'est que... je n'avais pas laissé ma nouvelle adresse au bureau.

— N'empêche, ça m'a poursuivie pendant plusieurs jours. (Elle s'éclaircit la voix.) J'avais perdu mon correspondant.

Il fut surpris de s'apercevoir qu'elle avait les yeux humides. Il aurait voulu lui prêter un mouchoir, mais il savait qu'il ne fallait pas. Elle extirpa un Kleenex de son sac à main et fit mine de s'éponger le visage, mais en profita pour s'essuyer les yeux.

— Et... (Elle prit son souffle.) Tu es là pour combien de temps ?

— Je ne sais pas.

— Pourquoi es-tu revenu ?

Il chercha une réponse évasive et finit par avouer :

— Pour te voir.

Elle se mordit la lèvre et baissa les yeux, visiblement au bord des larmes. Keith était lui-même trop ébranlé pour oser parler.

Au bout d'un moment, elle releva la tête et remarqua :

— Tu aurais pu me voir quand tu voulais à chacun de tes séjours.

— Non. Je ne pouvais pas, Annie. Maintenant, je peux.

— Mon Dieu... je ne sais que dire... Est-ce que... tu es... tu es toujours...

— Oui.

Elle inclina de nouveau la tête et jeta un coup d'œil en direction de ses amies qui les guettaient, agglutinées autour d'un marchand de glaces de l'autre côté du square. Elle annonça :

— Il me reste trente secondes avant de me rendre coupable de mauvaise conduite.

Il essaya de sourire.

— C'est une petite ville, ça n'a pas changé, n'est-ce pas ?

— Toute petite.

— Je veux que tu saches que tes lettres m'ont permis de surmonter des moments difficiles.

— À moi aussi. Il faut que je te laisse.

— Quand pourrons-nous prendre ce café ensemble ?

— Je viendrai. Quand j'irai voir ma tante. Mais je ne sais pas quand ce sera possible.

— Je ne bouge pas beaucoup de chez moi.

— Je sais.

— Ton mari...

— Je sais ça aussi. Je choisirai le bon moment.

— Entendu.

Elle lui tendit la main. Il s'en empara, en commentant avec un sourire :

— En Europe, à Washington ou à New York, nous nous serions embrassés.

— À Spencerville, on dit simplement : « Bonne journée, monsieur Landry. J'ai été ravie de vous revoir. »

Elle serra sa main dans la sienne et se détourna.

Il la regarda traverser la rue et vit les trois femmes en grande discussion, tout à leurs commérages.

Il demeura un moment sans réaction, désorienté, ne sachant plus où il était, où il avait garé sa voiture ni ce qu'il avait à faire.

La gorge nouée, il continuait de fixer l'extrémité du square d'où elles avaient depuis longtemps disparu. Il aurait voulu lui courir après, la prendre dans ses bras et déclarer à ses amies :

— Excusez-moi, nous nous aimons, nous partons.

Mais elle avait peut-être besoin d'un peu de temps pour y réfléchir. Elle avait peut-être été déçue de ce qu'elle avait vu. Il se remémorait leur conversation en s'efforçant de la reconstituer pour n'en rien oublier, essayait de se rappeler son expression, d'interpréter son regard.

D'après ce qu'il savait, elle avait traversé des heures éprouvantes, mais cela ne transparaissait ni sur son visage, ni dans ses yeux, ni dans son allure. Chez certaines personnes, toutes les blessures, les déceptions, les peines laissent leur marque. Annie Prentis était une éternelle optimiste, toujours vive, toujours gaie, jamais entamée par la vie.

Lui, il avait tiré le meilleur parti de l'existence. Peut-être n'avait-il pas l'air trop atteint, mais il portait dans son cœur tous les chagrins, les coups du sort et les drames humains qu'il avait subis.

Cela ne servait à rien de tenter d'imaginer ce qu'aurait été leur vie s'ils s'étaient mariés et avaient eu des enfants. C'eût été merveilleux. Ils avaient toujours dit qu'ils étaient faits exclusivement l'un pour l'autre. Maintenant, ils devaient surtout se demander s'il leur était possible de reprendre leur histoire là où ils l'avaient laissée. Le cynique en lui n'y croyait pas. Le jeune Keith Landry, celui qui avait aimé totalement et inconditionnellement, y croyait.

Il rejoignit sa voiture et démarra. Il avait la vague

impression qu'il lui restait encore quelques courses à faire, mais il rentra chez lui.

En chemin il évoqua ce jour vieux de vingt-cinq ans, chez elle, à Columbus. L'aube pointait. Il était debout et habillé depuis des heures. Il la contemplait, allongée sur le dos, endormie dans la chambre moite, admirant le contour inoubliable de son visage et de son corps, ses longs cheveux auburn répandus sur l'oreiller.

Il savait bien sûr qu'il ne la reverrait pas avant longtemps. Mais pas un instant il ne s'était douté qu'il s'écoulerait un quart de siècle et qu'entre-temps le monde qu'ils avaient connu disparaîtrait complètement. Là, dans sa chambre, il pensait à la guerre en Asie, à l'éventualité de sa mort, mais cela lui semblait encore irréel. Ils étaient deux enfants de la campagne qui avaient passé quatre années idylliques à l'université et les deux ans de service qui l'attendaient n'étaient qu'un obstacle sur la route. Ce qu'il craignait surtout, c'était qu'après toutes ces années vécues ensemble comme deux inséparables elle ne se sente un peu seule sans lui.

Il avait achevé ses classes à Fort Dix, mais, au lieu d'obtenir une permission, son bataillon avait reçu un entraînement éclair pour parer aux émeutes et aussitôt rallié Philadelphie, où les manifestations pour la paix avaient mal tourné. Une fois de plus, le monde se dressait en travers de leur chemin. Au moins, cette péripétie avait pour lui l'attrait du neuf.

Il avait réussi à l'appeler d'une cabine. Elle n'était pas chez elle et les répondeurs n'existaient pas encore. Quand il avait pu réessayer brièvement, sa ligne était occupée. Il avait fini par lui écrire, mais il avait fallu des semaines pour que la réponse d'Annie lui parvienne à Fort Dix, à son retour. Les communications n'étaient pas si faciles à l'époque et étaient devenues pour eux de plus en plus malaisées par la suite, pour tout un tas de raisons.

Keith arrivait chez lui. Il suivit l'allée qui menait à la maison. Il alla ranger sa voiture derrière, près du potager, et resta assis à son volant.

Il voulait se convaincre que tout irait bien désormais, que l'amour est toujours vainqueur. Il était sûr de ses sentiments pour elle. Mais à part les souvenirs, les lettres et leur brève rencontre de tout à l'heure, il ne la connaissait pas. Et elle, qu'éprouvait-elle pour lui ? Qu'allaient-ils faire maintenant ? Et son mari, comment allait-il réagir ?

11

Il était 7 heures quand Keith se présenta à l'ancienne ferme Bauer, chez Gail et Jeffrey Porter. Les jours raccourcissaient et le ciel se parait à la tombée du soir de tons sanglants et pourpres, toujours associés pour Keith à la fin de l'été.

La maison de bois blanc, à la peinture défraîchie, se dressait en bordure de la route.

La porte s'ouvrit sur Gail. Elle traversa la pelouse d'herbe rêche pour venir à sa rencontre au moment où il émergeait de sa voiture avec les bouteilles de vin et le parapluie de Jeffrey. Elle le serra dans ses bras, l'embrassa et déclara :

— Keith Landry, tu es superbe !

— Je suis le livreur, madame. Mais vous aussi, vous êtes très jolie et vous embrassez bien.

Elle éclata de rire.

— Toujours le même.

— Encore heureux.

En fait, il ne l'avait connue qu'à la fin de leurs études, quand Jeffrey avait commencé à la voir, et il n'avait pas conservé d'elle un souvenir bien précis, car elle ressemblait à toutes les filles dégingandées et jamais maquillées, aux cheveux longs et lunettes cerclées de fer, qui se pavanaient alors par légions en robe paysanne et les pieds nus. D'ailleurs, elle avait encore une robe paysanne, les cheveux longs et les pieds nus. Keith se demanda un instant s'il aurait dû s'habiller années 60 pour l'occasion. Elle était toujours aussi mince et dépourvue de soutien-gorge, à en croire ce que laissait entrevoir son décolleté échancré. Elle n'avait jamais été jolie et ne l'était pas devenue, mais elle était toujours sexy. Il lui tendit le parapluie.

— Jeffrey l'a oublié.

— C'est déjà extraordinaire qu'il ait retrouvé le chemin de la maison. Vous ne vous êtes pas embêtés, j'ai l'impression.

— Pas vraiment, non.

Elle le prit par le bras et l'entraîna vers la maison.

— Jeffrey m'a dit que tu étais espion.

— J'ai abandonné ma cape et mon épée.

— Parfait. Pas de politique, ce soir. Seulement le bon vieux temps.

— Difficile de séparer les deux.

— Exact.

Ils pénétrèrent dans la maison par une porte de bois délabrée et se retrouvèrent dans un salon presque vide, éclairé seulement par les derniers rayons du soleil couchant. Les rares meubles appartenaient au genre contemporain dépouillé à l'européenne et avaient dû arriver en kits, accompagnés d'instructions mal traduites du suédois.

Gail jeta le parapluie dans un coin. Keith la suivit dans la salle à manger, au mobilier de même acabit, puis dans la cuisine, de style campagnard d'origine, modernisé dans les années 50. Keith posa ses bouteilles sur le comptoir. Gail les sortit du sac.

— Oh, du cidre et de la liqueur de raisin ! J'adore !

— C'était pour rire. J'ai aussi prévu un bon chianti. Tu te souviens de Julio, la pizzeria près du campus ?

— Comment l'aurais-je oubliée ? Des spaghetti innommables, des nappes constellées de taches et des bouts de chandelles plantés dans des flacons de vin habillés de paille. Qu'est devenue la paille ?

— Bonne question.

Elle mit le cidre et la liqueur de raisin au réfrigérateur et donna à Keith un tire-bouchon pour ouvrir le chianti. Elle exhiba deux verres qu'il remplit de vin. Ils trinquèrent.

— À Bowling Green !

— Santé !

— Jeffrey est dans le jardin en train de cueillir le dîner...

Une grande marmite mijotait sur le fourneau. La table était mise pour trois autour d'une miche de pain bis logée dans un panier.

Gail demanda :

— As-tu apporté de la viande pour toi ?

— Non, bien que j'aie cherché des bêtes écrasées sur la route.

— Quelle horreur ! se rebiffa-t-elle en riant.

Il reprit :

— Vous vous plaisez ici ?

Elle haussa les épaules.

— Ça peut aller. C'est calme. Plein de fermes à louer pour trois francs six sous. La famille de Jeffrey habite toujours dans le coin et il accomplit son retour aux sources depuis deux ans. Moi, je suis de Fort Recovery. Ça ne me change pas beaucoup. Et toi ? Tu es content ici ?

— Pour le moment.

— Tu t'ennuies ? Tu es nostalgique ? Triste ? Heureux ?

— Un peu tout ça à la fois. Il faudra que je me penche sur la question.

Gail remplit de nouveau leurs verres et en servit un pour Jeffrey.

— Viens. Je vais te montrer nos plantations.

Ils sortirent par la porte de derrière. Gail cria :

— On a de la visite !

À trente mètres de là, Jeffrey se redressa au milieu d'un jardin potager et agita la main dans leur direction. Il vint à leur rencontre, en tee-shirt et short trop grand, chargé d'un panier débordant d'une végétation que Keith espérait destinée à la poubelle et non à la consommation.

Jeffrey s'essuya la main sur son short avant de la lui tendre.

— Ravi de te voir.

Keith s'inquiéta :

— Tu es rentré sans problème ?

— Tu vois. (Il prit le verre que lui proposait Gail.) Je deviens alcoolo avec l'âge. Nous gardons notre herbe pour les grandes occasions.

Gail renchérit :

— Nous mettons nos vieilles frusques, nous éteignons les lumières et là, à poil, on se came et on baise.

Keith ne fit pas de commentaire et préféra admirer le potager.

— Beau jardin.

Jeffrey acquiesça.

— Ouais. Nous avons quatre hectares à notre disposition et tout le maïs que nous piquons dans les champs. Heureusement qu'il plante du maïs de table, sinon, nous n'aurions plus qu'à bouffer du fourrage à bestiaux.

Keith considéra leur domaine. Il y avait là plus de cultures vivrières que n'en plantaient habituellement les fermiers. Les Porter devaient en tirer le plus clair de leur alimentation. Il cessa de s'apitoyer sur lui-même, qui pouvait compter sur une retraite raisonnable et vivait sur des terres appartenant à sa famille.

— Viens. Suis le guide, dit Jeffrey.

Ils passèrent en revue les carrés. L'un était consacré exclusivement aux racines, un autre aux végétaux grimpants et rampants, comme les tomates et les courgettes, un autre contenait une variété inimaginable de haricots. La partie la plus intéressante était celle réservée aux herbes, d'une richesse inconnue dans le comté de Spencer. Elle comprenait une parcelle où poussaient plus de quarante espèces différentes d'herbes aromatiques, un lopin que Jeffrey qualifiait de « jardin de plantes médicinales et historiques » et tout un assortiment de végétaux à usages domestiques divers, parfums, savons, teintures et autres. Et tout au fond, entre le potager et le champ de maïs, jaillissait une profusion de fleurs qui n'avaient d'autre utilité que le plaisir des yeux et la paix de l'esprit.

— Très joli, s'extasia Keith.

Gail expliqua :

— Je fais de l'eau de toilette, des pots-pourris, des infusions, des lotions, des sels de bain, des choses de ce genre.

— Rien à fumer ?

Jeffrey laissa échapper un rire.

— Mon Dieu, j'aimerais bien. Mais ce serait trop risqué ici.

— À mon avis, nous pourrions, rectifia Gail. Mais Jeffrey a la pétoche.

Celui-ci se défendit.

— Le shérif du comté est plus malin que le chef de la police de Spencerville et il nous a à l'œil. Il est persuadé que toutes nos plantations sont psychédéliques.

— Tu sais, Jeffrey, intervint Gail, il faut traiter la flicaille comme les champignons : tu les laisses dans le noir et tu les engraisses au fumier.

Sa remarque déclencha l'hilarité générale.

Jeffrey confia :

— J'ai un filon à Antioch. Je vais m'approvisionner une fois par mois. (Il précisa :) J'en reviens.

Et il gratifia Keith d'un clin d'œil.

Il faisait presque nuit. Ils rentrèrent.

Gail renversa sa récolte dans une passoire et entreprit de la laver tandis que Jeffrey remuait le contenu de la marmite, qui ressemblait à un ragoût, moins la viande. Gail versa une rasade de chianti dans la marmite et ajouta les herbes.

— Laissons cuire un moment.

Keith avait une vague impression de déjà vu. Il se rappela alors son premier dîner chez Gail et Jeffrey, dans leur petit appartement près du campus. Rien n'avait vraiment changé.

Gail vida la bouteille de chianti dans leurs verres et s'adressa à Keith :

— Tu dois te dire que nous n'avons pas décollé des années 60.

— Non, assura-t-il en pensant le contraire.

— En fait, nous restons hippies avec discernement. Chaque époque, chaque période a ses bons et ses mauvais côtés. Par exemple, nous rejetons totalement le féminisme nouveau style en faveur de l'ancien. En revanche, nous avons adopté la nouvelle ligne écologiste radicale.

Keith remarqua froidement :

— Très astucieux.

Jeffrey s'en amusa.

— Toujours aussi caustique, hein ?

Gail sourit.

— Nous sommes des marginaux.

Keith éprouvait le besoin de se montrer aimable avec ses hôtes :

— Nous pouvons nous le permettre. Nous l'avons mérité.

— Tu l'as dit, approuva Jeffrey.

— Et vous vivez en conformité avec vos idéaux, continua Keith. Vous l'avez prouvé en démissionnant pour une question de principe.

Gail manifesta son assentiment.

— En partie pour une question de principe. Mais aussi parce que nous étions mal à l'aise. Deux vieux gauchistes dont on se moquait en catimini. (Elle poursuivit :) Ces gosses n'ont pas de héros, or nous étions des héros. Des héros de la révolution. Mais les jeunes sont persuadés que l'histoire a commencé le jour de leur naissance.

Jeffrey tempéra :

— Bon, ce n'était pas si terrible. Mais ce n'était pas satisfaisant professionnellement.

— Ce n'est pas exactement ce que tu m'as dit hier soir, remarqua Keith.

— Hier soir, j'étais soûl. (Il réfléchit un instant et confessa :) J'étais peut-être plus proche de la vérité hier soir. Toujours est-il que nous en sommes réduits à donner des petits cours à des étudiants banalement normaux.

Gail interrogea Keith :

— Jeffrey m'a dit que tu avais été viré ?

— Oui. C'était pas trop tôt.

— On se moquait de toi aussi ?

— Non, je ne pense pas. Les vieux guerriers inspirent encore le respect dans le milieu impérialiste du renseignement militaire.

— Alors, pourquoi on t'a débarqué ?

— Les restrictions budgétaires, la fin de la guerre froide... non, pas seulement. J'oscillais entre la lassitude et le doute. Ils le sentent à des kilomètres et n'aiment ni l'un ni l'autre. (Il resta un moment pensif.) Je m'étais mis à poser des questions.

— Comme ?

— Eh bien... Lors d'une conférence à la Maison-Blanche une fois... j'étais là pour apporter des réponses, pas pour poser des questions. (Keith sourit au souvenir de l'anecdote qu'il s'apprêtait à relater.) J'ai demandé au secrétaire d'État : « Monsieur, pourriez-vous m'expliquer la politique étrangère de ce pays, si tant est qu'il en ait une, afin que je comprenne ce que vous attendez de moi ? » On aurait entendu une mouche voler.

— Il t'a expliqué ? s'enquit Jeffrey.

— Il l'a fait, par politesse. Je n'ai pas compris davantage. Six mois plus tard, je trouvais une lettre sur mon bureau annonçant des restrictions budgétaires et me vantant les joies de la retraite anticipée. J'ai signé à l'endroit prévu à cet effet.

Ils humaient leur vin en silence. Jeffrey reporta son attention sur le ragoût, qu'il mélangea avec application tandis que Gail sortait du réfrigérateur un plat de légumes crus et de fèves au jus qu'elle déposa sur le comptoir. Il se mirent à grignoter.

Jeffrey commenta :

— Dans un sens, tu as aussi démissionné pour une question de principe.

— Non, on m'a prié d'accepter ma mise à la retraite pour raisons économiques. C'est ce qu'a déclaré la presse et ce qui figure dans les dossiers. C'est donc la réalité. (Il développa :) Mon boulot consistait à découvrir des vérités objectives, mais il faut deux interlocuteurs pour que la vérité existe : celui qui la formule et celui qui l'écoute, le locuteur et l'auditeur. Seulement, les auditeurs n'écoutaient plus. En fait, ils n'écoutaient plus depuis vingt ans, mais j'ai mis un moment à m'en apercevoir. (Après une pause, il avoua :) Je ne suis pas mécontent d'en être sorti.

Gail opina.

— On veut bien te croire. Et voilà comment nous nous retrouvons tous à la campagne à cultiver notre jardin.

Elle rouvrit le réfrigérateur pour y prendre le cidre et la liqueur de vin apportés par Keith. Elle les brandit sous le nez de Jeffrey.

— Tu te rappelles ? Quatre-vingt-neuf *cents* la bouteille. Combien tu les as achetées, Keith ?

— Oh, pas loin de quatre dollars.

— C'est du vol, déplora Jeffrey. (Il dévissa le bouchon de la bouteille de cidre et renifla le goulot.) Il est à point.

Il répartit le contenu de la bouteille dans trois carafes, Gail ajouta des feuilles de menthe et ils trinquèrent.

— Aux jours passés, à nos amis de jeunesse absents, aux idéaux et à l'humanité ! entonna Jeffrey.

Keith compléta :

— Et à un bel avenir sans menace nucléaire !

Ils burent d'une traite, posèrent leurs verres en faisant claquer leur langue avec des airs de délectation exagérée et succombèrent au fou rire. Jeffrey reconnut :

— C'est pas mauvais, en fait. Tu en as d'autre?
— Non, mais je sais où en trouver.
— J'ai ma petite idée, affirma Gail.
Elle transporta la liqueur de raisin sur la table et s'assit. Jeffrey apporta le plat de légumes, éteignit les lumières et alluma deux bougies.
Keith s'assit à son tour et servit le vin. Ils mangèrent les légumes crus et les fèves. Keith salua leurs talents de jardiniers, compliment qu'ils estimèrent précieux, venant d'un fils de fermier.
Ils bavardaient. Jeffrey et Keith évoquaient leurs années de lycée. Gail leur fit remarquer qu'elle s'ennuyait ferme et ils se mirent à parler de Bowling Green. Gail dénicha un pichet de vin. Jeffrey était apparemment chargé de brasser le ragoût. Il se levait régulièrement pour s'acquitter de cette tâche, pendant que Gail s'appliquait à remplir les verres.
Keith passait un bon moment, bien qu'il n'eût pas grand-chose en commun avec ses hôtes, à part leur séjour à l'université. Déjà en ce temps-là, il avait peu d'affinités avec le gringalet qu'était Jeffrey Porter, même s'ils s'étaient assez bien entendus à l'école, sans doute parce que, intellectuellement, ils étaient sur la même longueur d'onde et que les adolescents qu'ils étaient n'avaient pas encore d'opinions sur la vie, la guerre ni la politique.
À la fac, ils avaient été attirés l'un vers l'autre au début parce qu'ils venaient de la même ville et rencontraient les mêmes difficultés d'adaptation à leur nouvel environnement. En réalité, Keith avait eu beau s'en défendre par la suite, ils étaient devenus amis.
Quand la guerre avait mobilisé et divisé le campus, ils s'étaient trop souvent retrouvés dans des camps opposés. Telle une guerre civile, la guerre du Viêt-nam avait dressé les frères contre leurs frères, les voisins contre leurs voisins et les amis contre leurs amis. En y réfléchissant avec le recul, les gens intelligents et de bonne volonté auraient dû trouver un terrain d'entente. Pourtant Keith, comme bien d'autres, avait perdu des amis auxquels il tenait et s'en était fait d'autres auxquels il ne tenait pas. Jeffrey et lui avaient fini par échanger des coups de poing au milieu du foyer des étudiants. À vrai dire, Jeffrey était un piètre

boxeur. Keith l'avait envoyé au tapis chaque fois qu'il avait tenté de se relever, sans plus. Finalement, Keith avait abandonné et on avait emmené Jeffrey.

Un an et demi plus tard à peu près, Jeffrey avait écrit à Keith au Viêt-nam. Il avait eu son adresse par la mère de Keith, qui avait été ravie de la communiquer à un ami de son fils. Keith attendait une lettre affable, pleine de sollicitude pour les dangers qu'il courait au front, et il préparait mentalement une réponse tout aussi sympathique en l'ouvrant. Alors il avait lu ces mots : « Cher Keith, combien d'enfants as-tu tués aujourd'hui ? Tiens un compte bien précis des femmes et des enfants que tu massacres. L'armée te décernera une médaille. » Et ainsi de suite.

Keith en avait été plus furieux que meurtri et, si Jeffrey avait été devant lui, il l'aurait zigouillé. Rétrospectivement, il prenait la mesure du degré de folie qu'ils avaient atteint. Mais un quart de siècle avait passé, Jeffrey lui avait présenté des excuses et Keith les avait acceptées. Et puis, heureusement, ils avaient évolué.

À ce point de sa réflexion, Keith ne put s'empêcher de penser à Annie et lui. Elle avait poursuivi des études supérieures, avait voyagé en Europe, s'était mariée, avait eu des enfants, vivait avec un autre homme depuis vingt ans. Elle avait connu vingt Noël, vingt anniversaires, et partagé des milliers de petits déjeuners et de dîners avec cet autre. Keith Landry n'avait pas plus de choses en commun avec Annie Baxter qu'avec Jeffrey. Sauf qu'il n'avait pas couché avec ce dernier pendant six ans. Cette idée le laissa songeur.

Gail interrompit sa méditation.

— You-ou, Keith ! Tu es sur une autre planète ?

— Non... je...

Jeffrey se leva et se dirigea vers le fourneau.

— C'est prêt.

Il répartit le ragoût dans trois bols qu'il parvint à apporter à table sans incident. Gail coupa le pain en annonçant :

— Pain maison.

Ils continuèrent leur repas. Le pain avait une odeur qui rappelait à Keith le fourrage qu'il donnait aux bêtes et aux chevaux, mais la ratatouille était bonne.

Le dessert, constitué d'une tarte aux fraises de fabrication maison, n'était pas mauvais non plus. En revanche, le parfum de l'infusion ramenait Keith dans des recoins d'Asie qu'il aurait préféré oublier.

Gail l'apostropha :

— Jeffrey t'a dit que je siégeais au conseil municipal ?

— Oui. Félicitations.

— Y a pas de quoi. Mon adversaire a été surpris en train de pomper un mec dans les toilettes pour hommes.

Keith sourit.

— C'est mal vu de nos jours ?

Gail reprit :

— J'ai moi-même pompé quelques bonshommes, mais c'est différent.

Certes, ils étaient tous un peu pompettes. Néanmoins, Keith se sentit vaguement gêné par cette remarque.

Gail enchaîna :

— On ne m'a jamais prise en flagrant délit dans des toilettes publiques. Cela dit, en novembre, je serai opposée à une dame du parti républicain abominablement snob et coincée, dont la faute la plus grave est d'ignorer la fête du Travail.

Jeffrey expliqua :

— Nous sommes plusieurs à être d'accord pour tenter de changer les choses dans cette ville et cette région. Nous avons un programme destiné à rendre au centre-ville son aspect historique, favoriser le tourisme, encourager l'installation de nouvelles entreprises, limiter la surextension des centres commerciaux par un plan d'aménagement, amener les compagnies de transport routier à réinstaurer un service passagers.

Jeffrey exposa dans le détail leurs projets de réhabilitation de Spencerville et du comté.

Keith écouta avant d'exprimer son point de vue.

— Ainsi, vous avez renoncé à vos velléités de renverser le gouvernement ?

Jeffrey esquissa un sourire.

— Penser globalement, agir localement. C'est le maître mot des années 90.

— Cela ressemble fort à la bonne vieille politique de développement d'antan.

— Peut-être. Mais ça va plus loin. Nous nous soucions aussi d'écologie, de l'assainissement des mœurs gouvernementales, de la santé publique et d'autres domaines liés à la qualité de la vie et qui dépassent les seules préoccupations économiques et commerciales.

— Bien. Moi aussi, je m'en soucie. En réalité, j'ai fait les mêmes constatations que vous ici et j'ai eu les mêmes idées. Mais ne croyez pas que tout le monde est de votre avis. Vous savez, j'ai sillonné la planète et, s'il y a une chose que j'ai apprise, c'est que les gens ont le gouvernement et la société qu'ils méritent.

— Tu es cynique, protesta Jeffrey. Nous sommes encore un pays où les hommes de bien peuvent modifier l'état des choses.

— Espérons-le.

Gail s'interposa :

— Pourriez-vous arrêter un instant ce débat philosophique ? Le vrai problème auquel nous sommes confrontés est celui-ci. Les gouvernants du pays comme des villes ont sombré dans la léthargie, la corruption et une stupidité plus ou moins générale. (Elle interpella Keith du regard.) En réalité, le mari de ton ex-copine, Cliff Baxter, est au cœur de presque tous ces problèmes.

Keith ne répondit pas.

Gail continua :

— Cet enfant de salaud fait chanter les gens. Il est la digne réplique de McCarthy. Il tient des fichiers parfaitement illégaux sur ses concitoyens, moi comprise. Il m'a montré le mien, le sale con, et je vais exiger la saisie de tous ses dossiers.

Keith la dévisagea.

— Fais attention à ce type-là.

Ils se turent un moment. Soudain, Jeffrey rompit le silence :

— C'est une brute. Et comme toutes les brutes, c'est avant tout un lâche.

— Même les lâches sont dangereux quand ils sont armés, répliqua Keith.

— C'est vrai, reconnut Jeffrey, mais nous n'avons pas peur de lui. Je me suis déjà trouvé en face de soldats en armes, la baïonnette à l'épaule, Keith.

— Tu t'es peut-être trouvé en face de moi, Jeffrey. Étais-tu à Philadelphie en 1968 ?

— Non. Nous n'étions pas non plus à Kent State quand les soldats ont tiré, mais je peux te dire que, si j'avais su ce qui allait se passer, j'y serais allé.

— Ouais, je te crois volontiers. Mais l'époque était différente et la cause plus valable. N'allez pas vous faire tuer pour des permis de construire.

Ils se turent de nouveau et s'appliquèrent à siroter leur vin. Une brise discrète soufflant de la fenêtre couchait la flamme des bougies. Les parfums mêlés du chèvrefeuille et des fleurs des champs diffusaient une senteur unique.

Gail interrogea Keith.

— Tu le connais ?

— Qui ?

— McCarthy Baxter.

— Non. J'ai dû le rencontrer à l'université. Mais ce n'est pas ce qu'on peut appeler une connaissance intime.

— Eh bien, moi, dit Jeffrey, je me souviens très bien de lui. Il n'a pas beaucoup changé. Toujours le même enfoiré. Sa famille a de l'argent, mais ils sont tous un peu limités côté cerveau et sociabilité. Les enfants Baxter avaient toujours des problèmes, tu te souviens ? Les garçons se mettaient dans tous les mauvais coups et les filles étaient enceintes jusqu'aux yeux le jour de leur mariage. Comme on dit dans les petites villes, « c'est pas du beau monde ».

Keith ne releva pas. Si Gail et Jeffrey lui rapportaient tous ces ragots et lui faisaient part de leurs doléances, ce n'était pas sans arrière-pensée. Ils cherchaient à le faire basculer de leur côté. Il reconnaissait la méthode.

Gail renchérit :

— C'est un homme excessivement jaloux et possessif. Là, je te parle de son mariage. À propos, Annie est encore très séduisante, ce qui incite M. Baxter à la mettre sous haute garde. D'après ce que je sais, c'est un modèle de vertu, mais il ne le croit pas. Nous savons par des gens qui habitent leur rue qu'il fait surveiller la maison en permanence quand il n'est pas là. Il y a quelques semaines, on a entendu une détonation d'arme à feu chez eux à 5 heures du matin. Il était chez lui. On a dit aux voisins qu'il s'agissait d'un accident.

Keith écoutait sans rien dire. Son visage ne laissait rien transparaître qu'un relatif intérêt, mêlé d'une pointe de ce scepticisme que lui inspiraient les informations fondées sur des on-dit, une expression souvent adoptée au cours de sa vie professionnelle. Il avait l'impression de se retrouver dans un de ces cafés, en Europe, où il allait glaner quelques renseignements.

Gail monologuait toujours :

— C'est un sale type, mais les gens de la ville sont bien obligés de s'en accommoder. Même ceux qui travaillent avec lui le trouvent violent et agressif. Pourtant, à sa manière perfide, il sait se montrer charmant. Il est de la vieille école. Il se découvre devant les dames, est galant avec les femmes et dégouline de respect pour les pères de famille, les ecclésiastiques, etc. On l'a vu pincer les joues des bébés et aider les petites vieilles à traverser. (Elle ajouta avec un sourire :) Il pince aussi les fesses des serveuses et aide les demoiselles en détresse à se déshabiller. Ce gars-là a le feu au derrière.

Elle vida le reste du vin dans leurs verres.

Keith s'abandonna au chant des criquets et des oiseaux de nuit. Tout cela n'était pas vraiment nouveau pour lui, mais le fait de l'entendre le rendait plus réel. Au fond de lui, là où résidaient les vieux principes de moralité, une voix lui disait qu'il ne devrait pas songer à briser un mariage, un foyer, une famille. Il avait, au fil des années, pris part à bien des situations indélicates, voire scandaleuses et éhontées. Mais c'était ailleurs et autrefois. Celle-ci se présentait ici et maintenant. Dans son pays, sa ville. Pourtant, à en croire Gail et Jeffrey, les Baxter n'étaient pas à proprement parler heureux. M. Baxter était un névropathe et Mme Baxter avait besoin d'être tirée d'affaire. Enfin, peut-être.

Jeffrey lui dit :

— Sur le plan professionnel, c'est un primate. Il a de gros problèmes avec les jeunes. Ils ont de drôles de façons de s'habiller, les cheveux longs ou la boule à zéro, ils laissent traîner leurs préservatifs dans le parc, ils vagabondent dans les rues. Nous aussi, nous avons fait des conneries. Mais Baxter les harcèle au lieu de les aider. Il n'a pas d'éducateurs dans sa police, aucun programme de pédagogie sociale. Il n'a que des véhicules de patrouille, des flics et une prison. La ville se meurt. Baxter ne s'en aperçoit pas. Il maintient l'ordre et veille au respect des lois, point.

— C'est son boulot, risqua Keith.

— Oui, admit Jeffrey, mais pour tout te dire, même ça, il ne le fait pas bien. Nous avons toujours autant de petite délinquance ici et elle empire de jour en jour. En plus, maintenant, il y a la drogue, pas de l'herbe, des drogues dures. Or, Baxter ne sait pas d'où elle vient, ni qui la vend ou qui l'achète. La nature des délits et des criminels a changé. Baxter reste immuable. La violence dans les rues a augmenté, nous avons eu des vols de voitures, deux viols cette année et un hold-up à main armée à la Merchant Bank, perpétré par une bande venue de Toledo. C'est la police d'État qui les a arrêtés, pas Baxter. Elle a proposé à la police de Spencerville une formation spécialisée. Comme ce n'est pas obligatoire, Baxter a refusé. Il ne tient pas à ce qu'on découvre le degré d'incompétence et de corruption auquel en sont arrivés sa petite armée personnelle et lui.

Keith demeurait muet. En fait, il avait cru, parce qu'il était d'un naturel bienveillant, que Cliff Baxter était un flic inflexible, mais efficace. Un être exécrable, mais un bon chef, dévoué à la cause publique. Même si l'incident du supermarché et les rondes régulières devant sa maison l'avaient déjà averti qu'il avait affaire à une police pervertie.

Jeffrey n'avait pas fini.

— Baxter impute cette minivague de criminalité à la drogue et il n'a pas tout à fait tort. Mais il incrimine aussi l'école, les parents, la télévision, le cinéma, la musique, la vidéo, les magazines pornos et tout ça. Bon, c'est peut-être en partie vrai, mais il ne fait pas la relation entre la délinquance et le chômage, le désœuvrement de la jeunesse, l'absence de perspectives et de motivations.

Cette fois, Keith mit son grain de sel.

— Jeffrey, quand en a-t-il été autrement ? Une police ferme et forte est peut-être ce qu'il nous faut. Les solutions à caractère humanitaire et social fonctionnent peut-être dans les grandes villes, mais nous ne sommes pas à

Columbus ni à Cleveland, mon vieux. Ici, il faut des solutions de petite ville à des problèmes de petite ville. Et vous, vous devriez remettre les pieds sur terre.

— Nous ne sommes pas aveugles à la réalité, pondéra Gail. Nous ne sommes plus les idéologues déconnectés que nous avons été. Et cela ne change rien au problème. (Elle lui demanda :) Y es-tu sensible ?

Après un instant de réflexion, Keith reconnut :

— Oui, c'est ma ville. Je pensais que rien n'avait beaucoup bougé et que je trouverais ici un peu de calme et de repos. Je vois que vous n'avez pas l'intention de me laisser aller à la pêche.

Gail se dérida.

— Les vieux révolutionnaires ne disparaissent pas comme les vieux soldats, Keith. Ils trouvent une nouvelle cause à défendre.

— C'est ce que je vois.

— Nous pensons que Cliff Baxter est vulnérable, qu'il s'est attiré quelques ennuis professionnels que nous comptons exploiter.

— Il a peut-être seulement besoin de conseils et d'une rééducation affective. C'est ce que les partisans du progrès social comme vous préconisent pour les criminels. Pourquoi pas pour les flics ?

Gail le rabroua :

— Je sais que tu nous fais marcher et tu es très bon à ce jeu-là, mais tu es un homme intelligent. Tu sais très bien, ou tu ne vas pas tarder à te rendre compte, que Cliff Baxter est irrécupérable, du point de vue professionnel, spirituel, ou tout ce que tu veux. Et mon Dieu, il le sait aussi. Et il commence à s'agiter, comme un rat pris au piège, ce qui le rend encore plus dangereux.

Keith hocha la tête et compléta mentalement : *Et encore pire en tant que mari.*

Gail s'acharnait.

— Nous pensons qu'il est temps de le faire renvoyer. Nous avons besoin d'une victoire morale, quelque chose qui frappe l'opinion publique. Avec ton expérience...

Il l'interrompit.

— Vous ne savez rien de mon expérience. Quoi que je vous aie dit, cela ne doit pas sortir de ces murs.

Gail acquiesça.

— Bien reçu. Alors, avec ton intelligence, ton esprit, ton charme, tu peux nous aider. Nous aimerions que tu te joignes à nous.

— Qui c'est, nous ?

— Un groupe de réformateurs.

— Dois-je devenir démocrate ?

Jeffrey le rassura en riant.

— Doux Jésus, non ! Nous ne sommes affiliés à aucun parti. Nous regroupons des gens de toutes les tendances politiques et de tous les milieux. Des ministres, des hommes d'affaires, des enseignants, des agriculteurs, des mères de famille... Tiens, nous avons presque toute la famille d'Annie Baxter avec nous.

— Tu m'en diras tant ! J'essaie d'imaginer ce que doivent être les repas de famille chez les Baxter.

— Comme la plupart de nos supporters, ils ne s'en vantent pas encore trop. (Il insista :) Nous pouvons compter sur toi ?

— C'est-à-dire que... je ne suis pas sûr de rester dans le coin.

— J'avais cru comprendre le contraire, s'étonna Jeffrey.

— Eh bien, tu as mal compris.

Gail vola au secours de Jeffrey.

— Nous ne te demandons pas de le provoquer en duel au milieu de la grand-rue en plein midi. Seulement de dire que tu es d'accord pour en débarrasser la ville.

— OK. Je suis d'accord, par principe, pour débarquer un fonctionnaire ripou quel qu'il soit.

— Parfait. C'est le cas de Cliff Baxter. Nous tenons une réunion la semaine prochaine, jeudi soir, à St. James. Tu connais ?

— Oui, c'était ma paroisse. Pourquoi vous réunissez-vous en dehors de la ville ?

— Les gens n'ont pas très envie d'être vus, Keith. Tu peux comprendre ça.

— Je comprends tout à fait. Mais vous ne croyez pas que vous en rajoutez un peu ? Utilisez la salle communale, merde. C'est votre droit.

— Pas possible. Pas encore.

Keith se demandait quelle était, dans l'attitude des Porter, la part de nostalgie du romantisme révolutionnaire et la part de peur véritable. Il dit :

— Je verrai.

— Bien. Encore un peu de tarte ? D'infusion ?

— Non, merci. Il est temps de songer à rentrer.

— Il est encore tôt, protesta Gail. Et nous n'avons rien à foutre demain.

Elle se leva. Croyant qu'elle voulait desservir, Keith l'imita et prit son verre et son assiette.

— Laisse. Nous vivons toujours comme des porcs.

Elle le prit par le bras et l'emmena dans le salon. Jeffrey les suivit avec un bocal de pot-pourri. Il déclara :

— Le dîner était excellent, la conversation édifiante. Et maintenant nous nous retirons au fumoir, comme il se doit après pareil festin.

Gail alluma deux brûleurs d'encens et deux bougies parfumées dans la pièce obscure. Jeffrey se posa en tailleur à même le sol devant la table basse et, à la lumière des chandelles, répandit le contenu du bocal sur des papiers à cigarettes qu'il avait étalés devant lui.

Keith le vit fabriquer, d'un doigt vif et d'une langue agile, cinq joints parfaits en moins de temps qu'il n'en faut à un fermier pour rouler une seule cigarette.

Gail plaça une cassette dans le magnéto, *Sergeant Pepper's Lonely Hearts Club Band*, et vint s'asseoir par terre, le dos à un fauteuil.

Jeffrey alluma un joint, prit une bouffée, le passa à Keith, qui hésita, fuma à son tour, et le tendit à Gail.

Les Beatles chantaient, les bougies scintillaient, les effluves d'encens saturaient l'air. C'était 1968, ou tout comme.

Le joint circulait désormais au bout d'une pince à épiler. Le mégot fut soigneusement recueilli dans un cendrier pour aboutir plus tard dans la pipe qui attendait sur la table. Un deuxième joint fut allumé.

Keith se rappelait les gestes et le rituel comme si c'était hier. Ils parlaient peu et les rares mots échangés n'avaient guère de sens.

Gail murmura toutefois, d'une voix sourde, étouffée, accordée à la pénombre et aux vapeurs de cannabis :

— Elle a besoin d'aide.

Keith feignit la surdité.

Gail reprit, comme pour elle-même :

— Je comprends ce qui amène une femme à rester dans une telle situation... Je ne pense pas qu'il la maltraite physiquement... mais il l'emmerde...

Keith lui passa le joint.

— Assez.

— Comment ça, assez ? (Elle avala la fumée.) Toi, monsieur Landry, tu pourrais résoudre ton problème et le nôtre en même temps... (Elle exhala.) Pas vrai ?

Keith avait du mal à rassembler ses idées, mais au bout de quelques secondes, ou peut-être quelques minutes, il s'entendit répondre :

— Gail Porter... j'ai livré des combats autrement plus difficiles... J'ai assez d'expérience des femmes pour écrire un bouquin sur la question... alors, fais pas chier...

Il estimait avoir exprimé le fond de sa pensée. Enfin, à peu près.

Gail fit mine de ne pas l'entendre et poursuivit :

— Je l'aime bien, depuis toujours... c'est-à-dire, nous n'étions pas très copines, mais je... elle était... toujours un sourire, toujours une bonne action... j'avais beau dénigrer... en fait, je l'enviais... en harmonie complète avec son homme et elle-même... jamais engagée...

— Elle a milité contre la guerre à Columbus.

— Tu m'en diras tant ! Ouah ! Ça a dû te défriser, ça !

Keith s'abstint de répondre. Du moins en eut-il l'impression. Il ne savait plus très bien s'il pensait les choses ou les formulait tout haut.

Un long silence avait paru s'établir quand Gail déclara soudain :

— Si tu ne dois faire qu'une seule chose pendant que tu es ici, Keith, une seule chose de ta putain de vie maintenant que tu as conquis le vaste monde... délivre-la de lui.

Keith tenta de se lever.

— Je crois que je vais rentrer.

Jeffrey se récria :

— Pas question, vieux. Tu restes dormir. Tu ne serais même pas fichu de retrouver le chemin de la porte.

— Non, il faut...

— Affaire classée, décréta Gail. Toutes les affaires. Assez déconné. Laissez-vous aller, les gars.

Elle donna son joint à Jeffrey et alla changer de cassette. Aussitôt, elle se mit à danser au son de *Honky Tonky Woman*.

Keith l'observait à la lueur des bougies. Elle se mouvait avec grâce, accordait bien son corps mince au rythme de la musique. La scène n'avait rien de spécialement érotique, mais il y avait longtemps qu'il n'avait pas eu de femme et il ressentit un frémissement caractéristique au bas du ventre.

Apparemment indifférent aux évolutions de sa femme, Jeffrey restait comme hypnotisé par les ondoiements de la flamme.

Keith détourna ses yeux de Gail pour assister Jeffrey dans sa contemplation.

Dès lors, il perdit la notion du temps. Il s'aperçut à un moment que la musique avait changé et reconnut la mélodie de *Sounds of Silence*. Jeffrey affirma que c'était le fond musical le mieux adapté à la défonce. Ensuite, Keith vit Gail affalée en face de lui, en train de tirer sur sa clope. Elle marmonnait un discours qui s'apparentait à un soliloque.

— Tu te souviens, les seins en liberté, les chemises transparentes, les bains à poil et les partouses. Pas de virus mortel, pas d'entrave, pas de code de comportement sexuel, rien que des hommes et des femmes qui s'aimaient bien. Tu te souviens ? Moi, j'ai pas oublié. (Elle soupira :) Seigneur, que sommes-nous devenus ?

N'ayant pas la réponse, ils se turent.

Keith avait l'esprit assez embrouillé, mais il y pointait des souvenirs de jours meilleurs, quoique son idée des jours meilleurs ne correspondît peut-être pas à celle qu'en avaient Gail et Jeffrey. Toujours est-il qu'il avait connu des jours meilleurs et que son cœur se serra soudain, étreint par un accès de tristesse, de regrets et de nostalgie dû en partie au cannabis, en partie à l'ambiance de la soirée et en partie à la réalité de leur existence.

Gail ne s'offrit pas à lui, à son grand soulagement, car il n'aurait su que dire ni que faire si tel avait été le cas. Il finit sur le canapé, en sous-vêtements, enveloppé dans une couverture, tandis que les Porter regagnaient leur lit, dans leur chambre.

L'encens se consuma, les bougies s'éteignirent dans un dernier vacillement de flamme, le disque de Simon et Garfunkel s'acheva et Keith somnola dans le noir.

À l'aube, il se leva, s'habilla et s'en alla avant le réveil des Porter.

12

Quelques jours après le dîner chez les Porter, un vendredi soir, Keith Landry, mû par une vieille habitude campagnarde, décida d'aller faire un tour en ville.

Il mit un pantalon et une chemise de sport, monta dans sa Blazer et s'élança vers Spencerville.

Annie n'avait pas donné signe de vie ces derniers temps et ce n'était pas faute de vigilance de sa part. Il était resté chez lui, toujours à portée d'oreille du téléphone, visitant sa boîte aux lettres plusieurs fois par jour et surveillant les voitures qui passaient sur la route. Bref, il se comportait comme un adolescent en mal d'amour et ne trouvait pas cela tellement désagréable.

La veille, il avait aperçu un véhicule bleu et blanc de la police de Spencerville vers midi. Le matin même, c'était l'automobile vert et blanc du shérif du comté qu'il avait vue déambuler devant sa maison. Pour cette dernière, c'était peut-être un hasard, mais la voiture de la police urbaine circulait bien loin de sa base.

De toute manière, il garait sa Blazer hors de vue. Il ne savait pas si les policiers avaient repéré sa nouvelle voiture, sauf, évidemment, s'ils s'étaient informés sur son compte auprès du service des immatriculations.

Pour l'instant, la situation se réduisait à une sorte de jeu du chat et de la souris, mais Keith savait qu'elle pouvait virer à l'affrontement.

La grande-rue lui parut plus calme qu'elle ne l'était autrefois, le vendredi soir. De son temps, le vendredi était jour de marché. Toute la rue, au nord de la place du Palais de Justice, était bloquée pour abriter les étalages sans fin des fermiers. Maintenant, tout le monde, y compris les fermiers, faisait ses courses dans les allées aseptisées des grandes surfaces.

L'immense zone commerciale qui bordait la ville devait recueillir toute l'affluence des fins de semaine. Il restait cependant quelques boutiques ouvertes dans le centre et la banque ne fermerait ses guichets que plus tard. Les flâneurs pouvaient aussi se réfugier au restaurant Miller, dont le parking était toujours complet, ou dans l'un des deux bistrots, Chez John et le Posthouse.

Keith se gara non loin du premier. Grâce à l'été indien, l'air était doux. Des promeneurs arpentaient le trottoir. Il entra dans le bar.

Il avait appris que, pour bien connaître une ville, il faut en visiter le meilleur café et le pire des bouges. Le boui-boui de John appartenait à la deuxième catégorie.

Il pénétra dans une salle sombre, bruyante, enfumée, imprégnée de relents de mauvaise bière et peuplée surtout d'hommes en jean et tee-shirt. Sur les tee-shirts s'étalaient les noms de marques de bière, de sponsors d'équipes sportives locales, sans compter la publicité pour les tracteurs John Deree.

Outre les jeux vidéo et le flipper, un billard occupait le centre de la pièce. Un juke-box miaulait des ballades country et western. Keith avisa un tabouret libre devant le comptoir et s'y percha.

Le barman l'examina pendant un moment, de l'œil du professionnel qui évalue la menace potentielle que peut présenter le nouveau venu pour son établissement, et finit par demander :

— Qu'est-ce que je vous sers ?

— Une Bud.

Il posa une bouteille sous le nez de Keith et l'ouvrit.

— Deux dollars.

Keith lui remit un billet de dix et reçut en échange sa monnaie, mais pas de verre. Il but donc au goulot et regarda autour de lui. L'assemblée comptait bien quelques femmes, toutes escortées d'un compagnon mâle, mais c'était un domaine essentiellement masculin. Au-dessus du bar, la télévision diffusait une lutte serrée entre les Yankees et les Blue Jays. La voix du commentateur faisait concurrence à celle d'un chanteur de country gémissant sur les infidélités de sa femme.

L'âge de tous ces hommes s'étageait entre la prime vingtaine et la cinquantaine tardive. C'étaient en général de braves gars, capables aussi bien de vous offrir une bière que de vous casser un tabouret sur la tête, sans arrière-pensée dans un cas comme dans l'autre. Les femmes étaient habillées comme les hommes, en jean, tee-shirt et baskets ; elles fumaient et buvaient au goulot comme les hommes. En un mot, un public paisible et joyeux, qui pouvait toutefois devenir moins innocent au fur et à mesure que la soirée avancerait.

Keith pivota sur son tabouret et observa un moment la partie de billard en cours. Il n'avait pas eu souvent l'occasion de fréquenter les bistrots de la ville car, lorsqu'il avait atteint l'âge de voter et de boire, il était déjà enrôlé dans l'armée et occupé à se faire tirer dessus. Maintenant, on avait le droit de voter et de se faire tirer dessus plus jeune, mais il fallait encore attendre vingt et un ans pour commander une bière. Il s'était bien arrêté une fois ou deux chez John et au Posthouse lors de ses brefs séjours de permissionnaire. La plupart des hommes accoudés au comptoir étaient alors des vétérans récemment libérés, qui ne tarissaient pas d'histoires à raconter, ou des soldats en uniforme, comme lui, qui n'avaient jamais besoin de payer leurs consommations. Il soupçonnait les clients actuels de Chez John de n'être jamais sortis de chez eux ; il devinait en eux une sorte d'insatisfaction liée à l'ennui ; ils avaient le regard de ceux qui n'ont jamais traversé les épreuves rituelles du passage à l'âge adulte.

Il ne reconnaissait personne chez ceux de sa génération. Pourtant, à l'autre bout du comptoir, un homme ne cessait de le dévisager. Keith l'examinait du coin de l'œil.

L'homme finit par descendre de son tabouret et s'approcha de lui. Il se planta devant Keith.

— Je vous connais.

Keith le considéra. Il était grand, décharné, avec des cheveux blonds qui lui tombaient sur les épaules, une dentition déplorable, un teint brouillé et des yeux cernés. Les cheveux longs, le jean et le tee-shirt, l'attitude et la voix semblaient appartenir à un garçon de vingt ans, mais le visage accusait davantage.

Il déclara d'une voix forte et pâteuse :
— Je sais qui vous êtes.
— Qui suis-je ?
— Keith Landry.
Quelques regards se tournèrent vers eux, mais on y lisait plutôt l'indifférence.
Keith regarda l'homme de plus près. Il le connaissait en effet. Il risqua :
— Oui, vous êtes...
Il fouilla dans sa mémoire. Une foule de visages de camarades de classe défila dans sa tête. Et soudain, il énonça :
— Billy Marlon.
— Ouais ! On était copains, mec.
Marlon gratifia Keith d'une grande claque dans le dos avant de lui broyer la main.
— Comment ça va, vieux ?
Keith se dit qu'il aurait sans doute mieux fait d'aller au Posthouse.
— Bien. Et toi, Billy ?
— Oh, super ! Complètement nase !
— Je t'offre une bière ?
— C'est pas de refus.
Keith commanda deux autres Budweiser.
Billy se percha à côté de lui et se pencha sur le comptoir, assez près de Keith pour lui permettre de flairer les relents de bière et autres effluves qu'il trimbalait. Billy s'exclama :
— Hé, mec, c'est quelque chose !
— Je te le fais pas dire.
— T'as l'air en forme.
— Merci.
— Qu'est-ce tu fous ici ?
— Je suis de passage.
— Ah ouais ? Super. Depuis combien de temps t'es revenu ?
— Quelques semaines.
— Sans blague ! Ça fait plaisir de te voir.
De toute évidence, Billy Marlon était ravi. Keith essayait de se rappeler des choses sur Billy, des souvenirs en commun, pour assurer sa part de ce qui promettait

d'être une conversation idiote. Pendant que Billy jacassait, les souvenirs lui revinrent d'un bloc. Marlon était dans la même équipe de football que lui, un trois quart arrière qui jouait assez mal et qui se retrouvait plus souvent qu'à son tour assis sur le banc à encourager les joueurs engagés sur le terrain. Il était de ces gamins qui veulent qu'on les aime. Et il faut dire qu'il y avait peu de raisons de ne pas l'aimer; pourtant la plupart des gens le trouvait ennuyeux. Et de fait, il était toujours aussi sympathique et ennuyeux.

Marlon demanda :

— T'en as chié au Viêt-nam ?

— Sans doute.

— Moi aussi. T'étais dans le 1er de cavalerie, non ?

— Oui.

— Ouais, j'ai pas oublié. Ta mère se faisait un sang d'encre. Je lui disais de pas s'en faire. Si un empoté comme moi avait survécu, un mec de ta pointure pouvait que s'en tirer.

— Merci.

Keith se souvenait que Billy avait été mobilisé dès la sortie du lycée. Keith, lui, avait bénéficié du sursis accordé aux étudiants, mesure qui, avec le recul, apparaissait comme une belle gaffe du gouvernement. Les riches, les cultivés, les privilégiés et tous ceux qui arrivaient à entrer à l'université avaient quatre ans devant eux pour militer contre la guerre ou vivre leur vie sans s'en préoccuper, pendant que les pauvres et les pas doués se faisaient massacrer et mutiler. La guerre se prolongeant plus longtemps que prévu, les diplômés comme lui avaient été appelés à leur tour. Quand il était parti pour le Viêt-nam, Billy Marlon et la plupart de ses camarades de classe avaient été libérés ou étaient morts.

Billy racontait :

— J'étais dans la 25e division — la Jungle Lightning. On a pas mal botté le cul aux bridés dans ce coin-là.

— Bien.

Mais pas assez pour mettre un terme à ce foutu conflit.

— T'en as vu de dures, toi aussi.

— Oui.

Apparemment, Billy avait suivi de près la carrière militaire de Keith tout en régalant Spencerville de ses propres exploits.

— T'as tué ? s'informa Billy. Je veux dire, de près.

— Je crois bien.

— C'est le pied.

— Non.

Billy réfléchit un instant avant d'approuver.

— Non, tu as raison... mais ça ne s'oublie pas.

— Essaie.

— Je peux pas, mon vieux. Tu sais ? J'y arrive toujours pas.

Keith inspectait son ancien camarade. Il s'était manifestement dégradé. Keith lui demanda :

— Qu'est-ce que tu es devenu ?

— Bof, pas grand-chose. Marié deux fois, divorcé deux fois. J'ai eu des enfants de mon premier mariage. Ils sont grands maintenant. Ils habitent à Fort Wayne. Ils y ont suivi leur mère quand ils étaient petits. Elle a épousé un, je sais pas, une grande gueule, et j'ai plus jamais vraiment revu les enfants. Ma deuxième... elle est partie.

Il continua à relater une vie sans intérêt et, pour Keith, sans surprise, sauf quand il déplora :

— Merde, j'aimerais bien tout recommencer à zéro.

— C'est ce que tout le monde se dit, plus ou moins. Mais il faut aller de l'avant.

— Ouais. Je m'y efforce.

— Tu travailles où ?

— Nulle part. Je fais des petits boulots. Un peu de chasse et de pêche. J'habite en dehors de la ville, à un peu plus d'un kilomètre à l'ouest. J'ai une grande ferme pour moi tout seul. Tout ce qu'on me demande, c'est un peu d'entretien. Des retraités qui vivent chez un de leurs enfants en Californie. Les Cowley. Tu connais ?

— Ça me dit quelque chose.

— Ils viennent de vendre, alors il faut que je trouve autre chose d'ici le mois de novembre.

— Pourquoi tu n'irais pas dans un hôpital pour anciens combattants ?

— Pourquoi ça ? Suis pas malade.

— Tu n'as pas l'air bien.

— Ah, je me fais du mouron depuis que je sais que je

dois déménager. J'aime pas quand je sais pas où aller. Mais ça ira.

— Bon.

— Où t'habites, toi ?

— La maison de mes parents.

— Ah ouais ? Dis, si t'as besoin de compagnie, je peux payer un petit loyer, bricoler, apporter du gibier.

— Je serai parti d'ici novembre. Mais je verrai ce que je peux faire pour toi avant de m'en aller.

— Eh, merci. Mais je me débrouillerai.

Keith commanda encore deux bières.

Billy l'interrogea :

— Et toi, c'est quoi ton job ?

— Retraité.

— Non ! De quoi ?

— Du gouvernement.

— Sans rire ? Hé, t'as déjà vu du monde depuis que tu es revenu ?

— Non. Enfin, si, Jeffrey Porter. Tu te souviens de lui ?

— Ouais. Je l'aperçois de temps en temps. Il a pas grand-chose à dire.

Ils continuèrent à parler un moment. Pour Keith, il ne faisait pas de doute que Billy avait trop bu. Il consulta sa montre et déclara :

— Dis, il faut que je file.

Il posa un billet de vingt dollars sur le comptoir en disant au barman :

— Une autre bière pour mon ami, ensuite, il faudra peut-être qu'il rentre chez lui.

Le barman repoussa le billet vers Keith.

— Ça suffit. Il est mûr.

Billy émit une sorte de gémissement.

— Allez, Al. Puisqu'il te dit qu'il veut m'en offrir une.

— Finis celle-là et dégage.

Keith laissa le billet sur le comptoir et dit à Billy :

— Prends-le et rentre chez toi. Je passerai te voir avant mon départ.

— Ouais, sympa. À bientôt. (Billy le regarda s'éloigner en agitant la main.) Super de t'avoir revu, Keith.

Keith sortit à l'air libre. Le Posthouse se trouvait de

l'autre côté de la place du Palais de Justice. Keith traversa la rue et s'engagea dans le square.

Quelques personnes s'attardaient sur les bancs, sous les lampadaires tarabiscotés. D'autres déambulaient à petits pas. Keith repéra un banc libre et s'y assit un moment. Devant lui se dressait le monument commémoratif de la guerre de Sécession, une immense statue de bronze représentant un soldat de l'Union armé d'un mousquet. Sur le socle de granit étaient gravés les noms des enfants de Spencerville morts par centaines pendant cette guerre.

De sa place, il distinguait, à la lumière des lampadaires, les autres monuments, qu'il connaissait bien, dédiés aux morts des guerres contre les Indiens, de la guerre du Mexique, et ainsi de suite jusqu'à la guerre du Viêt-nam, qu'évoquait une simple plaque de bronze portant une liste de noms. Il était bon que les petites villes se souviennent, mais il n'avait pas manqué de remarquer que la taille et la magnificence des monuments diminuaient après la guerre de Sécession, comme si la population en avait assez.

Il faisait bon. Il savourait la tiédeur du soir. Les villes modestes offraient un choix limité d'occupations le week-end. Il ne put s'empêcher de sourire en songeant aux folles soirées de Londres, Rome, Paris, Washington et d'ailleurs. Il se demanda s'il pourrait vraiment vivre ici de nouveau. Oui, il pourrait. Il pourrait reprendre une vie simple à condition de n'être pas seul.

Il voyait briller les feux de la carriole du marchand de glaces, autour de laquelle se pressaient quelques chalands. Il avait vaguement espéré apercevoir Annie en venant en ville un vendredi soir. Les Baxter dînaient-ils dehors ? Allaient-ils faire des courses ensemble ? Il n'en avait pas la moindre idée.

Il se rappelait les soirs d'été passés avec Annie Prentis dans ce square, à bavarder des heures durant. Surtout l'été qui avait précédé leur entrée à l'université, avant la guerre, avant l'assassinat de Kennedy, avant la drogue, quand le monde n'existait pas au-delà du comté de Spencer, quand son pays et lui étaient encore jeunes et pleins d'espoir et que les garçons épousaient la fille des voisins et allaient déjeuner le dimanche chez leurs beaux-parents.

Il retrouvait tous ses amis au square. Les filles portaient

des robes, les garçons avaient les cheveux courts. Les transistors, qui venaient d'être inventés, diffusaient les chansons de Peter, Paul and Mary, de Joan Baez, de Dion et d'Elvis, et le volume sonore restait raisonnable.

On fumait des Newport mentholées, pas de l'herbe, et on buvait du Coca au lieu de sniffer de la coke. Les couples se tenaient par la main, mais, si on était surpris à se bécoter derrière un buisson, on vous emmenait au poste, de l'autre côté de la rue, et là, un vénérable policier vous passait un savon avant de vous relâcher.

Le monde était sur le point d'exploser et il ne manquait pas de signes avant-coureurs, mais personne n'aurait pu prévoir la suite des événements. De l'été 63, on avait dit qu'il avait été le dernier été de l'innocence américaine. En tout cas, il avait marqué la fin de l'innocence de Keith, car c'était alors qu'il avait perdu sa virginité dans la chambre d'Annie Prentis.

Il n'avait jamais vu de femme nue avant elle, pas même en photo ni au cinéma. *Playboy* existait déjà, mais pas dans le comté de Spencer, et les films pornos se heurtaient à la censure avant d'arriver à Spencerville. Donc, il ne savait pas du tout à quoi ressemblait un corps de femme, et encore moins à quoi ressemblait leur sexe. Il sourit en se remémorant leurs efforts maladroits pour consommer l'acte. Elle était aussi inexpérimentée que lui, mais douée d'un meilleur instinct. Il avait pris le préservatif qu'il gardait sans raison dans son portefeuille. Il le tenait d'un ami plus âgé qui s'en était procuré une boîte à Toledo et les lui avait revendus deux dollars pièce, une fortune en ce temps-là. *Si nous avions su ce qui nous attendait*, se dit-il, *nous aurions essayé de prolonger cet été jusqu'à l'éternité.*

Il se leva pour se dégourdir les jambes. Quelque part, une boîte à bruit déversait les accords saccadés d'un rap tonitruant. Une bande d'adolescents assis en cercle sur la pelouse s'acharnait sur des jeux électroniques. Quelques anciens se prélassaient sur les bancs. Un jeune couple allongé dans l'herbe s'étreignait en maudissant les vêtements qu'il ne pouvait quitter.

Keith songeait encore à ce fameux été et à l'automne qui l'avait suivi. Annie et lui étaient devenus des amants épanouis, ivres de nouveauté, enchantés de leurs découvertes, transportés par l'enthousiasme et la passion de leur jeune âge. Il n'existait pas de livres sur le sujet, pas de vidéos classées X, pas de manuels d'initiation aux mystères de la sexualité, mais, guidés par leur intuition, ils avaient d'eux-mêmes trouvé le chemin du plaisir et inventé mille et une audaces. Ils ignoraient d'où cela leur venait et ils s'accusaient parfois en plaisantant d'avoir une longue expérience derrière eux, ou de regarder en cachette des films interdits, ou encore de s'informer, mine de rien, auprès de leurs amis. En fait, ils étaient aussi vierges et niais l'un que l'autre, mais vibrants de curiosité et sans complexes.

Ils faisaient l'amour à la moindre occasion, partout où ils le pouvaient, dans le plus grand secret, puisqu'il le fallait dans ces années-là.

À la fac, ils pouvaient se permettre plus de liberté. Malheureusement, les dortoirs des filles et des garçons étaient séparés et hautement surveillés. Les motels refusaient ce genre de pratique, si bien que, pendant deux ans, ils s'étaient retrouvés, pour assouvir leur faim l'un de l'autre, dans un appartement hors du campus qui appartenait à des amis mariés. Plus tard, Annie avait loué une chambre au-dessus d'une quincaillerie, tout en continuant à habiter, comme lui, dans les dortoirs du campus.

Keith se demanda une fois de plus pourquoi ils ne s'étaient pas mariés à ce moment-là. Peut-être pour ne pas gâcher le romantisme mystique, la saveur du fruit défendu. Tant qu'ils vivaient dans le monde clos de l'université, ils n'en voyaient pas l'urgence, la nécessité, le péril.

Et puis il y avait eu le diplôme et la mobilisation. Pour la plupart de ses camarades, la feuille de route n'était pas un appel aux armes, mais une incitation à se présenter devant le pasteur ou M. le curé. Cette démarche ne leur évitait pas l'armée, mais la vie était plus facile pour les soldats mariés. Ils rentraient chez eux après l'entraînement, bénéficiaient d'une prime, et risquaient moins d'être envoyés au casse-pipe.

Pourtant, ils n'avaient jamais parlé mariage. *Au fond, nous nourrissions des rêves différents. Elle aimait la vie d'étudiante. J'avais soif d'aventure.*

Ils avaient été amis, âmes sœurs et amants. Ils avaient partagé des idées, des émotions. Ils avaient vécu ensemble pendant plus de six ans. Mais malgré leur intimité, leur franchise l'un envers l'autre, ils n'avaient jamais su aborder la question de leur avenir, craignant toujours de blesser l'autre. Alors, le dernier instant venu, il s'était penché sur son lit, l'avait embrassée et était parti.

Keith avait atteint la bordure extrême du square. La poste se dressait devant lui, de l'autre côté de la rue.

Des éclats de voix sur sa gauche l'amenèrent à se retourner. Deux policiers en uniforme gesticulaient à une trentaine de mètres d'un sentier de traverse. Ils invectivaient un homme couché sur un banc. L'un des deux agents lui frappait les pieds du bout de son bâton.

— Lève-toi. Allez, debout. Debout !

L'homme se redressa vaille que vaille. À la lueur du lampadaire, Keith reconnut Billy Marlon.

L'un des flics maugréa :

— Je t'ai déjà dit de ne pas dormir ici.

L'autre renchérit :

— Sale poivrot ! Je t'ai assez vu. Tu n'es qu'un bon à rien.

Keith avait envie de lui faire remarquer que Billy Marlon était un ancien combattant, un ancien membre de l'équipe de foot de Spencerville, un père de famille, un homme. Mais il se tut et attendit de voir si l'incident était clos.

Il n'en était rien. Les deux flics avaient acculé Billy contre un arbre et l'abreuvaient d'injures.

— On t'a dit de ne pas venir en ville ! On ne veut pas te voir ici ! Tu es bouché, ou quoi ?

Et ainsi de suite.

Billy se tenait dos à l'arbre. Soudain, il répliqua :

— Foutez-moi la paix ! Je n'embête personne ! Laissez-moi tranquille !

L'un des deux agents brandit son bâton. Billy se protégea le visage de ses mains. Keith avança un pied, mais le bâton s'abattit sur le tronc au-dessus de la tête de Billy. Les policiers s'esclaffèrent. L'un d'eux lui glissa :

— Raconte-nous encore ce que tu vas faire à Baxter. Vas-y, Rambo, dis-nous.

Et ils rirent de plus belle.

Billy semblait moins effrayé. Il les fusillait du regard.

— Je vais le tuer. Je suis un ancien du Viêt-nam. Je vais le zigouiller. Dites-lui qu'un jour j'aurai sa peau. Dites-lui !

— Pourquoi ? Dis-nous pourquoi.

— Parce que... Parce que...

— Allez. Parce qu'il a baisé ta femme. C'est ça ? Baxter a baisé ta femme.

Billy tomba soudain à genoux, le visage dans les mains, et fut secoué de sanglots.

— Dites-lui de ne pas s'approcher de ma femme. Dites-lui d'arrêter. Laissez ma femme. Arrêtez, arrêtez...

Les deux comparses étaient aux anges. L'un d'eux ordonna :

— Allez, lève-toi. On t'emmène.

Mais Billy pleurait, recroquevillé au pied de l'arbre. L'agent le saisit par les cheveux.

— Debout.

Keith se dirigea vers eux en protestant :

— Laissez-le.

Ils se retournèrent face à lui. L'un d'eux déclara d'un ton glacial :

— S'il vous plaît, monsieur, circulez. Nous avons la situation en main.

— Pas du tout. Vous êtes en train de persécuter cet homme. Laissez-le.

— Monsieur, je suis dans l'obligation de vous demander...

L'autre donna un coup de coude à son coéquipier.

— Dis, c'est...

Il lui chuchota quelque chose à l'oreille et ils se mirent à dévisager Keith. Le premier s'avança vers lui.

— Si vous ne partez pas immédiatement, je vous arrête pour obstruction à la justice.

— Je ne vois aucune justice dans votre manière d'agir. Si vous m'arrêtez, ou si vous l'emmenez, lui, je raconterai au procureur exactement ce que j'ai vu et entendu et je porterai plainte contre vous.

Keith et les deux hommes restèrent un bon moment à se défier du regard. Enfin, l'un des flics demanda :

— Qui vous croira?
— On verra bien.
L'autre intervint :
— Est-ce une menace?
Keith feignit de ne pas entendre et s'approcha de Billy. Il l'aida à se relever, le chargea sous son bras et l'entraîna vers la rue.
L'un des flics cria dans son dos :
— Vous nous le paierez, *monsieur*. Croyez-moi, vous allez nous le payer.
Keith gagna le trottoir avec Billy et l'emmena à sa voiture. Billy titubait, mais Keith l'obligeait à avancer.
Billy s'inquiéta tout à coup.
— Hé, qu'est-ce qui se passe? Où on va?
— À la maison.
— Ouais, bon, d'accord, pas si vite.
Il se dégagea et continua tout seul. Keith marchait derrière lui, prêt à le rattraper s'il vacillait. Billy marmonnait à part lui :
— Foutus poulets! Toujours en train de me filer le train. Quoi, je fais du tort à personne... ils m'ont dans le nez... Il se tape ma femme et après...
— Allons, du calme.
Les passants les regardaient d'un air ahuri.
— Ce fils de pute... et après, il se fout de moi... il me dit qu'elle vaut rien au lit et qu'il en a plus rien à faire...
— Tais-toi, merde! Tais-toi!
Keith l'empoigna par le bras et le poussa jusqu'à sa voiture.
Il sortit de la ville et prit la direction de l'ouest.
— Où habites-tu?
Billy était affalé sur le siège avant. Sa tête dodelinait de droite à gauche.
— Route 8... Oh, j'suis malade.
Keith baissa sa vitre et lui pencha la tête dehors.
— Dégueule à l'extérieur.
Billy émit quelques gargouillements, sans plus.
— Oh... arrête-toi.
Keith trouva la vieille ferme des Cowley, dont le nom apparaissait en grandes lettres peintes sur la grange. Il roula jusqu'à la maison et se gara derrière une antique

camionnette de couleur bleue. Puis il extirpa Billy de la voiture et le porta à demi jusqu'au perron. La porte n'était pas fermée à clef. Il transporta Billy à l'intérieur, trouva le salon dans le noir et le laissa tomber sur le canapé. Il s'éloigna, revint sur ses pas, l'installa plus confortablement, lui ôta ses chaussures et s'éloigna de nouveau pour partir.

Billy appela :

— Keith ! Hé, Keith !

— Oui ?

— Content de t'avoir revu, vieux. Ouais, je suis vraiment content...

Keith se plaça à deux centimètres de Billy et, les yeux dans les yeux, lui dit, d'une voix claire et forte :

— Reprends-toi, soldat.

Billy ouvrit grands les yeux et, dans un bref éclair de lucidité, répondit :

— Oui, m'sieu.

Cette fois, Keith s'en alla. Comme il dévalait le perron, la voix de Billy lui parvint :

— Je te revaudrai ça, vieux.

Keith remonta dans sa Blazer et regagna la route. Un véhicule de la police de Spencerville stationnait sur le bas-côté. Keith passa son chemin, en s'attendant à être suivi. Ce ne fut pas le cas et il se demanda si les policiers avaient l'intention d'aller harceler Billy jusque chez lui. Il hésita à revenir, mais se dit qu'il avait assez tenté le diable pour un soir.

À quelques kilomètres de chez lui, il remarqua une autre voiture de police qui le suivait tous phares allumés. Il s'arrêta à l'entrée de l'allée qui menait à sa maison. La voiture de police stoppa à quelques mètres derrière lui. Keith attendait. Les policiers attendaient. Ils attendirent ainsi cinq bonnes minutes. Keith s'engagea alors dans l'allée et les flics reprirent la route.

Manifestement, la partie s'échauffait. Il ne prit pas la peine de camoufler la Blazer derrière la maison. Il la rangea devant le perron et entra par la porte de façade.

Il monta directement à sa chambre, sortit son Glock 9 mm de l'armoire, le chargea et le posa sur sa table de chevet.

Il se déshabilla et se coucha. Encore sous l'effet de l'adrénaline, il mit du temps à s'endormir et sombra finalement dans un état de demi-sommeil, qu'il avait pratiqué au Viêt-nam et perfectionné par la suite, le corps au repos mais tous les sens en alerte.

Ses pensées l'emportèrent dans des zones qu'il n'aurait pas explorées s'il avait été plus maître de son processus mental. Son esprit lui soufflait que sa ville natale serait le théâtre de sa dernière bataille. Il avait toujours su que ce serait le cas s'il revenait un jour. Tel était le grand secret qu'il avait enfoui au fond de son subconscient depuis tant d'années. Les souvenirs qu'il avait gardés de Cliff Baxter n'étaient pas aussi vagues qu'il l'avait dit aux Porter, ni aussi flous qu'il se le faisait croire à lui-même. En fait, il se rappelait parfaitement le petit salopard qui le provoquait à tout bout de champ, qui lorgnait Annie Prentis dans les amphis, dans les soirées, à la piscine, et il n'avait pas oublié la fois où Baxter, pour aider Annie à monter dans la charrette à la fête des foins, lui avait mis la main aux fesses.

Il aurait dû réagir, mais Annie paraissait totalement indifférente et Keith s'était dit que la meilleure manière de faire enrager les connards de cette espèce était d'avoir l'air de ne pas s'apercevoir de leur existence. Et de fait, la rage de Baxter grandissait de mois en mois. Keith le voyait bien. Mais Cliff Baxter était assez malin pour savoir ne pas franchir certaines limites. Il aurait sans doute fini par se laisser emporter, mais juin était arrivé et Keith et Annie, leur diplôme en poche, avaient quitté le lycée pour la fac.

Keith n'avait jamais su si Baxter portait à Annie un intérêt sincère ou si c'était juste une manière de plus d'embêter Keith, qu'il détestait sans raison particulière. Lorsqu'il avait appris leur mariage, la nouvelle l'avait plus effaré que blessé. Il avait eu l'impression que le ciel et l'enfer s'étaient intervertis, que tout ce qu'il avait cru savoir de la nature humaine était erroné. Mais, le temps passant, il avait appris à mieux apprécier les ressorts qui animaient les hommes et les femmes et il pensait comprendre le mécanisme qui avait réuni Cliff Baxter et Annie Prentis.

Et cependant, il s'interrogeait. Les choses auraient-elles été différentes s'il avait affronté Cliff Baxter, s'il avait donné à la grande gueule de la classe la correction qu'il cherchait et que lui, Keith, était physiquement en mesure de lui administrer ? Il envisageait de faire maintenant ce qu'il n'avait pas fait au lycée. Mais, s'il acceptait de relever le défi, ils ne pourraient se contenter cette fois d'une simple bagarre aux poings dans la cour de récré.

Vers minuit, le téléphone sonna, mais il n'y avait personne au bout du fil. Un moment plus tard, un klaxon retentit longuement sur la route. Le téléphone sonna plusieurs fois. Keith le débrancha.

Le reste de la nuit fut calme et Keith parvint à dormir quelques heures.

À l'aube, il appela le commissariat de Spencerville, se présenta et demanda à parler au chef Baxter.

Le réceptionniste parut interloqué. Puis il répondit :

— Il n'est pas ici.

— Dans ce cas, prenez un message. Dites-lui que Keith Landry voudrait le rencontrer.

— Ouais. Où et quand ?

— Ce soir, 8 heures, derrière le lycée.

— Où ça ?

— Vous avez très bien entendu. Dites-lui de venir seul.

— Je lui transmettrai.

Keith raccrocha.

— Mieux vaut tard que jamais.

13

Keith Landry éteignit ses phares et s'engagea sur le parking, derrière le lycée, à la périphérie de la ville. La surface goudronnée s'étendait jusqu'au mur de brique de l'école, auquel s'adossaient un range-vélos, un terrain de basket et des cabanes à outils. La zone était éclairée par des lampadaires flambant neufs. À part cette nouveauté, elle n'avait guère changé depuis l'époque où ses amis et lui s'y réunissaient les soirs d'été.

Il parqua sa Blazer près d'un panier de basket, coupa le

contact et sortit. Il posa son semi-automatique sur le capot, ôta sa chemise et la jeta sur le pistolet.

Puis il alla chercher un ballon de basket dans son coffre et, dans le halo des lampes à mercure, se mit à viser les paniers, à effectuer des sauters, des lancers. L'écho des rebonds résonnait dans le silence.

Il dribbla, simula une passe, bondit et plaça le ballon dans le panier.

Tout en se démenant, il songeait à l'autre partie qui allait se jouer ici même dans un moment et se dit qu'il avait sans doute commis une faute tactique. Il avait perdu patience et lancé un défi puéril. « Viens me retrouver derrière l'école, coco. » L'idée semblait bonne mais, étant donné les circonstances, pouvait se révéler une erreur fatale. Il pourrait sans problème contenir le fort en gueule de la classe, à condition qu'il se présente seul, comme il le lui avait demandé.

Keith n'avait pas pris son M-16 ni son gilet pare-balles, pour rester à égalité avec Baxter. Mais, en fait, il ignorait ce que Baxter aurait à sa disposition. Keith pouvait tout aussi bien se retrouver encerclé par une douzaine d'hommes et, si Baxter donnait l'ordre de tirer, peu importeraient les armes ou l'équipement dont il se serait muni. Il faisait confiance au chef de la police pour inventer un scénario plausible justifiant légalement la mort de Keith Landry.

Keith s'interrompit pour regarder sa montre. Il était 8 heures moins le quart. Il essaya de deviner ce qu'allait être la réaction de Baxter à sa provocation. S'il était vrai que l'adolescent annonçait l'homme, il viendrait, mais pas seul. Cependant, d'après le portrait qu'en avaient dressé les Porter, c'était un orgueilleux, assez infatué de lui-même pour sous-estimer l'ennemi ; le genre de bravache qui rêverait de débarquer au commissariat en annonçant : « Je viens de descendre un malfrat sur le terrain de jeux de l'école. Envoyez le frigo. »

Il reprit son jeu solitaire. Le ciel s'obscurcissait. Il décida que, si Baxter venait seul, ce pourrait être un aller sans retour. Keith avait connu quelques fureurs homicides dans sa carrière, mais il était étonné de constater à quel point il avait envie de tuer Baxter. Une vieille envie qui devait fermenter en lui depuis des années et avait fini par lui infecter l'âme.

Keith consulta de nouveau sa montre : 8 heures pile. Il se tourna vers l'école, scruta les terrains de jeux et les rues avoisinantes, sans voir ni phares ni signe de vie. Il enchaîna quelques lancers.

À son avis, les hommes de Baxter devaient avoir une idée du différend qui l'opposait à leur chef et ils savaient probablement qu'il lui avait demandé de venir sans escorte. Qu'allait-il raconter à ses troupes ? Que Landry ennuyait Mme Baxter, mais qu'il ne voulait pas le rencontrer seul ? On ne pouvait imaginer plus dégonflé dans leur univers de machos. Keith se rendait compte que, consciemment ou inconsciemment, il avait mis Baxter dans une situation telle qu'il ne pouvait demander de l'aide sans avoir l'air d'un poltron. Il était donc obligé de venir seul, ou de ne pas venir du tout et d'assumer pour le restant de ses jours les conséquences de sa lâcheté.

À 8 h 05, les règles du jeu tacites autorisaient Landry à partir. Mais il resta et continua à viser les paniers, à propulser son ballon autour du terrain en dribblant, sans trop s'éloigner toutefois de sa Blazer sur le capot de laquelle se trouvait son Clock. À 8 h 10, il estima avoir dignement rempli sa part d'engagement.

Comme il regagnait sa voiture, deux cercles lumineux surgirent derrière l'école. Un véhicule s'approcha lentement et s'orienta vers lui, l'interceptant dans le faisceau de ses phares.

Keith fit rebondir son ballon d'un air désinvolte sans cesser de marcher vers la Blazer. L'intrus s'arrêta à cinquante mètres, les phares toujours braqués sur lui. Keith reconnut un véhicule de la police.

La portière du passager s'ouvrit. Une silhouette émergea. Ébloui par la lumière, Keith ne pouvait distinguer ses traits, mais il semblait plus grand et plus mince que Cliff Baxter. Keith posa son ballon et prit sa chemise sur le capot de la Blazer, et le pistolet qu'elle dissimulait. Sous prétexte de s'essuyer le visage, il ajusta sa main sur la crosse et son doigt sur la détente.

L'homme s'avança et lança :

— Keith Landry ?

Même s'il y avait trente ans qu'il n'avait pas entendu la voix de Cliff Baxter, Keith sut tout de suite que ce n'était pas la sienne. Il répliqua :

— Qui m'appelle ?

— Officier Schenley, de la police de Spencerville.

L'homme continua d'avancer.

— Qui y a-t-il d'autre dans la voiture ?

— Mon coéquipier.

— Où est Baxter ?

— Il n'a pas pu venir.

L'homme était maintenant à dix mètres. Il tenait quelque chose à la main, mais ce n'était pas une arme.

Schenley s'immobilisa à cinq mètres de Keith et lui demanda :

— Vous êtes seul ?

— Peut-être. Où est votre patron ? Il se planque ?

Schenley lâcha un rire.

— Il voulait venir, mais il n'a pas pu.

— Et pourquoi ?

Schenley lui tendit l'objet qu'il tenait dans la main droite et qui se révéla être un journal plié.

— Qu'est-ce que vous voulez que j'en fasse ?

— Il y a un article que vous devriez lire.

— Lisez-le-moi.

Schenley haussa les épaules.

— Bon. (Il décrocha la lampe torche qui pendait à sa ceinture et la brandit vers le journal.) Là, nous avons la page « Vie sociale »... Ah, voilà... (Il lut :) « Le maire et le conseil municipal donnent ce samedi soir une réception à l'Elks Lodge en l'honneur du chef de police Baxter, pour le remercier de quinze ans de bons et loyaux services à la tête des forces de police de Spencerville. Mme Baxter, née Annie Prentis, ainsi que les amis et collègues du chef Baxter raconteront quelques histoires intéressantes et amusantes sur sa carrière... » (Schenley éteignit la torche.) Compris ? Il serait venu s'il avait pu.

Keith rétorqua :

— Il était au courant depuis longtemps. Il aurait pu modifier notre rendez-vous.

— Hé, faut pas exagérer. Il a des obligations. Vous n'avez rien de mieux à faire le samedi soir ?

— Non, je ne vois rien de mieux que de casser la gueule à votre boss.

Le policier s'esclaffa.

— Et pourquoi vous feriez une chose pareille ?

— À votre avis ? Une histoire entre hommes, Schenley.

Le gaillard souriait jusqu'aux oreilles.

— Eh bien... on dit que, Mme Baxter et vous, vous faisiez la paire dans le temps.

— Peut-être bien. Vous croyez que votre chef peut en prendre ombrage ?

— Probablement.

— Et vous pensez qu'il supportera cela sans réagir ?

Le policier rit encore.

— Oh, vous savez comment sont les bonshommes.

— Ça oui ! Rendez-moi un service, Schenley. Dites à votre chef que, la prochaine fois que je lui fixe un rendez-vous, j'apprécierais qu'il me prévienne à l'avance si l'horaire ne lui convient pas.

— J'imagine qu'il voulait voir si vous viendriez.

— J'y avais déjà pensé. Il n'a pas de souci à se faire. Je suis là et je serai là la prochaine fois, où il voudra, quand il voudra. À son tour de demander.

— Vous manquez pas d'air. Si j'ai un conseil à vous donner, ne jouez pas au plus fin avec ce gars-là.

— Si j'ai un conseil à vous donner, à vous et à vos petits camarades, lâchez-moi la grappe. J'en ai assez de vos conneries.

— Je transmettrai.

Keith observa Schenley. Il avait l'air moins agressif que les deux flics du parc. A vrai dire, il semblait même un peu embarrassé par toute cette comédie. Keith lui dit :

— Ne vous mêlez pas des querelles personnelles de votre patron.

Il plaça sa main gauche sur la chemise qui masquait toujours le Glock, bascula le percuteur qui se rabattit avec un claquement métallique éloquent. Son pistolet armé, il ajouta :

— Ça n'en vaut pas la peine.

Le regard de Schenley glissa sur la chemise qui enveloppait la main droite de Keith. Il la considéra longuement avant d'articuler :

— Hé, du calme.

— Allez.

Schenley pivota lentement sur lui-même et rejoignit sa voiture. Keith ramassa le ballon de basket-ball et monta dans la Blazer. Il regarda, sans le quitter des yeux, le véhicule de police amorcer un demi-tour et disparaître derrière l'école.

Alors seulement il traversa le terrain de jeux et déboucha sur une route qui bordait le parc du lycée. Il mit le cap sur la ville, longea l'Elks Lodge, constata que le parking était plein, puis repartit vers la campagne, en direction de sa maison.

— Ainsi, Mme Baxter va raconter des histoires amusantes sur son mari. Elle pourra peut-être leur parler de ses prouesses extraconjugales.

Il se reprit et prononça à haute voix : « Bon, qu'attendre d'autre de la page sociale d'un journal ? » Il n'en revenait pas d'éprouver un pincement de jalousie. « Évidemment, elle a une vie officielle en tant qu'épouse d'un notable de la ville. » Il revoyait l'expression de ses yeux quand ils s'étaient parlé dans la rue. « Eh bien, oui. Les femmes des grands personnages et des politiciens épaulent leurs maris et sourient, même quand ceux-ci les trompent à tire-larigot, en plus d'être lâches et corrompus jusqu'à la moelle. Question d'image. »

Il écarta ce sujet pour réfléchir à ce qui venait de se passer. Manifestement, Cliff Baxter avait jugé important de lui donner à connaître le motif de son absence. Ce n'était pas nouveau ; le fort en gueule de la classe souffrait d'un complexe d'infériorité qui expliquait son besoin de persécuter et de rabaisser les autres tout en ne ratant pas une occasion de se faire mousser.

Et puis il y avait les hommes de Baxter, comme l'officier Schenley. Ils savaient quelque chose et ils voulaient voir comment leur patron allait se tirer de cette affaire. Keith les soupçonnait de haïr secrètement leur chef, à moins qu'ils ne fussent eux-mêmes irrémédiablement corrompus. Mais ils le craignaient tout autant et, tant qu'il ne viendrait pas quelqu'un de plus fort et de plus venimeux que lui pour le mater, ils obéiraient aux ordres. La loyauté envers un mauvais chef n'est pas inconditionnelle, mais il ne faut pas compter sur les troupes pour se mutiner ou déserter. Les hommes sont profondément faibles et moutonniers face au grade et à l'autorité, surtout les soldats, les flics et les hauts fonctionnaires. Il en avait fait l'expérience à Washington.

Keith aperçut devant lui les lanternes de son perron. Il tourna dans l'allée obscure. Bon, se dit-il, ce soir, c'était un coup d'essai. Mais, à un moment quelconque, lui ou Baxter marquerait un point et, si Keith en croyait son intuition, le jeu pourrait devenir violent, voire mortel.

14

Malgré l'épisode du terrain de jeux, quelques jours s'écoulèrent sans incident. Il ne passait plus de voitures de police sur la route, le téléphone ne sonnait plus en pleine nuit, Baxter n'appela pas pour proposer un autre rendez-vous. Tout était calme. Un calme censé porter sur les nerfs, comme celui qui précède la tempête. Mais Keith n'était pas ébranlé.

Un matin, à 7 heures, il traversa la route et débarqua chez les Jenkins, qu'il trouva attablés devant leur petit déjeuner. Il était sûr de ne pas les manquer à cette heure. Il y avait autour de la table Martin et Sue Jenkins, bientôt quadragénaires, et deux adolescents, Martin junior et Sandra, encore lycéens.

Sue invita Keith à partager leur petit déjeuner. Il lui assura qu'il se contenterait d'un café. Ils parlèrent du temps, qui avait sérieusement fraîchi dernièrement, de la prochaine récolte, des risques de pluie et de l'hiver rigoureux que prédisait l'Almanach du fermier. Sue affirmait que l'Almanach racontait n'importe quoi. Martin se fiait à ses prévisions.

Les enfants demandèrent la permission d'aller se préparer pour partir à l'école et disparurent.

Keith dit alors aux Jenkins :

— Je sais que vous êtes très occupés. Je ne serai pas long.

— Qu'est-ce qu'on peut faire pour toi ? demanda Martin.

— Oh, je voulais juste vous dire un mot au sujet du klaxon que vous avez dû entendre au beau milieu de la nuit, il n'y a pas très longtemps.

— Nous avons entendu. Nous avons vu.

— J'ai eu un petit accrochage avec la police de Spencerville. Ils me rendaient la monnaie de ma pièce.

Martin hocha la tête.

Sue protesta :

— Ils n'ont rien à faire par ici. Je les ai appelés, ce soir-là. Le sergent de garde m'a dit qu'il n'était au courant de rien. Alors j'ai appelé Don Finney, le shérif. Il m'a promis qu'il s'informerait. Comme je n'avais pas de nouvelles, je l'ai rappelé. Il a prétendu qu'au commissariat on ne savait rien.

Martin ajouta :

— Nous avons failli te téléphoner pour te demander si tu avais une idée, mais j'ai pensé que c'était inutile.

— Comme je te le disais, ils étaient un peu énervés.

Les Jenkins ne demandèrent pas pourquoi. Ils ne chercheraient pas à le savoir, mais Sue remarqua :

— Don et Cliff Baxter, c'est du pareil au même ; ces deux-là, c'est bonnet blanc et blanc bonnet. Enfin, à mon avis.

Keith promit :

— Je tâcherai de veiller à ce que cela ne se reproduise pas.

— Pas ta faute, dit Sue. Ces types font n'importe quoi. Nos concitoyens devraient réagir.

— Sans doute. Dites, le maïs a l'air beau.

— Très beau, admit Martin. Et il en est de même dans tout l'État. Il va encore y avoir surproduction. Nous aurons de la veine si nous en tirons trois dollars du quintal.

C'était, exprimée en quelques mots, toute la condition de l'agriculteur. La production surpassait toujours la demande et les prix chutaient. Quand Keith était enfant, les agriculteurs représentaient près de dix pour cent de la population américaine. Ils n'étaient plus désormais que deux pour cent, une espèce en voie de disparition. Pourtant, la production ne cessait d'augmenter. Cela constituait une sorte de miracle, mais, quand on avait deux cents hectares comme les Jenkins et la plupart des fermiers, les surplus minaient les ventes. Les années d'abondance, celles où les prix étaient bas, on équilibrait juste le budget, et les années de pénurie, celles où les prix étaient au plus haut, on équilibrait juste le budget. Il fallait avoir des économies pour exercer ce genre d'activité.

Keith déclara :

— Parfois, je me dis que je m'essaierais bien à l'agriculture.

Sue partit d'un grand éclat de rire et tout fut dit.

Keith demanda :

— Voudriez-vous vendre ou louer l'un de vos chevaux ?

— Je n'y ai jamais pensé, avoua Martin. Tu as besoin d'un cheval ?

— J'aimerais bien monter. Pour passer le temps.

— Oh, ne va pas t'encombrer d'un de ces machins-là. C'est encore plus enquiquinant qu'une moissonneuse-lieuse. Tu n'as qu'à venir en prendre un quand tu veux. Les enfants ne les montent que pendant les week-ends et les vacances.

— Merci, mais je voudrais te dédommager.

— Pas question. L'exercice leur fera du bien. Ils en manquent. Donne-leur à boire et bouchonne-les quand tu as fini. Ça suffira. Éventuellement, donne-leur à manger. Le hongre gris est doux. La jument est une vraie garce. (Il pouffa de rire.) C'est comme à la maison.

Sue rétorqua :

— Si je te prends encore à faire du gringue à la postière, le hongre, ce sera toi.

Sur ces belles paroles, Keith se leva.

— Merci pour le café. Je peux en prendre un maintenant ?

— Vas-y. Le hongre s'appelle Willy, la jument Hilly. Hilly et Willy. Ce sont les enfants qui les ont baptisés.

Keith trouva l'écurie à côté de la grange. Les deux chevaux mangeaient leur foin dans leurs box. Il ouvrit les deux box. Les chevaux sortirent. D'une tape sur le flanc, il les dirigea vers le pré.

Il les observa un moment. Le hongre broutait avec nonchalance. La jument, en revanche, se montrait plus vive et dynamique.

Il dénicha une bride dans la sellerie, s'approcha de la jument et, quand il lui eut passé la bride au cou, l'attacha à un piquet. Il alla chercher une couverture et une selle, les lui mit et l'emmena. La clôture franchie, il l'enfourcha, traversa la route en direction de sa ferme et continua vers le vallon boisé qui bordait un ruisseau entre sa ferme et celle de son premier voisin à l'ouest.

Il pénétra dans le sous-bois et atteignit le cours d'eau presque asséché. Poussant son cheval au milieu du lit, il en suivit le tracé vers l'étang de Reeves Pond, au sud.

Hormis le murmure de l'eau et le chant des oiseaux, tout était silencieux. Il savourait la promenade. Son père n'avait jamais eu de chevaux. Peu de fermiers en possédaient, car c'étaient des animaux qui coûtaient cher et ne présentaient aucun intérêt pratique. Maintenant, l'argent à consacrer aux loisirs servait plutôt à l'achat de 4 x 4 et de motos, des engins bien bruyants qui vont trop vite pour laisser le temps de réfléchir et d'admirer. Keith aimait sentir l'animal sous lui, éprouver sa chaleur, ses mouvements d'être vivant, entendre ses ronflements et ses hennissements intempestifs, et il préférait cette odeur à celle des gaz d'échappement.

Annie et lui empruntaient parfois des chevaux pour rejoindre ensemble des lieux de rendez-vous isolés où ils pouvaient faire l'amour. Ils prétendaient en riant que le seul endroit où ils ne l'avaient pas fait, c'était à dos de cheval et Keith se demanda si c'était possible.

Il ajusta l'allure de la jument, qui semblait tout heureuse d'aller bon train. S'il avait envisagé de passer ici le reste de sa vie, il se rendait compte qu'il ne fallait pas y compter avec Baxter dans les parages. Il s'était laissé appâter par Baxter ; il avait mordu à l'hameçon. Il avait eu tort.

Il n'avait pas pour objectif d'engager le fer avec Cliff Baxter, mais la conversation avec Mme Baxter. Faute de mieux, il aurait aimé lui parler au moins une fois encore, une heure ou deux, le temps de régler quelques-unes des questions restées en suspens entre eux. Ils ne l'avaient jamais tenté dans leurs lettres et Keith ne pouvait plus continuer à vivre sans comprendre comment et pourquoi ils s'étaient séparés.

Ensuite, article 2 à l'ordre du jour, il leur faudrait décider s'ils voulaient renouer le lien interrompu. Il pensait le vouloir ; il pensait qu'elle le voulait.

Évidemment, Cliff Baxter représentait un obstacle de taille, mais il serait sans doute préférable pour tous les intéressés qu'il le contourne simplement au lieu de l'attaquer de front. C'est le conseil qu'il donnerait à un jeune agent de renseignements affecté dans un environnement périlleux.

Le ruisseau s'élargit, le bois s'éclaircit. Bientôt, Keith abordait le grand étang. Ni baigneurs ni pêcheurs en vue, l'endroit était apparemment désert. Il y venait souvent avec ses amis l'été pour pêcher, se baigner, regarder naviguer des bateaux miniatures. En hiver, les gens allumaient des feux de joie sur la berge et patinaient sur la glace.

Il lança son cheval sur la gauche et commença à longer la rive boueuse.

S'il était en mission à l'étranger, il ne lui serait pas trop difficile de fuir en emportant le bien de l'ennemi. Mais, dans le cas présent, il ne s'agissait pas simplement de quitter le pays avec un code ou un système de brouillage. Non, le problème était tout autre.

Annie. La situation ne consistait pas à mener à bien une opération d'espionnage, mais à voler la femme du prochain, dans la bonne vieille tradition pratiquée depuis des lustres par les tribus et les clans. Mais, dans la société moderne, il était d'usage de demander d'abord son avis à la dame.

Il lui apparut soudain qu'Annie et lui ne pourraient, ensemble ou individuellement, traîner Cliff Baxter sur leurs talons jusqu'à la fin de leurs jours.

Certes, il lui restait une autre solution : boucler ses valises, prendre sa voiture et partir le plus loin possible. Mais il ne pouvait oublier Annie, les yeux pleins de larmes sur le trottoir, ni toutes les lettres échangées au fil des années, ni la peine qui lui serrait encore le cœur. « Impossible de partir, impossible de rester... » Il n'avait même pas la possibilité de déclarer une trêve, car Cliff Baxter prendrait ce vœu pour une faiblesse et augmenterait la pression.

Keith avait atteint l'extrémité du lac. Il poursuivit sa chevauchée sur la rive opposée.

Peut-être, se dit-il, n'était-il pas exclu d'amener Cliff Baxter à la raison. Ils devraient pouvoir s'asseoir tous les trois et discuter comme des gens civilisés en buvant une bière. « Voilà la solution à notre problème. Cela va sans dire. » Pas de scène pénible ni de sang versé, pas de sauvetage ni d'enlèvement. « Monsieur Baxter, votre femme et moi nous aimons depuis toujours. Elle ne tient pas à vous. Alors, soyez grand seigneur et souhaitez-nous bon vent. Les papiers pour le divorce sont à la boîte. Merci, Cliff. On se serre la main ? »

Naturellement, Cliff Baxter irait aussitôt chercher son fusil. Ou alors, si Cliff Baxter était capable d'aligner trois phrases, s'il était plus évolué et sensé qu'il n'y paraissait, il répondrait : « Monsieur Landry, vous croyez que vous aimez ma femme, mais je crois surtout que vous êtes obsédé par un vieux souvenir qui n'a plus aucune réalité. Et puis vous vous ennuyez un peu depuis votre retraite forcée et vous cherchez l'aventure. Ajoutez à cela le fait que je vous suis antipathique à cause d'anciennes querelles datant de notre enfance et qu'en me prenant ma femme vous trouvez le moyen d'assouvir votre vengeance. Ce n'est pas très sain, monsieur Landry, ni très loyal envers Annie, qui traverse actuellement une passe difficile, un peu délaissée — les exigences de mon métier — et vivant la crise de la quarantaine... Annie et moi sommes heureux à notre manière et nous attendons avec sérénité ma retraite pour passer notre vieillesse côte à côte. N'est-ce pas, Annie ? »

Keith n'aimerait pas entendre un tel discours, parce qu'il ne manquait pas d'une part de vérité.

En fait, cette rencontre n'aurait pas lieu. Keith Landry, Cliff Baxter et Annie Prentis traverseraient vaille que vaille cette épreuve, comme tout le monde, en causant un maximum de dégâts et de souffrance. Et quand tout serait fini, ils seraient bons pour soigner leur remords et leurs blessures, sans fin heureuse ni lendemains qui chantent.

Keith en était à ce point de ses réflexions quand il rejoignit le ruisseau derrière un rideau d'arbres. Il reprit le chemin de sa ferme, bien décidé à faire ses bagages pour repartir, comme il était parti vingt-cinq ans plus tôt, mais sans avoir, cette fois, le même espoir de retour.

15

Ce soir-là, assis à la table de la cuisine, Keith essayait d'écrire à Annie une lettre d'adieu, mais il avait du mal. Fallait-il lui proposer de la revoir avant de partir ? Fallait-il être laconique et concis ou au contraire lui ouvrir son cœur et son âme ? Non, cela risquait d'engendrer un surcroît de tristesse. Pas de longs adieux, pas de dernière rencontre. Être noble, être fort, être courageux et être bref.

Il écrivit : « Chère Annie, nous ne pouvons effacer le passé, nous ne pouvons revenir au Spencerville que nous avons connu, ni à Bowling Green. Nous avons vécu des vies séparées et, comme je te l'ai dit un jour dans une de mes lettres, je ne fais que passer et je ne veux pas semer le trouble. Prends soin de toi et, je t'en prie, comprends-moi. Affectueusement, Keith. »

Voilà. C'était parfait. Il glissa la lettre dans une enveloppe qu'il adressa aux bons soins de la sœur d'Annie.

Il se leva, regarda autour de lui. Il avait emballé quelques affaires, mais le cœur n'y était pas.

Il posterait la lettre après son départ et il savait qu'il devait lever le camp au plus vite avant qu'un événement imprévu ne vienne modifier sa décision. Chaque jour qui passait augmentait la possibilité d'un affrontement avec Baxter ou le risque de revoir Annie.

On débarque dans la vie à un moment qu'on n'a pas choisi, songea-t-il, on demeure quelque temps dans ce monde sans plus choisir la durée du séjour, et on s'en va. Le seul choix qu'on ait eu est de ne pas s'attarder au-delà du temps imparti. Néanmoins, entre l'arrivée et le départ, on est confronté à quelques choix véritables ; il en existe de quatre espèces : les bons et les mauvais, les faciles et les difficiles. Les bons choix sont généralement les plus difficiles.

— Choix : déguerpir ou dîner d'abord. (Il choisit de dîner et ouvrit le réfrigérateur.) Que prendre ? (Choix limité.) Coors ou Budweiser ? (Il opta pour la Bud.)

Le téléphone sonna et il choisit de ne pas répondre, mais, comme la sonnerie devenait insistante, il changea d'avis et décrocha.

— Landry.

— Bonjour, Landry. Porter. Devine lequel.

Keith sourit.

— Gail.

— Non, Jeffrey. Mon pantalon est un peu serré.

— Quel bon vent ?

— Je te rappelle notre réunion ce soir, à St. James, 8 heures.

— Peux pas.

— Mais si, tu peux.

— Je peux, mais je ne veux pas.

— Mais si, tu veux.

— Non, je ne veux pas.

— Tu voudrais que la révolution ait lieu sans toi ?

— Ça m'irait. Tu m'enverras un compte rendu. Je m'apprêtais à dîner.

— Ne m'emmerde pas, Keith. J'ai encore cinquante coups de fil à donner.

— Écoute, Jeffrey, je... j'ai décidé...

— Attends...

Il avait masqué le micro. Sa voix parvenait étouffée à l'oreille de Keith. Puis il revint sur la ligne et déclara :

— Gail dit qu'elle fera tout ce que tu voudras si tu viens et que, d'ailleurs, tu lui dois bien ça en échange de sa tambouille de l'autre jour.

— C'est que... Bon, d'accord.

— Bien. Tu veux dire quelques mots ?

— Oui. Au revoir.

— À la réunion. Est-ce que tu veux parler de tes impressions après vingt ans d'absence de Spencerville ? De tes souhaits pour l'avenir ?

— Une autre fois, peut-être. À tout à l'heure.

Il raccrocha et ajouta pour lui-même : « J'en suis encore à essayer de me libérer du passé. »

Ce jeudi soir, Keith se rendit donc à St. James. Une cinquantaine de voitures et de camionnettes encombraient la pelouse. C'était plus qu'il n'en avait jamais vu à St. James, sauf peut-être à Noël et à Pâques. Il se gara près du cimetière et se dirigea vers l'église. De jeunes garçons et filles distribuaient des tracts à l'entrée. Sur le parvis, quelques personnes accueillaient les nouveaux arrivants. Keith aperçut Gail et Jeffrey et tenta de se faufiler sans être vu. Peine perdue, ils foncèrent sur lui.

Gail s'approcha :

— Alors, qu'est-ce que je te dois ?

— Un baiser fera l'affaire.

Elle l'embrassa et remarqua :

— Tu n'es pas difficile à contenter. Je suis prête à te donner plus.

Jeffrey intervint :

— Je t'en prie, Gail, nous sommes dans une église. Je suis étonné que le ciel ne nous soit pas encore tombé sur la tête.

— Tu ne me feras pas croire que tu crains la colère divine, s'amusa Keith.

— On ne sait jamais.

Gail reprit :

— Il y a déjà plus de cent personnes. Les bancs sont pleins et le chœur aussi. Je te l'ai dit, les gens en ont assez. Ils veulent que ça change.

Keith corrigea :

— Non, Gail, s'ils sont ici, c'est parce que les choses ont changé. Ils voudraient revenir en arrière et c'est impossible. Tu dois le leur faire comprendre.

Elle acquiesça :

— Tu as raison. Nous trois nous avons des racines terriennes, mais nous avons oublié la manière de penser des gens d'ici. À nous de modifier leur façon de penser et leurs vieilles attitudes.

Keith leva les yeux au ciel. Pas étonnant que les révolutionnaires fassent fuir tout le monde.

— Non, rectifia-t-il, ils ne veulent pas qu'on change leurs habitudes ni leur mode de pensée. Ils veulent voir appuyer leurs valeurs et leurs convictions et ils veulent que le gouvernement et la société reflètent leurs valeurs, pas les vôtres.

— Dans ce cas, ils veulent en effet revenir en arrière et c'est en effet impossible.

— Oui, du moins au sens propre, mais il faut leur décrire un avenir qui ressemble au passé, en plus beau. Un peu comme une lithographie de Currier & Ives dont on aurait ravivé les couleurs.

Gail sourit.

— Tu es aussi manipulateur que nous. C'était ton métier ?

— Dans un sens... oui, j'ai travaillé à la propagande à une époque... je n'aimais pas beaucoup ça.

— Cela paraît très exaltant. Tu pourrais mettre tes talents en pratique dans ta vie personnelle. Tu ferais un tabac.

— Souhaitons-le. (Il changea de sujet.) Au fait, qui est le pasteur assez fou pour livrer son église à vos activités subversives ?

Ce fut Jeffrey qui répondit :

— Le révérend Wilkes.

— Sans blague ? Je pensais qu'il était mort ou à la retraite.

— Il pourrait, admit Jeffrey. Il est très vieux. Mais il est favorable à notre entreprise. En fait, j'ai eu l'impression qu'il n'aimait pas beaucoup le chef Baxter.

— Tiens donc ? Je n'aurais pas cru qu'il connaissait Cliff Baxter personnellement. Les Baxter allaient à St. John, en ville, comme tous les gens importants. Ici, c'est l'église des fermiers.

— Eh bien, apparemment, il connaît Cliff Baxter de réputation et, apparemment, il a des conversations avec ses confrères du clergé de la ville. J'aimerais que nous puissions nous reposer sur un réseau d'information aussi solide. Enfin, tu entendras dire ce soir que le chef Baxter est un pécheur adultère.

— Cela n'en fait pas forcément un mauvais bougre.

Gail pouffa de rire.

— Tu es impossible. Va te mettre au coin.

— Bien, madame.

Keith pénétra dans la petite église et trouva un espace libre près du dernier banc. L'église était pleine à craquer ; un voile avait été tendu devant l'autel pour le dissimuler. Le local tout simple, dépourvu de vitraux, ressemblait davantage ainsi à une salle de réunion pour amishs ou quakers qu'à un temple luthérien.

Les gens assis autour de lui sur les bancs semblaient illustrer une coupe verticale de la société du comté de Spencer. Il y avait là des hommes et des femmes que

Keith identifiait immédiatement, quel que fût leur habillement, comme appartenant au monde agricole. Il reconnut d'ailleurs parmi eux Martin et Sue Jenkins. Il y avait aussi des gens de la ville, ouvriers ou notables. Toutes les tranches d'âge étaient représentées, depuis les lycéens jusqu'aux très vieilles personnes.

Parmi ceux qui arrivaient encore, il repéra Jenny, qu'il n'avait plus vue depuis le barbecue chez sa tante. Elle l'aperçut, lui sourit et lui adressa un grand signe, mais elle était avec un homme et alla se presser avec lui sur un banc bondé.

Keith regardait la foule s'installer. Elle comptait forcément au moins deux espions, deux mouchards qui iraient ensuite faire leur rapport au chef Baxter. C'était une donnée mathématique et il était certain que les vieux révolutionnaires qu'étaient Gail et Jeffrey en avaient connaissance, même si les braves citoyens de Spencerville ne s'en doutaient pas. Il espérait que les Porter savaient où ils entraînaient tous ces gens. Les révolutionnaires professionnels se répartissaient en deux catégories de base : les romantiques et les pragmatiques. Les romantiques se font arrêter et tuer avec tous leurs partisans. Les pragmatiques, comme les nazis et les bolcheviks, sont d'abominables charognes qui disent et font n'importe quoi pour rester en vie et gagner. Malgré leur remarquable longévité, les Porter appartenaient plutôt à la catégorie romantique. S'ils avaient survécu si longtemps, c'était parce que la culture américaine tolérait encore les révolutionnaires et parce que le gouvernement américain se gardait de transformer en martyrs des individus qui ne risquaient pas vraiment d'ébranler une nation toujours prompte à s'assoupir.

Certes, localement, on pouvait soulever et mobiliser les gens. Manifestement, les responsables embusqués de la ville et du comté avaient violé l'article premier du contrat social, qui stipulait et stipulerait toujours : « Maintenez les citoyens heureux, ou ignorants, ou les deux. »

La séance s'ouvrit par le serment d'allégeance au drapeau, qui devait, se dit Keith, fendre le cœur des Porter. Cette cérémonie fut suivie d'une prière, dite par un jeune pasteur que Keith ne connaissait pas. Il lança un coup d'œil aux Porter, debout sur l'estrade, et constata qu'ils inclinaient la tête. Peut-être avaient-ils acquis quelques rudiments de pragmatisme au fil des années.

Tout le monde s'assit, sauf ceux qui n'avaient pas de siège, et Gail s'avança au milieu de l'estrade pour tester le micro par ces mots :

— Keith Landry... tu m'entends, là-bas au fond ?

Toutes les têtes se tournèrent. Keith fut saisi d'une envie irrépressible d'étrangler Gail. Il se contenta de hocher la tête. Gail sourit et enchaîna :

— Bienvenue à cette réunion, qui est, je l'espère, la première d'une longue série. L'objectif de ce rassemblement est simple : il s'agit d'étudier la manière d'assurer à cette ville et à ce comté un gouvernement propre, responsable et compétent. (Elle arrêta ses yeux sur Keith et continua :) Comme autrefois. Un gouvernement qui reflète nos valeurs et nos convictions.

Keith soutint un instant son regard. Aussitôt, elle poursuivit, sans s'étendre davantage sur les valeurs et convictions.

Tout en l'écoutant, Keith s'avisa que Cliff Baxter, avec ou sans pouvoir, serait toujours Cliff Baxter. Et, les petites villes étant ce qu'elles sont, il ne doutait pas que le shérif du comté, trop semblable à Cliff, se ferait un plaisir de mandater son compère pour un dollar par an et de lui rendre son insigne et son arme. Gail parlait :

— En tant que membre du conseil municipal et seule élue présente dans cette salle, du moins à ma connaissance, je veux vous informer que j'ai envoyé des invitations à tous les autres élus de la ville et du comté. Ils ont répondu en convoquant une assemblée commune du conseil municipal et des représentants du comté au palais de justice. Je suppose donc qu'aucun d'eux n'est présent ici ce soir. (Elle balaya la salle du regard.) Si l'un de vous est présent parmi nous, veuillez vous lever et nous rejoindre à la tribune. Nous avons de la place.

Personne ne se leva. Keith était impressionné par l'art de la mise en scène dont Gail faisait preuve.

Elle reprit :

— J'ai demandé à la *Gazette de Spencerville* de nous envoyer un reporter ce soir. Est-il ou est-elle ici ? (Elle scruta ostensiblement l'assemblée.) Non ? Serait-ce parce que ce journal appartient à la famille du maire et que le garage Baxter en est le plus gros annonceur ?

Des rires fusèrent, soutenus par quelques applaudissements.

Gail prenait un plaisir manifeste à égratigner quelques personnalités au passage. Elle se rendait sûrement compte qu'elle se ferait ainsi plus d'ennemis qu'elle n'avait d'amis dans sa ville d'adoption. Gail déclencherait peut-être la révolution, mais ce ne serait ni Jeffrey ni elle qui en prendraient la tête et ils n'auraient pas de place dans le nouveau régime. Ils resteraient des marginaux, sans argent et sans amis, coupés de leurs racines, isolés du monde meilleur qu'ils contribuaient à bâtir, éternels étrangers. Keith se sentait des affinités avec eux.

Gail développa des thèmes généraux pendant quelques minutes, avant d'aborder les cas précis, à commencer par Cliff Baxter.

— Ayant eu personnellement affaire au chef de police Baxter, je l'ai trouvé incompétent, inefficace et despotique. Mais vous n'êtes pas obligés de me croire sur parole. Nous avons ici plusieurs personnes qui ont accepté d'apporter leur témoignage. Certains de leurs récits vous choqueront. Il faut à ces gens, vos voisins, un immense courage pour raconter leur histoire. Ce que vous entendrez ne les montre pas forcément sous leur meilleur jour, mais ils ont voulu faire ce geste pour eux-mêmes et le bien de leur communauté. Ils vous parleront de corruption, de marchandages, de magouilles, d'irrégularités électorales, et, oui, vous le savez déjà, de comportement sexuel répréhensible.

Gail savait se taire au bon moment pour laisser s'épanouir les murmures et les exclamations étouffées des bons citoyens de Spencerville. Même si ce qu'elle disait et dirait encore était sans doute vrai et si on pouvait croire à la sincérité de ceux qui allaient parler, Keith avait la sensation d'assister à un de ces procès en sorcellerie du XVIIe siècle au cours desquels les témoins se succédaient pour déblatérer sur leur voisin. Il ne manquait que l'accusé.

Après quelques remarques supplémentaires, Gail relata son expérience personnelle et l'histoire du fichier illégal que tenait Cliff Baxter sur elle. Elle conclut ainsi :

— J'ai porté plainte contre lui et demandé la confiscation de ce fichier que je rendrai public. Je n'ai rien à cacher. Mon passé est connu de la plupart d'entre vous. Je vous laisse juges. Je refuse le chantage. J'envisage en outre d'intenter une action criminelle contre M. Baxter ; j'en ai parlé au procureur du comté. Si je ne peux obtenir justice dans le comté de Spencer, j'irai voir le procureur général de l'État à Columbus. Si je le fais, ce n'est pas pour moi, mais pour tous ceux qui, dans ce comté, ont fait l'objet d'enquêtes illégales de la part du chef de la police.

Elle considéra l'assistance et ajouta :

— Quelques victimes de Baxter sont ici ce soir, certaines souhaitent garder l'anonymat et je respecte leur décision. D'autres ont demandé à s'exprimer. Je laisse donc la place à notre première volontaire, qui vous dira ce qu'elle a à dire.

Gail posa les yeux sur le premier rang et fit un signe de la tête. Une jeune femme se leva avec hésitation et se dirigea vers la tribune, de l'air de quelqu'un qui voudrait disparaître sous terre. Gail l'accueillit par une accolade chaleureuse et lui murmura quelque chose en la conduisant au micro.

La jeune femme resta un instant silencieuse. Elle était pâle et semblait effrayée. Elle s'éclaircit la voix et commença :

— Je m'appelle Sherry Kolarik. Je suis serveuse au Restoroute.

Elle avala une gorgée d'eau, se tourna vers Gail qui s'était assise auprès d'elle et se lança :

— J'ai rencontré le chef de police Baxter pour la première fois quand il est venu chez moi, il y a six mois, pour toucher le montant de contraventions que je n'avais pas payées. Je savais que je devais cet argent, mais je n'en avais pas. Je le lui ai dit. J'ai trouvé ça bizarre que le chef de la police vienne chez moi en personne... je veux dire... je ne l'avais jamais rencontré avant, mais je le connaissais parce qu'il venait souvent prendre son petit déjeuner au Restoroute. Je ne l'avais jamais servi parce qu'il allait toujours s'asseoir à une table dont s'occupait une autre fille... je ne dirai pas son nom, mais il s'asseyait là parce qu'il sortait avec elle.

Cet aveu suscita un brouhaha dans la foule qui savait que le chef de la police était un homme marié. Keith se doutait que ce n'était qu'un début.

Sherry poursuivait :

— Un jour, cette fille était en congé et il est venu s'asseoir à une table dont j'étais chargée. Il n'a pas dit grand-chose. Il a seulement désigné le badge sur lequel est inscrit mon nom... vous savez, épinglé sur mon sein gauche, et il a remarqué : « Sherry. Celui-là a un joli nom. Comment s'appelle l'autre ? »

La foule laissa échapper quelques rires involontaires. Sherry eut un sourire gêné.

— Toujours est-il que, quelques jours plus tard, il débarquait chez moi pour me réclamer les amendes que je devais. Il est entré et on a bavardé. J'ai essayé de lui expliquer que je n'avais pas d'argent, mais que je pourrais payer quand je recevrais mon salaire. Il m'a dit qu'il voulait l'argent tout de suite. Sinon, il m'emmènerait. Il a dit que, s'il m'arrêtait, je devrais attendre le lendemain pour voir le juge et donc passer la nuit en prison. Il a raconté que tous les prisonniers étaient fouillés, devaient prendre une douche, et qu'on leur mettait ensuite un uniforme de détenu. J'ai appris plus tard que ce n'était pas vrai quand il s'agissait de PV, mais, sur le moment, j'étais épouvantée.

Keith avait rencontré bien des exemples d'abus de pouvoir dans le monde, mais il détestait particulièrement les hommes qui profitaient de leur autorité, ou de leur arme, pour intimider des femmes sans défense et les exploiter sexuellement. Or, c'était bien de ça qu'il s'agissait.

Sherry continuait vaillamment. Une minute plus tard, elle en était arrivée au dénouement :

— Alors... je lui ai proposé... je lui ai proposé de coucher avec lui...

Un silence absolu s'était emparé de l'assistance.

— Vous comprenez... je ne prétends pas qu'il en a parlé le premier... mais je sentais qu'il... euh... que c'était là qu'il voulait en venir. Comme je vous l'ai dit, j'avais peur et j'étais fauchée. Je ne dis pas que je suis toute pure et claire, j'ai eu des amis, mais c'étaient des garçons que j'aimais; je n'ai jamais fait ça pour de l'argent avec quelqu'un que je n'aimais pas... mais je ne voyais pas comment m'en sortir autrement. Alors... je lui ai proposé et il a accepté. Il a dit qu'il me donnerait l'argent, mais que c'était un prêt et qu'il voulait voir mes garanties et que, pour ça, il fallait que je me déshabille.

Ce détail arracha un cri sourd à l'assistance. Sherry baissa la tête, la releva, inspira une grande bouffée d'air et affronta bravement le regard de la foule. Rien de tout cela n'était feint, Keith l'aurait juré ; cette femme était véritablement humiliée, apeurée et courageuse. Cependant, il devinait les motifs qui la poussaient à se livrer ainsi en public, des motifs plus proches de la vengeance que du devoir civique. Mais quelle importance ?

Keith en avait assez entendu. Il se fraya un chemin à travers la foule tandis que Sherry entamait une description assez crue de la suite des événements.

Il franchit le parvis où les gens s'agglutinaient pour saisir ce qui se disait et se retrouva dehors, à l'air libre.

Des hommes déambulaient entre les voitures en brandissant des torches. En s'approchant, Keith vit que c'étaient des policiers. Ils notaient les numéros minéralogiques des véhicules stationnés. Cela ne le surprit pas dans un sens et, en même temps, il avait du mal à y croire. Il aborda l'un des hommes, qui se révéla être un adjoint du shérif et non un flic de la ville de Spencerville. Keith lui dit :

— Qu'est-ce que vous êtes en train de faire ?

L'interpellé eut l'air gêné, ce qui était bon signe. Il répondit :

— Nous exécutons les ordres.

— Les ordres de qui ?

— Peux pas dire.

— Qui est le responsable ici ?

L'homme se retourna.

— Personne, en fait.

Keith repéra un policier qui portait l'uniforme des forces de l'ordre de Spencerville et alla vers lui. C'était l'officier à qui il avait eu affaire sur le terrain de jeux du lycée.

— Officier Schenley, vous rendez-vous compte que vous enfreignez la loi ?

Schenley héla deux de ses collègues.

— Hé, Kevin, Pete, venez par ici.

Ils obéirent. Keith reconnut les deux lascars qui avaient malmené Billy Marlon dans le square. Les troupes de Spencerville ne comportaient qu'une quinzaine de flics. Keith avait le sentiment qu'il finirait par les connaître tous s'il restait dans le coin. Leurs insignes les identifiaient comme Ward et Krug. Ward, celui qui avait frappé les talons de Billy de son bâton, s'exclama :

— Dites donc, regardez qui est là. Vous, vous êtes comme la merde, hein ? Vous collez aux semelles ? Prenez le large tant qu'il est encore temps.

Keith s'adressa à eux en les appelant par leurs noms.

— Officier Ward, officier Krug, officier Schenley, l'assemblée qui se tient là est légale, protégée par le premier amendement de la Constitution des États-Unis, au cas où vous ne le sauriez pas. Si vous ne partez pas immédiatement, j'appelle la police d'État et je vous fais coffrer.

Les trois policiers se regardèrent, puis se tournèrent à nouveau vers Keith. Le dénommé Ward lui demanda :

— Vous êtes fou ou quoi ?

— Je suis outré. Alors, maintenant, vous fichez le camp.

— Hou là ! Du calme, mon gars !

— Vous avez soixante secondes pour dégager. Sinon, je retourne dans l'église et je fais sortir tous ceux qui s'y trouvent.

Il s'ensuivit un long silence pendant lequel les autres flics, sept en tout, rejoignirent les trois premiers. Ward leur annonça :

— Ce type dit qu'il va nous envoyer les flics.

Ils essayèrent de rire, sans conviction ; cette perspective ne semblait pas vraiment les réjouir.

Keith ajouta :

— Et je rassemble ici tous les gens qui sont à l'intérieur.

Les policiers n'avaient manifestement pas envie de rencontrer leurs amis et voisins dans de telles circonstances, mais ils n'avaient pas non plus envie de céder devant un unique citoyen irascible. En quelque sorte, ils tergiversaient, et Keith se demandait s'il allait leur offrir une issue honorable. Il décida alors qu'ils ne le méritaient pas.

— Vous avez dix secondes pour déguerpir.

L'officier Ward rétorqua :

— Je vous aurai passé les menottes avant.

— Cinq secondes.

Aucun d'eux ne bougea.

Keith amorça un repli vers l'église, mais s'aperçut qu'il était cerné. Pour franchir le cordon, il lui faudrait bousculer l'un des flics et c'était bien ce qu'ils attendaient.

— Laissez-moi passer.

Pas de réaction.

Keith s'avança vers celui qui lui bloquait l'accès à la porte. Ils sortirent leurs bâtons, bras et jambes tendus.

Keith songea à foncer dans le tas comme un bon arrière de foot, mais, dans le cas présent, la ligne de défense était armée. Sa situation n'était finalement pas plus enviable que la leur et personne n'osait tenter le premier mouvement.

Ward articula dans son dos :

— Trouduc !

Keith vira sur place et se dirigea vers lui.

— Où est Baxter ? Encore en train de se faire cirer les bottes à l'Elks Lodge ?

— C'est pas vos oignons.

— Je suppose qu'il est à la réunion du conseil municipal en train de couvrir ses arrières pendant que vous risquez vos jobs à faire les marioles ici. Et où sont vos sergents ? Quelle belle brochette de couilles molles vous avez pour vous commander ! Dites-le de ma part à Baxter.

Visiblement, Keith avait touché une corde sensible car, sur le moment, ils restèrent cois. Et puis Ward se crut obligé de répliquer :

— T'as qu'à lui dire toi-même quand on t'aura coffré, petit malin.

— Alors, emmenez-moi. Arrêtez-moi ou ôtez-vous de mon chemin.

Ils ne semblaient disposés à faire ni l'un ni l'autre. Keith se demandait combien de temps cela allait durer.

Au bout de quelques minutes d'immobilisme, il décida de tenter le tout pour le tout. Il avait viré sur lui-même et s'apprêtait à forcer le passage quand une voix s'éleva :

— Qu'est-ce qui se passe ici ?

Un homme arrivait du presbytère, appuyé sur une canne. Il était très âgé. Bientôt, Keith reconnut le révérend Wilkes.

Le pasteur, qui était vêtu d'une tenue de sport, répéta sa question :

— Que se passe-t-il ?

L'officier Ward répondit :

— Nous avons la situation en main.

— Ce n'est pas ce que je vous demande. Que se passe-t-il ?

En l'absence de réponse précise à fournir, Ward se tut.

Le pasteur Wilkes franchit le cordon de police et se figea devant Keith.

— Qui êtes-vous ?

— Keith Landry.

— Votre nom me dit quelque chose. Vous êtes avec le groupe réuni à l'intérieur ?

— Oui.

— Que font ces policiers ici ?

— Demandez-leur.

Le pasteur se tourna vers Ward.

— Quelqu'un vous a appelés ?

— Non.

— Alors, que faites-vous ici ?

— Nous sommes là pour... assurer la sécurité.

— Ça, c'est du baratin. Veuillez quitter ce terrain.

Ward regarda ses collègues et inclina la tête en direction des voitures de police. Ils s'éloignèrent. Avant de s'en aller, Ward se planta devant Keith.

— Si j'étais vous, je retournerais à Washington. Vite fait.

— N'oubliez pas de dire à Baxter ce que je vous ai dit.

— Compte là-dessus, coco.

Sur ces mots il tourna les talons et s'en alla.

Ainsi, se dit Keith, ils savaient qu'il venait de Washington. Cela n'avait rien d'étonnant. Que savaient-ils d'autre à son sujet ? Cela n'avait guère d'importance s'il partait. Sauf que Cliff Baxter venait malencontreusement de lui donner de bonnes raisons de rester.

— Vous avez une minute ? demanda le pasteur.

Keith réfléchit un instant.

— Oui.

Wilkes lui fit signe de le suivre et l'entraîna vers le presbytère. La dernière fois que Keith y était entré, il avait dix-huit ans et avait eu droit à un sermon du pasteur sur les tentations du monde, surtout celles de l'alcool et du sexe, qui le guettaient à l'université. Pour le profit qu'il en avait retiré...

16

Le presbytère s'abritait dans une vieille bâtisse de bois blanc, construite à la même époque et dans le même style que l'église centenaire.

Wilkes conduisit Keith au salon et lui désigna un fauteuil à demi effondré. Keith s'assit. Wilkes s'installa en face de lui, dans un siège à bascule. Le pasteur annonça :

— J'ai du sherry.

— Non, merci.

Keith observait le pasteur à la pauvre lumière des lampes. Il l'avait aperçu de temps en temps, à des mariages ou des enterrements, mais il y avait au moins sept ans qu'il ne l'avait plus vu. L'homme semblait se ratatiner et se friper chaque fois un peu plus.

Wilkes demanda :

— Pourquoi la police était-elle ici ?

— Pour noter les numéros des voitures.

Wilkes branla la tête. Il resta un moment silencieux, puis il posa les yeux sur Keith.

— Vous êtes le fils de George et Alma ?

— Oui, révérend.

— C'est moi qui vous ai baptisé ?

— C'est ce qu'ils m'ont dit.

Wilkes sourit.

— Et c'est moi qui vous ai marié ?

— Non. Je ne me suis jamais marié.

— C'est vrai. Vous êtes parti à l'armée et ensuite vous avez travaillé pour le gouvernement.

— Je suis d'abord allé à l'université. Bowling Green. Vous m'avez même mis en garde contre les filles légères qu'on y rencontre.

— La leçon vous a servi ?

— Pas le moins du monde.

Wilkes sourit encore.

— Vous êtes revenu pour vous installer définitivement ?

— Je ne pense pas.

— Pourquoi êtes-vous revenu alors ?

— Pour m'occuper de la maison.

— C'est tout ?

Keith réfléchit avant de déclarer :

— Comme je préfère ne pas mentir, je préfère ne pas répondre.

— Bon, j'ai entendu des rumeurs sur la raison de votre retour, mais, comme je ne suis pas du genre à divulguer les commérages, je ne vous dirai pas ce que raconte la rumeur.

Keith se taisait. Wilkes reprit :

— Comment vont vos parents ?

Keith lui donna des nouvelles de sa famille et demanda à son tour :

— Et comment va Mme Wilkes ?

— Le Seigneur a jugé bon de la rappeler à Lui.

La réplique convenue, « Je suis désolé », lui paraissant inadaptée, Keith murmura :

— C'était une femme merveilleuse.

— En effet.

— Pourquoi n'avez-vous pas assisté à la réunion ?

— Je ne mélange jamais la politique et la religion. Trop de jeunes ecclésiastiques tombent dans ce piège de nos jours. Ils déconcertent la moitié de leurs ouailles.

— Oui, mais l'injustice sociale existe dans le monde et les Églises peuvent jouer leur rôle.

— Nous le jouons. Je prêche l'amour et la charité, la bienveillance et la générosité. Si les gens écoutaient, il n'y aurait pas d'injustice sociale.

— Comment peuvent-ils écouter s'ils ne viennent pas à l'église ? Et même quand ils viennent, ils n'écoutent pas.

— Certains viennent, d'autres non. Certains écoutent, d'autres non. Je ne peux pas faire plus.

— Vous savez, révérend, à Dresde, j'ai vu des pasteurs luthériens organiser les grandes manifestations qui ont été retransmises à la télé. Ils ont contribué à la chute du gouvernement communiste. Même chose pour les prêtres catholiques en Pologne.

— Dieu les bénisse. Ils ont obéi à leur conscience. Si cela peut vous rassurer, je peux vous affirmer que je serais prêt à mourir pour ma foi.

— Avec un peu de chance, ce ne sera pas nécessaire.

— On ne sait jamais.

— Mais vous les avez laissés utiliser votre église. Et vous avez chassé la police.

— En effet.

— Savez-vous quel est le but de cette réunion ?

— Je le sais.

— Et vous approuvez ?

— Oui, dans la mesure où rien de violent ni d'illégal est envisagé. Vous savez, c'est une vieille tradition d'utiliser les églises comme lieux de réunion. Cela remonte à l'époque où l'église était le seul bâtiment assez grand dans la campagne pour contenir beaucoup de gens et où la ville était trop loin pour s'y rendre en voiture à cheval. St. James a hébergé toutes sortes de rassemblements politiques et patriotiques depuis la guerre hispano-américaine. Cet endroit ne m'appartient pas. Je ne suis que le serviteur de Dieu.

— D'accord, mais je suis bien certain que vous ne prêteriez pas votre église au Ku Klux Klan.

— Le serviteur de Dieu n'est ni bigot ni idiot, monsieur Landry. Mais je ne vous ai pas invité pour que vous m'interrogiez. J'ai, moi, quelques questions à vous poser. Si je peux.

— Allez-y.

— Merci. Et vous, vous approuvez cette réunion ?

— Dans le principe.

— Vous êtes-vous rendu compte que tout n'était pas rose à Spencerville ?

— Je m'en suis rendu compte.

— Vous connaissez Baxter ?

— Nous étions au lycée ensemble.

— Si j'en crois les paroles et les actes de ces policiers, il s'est intéressé à vous il n'y a pas très longtemps. Plus récemment que depuis le lycée.

— Non... enfin, peut-être. Mais je crois que cela est plutôt dû à un vieil antagonisme qui nous opposait à l'école.

— Réellement ? Étiez-vous rivaux ?

— Eh bien, je n'ai jamais considéré que nous l'étions. Mais lui, apparemment, en était convaincu.

Keith ne savait pas trop où cette conversation était censée les mener et il n'y avait pas beaucoup de personnes pour qui il aurait accepté de se plier à un tel interrogatoire. Mais le pasteur était de celles-là.

Le vieil homme parut méditer. Il dit enfin :

— Ma mémoire n'est plus aussi bonne qu'autrefois, mais je crois me souvenir que vous avez courtisé à une époque celle qui est maintenant sa femme.

Keith demeura muet.

— Il me semble que c'est votre mère qui me l'a dit.

— Probablement.

— Peut-être, dans ce cas, M. Baxter est-il mécontent de savoir que l'ancien prétendant de sa femme est de retour à Spencerville.

— J'ai été son amant, révérend. À l'université.

Inutile de parler du lycée et de troubler ainsi le vieux bonhomme.

— Appelez ça comme vous voudrez. Je comprends. Croyez-vous que cela puisse ennuyer M. Baxter ?

— Ce serait très puéril de sa part.

— Dieu me pardonne ce que je vais dire, mais aucun des membres de la famille Baxter n'a jamais montré beaucoup de maturité.

Keith retint un sourire.

— Son nom de jeune fille... Prentis, c'est ça ?

— Oui. Annie.

— En effet, Annie Prentis. Bonne famille. Le pasteur Schenk, de St. John, en pense le plus grand bien. Nous bavardons, vous savez. Même les prêtres de l'Immaculée Conception. Le conseil œcuménique se réunit tous les mois et, une fois que nous avons terminé notre travail, nous papotons, c'est terrible. Nous ne prononçons pas de noms, sauf nécessité absolue, et ce que nous disons ne sort pas de la pièce. Mais on apprend des choses.

— J'imagine.

En fait, le pasteur Wilkes siégeait dans une commission analogue à celle que Keith venait de quitter. Et il avait accès de cette manière à une foule d'informations autrement plus complètes que tout ce que le chef de police Baxter pouvait accumuler dans ses fichiers.

— Nous ne bavardons pas pour le plaisir. Notre but est de tenter d'apporter notre aide, d'empêcher des divorces, de conseiller les jeunes gens qui se sont écartés du droit chemin, de détourner les hommes et les femmes des tentations qu'ils représentent les uns et les unes pour les autres. Bref, de sauver des âmes.

— C'est très respectable.

— C'est mon boulot. Oh, je sais ce que vous pensez. Vous vous dites que Spencerville est devenue la ville des damnés. Mais les gens d'ici sont bons pour la plupart, ce sont de bons chrétiens qui craignent leur Seigneur. Seulement, quelques-uns se sont fourvoyés. Ce n'est pas différent ailleurs. J'aimerais que vous veniez à l'office dimanche et que vous vous joigniez à nous ensuite pour prendre le verre de l'amitié.

— Je verrai. Mais, vous savez, vous prêchez un converti. Vous devriez essayer de convaincre les autres.

— Ils savent où nous trouver.

Comme il aurait voulu disparaître avant la fin de la réunion, Keith dit :

— Bon, eh bien, merci de m'avoir sauvé des griffes des représentants de l'ordre.

Mais le révérend Wilkes dédaigna cette tentative de fuite et poursuivit :

— M. et Mme Baxter ont quelques difficultés, comme vous le savez peut-être. Le pasteur Schenk soutient Mme Baxter de ses conseils.

— En quoi cela me concerne-t-il ?

— On vous a vu lui parler dans la rue.

— Révérend, entendu, c'est une petite ville, mais un célibataire peut tout de même s'entretenir en public avec une femme mariée.

— Ne me faites pas la morale, jeune homme. J'essaie de vous aider.

— Je vous remercie de...

— Je vais être clair. Tu ne convoiteras pas la femme de ton prochain.

Cette admonestation ne surprit pas vraiment Keith, qui répliqua :

— Révérend, puis-je vous suggérer de demander au pasteur Schenk de rappeler à M. Baxter le commandement sur l'adultère.

— Nous savons tous ce qu'il en est. Ce que je veux vous faire comprendre... Je ne devrais pas dévoiler cette confidence, mais vous savez peut-être que Mme Baxter est très éprise de vous.

C'était la meilleure nouvelle de l'année. Il envisagea plusieurs réponses, y compris l'absence de réponse, et objecta :

— Nous nous sommes écrit pendant des années. Elle ne m'a jamais rien dit de tel. Elle n'a rien fait de mal.

— Hum... Que faut-il penser d'une femme mariée qui envoie des lettres à son ancien... fiancé ?

— Elle n'a rien fait de mal. Si quelqu'un a des torts, c'est moi.

— Quelle grandeur d'âme, monsieur Landry. Je sais, vous me trouvez un peu vieux jeu et je vous remercie de chercher à flatter mes vieilles manies.

— Mais pas du tout. Je vous écoute, je comprends votre point de vue et votre préoccupation. Je vous assure que ma relation avec Mme Baxter est restée purement platonique.

— Bon, eh bien, tâchez d'être le plus fort des deux et de faire en sorte qu'elle le demeure.

Keith regarda le pasteur et, à son corps défendant, peut-être parce qu'il avait besoin de le dire à quelqu'un, il avoua :

— Pour être franc avec vous, révérend, l'esprit est plein de bonne volonté, mais la chair est faible.

Le pasteur en resta sur le moment interloqué. Il parut retrouver l'usage de la parole et déclara :

— Je vous remercie de votre franchise. Et je suis heureux de noter que vous n'avez pas oublié les Écritures.

Keith se leva.

— Il faut que je m'en aille.

Le pasteur saisit sa canne et se leva à son tour. Il accompagna Keith à la porte, sortit avec lui sur le perron. Keith constata que la réunion n'était pas encore terminée.

Il se demanda combien de témoins Gail et Jeffrey étaient parvenus à convaincre de confesser leur commerce avec le diable. Il se retourna vers le pasteur et remarqua :

— Apparemment, vous en savez davantage sur moi que vous n'avez bien voulu l'admettre au début de notre entretien.

— Oui, mais je ne savais pas si vous étiez le genre d'homme avec qui on peut parler. J'ai vu que vous étiez capable d'écouter, c'est pourquoi je me suis permis de vous donner quelques conseils et quelques informations que vous ne m'aviez pas demandés. J'espère que les conseils ne vous ont pas froissé et que vous garderez les informations pour vous.

— Je ne suis pas froissé et cette conversation restera entre nous. Mais cela m'ennuie qu'on bavarde à mon sujet.

— Monsieur Landry, vous êtes revenu chez vous, dans une petite ville très perturbée, et par un curieux hasard il se trouve que l'un de nos problèmes, celui de M. Baxter en tant que mari et personnage public, est devenu un problème pour vous. Mais il ne le faut pas.

— Pourquoi pas ? Pourquoi m'impliquerais-je moins que les gens assemblés dans cette église ?

— Vous savez très bien pourquoi. Examinez vos motivations et réfléchissez aux conséquences de vos actes.

— Révérend, depuis que j'ai quitté Spencerville, j'ai rempli, en ma qualité d'officier, des fonctions diverses qui, toutes, pouvaient entraîner la vie ou la mort de mes collègues, la mienne et, pour ne rien vous cacher, celle de cette nation.

— Donc, vous n'avez pas besoin du sermon d'un pasteur de province.

— Mais je vous suis reconnaissant de votre sollicitude.

Le révérend Wilkes posa la main sur l'épaule de Keith et le regarda dans les yeux.

— Je vous aime bien. Je ne voudrais pas qu'il vous arrive malheur.

— Moi non plus. Mais, si c'était le cas, vous chargeriez-vous de faire le nécessaire ici, à St. James ?

— Oui... naturellement. (Il lui prit le bras.) Laissez-moi vous raccompagner à votre voiture. Aidez-moi à descendre les marches.

Tandis qu'ils marchaient côte à côte, le pasteur dit :

— Keith... je peux vous appeler Keith ?

— Bien sûr.

— Je sais qu'il y a quelque chose entre Annie Baxter et vous et, pour être tout à fait honnête, je n'y suis pas totalement opposé. Mais il faut régler cela dans la décence ou tout ira toujours plus ou moins de travers entre vous.

— Je persiste à affirmer que je ne convoite pas la femme de mon prochain, révérend. Mais je vous écoute.

— Bon. Alors, écoutez et oubliez d'où vous tenez ces informations. Elle, la personne en question, n'est pas heureuse en ménage, elle vit avec son conjoint une relation malsaine, d'après son conseiller pastoral. Son mari s'adonne à l'adultère et à la violence verbale. Je suis peut-être de la vieille école, mais j'écoute les jeunes pasteurs, et j'ai le sentiment qu'elle devrait sortir de ce mariage avant qu'il ne devienne dangereux. Il s'est fâché tout rouge quand on lui a parlé d'assistance conjugale et ni le pasteur ni l'épouse en question n'ont beaucoup d'espoir de le voir changer.

Keith restait silencieux. Ils étaient arrivés à sa voiture et il s'arrêta. Le pasteur continua :

— Le divorce est acceptable dans ces conditions. Après son divorce, elle sera libre de faire ce qu'il lui plaira. Vous, monsieur Landry, vous devez vous montrer patient et ne pas compliquer les choses. C'est une femme bien. Je ne voudrais pas qu'elle ait à souffrir.

Ils se tenaient l'un près de l'autre dans le noir ; une faible lumière émanant des vitres de l'église jetait des ombres sur le cimetière.

— Moi non plus, assura Keith.

— Monsieur Landry, je suis certain que vos intentions sont honorables, mais la chose la plus honorable que vous puissiez faire, c'est de rompre tout contact avec elle. Les choses évolueront d'elles-mêmes, avec l'aide de Dieu.

— Et sans mon aide.

— Précisément. Avez-vous, oui ou non, le projet de rester ici pour y vivre ?

— Je le voulais, mais je n'en suis plus aussi sûr.

— Je crois que votre présence ne fait que mettre de l'huile sur le feu. Pouvez-vous vous éloigner quelque temps ? Je suis sûr que vos parents seraient ravis de vous voir.

Keith esquissa un sourire.

— Me chasseriez-vous de la ville ?

— Je dis seulement que, si vous partez, les choses pourraient s'arranger pour vous deux. Si vous restez, je m'attends au pire.

En fin de compte, le pasteur et lui étaient arrivés à la même conclusion chacun de leur côté.

— Je n'avais pas prévu que vous m'aideriez à m'approprier la femme d'un autre. J'aurais plutôt pensé que vous me voueriez aux foudres divines et aux feux de l'enfer.

— Ça, c'est chez les intégristes. Ici, nous pratiquons l'amour et la compassion. Je vous verrai dimanche ?

— Peut-être. Bonsoir.

17

Keith laissa l'église derrière lui. Décidément rien n'était simple dans les petites communautés rurales. En fait, la vie était moins compliquée dans les grandes villes. Ici, on se souciait du salut de votre âme et on vous obligeait à y penser, ce qui ne facilitait pas les choses.

Keith roulait sur la route plongée dans la nuit. La police pouvait l'arrêter à tout moment, n'importe où, sous n'importe quel prétexte. Il s'y était résigné. Il avait déjà eu affaire aux polices d'autres pays et il connaissait la musique ; il savait quand elles cherchaient seulement à vous effrayer et quand elles avaient décidé d'avoir votre peau. Il n'avait jamais été véritablement confronté à la torture et n'avait jamais affronté de peloton d'exécution, quoique, une fois, en Birmanie, il y eût échappé de justesse.

Ayant déjà connu un certain nombre d'arrestations, il ne pensait pas avoir beaucoup à redouter du commissariat de Spencerville, mais on ne savait pas vraiment ce que vous réservaient les flics tant qu'on ne les avait pas vus à l'œuvre sur place. La probabilité de mourir entre les murs de la prison était moindre que celle de mourir en tentant de fuir lors d'une arrestation, scénario déplaisant mais nettement plus fréquent dans les pays civilisés. Keith imaginait que l'enquête serait succincte s'il était abattu sur une route de campagne, surtout si les policiers plaçaient une arme dans ses mains après sa mort. Mais ils devraient en apporter une, car il n'avait pas la sienne sur lui et il le regrettait.

La police de cette ville était-elle cependant tombée si bas dans la délinquance et la perversité ? Il ne le pensait pas, mais Cliff Baxter, lui, était capable de telles extrémités, surtout depuis que Keith Landry l'avait défié.

Il jeta un coup d'œil dans son rétroviseur, mais ne vit pas de phares. Il emprunta une série de routes communales pour rentrer chez lui par l'itinéraire le moins direct possible. Il n'y avait qu'une route cependant qui conduisait à sa ferme et au chemin qui y accédait. S'ils avaient deux sous d'intelligence, ils l'attendraient à une extrémité ou l'autre de la route.

Il songeait en conduisant à ce qu'il avait entendu à l'église et au presbytère, sans oublier sa mésaventure du parking. On en revenait toujours à Cliff Baxter, qui sévissait comme un brouillard nauséabond sur une région autrefois resplendissante et heureuse.

Voici le sauveur, le héros. « Non. Exit le héros. Chacun ici récoltera ce qu'il mérite, pour le meilleur ou pour le pire. » Wilkes avait raison. Laissons faire Dieu, ou Annie, ou les Porter, au plus vif. « Ne te laisse pas embarquer dans cette affaire par orgueil mal placé. »

« Là est la question, Landry. Si Annie n'était pas la femme de Cliff Baxter, embrasserais-tu cette cause pour l'amour de la justice ? »

Agir pour la bonne cause lui était souvent arrivé, à cette nuance près qu'il était payé pour. Cependant, la rémunération n'était pas proportionnelle aux risques qu'il prenait. Une part de patriotisme et un certain sens de la justice entraient aussi dans ses motivations. Et quand ces idéaux s'étaient éteints, il avait obéi à un désir égoïste d'aventure et de promotion professionnelle et ce n'était pas suffisant. Ici, à Spencerville, il pouvait faire d'une pierre plusieurs coups : en tuant Baxter, il rendrait service à la ville et à lui-même, il libérerait Annie et alors, peut-être, il aurait Annie. Mais, il avait beau retourner la question dans tous les sens, ce n'étaient ni une bonne solution ni de bonnes raisons.

Il se retrouva sur la route qui aboutissait à la Route 28, sa route. Au lieu de s'y risquer, il tourna dans un chemin de terre qui filait à travers champs sur les terres des Muller. Il mit la Blazer en position 4 × 4 et, s'orientant grâce à la boussole du tableau de bord, finit par déboucher sur son domaine, planté de maïs par les Muller. Dix minutes plus tard, il émergeait dans la cour de sa ferme, près de la grange.

Il éteignit ses phares et alla se garer près de la porte arrière.

Il ouvrit, pénétra dans la cuisine plongée dans l'obscurité. Il n'alluma pas tout de suite et tendit l'oreille, partagé entre la colère et le sentiment d'être ridicule. Il éviterait désormais de sortir la nuit, mais, s'il le devait, il emporterait son Glock ou son fusil M-16.

Il envisagea d'aller chercher son pistolet au premier, mais son intuition lui disait qu'il n'avait rien à craindre et que, dans le cas contraire, il était plus en sécurité dans la cuisine, près de la porte. Il ouvrit le réfrigérateur et attrapa une bière.

« Dois-je donc tendre l'autre joue et partir, comme me le conseille Wilkes ? » Ce n'était pas dans ses habitudes.

Il décapsula la bière et en but une longue lampée sans prendre le temps de s'asseoir. « Ou bien je traque Baxter au lieu de me laisser traquer par lui. Je le surprends au moment où il sort de chez l'une de ses petites amies et je lui tranche la gorge. Assez sordide, encore une fois. Évidemment, on me soupçonne plus ou moins, mais je ne suis pas le seul suspect, loin de là, et personne ne se souciera d'y regarder de très près. »

Belle perspective, mais qui laisse une veuve et deux orphelins. Et peut-on tuer un homme parce qu'il est mauvais mari, flic marron et grande gueule ? « Pourquoi pas ? J'en ai tué d'autres pour moins que ça. »

Il finit sa bière et en prit une autre. « Non, je ne peux pas assassiner ce salopard. Je ne peux pas faire ça. Alors je n'ai plus qu'à m'en aller. » Il s'approcha de la table de la cuisine, à peine éclairée par l'infime lueur projetée par les fenêtres et la porte du fond, et chercha des yeux la lettre qu'il y avait laissée, en vain. Du coup, il alluma la lampe, regarda sur les chaises et sous la table. La lettre n'était plus là.

Soudain inquiet, il éteignit et posa sa bière, guetta le silence. Il se dit que tante Betty ou une autre bonne âme avait pu passer pour faire le ménage ou apporter quelques vivres. Elle avait vu la lettre et l'avait prise pour la poster. Mais cela semblait peu probable.

S'il y avait quelqu'un dans la maison, on savait qu'il était rentré. Il pouvait renoncer aux armes rangées dans sa chambre. Même s'il arrivait à se faufiler jusque-là, elles ne s'y trouveraient plus.

Il se dirigea discrètement vers la porte et posa la main sur la poignée.

Un craquement familier lui parvint du salon. Il l'entendit une seconde fois. Il revint sur ses pas, se risqua dans l'entrée et entra dans le salon d'où provenait le crissement incessant. Il appuya sur l'interrupteur.

— Depuis combien de temps es-tu ici ?

— Environ une heure.

— Comment es-tu entrée ?

— J'ai trouvé la clé dans la cabane à outils, sous l'établi. Elle y est depuis des siècles.

Elle était assise dans le fauteuil à bascule, en jean et pull-over, la lettre sur les genoux. Elle expliqua :

— Je pensais te trouver chez toi, mais tu n'y étais pas. J'ai failli partir et alors je me suis souvenue de la clé et j'ai décidé de te faire une surprise.

— Pour une surprise, c'est une surprise.

Pourtant, il s'était douté plus ou moins que c'était elle qu'il trouverait dans le salon.

— Tu m'en veux d'être entrée dans la maison ?

— Non.

— C'est encore pour moi comme ma deuxième maison.

Keith avait une nette impression d'irréalité, la sensation de vivre un rêve, et il essayait de se rappeler quand il s'était endormi.

Elle demanda :

— Tu es seul ?
— Oui.
— J'ai cru t'entendre parler dans la cuisine. Alors, je suis restée ici, sage comme une image.
— Je suis seul. Je me parlais à moi-même. Où est ta voiture ?
— Dans la grange.
— Sage précaution. Où est M. Baxter ?
— À une réunion du conseil municipal.
— Et où es-tu ?
— Chez tante Louise.
— Je vois... As-tu entendu ce que je disais ?
— Le ton de ta voix seulement. Tu es en colère ?
— Non, je débattais avec moi-même.
— Qui a gagné ?
— Le bon ange.
— Tu avais l'air mécontent.
— Parce que le bon ange a gagné.
Elle sourit.
— Moi aussi, j'ai débattu avec moi-même avant de venir. Ce n'est pas la même chose qu'une rencontre fortuite dans la rue.
— Non, en effet.
Elle brandit la lettre.
— Elle m'était adressée, alors...
— Oui, tu as bien fait. Ça m'économisera un timbre.
Elle se leva et vint vers lui.
— Réponse : oui, je comprends. Tu as raison. Nous ne pouvons pas... Tu te rappelles ce poème que nous aimions tant ? « Même si rien ne peut raviver l'heure de splendeur dans l'herbe, de clarté dans les fleurs, nous ne pleurerons pas mais puiserons notre force à ce qu'il en reste. » Je crois que nous l'aimions parce que nous savions que notre amour serait entravé et qu'il nous consolait. (Elle hésita, puis se pencha et lui posa un baiser sur la joue en disant :) Au revoir.
Et elle s'éloigna vers l'entrée.
Il l'entendit traverser la cuisine, ouvrir la porte, la refermer. Être noble, être fort, être courageux. Mais pas le roi des cons. Il s'élança à sa poursuite et déboula dans la cuisine à l'instant où la porte se rabattait.

— Attends !

Elle se retourna en le voyant surgir.

— Non, Keith. S'il te plaît. Tu as raison. Ça ne peut pas marcher. Nous ne pouvons pas... C'est trop compliqué... nous nous sommes leurrés nous-mêmes

— Non, écoute... Il faut... Nous devons essayer de comprendre... J'ai besoin de savoir ce qui est arrivé... je veux dire... (Les mots lui manquaient.) Annie, nous n'allons pas nous séparer comme ça encore une fois.

Elle respira profondément.

— Je ne peux pas rester ici. Je veux dire dehors.

— Viens, entre. Je t'en prie.

Elle réfléchit un instant et se décida à le suivre dans la cuisine.

Il demanda :

— Tu peux rester un moment ?

— Bon, d'accord. Nous allons enfin la prendre, cette tasse de café. Où est ta cafetière ?

— Je n'ai pas envie de café. Il me faut un verre.

Il alluma la veilleuse au-dessus de l'évier, se dirigea vers le placard et y prit sa bouteille de scotch.

— T'en veux un ?

— Non. Toi non plus, d'ailleurs.

— Entendu. (Il remit la bouteille en place.) Tu me rends nerveux.

— Toi, nerveux ? J'entends mon cœur battre la chamade et mes genoux s'entrechoquer.

— Moi aussi. Tu veux t'asseoir ?

— Non.

— Bon... écoute, je sais que tu as pris un risque en venant ici...

— Un double risque, Keith. Celui d'être suivie et celui d'avoir le cœur brisé. Non, je suis désolée. Je n'ai pas le droit de te mettre ça sur le dos.

— Ne sois pas désolée. Je suis content que tu sois venue. Plus que content. Tu sais, je t'ai écrit cette lettre et...

— N'essaie pas de te justifier. Je comprends. Je t'assure.

Ils restèrent un moment immobiles, regards soudés. Keith avoua :

— Ce n'est pas ainsi que j'avais imaginé les choses.

— Comment les avais-tu imaginées ?

Il hésita une seconde, puis s'approcha d'elle et la prit dans ses bras.

— Comme ça.

Ils s'étreignirent et s'embrassèrent. Chaque sensation lui revenait avec précision, son odeur, son goût, le frémissement de sa bouche et de son corps contre les siens. Elle s'écarta et enfouit son visage au creux de son épaule. Elle pleurait, elle tremblait, doucement d'abord, puis par spasmes convulsifs. Elle ne pouvait plus s'arrêter. Il ne savait que faire, mais la tenait serrée contre lui.

Elle se dégagea enfin et tira un Kleenex de son jean, sécha ses yeux, se moucha et eut un petit rire.

— Oh, mon Dieu... voilà... je savais que ça arriverait... Ne te moque pas de moi.

— Je ne me moque pas. (Il tira un mouchoir de sa poche et lui tamponna les joues.) Dieu que tu es belle.

— Sans aucun doute. Avec mon nez qui coule. (Elle s'essuya le nez et leva les yeux vers lui.) Bon, eh bien... (Elle se racla la gorge.) Monsieur Landry, j'ai été ravie de vous revoir. Tu me raccompagnes à ma voiture ?

— Ne pars pas.

— Il le faut.

— Il va téléphoner chez ta tante après la réunion ?

— Oui.

— Qu'est-ce qu'elle dira ?

— Que je suis en route. J'ai dit à Cliff que mon téléphone de voiture ne marchait pas. Donc, il ne m'appellera pas. En revanche, ma tante téléphonera ici.

— Elle sait où tu es ?

— Oui. Sois gentil, appelle-la et dis-lui que je viens de repartir.

— Pourquoi ne pas attendre simplement son coup de fil ?

— Parce que je veux m'en aller maintenant.

— Pourquoi ?

— Parce que... nous pourrons parler une autre fois... Il faut que nous parlions... mais je ne veux pas qu'il arrive quoi que ce soit ce soir.

Il sourit.

— C'est exactement ce que tu m'as dit quand tu avais seize ans, le soir où nous avons perdu notre virginité.

— Cette fois, je suis sincère. (Elle laissa échapper un rire.) Dieu m'assiste. Je n'arrive pas à me détacher de toi.

Leurs corps se rejoignirent et ils s'embrassèrent encore. Elle appuya sa joue contre sa poitrine.

— Serre-moi fort.

Ce qu'il fit, en lui glissant la main dans les cheveux.

La tête toujours contre sa poitrine, elle dit :

— J'ai failli aller dans ta chambre pour vraiment te surprendre.

Il ne répondit pas.

— Et puis je me suis dit : « Et s'il ramenait quelqu'un ? S'il avait déjà quelqu'un là-haut ? »

— Non. Je n'ai personne là-haut, personne depuis que je suis revenu.

— Ce ne sont pourtant pas les admiratrices qui manquent, à ce qu'on m'a dit.

— Eh bien, moi, on ne m'a rien dit et je me mêle de ce qui me regarde.

— Bon. (Elle ajouta :) Tu n'es pas obligé de... Enfin, c'est très bien si... c'est-à-dire, c'est idiot parce que ce ne sont pas mes affaires...

— Annie, il n'y a que toi.

Elle se lova contre lui. Alors, elle se hissa sur la pointe des pieds et l'embrassa sur les joues, sur les lèvres, sur le front, dans le cou.

— Je crois que je ne sais pas dissimuler mes sentiments. Je devrais sans doute montrer plus de retenue. Comment dois-je jouer ce rôle, Keith ?

— Si on essayait la sincérité cette fois ?

— Entendu. Je t'aime. Je t'ai toujours aimé.

— Je t'aime depuis toujours. C'est pour ça que je suis revenu. Je n'arrive pas à te chasser de mon esprit.

— Maudit soit le jour où je t'ai laissé partir.

— Tu ne m'as pas laissé partir. Je suis parti de moi-même. J'aurais dû te demander de m'épouser. (Il scruta son regard.) Qu'aurais-tu répondu ?

— J'aurais dit non.

— Pourquoi ?

— Parce que tu avais envie de partir. Tu en avais

marre, Keith. Tu voyais tes amis partir à la guerre. Tu étais obsédé par les nouvelles à la télé. Je m'en suis rendu compte. Et puis tu avais envie de connaître d'autres femmes.

— Non.

— Keith...

— Il y a une différence entre avoir envie et passer à l'acte.

— Je sais. Tu ne m'aurais jamais trompée et tu aurais mal supporté une vie sans quelques petites aventures sexuelles. C'est vrai, Keith, tout le monde couchait avec tout le monde, sauf nous.

Il essaya de plaisanter.

— Je ne sais pas si je dois te croire...

Elle sourit.

— Est-ce que je peux être franche ? J'avais aussi envie de sortir avec d'autres hommes. Nous avions tous les deux soif d'expériences. Mais nous étions coincés, parce que nous avions passé une sorte d'accord, d'engagement. Nous étions deux petits provinciaux fous d'amour, qui couchaient ensemble avec un sentiment de culpabilité, mais qui voulaient aussi aller voir ailleurs et se sentaient plus coupables à cause de ça. Dans un sens, nous étions plus que mariés.

— Tu as sans doute raison. (Un sourire effleura ses lèvres.) Alors, comme ça, tu t'intéressais aux autres hommes.

— Parfois. Je rougis ?

— Un peu. (Il resta un instant songeur.) Qu'aurions-nous dû faire ?

— Rien de spécial. Le monde s'est chargé d'agir à notre place. Et contre nous.

— Je suppose. Mais pourquoi ne nous sommes-nous pas retrouvés ?

— Tu ne pouvais pas accepter qu'il y ait d'autres hommes.

— Non, c'est exact. Et toi ?

— Pour les femmes, c'est différent. Je voulais seulement que tu les évacues de ton système.

— Cela a été le cas.

— Pour moi aussi. Je n'ai jamais eu de liaison.

— Peu m'importe. Tu en aurais mérité une.

— Non, écoute-moi. Je suis affreusement démodée. Mais, pour vous, monsieur Landry, je ferai une exception.

— Eh bien... je ne demande pas mieux. Mais... nous devons penser aux conséquences si nous...

— Keith, je me fous des conséquences. Nous avons fait le point sur le passé, c'est parfait. Fais-moi l'amour maintenant et tant pis pour le futur.

Il la prit par le bras et l'entraîna vers l'escalier, le cœur battant, redoutant la sonnerie du téléphone et l'appelant de ses vœux en même temps.

Ils se retrouvèrent dans sa chambre, la lampe allumée, sans trop savoir comment. Elle paraissait nerveuse. Il lui proposa :

— Tu veux un verre ?

— Non, je veux garder la tête claire. (Elle considéra la chambre.) Nous avons déjà fait l'amour ici. Ta famille était en visite quelque part.

— J'avais prétendu que j'étais malade pour rester à la maison.

Elle ne parut pas l'entendre. Elle continuait à regarder autour d'elle. Ses yeux s'arrêtèrent sur l'une des penderies, qui était restée ouverte. On y voyait l'étui à pistolet, le gilet pare-balles, le sabre, les uniformes et le M-16. Elle se retourna vers lui et remarqua seulement, sans autre commentaire :

— Je vois que tu as le sens de l'ordre.

— Je suis un célibataire ordonné.

Ils se faisaient face, vaguement mal à l'aise, à court de paroles légères. Elle remonta son col roulé et l'enleva. Puis elle dégrafa son soutien-gorge et le laissa tomber à terre.

— OK ?

Elle tendit les mains. Ils les lui prit. Elle les posa sur ses seins, qu'il caressa doucement.

Elle entreprit de déboutonner sa chemise et promena ses paumes sur son buste.

— Tu n'as pas changé, Keith.

— Toi non plus.

Elle pressa sa poitrine contre la sienne. Pendant qu'ils s'embrassaient, elle le débarrassait de sa chemise. Elle ouvrit son jean et, sans interrompre leur baiser, le baissa sur ses hanches ainsi que sa culotte. Elle guida sa main vers elle puis s'assit sur le lit et ôta ses chaussures, ses chaussettes, son jean et son slip. Désormais nue comme au premier jour, elle le regarda et lui sourit.

— C'est vrai, ce qui nous arrive ?

— Mon Dieu, Annie, tu es belle !

Elle se leva sans crier gare et se jeta à son cou.

— Je t'aime.

Il la souleva dans ses bras et la déposa sur la couverture, tout au bord du lit. Il se pencha pour égrener des baisers sur sa poitrine et son ventre, puis il s'agenouilla et embrassa la peau tendre de ses jambes. Elle se cabra. Les mains sous ses reins, il cacha son visage dans le triangle de ses cuisses.

Il se releva lentement. Son pantalon glissa sur le sol.

Elle attendait sur le lit, le souffle court. Elle s'installa plus au centre et, la tête sur l'oreiller, le regarda se déshabiller. Elle observait chacun de ses gestes. Quand il fut près d'elle, elle s'empara de ses mains.

Il s'allongea sur elle, effleura sa joue de ses lèvres.

— Oui ?

Elle hocha la tête.

Il se rapprocha et elle l'accueillit en elle.

Ils se couvraient de baisers et de caresses, se savouraient avec une lenteur gourmande, comme s'ils avaient devant eux l'éternité.

Ils étaient étendus sur le flanc, elle derrière lui, les jambes calées contre les siennes, dont elles épousaient étroitement la forme. Elle lui picora le cou d'un baiser.

— Tu dors ?

— Non, je rêve.

— Moi aussi.

Elle se serra plus près et lui frôla les mollets du bout des orteils.

— J'aime ça.

— Je sais.

Il se tourna vers elle et ils s'enlacèrent, bras et jambes emmêlés. Elle murmura :

— Si tu savais combien de fois j'ai imaginé ça en rêve.

— Pas autant que moi.

— Vraiment ?

— Oui.

— Je n'ai jamais eu de liaison. Pas même un flirt. Je te l'ai dit.

— Ça n'a pas d'importance.

— Pour moi, ça en a. Pour moi, c'est un moment unique.

— Je comprends.

— Je ne te dis pas ça pour que tu te croies obligé de m'épouser. Je suis déjà mariée. Je dis simplement que c'est un moment unique pour moi et que, si nous devons en rester là, je comprendrai. C'était tout ce que je désirais. Le faire encore une fois avec toi.

— Tu le penses vraiment ?

— Non.

Il pouffa de rire.

Elle lui ébouriffa les cheveux et se redressa.

— Dis-moi... tu as eu d'autres femmes, je sais, mais y en a-t-il eu une plus spécialement ?

— Rien qui vaille une lettre à mes parents. (Il se tut un moment avant de reprendre.) Sincèrement, je n'ai jamais réussi à te chasser de mon esprit. Alors, je ne pouvais pas... enfin, je n'avais pas de raison de me marier.

Elle resta longtemps silencieuse.

— Peut-être que si je n'avais pas eu d'enfants, confia-t-elle enfin, j'aurais sonné à ta porte un beau jour.

— Je n'ai pas toujours eu une porte à laquelle sonner. Cela n'aurait pas été une vie pour nous deux.

— Nous ne le saurons jamais. Parfois je t'enviais, parfois je te croyais mort...

— Parfois, tu souhaitais ma mort.

Elle ne répondit pas tout de suite.

— Non. J'étais contrariée, mais je priais pour que tu t'en sortes. Il m'est arrivé par contre de souhaiter être morte.

— Je suis désolé.

— C'est passé maintenant. Cela fait vingt ans que je dors avec un homme que je n'aime pas. C'est un péché impardonnable. Mais je ne pécherai plus.

Contre son gré, mais parce qu'il sentait que le sujet devait être abordé, il lui demanda :

— Annie, pourquoi es-tu restée avec lui ?

— Je me pose cette question tous les jours. À cause des enfants sans doute... de la famille, des gens...

— Tu veux dire que, si tu engageais une procédure de divorce... ?

— Je devrais m'en aller. Il deviendrait...

— Violent ?

— Je ne sais pas. J'ai espéré qu'il mourrait. Qu'il serait tué. C'est horrible. Je m'en veux d'avoir eu des pensées pareilles.

— Ne t'inquiète pas. Tu n'as plus besoin d'attendre que quelqu'un le descende maintenant.

Elle demeura muette. Elle réfléchissait sans doute au double sens que pouvait comporter sa remarque. Il s'en rendit compte et ajouta aussitôt :

— Tu n'as qu'à le quitter.

— C'est mon intention.

Elle ne sollicita rien de lui, ni aide ni serment, mais lui dit simplement :

— En fait, je t'attendais, je crois. J'ai toujours su que tu reviendrais. Mais je ne te demande rien. Et surtout pas de me promettre que tu t'occuperas de moi, ou que tu te chargeras de lui. Je veux me débrouiller seule. Maintenant que ma fille est à l'université, je peux partir.

— Écoute, tu sais que je suis prêt à t'aider...

— Keith, il est dangereux.

— C'est une bête traquée.

Elle se hissa sur un coude et plongea son regard dans le sien.

— S'il t'arrivait quelque chose, je jure que je me tuerais. Promets-moi de ne pas l'affronter.

Le téléphone sonna.

— C'est ma tante, annonça Annie.

Keith décrocha.

— Allô.

— Il me semble avoir vu de la lumière chez vous. Comment s'est passé le retour ?

— Qui est à l'appareil ?

— Officier Ward. Je prenais juste des nouvelles. Comme ça, vous êtes rentré au bercail ?

— Absolument. J'ai eu ma dose de distractions pour la soirée.

— Pas moi. Ce soir, je ne suis pas content.

— Je ne suis pas chargé de veiller à votre bonheur.

Annie s'avança et colla son oreille au combiné. Keith se détourna et martela dans le micro :

— N'appelez plus.

Il raccrocha.

— Qui était-ce ? s'informa Annie.

— Le vendeur de voitures.

Elle lui jeta un regard en coin. Elle ouvrait la bouche pour parler quand le téléphone sonna de nouveau. Keith saisit le combiné.

— Oui ?

Une voix féminine à l'accent désuet résonna dans l'écouteur.

— Monsieur Landry ?

— Lui-même.

— Ici Mme Sinclair. La tante d'Annie Baxter.

— Oui, madame.

— Annie a dit qu'elle s'arrêterait peut-être chez vous une minute sur le chemin du retour.

L'inquiétude qui perçait dans le ton de la tante Louise amusa Keith.

— Elle s'est arrêtée moins d'une minute, madame Sinclair. Elle n'est même pas sortie de la voiture. Nous avons parlé du coût de la vie pendant quinze secondes...

Keith sentit un coude lui labourer les côtes. Annie étouffa un rire et chuchota :

— Arrête.

Keith poursuivit :

— Et puis elle est repartie, sur les chapeaux de roue.

— Je pensais bien qu'elle n'allait pas tarder. C'est ce que j'ai dit à M. Baxter, qui vient d'appeler. Elle devrait arriver d'une minute à l'autre.

— Cela ne fait aucun doute, madame Sinclair.

— J'ai été ravie de bavarder avec vous, monsieur Landry. Prenez soin de vous.

— Merci, madame Sinclair. Merci de votre appel.

Et ce fut tout.

Annie roula sur lui et frotta son nez contre le sien.

— Tu es drôle.

— Ta tante aussi. Elle est au courant ?

— Pas vraiment. J'ai dû lui apporter un flacon de liqueur.

Elle l'embrassa en riant et s'échappa du lit.

— Faut que j'y aille.

Elle sortit de la chambre, toute nue. Bientôt Keith entendit l'eau couler dans la salle de bains.

Il se leva à son tour et s'habilla, en prenant soin de camoufler son Glock sous sa chemise.

Elle revint et, le voyant habillé, assura :

— Je retrouverai mon chemin toute seule. (Elle rassembla ses vêtements et les jeta pêle-mêle sur le lit.) Je n'ai aucune envie de m'habiller. J'aurais voulu rester nue pour toi toute la nuit, toute la semaine.

— Je n'ai rien contre.

Elle accrocha son soutien-gorge, enfila son pull, puis s'assit sur le lit pour mettre sa culotte et enfin ses chaussettes.

— Tu t'habilles toujours en commençant par le haut, remarqua-t-il.

— Comme tout le monde, non ?

Restait à ajuster le jean et les chaussures. Cela fait, elle se leva.

— Voilà. Tu me raccompagnes ?

— La galanterie l'exige.

Ils descendirent ensemble, main dans la main. Elle lui glissait des regards furtifs.

— Je n'arrive pas à y croire. Et toi ?

— J'ai du mal.

— Je me fais l'effet d'une gosse. Je n'avais pas eu un flash pareil depuis... eh bien, depuis toi.

— C'est très gentil à toi.

— Je suis sincère. J'ai encore le cœur en folie et les jambes en coton.

— Et les joues en feu et les yeux qui brillent. Sois prudente en arrivant chez toi.

— Oh... (Elle posa ses mains sur son visage.) Oui. Mon Dieu, tu crois... ?

— Imagine que tu as passé une soirée avec tante Louise. Quand tu arriveras chez toi, tu seras au point.

Ils avaient atteint la porte de la cuisine. Elle l'ouvrit.

— Keith, qu'est-ce qu'on va faire ?

— Dis-le-moi, et je le ferai.

— Tu m'aimes ?

— Tu le sais bien.

Elle sourit.

— J'étais bien au lit ?... Je ne peux pas croire que j'aie dit une chose pareille. Salut. Je t'appellerai.

Il la retint par le bras.

— Non.

— Il faut que j'y aille.

— Je sais. Mais... les hommes de ton mari surveillent parfois la maison.

— Oh...

— Ils ne t'ont pas vue arriver parce qu'ils n'étaient pas là à ce moment-là. Ou sinon, ils m'ont vu partir et ils m'ont filé. Je vais m'en aller le premier. S'ils me guettent, ils me suivront. Tu attends dix minutes et tu pars.

Elle demeura un instant perplexe et silencieuse.

— C'est affreux... (Elle accrocha son regard.) Keith, je suis désolée. Je ne peux pas t'imposer ça...

— Ce n'est pas ta faute. C'est la sienne. J'ai l'habitude de ce genre de choses. Mais toi, est-ce que tu pourras supporter ça ?

Elle inclina la tête.

— Pour toi, oui.

— Parfait. Maintenant, rappelle-toi, tu es restée chez tante Louise toute la soirée. Tu n'en démords pas, quoi qu'il arrive.

Elle acquiesça.

— Qu'est-ce que tu as comme voiture ?

— Une Lincoln Continental. Blanche.

— Dix minutes.

— Fais attention, Keith.

Il franchit la porte, monta dans sa Blazer, lui adressa un geste d'adieu et s'éloigna dans l'allée. Il prit la direction de la ville. Quelques kilomètres plus loin, il rencontra une intersection et s'arrêta.

Il n'apercevait pas de phares derrière lui. Il reprit la route. Il avait repéré une grange à moitié délabrée. Il éteignit ses lumières et cacha la Blazer entre les murs effondrés.

Il descendit de voiture et scruta la route. Au bout de cinq minutes environ, il vit approcher un véhicule qui venait de la direction de sa ferme, tous phares allumés. Il s'accroupit derrière un buisson et attendit.

La voiture passa à vive allure, mais il eut le temps de distinguer la silhouette d'une Lincoln Continental de couleur claire.

Il attendit encore dix minutes avant de regagner sa Blazer pour rentrer chez lui.

Il espérait qu'elle était en sécurité, sans en être tout à fait sûr, mais, si Baxter l'interrogeait et qu'elle s'en tînt à la version tante Louise, tout irait bien.

Il devait s'avouer, non sans un léger remords de conscience, qu'il trouvait la situation exaltante, qu'il aimait ce bouillonnement d'adrénaline. Et alors ? C'est en s'amusant qu'on a le plus de talent.

Il soupçonnait Annie de savourer aussi l'aventure jusqu'à un certain point. Elle était toujours tout excitée quand il s'agissait de trouver des créneaux horaires et des endroits secrets où faire l'amour. Elle avait le goût du danger, des intrigues romanesques, du fruit défendu, toujours meilleur que les autres.

Pourtant, ce soir, il avait lu une peur véritable dans ses yeux. Elle était courageuse, même téméraire, mais quand la sanction encourue ne consistait pas seulement à se faire expulser de l'école, mais qu'on s'exposait aux coups, peut-être à la mort, cela effaçait le côté divertissant de la chose. Il se rendait compte qu'il y avait là un problème à régler de toute urgence.

Il pensa à elle, à leur union physique, à leur conversation sur l'oreiller, et comprit qu'ils étaient de nouveau ensemble. Ils avaient voyagé dans l'espace et le temps et, malgré les obstacles et les caprices du sort, s'étaient retrouvés nus dans les bras l'un de l'autre, dans son lit de toujours. L'âme et le corps étaient rassasiés, la chair et l'esprit exultaient, les cœurs se réjouissaient. Pour la première fois depuis des semaines, des mois, Keith se sentait heureux et d'humeur à sourire.

18

Cliff Baxter se rendit tôt à son travail et convoqua Kevin Ward dans son bureau. Il lui demanda :

— Alors, que s'est-il passé hier soir à St. James ?

L'officier Ward toussota avant de répondre :

— Eh bien... il y avait beaucoup de monde.

— Ah ouais ? Vous avez noté les numéros ?

— Euh... quelques-uns.

— Quelques-uns ? Comment ça, quelques-uns ?

— Chef... euh... ce type, Landry...

— Ouais ?

— Ben... il y était...

— Ah bon. Ça ne me surprend pas.

— C'est que... il nous a un peu mis des bâtons dans les roues.

— Qu'est-ce que ça signifie, ça ?

Ward se racla encore la gorge et raconta ce qui s'était passé, en essayant de présenter l'incident sous un jour optimiste. Mais le chef Baxter n'était pas content du tout.

Baxter écouta le récit de Ward sans piper mot. Quand l'officier eut terminé son rapport, Baxter commenta :

— Ward, tu veux dire que vous avez baissé les bras devant un mec seul et un vieux pasteur ?

— Ben... ils... on était sur les terres du pasteur... s'il n'y avait eu que Landry, nous lui aurions botté les fesses, sans problème, et...

— Ferme-la. Dresse-moi un tableau avec les numéros que vous avez réussi à relever avant de vous faire expulser des lieux.

— Bien, chef.

— Et tâche de retrouver tes couilles. On ira chez Landry un peu plus tard.

— Bien, chef.

Ward tourna les talons et se dirigea vers la porte.

Baxter lança :

— La prochaine fois que je te file un boulot et que tu me le bousilles, tu pourras envisager de retourner travailler à la fabrique d'engrais avec ton papa.

Ward hésita, puis se décida :

— Chef, ça nous aurait peut-être facilité la tâche si vous aviez été là. Vous comprenez, c'était pas très légal, ce que nous faisions...

— Dégage.

Ward disparut.

Baxter resta un moment les yeux fixés sur le mur. Il pressentait que les choses commençaient à lui échapper. Il regarda la photo d'Annie posée dans son cadre sur son bureau.

— Salope.

Il considérait la photo. La soirée de la veille lui revint en mémoire. Elle était rentrée après lui. Il l'avait attendue dans la cuisine. Ils n'avaient échangé que quelques mots et elle était montée se coucher directement en prétendant qu'elle avait la migraine. Il était allé essayer le téléphone cellulaire de la voiture d'Annie. Elle n'avait répondu à aucun de ses appels. Pourtant, le téléphone fonctionnait. C'est vrai qu'on ne savait jamais avec ces appareils. En même temps, il l'avait trouvée bizarre hier soir. Il l'aurait bien interrogée plus à fond, mais il avait une ou deux choses à vérifier auparavant. Il veillait toujours à ne poser les questions que lorsqu'il connaissait les réponses.

Quelque part, au fond de lui, se terrait la désagréable certitude que sa femme était plus intelligente que lui. Mais l'expérience lui avait appris que les gens intelligents étaient parfois un peu trop malins, un peu trop prétentieux, un peu trop sûrs d'eux, et avaient tendance à coudre leurs magouilles de fil un peu trop blanc. Il remarqua pour lui-même : « Tante Louise. Il y a longtemps que je n'ai pas vu tante Louise. »

Il consulta sa montre, qui lui annonça 7 heures. Il saisit son téléphone et composa un numéro.

Tim Hodge, le directeur de la poste, répondit d'une voix endormie :

— Allô...

— Salut, Tim. Je vous réveille ?

— Ouais... qui est-ce ?

— Bougez vos fesses et sautez dans vos godasses. Le courrier attend.

— Oh, bonjour, chef, comment ça va ?

— À vous de me le dire.

— Oh... (Tim Hodge toussota.) Eh bien, voilà, je suis allé à St. James hier soir...

— J'espère bien. Et alors ?

— Euh... voyons... il y avait beaucoup de monde...

— Je sais. Mon nom a été cité ?

— Ouais... ouais. Plusieurs fois, en fait.

— Allez, Tim, j'ai pas que ça à faire. Dites-moi qui, quoi, où, quand et comment.

— Bon, bon. La dame du conseil municipal, Gail Porter, présidait plus ou moins la réunion. Son mari était là aussi et ils avaient... euh... un paquet de témoins.

— Des témoins ? Putain, c'était quoi ? Une réunion ou un procès ?

Tim Hodge mit un certain temps à répondre.

— Ben... y avait quelques personnes qui avaient... disons, des griefs contre vous.

— Qui par exemple ?

— La femme de Bob Arles, Mary, et une autre bonne femme qui s'appelle Sherry... Elle a un nom pas catholique.

— Kolarik ?

— Ouais.

Merde.

— Qu'est-ce qu'elle a dit ?

— Laquelle ?

— Les deux. Qu'est-ce qu'elles ont baratiné, ces pouffiasses ?

— Eh bien... Mary a raconté que vous vous serviez dans le magasin et que vous mettiez tout sur la facture d'essence payée par la ville.

— Qu'elle crève ! Et l'autre ?

— Des choses... Elle a dit comme ça que vous... qu'elle et vous... vous aviez comme une liaison...

Doux Jésus.

— Vous voulez dire que cette salope a été raconter, là, devant tout le monde... tous ces mensonges... Qu'est-ce qu'elle a dit, au juste ?

— Que vous la sautiez. Depuis déjà un certain temps. Que vous payiez ses contraventions ou je ne sais quoi et qu'en échange elle devait coucher avec vous. (Hodge précisa :) Elle n'a pas lésiné sur les détails.

— Ah, la garce ! Elle ment comme elle respire.

— Ouais.

— Les gens l'ont crue ?

— Ben... pas moi en tout cas.

— Dites, venez donc prendre un café cet après-midi et

vous me raconterez tout ce que vous avez vu et entendu hier soir. À 3 heures. D'ici là, n'allez pas répandre tous ces ragots et ouvrez vos oreilles.

— Bien, chef.

Baxter raccrocha et regarda la grand-rue qui s'étirait devant ses fenêtres. « Nom d'un chien ! » Il frappa du poing sur son bureau. « Foutues garces, incapables de fermer leur gueule ! »

Il songea aux conséquences que pourrait avoir pour lui ce dernier épisode et décida qu'il n'était pas près de perdre le contrôle de la situation. Sherry Kolarik était une putain, ce qu'il y a de pire comme témoin. Mary Arles posait un autre genre de problème, mais il allait inciter son mari à lui coller un bâillon sur le clapet. Baxter se demandait quelles autres révélations avaient bien pu sortir de cette réunion. Il attrapa une feuille de papier et commença à dresser une liste, sur laquelle il inscrivit en premier le nom de Keith Landry, suivi de ceux de Sherry Kolarik, Mary Arles, Gail Porter et l'autre Porter dont il avait oublié le prénom ; enfin, après une hésitation, il ajouta celui du révérend Wilkes et, après un temps de réflexion, celui de Bob Arles pour faire bonne mesure. Il aurait bien écrit aussi le nom d'Annie, mais, elle, elle occupait en permanence la place d'honneur en tête de ceux qui lui pompaient l'air.

Il se versa une tasse de café, reposa la Thermos et se mit à siroter. Décidément, les choses ne tournaient plus rond. Ce n'était pas seulement une mauvaise semaine, c'était une vie de chien qui l'attendait s'il ne se mettait dès maintenant à distribuer quelques corrections.

Il se leva et pénétra dans le bureau où Ward interrogeait l'ordinateur au sujet des plaques minéralogiques et notait avec application les noms et adresses que lui fournissait le service des immatriculations. Baxter aboya :

— Éteins-moi ce machin.

Ward éjecta la disquette. Baxter demanda :

— Tu as ton rapport sur les déplacements de Landry la nuit dernière ?

— Voilà.

Ward lui tendit une feuille dactylographiée que Baxter parcourut brièvement. Il commenta :

— Krug l'a vu quitter sa maison à 19 h 30, ensuite Krug et toi, et les autres, vous l'avez rencontré sur le parking de St. James à 20 h 35.

— Exact. La réunion n'était pas terminée. Il a dû sortir avant la fin.

— Et alors ?

— Eh bien, Landry est entré au presbytère avec le pasteur. Je me suis rendu chez lui et j'ai attendu sur la Route 28 à une centaine de mètres de son allée, mais je n'ai jamais vu personne. Mais à un moment, j'ai remarqué qu'il y avait de la lumière au premier. Je l'ai appelé de mon véhicule et il a répondu. Je ne sais pas comment il est arrivé, à moins qu'il n'ait pris le chemin de terre par le sud. Il devait avoir peur, vous comprenez. Il pensait sans doute que nous le guettions. C'est tout dans le rapport.

Baxter considéra le papier qu'il tenait à la main.

— Tu dis que tu l'as appelé à 22 h 38 et qu'il a répondu ?

— Ouais.

— Il pouvait être chez lui depuis une heure au moins.

— Possible. Tout dépend du temps qu'il a passé avec Wilkes et de ce qu'il a fait après. Comme je vous l'ai dit, je pense qu'il a dû rentrer par des chemins détournés. Il avait la trouille.

— Ouais. Tu lui as foutu les jetons. As-tu vu une autre voiture entrer chez lui ou en sortir ?

— Nan.

— Tu es resté dans le coin après l'avoir appelé ?

— Non, parce qu'il avait l'air installé pour la nuit. Une heure plus tard, je suis repassé. C'était toujours éclairé au premier. À quoi vous pensez, chef ?

— À rien. Je vais prendre mon petit déjeuner au Restoroute.

— OK.

Cliff Baxter parcourut à pied les cinq à six cents mètres qui le séparaient du Restoroute, à l'extrémité est de la grand-rue. Il y arriva à 7 h 30.

Il s'assit à sa table habituelle. Une vieille serveuse prénommée Lanie s'approcha.

— Comment allez-vous, ce matin, chef ?

— Très bien.

— Café ?
— Absolument.
Elle lui servit une tasse et demanda :
— Vous voulez voir le menu ?
— Nan. Jambon, deux œufs pas trop baveux, frites et biscuits, pas de pain, pas de jus.
— C'est comme si c'était fait.
Comme elle s'éloignait, Baxter la rappela.
— Dites, où est Sherry ce matin ?
— Malade.
— Ah ! tiens. Un ami à moi l'a vue hier soir.
Lanie sourit.
— Elle a dû trop faire la bringue.
— Nan. Il l'a vue à St. James, l'église du côté d'Overton.
Baxter examina le visage de la serveuse. Elle n'était manifestement au courant de rien.
— Je vous apporte vos œufs.
— Ouais. Bon, si elle revient ou si elle appelle, dites-lui que je la cherche. Nous avons à parler de certaines contraventions.
Le sourire de Lanie disparut. Elle hocha la tête et s'en alla.
Le petit déjeuner arriva. Cliff l'engouffra. Presque tous les clients qui entraient le saluaient poliment. Il se demandait qui savait quoi à cette heure matinale.
Un conseiller municipal, Chet Coleman, pharmacien de son état, l'aperçut et vint vers lui. Il s'assit en face de lui et déclara sans préambule :
— Dites, chef, vous savez pour la réunion, hier, à St. James ?
— J'en ai entendu parler.
— Eh bien, pendant que nous tenions notre réunion du conseil municipal, ces gens déblatéraient sur nous.
— Sans blague ?
— Ce qu'on m'a dit ne m'a pas plu.
— Qui vous l'a dit ?
— Ben... j'avais un ami là-bas.
— Ah ouais ? Un ami qui s'est couché tard pour vous rancarder ou un ami qui s'est levé tôt pour vous rancarder ?

— Euh... ce matin...

— Cet ami ne s'appellerait-il pas Mme Coleman, par hasard ?

Chet Coleman ne répondit pas, mais il n'y était pas obligé.

Baxter reprit :

— Vous savez, chef, ce foutu pays va à vau-l'eau. Et vous savez pourquoi ? À cause des gonzesses. Quand les hommes n'arrivent plus à tenir les gonzesses, on peut dire adieu à tout.

— Peut-être... mais il y avait aussi beaucoup d'hommes là-bas et, à ce qu'on m'a dit...

— Je vais vous donner un bon conseil, monsieur le conseiller municipal. Si votre femme se met dans le mauvais camp, vous n'aurez pas bonne mine en novembre, et vos affaires non plus.

Baxter se leva, jeta trois dollars sur la table et partit.

Il était 7 h 45. La grand-rue commençait à s'animer, pas autant que vingt années plus tôt à pareille heure, mais assez pour donner à Cliff Baxter l'impression de fouler son domaine et lui permettre de se pavaner en saluant ses sujets, comme un prince sorti de son palais pour tâter l'humeur de la populace. Les gens ne semblaient pas différents de ce qu'ils étaient d'habitude, sauf certains qui paraissaient vouloir l'éviter ou le regardaient d'une drôle de façon.

Cliff Baxter s'arrêta pour bavarder avec quelques-uns de ses concitoyens, serra un grand nombre de mains, demanda des nouvelles aux commerçants qui ouvraient leurs boutiques, se découvrit devant les dames et aida même la vieille Mme Graham à traverser la rue.

Il s'attarda un moment devant le commissariat pour adresser un mot aimable aux passants, qu'il appelait presque tous par leur prénom, et taquiner le président de la banque, Oliver Grebbs, qu'il accusa en riant de détourner des fonds pour entretenir une maîtresse. Ils savaient l'un et l'autre qu'il plaisantait au sujet du détournement de fonds, mais que la maîtresse était bien réelle.

Il posa les yeux sur le palais de justice vers lequel convergeaient les employés de la ville pour prendre leur service. Il faudrait à un moment ou à un autre, aujourd'hui ou demain, qu'il aille voir le maire.

Cliff Baxter n'arrivait pas à déterminer dans quel sens soufflait le vent, ce matin. C'était un peu comme lorsque se lève une brise du nord, d'abord discrète, presque imperceptible, au point qu'il faut un moment pour se rendre compte que les doux zéphyrs de l'ouest sont tombés depuis longtemps. En fait, l'atmosphère était calme et sereine. Rares étaient ceux qui avaient remarqué que le vent avait tourné.

Le chef de police Baxter rentra dans son commissariat, où le sergent Blake, de son bureau d'accueil, le salua avec une feinte nonchalance.

Baxter se dirigea vers la première pièce et annonça à Ward :

— Nous partons à 10 heures.

Puis il gagna son bureau et ferma la porte. Il se planta devant la fenêtre et contempla la grand-rue, le square, le palais de justice, son univers. Un autre que lui serait ennuyé. Mais il en tenait quelques-uns, et pas des moindres, par la peau des fesses, assez pour se sortir de cette mauvaise passe. Et s'il plongeait, il entraînerait un paquet de monde avec lui, à commencer par ceux qui figuraient sur la liste posée sur son bureau, pour finir par la liste plus longue de ceux qu'il avait fichés.

Il ne pouvait s'empêcher d'associer tous ces emmerdements à l'arrivée de Keith Landry, tout en sachant qu'il y avait un moment que ça mijotait. Quoi qu'il en soit, s'il pouvait se débarrasser de Landry, ce serait toujours un problème de moins. Ensuite, il s'occuperait de Gail Porter, bien sûr de Sherry Kolarik, la garce, sans parler de Mary Arles et de toutes ces pouffiasses qui se croyaient plus fortes que Cliff Baxter. Après, ce serait le tour des bonshommes, si cela s'avérait nécessaire. Les gens paniquaient facilement ; les héros n'existaient plus, il ne restait que des lâches qui, de temps en temps, s'unissaient et se prenaient pour des héros. Il n'aurait sans doute besoin de tuer personne, il suffirait de leur foutre la frousse, de les terrifier à mort.

Keith se réveilla à 7 heures. Sa première pensée fut pour Annie.

Les choses étaient désormais un peu plus claires : ils

avaient fait l'amour, ils étaient amoureux. Il ne partirait pas. Il voulait rester, faire sa vie ici avec elle, s'asseoir avec elle sur la véranda le soir pour assister avec elle au coucher du soleil.

Mais elle ne resterait pas si Cliff Baxter sévissait dans le coin et elle ne souhaitait plus la mort de son mari maintenant qu'une autre possibilité s'offrait à elle. Mais cette possibilité consistait à fuir et Keith n'avait nullement l'intention de fuir.

Il contemplait le plafond sans bouger. Il lui fallut un moment pour s'apercevoir que ses draps étaient encore imprégnés de son odeur.

Il faisait doux. Il travaillait dans la grange torse nu. Il se demandait quand et comment ils pourraient de nouveau se rencontrer et faire l'amour. Il se dit qu'il pouvait l'enlever presque du jour au lendemain, et laisser derrière eux toutes leurs peurs et leurs angoisses. Ils pourraient se retrouver à Paris en moins d'une semaine. Il s'inquiéterait de savoir si elle avait un passeport. De toute façon, ce n'était pas un problème. Il lui en obtiendrait un en moins de vingt-quatre heures. Il y avait à Washington des gens qui avaient une dette envers lui.

Au bout d'un an, il reviendrait à Spencerville, seul, pour voir si Baxter y était toujours et, alors, ils devraient pouvoir s'expliquer sans en arriver aux effusions de sang. Dès lors, Annie et lui pourraient s'installer en tant que mari et femme. « Bonne solution. Adjugé. »

Vers 9 h 45, il entendit un crissement de pneus dans l'allée et sortit de la grange.

Au milieu de sa cour stationnait un véhicule de police bleu et blanc avec, sur les portières, l'écusson doré du chef de la police.

La voiture roulait entre la maison et lui, et Keith n'était pas armé. Le conducteur l'aperçut et s'approcha. Il s'arrêta à une trentaine de mètres de la grange. Deux hommes occupaient le siège avant. La portière du passager s'ouvrit. Un homme épais en uniforme kaki, portant des lunettes de soleil à verres argentés et un chapeau de cow-boy, émergea et vint vers lui.

Keith s'avança. Il reconnut Cliff Baxter. Ils s'immobilisèrent à quelques pas l'un de l'autre et se dévisagèrent.

Le regard de Keith dévia vers la voiture. Le conducteur était sorti. C'était l'officier Ward. Ward ne bougea pas. Il observait, debout près de la voiture.

Keith reporta son regard sur Baxter. Au bout de trente ans, il n'avait guère changé. À part la bedaine, il était resté assez bel homme et avait gardé son rictus méprisant.

Keith scruta son visage, mais les lunettes de soleil et l'ombre portée du chapeau masquaient l'humeur et les intentions du personnage. Il se rendit compte qu'il s'inquiétait davantage pour Annie que pour lui-même. Il dit :

— Je commençais à croire que vous ne viendriez jamais.

La bouche de Baxter se crispa. Il ne répondit pas, mais continua de le fixer derrière ses verres opaques. Il finit par lâcher :

— Je peux pas te blairer.

— Très bien.

— J'ai jamais pu.

— Je sais.

Du coin de l'œil, il surveillait Ward qui s'était assis entre-temps sur le capot et assistait à la scène en souriant.

Baxter reprit :

— Je pourrai jamais.

— C'est très mal élevé de s'adresser aux gens avec des lunettes de soleil sur le nez.

— Va te faire foutre.

— Hé, chef, ceci s'appelle de la violation de domicile, à moins que vous n'ayez une raison officielle de vous trouver ici.

Baxter jeta un coup d'œil à Ward par-dessus son épaule et se rapprocha de Keith en disant :

— T'es qu'un pauvre type.

— Sortez de chez moi.

— Qu'est-ce que tu fais ici ?

— Je suis chez moi.

— Tu parles ! Tu es un étranger dans ce pays.

— Chef, j'ai six générations d'ancêtres enterrés au cimetière. Alors, ne me dites pas que je ne suis pas d'ici.

— Tu vas t'y retrouver enterré aussi. Et plus tôt que tu ne crois.

Keith fit un pas en avant. Ils étaient maintenant nez à nez.

— Est-ce que vous me menaceriez ?

— Écarte-toi ou je te flingue.

Il mit la main sur son pistolet. Keith vit Ward bondir sur ses pieds et empoigner son arme.

Keith prit une grande inspiration et recula d'un pas.

Baxter sourit.

— T'es pas aussi bête que t'en as l'air.

Keith rassembla son sang-froid et déclara :

— Dis ce que tu as à dire, Cliff, et va-t'en.

Baxter parut ne pas apprécier du tout de s'entendre appelé par son prénom, avec tout ce que cela impliquait. Il enleva ses lunettes et regarda Keith avec insistance.

— Tu emmerdes mes gars.

Keith demeura silencieux.

— Et tu m'emmerdes aussi.

Il restait muet.

— Derrière le lycée. Viens me retrouver derrière le lycée. C'est ça que tu as dit ?

— Ouais. Et j'y étais.

— T'as de la veine que je n'y sois pas allé. Tu serais à la morgue à l'heure qu'il est, raide comme un bout de bois, les veines pleines de cette saloperie qu'ils vous injectent. Et je t'aurais craché à la gueule, ou sur ce qu'il en serait resté après que je t'aurais arrangé à ma manière.

Keith ne répondait toujours pas.

— Mes gars m'ont dit que tu t'étais réfugié dans les jupes du pasteur à St. James.

— Tu peux peut-être laisser le pasteur en dehors de ça.

— Ah ouais ? Et pourquoi ? Tous ceux qui m'emmerdent, moi ou mes hommes, y sont jusqu'au cou, y compris Dieu le Père.

Keith se tut encore, mais agita la tête.

Baxter continua :

— Et qu'est-ce que t'es allé foutre au garage Baxter ?

— Voir ton frère pour me renseigner sur les voitures.

— C'est ça. Et sur ma femme. Si tu continues à poser des questions à droite et à gauche sur moi et ma famille, je te bute. Compris ?

Baxter avait les yeux rapprochés, caractéristiques des prédateurs dans le monde animal. Il balançait la tête de droite et de gauche, comme à l'affût d'une proie ou d'un danger.

Keith essayait d'imaginer Annie vivant avec cet homme pendant vingt ans. Mais il savait qu'il existait un autre Cliff Baxter, le mari modèle. Il aimait sans doute sa femme et devait se considérer comme un mari protecteur et attentionné, même si la plupart des gens auraient plutôt dit possessif et tyrannique.

Baxter s'informa :

— T'as perdu ta langue ?

— Nan.

— Je suis sûr que t'as besoin d'aller pisser, là, tout de suite.

— Nan.

— *Ouais. Nan.* Tu n'as rien d'autre à dire ?

— Si. Comment as-tu réussi à te faire réformer ? Raisons physiques ou mentales ?

— Hé, connard, j'étais flic. Je faisais mon devoir ici.

— Oui. Comme les femmes et les petits écoliers qui envoyaient des lettres et des colis.

— Espèce de trou du cul...

— Hé, chef, ne fais pas la leçon si tu ne l'as pas apprise. Tu veux montrer que tu as des couilles ? Tu prends ce que tu veux et, moi, je vais chez moi chercher la même chose. À toi le choix. Pistolet, couteau, hache, poings. Peu m'importe l'arme pourvu que je te tue.

Baxter retint sa respiration. Toute son attitude montrait qu'il brûlait de battre en retraite. N'empêche qu'il n'y avait entre eux qu'un seul pistolet et que c'était Baxter qui le tenait. Rien ne lui interdisait de le sortir de son étui, si ce n'est que, de l'avis de Keith, il avait d'autres projets, un plan qu'il peaufinait depuis des semaines. Baxter n'était pas venu ici pour le tuer. Inutile dans ce cas de lui en offrir l'occasion. Pourtant, Keith ne pouvait résister à la tentation de le troubler et de le provoquer peut-être en combat singulier. Keith demanda :

— Bon ! On règle ça ? Je m'apprêtais à faire une pause de toute façon.

Baxter sourit.

— Ouais, on va régler ça. Mais tu ne verras pas le coup arriver.

— Toujours le fort en gueule de la classe.

— Ouais, et toi, t'es toujours le connard de la classe. Tu te souviens que je te bousculais dans les couloirs ? T'aimerais l'oublier, hein ? Je lorgnais ta petite amie et tu ne réagissais même pas. Je la pelotais dès que j'avais l'occasion et toi tu regardais sans rien faire. Tu sais quoi ? Elle aimait ça. Elle voulait un homme, un vrai, pas une lopette. Et, à propos, si jamais je te vois lui parler, je te coupe les couilles et je les donne à bouffer à mes chiens. Je plaisante pas.

Keith demeura absolument immobile. Il n'y avait plus rien à dire après ça, plus rien à faire, qu'à le laisser creuser sa tombe avec sa langue.

Baxter était lancé. Il ne se retenait plus.

— D'ailleurs, comment tu te débrouilles ici côté bricole ? Si je te prends à niquer le cheptel, je te rentre dedans. Vous les bouseux, vous passez votre temps à niquer les bestioles, c'est pour ça qu'elles sont si farouches. Ton frère enfilait les oies près du lac. Il a failli toutes les faire crever. Je me rappelle. Et ta sœur...

— Arrête. S'il te plaît, arrête.

— Répète.

— Arrête, s'il te plaît. Écoute... je m'en vais dans une semaine. Je suis juste venu m'occuper un peu de la ferme. Je ne reste pas. Je serai parti dans une semaine.

Baxter l'examina.

— Ah ouais ? Mais j'ai peut-être pas envie de te voir dans les parages aussi longtemps.

— Une semaine. Pas plus.

— Tu sais quoi... je te donne six jours. Si tu fais le con ou si tu me contraries, je te dérouille à ma façon et je t'envoie à Toledo dans un camion à cochons. Tu piges ?

— Oui.

— Retourne à ton fumier.

Il se tournait pour s'en aller, mais fit soudain volte-face et expédia son poing dans l'estomac de Keith, qui se plia en deux et tomba à genoux.

Baxter lui releva le menton du bout de sa semelle.

— Que je te voie pas en ville.

Il retourna à la voiture. Keith les vit, Ward et lui, s'adresser des gestes de victoire, pouce levé.

Ils montèrent dans la voiture, démarrèrent en trombe en écrasant au passage une rangée de framboisiers, et foncèrent dans l'allée.

Keith se releva et regarda la voiture s'éloigner sur la route. Alors, il sourit et dit :

— Merci.

19

Cliff Baxter coupa un morceau de sa côte de porc. Il grommela :

— C'est à moitié brûlé.

— Désolée.

— Les pommes de terre sont froides.

— Désolée.

— Tu ne sais plus faire la cuisine ?

— Si.

— Pas étonnant que tu ne prennes rien.

— Je n'ai pas faim.

— Faim ou pas, c'est pas mangeable.

— Désolée.

— Merci de me proposer autre chose.

— Qu'est-ce que tu veux que je te prépare ?

— Je vais aller au resto.

— Bon.

Il déposa son couteau et sa fourchette et l'examina.

— Quelque chose te tracasse ?

— Non.

— Tu n'es pas très bavarde.

— J'ai mal à la tête.

— C'est dommage, parce que moi, j'ai la trique.

Annie se raidit, mais s'abstint de commentaire.

— Tes règles sont finies ?

— Non... pas tout à fait.

— En tout cas, c'est pas ta bouche qui risque de saigner d'avoir trop parlé ! (Il prit une gorgée de bière sans la quitter des yeux.) Je suis passé chez tante Louise tout à l'heure.

Annie sentit son estomac se nouer.
Cliff lâcha sa canette.
— Voilà une femme qui sait faire la cuisine ! Qu'est-ce qu'elle t'a servi hier soir ?
— Je... je n'ai pas dîné chez elle.
— Ah bon ?
— Non.
— Ce n'est pas ce qu'elle m'a dit, mon cœur.
Annie le regarda droit dans les yeux et affirma :
— Tante Louise perd un peu la tête. C'est la semaine dernière que j'ai dîné chez elle. Hier, je lui ai simplement rendu visite.
— Tu m'en diras tant ! C'est une maladie familiale de perdre la tête. Tu marches à côté de tes pompes depuis que tu es rentrée hier soir.
— Je ne me sens pas bien.
— Qu'est-ce qui se passe ?
— Je ne sais pas... Les enfants me manquent, je crois. Je me disais que j'irais les voir la semaine prochaine.
— Ils n'ont pas besoin que tu ailles les dorloter. S'ils ont envie de nous voir, ils n'ont qu'à venir passer le week-end.
— Je voudrais m'assurer que Wendy est bien installée. C'est la première fois qu'elle quitte la maison et...
— Tu sais quoi, je n'aime pas cet endroit. Je n'aime pas Bowling Green et je crois que je vais l'enlever de cette fac.
— Non !
Sa véhémence le surprit. Il se pencha vers elle.
— Et pourquoi donc ?
— Elle se plaît là-bas.
— Ah oui ? Ce qui lui plaît, c'est le dortoir mixte. Ça existait quand tu y étais ?
— Non.
— À quoi ils jouent ? À encourager la baise ?
— Cliff... le monde a changé.
— Non, pas ici. Nous sommes une famille chrétienne, vivant dans une ville chrétienne, et les hommes et les femmes ne dorment pas sous le même toit s'ils ne sont pas mariés.
— Je me fie à elle pour se conduire comme on le lui a enseigné à l'église... et pour suivre notre exemple.

Dieu lui vienne en aide! se dit Annie.

Cliff la considéra longuement et finit par remarquer :

— Oui, tu as quelque chose en tête.

— Je t'ai expliqué ce qui me tourmente. Tu travailles ce soir?

— Peut-être bien. Eh, à propos de la fac, un de tes vieux amis est revenu dans la région.

Elle se leva, prit son verre, se dirigea vers le réfrigérateur, l'ouvrit et se servit une rasade de thé glacé. Ses mains tremblaient.

— Tu sais qui?

— Non.

Cliff se leva à son tour et posa la main sur la porte du réfrigérateur au moment où elle la refermait.

— Je veux une bière.

Il saisit une canette et elle put repousser la porte. Il l'observa un instant et réitéra sa question.

— Tu sais de qui il s'agit?

Elle prit une décision et lança :

— Oh, tu veux parler de Keith Landry?

— Tu sais foutre bien de qui je veux parler.

— J'ai entendu dire qu'il était revenu.

— Ça, je n'en doute pas. Et qu'est-ce qu'on t'a dit d'autre?

— Rien. Tu veux un dessert?

— Je n'ai même pas dîné, alors pourquoi je prendrais un dessert?

— Tu comptes dîner dehors?

— Ne te fiche pas de moi. Je te parle.

— Je t'écoute, Cliff. Keith Landry est revenu. Et alors? Où est le problème?

— Là est la question.

— Que veux-tu dire?

— Mon Dieu, vous, les bonnes femmes, vous savez tourner les gens en bourrique, hein?

— Que veux-tu que je te dise, Cliff? Il est revenu. Je le sais, tu le sais. Pourquoi te mets-tu en colère?

Ils se dévisagèrent. Naturellement, ils savaient très bien tous les deux pourquoi Cliff était en colère. Il lui demanda :

— Pourquoi ne m'as-tu pas dit qu'il était revenu?

— Je n'y ai pas pensé.
— Tu n'es qu'un tas de merde.
— Ne me parle pas comme ça !
Une fureur réelle s'emparait d'elle, au point qu'elle en oubliait sa peur. Elle éleva la voix :
— Tu n'as pas le droit de me parler sur ce ton. Je m'en vais.
Elle jeta son verre dans l'évier et tourna les talons.
Il l'empoigna par l'épaule, l'obligea à se retourner et emprisonna ses bras.
— Tu ne vas nulle part.
— Arrête ! Lâche-moi !
Il ôta ses mains et recula.
— Bon... je m'excuse. Allez, calme-toi. Assieds-toi. Je veux seulement te parler.
Elle ne lui faisait aucune confiance, mais obéit, à contrecœur.
Il s'assit en face d'elle et se mit à tripoter sa canette de bière.
— Tu sais comment je suis. Je peux être très jaloux parfois. Alors, je ne peux pas m'empêcher de penser à ton ancien copain qui est de retour dans le coin, et puis j'apprends qu'il est célibataire et, forcément, je me fais du souci. Ça devrait te faire plaisir de voir que je tiens tellement à toi. Non ?
Annie songea à quelques répliques sarcastiques qui l'auraient remis à sa place en sonnant le glas de ses illusions. Elle jugea bon de rester raisonnable :
— Je comprends. Mais je n'ai pas envie d'en parler. Ça ne vaut pas une heure de discussion.
— D'accord, mais tu peux admettre que ça me travaille.
— Ça ne devrait pas.
— Pourquoi pas ? Un mec qui s'envoyait ma femme revient habiter au coin de la rue et je ne devrais pas m'en faire ?
— Cliff... écoute, quoi que je dise, tu ne seras pas content. Si je te dis que je me fiche qu'il habite au bout de la rue, tu le prendras mal. Si je te dis que ça m'ennuie de le savoir ici, tu le prendras...
Baxter frappa violemment la table, provoquant un grand fracas de vaisselle. Annie sursauta.

— Tu as couché avec lui pendant six putains d'années et, tout ce que tu trouves à dire, c'est qu'il n'y a pas de quoi s'inquiéter quand il revient crécher à deux pas d'ici. Et si c'était une de mes copines ? Qu'est-ce que tu en penserais ?

Elle lui aurait volontiers rappelé qu'il lui avait parfois désigné de loin l'une ou l'autre de ses anciennes petites amies et qu'elle avait surtout éprouvé pour elles une immense pitié. Elle se contenta de dire :

— Je suppose que ça m'ennuierait.

— Tu parles que ça t'emmerderait !

— Ne crie pas, s'il te plaît. Je sais que tu es en colère, mais...

— Tu te souviens de Cindy North ? Je l'ai sautée pendant un an avant de commencer à sortir avec toi. Qu'est-ce que tu dirais si elle venait habiter la porte à côté, en célibataire ? Ça ne t'embêterait pas ?

— Si, bien sûr.

— Alors ? Moi, je ne suis pas censé être embêté ?

— Je n'ai pas dit ça. Ne t'énerve pas. Je n'ai rien fait.

— Mais tu aimerais bien, peut-être.

— Cliff, ne dis pas des choses pareilles.

— Tu te rappelles les bons moments que tu as passés avec lui, hein ?

— Non. C'était il y a vingt ans.

Il eut l'air presque étonné de constater que c'était déjà si loin. Il reprit :

— Mais quand tu as su qu'il était revenu, tu t'es remise à penser à vos ébats dans le foin. Où est-ce que vous baisiez ? Dans la grange ? Dans ta voiture ?

Elle se leva. Il tendit le bras, l'attrapa par sa ceinture et la força à se rasseoir.

Annie avait peur, mais pas pour elle-même. Elle pouvait le raisonner, mais elle devait prévenir Keith que Cliff commençait à s'exciter. Elle respira profondément et déclara :

— Cliff chéri, je sais que tu es fâché, mais personne au monde ne compte autant que toi.

Il parut s'apaiser, mais il fulminait encore.

— J'espère bien !

— Je t'assure. Je sais que tu m'aimes et que c'est pour ça que tu es en colère. J'en suis très flattée.

Elle aurait dû s'en tenir là, maintenant qu'elle avait pris le dessus, mais elle le détestait tellement qu'elle ne put résister à l'envie de retourner le fer dans la plaie.

— Il ne faut pas penser à ce que Keith et moi avons fait pendant six ans.

Il la foudroya du regard, sans rien dire.

Elle continua :

— Nous étions jeunes, des gamins, nous faisions comme les autres, c'est tout. Tu devrais te réjouir de savoir que je ne l'ai fait qu'avec lui et pas...

— Tais-toi !

— Désolée.

— Tais-toi !

Elle baissa la tête et contempla son assiette en s'efforçant de réprimer un sourire.

Une minute s'écoula avant que Cliff n'ordonne :

— Je ne veux pas que tu lui parles ni que tu parles de lui.

— C'est promis.

— Il t'a appelée ?

Elle agita négativement la tête.

— Pourquoi veux-tu... ?

— Tu as essayé de l'appeler ?

— Jamais de la vie.

— Ouais ? Vous ne vous êtes donc pas parlé depuis son retour ?

Cette fois encore, elle dut faire un choix. Elle vint se placer derrière lui et avoua :

— Cliff, je ne peux pas te mentir... je l'ai rencontré par hasard dans la rue.

Il attendit, muet.

Elle poursuivit :

— J'étais avec Charlene Helms, la vieille Mme Whitney et la femme du pasteur, Marge Schenk. Je sortais de la poste et je suis tombée sur lui. Je ne l'ai même pas reconnu. Quand il s'est mis à parler, je me suis demandé qui c'était. Tu sais, les gens, parfois, sont persuadés qu'on les connaît et ils commencent à vous raconter leur vie. Ça arrive tout le temps. Et tout à coup, j'ai compris. Je lui ai dit : « Bonne journée, monsieur Landry. » Et je suis partie rejoindre mes amies.

Elle le tenait par les épaules et, sans voir son visage, elle sentait ses muscles se crisper sous ses doigts. Elle ajouta :

— Ça m'est vraiment sorti de l'esprit. Quand j'ai pensé à t'en parler, tu n'étais pas là. Je pensais bien que ça ne te ferait pas plaisir, mais je me disais qu'il fallait que tu sois au courant. J'avais un peu peur de ta réaction et c'est sans doute la raison pour laquelle j'ai oublié, inconsciemment. Pour moi, de toute façon, il était là en passant et ça n'avait donc pas beaucoup d'importance. Je suis vraiment désolée de ne pas te l'avoir dit. Je ne lui parlerai plus. C'est juré.

Il demeura un moment immobile et lâcha :

— Tu n'en auras plus l'occasion.

Elle sentit son cœur chavirer dans sa poitrine et resta sans voix. Pourtant, il fallait qu'elle dise quelque chose, même si elle ne pouvait poser la question qui lui brûlait les lèvres. Elle affirma :

— Je n'essaierai pas.

— Tu n'en auras pas l'occasion, donc tu n'essaieras pas. Je l'ai prié de quitter la ville.

— Oh...

Il se leva et se tourna vers elle, tout sourire.

— Je suis passé chez lui, ce matin. Ça t'étonne ?

— Non.

— Je lui ai dit de foutre le camp. Il m'a assuré qu'il serait parti dans une semaine.

— Une semaine... ?

— Ouais. C'est un sacré poltron, si ça t'intéresse.

— Ça ne m'intéresse pas.

— Il m'a supplié de lui laisser quelques jours. Je lui en ai donné six. Je lui ai aussi flanqué un coup de poing dans le ventre et il s'est cassé en deux. T'aurais dû voir ça. Il est tombé comme une bûche et il est resté là, affalé, à se laisser couvrir de merde. Il n'a même pas tenté de se défendre. Putain, je lui ai proposé de déposer mon insigne et mon arme pour qu'on se batte comme des hommes. Il a eu tellement peur qu'il a failli en pisser dans son froc. Je ne peux pas croire que tu sois sortie avec une mauviette pareille.

Annie se mordit les lèvres pour les empêcher de trembler, mais une larme roula sur sa joue.

— Hé, tu pleures ?

— Non... (Elle s'essuya le visage.) Mais je suis bouleversée... à l'idée que tu aies dû en arriver là.

— Bouleversée ? Qu'est-ce ça veut dire, ça, bouleversée ? Tu te fous de moi ?

— Non.

— Mon Dieu, ça me dépasse. Tu pleures parce que je l'ai dérouillé ?

— Non. Les femmes sont bouleversées quand leur mari s'expose à un danger.

— Un danger ? Ce mec-là n'est pas dangereux... Bon, il aurait pu l'être. Je ne savais pas à quoi m'attendre quand je suis arrivé chez lui. Mais il fallait régler cette affaire, d'homme à homme.

— Je t'en prie, promets-moi que tu n'iras plus là-bas.

— J'irai, pour m'assurer qu'il a compris la leçon.

— Non. Envoie quelqu'un d'autre.

Il lui pinça la joue.

— Ne t'inquiète pas pour ça. Il a dû perdre ses noix au Viêt-nam. Heureusement que tu ne l'as pas épousé.

— Il ne me l'a jamais demandé.

— Qu'est-ce que j'en ai à faire ?

Elle prit une assiette sur la table.

— Je vais desservir.

— Plus tard. Monte. Je te rejoins. Tâche d'être prête.

— Cliff...

— Ouais ?

Elle aurait voulu lui crier : « J'ai couché avec Keith hier soir. Je ne veux pas que tu me touches. » Cela la tenaillait plus encore que l'envie de lui plonger un couteau dans le cœur.

— Cliff... j'ai...

— Quoi ? La migraine ? Tes règles ? Tu es bouleversée ? Quel est le problème ?

— Rien.

Elle s'éloigna dans l'entrée. Elle aurait aimé s'enfuir à toutes jambes, mais elle savait qu'elle n'irait pas loin. Elle voulait hurler, s'enfermer dans la salle de bains pour s'ouvrir les veines, lui casser une lampe sur la tête quand il monterait, mettre le feu à la maison, n'importe quoi, tout plutôt que faire l'amour avec Cliff Baxter.

Elle s'appuya à la rampe de l'escalier et réussit à remettre un peu d'ordre dans ses idées. La meilleure attitude consistait à donner l'impression que tout allait bien. Elle y était parvenue en parlant avec lui, mais, au lit, elle ne pourrait jamais feindre. Il s'en souciait assez peu tant qu'elle se soumettait. Mais, cette fois, c'était trop lui demander. Elle revint à la cuisine.

Il était toujours attablé devant sa bière, absorbé dans la lecture d'un journal. Il leva les yeux à son approche.

— Ouais ?

— Je veux un verre.

Cela le fit rire.

— Ah ouais ? Pourquoi ? Tu préfères baiser en état d'ébriété ?

— Parfois, un peu d'alcool me met en condition.

— Dans ce cas, ne lésine pas sur la quantité. Parce que ça fait un moment que tu n'es plus en condition.

Elle alla droit au placard, y puisa un flacon d'eau-de-vie de pêche, saisit un verre et repartit avec son butin.

Cliff pointa le nez au-dessus de son journal et lança :

— Mets-toi en condition pour innover. Ce soir, c'est du jamais vu.

Elle traversa l'entrée, gravit l'escalier, gagna la chambre. Elle se servit un verre plein à ras bord d'eau-de-vie, qu'elle avala d'une traite, les yeux fermés. Le visage inondé de larmes, elle remplit à nouveau son verre, en engloutit la moitié et s'assit sur le lit, en pleurs.

Elle eut vaguement conscience de se déshabiller, le vit débarquer dans la chambre dans un éclair de lucidité, mais de la suite ne garda aucun souvenir.

20

Ce dimanche matin, le téléphone sonna à 8 h 20 à la ferme Landry. Keith se préparait un café dans la cuisine.

— Allô.

— Keith, il faut que je te parle.

Il éteignit la cafetière.

— Ça va ?

— Oui. Je te téléphone d'une cabine en ville. Je peux te retrouver quelque part ?

— Bien sûr. Où ?

— Peut-être au champ de foire. Il n'y aura personne aujourd'hui.

— Dans ce cas, nous n'avons rien à y faire. Écoute, tu te souviens de Reeves Pond, en bas de chez moi ?

— Là où nous allions patiner ?

— Oui. Prends du pain ou ce que tu voudras et va en donner aux canards. J'y serai dans vingt minutes. Tout va bien ?

— Oui. Non. Tu as un fusil. J'ai vu...

— Oui, d'accord. Tu es en sécurité ?

— Oui, ne t'inquiète pas. Je suis désolée. J'ai seulement peur pour toi. Il a des soupçons...

— Vingt minutes. Si on t'a suivie, va quand même jeter du pain aux canards, mais laisse ta portière ouverte en guise de signal. D'accord ?

— Entendu.

— Garde ton calme.

Il raccrocha, monta dans sa chambre, ouvrit l'armoire, y prit ses jumelles et deux chargeurs pleins. Il en glissa un dans sa poche, engagea l'autre dans le M-16 et arma.

Le fusil et les jumelles sur l'épaule, il redescendit et sortit. Il traversa la route et courut chez les Jenkins.

Cinq minutes plus tard, il avait sellé et enfourché la jument et l'éperonnait en direction du bois.

Il dut se pencher lorsque l'animal fila entre les arbres vers le ruisseau en contrebas. Là, il tira sur la bride pour l'orienter au sud et le mener au pas vers l'étang, en aval.

Cent mètres avant la limite du bois, il s'arrêta, mit pied à terre et attacha la jument au tronc d'un jeune sapin.

Il suivit le cours d'eau et s'immobilisa à l'ombre des derniers arbres, à quelques mètres de la berge de l'étang inondé de soleil. Aucun véhicule n'était en vue sur la pente herbeuse qui bordait le petit lac sur l'autre rive. Il n'y avait pas âme qui vive.

Il ne passait qu'une seule route, un peu plus loin au sud, qui se dissimulait derrière la levée de terrain. Seuls les toits des plus gros camions apparaissaient parfois au-dessus de la butte.

Keith regarda sa montre. Il était 8 h 45. Il se demandait ce qui avait pu se passer depuis leur rencontre, l'avant-veille.

Un peu avant 9 heures, il vit le nez d'une voiture surgir au sommet de la colline et progresser lentement au milieu des hautes herbes en direction de l'étang. Ce n'était pas une Lincoln, mais une Ford Fairlane, le modèle qu'utilisait la police de Spencerville pour ses véhicules officiels ou banalisés, fournis sans aucun doute par le garage Baxter.

La voiture, qui n'arborait pas les insignes de la police, s'arrêta au bout de l'étendue d'herbe, juste avant la plage boueuse. Keith ajusta ses jumelles. La porte du conducteur s'ouvrit et Annie parut, en jupe rouge et chemisier blanc. Elle resta un moment près de la portière ouverte, regarda autour d'elle et, enfin, la referma.

Elle s'approcha du bord, les mains chargées de pain qu'elle se mit à lâcher dans l'eau par tranches entières d'un air absent. Une volée de canards et de cygnes se précipita sur les bouts de pain qui flottaient à la surface. Elle ne cessait de darder des regards par-dessus son épaule.

Keith, qui l'observait, laissa passer quelques minutes avant d'émerger du sous-bois en lui adressant de grands gestes de la main.

Dès qu'elle l'aperçut, elle laissa tomber son pain et s'élança vers lui qui courait sur la berge à sa rencontre.

Quand il fut plus près, il vit à son expression qu'elle était inquiète, mais pas terrifiée. Elle lui sourit, franchit les derniers mètres au pas de course et se jeta littéralement dans ses bras, en l'enveloppant de ses bras et de ses jambes.

— Bonjour, monsieur Landry.

Elle l'embrassa, se laissa glisser à terre et lui prit les mains avant d'ajouter :

— C'est bon de te voir.

Son regard tomba sur le canon qui dépassait de son épaule. Elle remarqua :

— Ce n'était peut-être pas nécessaire.

— Je suis à la chasse au renard. Entrons dans le bois.

Ils suivirent la berge en marchant côte à côte. De temps en temps, elle décochait un regard derrière elle.

— Je ne pense pas avoir été suivie, dit-elle. J'ai apporté ma Lincoln au garage Baxter ce matin en prétendant qu'il y avait un bruit dans le moteur. Ils m'ont prêté une autre voiture. Cette fichue Lincoln se repère comme le nez au milieu du visage dans ce pays. Je crois que c'est pour ça que Cliff me l'a donnée.

Il sourit.

— On dirait que tu as eu quelques aventures, quoi que tu en dises.

— Non, monsieur, mais je me suis sérieusement demandé comment je pourrais y arriver. Et toi, petit malin ? *Laisse ta portière ouverte si tu as été suivie.*

— Déformation professionnelle. Tante Louise a vendu la mèche ?

— Plus ou moins. Mais ce n'est pas sa faute. Cliff a pris la peine d'aller la voir et, va savoir pourquoi, elle lui a dit que j'avais dîné chez elle et il m'a demandé le menu.

— Le diable se cache toujours dans les détails.

— Tu peux le dire. Je ne suis pas bonne à ce jeu-là, Keith. Toujours est-il qu'il a des soupçons. Il en a toujours eu. Mais, cette fois, il a raison.

Ils pénétrèrent sous le couvert des arbres, là où l'eau se réduisait à un ruisseau. Il faisait plus frais à l'ombre. Les arbres, bouleaux et saules en majorité, commençaient à roussir. Keith avait toujours aimé l'automne à la campagne, l'embrasement des feuillages, le cidre et les citrouilles, la chasse et les récoltes. Cette saison n'avait pas sa pareille dans le monde. Plus qu'à l'été, c'était à l'automne qu'il songeait quand il pensait au pays.

Annie lui tapota l'épaule et, d'un mouvement du menton, lui désigna le cheval attaché devant eux.

— Il est à toi ?

— C'est un emprunt. Il appartient aux Jenkins, qui habitent la ferme de l'autre côté de la route.

— C'est donc avec ça que tu es arrivé. Tu es toujours surveillé ?

— Peut-être. Je n'ai pas cherché à le savoir aujourd'hui.

— Tu ne peux pas porter plainte, ou quelque chose de ce genre ?

— Je prends goût à l'attention qu'on me porte.

— Pas moi.

Annie s'approcha de la jument et lui flatta le cou.

— C'est une belle bête. Nous chevauchions ensemble. Tu te rappelles ?

— Oui. Tu montes encore ?

— Non. Mais j'aimerais bien.

Elle ôta ses chaussures, retira ses collants, puis détacha la bride et emmena l'animal boire au ruisseau.

— Elle a soif.

Keith se débarrassa de son fusil et de ses jumelles, qu'il posa sur une souche. Il s'assit sur un tronc couché et la contempla.

Annie s'enquit :

— A-t-elle été nourrie ?

— Je lui ai donné sa ration à 7 heures. Moi, personne ne m'a encore donné la mienne.

Elle éclata de rire.

— Les célibataires sont d'un empoté ! Si on déplace leur assiette de quinze centimètres, ils se laissent mourir de faim. (Elle demanda sans le regarder :) Qui s'est occupé de toi pendant toutes ces années ?

— L'Oncle Sam.

Elle accrocha son regard en ramenant la jument qu'elle rattacha à l'arbre.

— As-tu aimé la vie que tu as menée, Keith ?

— Oui.

— Moi aussi, malgré mon mariage. J'ai appris à apprécier les bonnes choses.

— On trouve toujours un aspect positif aux choses. Moi, je regardais toujours la ligne sombre des nuages à l'horizon.

— Pas toujours. Tu te montrais plus cynique que tu ne l'étais en réalité.

— Tu me connais trop bien.

— Assez bien, en effet.

Elle s'approcha de lui, s'allongea le long du tronc et posa ses pieds nus sur ses genoux.

— Ils sont tout froids.

Il les lui sécha avec son mouchoir et les frictionna.

— C'est bon.

— De combien de temps disposons-nous ?

— Qui s'en soucie ?

— Nous.

— Oh, ça ira. Je suis censée faire des courses en ville. Lui, il est à Grey Lake, dans le Michigan, avec ses copains. Nous y avons un pavillon de chasse. Il ne rentrera pas avant ce soir.

— Tu es sûre ?

— Son plus grand plaisir, à part me casser les pieds, est d'aller à la pêche et à la chasse avec ses amis... (Elle se tut un instant.) Seigneur, je déteste cet endroit. Mais je suis ravie qu'il s'y plaise. Pendant ce temps-là, je ne l'ai pas dans les pattes... c'est autant de temps que nous passons ensemble.

— Tu l'accompagnes parfois ?

— Parfois. Les rares fois où nous y sommes allés ensemble, seuls, sans les enfants ni personne, c'était quelqu'un d'autre. Ni pire, ni meilleur... simplement différent... silencieux, distant, comme si... je ne sais pas... comme s'il avait une idée derrière la tête. Je n'aime pas y aller seule avec lui. Généralement, j'arrive à y échapper.

— Bon, alors, que s'est-il passé ?

Il lui massait les pieds et les mollets. Elle ferma les yeux.

— Nous avons eu une petite scène de ménage hier soir. D'abord à cause du dîner qui était brûlé. (Un petit rire roula dans sa gorge.) Je l'avais fait exprès.

— J'ai l'impression qu'on ne s'ennuie pas avec toi.

— Sans commentaire. Ensuite, il a essayé de me piéger à propos du dîner chez tante Louise. Après, nous avons parlé de Wendy qui est dans un dortoir mixte et, de là, la conversation a dérivé sur Keith Landry, « le mec qui a couché avec moi pendant six ans — je cite — et qui habite maintenant à deux pas ». Il a rusé pour essayer de savoir si je t'avais rencontré. Je supposais qu'il connaissait déjà la réponse, alors je lui ai dit que j'étais tombé sur toi en sortant de la poste, l'autre jour.

Keith approuva d'un signe de tête.

— Bien joué.

— Cela n'a pas amélioré son humeur ni apaisé sa rage et ses soupçons. Je voulais te prévenir. Mais j'imagine que tu t'en doutes déjà. Il m'a dit qu'il était passé chez toi hier.

Keith ne répondit pas.

Elle ramena ses pieds sous elle et s'assit sur le tronc en se lovant contre lui. Elle lui prit la main.

— Je suis désolée. Tu n'avais pas besoin de ça.

— Annie, quand je suis monté dans ma voiture à Washington pour venir ici, je savais ce qui m'attendait. Et je savais aussi ce que je venais chercher.

Elle lui serra la main.

— Mais tu ne connaissais pas tous les aspects de la situation.

— La seule chose qui m'intéressait, c'était d'élucider tes sentiments.

— Keith, tu savais. Tu ne pouvais pas ignorer mes sentiments.

Il sourit.

— Nos tantes respectives auraient pu lire tes lettres s'en s'offusquer.

— Mes lettres ? Toi, tu signais « Cordialement » !

— Non. Il fallait traduire « Affectueusement ».

Ils se laissèrent un moment bercer par le murmure de l'eau, le souffle du cheval, le bruissement des feuilles et le pépiement des oiseaux. Elle fut la première à reprendre la parole :

— Tu comprenais bien, n'est-ce pas, que je t'aimais toujours et que je t'attendais ?

— Je comprenais. Mais j'aurais pu ne jamais revenir.

— Je savais que tu reviendrais un jour ou l'autre. (Elle dessinait des formes sur le sol avec une brindille.) Si tu n'étais pas revenu, il n'y aurait jamais eu personne d'autre.

Elle s'essuya les yeux et soupira, toujours penchée sur ses dessins.

— Oh, mon Dieu... j'avais peur que tu ne te fasses tuer... que tu te maries, que tu cesses de m'aimer.

— Non.

— Pourquoi as-tu tant attendu ? Pourquoi ?

— Je ne sais pas... Après mon départ, nous étions tous les deux contrariés... et puis, avant d'embarquer pour l'Asie, je me suis rendu compte que je pouvais être tué, ou perdre un bras, une jambe, que sais-je ?

— Si j'avais été ta femme, je me serais occupée de toi. Si j'avais été ta veuve, j'aurais honoré ta mémoire.

— On pouvait te souhaiter mieux. Ensuite, à mon retour... je ne sais pas... le contact était rompu. Et puis tu t'es mariée et je t'ai détestée, et je me suis détesté moi-même, et les années ont passé... la vie... Je t'imaginais ici avec tes amis, ta famille... Tu ne me parlais pas beaucoup de ton mariage dans tes lettres...

— Dans les tiennes, tu ne m'as jamais rien dit de tes sentiments.

— Si.

— Jamais un mot sur nous.

— Toi non plus.

— J'ai essayé... mais j'avais peur. Peur que notre correspondance s'arrête.

— Moi aussi.

Elle sécha encore une larme et tenta un sourire.

— Nous sommes idiots. Nous n'avions aucun secret l'un pour l'autre et, pendant vingt ans, nous n'avons même pas été capables de dire : « Je t'aime, tu me manques. »

— C'est vrai. (Il resta songeur.) Tu sais, cela fait vingt-cinq ans ce mois-ci que nous nous sommes dit au revoir dans ton appartement de Columbus.

— Eh oui. C'est difficile à croire. (Elle posa la main sur sa cuisse.) Après ton départ, j'ai pleuré pendant des semaines. Et puis je me suis ressaisie et je me suis plongée à corps perdu dans mes études. Je ne sortais avec personne...

— C'est sans importance. Je t'assure.

— Laisse-moi parler. Toujours est-il que, peu à peu, je me suis rendu compte... Je me suis mise à t'en vouloir... et une femme dépitée, c'est rancunier.

— Je l'ignorais.

Elle le pinça.

— Écoute-moi. Je suis donc allée voir le psy du campus. Il m'a aidée. Il m'a dit que j'entretenais un ressentiment contre toi, parce que c'était la seule manière pour moi de surmonter l'idée que je puisse te perdre au profit d'une autre femme, ou que tu pourrais être tué. Il m'a dit que c'était le signe d'un amour sincère et que je devrais te le dire.

— Je n'ai pas le souvenir que tu l'aies fait.

— Parce que tu n'as jamais reçu cette lettre. Je l'ai déchirée. J'en ai écrit une autre et, celle-là aussi, je l'ai déchirée. J'ai dû en écrire une dizaine comme ça. Et je me suis aperçue que je t'en voulais toujours, j'étais meurtrie, je me sentais trahie. Il me revenait une phrase que j'avais lue quelque part : « Un homme qui est heureux chez lui ne part pas à la guerre. »

— Mais on peut avoir la bougeotte même quand on est heureux.

— Peut-être. En tout cas, tu n'étais plus là pour me l'expliquer. Et quand tu m'as téléphoné, tu étais d'une froideur !

— Toi aussi.

— Je sais. Je déteste le téléphone. J'ai décidé de réagir et de voir d'autres hommes. Il faut que tu saches, Keith, que je n'en ai aimé aucun. Pas comme je t'aime, toi, jusqu'à maintenant. En fait, pas du tout. (Elle ajouta en riant :) Ils me rabrouaient. Ils me faisaient tous les mêmes reproches : Annie, tu es coincée, glaciale, égoïste, égocentrique, et j'en passe. Je n'étais rien de tout ça. J'étais seulement amoureuse d'un autre homme.

— Tu n'es pas obligée de me raconter toutes ces choses.

— Oh si ! C'est là que je suis allée en Europe, pour fuir. J'étais émerveillée par les splendeurs que je découvrais. C'est vrai, qu'est-ce que je connaissais ? Spencerville, Bowling Green et Columbus. Chaque fois que j'étais émue par ce que je voyais, je disais : « Regarde, Keith. Regarde comme c'est beau ! » (Les coudes sur les genoux, elle enfouit sa tête dans ses mains.) Excuse-moi... je n'ai pas pleuré pendant des années et, maintenant, je n'arrête plus depuis des semaines...

— Ce n'est pas grave.

Elle dénicha un carré de tissu dans sa poche et se moucha.

— Bon... J'ai fini par rentrer ; l'un de mes cousins se mariait, j'étais témoin et j'ai rencontré Cliff Baxter à la réception.

— Quelqu'un qui y était me l'a dit. Ma mère m'a annoncé par la suite que tu étais fiancée et que j'étais un imbécile.

— Ta mère avait raison. La mienne aussi. Elle m'a conseillé de ne pas l'épouser. Le plus drôle, c'est que mon père l'aimait bien au début. Les hommes le trouvaient sympathique en général, et les femmes aussi d'ailleurs. Ce qu'elles aimaient chez lui, c'était qu'il avait une nouvelle voiture tous les ans, un certain charme, et qu'il était assez beau gosse. Il a toujours sa voiture annuelle.

— Annie...

— Chut. Au bout du compte, mon expérience des hommes était limitée et je ne pouvais pas juger... Je me suis dit : bon, il n'y aura jamais d'autre Keith, Cliff est du coin, il a un bon job et il est exempté. Les autres sont mariés ou à l'armée et Cliff m'aime bien depuis longtemps. Quel raisonnement étroit, infantile et provincial !

— C'est ainsi que nous étions, Annie.

— Oui, c'est juste. Bref, il m'a demandée en mariage... un genou en terre, imagine-toi. J'étais flattée, je n'avais pas une haute opinion de moi-même, j'étais idiote.

— Annie, pourquoi l'as-tu épousé ? La vraie raison. Il faut que tu le saches et il faut que tu l'exprimes.

Elle l'effleura du regard et se leva.

— Pour me venger.

Il se leva à son tour et leurs regards se croisèrent.

— Salaud. Tu te rends compte de ce que tu m'as fait ? Est-ce que tu te rends compte ? Je te hais. Je te hais pour ce que tu m'as fait, je hais ce à quoi tu m'as poussée, ce à quoi j'en suis arrivée à cause de toi.

— Je sais. Ça va mieux ?

Elle hocha la tête. Elle lui prit la main et l'emmena s'asseoir au bord du ruisseau.

— Merci. Je me sens nettement mieux.

— Moi aussi.

— Je ne te hais plus.

— Peut-être juste encore un petit peu.

— Non, plus du tout. Je ne suis pas fière de moi.

— Moi non plus. Mais je crois que nous pouvons nous pardonner si cette fois nous agissons comme il faut.

— Tu es sûr de ne plus m'en vouloir ? Pour la façon dont je t'ai traité quand tu es parti à l'armée et pour avoir épousé Cliff ?

— Oh si, je t'en ai voulu. Tu le sais bien. Mais j'ai fini

par comprendre plus ou moins. Nous n'avons jamais abordé le sujet dans nos lettres, mais le simple fait de nous écrire et de garder le contact était une manière d'admettre que nous avions tous deux commis des erreurs, que nous regrettions, que nous nous aimions toujours... même si nous ne nous disions pas : « Je regrette, pardonne-moi, je t'aime. » (Il conclut :) Je suis content que tu te sois expliquée, que tu veuilles bien te confier à moi.

— Tu vois. Tu es le premier homme que je traite de salaud depuis... eh bien, depuis toi ; tu te souviens, ce jour où tu as déjeuné à la cafétéria avec cette pétasse, comment s'appelait-elle encore ?

— Karen Rider.

— Salaud.

Elle éclata de rire.

Ils contemplaient l'eau frisée de vaguelettes, absorbés dans leurs pensées. Au bout d'un long moment, Annie remarqua :

— C'est calme, ici. J'emmenais souvent les enfants pêcher dans l'étang. Je leur ai appris à patiner ici. Je crois que tu les aimerais. Ils s'occupent bien de leur mère.

— C'est bien.

— À vrai dire, ce ne sont plus tout à fait des enfants. Ils sont très responsables.

— Dans ce cas, ils sont mieux que nous. Nous, nous ne voulons pas grandir.

— Nous avons grandi pourtant. J'aimerais être encore jeune.

— Pourquoi pas ? Choisis un âge et garde-le. C'est ma nouvelle devise.

Elle rit.

— D'accord. Vingt et un ans.

— Hé, ma douce, c'est que tu as toujours ton corps de vingt ans.

— Tu as remarqué. J'ai la même taille qu'à l'université. Je soigne mon apparence. Je suis très coquette, très superficielle.

— Parfait. Moi de même. Au fait, tu étais bien en jean l'autre jour. Pourquoi es-tu si habillée aujourd'hui ?

— C'est que... il veut que je sois sapée quand je me montre en ville. Je n'ai pas le droit de m'exhiber en maillot de bain à la piscine. Une fois, il s'est pointé au lycée, où je prenais un cours d'aérobic. Quand il a vu la tenue que je portais dans cette assemblée mixte, il en a fait tout un foin. Alors, maintenant, je veille à la paix du foyer... Excuse-moi, tu n'as sans doute pas envie d'entendre toutes ces histoires.

— Es-tu autorisée à faire l'amour avec un cavalier que tu viens de rencontrer dans les bois ?

— Cela fait partie de mes fantasmes récurrents.

— Dans ce cas... (Il se leva.) Pas très confortable ici.

— Allez, de l'imagination, Keith. Là... sur cette bûche.

Elle emprisonna ses mains dans les siennes et l'entraîna vers le gros tronc qui leur avait servi de siège. Elle le dépouilla de sa chemise, qu'elle étala sur le tronc.

— Assieds-toi. Non, il faut d'abord que tu enlèves ton pantalon.

Il retira ses chaussures, puis son pantalon, pendant qu'elle déboutonnait son chemisier et se libérait de son soutien-gorge. Elle envoya promener sa culotte en gardant sa jupe, avec ce commentaire :

— Il vaut mieux ne pas être trop dévêtus, au cas où quelqu'un surviendrait. Je prétendrai que je ramassais des champignons et que j'ignore qui tu es.

— Bien vu. Bon...

Il s'assit sur le tronc, en caleçon. Annie prit appui sur ses épaules et, la jupe et le chemisier en bataille, cala une jambe après l'autre derrière le tronc et se laissa glisser sur les genoux.

Il se cramponna au tronc pour raffermir son équilibre en prévenant :

— Nous allons tomber à la renverse.

— Et alors ?

Elle se mit en mouvement, la tête sur son épaule.

— C'est... Ça change... Comment ça va, de ton côté ?

— Parfait.

— Tu crois qu'on va tomber ?

— Non. Je tiens bon.

Elle pressa sa poitrine contre la sienne en oscillant doucement de haut en bas. Soudain, elle accéléra le rythme, son souffle s'écourta. Elle se raidit dans la jouissance.

Elle s'affaissa entre ses bras et y resta paresseusement

blottie, pantelante. Au bout d'une minute, elle se leva et s'écarta du tronc d'arbre. Elle se dégagea, mais l'enlaça encore, le temps d'un baiser.

— C'était très agréable, affirma-t-il.

— Et très amusant. J'ai l'impression d'être une gosse. Je n'avais pas fait l'amour en plein air depuis le lycée. La prochaine fois, ce sera dans ta grange, ensuite, sur le siège arrière de ma voiture.

— On pourrait aussi prendre une chambre dans un motel.

— Pourquoi pas ?

Il ramassa son pantalon, mais elle protesta :

— Non. Ne le remets pas. Je n'ai jamais vu un homme tout nu dans les bois. Je regrette mon appareil-photo. Les chaussettes aussi.

Il s'exécuta.

— Je suis gêné.

— Tourne-toi.

Il obéit. Elle promena ses mains sur son buste et son abdomen.

— Je te l'ai dit, j'ai besoin de te toucher... (Son regard s'arrêta sur son ventre.) Qu'est-ce que c'est que ça ?

— Un bleu.

— Oh...

Elle remit son soutien-gorge et son chemisier. Il se rhabilla. Elle retourna s'asseoir dans une flaque de soleil au bord du ruisseau, adossée à un saule. Keith la rejoignit.

Annie jeta une brindille dans l'eau et la regarda virevolter dans le courant qui l'emportait. Elle questionna :

— Que s'est-il passé quand il est venu chez toi ?

— Ce à quoi on pouvait s'attendre.

— Raconte.

— Eh bien, il était un peu plus énervé que ne le justifiait la situation. J'ai cru un moment qu'il avait découvert ta visite chez moi. Pendant une minute, j'ai eu vraiment peur. Pour toi.

— Merci.

— Mais il était en position de force et j'ai finalement eu un peu peur pour moi aussi. Et puis je me suis aperçu qu'il ne savait rien. Il était fou furieux, c'est tout.

— Il était seul ?

— Non. L'un de ses hommes était avec lui. Un dénommé Ward. Tu le connais ?

— Oui. C'est mon gardien. Cliff m'a laissé entendre qu'il était seul.

Keith assura, sans réfléchir :

— S'il avait été seul, il serait mort à l'heure qu'il est.

Elle ne releva pas et constata seulement :

— C'est un lâche et un menteur.

— Et il est dangereux, Annie. Il faut que tu fasses attention.

— Il ne m'a jamais frappée. Je sais le manier.

— Tes enfants sont partis, il a des ennuis professionnels, je suis à proximité, il est sur le point de craquer. Crois-moi.

— Comment sais-tu qu'il a des ennuis professionnels ?

— Je suis allé à la réunion à St. James. Tu es au courant ?

— Oui. À vrai dire, mes parents y étaient. Depuis, ils sont bizarres. Je suppose qu'on a parlé de Cliff Baxter, mais personne ne veut me dire ce qui s'est dit. Tu veux bien, toi ?

— Non.

Cela la laissa songeuse.

— Je ne suis pas complètement naïve. Je sais qu'il fricote à droite et à gauche, mais j'ai du mal à imaginer qu'on en a débattu dans une assemblée publique.

— Tu veux que je te dise... il existe un compte rendu écrit. Tu te souviens de Jeffrey Porter ?

— Oui. Je l'aperçois de temps en temps. Ainsi que sa femme, Gail. C'était la fille qu'il voyait à la fac.

— Exact. J'ai évoqué le bon vieux temps avec eux. En fait, j'ai confiance en eux. Si jamais tu as besoin de quoi que ce soit et que tu n'arrives pas à me joindre, adresse-toi à eux. Je les préviendrai, je les mettrai au parfum.

— Keith... non. Personne d'autre ne doit savoir. C'est trop dangereux.

— Écoute-moi, je sais quand je peux me fier à quelqu'un. On peut leur faire confiance. Va d'abord les voir. Tu me diras ensuite ce que tu en penses.

— Entendu... Ils ont le compte rendu de la réunion ?

— Oui. Il m'a appelé hier. Ils le vendent cinq dollars.

Toute la ville le réclame, ils n'arrivent pas à satisfaire la demande. Mais, pour toi, c'est gratuit.

— Keith, que dit ce compte rendu ? C'est embarrassant, humiliant pour moi, les deux ?

— Je suis désolée, Annie. Ils avaient convoqué des gens pour témoigner contre ton mari. Tu ne devrais en éprouver ni gêne ni humiliation. Mais de la colère, en revanche, ça oui.

— À vrai dire, maintenant, ça m'est égal.

— Va voir les Porter. Nous pouvons avoir besoin d'eux.

— Pour ?

— Alibis. Rendez-vous.

— Et pendant combien de temps va-t-il nous falloir des alibis ?

Il s'empara de sa main.

— Ça dépend de toi, Annie. Es-tu prête à partir ?

Elle plongea ses yeux dans les siens.

— Est-ce une proposition, monsieur Landry ?

— Oui, mademoiselle Prentis.

— J'accepte.

Il l'entoura de son bras et ils culbutèrent sur le sol. Elle l'embrassa.

— Tu en as mis du temps pour te décider, observa-t-elle.

— Je suis timide.

— C'est ma foi vrai. Tu as peut-être roulé ta bosse, mais tu es resté timide.

— Ne le dis à personne.

— Tu as changé, Keith. C'est normal, mais je te connais toujours aussi bien.

— Toi, tu n'as pas beaucoup changé. Et je t'aime toujours autant.

Elle se laissa couler à côté de lui. Ils étaient étendus l'un près de l'autre sur la rive. Il crut qu'elle s'était assoupie quand elle dit :

— Quand ?

— Quand quoi ?

— Quand m'enlèves-tu ?

— Oh... et pourquoi ne viendrais-tu pas simplement t'installer chez moi ?

Elle se redressa sur les genoux et le considéra.

— C'est impossible, Keith. Nous ne sommes pas à Washington. Ici, on ne change pas de partenaire comme ça. On s'enfuit. On n'a pas le choix. Tu le sais bien.

— Oui, je sais, mais je n'aime pas fuir, Annie.

— Il n'y a pas d'autre solution. J'irai n'importe où avec toi. Sauf ici.

— D'accord... mais je vais d'abord lui parler.

— Non. Il risque de devenir violent.

C'était très exactement ce qu'espérait Keith. Il insista :

— Lui et moi devons nous expliquer, d'homme à homme et tout.

Elle scrutait son visage, penchée sur lui.

— Keith, regarde-moi.

Il s'assit et lui fit face.

— Oui ?

— Promets-moi de ne pas lui faire de mal.

Keith ne répondit pas.

Elle l'agrippa par les épaules.

— Je sais qu'il t'a frappé et je sais que tu n'es pas le genre d'homme à oublier ni à pardonner. Mais ne te crois pas obligé de prendre ta revanche. Laisse courir. Pour moi.

Keith ne répondait toujours pas.

— Je t'en prie. Laisse Dieu et Spencerville se charger de lui. Cela ne rendra pas notre histoire plus belle. (Elle ajouta un dernier argument :) Il est le père de Tom et de Wendy.

— Je te promets de ne pas le tuer.

Elle ne le lâchait pas des yeux.

— Aucune violence d'aucune sorte, Keith. S'il te plaît. Pas même la correction qu'il mérite. (Elle lui prit la tête à deux mains.) Ce que nous nous apprêtons à lui faire est la pire des punitions que nous puissions lui infliger. Contente-toi de ça.

— D'accord. Je te le promets.

— Je t'aime.

Elle s'inclina vers lui et l'embrassa.

Il se leva :

— Viens, je te raccompagne.

— Allons marcher dans l'eau.

— OK.

Il ôta ses chaussures et ses chaussettes, qu'il abandonna sur la rive, roula le bas de son jean et reprit son fusil, pendant qu'Annie récupérait le reste de ses affaires.

Ils retournèrent à l'étang, main dans la main, les pieds dans l'eau.

— Il me faut une semaine pour mettre mes affaires en ordre, dit-elle. Ce n'est pas trop long ?

— Non. Nous avons bien attendu vingt-cinq ans !

Elle comprima sa main dans la sienne.

— Où irons-nous ?

— As-tu un passeport ?

— Non. J'en demanderai un.

— Non, pas à la mairie de Spencerville. Impossible.

— C'est vrai. J'irai à Toledo.

— Nous irons d'abord à Washington. Prends tous tes papiers personnels.

— Entendu. Je ne suis jamais allée à Washington.

— Quelle est la ville d'Europe que tu préfères ?

— Rome.

— Va pour Rome.

— Tu es sérieux ?

— Si tu l'es, je le suis.

Elle réfléchit deux secondes avant d'affirmer :

— Je le suis.

— Tu te rends compte de tout ce qu'implique ton départ ?

— Non, mais si je suis avec toi, je serai bien partout. C'est pas de l'amour, ça ?

— Je connais ces symptômes. Mais as-tu pensé que tes enfants, ta famille, tes amis te manqueront ?

— Oui. J'y ai pensé. Mais il est peut-être temps qu'Annie Prentis mène la vie qu'elle veut.

— Et ton job ? Tu t'occupes toujours de la boutique de l'hôpital ?

— Oui et ça me plaît, mais ce n'est pas très gratifiant. (Elle expliqua :) C'est le genre de travail que mon mari souhaite me voir faire : pas d'hommes, pas d'argent, pas de week-ends, des horaires flexibles, et c'est à deux pas de son bureau.

Keith esquissa un signe d'assentiment.

— Je l'ai repéré quand je suis passé en ville.
— Tu me permettrais de travailler ?
— Tu feras ce que tu voudras.
— Je peux travailler jusqu'à point d'heure le soir, rapporter des dossiers à la maison, plancher dessus pendant les week-ends et partir en voyage d'affaires avec des messieurs ?
— N'en demandez pas trop, Prentis.
Elle sourit.
Ils avançaient dans le ruisseau, de l'eau jusqu'aux chevilles, contournant les pierres les plus grosses. Keith aimait la consistance moelleuse du limon sous ses pieds nus, mais plus encore la douce présence de la main d'Annie dans la sienne.
Elle dit :
— Nous pourrons peut-être revenir faire un tour un jour.
— Peut-être.
— Et toi, Keith ? C'est aussi chez toi, ici. Tu comptais rester ?
— Oui, tout en sachant que ce n'était pas possible. Mais un jour, peut-être.
— Si... (Elle hésitait.) S'il n'était pas là...
— Que fera-t-il s'il est viré ?
— Il ne restera pas. Ce ne serait pas envisageable. Ce serait une telle humiliation pour lui ! Et il y a trop de gens qui le détestent secrètement. Tu sais, si Mme Baxter le plaque pour un autre, il sera tellement mortifié qu'il pourrait bien démissionner et quitter la ville. Alors, nous pourrons revenir si nous le voulons.
Keith acquiesça.
— Où irait-il ?
— À Grey Lake. Il a toujours dit que c'est là qu'il prendrait sa retraite. (Un petit sourire désenchanté se dessina sur ses lèvres.) Cela risque d'arriver plus vite qu'il ne le pensait. En tout cas, il ira seul. Il sait qu'il n'est pas question pour lui de rester à Spencerville s'il n'est plus chef de la police.
— Finis, les dîners en son honneur à l'Elks Lodge ?
Elle lui jeta un regard de travers.
— Je présume que tu as lu ça dans les journaux. Dieu du ciel, une des soirées les plus pénibles de ma vie !

Comme il demeurait silencieux, elle s'informa :
— Ça t'a rendu jaloux ?
— J'ai éprouvé certains sentiments un peu malsains. Je ne savais pas trop quoi en penser.
— Eh bien, mon cœur, j'ai pensé à toi toute la soirée. Je me demandais à quoi tu pouvais bien occuper ton samedi soir. Sais-tu combien de samedis soir j'ai passés à me demander où tu étais après ton départ ?
— Je m'éclatais à la caserne. Je faisais la queue devant des cabines téléphoniques pour t'appeler. Tu n'étais jamais chez toi.
— J'étais là. Mais bien décidée à ne pas répondre. La fierté et l'entêtement sont de graves défauts et nous en avons payé le prix.
— En effet.
— La jalousie aussi est un vilain défaut. Je ne suis pas jalouse... tu sais, je t'ai appelé de l'Elks Lodge. J'avais besoin d'entendre ta voix. Là, c'est toi qui n'étais pas chez toi.
— Je suis allé sur le terrain de jeux du lycée jouer un peu au basket, après quoi je suis rentré vers 9 heures, j'ai pris une douche glacée et je me suis couché.
— Bien. As-tu rêvé de moi ?
— Probablement. En tout cas, ma première pensée tous les matins est pour toi.
— Moi aussi.
Ils avaient atteint la bordure du bois, qui s'achevait là où le ruisseau s'élargissait pour se jeter dans le vaste étang. Ils remontèrent sur la berge et contemplèrent les étendues d'herbe et d'eau. D'autres voitures entouraient désormais celle d'Annie, ainsi que des vélos, couchés au hasard dans la prairie.
Un groupe d'enfants dérivait sur l'étang dans un canot de caoutchouc. Deux hommes pêchaient à la ligne, non loin de tout petits bambins qui poussaient de minuscules bateaux sur la plage, sous la surveillance de leurs mères.
L'eau était calme, lisse comme un miroir. Parfois un poisson en effleurait la surface, déclenchant une onde de ridules concentriques. Les roseaux se balançaient à la brise sous des essaims de libellules. En bordure du rivage s'épanouissait un bouquet de nénuphars, de ces tendres lys des étangs dont les racines sont comestibles.

Reeves Pond le dimanche n'avait guère changé depuis trente ans, si ce n'est que les enfants y étaient alors beaucoup plus nombreux ; ils se répandaient en bandes organisées, peut-être la dernière génération des aventuriers en culotte courte, pour récolter et cuire les tiges de nénuphars, mâchonner les herbes goûteuses, pêcher avec des lignes de fortune fixées sur des bambous et équipées de tronçons de tuyau en guise de flotteurs, agacer les animaux et leurs parents avec des frondes artisanales et circuler dans les alentours sur des vélos de métal qui pesaient plus lourd qu'eux.

Annie demanda :

— Pourquoi tu souris ?

— Je me rappelais l'époque où on venait se baigner nus entre garçons les soirs d'été.

— Je me souviens. On se planquait dans les hautes herbes pour vous observer.

— Ce n'est pas vrai ?

— Si, assura-t-elle en riant. C'est arrivé deux fois. On ne voyait pas grand-chose, mais on prétendait le contraire.

— Pourquoi n'êtes-vous pas venues nous rejoindre ?

— On aurait dû. Un soir, on avait décidé de vous voler vos vêtements, mais on n'a pas osé.

— Eh bien, je vais te dire... un soir d'été, toi et moi, nous reviendrons ici prendre un bain de minuit dans le plus simple appareil.

— C'est noté.

Ils restaient sur place, immobiles, comme pour prolonger l'instant. Elle dit :

— C'est sans doute le dernier week-end de beau temps.

— Oui, je sens l'automne dans l'air.

— Moi aussi.

Ils regardaient les gens s'activer autour du plan d'eau. Keith demanda :

— Tu connais le pasteur de St. James, le révérend Wilkes, n'est-ce pas ?

— Oui.

— J'ai eu une conversation avec lui le soir de la réunion.

— Comment va-t-il ?

— Il est vieux, mais encore alerte pour ce qui est de prêcher.

— Et que prêche-t-il ?

— La résistance aux pièges et tentations du monde.

— En clair ?

— Il m'a conseillé de ne pas convoiter la femme de mon prochain.

— Vraiment ? S'il pense à Mme Jenkins ou à Mme Muller, c'est un excellent conseil. Mais je suppose que c'est de moi qu'il voulait parler. C'est plus inquiétant !

— Il t'aime bien. Il n'y avait aucun reproche dans son admonestation, mais il m'a suggéré d'attendre que tu sois divorcée. Alors seulement, je pourrai te convoiter.

— Il t'a vraiment dit ça ?

— Oui. C'est un vieux romantique même s'il n'en a pas l'air.

Elle resta un moment songeuse et remarqua :

— Je n'aurais pas cru que tu irais demander conseil à quelqu'un, pas même à un pasteur.

— En réalité, je ne lui ai rien demandé. C'est lui qui a abordé le sujet.

— Tu veux dire qu'il savait... Comment savait-il... ?

— Par ton pasteur, le révérend Schenk. Je te dis ça au cas où tu irais trouver le révérend Schenk pour obtenir son avis ou son absolution, ou je ne sais quoi.

— J'ai... je lui ai parlé de mes problèmes conjugaux... (Elle hésita.) Pour être franche, je lui ai parlé de toi.

— Tiens donc ! Lui as-tu dit que je t'inspirais des fantasmes sexuels ?

— Jamais de la vie ! protesta-t-elle en riant. Pas aussi clairement.

— Eh bien, si tu retournes le voir, il te dira ce que Wilkes m'a dit : demande le divorce et, en attendant, ne commets pas l'adultère.

— C'est un peu tard.

— Les choses finissent toujours par se savoir.

Elle hocha la tête.

— Je suis amie avec la femme du pasteur, Marge Schenk. Que t'a encore dit le révérend Wilkes ?

— Je le garde pour moi, mais, avec toutes leurs bonnes intentions, ils en savent un peu trop.

— Je ferai attention. (Elle chercha son regard.) Dans une semaine, Keith.

— Dans une semaine.

Elle s'assit par terre et démêla son collant.

— Tu veux bien me sécher ?

Il s'agenouilla près d'elle, lui frotta les pieds avec le pan de sa chemise et l'aida à enfiler son collant et ses chaussures.

— Où sont tes sous-vêtements ?

— Perdus.

Elle tendit la main. Il l'aida à se relever. Elle s'exclama :

— Mon Dieu, dans quel état je suis !... Je suis couverte de feuilles, mes vêtements sont sales. (Elle se mit à rire.) On dirait que je viens de coucher avec un homme dans les bois. (Elle s'épousseta et continua d'un ton badin :) Tu ne crois pas que je ferais mieux de repasser par la maison avant d'aller faire mes courses ? « Bonjour, madame Smith, oui, j'ai fait l'amour dans les bois. Un grand monsieur qui se promenait à cheval. Comment sont vos carottes aujourd'hui ? »

Keith sourit.

— J'ai l'impression que tu t'amuses comme une folle.

— Oui. Je sais ce que tu penses. Que se passera-t-il quand le danger et la clandestinité auront disparu ? Tout ça m'amuse, mais en même temps, j'ai peur, vraiment peur. Ce que je veux, c'est vivre tranquillement avec toi, et je te jure que dans vingt ans j'aurai encore un pincement au cœur quand tu entreras dans la chambre.

— Je te crois.

— Si tu ne me croyais pas, tu n'aurais rien à faire avec moi. Je veux partir, Keith, quoi qu'il m'en coûte, et j'ai besoin de ton aide. Mais tu n'es pas obligé de me promettre quoi que ce soit. Fais-moi sortir d'ici. Ensuite, tu seras libre de faire ce que tu veux. Je suis sincère.

— Non, tu ne l'es pas... (Il soutenait son regard.) Enfin... peut-être que si. Mais ce n'est pas ce qui est prévu. C'est pourtant très simple : je suis revenu pour toi.

— Et si j'avais été une grosse dondon ?

— Je serais passé devant toi dans la rue sans m'arrêter, à condition de pouvoir te contourner. Cesse de me compliquer la vie.

— Tu avais des nouvelles de moi par d'autres personnes ?

— Oui. Par ma mère. Elle surveillait ton poids.

— Ça fait cinq ans qu'elle est partie.

— Tu me testes ou quoi ?

— Non. Juste des questions que je m'étais promis de te poser.

— C'est tout ?

— Oui, c'est tout. Je crois que tu es coincé. Est-ce que tu as un plan ?

— Non. Mais le plus simple sera le meilleur. Que fait-il habituellement le samedi ?

— Le samedi c'est un bon jour. Il le passe généralement avec ses amis au pavillon de Grey Lake, ou sur le lac Michigan ou le lac Érié. Ils font du bateau, ils pêchent, ils chassent quand c'est la saison. Et elle vient de s'ouvrir.

— Et quand il pleut ?

— Ils y vont quand même. Ils jouent aux cartes chez l'un ou chez l'autre. Ils ont presque tous des petites maisons sur le lac Michigan.

— Bon. Fais un sac avec l'essentiel seulement et nous nous retrouverons quelque part. Je t'emmènerai à l'aéroport de Toledo et voilà.

— Bien... Alors retrouvons-nous chez ma sœur Terry. Les véhicules de la police de Spencerville ne sont pas censés pénétrer dans le comté de Chatham et ils sont faciles à repérer.

— Bonne idée.

— Ça ne t'ennuie pas de me rejoindre chez ma sœur ?

— Non. Nous nous entendions bien autrefois. Je serai content de la revoir et de la remercier d'avoir servi de boîte aux lettres entre nous pendant vingt ans. Je lui ai envoyé une carte de Noël tous les ans.

— Je sais. C'est gentil. Elle t'aime bien. Elle me servait de couverture au lycée, quand toi et moi n'étions pas là où nous aurions dû.

— Je me souviens.

Après un temps de réflexion, il demanda :

— Tu crois qu'elle approuvera ?

— Elle déteste Cliff. Non, elle le méprise. Et son mari aussi. Tu sais, elle se doute bien que nous ne nous sommes pas écrit pendant vingt ans pour échanger des recettes de cuisine.

— Vous n'avez jamais parlé de cette étrange correspondance ?

— Bien sûr que non. Oh, peut-être une fois ou deux. Mon Dieu, chaque fois qu'il arrivait une lettre de toi, elle était tout excitée. Elle m'appelait immédiatement. Nous avions un code, à tout hasard. Elle me disait : « Je viens de recevoir un catalogue de vente par correspondance. J'aimerais te le montrer. » Et nous nous donnions rendez-vous chez elle ou à Spencerville, ou à mi-chemin, chez tante Louise. Je lui donnais une lettre pour toi, à poster de chez elle. Je n'ai jamais fait grande confiance aux gens de la poste de Spencerville. Ils bavardent un peu trop.

— J'avais remarqué que tes lettres ne portaient jamais le cachet de Spencerville. Quelque chose me dit que vous vous amusiez bien, toutes les deux.

— De vraies gamines. Tu sais, il n'y a pas beaucoup de distractions dans le comté de Chatham et c'était un peu plus exaltant que les séries télévisées.

— Oui, mais... les lettres sont une chose, t'aider à t'enfuir avec un homme en est une autre.

— Elle sera ravie.

— Est-ce qu'elle ne risque pas d'avoir des ennuis avec le chef de police Baxter ?

— Larry, son mari, sait se défendre. C'est un garçon sympathique, mais il ne peut pas saquer Cliff et Cliff a peur de lui. Et puis il est shérif honoraire du comté de Chatham et il ne demanderait pas mieux que d'en découdre avec Cliff Baxter.

— D'accord, donc, ils comprendront.

— Je vais leur expliquer et les prévenir que nous serons chez eux samedi à... quelle heure ?

— Il y a un vol direct pour Washington à 2 h 15. En partant de chez ta sœur à 10 heures, nous l'aurons.

— Parfait. Cliff s'en va tôt le matin avec ses amis. Je ferai mes paquets et j'irai chez Terry... Je mettrai mes affaires dans des sacs et des cartons de magasins, comme ça, si mon ange gardien me voit charger la voiture, ça calmera ses soupçons.

— Tu vois beaucoup de films d'espionnage ?

— J'ai eu mon diplôme avec mention très bien. Mon cerveau fonctionne encore.

— C'est ce que je vois. Tu sais, j'ai vécu dans des États policiers où la police était moins terrible qu'ici.

— Ils n'ont rien dans la tête. Bon, je devrais arriver chez Terry vers 9 heures. Tu peux arriver plus tôt, ils seront prévenus. Nous prendrons une tasse de café, je leur confierai des lettres pour Tom et Wendy, on se dira au revoir et Terry ira expliquer à papa et maman.

— Tu t'es déjà enfuie ?

— Keith, je me suis enfuie en esprit un millier de fois, en me disant que j'aurais aimé avoir le courage de le faire pour de bon. Mais j'ai attendu, et je ne le regrette pas. Je ne pensais pas que je m'enfuirais avec toi, mais j'imaginais toujours que j'allais te retrouver quelque part.

— Je suis confus.

— Toi, confus ? Je n'arrive pas à croire à ce qui nous arrive. J'ai la tête qui tourne, le cœur qui bat, et je suis tellement amoureuse que j'en deviens folle. C'est la première fois que je suis si heureuse depuis le jour où tu as reçu ta feuille de mobilisation. J'ai tout de suite compris que rien ne serait plus jamais pareil.

— Pas moi. Tu étais plus lucide.

— Mon chéri, nous étions aussi lucides l'un que l'autre, mais pleins d'espoir... (Elle marqua un temps avant de reprendre :) On fait des erreurs stupides quand on a vingt ans, mais on ne peut pas se juger vingt ans après. Nous avons eu six années de rêve, Keith, et je remercie le ciel de me les avoir offertes. Si Dieu le veut, nous aurons le reste de notre vie à passer ensemble.

Trop ému pour parler, Keith lui saisit la main et y posa un baiser. Elle respira profondément.

— Il faut que j'y aille. On se reverra avant samedi ?

— Non, ce n'est pas prudent. Et ne m'appelle pas. Je me méfie des écoutes téléphoniques.

Elle approuva d'un signe.

— Je suis prête à parier que mes coups de téléphone sont écoutés au commissariat. C'est la raison pour laquelle je t'ai appelé d'une cabine. Tu penses que ton téléphone... ?

— Peut-être. Et peut-être aussi celui des Porter. Ça va aller chez toi ?

— On va essayer. Oui, ça ira. Je ne ferai rien qui puisse éveiller ses soupçons. (Elle fouilla son regard.) Tu comprends ?

Il fit oui de la tête.

— Tu as toujours l'adresse de Terry ?

— Je crois qu'après l'avoir inscrite sur des enveloppes pendant vingt ans je devrais m'en souvenir.

— Toujours aussi sarcastique, je vois. Je tâcherai d'arranger ça.

— Non, mon cœur, tu apprendras à vivre avec.

Ils restèrent un moment debout, sans bouger. Elle avoua :

— Je n'ai pas envie de partir.

— Alors, reste.

— Je ne peux pas... J'ai des courses à faire avant son retour, sinon il va se demander où j'ai passé la journée.

— Il ne te laisse pas beaucoup de liberté.

— Pas beaucoup. Mais toi tu n'as jamais été comme ça.

— Et je ne le serai jamais.

— Ce ne sera pas nécessaire.

Elle tendit la main. Il s'en empara. Elle lui dit :

— Bonne journée, monsieur Landry. À samedi prochain, pour nous enfuir ensemble.

Il sourit et plongea son regard dans le sien.

— Annie, si tu changes d'avis...

— Je ne changerai pas d'avis. Et toi non plus d'ailleurs. Sois là, Keith. Une maison victorienne en brique rouge, sur la route départementale numéro 6.

Elle l'embrassa, tourna les talons et s'éloigna.

Il la regarda longer la berge. Elle adressait quelques mots aux uns et aux autres en passant, puis s'arrêta près des deux pêcheurs pour bavarder avec eux. Sa dernière remarque parut les amuser, car ils la suivirent des yeux en riant.

Quand elle eut rejoint sa voiture, Annie ouvrit la portière et se tourna vers les arbres. À cette distance, elle ne pouvait le voir, dissimulé sous le couvert du sous-bois, mais elle agita la main dans sa direction et il lui renvoya son geste. Elle démarra, gravit la butte et disparut.

Keith mit longtemps à se détourner pour reprendre sa marche en sens inverse le long de la rivière.

21

Keith Landry se rendit à St. James pour l'office du dimanche, parce qu'il y avait été invité par le révérend Wilkes, mais aussi par curiosité et nostalgie.

La petite église était presque pleine et, selon la tradition en vigueur dans les campagnes, les fidèles avaient revêtu leurs plus beaux habits. Le révérend Wilkes leur servit une homélie bien tournée sur la moralité des gouvernants, en précisant que les serviteurs de l'État qui enfreignent les dix commandements et bafouent les lois du Seigneur ne sont pas dignes d'occuper des postes de confiance au sein de la nation ou des municipalités. Keith en conclut que Wilkes avait lu le compte rendu de la réunion du jeudi juste avant de rédiger son sermon. Il se garda bien sûr de prononcer des noms, mais ses ouailles comprirent certainement à qui il pensait. Keith se réjouissait par ailleurs que le révérend n'ait pas choisi d'orienter son prêche sur la convoitise adultère.

Cette petite paroisse n'assurait qu'un office le dimanche ; cela limitait la liberté des paroissiens, qui ne pouvaient ruser et laisser croire à leurs voisins qu'ils avaient assisté ou assisteraient aux autres offices. Keith en avait souffert dans sa jeunesse, mais, à l'époque du lycée, il avait pris l'habitude d'aller à St. John, à Spencerville, et d'y trouver toujours une place à proximité de la famille Prentis. Son assiduité à l'église s'était considérablement améliorée et M. et Mme Prentis semblaient heureux de constater sa présence. Il avait néanmoins un peu honte de ses motivations, sans parler des idées qui lui traversaient l'esprit pendant la cérémonie.

Keith observa l'assistance et y aperçut un grand nombre de personnes de sa connaissance, parmi lesquelles sa tante Betty, les Muller et les Jenkins, Jenny, sans son ami du jeudi, mais escortée de deux jeunes enfants, et, tiens donc, l'officier de police Schenley, du terrain de jeux de l'école et du parking de l'église, accompagné de sa famille. Sherry Kolarik était là aussi. Keith imaginait qu'elle était revenue sur les lieux de sa confession publique pour amorcer un retour vers la santé spirituelle. Comme lui-même, Miss Kolarik devait être soulagée de ne pas servir de cible aux regards du pasteur. Le révérend fit cependant une allusion détournée à sa prestation en rappelant à ses fidèles que les femmes sont de faibles instruments du péché, davantage victimes que pécheresses elles-mêmes. Keith se demanda comment serait accueilli un tel discours à Washington, DC.

Les Porter étaient manifestement absents, mais Keith ne s'était pas vraiment attendu à les voir. En revanche, il avait espéré qu'Annie lui aurait fait la surprise d'être là. Mais il supposait que ce n'était guère possible, qu'elle irait sans doute à St. John avec son pécheur de mari. Il eut envie d'y aller, pour l'office de 11 heures, caressa le projet un instant, et finit par admettre que ce ne serait pas très futé étant donné les circonstances.

L'office achevé, Keith regagna le parvis, où le révérend Wilkes stationnait pour serrer les mains des uns et des autres en saluant chacun par son prénom. Keith évitait en général ce genre de mondanités, mais cette fois il prit sa place dans la file. Quand il se trouva devant le pasteur, celui-ci lui broya chaleureusement la main. Le vieil homme semblait vraiment content de le voir. Il lui dit :

— Bienvenue chez vous, monsieur Landry. Je suis ravi que vous soyez venu.

— Merci de m'avoir invité. J'ai apprécié votre sermon.

— J'espère que vous reviendrez la semaine prochaine. Notre discussion de l'autre jour m'a inspiré un sujet d'homélie.

— Le retour de l'enfant prodigue ?

— Je pensais à autre chose, monsieur Landry.

— Je ne serai peut-être plus là, dimanche prochain.

Wilkes lui adressa un sourire malicieux.

— Dommage. Je comptais parler du rôle de l'Église dans les affaires publiques.

— Excellent sujet. Vous pourrez peut-être m'en envoyer un exemplaire.

— Certainement.

Après une dernière poignée de main, Keith s'éloigna. La matinée était fraîche, un vent du nord balayait les champs de maïs et fouettait les arbres, en répandant les premières feuilles d'automne sur l'herbe et les pierres tombales. Le jour illuminait d'une saisissante beauté l'église et le presbytère immaculés, les grands ormes doucement malmenés par la brise et l'enclos du petit cimetière. Les nuages traversaient paisiblement un ciel doré. Mais il flottait dans ce décor comme un mauvais présage, comme une menace dans ce vent d'automne qui chassait l'été et colorait la nature de tons rouge et or, derniers éclats trompeurs avant la grisaille. Même s'il avait souhaité vivre à nouveau dans ce pays, il n'était pas fâché de savoir qu'il l'aurait bientôt quitté.

Il rencontra sa tante sur le parking. Elle se déclara enchantée qu'il fût venu à l'église et l'invita à partager le déjeuner dominical. Dans l'impossibilité de trouver une excuse polie, sauf à dire qu'il préférerait regarder le match Redskins-Cleveland — ce que sa tante n'aurait pas trouvé poli — il accepta.

À l'heure dite, celle de l'apéritif, il arriva chez tante Betty avec une bouteille de bourgogne français. Tante Betty examina attentivement l'étiquette, écorcha le nom français et fourra la bouteille dans le réfrigérateur. Ce n'était pas très grave, car Keith s'aperçut par la suite qu'elle ne possédait pas de tire-bouchon. Keith se vit donc propulsé au salon avec un verre de thé glacé instantané, sans théine, mais trop sucré.

Il retrouva parmi les invités quelques-unes des personnes rencontrées au barbecue de la fête du Travail, un autre cousin de sa mère, Zack Hoffmann et sa femme Harriet, leur grande fille Lilly et son mari, Fred. Lilly et Fred avaient avec eux trois jeunes garçons, dont Keith ne retint pas les noms et qui étaient trop jeunes, hélas, pour exiger de voir le match Redskins-Cleveland à la télévision. Ils sortirent jouer dans le jardin.

Keith assuma sa part de la conversation, interrogeant les uns et les autres sur la parenté qui les unissait.

Pendant le déjeuner, composé des traditionnels rôti de bœuf, purée, petits pois et toasts, le genre de repas qui avait disparu de la capitale depuis au moins vingt ans, Harriet, toujours branchée sur le thème des liens familiaux, rappela :

— Ma sœur Dorothy est mariée à Luke Prentis. Je crois que tu connais la famille Prentis, Keith.

Il la considéra et comprit pourquoi son visage lui paraissait familier.

— Il me semble que tu es sorti un temps avec ma nièce, Annie.

— Oui.

— Elle a épousé un des fils Baxter, Cliff. Il est chef de la police.

Keith était en train de se demander s'il arriverait à ouvrir la bouteille de bourgogne avec un tournevis.

Zack leva le nez de son assiette pour remarquer :

— Il paraît qu'il y a eu une réunion à St. James pour parler de Cliff Baxter. Ce gars-là est... (il jeta un coup d'œil aux garçons et compléta :) un drôle de numéro, si vous voulez mon avis.

Lilly et Fred approuvèrent. Tante Betty étant dans la lune, les garçons demandèrent la permission de sortir de table, ce qui leur fut accordé.

Zack les regarda s'éloigner, puis se pencha en avant pour chuchoter, d'un ton de conspirateur :

— Il paraît qu'il fricote. Ils avaient fait venir une femme à cette réunion, qui a déclaré tout de go devant tout le monde qu'il se passait des choses entre elle et Cliff Baxter.

Tante Betty demanda à la ronde :

— Quelqu'un veut se resservir ?

Harriet se tourna vers Keith.

— As-tu revu Annie depuis la fac ?

— Non.

Fred renchérit :

— À ce qu'on m'a dit, il y avait une autre femme là-bas, une certaine Mary Arles. Son mari, Bob, et elle tiennent la station-service sur la 22. Elle a dit que Cliff Baxter prenait plein de choses pour lui dans leur magasin et qu'il faisait passer la facture sur la note d'essence payée par la ville.

Harriet dit :

— Ma sœur était à cette réunion. Ce qu'elle a entendu raconter sur Cliff l'a rendue malade.

Son regard glissa sur Keith.

Keith écoutait, remarquant au passage que Fred et Zack étaient beaucoup plus préoccupés par les méfaits financiers du chef de la police que par ses frasques amoureuses, alors que Lilly et Harriet se souciaient au contraire du caractère sacré du mariage.

Lilly affirma :

— Si j'apprenais que mon mari est un coureur de jupons, je le chasserais à coups de pied sans lui laisser le temps de dire ouf.

Fred n'avait pas l'air d'être un coureur de jupons, mais, mis en garde la sorte, il avait presque l'air penaud.

Tante Betty suivait son idée :

— Il en reste des quantités à la cuisine.

Harriet confia à Keith :

— Je ne serais pas étonnée qu'elle le quitte.

— Qui ?

— Annie.

— Oh... certes. Le mari est généralement le dernier prévenu.

— Ma nièce est une sainte, assura Harriet. Elle a élevé deux merveilleux enfants et elle entretient sa maison comme un bijou pour lui. Elle mérite mieux.

Lilly dit à sa mère :

— On devrait la mettre au courant, au cas où elle ne saurait pas. S'il s'agissait de mon mari, ceux qui ne me préviendraient pas ne seraient plus mes amis, c'est moi qui vous le dis.

Et son regard s'abattit sur Fred, que Keith soupçonna aussitôt d'adultère.

Harriet vola au secours de son gendre :

— Je suis certaine que cela ne viendrait pas à l'idée de Fred d'aller courir ailleurs.

Ainsi que Keith l'avait découvert, l'adultère était un sujet qui plaisait dans les salons, que ce fût à Washington, à Rome, à Paris, à Moscou ou ailleurs. Mais pour intéressant qu'il fût dans l'abstrait, ou appliqué à des cas précis, il finissait toujours par susciter une certaine gêne, un vague malaise, et donc, bien que tous autour de la table fussent probablement innocents de tout péché, sauf lui, ils préférèrent en rester là. Harriet s'adressa à Keith :

— Je dirai à Annie que je t'ai vu. Je suis sûre qu'elle m'aurait chargée de te saluer de sa part.

— Merci. Transmettez-lui mon souvenir.

— Je n'y manquerai pas. Tu la rencontreras peut-être un de ces jours.

— On ne sait jamais.

Keith se promit de demander à Annie d'envoyer une carte de Rome à sa tante Harriet.

Tante Betty annonça :

— Nous avons de la gelée au citron et des marshmallows pour le dessert. Quelqu'un veut du café ? J'ai du déca lyophilisé. Je peux faire chauffer de l'eau.

Keith se leva.

— J'ai horreur de partir à la dernière bouchée, tante Betty, mais j'ai un rendez-vous à 5 heures.

— Il est moins le quart. Prends un peu de dessert d'abord.

Keith se souvint que sa tante avait toujours eu du temps une notion approximative, aussi lui dit-il :

— Je ne veux pas conduire trop vite. Merci pour ce déjeuner mémorable.

Il l'embrassa et distribua des poignées de main à la ronde, en glissant à Fred :

— Tâche d'éviter les ennuis.

Et à Harriet :

— Bien des choses à votre sœur et à M. Prentis.

— Ils seront touchés.

— J'espère bien.

Il s'en alla, dit au revoir aux garçons qui s'acharnaient sur un ballon de foot, et monta dans sa voiture.

En chemin, il se remémora la conversation. Le plus intéressant n'était pas ce qui s'était dit sur Cliff Baxter, ni même sur Annie Baxter, mais le rôle de Cupidon que s'était attribué Harriet. Keith laissa échapper un rire. Certaines personnes cultivaient, en dépit de leur âge et de leur éducation, un fond de romantisme dans leur cœur. Les pauvres Fred et Lilly en étaient irrémédiablement dépourvus, de même que tante Betty. Mais Zack et Harriet, tout âgés qu'ils fussent, se regardaient encore avec des yeux émerveillés. Les amoureux sont décidément des gens à part, se dit Keith. Ils se reconnaissent entre semblables et il savait que Harriet entendait battre son cœur chaque fois qu'elle prononçait le nom d'Annie.

Keith passa chez lui les trois jours suivants, du lundi au mercredi. Il ne voulait pas s'aventurer hors de la ferme pour ne pas risquer un seul incident ou affrontement avec Baxter ou ses hommes. Il était trop près du but, l'heure du dénouement approchait et ce n'était pas le moment de tenter le diable. Le dernier acte se jouerait en forme de fugue.

Même à l'abri entre les murs de sa maison et même s'il était légalement maître chez lui, il avait un autre sujet d'inquiétude. Il imaginait mal Baxter présentant au juge une raison valable d'autoriser la mise sur écoute de son téléphone et, néanmoins, il le jugeait capable d'un tel geste, avec ou sans autorisation. Parmi les gadgets réunis dans sa valise, Keith possédait un détecteur dont il n'aurait jamais pensé avoir à se servir à nouveau. Il l'avait cependant promené dans la maison à plusieurs reprises, sans découvrir d'anomalies. Il vérifiait aussi le branchement du téléphone dans la cave chaque fois qu'il devait s'éloigner de la maison. On avait pu aussi utiliser une antenne directionnelle orientée vers sa maison, mais, de la fenêtre de sa chambre, il voyait à un kilomètre à la ronde et n'avait jamais remarqué de véhicule en stationnement irrégulier. D'ailleurs, il n'était pas sûr que la police de Spencerville disposât d'un équipement de surveillance de pointe. Mais on ne savait jamais.

Avant le samedi, Baxter n'avait pas placé son téléphone sur écoute car, si cela avait été le cas, il se serait trouvé à Reeves Pond dans la matinée et l'un d'eux serait actuellement allongé à la morgue. Mais, s'il n'y avait pas d'écoute samedi, cela ne voulait pas dire qu'il n'y en eût pas depuis et il préférait tenir compte de cette éventualité. De toute façon, il n'aurait sans doute pas à se servir de son téléphone pour modifier ou mettre au point les derniers détails du plan.

Quelques semaines plus tôt, lorsque Keith pensait rester dans la région, il avait envisagé d'acheter un téléphone cellulaire, avec l'intention, entre autres, d'appeler ses anciens collègues de Washington pour solliciter une vérification électronique complète de son installation et un examen des dossiers de justice pouvant faire état d'une demande de surveillance de sa ligne. Le Conseil de sécurité nationale avait autant intérêt que lui à assurer la protection de ses échanges téléphoniques, même si ce n'était pas pour les mêmes raisons.

En y songeant, Keith se demanda pourquoi il n'avait pas reçu un signe, pas un mot, de Washington. Cela lui était un peu égal, mais ce silence devenait tout de même un peu alarmant.

Dans l'après-midi du mercredi, sa réclusion volontaire commença à lui peser. Il pensait à Annie, s'inquiétait pour elle, se rassurait en se répétant le dicton « pas de nouvelles, bonnes nouvelles », tout en se disant qu'il ne s'appliquait pas à ce qui se passait à Washington et que vingt années de fonction dans le renseignement lui avaient enseigné tout le contraire.

Peu avant la tombée de la nuit, alors qu'il taillait et nettoyait les framboisiers écrasés par Baxter et son acolyte, il jeta ses cisailles et donna un coup de pied dans les branches coupées qui s'éparpillèrent dans la cour. « Et merde ! » Il ne supportait plus la claustration, librement acceptée ou non, et il se tracassait pour elle. Il bondit dans sa Blazer. Le M-16 reposait sur le siège avant. Le Glock passé dans sa ceinture, il démarra et dévala l'allée jusqu'à la route. Au croisement, il s'arrêta et resta là, près de la boîte aux lettres. Enfin, il se ressaisit et retourna chez lui.

Keith n'empaqueta que le strict nécessaire, ses papiers personnels, son passeport et quelques vêtements de rechange. Il ne pouvait embarquer ses armes dans l'avion, mais il emporterait sa mallette pleine de trucs et de gadgets amusants, comme le crayon à gaz lacrymogène, la micro caméra, le stylo-couteau et, en cas de coup dur, la capsule de cyanure, sans parler d'un arsenal d'objets bizarres dont il n'aurait jamais l'usage, mais qu'il ne tenait pas à laisser derrière lui.

Il descendit à la cuisine pour s'apercevoir qu'il était totalement à court de provisions, bière comprise. Aucun magasin ne livrait dans le comté de Spencer et il avait le temps de mourir de faim d'ici samedi matin. Il pourrait certes prier Mme Jenkins ou Mme Muller de lui rapporter deux ou trois choses, mais il lui vint une autre idée, qui résoudrait tous ses problèmes à la fois. Il saisit son téléphone et composa le numéro des Porter.

Ce fut Jeffrey qui répondit. Keith lui dit :

— C'est le FBI. Vous êtes en état d'arrestation pour tentative d'atteinte à la sûreté de l'État.

— Vous voulez sans doute parler à ma femme.

— Comment vas-tu ?

— Bien. Je voulais t'appeler...

— Vous êtes libres pour dîner ce soir ?

— Certainement. Chez toi ?

— Oui. Vers 7 heures.

— Nous serons ravis.

— J'ai un service à vous demander, Jeffrey.

— Je t'écoute.

— Je n'ai plus rien à manger et ma voiture ne veut pas démarrer. Ça vous ennuierait de tout apporter ?

— Pas de problème.

— Sans oublier le vin.

— Compte sur nous.

— J'aurais aussi besoin d'argent.

— Veux-tu que nous apportions des couverts ?

— Non, j'ai ce qu'il faut. Pourrais-tu toucher mille dollars en liquide pour moi ?

— Entendu. Dis, une de tes vieilles connaissances est passée...

— Tu me raconteras ça plus tard.

— Non, maintenant, ça va t'intéresser...

— Plus tard. Merci.

Il raccrocha. *Annie*. Ce devait être Annie, à la façon dont Jeffrey en parlait. « Bien. Donc, elle va bien. Ça roule. » Il était rassuré de ce côté-là et, si les Porter lui apportaient des vivres et de l'argent, ses problèmes du moment étaient réglés. C'était une grande satisfaction de battre les perfides à leur propre jeu. Toutefois, s'il ne s'était pas mis lui-même dans cette situation, il n'aurait pas eu à en sortir. Peut-être trouverait-il un jour tout aussi exaltant de gagner aux échecs.

Les Porter arrivèrent avec vingt minutes de retard, ce qui, pour d'anciens hippies, n'était pas si mal. Keith prit un panier d'herbes des mains de Gail, sur le perron, tandis que Jeffrey transportait un carton plein de récipients en plastique. Gail annonça :

— Tout est prêt. Sinon, nous aurions dîné à des heures impossibles. Il n'y a plus qu'à réchauffer.

— Je crois que j'ai un fourneau.

En entrant, Gail s'exclama :

— Quelle jolie maison ! Tu as grandi ici ?

— Je suis né et j'ai été élevé ici. Je n'ai pas encore grandi.

Elle rit. Keith les conduisit à la cuisine. Ils déposèrent leur ravitaillement. Gail lança :

— Curry in a Hurry[1].

— Pardon ?

Jeffrey décoda :

— À Antioch, il y avait un restaurant indien avec des plats à emporter, qui s'appelait Curry in a Hurry. Quand Gail n'a pas envie de faire la cuisine, elle dit : « Curry in a Hurry. » Mais je ne pense pas qu'ils livrent à Spencerville.

— On aurait pu essayer. Je suis désolé de vous mettre ainsi à contribution.

Gail assura :

— Pas de problème. Tu nous devais un dîner. Nous sommes ravis de te le fournir.

Jeffrey repartit prendre le vin dans sa voiture. Pendant qu'ils cherchaient des casseroles et des plats, Gail dit à Keith :

— Nous avons apporté des câbles de démarrage. Tu ne viens pas de l'acheter, cette voiture ?

— Ma voiture marche très bien.

— Ah bon, je croyais...

— Je vous expliquerai plus tard.

— Je pense pouvoir deviner. Le poulet te harcèle.

Keith commença à mettre le couvert.

— Tu as tout compris.

— C'est dégoûtant. Il ne faut pas te laisser faire, Keith.

— C'est une longue histoire. Si vous avez prévu assez de vin, je vous raconterai.

— D'accord.

Jeffrey revint avec trois bouteilles de vin rouge. Keith en ouvrit une, qu'il vida dans trois grands verres à eau.

1. Un curry tout de suite.

— Désolé, les verres à pied sont chez le graveur. À la vôtre !

Ils goûtèrent le vin et s'assirent à table. Gail servit alors des crackers et une sorte de tas multicolore.

— Qu'est-ce que c'est que ça ? s'informa Keith.

— Une terrine de légumes.

— On dirait de la pâte à modeler. C'est bon.

Ils mangeaient et bavardaient en sirotant leur vin, mais la gêne des questions restées sans réponse pesait manifestement sur leurs agapes. Gail rapporta à Jeffrey ce que lui avait dit Keith au sujet de la police. Jeffrey s'insurgea :

— Tu ne peux pas rester ici comme un animal pris au piège !

Gail demanda :

— Quand t'es-tu nourri pour la dernière fois ?

— Pourquoi ? Je mange comme un cochon ?

— Keith, ça ne te ressemble pas, s'étonna Jeffrey. Tu ne vas pas te laisser intimider par la police !

— C'est une longue histoire. Au fait, comment se vendent vos « témoignages vécus » ?

— Incroyable, répondit Jeffrey. Nous en avons déjà vendu des centaines d'exemplaires. Et les gens se les refilent, ce qui représente plusieurs milliers de lecteurs. Cela fait beaucoup de monde pour un si petit comté. Je crois que nous avons mis l'affreux en mauvaise posture. C'est d'ailleurs ce que je voulais te dire au téléphone. Devine qui s'est pointé chez nous pour nous demander un exemplaire.

Keith plongea le nez dans son verre de vin.

— Qui ?

— Devine.

— Cliff Baxter.

Gail lâcha un petit rire.

— Presque.

— Allons, s'impatienta Jeffrey. Je t'ai dit que c'était une de tes vieilles connaissances.

— Annie Baxter.

— Gagné ! Tu imagines ?

— Oui.

— Il lui a fallu un certain courage, remarqua Gail. (Elle adressa un sourire à Keith.) Elle avait l'air en forme.

— Bien.

— En fait, pour une femme dont le mari vient d'être convaincu en public de chantage, de vol et d'adultère, elle avait l'air plutôt indifférente. Presque guillerette.

— Elle a peut-être un petit ami.

— Ça pourrait expliquer son attitude, admit Gail.

Jeffrey intervint :

— Nous lui avons donné un exemplaire gratuit, bien entendu, et nous l'avons invitée à entrer. À ma grande surprise, elle a accepté. Nous avons pris une tasse de thé. Cela faisait plaisir de bavarder avec elle. Nous avons parlé du bon vieux temps. (Il ajouta :) Je lui ai dit que tu étais revenu. Elle m'a avoué qu'elle t'avait rencontré devant la poste.

— Exact.

— Ça t'a fait quelque chose ? interrogea Gail.

— Naturellement.

— Je ne serais pas surprise qu'elle soit libre d'ici peu. Tu sais, je n'étais pas très fière. C'est vrai, nous n'avions pas l'intention de lui créer des problèmes, mais je suppose que c'était inévitable si nous voulions le coincer. Lui, il n'a que ce qu'il mérite.

— Sans doute. On récolte ce qu'on sème.

— Sauf si on a un arrangement comme Jeffrey et moi. Personne ne peut semer le trouble entre nous en nous accusant d'infidélité.

— Voilà qui est intéressant. Mais qu'arriverait-il si l'un de vous tombait sérieusement amoureux de son amant ou de sa maîtresse ?

— Eh bien...

Gail parut franchement mal à l'aise. Manifestement, le cas s'était déjà présenté. Gail reprit :

— On tombe amoureux de quelqu'un qu'on aperçoit au milieu d'une foule. Cela se produit rarement avec des partenaires occasionnels. L'amour est moins une question de sexe que de sentiment de vide lié à l'absence d'une personne. Tu as reconnu que ton cœur s'est ému quand tu as rencontré Annie. Tu vois, après plus de vingt ans, il reste quelque chose. Or, combien de femmes t'es-tu envoyées entre-temps ?

— En comptant les étrangères ?

Elle rit de sa remarque.

— Et pourquoi un beau garçon comme toi ne s'est-il jamais marié ?

— J'aurais dû appeler Curry in a Hurry.

Jeffrey s'interposa :

— Laisse-le tranquille, Gail. Tu vois bien qu'il n'a pas envie d'en parler.

— Exact, reconnut Keith. Les flics de Spencerville vous donnent-ils du fil à retordre ?

Jeffrey agita la tête.

— Pas encore. Tu sais, Gail est conseiller municipal. Je suppose qu'ils attendent les élections. À ce moment-là, on verra qui sera encore en place.

Keith les regarda avec insistance.

— D'ici là, soyez prudents. Baxter est un déséquilibré.

Gail et Jeffrey échangèrent un regard. Jeffrey assura :

— Nous faisons attention.

— Avez-vous une arme ?

— Non. Nous sommes pacifistes, rappela Jeffrey. C'est nous qui nous faisons tirer dessus.

— J'ai un fusil. Je vous le prête.

Jeffrey refusa :

— Non. On ne s'en servirait pas.

— Vous y seriez peut-être amenés s'il débarquait chez vous et...

— Non. N'insiste pas, Keith.

— Très bien. Mais, si vous avez besoin d'aide, sonnez-moi.

— Entendu.

Jeffrey se leva pour aller remuer le contenu des deux marmites.

— La soupe est prête.

Ils mangèrent la soupe, puis un curry de légumes, et attaquèrent la dernière bouteille de vin.

Keith prépara du café. Gail exhiba un gâteau à la carotte. Tandis qu'ils faisaient un sort au gâteau, Jeffrey déclara :

— J'allais oublier. (Il plongea la main dans sa poche et en extirpa une enveloppe.) Voici tes mille dollars.

— Merci.

Keith sortit un chèque de son portefeuille et le tendit à Jeffrey, qui protesta :

— Il est de deux mille dollars.

— C'est ma contribution à votre cause. C'est bien la première fois que je donne de l'argent à des gauchistes.

Gail dit en souriant :

— Nous ne pouvons pas accepter, Keith.

— Mais si. Je n'ai pas besoin de cet argent et je veux participer.

— Tu nous aideras aussi bien en te joignant à nous.

— Ce serait avec plaisir. Mais je m'en vais.

Un silence tomba.

Keith continua :

— Écoutez, vous deux, je vous aime bien et j'ai confiance en vous. J'aurai peut-être besoin de votre aide. Prêts pour la longue histoire ?

Ils acquiescèrent.

— Bon, je suis revenu à Spencerville comme on revient au point de départ, pour voir si je pouvais reprendre la course à zéro. Eh bien, c'est impossible. La course est finie, mais on peut toujours en courir une autre. Ouais, je tourne autour du pot. Voilà, j'aime Annie et je...

Gail abattit sa main sur la table.

— Je le savais ! Tu vois, Jeffrey, je te l'avais dit !

— C'est moi qui te l'ai dit !

— Vous permettez ? Ce n'est pas facile. Nous nous écrivons depuis vingt ans...

— J'adore ! Vas-y. Est-ce qu'elle t'aime ?

— Tais-toi, Gail, la rabroua Jeffrey.

— Eh bien, oui, elle m'aime et nous allons partir ensemble. Fin de l'histoire.

— Et quelle histoire ! s'extasia Gail. Vous avez déjà couché ensemble ?

— La question n'est pas là... Non, nous n'avons pas...

— Menteur. Je le savais. C'est pour ça qu'elle avait l'air de flotter sur un petit nuage. Elle nous a demandé si on t'avait vu ces derniers temps. C'est fantastique. Ce porc n'a que ce qu'il mérite. Oh, Keith, je suis tellement contente pour toi.

Elle se leva et vint l'embrasser, comme il aurait dû s'y attendre. Jeffrey l'imita et lui serra vigoureusement la main.

Un peu agacé, Keith poursuivit :

— Bon, cela répond à quelques-unes des questions que vous vous posiez. Il me semblait que je vous devais une explication, pour que vous sachiez pourquoi je ne peux m'engager à...

— Oh, dit Jeffrey, tu apportes ta pierre en lui volant sa femme.

— Je ne la vole pas vraiment...

— J'ai toujours su que vous vous retrouveriez un jour ou l'autre, tous les deux, commenta Jeffrey. Quand partez-vous ?

— Je ne peux pas vous le dire. Bientôt.

— Comment pouvons-nous t'aider ?

— Eh bien, pour commencer, ne dites rien au téléphone. Il n'est pas impossible que votre téléphone ou le mien soient sur écoute.

— Ouais, ça se pourrait bien. Quoi d'autre ?

— Grâce à vous, j'ai de l'argent, de quoi me nourrir pour quelques jours et peut-être que Gail pourrait ouvrir ses yeux et ses oreilles à la mairie.

— Je ne t'ai pas attendu. J'ai un informateur chez les flics.

— Bon. Mais méfie-toi aussi de lui.

— Quand il s'agit de faire la révolution, nous nous méfions de tout le monde.

Keith approuva.

— Vous connaissez la musique.

Jeffrey remarqua :

— Donc, en fait, tu te tiens à carreau en attendant de... l'enlever ? On peut dire ça pour une femme mariée ?

— À défaut d'un terme plus juste, oui. Je vous donnerai une clé de la maison. J'aimerais que vous vous en occupiez.

— Pas de problème.

Gail tenait à son idée :

— Où l'avez-vous fait ? Combien de fois ? Comment vous êtes-vous arrangés ?

— Nous sommes devenus des pros depuis le lycée. (Keith changea de sujet.) Son mari est soupçonneux par nature et m'en veut particulièrement d'être revenu dans les parages. Il est passé ici, la semaine dernière, et nous avons eu des mots. Mais il ne sait rien. Il m'a donné une semaine pour quitter la ville, ce qui nous mène à vendredi. Mais je ne serai pas parti d'ici là. S'il repasse me voir, je lui demanderai quelques jours de délai supplémentaire. C'est moins compliqué que de le tuer, ce que j'ai promis de ne pas faire.

Gail et Jeffrey restèrent pantois. Keith accrocha leur regard.

— C'est sérieux. Ce n'est pas de la rigolade. C'est un névrosé. Soyez extrêmement prudents. Mon offre, pour le fusil, tient toujours.

Ils se turent un instant. Enfin, Jeffrey parla :

— Dis donc, ça m'impressionne. Je peux fumer ?

— Vas-y.

Jeffrey sortit une blague à tabac et un sachet de papiers de la poche de sa chemise et se roula un joint. Il l'alluma et le proposa à Keith, qui refusa, puis à Gail, qui n'en voulut pas non plus. Il haussa les épaules, s'appuya au dossier de sa chaise et tira une bouffée.

Gail demanda :

— Tu crois qu'Annie est en sécurité ?

— Je le pense. Mais je ressens des vibrations, pour reprendre une vieille expression, et ces vibrations me disent que les gens ont eu vent de quelque chose, comme s'ils avaient intercepté les ondes qui voyagent entre ici et Williams Street. (Keith sourit.) Éloigne de moi ce joint, Jeffrey. Je me mets à parler comme toi.

— Non, je comprends, affirma Gail. Nous-mêmes, nous avons eu l'intuition que quelque chose se préparait. Qui, en dehors de Baxter ?

— Oh, des gens. Des pasteurs, la sœur de quelqu'un, quelques adorables vieilles dames. Je suis peut-être parano, mais j'ai peur que Baxter ne finisse par tomber sur un indice concret. C'est pourquoi je vous demande instamment de ne rien dire ou faire qui puisse éveiller ses soupçons. Soyez vous-mêmes aussi discrets que possible jusqu'au week-end. D'accord ?

— Juré.

— Si notre plan échoue, je peux avoir besoin de vous.

— Nous sommes là.

— Je vous en remercie. Hé, Jeffrey, qui eût dit que nous dînerions un jour ensemble.

Jeffrey avala une bouffée.

— Le temps a guéri toutes ces blessures, Keith. Je suis heureux que nous ayons vécu assez longtemps pour nous réconcilier.

Gail s'insurgea :

— Si c'est le prélude à vos souvenirs d'anciens combattants, moi, je vais prendre l'air sur la véranda.

Jeffrey expliqua à Keith :

— Elle se sent menacée. Voilà pourquoi nous avons besoin des femmes, Keith, pour compenser les élans des relations complexes qui... et basta. Dis, où comptez-vous aller, tous les deux ? On pourra vous retrouver quelque part pour dîner avec vous ?

— Bien sûr. Je vous contacterai.

— Tu vas nous manquer, Keith, dit Gail. Nous n'avons pas beaucoup d'amis ici.

— Vous en aurez davantage quand vous aurez débarrassé la ville du chef de la police.

— Je ne crois pas. Mais peut-être après tout. Tu reviendras un jour ?

— Je le souhaite. Tout dépend de ce que va devenir Baxter.

— Ouais, admit Jeffrey. Je ne te conseille pas de chercher une maison dans Williams Street avant quelque temps. (Il se mit à ricaner.) J'aimerais bien voir sa tête quand il trouvera chez lui en rentrant un mot sur le réfrigérateur lui disant d'aller se faire foutre.

Il fut pris d'un fou rire qui ne semblait pas près de s'arrêter.

Keith se leva.

— Allons dehors. La « bonne » va desservir !

Ils s'installèrent sur la véranda. Ils contemplaient le coucher du soleil en silence. Soudain, Gail déclara :

— Quelle chose étrange, Keith !

— Quoi ?

— L'amour. Depuis le lycée, malgré le tumulte, la guerre, les années, l'éloignement et tout ce que la vie vous impose... Si j'étais sentimentale, j'en pleurerais.

22

Le jeudi matin, Keith se réveilla assez mal en point, sans savoir pourquoi. Petit à petit, il se souvint que les Porter étaient venus dîner et qu'il avait tiré de ses réserves un alcool fort auquel ils avaient fait honneur dans la soirée. Il comprit dès lors d'où lui venait son mal de tête, et se rappela la raison de leurs libations.

Il sortit de son lit et ouvrit la fenêtre pour laisser pénétrer une bouffée d'air frais. Le soleil était encore au rendez-vous. C'était bon pour le maïs, mais un coup de pluie ne ferait pas de mal avant la récolte.

Il sortit en petite tenue dans le couloir et se dirigeait vers la salle de bains quand il se heurta à Jeffrey, lui aussi en caleçon.

Jeffrey dit :

— Je ne me sens pas bien.

— Tu as dormi ici ?

— Non, je suis venu en caleçon pour récupérer les Tupperware !

— Où est Gail ?

— Partie chercher le petit déjeuner. Tu allais à la salle de bains ?

— Non, vas-y.

Keith enfila une robe de chambre et descendit à la cuisine. Il s'aspergea le visage au-dessus de l'évier, dénicha un tube d'aspirine dans le placard et en avala deux cachets avant de mettre la cafetière en marche.

Une voiture vint se ranger devant la porte et Gail entra, un gros sac de courses dans les bras.

— Comment te sens-tu ?

— Pas mal.

Il s'assit à la table, tandis que Gail y déposait une bouteille de jus d'orange et trois petits pains.

— Une voiture de police m'a suivie d'ici jusqu'en ville, annonça-t-elle.

Keith hocha la tête.

— Ils savent maintenant que nous nous voyons. Tu es sur la liste.

— Tu sais, j'y étais bien avant ton arrivée.

Elle s'assit et leur servit à chacun un jus d'orange.

Keith porta son verre à ses lèvres.

— Ils t'ont arrêtée ?

— Non, moi, je les ai arrêtés. Je suis sortie de ma voiture, je me suis présentée comme membre du conseil municipal et leur ai dit de déguerpir s'ils ne voulaient pas que je fasse confisquer leurs insignes.

— Te voilà devenue très conformiste. Avant, *tu te battais* pour tes droits civiques.

— Ils ne savent même pas ce que c'est. Mais, s'il y a une chose qu'ils redoutent, c'est qu'on ne leur enlève leur arme et leur insigne.

— Ouais, ces flics ont mal tourné. Ils ont un mauvais chef.

Après un long silence, elle demanda :

— Tu étais sérieux quand tu parlais de tuer Baxter ?

— Non.

Elle l'observa et avoua :

— J'ai eu peur, tout à l'heure, sur la route.

— Je sais. J'aurais voulu régler ce problème avant de partir, mais j'ai promis de n'en rien faire.

— Je comprends. Je peux te poser une question... Tu l'as déjà fait ? Enfin, je suppose qu'au Viêt-nam...

Keith ne répondit pas. Il réfléchissait à sa question. Oui, il avait tué des hommes au Viêt-nam, mais c'était la guerre. Quand il avait commencé à travailler dans le renseignement, on lui avait accordé un véritable permis de tuer, mais, avant de lui donner son arme et son silencieux, on lui avait indiqué les règles : deux situations justifiaient que l'on tue, l'état de guerre et la légitime défense. Cela valait pour tout le monde aux États-Unis. Son permis à lui s'étendait à quelques situations plus ambiguës, telles que le meurtre préventif, si on se sentait menacé. Plus ambigu encore était le droit de tuer afin d'éviter un « grand mal ». L'estimation de ce grand mal était laissée au jugement de chacun. Pour Keith, Cliff Baxter représentait un grand mal, mais ses parents et ses enfants étaient peut-être d'un avis différent. C'étaient des questions à traiter au cas par cas. Keith n'avait jamais eu à prendre la décision ni à tenir l'arme lorsque la décision était tombée. Cependant, ici, à Spencerville, privé de conseils et de directives, il était livré à lui-même.

Gail s'interrogeait :

— As-tu songé que tu ne seras jamais vraiment à l'abri tant qu'il sévira dans le coin ?

— Je ne pense pas que les crasses de Cliff Baxter soient exportables. Nous resterons hors de sa portée.

— As-tu pensé qu'il pourrait reporter sa rage sur... eh bien, sur la famille d'Annie ?

— Où veux-tu en venir, Gail ? Je te croyais pacifiste.

— Jeffrey est pacifiste. Mais, si quelqu'un menaçait ma vie ou celle de ma famille ou de mes amis, je le tuerais.

— Avec quoi ? Une carotte ?

— Sois sérieux deux minutes. Écoute, je me sens en danger et, naturellement, je ne peux pas m'adresser à la police... Je vais prendre ton fusil.

— D'accord. Je vais le chercher.

Il se leva. À cet instant, Jeffrey parut dans l'escalier.

Gail dit à Keith :

— Nous le mettrons dans mon coffre plus tard.

Jeffrey arrivait dans la cuisine.

— Qu'est-ce que vous voulez mettre dans le coffre ?

— Les Tupperware, répondit Gail.

— Bon.

Il s'assit et ils entamèrent le petit déjeuner.

Jeffrey remarqua :

— Quelle bringue nous avons faite hier ! Je suis content que nous ayons pu enfin fêter l'annonce des fiançailles Landry-Prentis.

Keith répondit par une question :

— T'es-tu jamais demandé ce qu'auraient été nos vies s'il n'y avait pas eu la guerre et tous ces bouleversements ?

— Si, j'y ai pensé. Plutôt ternes, j'imagine. Comme maintenant. Je crois que nous avons vécu une expérience exceptionnelle. Certains y ont laissé leur peau ou leur sérénité, mais la plupart d'entre nous en sont sortis indemnes. Et elle nous a enrichis. (Il ajouta :) Mes étudiants sont extraordinairement ennuyeux, égoïstes et narcissiques, ils sont indécis, n'ont pas une once de caractère. On jurerait que ce sont tous des républicains, mais eux sont convaincus d'être des rebelles. Ouais. Des rebelles en pantoufles.

— Ça y est, tu l'as lancé, déplora Gail.

Keith demanda :

— Tu te souviens de Billy Marlon ?

— Bien sûr. Un garçon un peu nunuche. Une vraie carpette, qui voulait toujours plaire à tout le monde. Je l'aperçois de temps en temps. Je voudrais être gentil avec lui, en souvenir du bon vieux temps, mais c'est devenu une loque.

— Je l'ai rencontré Chez John.

— Mon Dieu, Landry, c'est un endroit où je ne mettrais pas les pieds pour un empire.

— Un coup de nostalgie, un soir.

— Va au bordel dans ces cas-là ! Mais pourquoi tu me parles de Marlon ?

— Parfois, quand je vois un type comme lui, je me dis : « Si Dieu ne me préserve, voilà ce qui m'attend. »

Gail s'emporta :

— Si Dieu existait, il n'y aurait pas de pauvres types comme lui et on n'aurait pas besoin de dire : « Si Dieu ne me préserve. »

— Elle est lancée ! remarqua Jeffrey. Je comprends ce que tu veux dire, Keith, mais je crois que les Billy Marlon se font avoir, quelle que soit l'époque. Nous ne sommes pas comme lui.

— Je me demande.

— Nous sommes peut-être des laissés-pour-compte, mais nous restons opérationnels. (Il se tut un moment avant de reprendre :) Nous sommes allés voir ailleurs, Keith, toi, moi et quelques autres. Nous ne sommes pas nés avec de l'argent, comme les Baxter, ni avec un héritage culturel comme celui de la famille Prentis. Ton vieux était fermier, le mien employé des chemins de fer. Les années 60 ne nous ont pas déboussolés, elles nous ont libérés de tout un carcan de conventions et de barrières de classe. (Il soupira.) Nous en avons vu des vertes et des pas mûres. Je me suis rendu compte un jour que j'avais pris plus de coups que tous les membres de ma famille, hommes et femmes réunis depuis, mettons, 1945. Les gens ont morflé pendant la Seconde Guerre mondiale, mais ni avant ni après.

Keith sourit.

— Est-ce que c'est un de tes cours en amphi ?

— À vrai dire, oui.

— C'est vrai, nous avons vécu de grandes choses. Mais comme tu l'as dit toi-même, nous avons aussi commis notre part de saloperies. Ainsi, tu m'as envoyé une lettre dégueulasse, par exemple. Ce n'est pas grave. J'en ai reçu d'autres du même genre de personnes que je ne connaissais ni d'Ève ni d'Adam. Mais nous parlions tous d'amour, nous n'avions que ce mot-là à la bouche et nous faisions des choses détestables. Moi comme les autres. (Il précisa :) Quand j'ai reçu ta lettre, je t'aurais tué si tu t'étais trouvé en face de moi.

— Que te dire ? Nous étions jeunes. Il y avait des orages solaires, Jupiter se retrouvait dans l'alignement de Mars, ou je ne sais quoi, le prix de l'herbe avait baissé, et nous avons perdu les pédales. Si ce n'était pas arrivé, nous aurions tous les deux abouti chez John hier soir et nous aurions passé la soirée à nous lamenter sur les prix agricoles et les tarifs de chemin de fer. Et peut-être que Billy Marlon aurait été le patron et aurait siégé au conseil municipal s'il n'était pas allé au Viêt-nam. Seigneur, je ne sais pas. (Il mordit dans sa galette et continua, la bouche pleine :) Nous sommes ce que font de nous nos gènes, notre culture, notre destin, mais surtout notre histoire personnelle. Toi, moi, Cliff Baxter, Annie Prentis et Billy Marlon. Nous sommes nés dans la même clinique, à peu près la même année. Tout ça est tellement complexe !

— Oui... J'aimerais te demander encore un service. Après mon départ, vois si tu peux faire quelque chose pour Marlon. Il habite la ferme Cowley, sur la Route 8. Tâche de le faire admettre dans un hôpital pour anciens combattants.

— Compte sur moi. Tu es une bonne pâte.

— Fais en sorte que cela ne se sache pas.

— Tu dois te sentir tout drôle à l'heure qu'il est, dit Gail. Tu t'apprêtes à repartir, tu t'embarques pour un long voyage vers l'inconnu, tu vas refaire ta vie avec quelqu'un d'autre. Tu dois être fébrile, mort de trouille ?

— Oui.

Ils achevèrent leur petit déjeuner. Gail demanda incidemment à Keith s'il avait une brosse à dents à lui prêter.

— Oui. Je vais te trouver ça. Viens.

Ils montèrent dans la chambre de Keith. Il ouvrit l'armoire. Gail considéra les uniformes, le sabre, le gilet pare-balles, tous les accessoires d'une carrière qui en requérait beaucoup.

— Qu'est-ce que tu faisais, au juste?

— De tout et de rien. (Il prit le M-16.) En gros, j'ai passé vingt-cinq ans à combattre les cocos. Ils se sont lassés à peu près au même moment que moi.

— C'était exaltant?

— Vers la fin, c'était à peu près aussi exaltant que ton boulot. Voilà... ça, c'est la sécurité. Là, elle est enclenchée. Tu la déplaces comme ceci et le fusil est prêt à tirer. Tu n'as plus qu'à appuyer sur la détente. Il se recharge automatiquement. Voici le chargeur. Il contient dix cartouches. Quand il est vide, tu pousses ce taquet, ça éjecte le chargeur. Tu en insères un autre, en t'assurant qu'il se met bien en place. Après, tu rabats le chien et c'est reparti.

Il lui tendit le fusil.

— Il est léger.

— Et il n'a pas beaucoup de recul.

Elle s'entraîna à charger et à viser.

— C'est très simple.

— Eh oui. Il a été conçu pour des gars comme Billy Marlon. Simple, léger, facile à épauler, mais redoutablement efficace. Tout ce qu'il te faut, c'est le courage d'appuyer sur la gâchette.

— Je ne sais pas si je l'aurai.

— Dans ce cas, ne le prends pas.

— Je le prends quand même.

— Comme tu veux. Voici l'étui pour le transporter. Il y a quatre chargeurs pleins dans les poches latérales et, dans celle-ci, tu trouveras une lunette, mais tu ne t'en occupes pas. Elle sert pour les tirs à distance. Je ne pense pas que la police de Spencerville organise une bataille rangée, mais tu te sentiras plus en sécurité la nuit avec ce truc sous ton lit. D'accord?

— D'accord. Je vais ouvrir le coffre. Ensuite, j'emmènerai Jeffrey se promener.

Elle descendit. Quelques minutes plus tard, alors qu'il s'habillait, Keith les vit par la fenêtre flâner du côté de la grange. Il se rua en bas et alla mettre le fusil dans leur coffre, au milieu des récipients vides. Il referma le coffre, rentra et se servit une tasse de café.

Gail et Jeffrey revinrent un moment plus tard. Gail s'extasia :

— Très joli, ce coin.

Ils parlèrent de choses et d'autres, et soudain Gail décréta :

— Allez... il est temps de rentrer. (Elle l'entoura de son bras et lui posa un baiser sur la joue.) Bonne chance, Keith. Téléphone ou écris.

— J'écrirai. D'ici là, demandez à une société de Toledo de venir vérifier votre téléphone et achetez un portable.

— Bonne idée. (Jeffrey lui prit la main.) Bon, si tu as besoin de quoi que ce soit avant ton départ, n'appelle pas, passe à la maison.

— Je crois que tout est au point. La clé de la maison est sous l'établi dans la cabane à outils.

— Entendu. Nous veillerons sur la maison jusqu'à ton retour.

— Merci pour tout. Bonne chance pour la révolution.

Ils s'embrassèrent encore. Les Porter partirent. Keith les regarda s'éloigner avec la certitude qu'il les reverrait en des temps meilleurs.

À 10 heures du matin, Keith, perché sur une échelle, remplaçait les gonds rouillés de la porte du grenier à foin. Travailler à l'extérieur lui avait rafraîchi les méninges. Il se sentait mieux.

Entendant un crissement de pneus sur le gravier, il se retourna pour voir approcher une Ford Taurus grise qui soulevait derrière elle un nuage de poussière.

Keith n'avait pas la moindre idée de l'identité de son visiteur. Ce pouvait être Annie. Et peut-être pas. Il dévala son échelle à temps pour attraper son Glock sur la boîte à outils, le glisser dans sa ceinture et enfiler sa chemise pardessus. Il atteignait la maison quand la porte du conducteur s'ouvrit.

Un homme de sa taille et de son âge, aux cheveux

argentés et vêtu d'un costume bleu, émergea, regarda autour de lui, aperçut Keith et agita la main.

— Salut ! Est-ce bien la ferme Landry ?

Keith alla à la rencontre de l'homme qui s'avançait vers lui. Ce dernier déclara :

— Joli bout de terrain que vous avez là, mon gars. J'ai pris mes dispositions : vous me le vendez ou vous êtes expulsés. Vous allez faire de la place pour mon bétail, bande de bouseux !

— Nous sommes dans l'Ohio, Charlie. On ne parle pas comme ça, ici.

— Oh, je me croyais dans le Kensas. Comment vas-tu, vieux ?

Ils se serrèrent la main et se donnèrent une brève accolade en se tapant dans le dos.

Charlie Adair, de Washington, membre du Conseil de sécurité nationale, était le supérieur immédiat de Keith et son ami des mauvais jours. Keith se demandait la raison de sa présence et se dit qu'il pouvait s'agir de quelque démarche administrative, de papiers à signer, ou d'une simple visite pour s'assurer personnellement que Keith était bien là où il disait être, voir comment il vivait, etc. Mais, dans le fond, Keith avait l'intuition que ce n'était pas le cas.

Charlie Adair demanda :

— Comment ça se passe, Keith ?

— Ça se passait bien jusqu'à il y a cinq minutes. Qu'est-ce qui t'amène ?

— Oh, je passais juste te dire un petit bonjour.

— Bonjour.

Charlie promena son regard sur les alentours.

— Tu es né ici ?

— Ouaip.

— C'est bien de grandir ici ?

— Oui.

— Vous avez des cyclones dans le coin ?

— Un par semaine, au bas mot. Tu viens d'en rater un. Mais on prévoit une tornade un peu plus tard dans la journée, si tu es encore là.

Adair sourit.

— Alors, tu t'installes ?

— Tu vois.

— Qu'est-ce que ça vaut, une propriété comme celle-ci ?

— Je ne sais pas... deux cents hectares, plus la maison, les communs, quelques machines... quatre cent mille peut-être...

— Sans rire ? Pas mal. Près de Washington, en Virginie, une ferme comme celle-ci se vend un million.

Keith ne pensait pas que Charlie Adair fût venu dans le comté de Spencer pour parler du prix de la terre. Il lui demanda :

— Tu es arrivé par avion ?

— Ouais, j'ai pris un vol pour Columbus tôt ce matin et j'ai loué une voiture. Jolie balade. Je t'ai trouvé sans trop de problèmes. La police connaissait parfaitement ton adresse.

— Tout le monde connaît tout le monde, ici.

— C'est ce que je constate. Tu es bronzé. Tu as perdu du poids.

— On travaille beaucoup dehors dans une ferme.

— Sans doute. (Adair s'étira.) On peut marcher un peu ? Le voyage a été long.

— Bien sûr. Nous allons faire le tour du propriétaire.

Keith l'emmena visiter son domaine, en feignant de le guider avec enthousiasme, tandis qu'Adair feignait de s'intéresser à tout ce qu'il voyait.

— Tout ça t'appartient ? s'enquit Charlie.

— Non. C'est à mes parents.

— Tu hériteras ?

— J'ai un frère et une sœur, et le droit d'aînesse n'existe pas dans ce pays. Nous devrons donc prendre une décision un jour ou l'autre.

— Autrement dit, si l'un de vous veut exploiter la ferme, il devra dédommager les deux autres.

— C'est ce qui arrive parfois. Enfin, c'est ce qui arrivait. Maintenant, les héritiers s'empressent de vendre à une grosse entreprise et filent avec l'argent.

— Dommage. C'est ce qui tue les propriétés familiales. Ça et les impôts fonciers.

— Il n'y a pas d'impôt sur les fermes si elles restent dans la famille.

— Vraiment ? Voilà au moins une loi intelligente pondue par les enfoirés du Congrès.

— Oui, mais la liste est courte.

Ils pénétrèrent dans le champ de maïs. Tandis qu'ils progressaient entre les rangées, Charlie remarqua :

— Voilà d'où viennent mes corn flakes.

— Si tu es une vache. C'est du maïs à bestiaux. Destiné au bétail, pour qu'il engraisse. Ensuite, on le tue et on en fait des hamburgers.

— Tu veux dire que ce maïs n'est pas comestible ?

— Les humains mangent du maïs de table. Les fermiers en plantent un peu, mais il est récolté à la main au mois d'août.

— J'en apprends, des choses ! C'est toi qui as planté tout ça ?

— Non, Charlie. Ce maïs a été planté en mai. Je suis arrivé ici en août. Tu ne crois pas que ça pousse autant en deux mois.

— Je n'en ai pas la moindre idée. Donc, il n'est pas à toi.

— La terre nous appartient. Elle est louée.

— J'ai compris. Et on te paye en maïs ou en argent ?

— En argent.

Keith se dirigea vers la butte funéraire indienne. Charlie la gravit derrière lui. Du sommet, il contempla l'étendue des champs.

— C'est l'Amérique profonde, Keith. Celle que nous défendions pendant toutes ces années.

— D'un océan à l'autre.

— Le boulot te manque ?

— Non.

Charlie sortit un paquet de cigarettes de sa poche.

— Je peux fumer ici ?

— Pourquoi pas ?

Il exhala une longue bouffée et pointa le doigt au loin.

— Et ça, là-bas, c'est quelle sorte de maïs ?

— C'est du soja.

— Celui de la sauce ?

— Oui. Une usine de traitement japonaise est installée non loin d'ici.

— Parce qu'il y a des Japonais ici ?

— Pourquoi pas ? Ils ne peuvent pas importer cinq cent mille hectares de terres américaines dans leur pays.

Charlie resta songeur avant de murmurer :

— C'est... affolant.

— Serais-tu xénophobe ?

— Déformation professionnelle.

Il tirait sur sa cigarette. Soudain, il dit :

— Keith, ils veulent que tu reviennes.

Keith l'avait déjà compris. Il répondit :

— Pas question.

— Ils m'ont envoyé te chercher.

— Ils m'ont demandé de partir. Alors, tu vas retourner là-bas et leur dire que je suis parti.

— Ne me complique pas la vie, Keith. J'ai fait un voyage épouvantable. Je dois te ramener.

— Charlie, il faudrait savoir ce qu'ils veulent.

— Ils font ce qu'ils veulent. Ils tiennent entre autres à te présenter leurs excuses pour les désagréments que cela a pu te causer. Ils ont agi trop vite, sans tenir assez compte de l'évolution de la situation à l'Est. Tu te rappelles où ça se trouve ? Acceptes-tu leurs excuses ?

— Je les accepte. Au revoir. À quelle heure est ton avion ?

— Ils te proposent un contrat civil de cinq ans. Tu auras tes trente annuités et une retraite complète.

— Non.

— Et une promotion. Une promotion militaire. Première étoile de général. Qu'en dites-vous, mon colonel ?

— Tu tombes mal.

— Il s'agit d'une mission émanant de la Maison-Blanche, Keith. Grand prestige. Tu pourrais devenir un nouvel Alexander Haig. Écoute, Haig se prenait pour le président, mais ce boulot comporte un tel potentiel que tu pourrais en effet te présenter à la présidence, comme on le souhaitait pour lui. Le pays est prêt à élire à nouveau un général. Je viens de lire un sondage secret à ce sujet. Penses-y.

— Attends. Je réfléchis une seconde... Non.

— Tout le monde veut devenir président.

— Moi, je veux devenir agriculteur.

— C'est parfait. Cela plaira à l'opinion publique. Un

grand beau gaillard, foncièrement honnête et issu de la terre. Tu connais l'histoire de Cincinnatus ?

— C'est moi qui te l'ai racontée.

— C'est vrai. Eh bien, le pays a de nouveau besoin de toi. C'est le moment d'oublier ton purin pour monter sur le podium.

Keith avait quelques doutes sur la pertinence de la métaphore. Il répondit :

— Si je deviens président, ma première décision consistera à te virer.

— C'est très mesquin de ta part, Keith. Et indigne d'un homme d'État.

— Charlie, arrête de te payer ma tête. Ça lasse.

— Je ne me fiche pas de toi. On oublie les présidentielles. Après ta mission auprès de la Maison-Blanche, tu pourrais revenir ici et te présenter aux sénatoriales. Tu iras habiter à Washington. C'est le rêve. Tu te rendras utile à la fois à ton pays et à ta région.

Adair écrasa sa cigarette sous son talon.

— Viens, continuons à marcher.

Ils replongèrent au milieu des maïs. Adair expliqua :

— Écoute, Keith, le président s'est mis en tête de te prendre dans son staff. Tu lui dois la politesse d'une réponse personnelle. Tu ne peux pas te dérober. Même si tu refuses, il faut que tu viennes en personne lui dire d'aller se faire voir.

— À moi, il me l'a dit par lettre.

— Ce n'était pas lui.

— Peu importe. Si quelqu'un s'est planté, ce n'est pas mon problème. Tu sais que j'ai raison.

— Il est toujours dangereux d'avoir raison quand le gouvernement a tort.

Keith s'immobilisa.

— Est-ce une menace ?

— Non. Juste un conseil, mon ami.

Ils reprirent leur marche. Charlie demanda :

— Tu crois que, dans un an, tu seras toujours aussi heureux ici ?

— Si ce n'est pas le cas, j'irai ailleurs.

— Keith, peut-être que tu seras satisfait de jouer le retour à la terre ici et peut-être que tu gardes une dent contre tes supérieurs. Mais, maintenant que je t'ai transmis leurs excuses sincères et une proposition, tu ne seras plus en paix avec toi-même. Donc, de toute façon, je t'ai gâché ta journée et ta retraite. À toi de t'arranger de cette nouvelle situation.

— Ma nouvelle situation est ici. Là-bas, c'est l'ancienne. Si tu veux savoir, oui, j'avais une dent contre eux, mais c'est terminé. Vous m'avez rendu un grand service. Et vous ne pouvez pas m'obliger à revenir. Alors, arrête de me soûler.

— Bon, mais... tu sais, tu es toujours militaire. Tu ne portes plus d'uniforme depuis une bonne quinzaine d'années, mais tu restes colonel de réserve et le président est commandant en chef des armées.

— Adresse-toi à mon avocat.

— Le président est en droit de faire appel à toi à tout moment pour te demander de remplir les devoirs de ta fonction. Ce moment est venu, mon vieux.

— Pas ça. Avec moi, ça ne marche pas.

— Alors essayons autre chose. Sauve-moi la mise. Accompagne-moi à Washington et va leur expliquer qu'Adair a fait de son mieux, mais que tu viens en personne leur dire d'aller au diable. D'accord ? Je suis sûr que cela te convient. Tu ne leur dois rien, mais fais-toi le plaisir de leur exprimer en face ta façon de penser. Mais tu as quelques dettes envers moi. Tout ce que je te demande, c'est de m'accompagner à Washington et nous serons quittes. Moi, je suis tiré d'affaire, toi, tu vides ton sac. C'est équitable, non ? Tope là.

— Je... je ne peux pas t'accompagner...

— Tu me dois bien ça, Keith. Je viens chercher mon dû, pas mendier, menacer ni supplier. Chercher mon dû.

— Charlie, écoute...

— Rappelle-toi Bucarest. Sans parler du merdier de Damas.

— Écoute-moi, Charlie... il y a une femme...

— Il y a toujours une femme. C'est comme ça que tu as failli tous nous griller à Damas.

— Il y a une femme, ici...

— Ici ? Dieu tout-puissant, mais ça ne fait pas deux mois que tu es arrivé.

— Ça date d'avant. Du lycée et de l'université. Je t'en ai peut-être parlé dans un moment d'abandon.

— Oh... oui. Oui, en effet. Je vois. (Il réfléchit.) Mariée ?

Keith hocha la tête affirmativement.

— Bon, là, on ne peut rien pour toi. (Il lui adressa un clin d'œil.) Mais on peut peut-être arranger ça.

— C'est déjà fait, merci.

Ils regagnèrent la basse-cour. Charlie s'assit sur le petit tracteur de jardin.

— Je peux fumer sur cet engin ?

— Oui. Ce n'est qu'un tracteur. Ça ne vole pas.

— Exact.

Il alluma encore une cigarette et parut méditer. Puis il livra le fruit de sa réflexion :

— Je ne vois pas où est le problème.

— Elle est mariée. De quoi aurait l'air un conseiller du président vivant avec une femme mariée ?

— Nous lui obtiendrons son divorce.

— Ça peut prendre des années.

— Nous pouvons tirer quelques ficelles.

— Non. Vous ne pouvez pas faire tout ce que vous voulez. Vous le croyez, mais c'est faux. Il y a des lois qui régissent ce genre d'affaire.

— Sans doute. Tu avais l'intention de vivre bientôt avec elle ?

— Oui. Très bientôt.

— Dans ce cas, nous lui réservons un appartement séparé à Washington. Je ne vois pas pourquoi tu en fais tout un foin.

— C'est que, vois-tu, elle et moi avions d'autres projets. Je ne suis pas si indispensable à la paix universelle. Le monde se passera très bien de mes conseils. Le danger est passé. J'ai fait mon devoir. Ma vie est ce qui compte pour moi maintenant.

— C'est une bonne chose. C'est une nouveauté, mais je te comprends bien. Tu sais, tu peux combiner ta vie et ta carrière. C'est ce que font la plupart des gens.

— Pas cette carrière-là.

— Ce sera plus calme, cette fois-ci. C'est vrai, les journées sont longues et tu seras peut-être obligé de voyager de temps en temps. Mais tu n'iras plus derrière le rideau de fer. Il est tombé.

— Je suis au courant. J'y étais.

— C'est vrai. (Il examina les manettes du tracteur.) Tu sais faire marcher ce truc ?

— Comment crois-tu qu'il est sorti de la grange ?

— Je pensais que ces machins-là étaient plus gros.

— Celui-ci est un tracteur de jardin. Une sorte de véhicule utilitaire pour les travaux de la basse-cour.

— Tu m'en diras tant ! Où est le gros ?

— Mon père l'a vendu. Bon, eh bien, merci d'être passé. Bonjour à tout le monde. À quelle heure est ton avion ?

Charlie regarda sa montre.

— À 14 h 15 à Toledo. Combien de temps me faut-il pour aller à l'aéroport, d'ici ?

— Une heure ou plus selon la circulation. Tu veux peut-être partir tout de suite, pour plus de sûreté ?

— Non. J'ai le temps de prendre une bière.

— Viens. Entrons.

Charlie descendit du tracteur et ils entrèrent dans la maison par la porte de la cuisine. Keith annonça :

— Je n'ai plus de bière.

— C'est un peu tôt de toute façon. J'ai surtout envie de me désaltérer.

— Ça ne m'étonne pas. Tu n'arrêtes pas de jacasser depuis une demi-heure.

Keith ouvrit le réfrigérateur, où il puisa une carafe d'eau. Il servit deux verres.

— Eau de source authentique.

Charlie avala la moitié de son verre d'une traite.

— Elle est bonne.

— Le sol est très calcaire. Nous sommes sur l'emplacement d'une mer préhistorique. Un million d'années de petits coquillages compressés pour former une sous-couche calcaire.

Charlie considéra son verre d'un air soupçonneux.

— Sans blague !

— Je vais la mettre en bouteilles et la vendre aux requins de Washington.

— Bonne idée. Asseyons-nous une minute.

Ils s'assirent de part et d'autre de la grande table. Pendant un long moment, Charlie demeura silencieux, ce qui inquiéta Keith. Il dit enfin :

— Tu avais l'intention de vivre ici avec elle ?

— Non.

— Où comptiez-vous allez ?

Cet imparfait ne plaisait pas du tout à Keith. Il répondit :

— Je ne sais pas encore où nous allons.

— Il faudra nous en informer. C'est la règle.

— Je vous en informerai pour que vous puissiez m'envoyer mes chèques.

Charlie secoua la tête d'un air absent.

— Il m'est arrivé un truc marrant en venant ici.

Keith attendit.

Charlie reprit :

— Quand je me suis arrêté au commissariat, le sergent de service à l'accueil, Blake, je crois... Je lui ai demandé s'il savait où tu habitais et il a fait une drôle de tête. Il s'est mis à me poser des questions. Merde ! c'est moi qui pose les questions, d'habitude. Pas vrai ? Il voulait savoir ce que j'allais faire chez toi. Tu imagines ça ? Je me suis cru revenu en Allemagne de l'Est. Je peux fumer ici ?

— Oui.

Sa cigarette allumée, Charlie lâcha la cendre dans son verre.

— Son attitude m'a donné à réfléchir. Je suis espion, non ? Enfin, je l'étais. Je me suis dit que tu avais peut-être des ennuis avec quelqu'un et que la police se chargeait de ta protection. Ou que tu leur avais dit qui tu étais à ton arrivée, ancien agent secret et tout, et que tu leur avais demandé de te prévenir si quelqu'un était à ta recherche. Par exemple un dénommé Igor avec l'accent russe. Mais cela paraissait invraisemblable. Et, en effet, quand j'ai débarqué ici, tu as eu l'air surpris, ce qui voulait dire qu'ils ne t'avaient pas averti de mon arrivée.

— Charlie, tu as exercé ce métier trop longtemps.

— Je sais. C'est ce que j'ai pensé sur le moment. Et puis je suis sorti et un autre flic m'a suivi jusqu'à ma voiture. Un type assez baraqué. Il m'a dit qu'il était le chef de la police. Baxter, il s'appelle. Il m'a demandé ce que j'allais faire à la ferme Landry. Je n'étais pas assez bête pour l'envoyer aux pelotes, parce que je voulais qu'il me lâche la grappe. Là, je me suis dit que tu étais peut-être en délicatesse avec la loi. Alors, j'ai sorti ma carte et je lui ai dit que j'étais un envoyé du gouvernement.

— Tu ferais bien de t'occuper de tes affaires, Charlie.

— Non. Toujours est-il que je commençais à m'inquiéter pour toi. Ces gus étaient bizarres. Tu sais, comme dans un de ces films d'horreur de série B, où la ville entière est aux mains d'extraterrestres. Tu vois ce que je veux dire ? Du coup, le dénommé Baxter la ramenait moins. Il m'a demandé s'il pouvait m'être utile. « Peut-être, j'ai dit. M. Landry est retraité du Service national des eaux et forêts. (Keith et Charlie sourirent en chœur à l'évocation de cette vieille plaisanterie.) M. Landry a postulé pour un emploi à temps partiel au Service local des eaux et forêts et je suis venu m'informer sur sa personne, sa moralité et sa sociabilité. » Futé, non ?

— Quelle déchéance ! Tu vois à quoi tu en es réduit ?

— Lâche-moi, tu veux ? Il y a quinze ans que je n'opère plus sur le terrain. Ça me manque. Quoi qu'il en soit, le chef de police Baxter m'a alors expliqué que tu avais eu maille à partir avec les représentants de la loi, dans le square d'en face, état d'ivresse et désordre public. Désordre sur la propriété du lycée. Opposition aux forces de police dans l'exercice de leurs fonctions sur un parc de stationnement. Menace, harcèlement. Quoi d'autre ? Je crois que c'est tout. Il m'a dit qu'il avait essayé de parler avec toi de tes tendances asociales, mais que tu avais répondu par des insultes. Bref, il m'a déconseillé de t'employer. Il m'a dit qu'il faudrait aussi vérifier si tu avais bien droit à ta pension. J'ai l'impression qu'il ne t'aime pas.

— Une vieille rivalité qui date du lycée.

— Ah bon ? Autre chose. Il paraît qu'il a transmis ton numéro minéralogique au service des immatriculations, mais que tu n'existes pas. À partir de ce moment-là, j'ai commencé à trouver M. Baxter très intéressant. (Il laissa tomber sa cigarette dans son verre.) Que se passe-t-il, Keith ? En dehors de la vieille rivalité du lycée ?

— Eh bien, comme disent les Français, *cherchez la femme*.

— Ah.

— Passe-moi une cigarette.

— Tiens. (Charlie lui tendit le paquet et le briquet.) Tu ne baises pas la fille du chef de la police, n'est-ce pas ?

Keith alluma sa cigarette et inhala.

— Non. Sa femme.

— Oui. La femme en question. Je croyais que tu étais venu ici pour te détendre.

— Je te l'ai dit. C'est une situation qui existait déjà avant.

— Bien. C'est très romantique. Tu es tombé sur la tête, ou quoi ?

— Probablement.

— Bon, on ne peut intégrer cet élément dans l'équation.

— Parle en clair, s'il te plaît.

— D'accord. Tu comptes t'enfuir avec elle ?

— C'est ce qui est prévu.

— Quand ?

— Samedi matin.

— Ça ne peut pas attendre ?

— Non. Le temps se gâte par ici.

— Je veux bien le croire. C'est pour ça que tu as ce truc sous ta chemise.

Keith ne releva pas.

Charlie poursuivit :

— Le mari est-il au courant ?

— Non. Si c'était le cas, tu aurais trouvé un tas de cendres en arrivant ici. (Keith précisa :) Il sait que sa femme et moi étions ensemble autrefois. Ça ne lui plaît pas. Il m'a prié de quitter la ville demain au plus tard.

— Tu vas le tuer ?

— Non. J'ai promis de ne pas le faire. Ils ont deux enfants. À l'université.

— Ouais, ils l'ont eu sur le dos assez longtemps. Restent les bons souvenirs, l'assurance-vie, la prise en charge des frais de scolarité.

— Charlie, on ne plaisante pas avec le meurtre. J'en ai eu ma dose.

— Liquidation. On ne dit jamais le mot « meurtre » et on en plaisante pour rendre la chose moins macabre. (Il ajouta :) Cela ne te simplifierait-il pas la vie si ce type se suicidait ou avait un accident ? Je ne l'ai pas trouvé sympathique.

— Selon nos critères, son cas ne justifie pas qu'on le liquide.

— T'a-t-il menacé physiquement ?

— Plus ou moins.

— Eh bien, voilà. Article 5.

— Premier commandement. Ancien Testament.

— Tu m'as eu. Après tout, fais comme tu crois. D'ailleurs, si tu reviens habiter à Washington, tu seras tranquille. Elle va adorer la capitale.

— Pas pour y vivre cinq ans. C'est une fille de la campagne, Charlie.

— J'aimerais la rencontrer.

— Certainement.

Keith écrasa sa cigarette. Charlie déclara :

— Tu reviens avec moi par le vol de 14 h 15. Tu le sais, n'est-ce pas ?

— Première nouvelle.

— Tu n'as pas le choix, Keith. Crois-moi. Mais je préférerais que tu viennes pour me faire une fleur. Non pas parce que tu me dois quelque chose, mais pour que, moi, je te sois redevable.

— Laisse tes salades pour le potager.

— Tu viens à Washington pour me sauver la mise. Je ne peux pas me présenter là-bas devant le ministre de la Défense pour lui dire que je n'ai pas réussi à te convaincre de venir le voir, ainsi que le président. Mon Dieu, je passerais les cinq prochaines années en Islande à compter les messages radar. Ma femme foutrait le camp avec un type dans ton genre.

— Assez.

Keith se tut un instant. Puis il dit :

— Ils comptent plus sur notre loyauté l'un envers l'autre que sur notre loyauté envers le gouvernement, n'est-ce pas ?

— Il n'y a que ça qui marche de nos jours.

— Tu n'as pas l'impression d'être exploité ?

— Si. Exploité, sous-payé, sous-estimé et inutile. Tu as raison, le danger est passé et nous... Que dit la formule ?

« Le danger est passé, le mal est vaincu ; les anciens combattants sont oubliés, les soldats dédaignés. »

— Tu l'as dit.

— Et alors ? Du moment qu'on nous paye. (Il regarda Keith.) Tu sais, mon vieux, parfois j'ai l'impression de faire partie d'une équipe de foot qui vient de gagner un grand match. L'autre équipe est partie, les gradins sont vides et nous continuons à jouer, sans adversaire, dans le noir.

Il resta muet sur sa chaise et Keith se dit que Charlie Adair traversait lui aussi sa petite crise de conscience et de confiance. Mais, avec Charlie, on ne savait jamais.

Il leva les yeux.

— La réunion a lieu demain matin.

— En fait, admit Keith, j'avais prévu de prendre le vol de 14 h 15 samedi pour Washington. On ne peut pas repousser la réunion à lundi ?

Charlie adopta une parodie de ton officiel pour répondre :

— Mon bon monsieur, vous avez un rendez-vous avec le ministre de la Défense demain à 11 h 30 dans la salle du cabinet, ensuite vous vous rendrez dans le Bureau ovale à 11 h 55 très précisément pour y rencontrer le président des États-Unis. Malgré l'immense désir qu'ont certainement ces deux personnalités de moduler leur emploi du temps sur le vôtre, il se peut qu'ils aient d'autres engagements lundi matin.

— Un léger préavis eût peut-être été bien accueilli par un citoyen ordinaire pourvu de toutes sortes de droits constitutionnels l'autorisant à n'être pas convoqué par...

— Keith, arrête. Tu n'es pas plus un citoyen ordinaire que moi. Et tu sais comment ça se passe. Il est arrivé la même chose à sir Patrick Spence.

— Qui ça ?

— Le héros de la ballade écossaise. Je suis d'origine écossaise. Cette ville s'appelle Spencerville. C'est ce qui m'y a fait penser.

— Penser à quoi ?

— À la ballade écossaise. (Il récita :) « Le roi siège en sa ville de Dumferling, buvant un vin couleur de sang. “Où donc trouverai-je un bon marin pour mener le beau vaisseau qui est le mien ?" » Ça, c'est le président qui parle. « Un vieux chevalier, qui est assis à la droite du roi, se lève et dit... » Ça, c'est le ministre de la Défense. Il dit ceci : « "Sir Patrick Spence est le marin le plus valeureux de tous ceux qui naviguent sur la mer bleue." » Ça, c'est toi. « Le roi écrit une lettre officielle, la signe de sa main, et l'envoie à sir Patrick Spence qui marchait sur le sable. » La lettre qu'on envoie, c'est moi. « Quand sir Patrick en lit la première ligne, il rit d'un grand rire tout joyeux ; quand sir Patrick en lit la deuxième ligne, une larme lui vient aux yeux... » Là, c'est encore toi.

— Merci, Charlie.

— « "Oh, qui donc me presse ainsi, qui donc m'envoie si grand malheur et me prie en cette saison de naviguer sur la mer en furie ? Hâtez-vous, hâtez-vous, tous mes doux compagnons, notre vaisseau s'en ira au matin..." » En fait, à 14 h 15. « "Oh, plus un mot, notre maître bien-aimé, car je prédis grande tempête et vent fatal." » (Charlie Adair compléta, en guise de conclusion :) Voilà comment les choses se passent. Il en est ainsi depuis les origines. Le roi se prélasse, il n'en fout pas une rame, il agace son entourage et, soudain, il lui vient à l'esprit une idée saugrenue qu'un courtisan bien intentionné juge excellente. Et on m'envoie la mettre à exécution. (Il jeta un coup d'œil à sa montre.) Bon, eh bien, hâtez-vous, hâtez-vous, sieur Landry.

— Qu'est-il arrivé à sir Patrick, si je peux me permettre ?

— Il est mort noyé dans la tempête.

Charlie se leva.

— Tu peux voyager comme tu es, moins le pistolet, mais prends quand même un costume. Il ne faudrait pas abuser du look Cincinnatus dans les beaux quartiers.

— Je dois être revenu ici demain soir au plus tard.

— Tu y seras. Dis, si tu viens samedi à Washington avec ton amie, Katherine et moi vous emmènerons dîner quelque part. Aux frais de l'Oncle Sam. Je serai ravi de faire sa connaissance.

— J'ai l'intention de refuser la mission.

— Tu as tort. Tu vas leur dire que tu y réfléchiras pendant le week-end. Tu vas en parler à ta fiancée, non ?

— Ce n'est pas la peine d'insister.

— Ce serait bien la moindre des choses de consulter... Comment s'appelle-t-elle ?

— Annie.

— De consulter Annie. Nous lui ferons faire le tour de Washington, nous lui ferons tout visiter et nous parlerons avec elle. Katherine fait ça très bien.

— Annie est une campagnarde toute simple. Ce n'est pas le genre de vie...

— Les femmes adorent les grandes villes. Les magasins, les bons restaurants, les boutiques. Où logeras-tu ?

— Je ne sais pas.

— Je vais te réserver une chambre au Four Seasons. Georgetown lui plaira beaucoup. Ça ressemble au vieux Spencerville. Tu pourras lui montrer tous les endroits que tu fréquentais. Évite Chadwick. Linda y sévit toujours. Ce n'est pas la peine de créer des drames. J'attends le week-end avec impatience. Allons-y.

— Tu es un vrai fumier.

— Je sais.

Keith laissa Charlie dans la cuisine pour monter dans sa chambre préparer un sac de vêtements.

Sur le chemin de l'aéroport, Keith remarqua :

— Quand on m'a demandé de partir, tu n'as pas pris ma défense, Charlie.

Charlie alluma une cigarette en tenant le volant d'une main.

— Je n'y tenais pas. Tu étais fatigué, mon vieux. Tu ne demandais qu'à partir. Tu le sais bien. Pourquoi aurais-je tenté de prolonger ton malheur ?

— Qu'est-ce qui te fait croire que je suis moins fatigué maintenant ?

— Je ne sais pas. L'idée ne vient pas de moi. On pense en haut lieu qu'il te reste une étincelle d'énergie. C'est comme les résidus de charbon. Tu rallumes et ça brûle encore.

— La comparaison est intéressante. Et que deviennent les résidus après ce sursaut ?

— Ils partent en fumée.

23

Keith guida Charlie jusqu'à l'aéroport de Toledo. Ils se présentèrent à temps pour l'embarquement, avec seulement quelques minutes d'avance.

Ils avaient des billets de première classe. Keith demanda :

— Aurais-je droit aux vingt et un coups de canon à l'arrivée ?

— Certainement. Et au tapis rouge.

— Et à la fanfare ?

— Tout le grand tremblement. L'agence de voyages de la Maison-Blanche fait bien les choses.

Keith mit les oreillettes et lut pendant tout le trajet pour ne pas avoir à écouter Charlie Adair.

Enfin, l'avion amorça son approche et sa descente sur National Airport. Keith et Charlie étaient installés à gauche de l'appareil. C'était de là qu'on avait la meilleure vue. Les réglementations aériennes militaires et gouvernementales interdisaient aux avions d'aborder l'aéroport par l'est, pour des raisons de sécurité concernant en particulier la Maison-Blanche. D'autre part, pour les avions arrivant par le nord, le sud et l'ouest, la manœuvre n'était pas facile à cause des tours construites sur la rive virginienne du Potomac et des réglementations antibruit applicables aux agglomérations du Maryland. C'est pourquoi les appareils qui approchaient par le nord, comme c'était leur cas, survolaient directement le Potomac, offrant aux passagers un panorama extraordinaire.

Keith admirait par le hublot la ville baignée de soleil. L'avion planait au-dessus du fleuve, et Keith découvrait successivement Georgetown, le Watergate, le Mall, les monuments à Lincoln et à Jefferson et, dans le lointain, le Capitole. C'était un spectacle magnifique, dont il ne se lassait pas, surtout après quelque temps d'absence.

Pendant l'atterrissage, Keith eut la sensation de succomber à l'attraction de la ville, qui semblait le happer pour le retenir dans ses griffes. Charlie Adair avait peut-être prévu ce phénomène lorsqu'il avait retenu des places sur le côté gauche de l'appareil.

Ils se posèrent à l'heure dite. Ils durent se passer de la

salve d'accueil, du tapis rouge et de la fanfare, mais trouvèrent néanmoins une Lincoln officielle, avec un chauffeur qui les conduisit à l'hôtel Hay-Adams, dans la 16e Rue, à deux pas de la Maison-Blanche.

Adair lui proposa de monter prendre un verre avec lui, mais Keith déclina son offre :

— Tu m'as assez dorloté pour aujourd'hui.

— Il ne faut pas m'en vouloir.

— Quelle heure demain ?

— Je passerai te prendre à 10 h 30.

— Trop tôt pour un rendez-vous à 11 h 30.

— Tu connais le protocole. Une demi-heure d'avance, c'est déjà trop tard. Une minute de retard, c'est une carrière qui commence mal.

— Va pour 11 heures.

— Il faut compter avec les embouteillages. La voiture peut tomber en panne...

— Nous pouvons y aller à pied. On la voit d'ici. Regarde.

— Disons 10 h 45.

— Entendu. Apporte-moi mon billet de retour, sinon je refuse de t'accompagner où que ce soit.

— Je l'aurai.

— Et retiens-moi une voiture à l'autre bout. Toledo, Columbus ou Dayton.

— Promis. À demain.

Keith pénétra dans le prestigieux hôtel restauré et se présenta à l'accueil. La réservation effectuée par l'agence de voyages de la Maison-Blanche lui valut des égards très spéciaux. Voilà une ville qui vivait et respirait au diapason du pouvoir et non de la politique, comme on le croyait. Du pouvoir.

Une fois dans sa chambre, il se posta à la fenêtre pour contempler, au-delà du square Lafayette, la Maison-Blanche et le dôme imposant du Capitole, dressé en arrière-plan. Il avait été absent moins de deux mois, et cependant l'agitation fébrile de la ville lui portait sur les nerfs. Trop de voitures, trop de klaxons, trop de gens, trop de chaleur, trop d'humidité, trop de tout.

Il songea à appeler les Porter, mais l'existence d'écoutes téléphoniques n'était pas à écarter et il n'avait d'ailleurs aucune raison de leur téléphoner, pas plus qu'à la sœur d'Annie, puisqu'il comptait bien être de retour dans l'Ohio vendredi soir, chez lui avant minuit et chez Terry avant 10 heures samedi matin.

Il hésita aussi à appeler ses amis de Washington, mais, là encore, il n'en voyait pas la nécessité. Dans cette ville de fonctionnaires, les amis et les collègues se confondaient en général. Ceux qui habitaient en banlieue avaient parfois des voisins qui devenaient des amis, mais pour ceux qui habitaient en ville, ce qui avait été son cas, la vie sociale n'était qu'un prolongement de la vie professionnelle. Du jour où on ne travaillait plus, on était sorti du cercle, même en restant sur place.

Il puisa dans le bar de quoi se préparer un verre et reprit son observation de la ville, dont quelqu'un avait dit récemment qu'elle était la seule et dernière capitale mondiale du pouvoir. Pourrait-il y vivre à nouveau ? Pourquoi le souhaiterait-il ? Même en tant qu'ancien fonctionnaire, il ne l'avait pas envisagé.

Par bien des aspects, il était représentatif des centaines de milliers d'hommes et de femmes, civils ou militaires, dont les carrières avaient été interrompues du jour au lendemain par la fin de la guerre froide. De ce point de vue, il n'était pas non plus différent des millions d'autres combattants du passé, vainqueurs ou vaincus, dont on avait cessé d'avoir besoin. Mais, contrairement aux soldats et anciens combattants qu'évoquait Charlie Adair dans sa formule, il ne s'était jamais senti dédaigné et aurait bien voulu être oublié.

L'heure était aux embouteillages dans la rue. Ceux qu'il connaissait et qui s'étaient retrouvés dans la même situation que lui n'étaient pas, pour la majorité, rentrés chez eux, au sens littéral du terme, comme lui. Ils avaient préféré rester à proximité de la grande Ceinture, où s'était sans doute déroulé l'essentiel de leur vie professionnelle. Lui, il avait choisi de rompre complètement avec le passé. Il pensait y être parvenu. Oui, il y était parvenu. « Je peux dire non au président. J'ai combattu pour en obtenir le droit. Monsieur le Président, le mot "non" est-il clair ? » Il sourit.

Il dîna tôt, dans sa chambre, et commanda un Banfi

Brunello di Montalcino pour accompagner son chateaubriand aux truffes. Il essaya de se convaincre qu'il se passait très bien de ces joies gastronomiques, avant de s'avouer à lui-même qu'elles lui manquaient. S'il s'installait à Spencerville, il se procurerait quelques bons livres de cuisine. Les Porter se chargeraient des légumes, lui de la viande, et Annie apprendrait la pâtisserie européenne. Enfin, peut-être pas. Quelle importance ? De toute façon, il ne savait pas du tout où il aboutirait. En tout cas, ce bref séjour à Washington soulignait le contraste entre la capitale et Spencerville, si tant est qu'il eût besoin d'être souligné ; il était assez frappant comme ça.

Pourtant, la ville lui manquait curieusement. Force lui était de le reconnaître. Charlie Adair le savait bien. C'était la raison pour laquelle il l'avait amené ici. Keith se répétait qu'il ne pourrait revenir vivre à Washington, mais il ne pouvait pas non plus vivre à Spencerville. Il lui faudrait donc trouver un endroit neutre quelque part dans le monde, où Annie et lui pourraient vivre heureux et en paix.

Son dîner achevé, il quitta sa chambre. Il demanda au portier de lui obtenir un taxi. Et il dit au chauffeur :

— Georgetown.

Le taxi se faufila dans les derniers embouteillages et traversa Rock Creek au pont de M Street. Dans M Street, la grande artère commerciale de Georgetown, il reconnut au passage les lieux qu'il avait hantés et qui ranimèrent des souvenirs de beaux jeunes gens flamboyants, assis au bar ou attablés dans les salles, parlant art, littérature et voyages, et sport aussi, parfois. Ce qui n'était que préambule, amuse-gueule qu'on grignote du bout des lèvres avant le plat de résistance, à savoir le pouvoir et la politique.

Keith demanda au chauffeur de tourner dans Wisconsin Avenue, où se trouvait son ancien appartement, puis dans les rues transversales où habitaient des amis, s'ils y étaient encore, et certaines femmes qu'il avait assidûment fréquentées. Il n'aperçut aucun visage connu en cours de route, ce qui n'était pas plus mal.

Il essaya d'imaginer Annie dans ce décor et se dit qu'elle serait déconcertée par cet univers, voire désemparée. Le simple fait de demander à un portier de vous appeler un taxi lui paraîtrait de la plus parfaite incongruité. Bien sûr, elle pigerait vite, sans pour autant apprécier la vie citadine, pas même dans les recoins vieillots de Georgetown. Non, elle ne se sentirait pas à sa place et deviendrait dépendante de lui, ce qui serait une source de rancœur, et qui dit rancœur, chez une femme... Où cela risquerait-il de les conduire ?

Naturellement, ils pourraient s'installer en banlieue. Il ferait le trajet matin et soir, mais il se voyait lui téléphonant à 8 heures du soir au fin fond de la Virginie ou du Maryland pour lui expliquer qu'il avait une réunion qui ne se terminerait pas avant minuit. Bien des jeunes couples, à Washington et ailleurs, menaient ce genre d'existence, mais ils étaient dans la phase montante de leur vie, les deux conjoints exerçaient un métier le plus souvent et l'un des deux n'avait pas vécu le plus clair de sa vie dans une petite ville rurale de quinze mille habitants.

Elle s'adapterait, sans doute, et ne se plaindrait pas, parce que ce n'était pas son style. Mais quel déséquilibre dans leur relation ! Ce serait son monde, sa carrière, ses amis à lui, un monde, une carrière, des amis auxquels il ne tenait plus. Il serait malheureux.

Le serait-il vraiment ? Cette pensée ne cessait de le turlupiner. Il n'avait pas tellement envie de l'impressionner en lui montrant la vie prétendue exaltante et brillante de Washington, avec ses cocktails, ses grands dîners, ses gens importants et la proximité du pouvoir. Cela ne l'impressionnait pas, et elle-même y resterait sans doute indifférente. Toutefois, cela pourrait être amusant pendant un an ou deux, pourvu que cela ne dure pas. Pendant ce temps, peut-être que la situation s'arrangerait à Spencerville. Il caressait cette idée et dit soudain :

— Est-ce que ça marcherait ?

Le chauffeur du taxi lui adressa un regard dans le rétroviseur.

— Oui, monsieur ?

— Rien. Tournez ici.

Keith lut le nom du conducteur sur sa carte d'habilitation : Vu Thuy Hoang. Il l'interrogea :

— Vous aimez Washington ?

L'homme, animé par le devoir professionnel et la courtoisie naturelle des Vietnamiens, répondit :

— Oui. Très belle ville.

Comme la plupart de ses compatriotes venus vivre et travailler dans la capitale d'un pays qui, en voulant les aider, avait réussi à échouer, cet homme, se dit Keith, avait souffert. Il ne savait ni comment ni dans quelle mesure, mais l'histoire de Vu Thuy Hoang comportait une part de souffrance qui ferait rougir la plupart des Américains. Keith ne voulait pas connaître son histoire. Il lui demanda seulement :

— De quelle partie du Viêt-nam êtes-vous ?

Habitué à la question trop souvent posée par les anciens du Viêt-nam, il débita, sans une seconde d'hésitation :

— Phu Bai. Vous connaissez ?

— Oui. Grosse base aérienne.

— Oui, oui. Beaucoup d'Américains.

— Vous retournez chez vous de temps en temps ?

— Non.

— Vous aimeriez ?

L'homme ne répondit pas tout de suite.

— Peut-être. Peut-être en visite.

— Vous avez de la famille à Phu Bai ?

— Oh oui. Beaucoup de famille.

— Vous y seriez bien accueilli ? Vous pouvez retourner au Viêt-nam ?

— Non. Pas maintenant. Plus tard. Peut-être.

L'homme devait avoir une quarantaine d'années. Keith supposait que, pour une raison ou une autre, il était persona non grata dans son pays. Il avait peut-être travaillé pour le gouvernement sous l'ancien régime, ou combattu comme officier, ou coopéré trop étroitement avec les Américains, ou participé à d'autres activités plus sinistres encore, comme membre, par exemple, de l'ancienne police nationale tant méprisée. Comment savoir ? Ils n'en parlaient jamais. Toujours est-il qu'à Phu Bai il y avait un chef de la police qui avait une liste, et sur cette liste était inscrit le nom de cet homme. Ce chef de la police était l'équivalent, à Phu Bai, de Cliff Baxter à Spencerville, sauf que le problème qu'avait Keith avec Cliff Baxter n'était ni politique ni philosophique, mais purement personnel. Le résultat était pourtant le même : certaines personnes ne pouvaient rentrer chez elles parce que d'autres personnes avaient décidé de les en empêcher.

Keith lui dit :

— Ramenez-moi à l'hôtel.

— Oui ? On ne s'arrête pas ?

— Non. On ne s'arrête pas.

Devant le Hay-Adams, Keith donna à Vu Thuy Hoang un pourboire de dix dollars et un conseil gratuit :

— Retournez chez vous dès que vous le pourrez. N'attendez pas.

24

Le lendemain matin, le téléphone sonna dans la chambre de Keith. Il décrocha.

Charlie Adair annonça :

— Je suis en bas. Quand tu voudras.

Keith réprima quelques répliques sarcastiques qui lui venaient à l'esprit. À un certain degré de ses réflexions, il était arrivé à la conclusion, au milieu de la nuit, que Charlie n'était pas fautif.

— Cinq minutes.

Il ajusta son nœud de cravate devant la glace et brossa la veste de son costume italien en soie bleue. Si l'on exceptait la cravate et la veste de sport qu'il avait mises pour aller à l'office du dimanche à St. James, c'était le premier costume qu'il portait depuis son cocktail d'adieu, près de deux mois auparavant, et il ne s'aimait guère dans cette tenue. « Tu ressembles à un rat des villes, Landry. » Là-dessus, il sortit de sa chambre et s'engouffra dans l'ascenseur.

Charlie, qui se méfiait de son humeur, lui réserva un accueil mitigé. Keith le rassura :

— Tu as raison. Ce n'est pas ta faute.

— Bien vu. Allons-y.

— Le billet.

— Ah oui...

Charlie fouilla dans sa veste et tendit le billet d'avion à Keith.

— J'ai réservé sur USAir pour Columbus, sans escale. Il y aussi un billet de réservation pour une voiture de location.

Keith examina le billet. Il quittait National Airport à 7 h 35 et arrivait à 9 h 05.

— Tu n'aurais pas pu me trouver un départ plus tôt ?

— C'est le premier vol sans escale en première...

— Je me fiche de la première et des escales. Rien qui arrive plus tôt à Toledo ou à Dayton ?

— Dayton ? C'est où, ça ? Écoute, c'est l'agence de voyages de la Maison-Blanche qui s'est occupée de la réservation. Je ne pense pas qu'il y ait beaucoup de vols pour cette destination, mon vieux. Tu peux déjà t'estimer heureux qu'il s'agisse de Columbus, Ohio, et non de Columbus, Géorgie. Tu n'as qu'à aller voir à l'agence un peu plus tard, si tu veux.

— Ça ira. En route.

Ils franchirent la grande porte devant laquelle attendait une Lincoln. Comme il pleuvait, le chauffeur les escorta jusqu'à la voiture sous un grand parapluie.

Quand ils furent installés sur le siège arrière, Charlie dit :

— J'ai vu l'adjoint du ministre, Ted Stansfield, hier soir. Il est ravi que tu aies pu venir.

— M'a-t-on laissé le choix ?

— C'est le ton qui se pratique ici. Humilité feinte. Le ministre de la Défense te dira : « Keith, je suis enchanté que vous ayez pu venir. J'espère que cela ne vous a pas posé de problème. »

— Est-ce à ce moment-là que je lui dis d'aller se faire voir ?

— Je ne crois pas. Il s'attend à te reprendre dans son équipe, alors, s'il te dit : « Très heureux de vous retrouver », tu réponds : « Ça fait plaisir de revoir Washington », comme si tu n'avais pas bien compris ce qu'il sous-entendait. Ensuite, tu vas serrer la main du président. Si on l'a informé que tu hésitais, il dira : « Mon colonel, j'espère que vous examinerez sérieusement l'offre qui vous est faite et que vous l'accepterez. » Toi, tu diras : « Certainement, monsieur. » Ce qui veut dire que tu l'examineras, mais pas forcément que tu l'accepteras. Pigé ?

— Charlie, j'étais un as de la phrase équivoque, un champion du parler pour ne rien dire, un expert en ambiguïté sémantique. C'est pour ça que je ne veux pas revenir dans ce milieu. Je suis en train de réapprendre le parler simple.

— C'est très ennuyeux.

— Je suppose que tu t'es gardé de prévenir Ted Stansfield que je refusais la mission.

— En effet, parce que je voulais te laisser le temps d'y penser. Y as-tu réfléchi ?

— Oui.

— Alors ?

— Eh bien, j'ai pris un taxi pour faire un tour en ville, hier soir, et j'ai réfléchi à fond. Je suis allé au monument dédié à Lincoln et, devant la statue du grand homme, je lui ai demandé : « Abraham, que dois-je faire ? » Lincoln m'a répondu, Charlie. Il m'a dit : « Keith, Washington est une ville de merde. »

— Qu'est-ce que tu espérais. Il s'y est fait assassiner. Tu aurais dû demander à quelqu'un d'autre.

— À qui, par exemple ? Aux cinq mille types qui ont leur nom sur le mur noir[1] ? Il vaut mieux ne pas savoir ce qu'ils pensent de Washington.

— Oui, ça vaut mieux.

La voiture officielle contourna le square Lafayette et aborda l'entrée de l'aile ouest par la 17ᵉ Rue.

Charlie déclara :

— Écoute, Keith, la décision t'appartient. J'ai fait ce qu'on m'avait ordonné. Je t'ai amené ici.

— On ne t'a pas demandé d'obtenir mon consentement ?

— Non. Ils étaient persuadés que tu sauterais sur l'occasion. Moi, j'en étais moins sûr.

— Tu n'avais pas tort.

— C'est la raison pour laquelle cette réunion risque d'être un peu difficile pour moi.

— Je te couvrirai.

— Merci.

Keith regarda par la vitre. En face exactement de l'aile

1. Monument dédié aux morts du Viêt-nam.

ouest, sur la 17e Rue, se dressait le Old Executive Office Building, où il travaillait avant, l'ancien palais des ministères, construit il y a une centaine d'années dans un mélange de granit et de fer forgé, selon un style appelé Second Empire français. Les gens adoraient ou détestaient. Keith avait un avis partagé. L'intérieur, restauré depuis peu, était gênant de somptuosité, surtout quand on avait une fenêtre au dernier étage qui donnait au sud, sur les ghettos noirs.

Le bâtiment était quatre fois plus grand que la Maison-Blanche. Il abritait autrefois le ministère de la Guerre, celui de la Marine et les Affaires étrangères, qui, à eux trois, n'occupaient pas toute la place. Aujourd'hui, il ne suffisait même pas à héberger la totalité de ceux qui composaient le personnel de la Maison-Blanche et restait réservé aux services les plus importants, comme le Conseil de sécurité nationale. Cette entité jouait un rôle de conseil auprès du président, de centre de tri des informations collectées par la CIA, l'Agence de renseignement pour la Défense, pour laquelle Keith avait en son temps travaillé, l'Agence de sécurité nationale, essentiellement consacrée au chiffre, le Service de renseignement des Affaires étrangères, et tous les autres services d'espionnage qui abondaient à Washington et ailleurs.

Siégeaient au sein du Conseil actuel le directeur de la CIA, le ministre de la Défense, le ministre des Affaires étrangères, le président du Comité des chefs de service et toutes les personnes haut placées que le président décidait d'y nommer. Il constituait indéniablement une élite. Du temps de la guerre froide, le Conseil de sécurité nationale représentait une instance beaucoup plus importante que le cabinet, même si personne n'était censé le savoir.

Il y avait de cela quelques années, Keith avait été invité à quitter ses fonctions auprès de l'Agence de renseignement pour la Défense au Pentagone pour occuper un poste de haute responsabilité au Conseil de sécurité nationale, le NSC, situé dans le Old Executive Office Building. Comparé aux activités auxquelles il s'était adonné dans le monde entier pour l'Agence, le job comportait moins de risques physiques. Le bureau était en outre plus proche de son appartement de Georgetown, et il avait pensé qu'il serait agréable de travailler avec des civils. Mais, en fin de compte, le danger lui avait manqué et, s'il avait pu paraître bon pour sa carrière d'œuvrer à l'ombre de la Maison-Blanche, ce changement d'orientation s'était révélé moins positif dans d'autres domaines.

Parmi les personnes qu'il avait côtoyées au NSC se trouvait un certain colonel Oliver North. Keith ne le connaissait pas intimement, mais, lorsque le colonel North était devenu célèbre, le colonel Landry était devenu méfiant. North avait indéniablement été un bon soldat, mais la collaboration avec les civils avait agi sur lui comme une affectation au pavillon des contagieux. Il avait attrapé un mauvais virus. Keith se sentait menacé du même mal et il avait pris l'habitude de porter un masque et de se laver les mains pour exercer son métier.

Et voilà qu'on le rappelait pour travailler non plus dans le vieux palais des ministères, mais à la Maison-Blanche même, à ce qu'il semblait.

Ils ralentirent à la hauteur du poste de sécurité où, après les vérifications d'usage, on leur fit signe de passer. Le conducteur se dirigea vers l'entrée. Là, ils descendirent de voiture.

Les hommes chargés de la sécurité gardaient l'entrée en plus grand nombre. L'un d'eux leur ouvrit la porte et les laissa entrer, sans autre formalité. Dans le hall, un homme derrière un guichet s'assura une fois de plus que leurs noms figuraient bien sur sa liste témoin. Keith signa. Sous la mention « Titre et Fonction », il inscrivit : « Civil, retraité ». Il était 11 h 05.

Keith était déjà venu quelquefois dans l'aile ouest, par le passage souterrain, dont peu de gens connaissent l'existence et qui court sous la 17e Rue pour déboucher dans le sous-sol de la Maison-Blanche, où sont situées quelques annexes du Conseil de sécurité nationale. Il avait eu, à quelques reprises, l'occasion d'y rencontrer le conseiller à la sécurité nationale d'un précédent gouvernement.

Quand Charlie eut signé à son tour, l'homme de la réception leur dit :

— Messieurs, si vous voulez bien descendre par l'ascenseur et attendre au salon. On viendra vous chercher.

Le salon, un bien grand mot pour désigner la salle d'attente du sous-sol, bénéficiait depuis peu d'un mobilier de type club qui offrait un certain confort. La pièce comportait un téléviseur branché sur CNN et un long buffet adossé au mur, qui proposait tout un assortiment de victuailles et de boissons, du café avec viennoiseries aux fruits et yaourts pour les obsédés de la diététique, tout ce qu'on pouvait souhaiter, sauf de l'alcool et du cyanure.

Une dizaine de sièges étaient déjà occupés par autant de personnes, hommes et femmes, inconnues de Keith, mais qui jetaient des regards furtifs aux nouveaux arrivants en essayant de situer leurs visages dans le panthéon des divinités washingtoniennes du moment.

Charlie et Keith trouvèrent deux chaises libres autour d'une table et s'y assirent.

— Tu veux un café ou quelque chose ? proposa Charlie.

— Non, merci, patron.

Charlie sourit en songeant à la nouvelle situation.

— Si tu acceptes ce poste, tu auras pour supérieur immédiat le conseiller à la sécurité nationale, pas moi.

— Je croyais que c'était moi qui devais devenir conseiller à la sécurité nationale.

— Non, tu travailleras directement sous ses ordres.

— Quand pourrai-je être président ?

— Keith, la perspective de cette réunion me rend un peu nerveux. Tu pourrais arrêter tes conneries ?

— D'accord. Tu devrais faire des pompes. C'est ce que je fais, moi.

— Je fumerais bien une cigarette, mais c'est interdit ici. Regarde moi à quoi ressemble cet endroit !

Keith examina la pièce. Malgré son décor agréable, ce n'était jamais qu'une salle aveugle en sous-sol, et l'atmosphère qui y régnait était celle de toutes les salles d'attente du monde entier. Il y grondait un bourdonnement incessant, né dans les entrailles du bâtiment, d'appareils électriques qui projetaient de l'air chaud ou froid, selon la saison. Après deux mois loin de la ville et de ce borborygme des grands immeubles, Keith ne parvenait plus à s'en abstraire et en était agacé.

Mais surtout il flottait dans cette pièce une impression

surnaturelle, une sensation de drame imminent, comme si ces hommes et ces femmes attendaient un verdict dans une autre de ces salles souterraines moins accueillantes où, ailleurs, on exécute ceux dont les noms sont portés sur la liste du jour.

Keith avait eu l'occasion de visiter la prison souterraine de la Loubianka, ancien quartier général du KGB à Moscou, qui était devenue une attraction touristique pour les anciens ennemis du défunt État soviétique. Les cellules n'existaient plus. Elles avaient été remplacées par des bureaux. Mais Keith s'était imaginé enfermé dans une ancienne cellule, assailli par les cris des hommes et des femmes que l'on torturait, l'appel des noms, l'écho du coup de feu au bout du couloir où les prisonniers, avait expliqué le guide, étaient abattus d'une balle dans la nuque.

Naturellement, la salle d'attente de l'aile ouest n'avait rien à voir avec cela — yaourt et nouvelles du monde à la télé —, mais l'impression d'être suspendu à l'appel de son nom par les autorités était la même. Peu importait la raison, ce qui comptait, c'était qu'il fallait attendre d'entendre prononcer son nom.

Keith se promit de ne plus se laisser soumettre à l'appel de son nom par le gouvernement. Son nom était sorti vingt-cinq ans auparavant et il avait répondu présent. Il était ressorti hier et il avait répondu présent. On allait l'appeler dans un instant, mais, cette fois, ce serait différent. Ce serait la dernière fois qu'il répondrait.

La porte s'ouvrit. Un planton annonça :

— Colonel Landry, monsieur Adair, voulez-vous venir, s'il vous plaît ?

Ils se levèrent et le suivirent dans l'ascenseur. Ils remontèrent à l'étage supérieur. L'homme les escorta jusqu'à la salle du cabinet, à l'extrémité de l'aile. Il frappa à la porte, l'ouvrit et les pria d'entrer. À l'intérieur, un autre homme vint à leur rencontre. Keith reconnut Ted Stansfield. Charlie dit :

— Ted, tu te souviens de Keith ?

— Certainement. (Il serra la main de Keith en déclarant :) Enchanté que vous ayez pu venir.

— Ravi d'avoir été invité.

— Venez vous asseoir.

Il leur indiqua deux des chaises qui entouraient la longue table de bois sombre autour de laquelle se réunissait le cabinet.

La salle accueillait toutes sortes de réunions, petites ou grandes, lorsque le cabinet n'était pas en séance. Elle servait en fait de salle de conférences, selon un planning serré, à ceux qui souhaitaient impressionner ou intimider. Le colonel Keith Landry avait passé l'âge d'être impressionné et ne s'était jamais laissé intimider. Dans l'immédiat, il était sujet à l'ennui et à une légère impatience.

Il regarda Stansfield. C'était un homme d'une quarantaine d'année, onctueux et policé, et qui paraissait très satisfait, surtout de lui-même.

Stansfield les informa :

— Le ministre est un peu en retard. (Il s'adressa à Keith :) Votre ancien patron, le général Watkins, va venir nous rejoindre, ainsi que le colonel Chandler, qui est actuellement adjoint du conseiller à la sécurité nationale.

— M. Yadzinski sera-t-il là également? interrogea Keith en employant le nom du conseiller à la sécurité nationale, alors que, dans les sphères officielles de Washington, les personnalités les plus importantes sont en général désignées par leur titre, « le président », « le ministre de la Défense », etc., comme promues de l'état de mortel à celui de divinité; cependant, la règle valait aussi pour les plus humbles, « le planton » par exemple.

Ted Stansfield répondit :

— Le conseiller à la sécurité nous rejoindra s'il le peut.

— Ils sont tous un peu en retard?

— Oui, sans doute, ce doit être cela. Désirez-vous quelque chose?

— Non, merci.

Les trois hommes se mirent à bavarder, en veillant, selon la coutume, à n'aborder aucun sujet qui puisse amener des réflexions du type : « Avant votre arrivée, M. Landry et moi parlions de ceci et il m'a dit cela. »

— Avez-vous bien profité de votre brève retraite? s'enquit Stansfield.

Pour ne pas mettre Charlie en mauvaise posture, Keith se retint de contester la conjugaison du verbe au passé.

— Très bien.

— À quoi avez-vous employé votre temps ?

— Je suis retourné dans ma ville natale et j'ai revu mon ancienne petite amie.

Stansfield sourit.

— Vraiment ? Et avez-vous pu ranimer les sentiments d'autrefois ?

— Sans problème.

— Bien. C'est très intéressant, Keith. Et avez-vous des projets ?

— Nous en avons, en effet. Je l'emmène à Washington demain.

— C'est merveilleux. Pourquoi ne pas l'avoir amenée avec vous aujourd'hui ?

— Son mari ne part que demain.

Charlie lui assena un coup de pied dans la cheville en même temps que le sourire béat de Stansfield s'éteignait. Keith précisa, au profit de Stansfield :

— Charlie m'a dit que ça ne poserait pas de problème.

— Eh bien... j'imagine que...

Charlie intervint :

— La personne en question est en instance de divorce.

— Ah !

Keith n'insista pas.

La porte s'ouvrit alors sur le général Watkins, en civil, et sur un autre homme, lui aussi en civil, en qui Keith reconnut le colonel Chandler, bien qu'il ne l'eût rencontré qu'en de rares occasions.

Charlie se leva, ainsi que Ted Stansfield, même si les civils qu'ils étaient n'y étaient pas obligés. Keith, ne sachant trop que faire, les imita et tous se serrèrent la main. Le général Watkins s'extasia :

— Vous avez l'air en pleine forme, Keith. Le repos vous a fait du bien. Prêt à remonter en selle ?

— La chute a été dure, mon général.

— Raison de plus pour remonter immédiatement.

Keith s'attendait à cette réplique inepte, mais il lui avait lui-même tendu la perche. Keith se demanda combien de répliques évasives et ineptes il devrait encore susciter avant qu'ils comprennent.

Ted Stansfield lui dit :

— Vous vous souvenez certainement de Dick Chandler, dont vous allez occuper le poste. Le colonel Chandler va s'intéresser désormais à des choses plus importantes au Pentagone.

Les colonels Landry et Chandler échangèrent une poignée de main. Chandler avait l'air soulagé de voir assurée sa relève. C'est du moins ce que se dit Keith, mais il se faisait peut-être des idées.

Keith savait que les militaires n'aimaient guère en général les postes à la Maison-Blanche, mais, en temps de paix, il était difficile d'y échapper si on tenait à sa carrière. En temps de guerre, c'était plus simple : on se portait volontaire pour aller au front et on se faisait tuer.

Le général Watkins, le colonel Chandler, le colonel Landry, M. Adair et M. Stansfield restèrent debout en attendant l'arrivée imminente du ministre de la Défense. La conversation se maintenait avec difficulté. Les bavardages inconséquents n'avaient pas leur place dans l'aile ouest s'ils duraient trop longtemps, et les grands sujets, comme la détérioration de la situation en ex-Union soviétique, étaient parsemés d'embûches, car tout ce qui se disait pouvait passer pour officiel et être retenu contre son auteur par la suite. Ted Stansfield sauva la situation en parlant d'une nouvelle directive dont il venait de prendre connaissance, qui clarifiait une précédente directive et traitait de la question pointilleuse de savoir qui doit en référer à qui.

Keith changea de chaîne, mais le ronron d'arrière-plan brancha son esprit sur l'organisation du petit monde du renseignement. Le Conseil de sécurité nationale, pour lequel il avait travaillé, était dirigé par l'assistant du président chargé des questions de sécurité nationale, connu sous l'appellation de conseiller à la sécurité nationale, lequel avait pour nom Edward Yadzinski. Le poste que l'on proposait au colonel Landry était celui d'assistant de M. Yadzinski, ou peut-être son adjoint militaire ou officier de liaison, plus ou moins inféodé au ministre de la Défense, qu'ils attendaient présentement.

Keith se rappelait l'organigramme, disposé en cadres et rectangles proprets, tous reliés entre eux par un écheveau de lignes tortueuses qui ne se croisaient jamais et ressemblaient au schéma électronique d'un sous-marin nucléaire. Cependant, contrairement au schéma électronique, qui devait obéir aux lois de la science, l'organigramme du petit monde du renseignement n'obéissait à aucune loi, divine ou naturelle, autre que la loi humaine, sujette aux caprices de l'administration et aux remises en cause du Congrès.

Cela mis à part, Keith ne comprenait pas vraiment la raison de la présence de son ancien patron, le général Watkins, puisqu'il se situait à l'extrême droite de l'organigramme, dans la 17e Rue, alors que Keith devait en occuper le centre, à quelques échelons en dessous du grand manitou. Il supposait que le général Watkins accomplissait ainsi une sorte de pénitence pour avoir laissé partir le colonel Landry, sur ordre bien entendu, alors qu'il aurait dû prévoir que le président souhaiterait récupérer ledit colonel deux mois plus tard. Pauvre général Watkins.

Certes, Watkins n'était pas censé présenter des excuses pour avoir montré la sortie au colonel Landry, mais il était tenu d'assister à sa réintégration, avec le sourire, ou une moue qui puisse passer pour un sourire. Watkins était ulcéré, ce qui pouvait se comprendre, mais il subirait sans un soupir.

De tout temps et en tout lieu, le siège du pouvoir s'apparente à un asile de fous, propice aux comportements extravagants, le Kremlin, Byzance, la Cité interdite, la villa de l'empereur romain, le bunker du Führer. Peu importent le nom et l'aspect extérieur; à l'intérieur règne une atmosphère obscure et confinée, un bouillon de culture favorable au développement de la folie par la déconnexion dangereuse d'avec la réalité. Keith fut saisi d'une envie soudaine de foncer vers la porte, en criant que l'asile était aux mains des fous.

Le général Watkins remarqua :

— Keith, vous avez ce sourire que je trouvais inquiétant.

— Je ne savais pas que je souriais, mon général, et je ne m'étais jamais rendu compte que ce sourire vous inquiétait.

— C'était toujours le prélude à quelque réflexion ironique. Étiez-vous en train de nous en préparer une ?

— Mon général, j'aimerais profiter de l'occasion pour...

Charlie Adair s'interposa :

— Keith, cela peut sûrement attendre.

Keith trouvait le moment parfaitement choisi pour dire au général Watkins ce qu'il pensait de lui, mais, à cet instant, la porte s'ouvrit et le ministre de la Défense fit son entrée. C'était un petit homme frêle à lunettes, atteint d'un début de calvitie, qu'on imaginait mal à la tête de la machine de guerre la plus puissante de la planète. Sous cette allure débonnaire ne se cachait pas une forte personnalité ; Mars, le dieu de la Guerre, n'était pas tapi dans ce corps menu. Il ressemblait à une poule mouillée et c'était une poule mouillée.

Ted Stansfield présenta le ministre de la Défense, qui sourit, serra toutes les mains qui se tendaient et dit à Keith :

— Très heureux que vous ayez pu venir.

— Je suis ravi d'être ici.

Stansfield écarta une chaise à l'extrémité de la longue table et le ministre s'assit. Stansfield installa le général Watkins et le colonel Chandler à la droite du ministre et fit signe à Keith et à Charlie de s'asseoir en face d'eux. Ted Stansfield, toujours debout, déclara :

— Monsieur le Ministre, messieurs, si vous voulez bien m'excuser. J'ai un autre rendez-vous.

Et il s'éclipsa.

Le ministre se tourna vers Keith.

— Eh bien, colonel Landry, vous vous demandez sans doute pourquoi vous avez été prié de mettre fin à votre retraite. Je vais donc vous le dire. Vous avez fait une impression forte et durable sur le président au cours d'une réunion des personnels du renseignement. Il y a quelques jours, il vous a demandé personnellement. (Le ministre pouffa de rire.) Quand on lui a dit que vous étiez à la retraite, il a répondu que vous étiez trop jeune pour être retraité. Et voilà.

Il considéra Keith en souriant.

Keith envisagea plusieurs réponses, dont la citation de la ballade écossaise de Charlie. Il préféra saisir l'occasion pour mettre les choses au point.

— Monsieur, on m'a prié de prendre ma retraite. L'idée ne venait pas de moi.

Il s'abstint de désigner le général Watkins du regard, ce qui eût été mesquin. Il continua :

— Mais j'ai travaillé pendant vingt-cinq ans et ma situation actuelle me satisfait pleinement.

Le ministre ne parut pas saisir toute la portée de ces paroles. Il reprit :

— Votre nom est inscrit au tableau des nominations au grade de général. Le président doit passer cette liste en revue prochainement.

Keith, qui tentait toujours de faire passer son message, répondit :

— Monsieur, je ne suis plus en service actif, car j'ai pris ma retraite militaire en même temps que ma retraite de fonctionnaire du gouvernement. Je suppose donc que cette promotion me sera accordée en tant qu'officier de réserve, sorti du service actif.

Le ministre suivait son idée.

— Le poste que vous devez occuper sera celui d'assistant et de conseiller militaire auprès du conseiller du président pour la sécurité nationale. Le colonel Chandler vous exposera plus tard la nature de vos fonctions. (Le ministre ajouta :) Vous aurez votre bureau ici, dans l'aile ouest.

Il parlait de l'aile ouest, se dit Keith, comme il aurait dit « à la droite du père ». Et voilà, ils étaient là dans l'antre du pouvoir, où la proximité du pouvoir est déjà le pouvoir, à deux pas du Bureau ovale, dans ce bâtiment où l'on pouvait littéralement se heurter au président au détour d'un couloir, à l'épicentre des secousses et remous nationaux et internationaux. Drôle d'endroit pour travailler que celui où les parents et amis ne pouvaient passer prendre une tasse de café ou vous inviter à déjeuner. Keith demanda :

— Mon bureau se trouvera-t-il à l'étage ou au sous-sol ?

— Au sous-sol.

— On peut voir le ciel ? Y a-t-il au moins une petite fenêtre ?

Chandler parut quelque peu décontenancé. Il précisa :

— C'est au centre. Vous aurez une secrétaire.

— Y a-t-il des plantes ?

Un sourire crispé aux lèvres, Charlie expliqua à la ronde :

— Le colonel Landry vient de séjourner deux mois dans sa ferme familiale et a pris goût aux choses de la nature.

— Comme c'est sympathique ! s'exclama le ministre de la Défense. (Il s'adressa à Keith :) Avez-vous des questions à me poser, mon colonel ?

Il avait déjà décollé de sa chaise et ne quittait pas sa montre des yeux. Aussi Keith répondit-il :

— Non, monsieur.

Le ministre acheva de se lever et, aussitôt, tout le monde fut debout.

— Bon, si vous voulez bien m'excuser, messieurs, j'ai un autre rendez-vous. (Son regard se posa sur Keith.) Ce que le général Watkins a perdu profitera à la Maison-Blanche. Bonne chance.

Et il s'en alla.

Le général saisit l'occasion de ce départ pour dire à Keith :

— Je suis étonné que vous ayez décidé de revenir à Washington. J'avais l'impression que vous en aviez assez.

— C'est la vérité.

Le général lui servit un sourire railleur.

— Peut-être qu'une nouvelle mission vous redonnera de la vigueur.

— Lorsque j'aurai la même étoile que vous, mon général, nous pourrons nous mesurer en un combat athlétique et nous verrons bien qui de nous deux est le plus vigoureux.

Cette remarque parut chagriner le général, mais, comme il percevait certains infléchissements dans la structure du pouvoir, il la laissa passer sans réagir. Il déclara :

— Eh bien, messieurs, vous n'avez plus besoin de moi et j'ai moi aussi un autre rendez-vous. Bonne journée. (Il ajouta, à l'attention de Keith :) La politique n'est pas votre fort, mon colonel.

— Merci.

Watkins partit, laissant Keith, Charlie Adair et le colonel Chandler debout au milieu de la salle du cabinet. Étant plus ou moins égaux au regard de la hiérarchie, ils s'assirent sans attendre d'y être invités par l'un ou l'autre d'entre eux. Keith prit place un peu à l'écart.

Chandler se mit à exposer la teneur du poste qu'il lui cédait. Keith laissa son esprit s'envoler ailleurs. Toute cette pseudo-réunion n'était qu'une mise en scène, avec intervention vedette du ministre de la Défense. Certes, le protocole l'exigeait, car le ministre de la Défense restait le grand patron du colonel Landry, si Keith se considérait encore comme un militaire. Les autres acteurs avaient aussi leur rôle à jouer. Charlie Adair tenait celui de Judas, le général Watkins celui du bouc émissaire, le colonel Chandler était Pilate se lavant les mains de tout le pataquès et Ted Stansfield le monsieur Loyal du spectacle. Keith connaissait son rôle, mais bâclait ses répliques.

Ses pensées revinrent à Annie. Il se demanda ce qu'elle aurait retiré de cette comédie si elle y avait assisté. Comme il l'avait dit à Charlie, c'était une simple fille de la campagne, mais pas pour autant le quart d'une imbécile. Elle avait d'ailleurs bien mieux réussi que lui dans ses études. Elle appartenait aussi, comme lui, à la tradition démocratique du Middle West et, si elle s'était trouvée avec lui dans cette pièce, elle aurait sans aucun doute jugé détestables ce faste, ce protocole, ces préséances, et percé à jour l'inanité de cette farce bien avant qu'il ne le fasse.

Au tout début de sa carrière, le monde était plus dangereux, mais le microcosme gouvernemental lui paraissait alors plus simple et bon enfant. On y rencontrait des hommes qui avaient contribué à la défaite des forces de l'Axe, des hommes qui étaient des serviteurs dévoués de la cause publique, qu'animait le sens de leur devoir et de leur mission, et non des porcs agrippés à l'auge du gouvernement. Désormais, la génération du Viêt-nam arrivait à son tour à l'âge de la retraite, ou était mise à la porte, et la relève ne lui disait rien qui vaille.

Pendant cinq minutes encore, le colonel Chandler détailla les fonctions et responsabilités liées au poste à pourvoir, en les présentant sous le jour le plus favorable et en omettant d'évoquer les journées de douze heures, les dossiers rapportés à la maison, les crises dans des pays dont les fuseaux horaires et les jours fériés ne correspondaient pas exactement à ceux de Washington.

Keith l'interrompit :

— Ça vous a plu ?

— Est-ce que ça m'a plu ?... (Il réfléchit un instant avant de répondre :) C'est assez stressant de travailler à la Maison-Blanche, mais extrêmement gratifiant.

— Comment un job stressant peut-il être gratifiant ?

— Eh bien... c'est possible. Peut-être parce que j'œuvrais pour mon pays et non pour moi-même.

— Œuvriez-vous dans le bon sens ?

— Je le pensais. J'en suis sûr. Ce n'est pas fini, vous savez. Il reste encore quelques scélérats à mater.

— Exact. Mais les nouveaux gentils peuvent s'occuper des nouveaux méchants.

— Nous avons l'expérience.

— L'expérience des anciens méchants. Nous sommes aptes à saisir les nouvelles réalités, mais nous raisonnons à l'ancienne. (Il regarda le colonel Chandler droit dans les yeux.) Me conseillez-vous d'accepter ce poste ?

Chandler se racla la gorge et se tourna vers Adair, qui agita la main, de l'air de dire : « Donnez-lui sa réponse. »

Le colonel Chandler hésita quelques secondes avant de lâcher :

— Je suis heureux de pouvoir le mentionner sur mon CV, mais je ne souhaite pas les deux années que je viens de passer à mon pire ennemi.

— Merci.

La porte s'ouvrit. Le conseiller du président pour les questions de sécurité nationale, M. Edward Yadzinski, s'avança. Ils se levèrent comme un seul homme. Yadzinski leur serra à tous la main, en disant à Keith :

— Je suis ravi que vous ayez pu venir si vite.

— Merci, monsieur. Moi aussi.

— J'ai un autre rendez-vous, mais je voulais bavarder un peu avec vous. J'ai vu votre dossier. Je suis très impressionné par l'étendue de l'expérience que vous avez accumulée entre vos premières armes de chef de section de combat et votre dernière affectation. Je cherche quelqu'un comme vous, qui sera franc et honnête avec moi. Le colonel Chandler s'en porte garant. J'aime les militaires, car ils présentent les qualités que je souhaite.

— Oui, monsieur.

Et, compléta Keith mentalement, parce qu'ils n'ont pas d'ambitions politiques, qu'ils obéissent aux ordres et qu'on peut les muter facilement sans être obligé de les licencier. Comme les prêtres et les ministres de Dieu, les militaires ont une vocation qui transcende en théorie leur vie personnelle. Dans le secteur exécutif, on juge utile de compter parmi le personnel quelques membres de l'armée : serviteurs sous contrat en civil.

Yadzinski continuait :

— Vos anciens collègues disent beaucoup de bien de vous, mon colonel. N'est-ce pas, Charlie ?

Charlie Adair confirma :

— Le colonel Landry était un élément précieux de mon service et un membre respecté de toute la corporation du renseignement.

Keith précisa, à l'attention de son patron potentiel :

— Je ne me suis jamais très bien entendu avec le général Watkins et j'ai causé beaucoup de souci à M. Adair.

Charlie fit la grimace. Yadzinski sourit.

— Vous n'êtes pas très diplomate, n'est-ce pas ? Pour tout vous dire, j'étais présent à la réunion au cours de laquelle vous avez demandé au ministre des Affaires étrangères si nous avions une politique extérieure. (Il fut secoué d'un petit rire.) J'aime ça. Je vous soutiendrai, mon colonel. Je travaille directement pour le président et vous travaillez directement pour moi.

Keith trouvait Yadzinski sympathique. Il se dit qu'il aurait aimé travailler sous ses ordres cinq ou six ans plus tôt. Maintenant, c'était trop tard. Il déclara :

— Malgré nos différends, M. Adair m'est apparu comme quelqu'un de très compétent, efficace et consciencieux.

Il n'était pas fâché d'avoir pu placer son petit éloge. Malheureusement, Yadzinski n'écoutait pas. Il poursuivait :

— Le colonel Chandler répondra à toutes vos questions mieux que je ne saurais le faire.

Il tendit la main. Keith s'en empara. Yadzinski conclut :

— Bienvenue à bord, mon colonel. (Il jeta un coup d'œil à sa montre.) J'ai un autre rendez-vous. (Sans cesser de broyer la main de Keith, il ajouta :) Quand pouvez-vous commencer ?

— Eh bien, j'aimerais prendre le week-end pour réfléchir.

— C'est tout naturel. Lundi, ce sera parfait. Le colonel Chandler va vous montrer votre bureau.

Charlie glissa :

— Monsieur, le colonel Landry habite dans l'Ohio.

— Belle région. Bonne journée, messieurs.

Il tourna les talons et disparut.

Keith se pencha sur sa montre.

— J'ai un autre rendez-vous. Bonne journée, messieurs.

Charlie afficha un sourire contraint.

— Tu as rendez-vous avec le président.

Le colonel Chandler renchérit :

— Vous devez attendre dans la salle d'attente qu'on vous appelle. (Une moue ironique se peignit sur son visage.) Je n'ai pas d'autre rendez-vous, mais je vous quitte. (Il s'éloigna vers la porte, mais se retourna avant de l'atteindre.) Si vous descendez, mon bureau est en bas. J'ai laissé mon numéro, si vous avez des questions. Vous êtes ici chez vous.

Il s'en alla et, même si Keith ne les entendit pas, il sentait flotter dans l'air les mots « pauvre con ». Il s'adressa à Charlie :

— Charlie, quelque chose me dit que nous ne sommes plus à Spencerville.

— À quoi tu vois ça ?

Tandis qu'ils se dirigeaient vers la porte, Keith reprit :

— Lundi matin, ils risquent de s'apercevoir avec surprise que le bureau du colonel Chandler est vide.

— Prends le week-end pour y réfléchir. Yadzinski est un des types bien de ce service. Essaie au moins. Qu'est-ce que tu as à perdre ?

— Mon âme.

Ils sortirent dans le couloir et redescendirent au sous-sol par l'ascenseur. Charlie demanda :

— Tu veux voir ton bureau ?

— Non.

Ils regagnèrent la salle d'attente et s'y installèrent. Charlie marmonna comme pour lui-même :

— Je pense que je suis tiré d'affaire. Merci pour le coup de pouce.

Keith ne répondit pas. Il lisait le journal.

Charlie se mit soudain à rire.

— Il n'avait pas l'air de savoir que tu avais quitté Washington. Pourtant, je le lui ai dit... il ne devait pas écouter.

Keith tourna la page de son journal.

— Je peux le leur rappeler, proposa Charlie. Pour qu'on te laisse quelques semaines pour te retourner.

Keith consulta sa montre.

Charlie reprit :

— Cela dit, je comprends ton point de vue. Cette ville a tout de la Cocotte Minute.

Keith continuait d'explorer le journal. Il se plongea dans un article consacré aux embouteillages durant les heures de pointe. Les minutes s'égrenaient.

Charlie poursuivait son monologue :

— Si tu dis que tu travailles à la Maison-Blanche... ton amie sera éblouie et fière, non ?

Keith répondit, sans lever les yeux de sa lecture :

— Non.

— Avoue que c'est quand même tentant.

Keith abaissa son journal :

— Charlie, les gouvernements passent. Les postes à la Maison-Blanche sont à peu près aussi stables et durables que le séjour d'un cavalier sur un cheval de rodéo. Écoute, sans critiquer ni porter de jugement, je me trouve dans une situation que je n'ai pas choisie et je n'aime pas ça. Je devrais pouvoir me contenter de refuser la proposition qui m'est faite pour des raisons de convenance personnelle. Vu ?

— Vu.

Un secrétaire chargé des rendez-vous surgit et annonça :

— Colonel Landry, le président va vous recevoir.

— Bonne chance, grommela Charlie.

Lorsque Keith se leva, tous les regards convergèrent vers lui et suivirent sa sortie sur les talons du secrétaire.

Ils prirent l'ascenseur pour se rendre au Bureau ovale. Un employé des services secrets les arrêta à la porte.

— Une minute, s'il vous plaît.

Le préposé aux rendez-vous lui rappela le protocole et lui recommanda de ne pas marcher sur le grand sceau tissé au centre du tapis. Keith s'enquit :

— Dois-je sauter par-dessus ?

— Non, monsieur, vous le contournerez par la gauche. La secrétaire particulière du président le contournera par la droite, puis vous avancerez jusqu'au bureau. Le président a pris du retard. Il ne vous proposera donc pas de vous asseoir, mais viendra au-devant de vous pour vous accueillir à quelques pas du bureau. Je vous demanderai d'être bref.

— Dois-je lui dire que j'ai voté pour lui ?

L'homme le considéra un instant, puis examina la liste de rendez-vous qu'il tenait à la main pour s'assurer que ce zigoto s'y trouvait bien inscrit.

La porte s'ouvrit. Une jeune femme le pria d'entrer. Ils parcoururent ensemble la pièce de forme ovale, accédèrent d'un même pas au tapis bleu roi, se séparèrent alors pour passer chacun d'un côté du grand sceau avant de se rejoindre devant le bureau derrière lequel siégeait le président, face aux vastes baies orientées au sud. Keith remarqua qu'il pleuvait toujours.

— Je suis enchanté de vous revoir, colonel.

— Merci, monsieur le Président.

— Vous nous avez manqué.

— Oui, monsieur.

— Êtes-vous bien installé ?

— Pas encore, monsieur.

— M. Yadzinski y veillera. C'est un patron exigeant, mais un bon patron.

— Oui, monsieur.

— Nous vivons des temps difficiles, colonel, et nous avons besoin d'hommes ayant votre expérience et votre rigueur.

— Merci, monsieur le Président.

— Avez-vous des questions à poser ?

Cette interrogation terminait traditionnellement tous les entretiens avec les présidents, les généraux et autres personnages haut placés. En d'autres temps, antérieurs sans doute à la naissance de Keith, c'était une véritable question. Mais, en ces jours où tout le monde vivait en retard, c'était devenu une formule de pure rhétorique, qui n'attendait d'autre réponse que « Non, monsieur ». Pourtant Keith la prit au pied de la lettre :

— Pourquoi moi ?

L'espace d'un instant, le président parut déconcerté. La secrétaire toussota nerveusement. Alors, le président dit :

— Pardon ?

— Pourquoi m'avoir choisi, moi, plutôt qu'un autre, monsieur ?

— Oh, je vois. Eh bien, j'avais gardé de vous le souvenir d'un homme qui m'avait frappé par l'étendue de ses connaissances et sa perspicacité. Je suis très heureux de vous savoir parmi nous. (Il tendit la main.) Bienvenue à la Maison-Blanche, colonel.

Keith serra la main que lui offrait le président.

— Merci de m'avoir invité, monsieur.

La secrétaire lui donna une tape sur l'épaule. Ils retraversèrent le Bureau ovale en sens inverse, en évitant le grand sceau, et un homme ouvrit la porte sur leur passage.

Keith se retrouva dans le couloir, privé de son escorte. Le préposé aux rendez-vous lui dit :

— Merci d'être venu, mon colonel. M. Adair vous attend à l'entrée.

Keith regagna le hall, où il trouva un Adair assez inquiet, lui sembla-t-il. Adair s'informa :

— Comment ça s'est passé ?

— Soixante-sept secondes, en comptant le tour du grand sceau.

On les raccompagna à la sortie. Leur chauffeur se précipita vers eux avec un parapluie.

En allant à la voiture, Adair demanda :

— Qu'est-ce qu'il a dit ?

— Rien.

— Il pense que tu as accepté le poste ?

— Oui.

— Qu'est-ce que tu vas faire ?

— Réfléchir.

— Bien. J'ai réservé une table pour le déjeuner.

Ils montèrent dans la voiture. Adair indiqua au chauffeur :

— Au Ritz-Carlton.

Ils quittèrent le territoire de la Maison-Blanche. Le chauffeur se fraya un chemin dans les embouteillages de midi, sous la pluie battante. Adair commenta :

— Tu as montré juste ce qu'il fallait de réserve et de réticence. Ils n'aiment pas les gens qui ont l'air trop avides ou trop désireux de se pousser.

— Charlie, ce n'était pas un entretien d'embauche, c'était un ordre de mobilisation.

— Peu importe.

— Tu accepterais, si c'était toi ?

— Sans hésiter.

— Tu devrais prendre quelques vacances pour reconsidérer ta vie, mon ami.

— Je n'ai pas de vie. Je suis un fonctionnaire du gouvernement.

— Tu m'inquiètes.

— C'est toi qui m'inquiètes. Tu es amoureux ?

— Cela n'a aucun rapport. Je ne veux pas revenir à Washington.

— Même s'il n'y avait pas Annie Baxter ?

— Le sujet est clos.

Ils roulèrent dès lors en silence. Keith regardait défiler la grande ville derrière sa vitre. Il y avait connu de bons moments, il l'admettait, mais la structure extrêmement rigide qui régnait dans les milieux officiels allait à l'encontre de ses idées démocratiques. Ce n'était que l'un des paradoxes du lieu.

Tous les gouvernements qu'il avait vus se succéder débutaient selon un style qui leur était propre, imprimant à leur entreprise l'originalité de leur vision, la fraîcheur de leur énergie, de leur optimisme, de leur idéalisme. Mais, au bout d'un an, l'inévitable bureaucratie réimposait sa loi étouffante. Un an encore et le nouveau gouvernement sombrait dans le pessimisme, l'isolement, l'écartèlement des querelles internes et des luttes intestines. L'occupant du Bureau ovale vieillissait à vue d'œil, et le navire État, aussi ingouvernable qu'insubmersible, poursuivait sa route vaille que vaille, en ayant perdu le cap.

Keith Landry avait quitté le navire, ou, plus exactement, avait été jeté par-dessus bord, pour finir échoué à Spencerville. Sur le rivage, une femme l'avait réconforté et voilà que ses compagnons le rappelaient à bord. Sa bonne fée pouvait l'accompagner s'il voulait, mais il hésitait à lui montrer la vraie nature de ce beau vaisseau flamboyant et à lui faire connaître ses coéquipiers, de peur qu'elle ne se demande quelle sorte d'homme il était réellement. Le vaisseau n'attendrait pas longtemps et le chef des indigènes de l'île, le mari de la bonne fée, venait de lui ordonner de quitter l'île. Il dit à Charlie :

— On se trouve parfois dans des situations où il n'existe pas d'issue facile.

— Exact. Mais toi, Keith, tu as le don pour te fourrer dans ce genre de situation.

Keith sourit.

— D'après toi, je le fais exprès ?

— L'évidence plaide en ce sens. En plus, tu t'y mets tout seul. Quand ce sont d'autres qui te placent dans des situations compliquées, tu te débrouilles pour les rendre encore plus compliquées. Et si on te propose de t'aider à t'en sortir, tu refuses.

— Ah oui ?

— Oui.

— C'est peut-être dû à mes origines de fermier habitué à ne compter que sur lui-même.

— Peut-être. Peut-être n'es-tu qu'un emmerdeur borné et grincheux.

— C'est une possibilité. Pourrai-je t'appeler de temps en temps, quand j'aurai besoin d'une séance de psychanalyse ?

— Tu n'appelleras personne. C'est moi qui t'appellerai.

— C'était pénible de travailler avec moi ?

— Si tu me branches sur ce sujet, je n'ai pas fini ! Cela dit, je te reprendrais à la minute.

— Pourquoi ?

— Tu ne laisses jamais tomber personne. Jamais. Je suppose que c'est ton problème actuellement. Sauf que ta loyauté ne va plus aux mêmes.

— Ouais. Quelque part entre Washington et Spencerville, je me suis converti.

— Tâche de prendre des raccourcis la prochaine fois. À propos, nous voici arrivés.

25

Ils entrèrent au Ritz-Carlton et se présentèrent au Jockey Club, dont le maître d'hôtel salua M. Adair en l'appelant par son nom. Tandis qu'il les conduisait à une table pour deux au fond de la salle, les autres convives les observaient pour tenter de les identifier.

Ce restaurant constituait l'un des antres du pouvoir à Washington. Il en était ainsi depuis qu'il avait accueilli Jackie Kennedy parmi ses premiers clients, dès son ouverture, trente ans auparavant.

Dans ce lieu aux allures de club anglais, la gent masculine prédominait, mais les femmes en appréciaient la gastronomie et l'attention dont elles étaient l'objet. Washington, en réalité, était une ville d'hommes, même si elle tenait le premier rang des employeurs égalitaires et passait pour le sanctuaire de la législation et du parler politiquement correct et antisexiste. Quelques femmes, certes, détenaient une parcelle de pouvoir, mais dans cette ville le sort véritablement réservé aux individus de sexe féminin se situait très en retrait des faits allégués dans les déclarations publiques. Les jolies jeunes femmes surpassaient en nombre, dans une proportion anormale, leurs frères humains de l'autre sexe. Le pouvoir a, on le sait, un effet aphrodisiaque, et c'étaient les hommes qui le possédaient. Les femmes qui arrivaient à Washington du fin fond de l'Amérique pour y occuper des postes de secrétaires et d'assistantes auprès du gouvernement étaient souvent du genre à se satisfaire d'une place à l'ombre de ce pouvoir. En d'autres termes, elles faisaient partie des meubles et se contentaient d'un petit coup de chiffon de temps en temps, heureuses encore de servir à l'occasion. Tout le monde le niait, bien entendu, ce qui, à Washington, signifiait que c'était vrai.

Il y avait bien des signes de changement dans l'air, mais, hormis quelques riches douairières, les tables composées uniquement de femmes restaient rares au Jockey Club.

Keith n'y était pas venu souvent, mais il avait remarqué la relative neutralité politique qui régnait en ce lieu. On pouvait y trouver aussi bien Barbara Bush et Nancy Reagan que des défenseurs des droits civiques des Noirs, comme Vernon Jordan et Jesse Jackson. Les stars médiatiques y pullulaient aussi. Les commensaux prenaient soin de noter mentalement la composition des tables.

Keith demanda à Charlie :

— Allons-nous être rejoints par une personnalité importante ? Nous décevons tous ces gens.

Charlie alluma une cigarette.

— Tu pourrais revenir ici dans quelques semaines, en uniforme de général.

— Les généraux se comptent à la pelle dans cette ville ; quant aux colonels, ils sont aussi nombreux que les garçons de course ; et de toute façon, je ne porte jamais d'uniforme.

— Oui. Mais tu pourrais demander à ta secrétaire de passer un coup de fil : « Ici la Maison-Blanche. Je voudrais réserver une table pour le général Landry. »

— Ah, c'est que c'est presque aussi important que le boulot lui-même.

— Dans ce cas, pense à ça : avec une promotion et trente annuités accomplies, ta retraite sera doublée et tu vivras confortablement. Tu seras encore jeune quand tu prendras ta retraite.

— Mais à toi, Charlie, qu'est-ce que ça peut te faire ?

— Moi ? Je serai heureux de t'avoir à nouveau à portée de main.

— Je ne serai pas à portée de ta main. Je serai de l'autre côté de la rue.

— J'aimerais avoir un ami à la Maison-Blanche.

— Ah, nous y voilà.

— Je songe aussi à ton intérêt.

— Comme ça, nous sommes deux à nous en soucier. (Il ajouta :) Je t'en remercie.

Le serveur approcha. Keith commanda un double scotch, sans eau, Charlie son habituelle vodka rondelle.

Charlie annonça :

— Je t'ai réservé une chambre au Four Seasons pour demain. J'ai supposé que tu préférerais être à Georgetown.

— Qui paye ?

— La Maison-Blanche.

— Y compris ma nuit avec ma maîtresse mariée ?

— En tout cas, si tu prends le vol de 14 h 15 demain à Toledo, tu devrais être à l'hôtel vers 17 heures. Je t'appellerai et nous irons dîner quelque part dans Georgetown.

— Parfait.

— Lundi, nous visiterons la ville et, mardi, tu auras conféré avec ton amie et pris ta décision.

— Autrement dit, je ne suis pas obligé d'être à mon poste lundi matin ?

— Je m'en occupe. Nous t'installerons dans une résidence hôtelière en attendant que tu trouves quelque chose. J'en fais mon affaire.

— Merci.

Keith examina le menu.

Charlie continua :

— Avec ta promotion, tu pourras te permettre d'habiter une maison à Georgetown.

— J'en doute.

— Que gagne un général de nos jours ? Dans les quatre-vingt-cinq mille ?

— Quelque chose comme ça. J'étudierai la question.

— Mais vers quoi pencherais-tu plutôt ?

— Vers le menu, pour le lire. Cette discussion est terminée.

On leur apporta leurs verres. Charlie proposa un toast.

— À tous les serviteurs du pays, passés, présents et à venir !

— Santé !

Le serveur nota leurs commandes.

Charlie demanda :

— As-tu eu la dame de tes pensées au téléphone, hier soir ?

— Elle vit avec son mari.

— C'est vrai. (Il pouffa de rire.) Ted a failli avaler son dentier quand tu as dit ça. C'était d'un drôle ! Je ne m'attendais pas à ce que tu dises ça. (Après un temps, il reprit :) Pourquoi as-tu dit ça ?

— J'en avais envie.

Ils évoquèrent de vieux souvenirs, parlèrent de l'après-guerre froide, risquèrent des spéculations sur l'avenir. Les plats arrivèrent. Ils y firent honneur. À vrai dire, Keith passait un bon moment. Il aimait Charlie Adair, il aimait aborder les grands problèmes du monde, il aimait le scotch, il aimait son steak. Il ne pouvait envisager de revenir vivre dans cette ville, mais il se voyait bien reprendre du service dans le renseignement, à l'étranger, dans un endroit où il pourrait effectivement se rendre utile. Malheureusement, il n'était pas en mesure de situer cet endroit. Et de toute façon il était désormais placé trop en haut de l'échelle pour opérer sur le terrain ; or, quand on disait non au président, on ne pouvait lui demander autre chose... D'ailleurs, même s'il parvenait à obtenir un poste à l'étranger, ce ne serait pas très loyal envers Annie, qui avait deux enfants à l'université dans l'Ohio et de la famille à Spencerville. Il allait devoir commencer à raisonner en simple citoyen, ayant des responsabilités et des obligations de simple citoyen.

Il dit à Charlie :

— Pourquoi nous croyons-nous toujours obligés de gendarmer le monde ?

Charlie répondit sans hésitation :

— Parce que nous avons des millions d'employés, des millions de mètres carrés de bureaux et des milliards de subventions du Congrès. Ce n'est pas une question d'idéalisme, c'est une question de surface de bureaux disponible. Si nous nous retirions de la scène mondiale, Washington deviendrait une ville fantôme et le Jockey Club fermerait.

— C'est assez cynique, comme vision. Les fonctionnaires pourraient se reconvertir dans des plans de développement intérieurs. L'Amérique profonde dépérit.

— Ce n'est pas une tâche pour des gens comme nous. Souhaiterais-tu un poste au ministère de l'Intérieur ou au secrétariat d'État à la Santé et aux Œuvres sociales ?

— Non.

— Eh bien, voilà. Même si on m'offrait un pont d'or à la Santé, je refuserais. Les postes les plus reluisants sont ceux dont l'objectif est d'aider les étrangers ou de les baiser. (Charlie alluma une autre cigarette et exhala la fumée.) Tu te souviens de l'économie de paix ? On t'a viré pour dégager des fonds pour la paix. Nous devions reconstruire l'Amérique avec cet argent. Ce n'est pas le cas. Nous essayons toujours de gouverner le monde. Nous *voulons* gouverner le monde.

— Le monde peut très bien se passer de nous.

— Peut-être. (Son regard se posa sur Keith.) Si les Soviétiques constituaient encore une menace, tu reviendrais ?

— Si les Soviétiques constituaient encore une menace, on ne m'aurait pas viré.

— Réponds à ma question.

— Oui, je reviendrais.

Charlie hocha la tête d'un air approbateur.

— Tu vois, Keith, au fond de toi, tu es malheureux que la guerre froide soit finie...

— Non.

— Écoute-moi. Tu as consacré ta vie à lutter contre les communistes impies et tu n'étais pas le seul. Tu étais le produit de l'époque qui t'a vu naître et grandir dans une petite ville américaine. Pour toi, c'était une guerre sainte et tu combattais aux côtés de Dieu et de ses armées d'anges. Tu étais l'un de ses anges. Et voilà que nous avons vaincu Satan et ses légions, que nous avons investi l'enfer et délivré les âmes captives. Et alors... alors quoi ? Rien. Ton pays n'a pas besoin de toi pour le protéger contre les forces du mal. Tu étais plus heureux quand le diable était de ce monde et que les missiles soviétiques étaient pointés sur la Maison-Blanche. Tu te réveillais tous les matins à Washington en sachant que tu étais en première ligne pour défendre la veuve et l'orphelin. Tu aurais dû te voir débarquer au bureau le matin, voir ton regard s'allumer quand je t'annonçais que tu partais en mission à l'étranger. (Charlie écrasa son mégot.) Ces dernières années, tu avais l'air du chevalier qui a tué le dernier dragon, tu faisais la tête en refusant d'exterminer les rats du grenier parce que c'était indigne de ta valeur. Tu étais né et tu as vécu pour la bataille d'Armageddon. Maintenant, c'est fini. Ce fut une bonne guerre, une piètre victoire, et plus personne n'en a rien à secouer. Trouve autre chose pour ranimer ton enthousiasme.

Keith resta un long moment silencieux avant d'admettre :

— Tout ce que tu dis est vrai. Même si je n'ai pas envie de l'entendre.

— Je ne t'apprends rien que tu ne saches déjà. Tiens, nous devrions créer un comité de soutien, subventionné par le gouvernement, que nous appellerions « Hommes sans mission ».

Keith sourit.

— Les vrais hommes n'ont pas besoin de comité de soutien. Ils gardent leurs problèmes pour eux.

— Ma femme n'est pas de cet avis. (Il réfléchit et ajouta :) Parfois, je me dis que nous aurions besoin d'une assistance d'après guerre froide. Comme en ont les anciens du Viêt-nam. Où sont nos défilés et nos lauriers ?

— J'attire ton attention sur le monument aux combattants de la guerre froide, sur le Mall.

— Il n'y a pas de monument aux combattants de la guerre froide sur le Mall.

— C'est la raison pour laquelle j'attire ton attention dessus.

— OK.

Charlie parut soudain songeur. Alors, il déclara :

— C'est assez décevant. Mais il faut faire avec. Dis, tu sais ce que faisaient les chevaliers entre deux batailles ? Ils affinaient le principe de l'amour romantique et courtois. Il n'y a rien de honteux à être amoureux, chevaleresque, ni à courtiser une femme.

— Je sais.

— Elle t'excite ?

— Oui.

— Alors, fonce.

Keith considéra Charlie.

— Et le poste ?

— Laisse tomber. Ton écu porte l'effigie des dragons que tu as tués. Ne va pas t'occuper de dératiser le grenier. C'est pour cela qu'on se souviendra de toi.

— Merci, Charlie.

Ils s'octroyèrent un autre verre. Keith demanda :

— Combien de temps faut-il à quelqu'un d'important comme toi pour obtenir un passeport ?

Charlie humait sa quatrième ou cinquième vodka.

— Quelques heures si tout est en règle. Je demanderai à un ami du ministère de l'Intérieur de s'en charger. C'est pour ton amie de cœur ?

— Oui.

— Où voulez-vous aller ?

— Sais pas. Sans doute en Europe.

— Si vous allez dans un endroit bizarre qui requiert un visa, préviens-moi. Je peux vous avoir ça en une journée.

— Merci.

Ils commandèrent un café, un cognac et un dessert. Il était presque 3 heures, mais la salle était encore pleine. Hallucinant, le nombre d'affaires d'État qui pouvaient se régler au cours de déjeuners, de dîners, de cocktails, se dit Keith. Il espérait seulement que tous ces gens avaient les idées un peu plus claires que Charlie et lui.

Charlie tourna son verre dans sa main et avoua :

— Pour toutes ces raisons, j'aurais démissionné si je n'avais eu une femme, des enfants étudiants, un emprunt en cours et d'onéreuses habitudes gastronomiques. Cela dit, un jour ou l'autre, nous serons tous partis, tous ceux qui auront durement acquis leur connaissance du monde sur le tas seront partis et les blancs-becs locaux pourront envahir les bureaux de la sécurité nationale et mettre sur pied un programme de surveillance prénatale pour les drogués immigrés d'Europe de l'Est.

— C'est mieux que des bureaux vides.

— Si on veut.

Charlie avala son cognac et en commanda un autre.

Le repas achevé, Keith dit :

— Je vais rentrer à l'hôtel en taxi.

— Non, prends la voiture et dis au chauffeur de revenir me chercher ici à 5 heures. J'ai l'âme à boire. Tu pourras prendre un taxi pour aller à l'aéroport ?

— Certainement. (Keith se leva.) Je vous retrouverai demain, Katherine et toi. J'apprécie sa compagnie. La tienne aussi, parfois.

Charlie se leva aussi, en titubant.

— J'ai hâte de connaître Annie. Quoi qu'il advienne, le Four Seasons reste à nos frais. Fais ce que tu as à faire, ne te sens pas obligé. Dans deux ou trois jours, écris à

M. Yadzinski un mot de refus bien tourné et file en Europe.

— C'est un bon plan.

Ils se séparèrent sur une poignée de main. La pluie tombait plus dru. Le portier l'escorta sous un parapluie jusqu'à la voiture garée au coin de la rue. Le chauffeur se précipita pour ouvrir la portière et demanda, bien fort pour que le portier en profite :

— Nous retournons à la Maison-Blanche, monsieur ?

— Non, le président m'attend au Hay-Adams.

— Bien, monsieur.

Keith monta. La voiture démarra. Cette ville est dingue, songea-t-il.

— « Dingue ».

— Monsieur ?

— M. Adair voudrait que vous reveniez le chercher à 5 heures.

— Bien, monsieur.

Keith se cala au fond du siège et contempla le va-et-vient des essuie-glaces. Naturellement, Charlie plaidait le contre pour l'amener au pour. Mais sa comparaison avec les rats et le dragon était tellement éloquente que Keith avait la ferme conviction que sa décision était aussi bonne que ses raisons. « Oui. »

Cette ville l'avait séduit comme la plus grande putain du monde ; chaque fois qu'il la voyait, l'effleurait, la sentait, un trouble délicieux le saisissait. Elle l'avait dépouillé de son uniforme, entubé jusqu'au trognon, et il en avait savouré chaque minute. Il n'était pas le seul, d'ailleurs, et cela ne l'en fascinait que davantage. Elle était corrompue jusqu'à la moelle, froide, impitoyable, mais belle, sophistiquée et rusée, et elle lui souriait et il vibrait pour elle d'amour charnel en détestant son âme.

26

À 18 heures, Keith quitta sa chambre du Hay-Adams et porta lui-même sa valise dans le hall.

— Taxi, monsieur ?

— S'il vous plaît.

Il attendit avec le portier sous la marquise. Le portier remarqua :

— Avec cette pluie, les taxis sont rares.

— C'est ce que je vois.

— C'est pour l'aéroport ?

— Oui.

— Les vols sont suspendus. Jack arrive sur Virginia Beach.

— Pardon ?

— Le cyclone Jack. Il remonte la côte. Nous allons l'éviter, mais on annonce une tempête et de fortes pluies cette nuit. Avez-vous confirmé votre départ ?

— Non.

— National ou Dulles ?

— National.

Le portier agita la tête.

— Les retards sont considérables. Vous devriez peut-être essayer Dulles si vous pouvez.

Un taxi s'avança. Le portier ouvrit la portière. Keith monta et demanda au chauffeur :

— Comment ça se passe à National Airport ?

— L'aéroport est fermé.

— Et à Dulles ?

— Il est encore ouvert.

— Alors, Dulles.

Le trajet, qui durait normalement quarante-cinq minutes par l'autoroute, leur prit plus d'une heure. Le temps n'était pas meilleur à l'intérieur des terres. Keith ne vit aucun avion atterrir ni décoller aux abords de l'aéroport.

Le chauffeur commenta :

— Ce n'est pas bon signe. Voulez-vous qu'on rebrousse chemin ?

— Non.

Le chauffeur poursuivit donc sa route en haussant les épaules.

— USAir, indiqua Keith.

Devant le terminal des départs d'USAir, de longues files d'attente s'étiraient à la station de taxis. Keith pénétra dans le bâtiment et consulta les panneaux. Presque tous les vols en partance étaient retardés ou annulés.

Il s'adressa à tous les guichets pour tenter de trouver une place sur n'importe quelle ligne, pourvu que la destination le rapprochât de Spencerville. On ne lui laissa guère d'espoir.

À 19 h 30, on annonça la fermeture officielle de l'aéroport de Dulles jusqu'à nouvel ordre.

La foule se clairsemait au fur et à mesure que les gens quittaient le terminal. Certains s'installaient pour attendre l'évolution de la situation.

Keith avisa un bar, assailli de voyageurs désemparés. Il parvint cependant à obtenir une bière, qu'il sirota au milieu d'un groupe d'hommes, les yeux fixés sur la télévision suspendue au-dessus du comptoir. Jack avait touché terre à Ocean City, dans le Maryland, et s'y maintenait. Les effets se faisaient sentir à plus de cent cinquante kilomètres de l'œil du cyclone. Il semblait admis qu'aucun appareil ne décollerait avant l'aube. Mais on ne savait jamais.

Ce n'était pas la première fois de sa vie que Keith se trouvait dans l'impossibilité de prendre un avion. Il savait qu'il ne servait à rien de s'énerver. En d'autres lieux et en d'autres temps, cela avait pu constituer un problème critique, et même dans certains cas un danger de mort. Cette fois, c'était important.

Il était 20 h 15 et il avait rendez-vous à 10 heures du matin, le lendemain, dans l'ouest de l'Ohio. Il considéra les solutions qui s'offraient à lui. Cela représentait cinq cents kilomètres par voie aérienne, moins de deux heures d'avion jusqu'à Columbus, un peu plus pour Toledo, encore plus pour Dayton ou Fort Wayne, dans l'Indiana. S'il parvenait à prendre un avion aux alentours de 5 heures du matin, en louant une voiture à l'arrivée, il serait à Spencerville vers 10 heures, mais, en passant par sa ferme, il n'arriverait au rendez-vous que quelques heures plus tard. Il pouvait toujours appeler la sœur d'Annie d'une cabine téléphonique pour prévenir qu'il serait en retard.

Mais les avions risquaient d'être pris d'assaut et il ne savait pas vraiment à quelle heure il pourrait effectivement quitter Dulles. D'autant plus qu'il n'était pas censé partir de Dulles, d'après son billet.

Du bar, il se dirigea vers les guichets de location de voitures, devant lesquels s'alignaient de longues files d'attente. Lorsque vint son tour, le jeune homme du guichet lui demanda :

— Vous avez une réservation, monsieur ?

— Non, mais il me faut une voiture. N'importe quoi.

— Désolé, nous n'avons absolument plus rien et aucun retour prévu cette nuit.

Keith avait envisagé cette éventualité.

— Et votre voiture à vous ? Je vais dans l'Ohio. Dix heures de route. Je vous donnerai mille dollars et vous pourrez dormir à l'arrière.

Le jeune homme sourit.

— C'est tentant, mais...

— Pensez-y. Voyez s'il y a d'autres personnes que ça intéresse. Je serai au café, dans le hall.

— Je vais me renseigner.

Keith retourna au bar et commanda une autre bière. Les lieux se vidaient peu à peu, au fur et à mesure que les gens abandonnaient l'espoir de voir rouvrir l'aéroport ou se trouvaient transférés par bus entiers vers les hôtels avoisinants.

À 10 heures, le jeune homme d'Avis reparut et, après l'avoir cherché des yeux, vint le trouver.

— J'ai questionné à droite et à gauche. Personne n'est preneur. J'ai appelé nos autres agences de la région. Elles n'ont rien de disponible. C'est sans doute partout pareil. Vous pourriez essayer Amtrak.

— Merci.

Keith lui proposa un billet de vingt dollars, qu'il refusa. Keith reprit sa bière. Dans presque tous les pays du monde, les billets verts permettaient d'acheter le Premier ministre et sa voiture. Aux États-Unis, l'argent influençait bien un peu, mais pas autant. Les gens faisaient leur travail sans se laisser acheter ni corrompre et, souvent, n'acceptaient même pas de pourboire. Pourtant, il existait certainement un moyen original et hardi pour se rendre du point A au point B.

Il réfléchit. Il y avait bien des façons de quitter une ville. Keith l'avait appris au fil des ans. Mais quand l'aéroport était fermé pour cause de mauvais temps, de tirs d'artillerie ou d'occupation par les rebelles, les transports par terre et par mer s'en trouvaient surchargés.

Il songea à téléphoner à Terry pour lui exposer la situation, mais c'était prématuré et ce serait admettre la défaite ou, pis, reconnaître une panne d'imagination. « Réfléchissons. » Il réfléchit. « Ça y est. »

Il se mit en quête d'une cabine téléphonique. Là encore, les gens faisaient la queue. Il attendit.

À 10 h 30, il put accéder à un téléphone. Il appela Charlie Adair à son domicile, mais tomba sur un répondeur. Il dit :

— Charlie, je suis bloqué à l'aéroport. Il y a une tempête, au cas où tu n'aurais pas remarqué. Envoie-moi une voiture pour me ramener à l'hôtel. Fais une annonce pour me prévenir. Je suis à Dulles et non au National.

Keith s'installa dans la salle d'attente pour lire son journal, afin d'être sûr d'entendre lorsqu'on l'appellerait. Il savait qu'Adair prendrait connaissance de son message, car dans ce métier on interroge son répondeur à distance toutes les heures, où que l'on se trouve. La survie du monde libre en dépendait. Avant, du moins.

À 10 h 45, une annonce résonna dans l'aéroport pour prier M. Landry de décrocher un téléphone. Il avait déjà repéré le plus proche, dont il s'empara aussitôt. Une voix masculine lui dit :

— Monsieur Landry, ici Stewart, votre chauffeur de ce matin. J'ai reçu un appel de M. Adair qui...

— Où êtes-vous ?

— Ici, à Dulles. Vous pouvez me retrouver à la sortie du terminal des départs.

— Cinq minutes.

Keith se dirigea d'un pas vif vers la sortie des lignes USAir. Il aperçut Stewart, un homme grisonnant d'une cinquantaine d'années, posté près de la Lincoln. Il le rejoignit. Stewart mit sa valise dans le coffre et monta devant. Stewart demanda :

— Ne seriez-vous pas mieux à l'arrière, monsieur ?

— Non.

Stewart prit place au volant, s'éloigna du trottoir et s'engagea sur la rampe de sortie.

— Merci, dit Keith.

— C'est mon métier, monsieur.

— Êtes-vous marié, Stewart?

— Oui, monsieur.

— Votre femme est-elle une personne compréhensive?

— Non, monsieur, répondit-il en riant.

Le chauffeur progressait lentement sous la pluie, attentif aux indications des panneaux. Keith s'informa :

— Quelles sont vos instructions?

— Je dois vous conduire au Four Seasons, monsieur. Vous y avez une chambre retenue. Tout est plein à cause de la météo, mais M. Adair a réussi à vous obtenir une chambre.

— Qu'est-ce que je ferais sans lui?

— M. Adair m'a envoyé vous chercher au National Airport dès qu'il a appris qu'il était fermé. Je vous y ai fait appeler par le haut-parleur.

— C'est très aimable.

— Ensuite, j'ai reçu un appel téléphonique de M. Adair chez moi, me disant que vous étiez à Dulles. Alors, je suis venu.

— C'est le miracle des communications modernes. Le contact n'est jamais rompu.

— C'est vrai, monsieur. J'ai un bip, un téléphone de voiture et une radio.

— M. Adair vous a-t-il dit d'où il appelait?

— Non, monsieur. Mais je dois lui laisser un message sur son répondeur pour lui dire que je vous ai trouvé.

— Je peux m'en charger.

Keith prit le cellulaire, composa le numéro d'Adair et enregistra sur le répondeur :

— Je suis dans la voiture, Charlie. Merci. Je tâcherai d'être là demain soir, mais je rentre d'abord dans l'Ohio. Appelle-moi sur ce téléphone. (Il lui rappela le numéro avant de conclure :) À plus tard.

Il raccrocha et demanda à Stewart :

— Vous connaissez l'Ohio?

— Non, monsieur.

— L'État des Buckeyes[1].

Stewart lui jeta un regard en coin sans oser commenter.

1. Équipe de football américain.

Ils atteignaient la limite de l'aéroport. Keith dit :

— Prenez la 28 vers le nord. Nous avons une étape à faire avant de retourner à Washington.

— Bien, monsieur.

Stewart s'engagea sur la Route 28.

À l'horloge du tableau de bord, il était 11 h 15.

— Sale temps, constata Keith.

— Oui, monsieur.

— Je suppose que ce cyclone avait été annoncé.

— On en parle depuis une semaine. Ce matin, la radio disait qu'il arrivait sur Virginia Beach, qu'il remonterait ensuite le long de la côte est et que nous aurions une tempête et de la pluie dans la soirée. Ils ne se sont pas trompés.

— En effet. Dites, quand vous croiserez la Route 7, prenez-la en direction de l'ouest.

— Entendu.

Quelques kilomètres plus loin, Stewart s'enquit :

— Jusqu'où allons-nous comme ça, monsieur ?

— Oh, voyons... encore huit cents kilomètres, à peu près.

— Pardon ?

— Stewart, vous allez enfin avoir l'occasion de connaître le grand bel État de l'Ohio.

— Je ne comprends pas.

— C'est pourtant simple. Je dois être dans l'Ohio demain matin. Il ne décolle plus aucun avion de Washington. Alors, nous y allons en voiture.

Le regard de Stewart se posa sur Keith, puis sur sa radio et son téléphone.

— M. Adair n'a pas... il m'a dit de...

— M. Adair n'est pas au courant. Mais il le sera quand j'aurai pu lui parler.

Stewart demeura muet. Au cours de sa longue expérience de chauffeur du gouvernement, Stewart avait appris à faire ce qu'on lui disait sans chercher à comprendre. Pourtant, Keith éprouva le besoin de lui dire quelques mots.

— Vous devriez appeler votre femme pour lui expliquer.

— Oui, monsieur. Il faudrait peut-être que je consulte d'abord M. Adair. Je ne sais pas si je suis autorisé à...

— Stewart, j'ai bavardé ce matin avec le ministre de la Défense et le président des États-Unis. Voulez-vous que je les appelle pour leur demander l'autorisation ?

— Non, monsieur.

— Je parlerai à M. Adair en temps utile. Faites attention à la route. Je vais appeler votre femme. Quel est le numéro ?

Stewart le lui indiqua. Keith le composa sur le cadran. Il dut recommencer plusieurs fois, à cause des conditions atmosphériques, mais finit par obtenir une voix féminine au bout du fil.

— Bonjour, madame...

Il jeta à Stewart un regard interrogateur.

— Arkell.

— Madame Arkell, ici le général Landry du Conseil de sécurité nationale. Je crains de devoir exiger de votre mari quelques heures supplémentaires cette nuit... Oui, madame. Je vous le passe.

Keith tendit l'appareil à Stewart, qui le prit sans enthousiasme.

Il écouta toute une minute avant d'arriver à glisser quelques mots.

— Non, je ne sais pas combien de temps...

Keith suggéra :

— Tablez sur demain soir, même heure, pour compter large.

— Oui, chérie, je...

Tourné vers la vitre, Keith regardait la pluie tomber. Stewart continuait sa conversation.

— Je te rappellerai plus tard.

Il raccrocha en grommelant des propos inaudibles.

— Tout va bien ? sonda Keith.

— Oui, monsieur.

— Voilà la Route 7. Nous la prendrons jusqu'à la I-81, voie nord.

— Bien, monsieur.

— N'allez pas trop vite. Nous rattraperons le temps perdu plus tard, quand nous serons sortis de la bouillasse.

— Oui, monsieur. Je dois respecter les limites de vitesse. C'est le règlement.

— Excellent règlement. La journée a été longue ?

— Oui, monsieur.
— Je prendrai le volant plus tard.
— Ce n'est pas permis, mon général.
— Colonel. Général, c'est seulement de temps en temps, pour les dames.
Un sourire surgit enfin sur les lèvres de Stewart.
Il roulait lentement sur la Route 7 lorsque le téléphone sonna. Keith décrocha.
— Bonjour, Charlie.
— Tu es toujours dans la voiture ?
— Non, je cours derrière.
— Stewart t'a trouvé sans problème ?
— Oui, et je suis dans la voiture. C'est là que tu m'appelles.
— Tu devrais être arrivé au Four Seasons. Où es-tu ?
— Toujours dans la voiture.
— Mais où se trouve cette foutue voiture ?
— Sur la Route 7.
— Pourquoi ? Qu'est-ce qui ne va pas avec la route de Dulles ?
— Rien, pour autant que je le sache.
Suivit un silence, au travers duquel Keith perçut des accords de musique et un bourdonnement de voix à l'arrière-plan. Charlie demanda :
— Où vas-tu comme ça, Keith ?
— Tu sais très bien où je vais.
— Écoute, tu ne peux pas détourner un véhicule du gouvernement avec son chauffeur...
— Et pourquoi pas ? J'en ai détourné d'autres dans ma carrière. Pourquoi pas dans mon pays ?
Charlie lâcha un gros soupir dans le téléphone.
— Stewart est avec toi ?
— Oui. Nous avons prévenu sa femme, toi, tu te charges de l'autorisation. Je tâcherai d'être revenu demain soir. Bon cocktail ou dîner ou... bonne soirée en tout cas. Merci. Salut...
— Attends. Écoute, tu ne peux pas l'appeler et lui dire que tu prendras un avion de Washington demain ?
— Non. J'ai rendez-vous dans la matinée.
— Dis-lui de venir te rejoindre ici.
— L'idée est de nous enfuir ensemble.

— Tu me compliques la vie, Keith.
— Moi, je te complique la vie ? Tu m'as pratiquement enlevé pour m'amener de force à Washington. Tu savais qu'on prévoyait un cyclone.
— Non, je ne le savais pas. Enfin, je pensais qu'il passerait au large. Dis, elle n'a qu'à prendre un avion...
— Charlie, tu as rencontré son mari. C'est un teigneux. Elle préfère que je sois là quand elle brisera ses chaînes. Et puis j'ai des choses à récupérer chez moi. D'accord ?
— D'accord. Inutile de discuter avec un type qui n'écoute que sa trique. Tu vas y arriver ?
La pendule du tableau de bord indiquait 0 h 10.
— Tout juste.
— Bonne chance, vieux. Dis à Stewart que je lui revaudrai ça. Appelle-moi demain.
— Sans faute.
Il remit l'appareil en place et s'adressa à Stewart :
— M. Adair me charge de vous dire qu'il vous doit une fière chandelle.
— Il m'en doit plusieurs.
— À moi aussi.
Au bout d'une demi-heure, ils accédèrent à la I-81, qu'ils empruntèrent en direction du nord. Keith observa :
— Faites bien attention à la route. Vous serez seul au retour.
— Oui, monsieur.
Keith se cala sur son siège.
— Alors, comment avez-vous trouvé les Orioles cette année ?
— Pas brillants. S'ils prennent part à la finale, ce sera sur les gradins avec les spectateurs.
— Vous suivez les championnats de football universitaires ?
— Oui.
— Les Buckeyes ont repris du poil de la bête.
— Ça, c'est vrai.
Ils poursuivirent leur voyage en parlant sport. La pluie allait en s'atténuant au fur et à mesure qu'ils s'éloignaient de la zone de tempête. Après la traversée du Maryland, Stewart accepta de rouler à dix kilomètres à l'heure au-dessus de la limite de vitesse.

À Hagerstown, Keith lui dit de prendre la I-70 vers l'ouest. Le revêtement était bon, la circulation presque inexistante à cette heure tardive, mais la route se dévidait en lacets à travers les reliefs tourmentés des Appalaches et Stewart avait perdu sa belle assurance de conducteur citadin agressif.

Keith lui demanda de s'arrêter dans une aire de repos. Stewart en profita pour s'accorder une visite rapide aux toilettes. Quand il revint, il trouva Keith installé au volant.

— Monsieur, vous n'êtes pas autorisé à conduire la voiture.

— Sauf en cas d'urgence, comme lorsque le chauffeur pique du nez sur son volant. Allongez-vous à l'arrière et reposez-vous, sinon je vous laisse ici.

— Bien, monsieur.

Stewart monta à l'arrière et s'étendit sur la vaste banquette.

Keith reprit la route. Au bout d'un quart d'heure, il entendit des ronflements sonores s'élever du siège arrière. Il alluma la radio en sourdine et capta une station de Wheeling, en Virginie, qui diffusait de la musique country. Il savoura particulièrement une chanson humoristique sur les malheurs d'un pauvre homme plaqué par sa moitié, qui changeait des complaintes misérabilistes habituelles.

Au sud de Pittsburgh, sur la I-70, il s'arrêta pour prendre de l'essence. Il était 4 h 20 du matin. Columbus était encore à cinq heures de route, auxquelles il fallait ajouter deux heures de petites routes de campagne jusqu'à Spencerville et, ensuite, une heure environ pour Chatham. Il ne pourrait être à son rendez-vous de 10 heures à Chatham ni attraper le vol de 14 h 15 à Toledo. Mais il restait possible de suivre le programme prévu, avec quelques modifications.

À 7 heures du matin, Keith essaya de contacter le service des renseignements du comté de Chatham pour obtenir le numéro de Terry, mais n'y parvint pas avec le téléphone de la voiture. Il fit halte dans une aire de repos, où il s'enferma dans une cabine. Stewart se réveilla, sortit, s'étira.

Ayant réussi à joindre l'opérateur local, Keith demanda le numéro de Terry ou Lawrence Ingram, dans le comté de Chatham. Un disque lui débita le numéro. Il se servit de sa carte de crédit pour téléphoner.

Une femme lui répondit :

— Allô ?

— Terry ?

— Oui ?

— C'est Keith Landry.

— Oh, mon Dieu ! Oh...

— Tout va bien ?

— Oui. Où es-tu ? En chemin ? Quelle heure est-il ?

— Terry, écoute-moi. Je suis sur la route, à l'est de Columbus. Je serai en retard. Je n'arriverai pas avant... le début de l'après-midi. D'accord ? Je dois passer chez moi d'abord. Tu comprends ?

— Oui... Nous attendons Annie à 10 heures. Que dois-je lui dire ?

Keith soupira. Les membres de la famille Prentis n'avaient pas tous la même vivacité d'esprit.

— Répète-lui ce que je viens de te dire.

— Bon, entendu. Oh, Keith, je suis tellement contente pour vous ! Elle a été si malheureuse ! C'est merveilleux, comme un rêve. Je n'arrive pas à y croire !

Keith la laissa donner libre cours à sa joie avant de se décider à l'interrompre.

— Terry, ne l'appelle surtout pas. Je crois que son téléphone est sur écoute. Ton coup de fil risque d'être intercepté par le commissariat. Tu m'entends ?

— Oui... mais elle doit venir à 10 heures...

— Parfait. Tu lui diras de vive voix. Déjeunez tranquillement. J'arriverai aussi vite que possible. Nous prendrons l'avion suivant. OK ?

— Oui. Je lui transmettrai. À quelle heure... ?

— Vers 1 heure. Je ne rappellerai pas. Dis-lui seulement de m'attendre.

— J'ai hâte de te revoir.

— Moi aussi. Merci, Terry. Merci d'avoir servi d'intermédiaire pendant toutes ces années. Cette fois sera la dernière.

— Où es-tu actuellement ?

— Près de Columbus, Ohio. Je viens de Washington en voiture. Il y avait une tempête, je n'ai pas pu revenir en avion. Quand tu verras Annie, dis-lui que j'arrive et que je suis navré. Dis-lui aussi de ne pas m'appeler chez moi. Mon téléphone est peut-être aussi sur écoute.

— Ton téléphone ?

— Oui, mon téléphone. Mis sur écoute par son mari.

— Quel salaud ! Je le déteste.

— Oui.

Keith la laissa une fois de plus vider son sac.

— À tout à l'heure, glissa-t-il enfin.

Il raccrocha et retourna à la voiture. Stewart était assis à l'avant, à la place du passager.

— Voulez-vous téléphoner chez vous ? Je vous passe ma carte.

— Non, merci. J'appellerai quand nous serons dans l'Ohio.

— Nous sommes dans l'Ohio.

— Ah... j'appellerai plus tard. Il est trop tôt.

Keith démarra, rejoignit l'autoroute qui contournait Columbus par le nord et, de là, gagna la Route 23 qui filait vers l'ouest.

Un jour frais et ensoleillé naissait sous un ciel parsemé de nuages blancs. La circulation du samedi matin s'animait sur la route, camping-cars et voitures de tourisme roulaient en direction des lacs ou du Michigan.

Stewart contemplait la campagne avec fascination.

— Que de fermes ! C'est quoi, ce truc, du maïs ?

— Oui, du maïs.

— Qui peut manger autant de maïs ? Moi, j'en mange peut-être une fois par mois. Les gens se nourrissent de ça, ici ?

Pour ne pas avoir à réitérer sa leçon sur le maïs de table et le maïs à bestiaux, Keith préféra répondre :

— Nous en mangeons trois fois par jour.

Stewart était désormais bien réveillé et se délectait du paysage. Il s'extasiait sur toutes les granges, les moindres troupeaux, les moindres cochons qu'il entrevoyait.

Ils roulaient bien, sans plus. Il était près de 11 heures quand ils pénétrèrent dans le comté de Spencer.

Keith ralentit et franchit à vitesse modérée les vingt derniers kilomètres. Il ne croisa aucun véhicule de la police municipale ni de celle du comté. Ils ne connaissaient pas cette voiture, mais Keith souhaitait éviter toute surprise si près du but.

Enfin, il s'engagea dans son allée, prit dans sa boîte au passage son courrier, qu'il feuilleta tout en approchant de la maison. Il contenait une majorité de publicités, au milieu desquelles s'était glissée une assignation à comparaître au tribunal de Spencerville afin de répondre d'un certain nombre de contraventions pour stationnement interdit, dont il n'avait pas le souvenir d'avoir reçu les avis. Persécution mesquine, qui autorisait néanmoins la police à l'interpeller à tout moment s'il ne se présentait pas le jour de l'audience, à savoir lundi. Il serait loin ce jour-là.

Stewart s'informa :

— Vous habitez ici ?

— Oui.

Keith gara la voiture devant le perron et sortit. Stewart l'imita, mais il était tellement occupé à s'ébahir sur tout ce qu'il voyait que Keith prit lui-même sa valise dans le coffre.

— Entrez donc vous rafraîchir.

Keith conduisit Stewart au premier étage.

— La salle de bains est ici. Allez m'attendre en bas. Servez-vous dans le réfrigérateur.

Keith alla dans sa chambre, jeta son bagage sur le lit et prit dans l'armoire la valise qu'il avait préparée. Par un réflexe acquis au cours de vingt années de départs intempestifs, il avait un sac de voyage qui contenait en permanence des affaires de toilette et quelques sous-vêtements. Tous ses papiers importants se trouvaient déjà rassemblés dans sa mallette. Il glissa son passeport dans la poche de sa veste.

La salle de bains était libre. Keith fit sa toilette et descendit ses affaires.

Stewart sirotait un jus d'orange dans la cuisine. Keith en vida pour lui-même le reste dans un verre.

— Désolé, Stewart, je n'ai rien à vous offrir pour le petit déjeuner.

— Oh, ça ne fait rien. (Il regarda autour de lui.) C'est une authentique maison ancienne.

— Une centaine d'années. Vous retrouverez votre chemin pour rentrer à Washington ?

— Je crois.

Keith prit quatre cents dollars dans son portefeuille.

— Pour l'essence, le casse-croûte et les péages. Arrêtez-vous dans une ferme et achetez des produits frais. Mme Arkell sera ravie.

— Merci, mon colonel. J'ai passé un bon moment.

— J'en étais sûr. Nous recommencerons à l'occasion.

— Puis-je utiliser votre téléphone, monsieur ?

— Non, il est surveillé. Personne ne sait que je suis ici. Vous téléphonerez sur la route.

Stewart avait assez vécu pour ne manifester aucune surprise ni poser de questions. Keith le raccompagna à la porte. Stewart en profita pour porter sa valise sur le perron. Keith lui indiqua comment retrouver la Route 23 et ajouta :

— Les flics du coin ne sont pas des rigolos. Roulez sagement.

— Oui, monsieur. J'espère vous revoir à Washington.

— On ne sait jamais.

Ils se serrèrent la main et Stewart s'en alla.

Keith vérifia mentalement qu'il n'avait rien oublié, après quoi il verrouilla sa porte d'entrée et chargea ses bagages dans la Blazer.

Il trouva un mot sur le siège du conducteur. « Tu étais censé partir vendredi. Je constate que ta voiture est toujours là. Je passerai lundi pour m'assurer que tu as pris le large. »

Le billet n'était pas signé et ne contenait aucun terme pouvant être interprété comme une menace devant un tribunal. De toute façon, Keith n'avait pas l'intention de saisir le procureur. Il tuerait Baxter ou le laisserait en vie. Ce serait Baxter qui déciderait.

Keith se demanda pourquoi Baxter voulait attendre lundi pour effectuer sa petite vérification. Alors, il se rappela soudain que Baxter consacrait son samedi à la chasse et à la pêche. Et le dimanche, jour du Seigneur, constituait peut-être un jour de repos sacré, même pour le chef de la police. Mais cela n'avait guère d'importance. Lundi, il aurait levé le camp. Ce soir, lorsque Cliff Baxter rentrerait chez lui et n'y trouverait pas sa femme, il comprendrait que Keith Landry était bel et bien parti, et sa femme avec lui. Devrait-elle lui laisser un mot ? s'interrogea Keith.

Il monta dans la Blazer, tourna la clé de contact. Rien. Complètement à plat. Il appuya sur la manette d'ouverture du coffre, sortit, leva le capot. La batterie avait disparu. À sa place, un carré de papier proclamait : « Baisé ! »

Keith respira profondément. Il n'avait déjà pas été simple jusqu'à maintenant de tenir sa promesse envers Annie, mais, là, le bonhomme ne lui facilitait pas la tâche. Décidément, les choses allaient mal depuis quelques jours, en fait depuis que Charlie Adair avait débarqué chez lui. Sa convocation à la Maison-Blanche n'avait pas été un cadeau. Le cyclone Jack non plus. Et maintenant, cette tuile ! « Bon, Landry. Encore un problème de transport. » Après un instant de réflexion, il se dirigea vers la grange. Le tracteur de jardin était équipé d'une batterie de 12 volts qui devrait libérer assez de courant pour faire démarrer la Blazer.

Il ouvrit toute grande la porte et s'installa sur le tracteur. Il comptait le faire démarrer, l'approcher de sa voiture, la mettre en charge, puis transvaser la batterie du tracteur dans la Blazer. Il tira sur le démarreur. Pas un gramme de jus. Le faible déclic l'alerta. Il consulta le tableau de bord. Quelqu'un avait laissé les phares allumés. La batterie s'était déchargée. « Tu commences à m'énerver, Cliff. »

Il descendit du tracteur et se tourna vers la ferme des Jenkins. Il avait songé à leur emprunter une batterie, mais ni leur voiture ni leur camion n'étaient dans la cour. Il pouvait toujours chiper celle de leur tracteur, avec ou sans leur consentement. Malgré tout, c'étaient des choses qui ne se faisaient pas par ici.

Il rentra chez lui pour essayer de les appeler. Comme il s'y attendait, il n'y avait personne. La ferme des Muller était à un kilomètre à pied. « Et merde. »

Après avoir feuilleté l'annuaire, il appela la station-service la plus proche sur l'autoroute. On lui promit d'apporter une batterie dans la demi-heure. Son interlocuteur commenta :

— Ce sont sans doute des sales gosses qui vous l'ont volée. Vous devriez prévenir les flics.

— Je n'y manquerai pas.

Il indiqua les coordonnées de sa ferme et raccrocha.

« J'aurais sans doute mieux fait de m'adresser au garage Baxter, parce que c'est sûrement là que se trouve ma batterie. »

Il envisagea d'appeler Terry. Annie attendait chez elle et Cliff Baxter ne rôdait probablement pas dans les parages. Mais qu'arriverait-il si la communication transitait par le commissariat ? Malgré toute la réserve qu'il pourrait mettre dans sa conversation avec Terry, ou la personne qui lui répondrait, son appel déclencherait l'alarme au quartier général de la police. Son intuition et son expérience lui conseillaient de ne surtout pas recourir au téléphone.

Il profita du répit pour se raser, se doucher et troquer son costume contre une tenue décontractée, en s'efforçant de reconsidérer tous ces mauvais présages sous un jour plus optimiste. *Les voies de l'amour vrai ne sont jamais faciles.* « Ce soir, Washington, dîner avec les Adair ; dimanche, la cathédrale ; lundi, visite de la ville en compagnie de Charlie, envoyer une lettre de refus pour décliner l'offre de poste à la Maison-Blanche, obtenir les passeports et départ pour Rome mercredi au plus tard. » Agréable perspective. « Où a bien pu passer cette fichue batterie ? Le roi désœuvré siégeait en sa ville de Dumferling. » Ou quelque chose comme ça.

Quarante minutes environ après son coup de téléphone, une grosse camionnette se présenta dans l'allée et, dix minutes plus tard, il avait une nouvelle batterie. Il démarra la Blazer en présence du garagiste. Tout paraissait en ordre.

Keith se mit aussitôt en chemin et se trouva bientôt sur une route de campagne bien droite, filant plein sud vers le comté de Chatham. Il était 1 h 35. Il y serait en moins d'une heure.

Soudain, un véhicule bleu et blanc des services du shérif de Spencer s'encadra dans son rétroviseur. Le chauffeur était seul dans la voiture. Keith décida que, si l'homme l'arrêtait, il finirait ligoté serré au fond de son coffre.

À l'extrémité sud du comté, Keith s'engagea sur l'autoroute pour faire croire qu'il allait vers Columbus et les régions de l'Est, au cas où son poursuivant se demanderait pourquoi Keith Landry circulait sur la petite route du comté de Chatham.

La voiture du shérif roulait toujours à sa suite. À l'approche du comté de Dawson, elle bifurqua. Keith continua tout droit, dans une direction qui n'était pas la sienne. Au bout de dix minutes, il vira au sud, puis à l'ouest, pour s'orienter enfin vers Chatham. Il soupçonnait le shérif d'avoir contacté son homologue de Dawson par radio pour lui demander de suivre la Blazer, mais Keith ne remarqua rien d'anormal. Les shérifs de campagne disposaient d'effectifs réduits pour veiller sur des territoires très étendus. La partie était plus facile ici que lorsqu'il traversait la RDA pour se rendre d'Allemagne fédérale à Berlin. Cependant, qu'on ait les shérifs américains ou la Stasi aux trousses, quand on tente d'échapper à la police, la chance y est pour beaucoup.

Au bout d'un quart d'heure, il franchit la limite du comté de Chatham. Il ne savait pas exactement où il était, mais le quadrillage de routes tracées au cordeau plus ou moins à l'aplomb des quatre points cardinaux rendait la navigation assez aisée.

Il finit par aboutir sur la Route 6, qu'il prit en direction de l'ouest, en lisant les panneaux qui numérotaient les avenues transversales en ordre décroissant, pour atteindre enfin la rue T-3, celle où habitait Terry, celle où l'attendait Annie. Ne sachant s'il devait tourner à droite ou à gauche, il joua mentalement à pile ou face et opta pour la gauche. Il avançait lentement, à la recherche de la maison victorienne en brique rouge, qu'il aperçut bientôt, un peu plus loin sur la droite. Décidément, son sixième sens l'avait admirablement guidé. Il se rappela en souriant la réflexion de Charlie prétendant qu'il n'écoutait que son organe reproducteur. Keith, lui, pensait n'écouter que son cœur, qui s'était mis à battre la chamade.

Il ralentit, s'engagea dans l'allée de gravier. La première chose qu'il remarqua, c'est qu'il n'y avait qu'un seul véhicule dans la cour, un camionnette *pick-up*. Le deuxième signe qui l'alerta, lorsque la porte de la maison s'ouvrit, fut de voir accourir à sa rencontre une femme qui, bien qu'elle ressemblât à Annie, n'était pas Annie.

27

Terry hésita un instant sur le pas de sa porte. Dès que Keith sortit de sa voiture, elle se précipita vers lui.

À l'expression de Terry, Keith avait déjà compris qu'Annie n'était pas là, sans en savoir la raison.

Terry dit :

— Bonjour, Keith.

— Comment vas-tu ?

— Bien... Annie n'est pas ici.

— Je m'en doutais.

— Elle est venue, mais elle est repartie.

Il inclina la tête.

— Bon.

— Elle... elle a dû s'en aller.

Ils restèrent un moment silencieux. Alors, Terry demanda :

— Tu veux une tasse de café ?

— Volontiers.

Il la suivit dans la cuisine.

— Assieds-toi.

Il prit une chaise devant la table ronde.

Tout en servant deux tasses, Terry annonça :

— Annie t'a laissé une lettre.

— Elle va bien ?

— Oui.

Terry posa les tasses sur la table, ajouta le lait et le sucre et continua :

— Elle était toute retournée.

— Je la comprends.

Terry s'assit. Elle remuait son café d'un air absent.

— Elle n'était pas fâchée. Quand elle est arrivée ici, elle était tout... excitée, quoi... et puis je lui ai dit que tu serais en retard ; elle a été déçue. Ensuite, elle a repris le dessus et nous avons passé un moment agréable.

— Tant mieux.

Keith observait Terry. Elle avait trois ans de plus qu'Annie et la même beauté que sa sœur, avec moins d'éclat et de pétulance. Terry était entrée à l'université deux ans avant Keith et Annie. Elle était allée à Kent State et Keith la voyait donc assez peu en dehors des vacances, mais, ainsi que le lui rappelait Annie l'autre jour, Terry leur avait souvent servi d'alibi quand elle était chez elle. Terry faisait partie des âmes romantiques. Elle avait rencontré son futur mari, Larry, à la fac, et ils avaient quitté l'université pour se marier avant d'avoir obtenu leur diplôme. Keith et Annie, alors en première année à Bowling Green, étaient allés ensemble au mariage. Il se rappelait que Terry avait donné naissance à son premier enfant sept mois après son mariage et Annie lui avait dit : « Nous passerons notre diplôme, ensuite nous nous marierons, ensuite nous aurons des enfants, dans cet ordre. »

Terry racontait :

— Nous avons déjeuné. Il y avait des années que je ne l'avais vue aussi heureuse. Un voisin est passé déposer quelque chose. Quand elle a entendu le camion dans l'allée, elle a bondi de sa chaise et s'est précipitée dehors. (Terry le regarda. Un sourire éclaira son visage.) Je ne devrais peut-être pas trahir les secrets de famille.

— Je te remercie de ta franchise. Tu pourras dire à Annie que tu as vu un pauvre amoureux dépité et transi.

Elle sourit de plus belle.

— Tu as l'air fatigué. Tu as conduit toute la nuit?

Il acquiesça.

— Je connais cette mine. Quand Larry rentre de tournée, il n'est pas beau à voir, il n'a pas faim de nourriture, mais faim d'amour, oui. (Son visage s'empourpra. Elle commenta :) Vous, les hommes!

Keith lui répondit par un sourire. D'après ce que lui avait dit Annie dans une de ses lettres, il y avait de cela des années, Larry possédait une entreprise de transport, dont Terry tenait les comptes. L'affaire avait l'air de marcher, à en juger par leur jolie maison et la camionnette neuve qu'il avait entrevue. Ils avaient trois enfants, étudiants ou tout juste diplômés. Keith avait rencontré Larry quelquefois, quand il revenait de la fac avec Annie. C'était, d'après son souvenir, un grand bonhomme costaud, au caractère plutôt calme. En ce moment, il devait être au travail, ou jouer les shérifs du week-end, ou se tenir à l'écart, comme font souvent les hommes quand se traite une affaire de cœur.

Terry disait :

— Elle a attendu jusqu'à 1 heure et, tout à coup, elle a déclaré : « Je m'en vais. » Elle t'a écrit une lettre. Terry sortit une enveloppe de la poche de son jean et la posa sur la table.

Keith y glissa un regard. Il vit son nom, tracé de l'écriture si familière d'Annie. Il but une gorgée de café. Il en avait besoin.

Terry poursuivait :

— J'ai essayé de la retenir, mais elle m'a dit que tout allait bien, qu'elle te verrait une autre fois. Tu la connais, elle est toujours enjouée et on ne sait jamais quand elle souffre. Je ne parle pas de ce matin, mais de son vaurien de mari. Mon Dieu, je voudrais tellement qu'elle soit heureuse. Vraiment heureuse.

— Moi aussi. Et toi, comment vas-tu ? Tu as l'air en pleine forme.

Elle sourit.

— Merci. Toi, tu es superbe, Keith. Je t'ai tout de suite reconnu quand tu es sorti de ta voiture.

— Ça fait un paquet d'années, non ?

— Oh oui. C'était le bon temps.

— N'est-ce pas ?

Elle hocha la tête.

— Larry a dû partir travailler. Il a traîné un peu dans l'espoir de te voir. Il m'a chargé de te dire bonjour.

— Je le verrai la prochaine fois.

— J'espère. Tu ne t'es pas mal débrouillé en fin de compte. Mais je n'en ai jamais douté.

— Merci. Tu as une bien jolie maison.

— Oh, on n'a jamais fini dans ces vieilles baraques, mais Larry adore bricoler. Tu es retourné à la ferme ?

— Ouais. Il y a beaucoup à faire. Comment vont tes parents ?

— Bien. En bonne santé, Dieu merci. Et les tiens ?

— Ravis de profiter de la Floride. Ils n'arrivent pas à croire qu'ils ont un fils à la retraite.

— Tu es bien jeune pour être à la retraite.

— Cela semble être l'avis général.

— Ainsi, tu étais à Washington ?

— J'avais deux ou trois affaires à régler. Je pensais être revenu à temps.

Ils bavardèrent un moment. La lettre reposait sur la table entre eux. Keith tenait à rétablir le lien avec la sœur d'Annie ; d'ailleurs, il aimait bien Terry et il avait envie d'être aimé d'elle, pour lui-même et pas seulement comme l'amoureux de sa sœur ou son chevalier servant. Elle se révélait beaucoup plus lucide qu'elle ne l'avait paru à 7 heures du matin. Il avait l'impression qu'elle avait beaucoup de choses à lui dire, mais il préféra continuer à parler de choses et d'autres, avant de confesser :

— Je ne souhaite que le bonheur de ta sœur. Tu sais que nous n'avons jamais cessé de nous aimer.

Terry secoua la tête et une larme roula sur sa joue.

Keith prit alors la lettre.

— Tu permets que je la lise ici ?

— Oui, vas-y. (Elle se leva.) J'ai un stock de vêtements à mettre dans le sèche-linge.

Elle descendit au sous-sol.

Keith déchira l'enveloppe et lut :

« Cher Keith, non, je ne suis pas fâchée, oui, je suis déçue. Je sais que, si tu as été retenu à Washington, c'est que tu ne pouvais faire autrement, mais cela m'a laissé le temps de réfléchir. Oh non, Prentis ! Tu n'es pas encore en train de réfléchir ! »

Keith sourit. C'était ce qu'il lui disait à la fac, chaque fois qu'elle commençait ses phrases par « J'ai réfléchi »...

Pourtant, il savait que cette lettre ne serait pas drôle. Il poursuivit sa lecture.

« J'ai donc réfléchi et je me suis rendu compte à quel point ce pas est important pour toi. Pour moi, il s'agit de sortir d'une situation que je ne peux plus supporter. Mais pour toi il s'agit de prendre une lourde responsabilité — de devenir responsable de moi. Tu n'as sans doute pas besoin de ce fardeau. Je sais que mon mari t'a rendu la vie dure et je sais aussi que tu sauras t'en arranger. Mais je commence à me sentir un peu coupable. C'est vrai, Keith, si tu en es là, si tu es dans cette situation, c'est à cause de moi. J'y suis sensible. Sans moi, tu serais libre de faire ce que tu veux, c'est-à-dire, après tout ce qui est arrivé, de retourner à Washington, ou en Europe, ou je ne sais où, sans être obligé de m'inclure dans tes projets. Non, je ne suis pas en train de faire ma crise de mauvaise humeur, je suis seulement en train de penser, enfin, à ton intérêt. »

Keith était bien certain d'avoir déjà deviné la suite. Il continua pourtant à lire.

« Sans doute avons-nous besoin d'un peu de temps pour réfléchir et laisser les choses se décanter. Nous avons déjà attendu si longtemps que nous pouvons bien attendre encore quelques semaines. Ce serait peut-être bien que tu t'en ailles, non que je souhaite ton départ, mais, étant donné la situation avec Cliff, cela vaudrait peut-être mieux. Tu pourras me joindre par l'intermédiaire de Terry, comme c'est le cas depuis vingt ans, et nous conviendrons d'un rendez-vous pour en discuter, mais pas tout de suite. Tu m'en veux probablement de ne pas t'avoir attendu. Je n'en ai pas eu le courage. Désolée. Oui, je sais, je ne suis pas très douée pour écrire des lettres. Je n'arrive pas à exprimer ce que je ressens, mais vous savez ce que j'éprouve, monsieur Landry, et je vous le redirai la prochaine fois que nous nous verrons. Affection, Annie. »

Keith replia la lettre et la fourra dans sa poche.

Terry reparut un instant plus tard et lui glissa un regard en s'emparant de la cafetière.

— Encore un peu de café ?

— Non, merci. (Il se leva.) Merci encore. Quand tu verras Annie, dis-lui que je partirai lundi.

— Tu pars ? Où vas-tu ?

— Je ne sais pas encore, mais je le lui ferai savoir par ton intermédiaire, si tu veux bien.

— Bien sûr... Laisse-moi l'appeler. Elle a un téléphone dans sa voiture. Elle est peut-être encore sur la route. Je vais la prévenir que tu es ici.

— Ce n'est pas la peine. Il se fait tard.

Keith se dirigea vers la porte.

— Tu veux lui laisser un mot ?

— Non. Je lui écrirai et j'enverrai la lettre chez toi.

Terry sortit avec lui.

— Je ne sais pas ce qu'elle t'a écrit, mais je connais ses sentiments. Tu ne devrais peut-être pas attacher trop d'importance à cette lettre.

— C'est une bonne lettre.

— Je n'en suis pas si sûre. Hé, mais quel est le problème avec vous deux ?

— Manque de chance, mauvaise synchronisation.

Il monta dans la Blazer et baissa sa vitre.

— Nous allons tâcher d'arranger ça.

— Vous en avez été à deux doigts, cette fois-ci. (Elle s'appuya à la portière.) Keith, je connais ma sœur. Je ne dirais cela à personne d'autre... elle a peur. Elle a eu une rude semaine avec lui.

— Tu la crois en danger ?

— Elle ne le pense pas, mais... elle était à bout, ce matin. Elle a fini par s'inquiéter pour toi. Alors, elle l'a appelé dans le Michigan. Dès qu'il a répondu, elle a raccroché. Elle était rassurée de le savoir là-bas. Et puis, une heure plus tard, elle a dit qu'elle rentrait chez elle. C'était environ deux heures avant ton arrivée. Je suis étonnée que vous ne vous soyez pas croisés.

— J'ai pris un autre chemin.

— Elle a dû passer devant chez toi.

— C'est possible.

— Essaie de la joindre avant de partir. Elle a besoin de t'entendre.

— Ce n'est pas facile.

— J'irai la voir demain. Je sais que je ne peux pas lui téléphoner chez elle. Mais je passerai après la messe et je tâcherai de lui parler seule à seule. Je mettrai au point un rendez-vous pour vous deux.

— Terry, je te suis vraiment très reconnaissant de tout ce que tu fais, mais nous avons besoin d'un peu de temps pour réfléchir.

— Vous avez eu vingt ans pour ça.

— Alors quelques semaines de plus n'y changeront rien.

— Peut-être que si.

— Non. Laissons faire le temps. Je t'appellerai dans quelques semaines. D'ici là, nous aurons tous les idées plus claires et nous en reparlerons plus calmement.

Terry s'écarta de la voiture.

— Entendu. Je ne veux pas me mêler de ce qui ne me regarde pas.

— Tu as été d'une grande aide.

Il mit le contact.

— Tu es fâché ?

— Non, pas du tout. (Il souligna ses mots d'un sourire.) Si je te dis que tu es aussi jolie et appétissante que ta sœur, me gifleras-tu, en bonne provinciale offusquée ?

— Non, cela te vaudra un baiser. (Elle se pencha pour lui poser une bise sonore sur la joue.) Prends soin de toi. À bientôt.

— J'espère bien.

Il s'avança dans l'allée et reprit la route du comté de Spencer.

Un quart de siècle de pratique du renseignement avait ses avantages. Ne serait-ce que parce qu'on apprenait à raisonner différemment des autres, à envisager la vie comme une partie d'échecs, en anticipant largement les prochaines manœuvres de l'adversaire, sans jamais laisser entrevoir son propre plan de jeu ni livrer plus d'informations qu'il n'était nécessaire. Certes, il pouvait faire confiance à Terry, mais il se méfiait de son jugement. Mieux valait lui laisser croire qu'il était contrarié. Il ne cherchait pas à la manipuler, ni Annie à travers elle. Mais il fallait tenir compte de Cliff Baxter et, moins Terry en savait, mieux c'était.

La lettre d'Annie. Il n'avait pas besoin de lire entre les lignes. Tout était dit dans les mots qu'elle avait tracés. Elle était déçue, blessée peut-être. Inquiète pour lui, pour sa sécurité. Elle ne voulait pas être un fardeau pour lui. Il prenait ces déclarations pour ce qu'elles étaient. Elle voulait de lui la confirmation qu'il n'avait pas changé d'avis, que son escapade à Washington n'entrait pas en ligne de compte, que Cliff Baxter n'était pas un problème, qu'elle n'était pas un fardeau, qu'il tenait à elle.

Et pourtant, elle lui demandait d'attendre et elle était certainement sincère. Même s'il souhaitait attendre, ce qui n'était pas le cas, les réactions de Cliff Baxter étaient imprévisibles. *Elle a eu une rude semaine avec lui.*

Il se souvenait du coup de feu accidentel entendu chez les Baxter, dont Gail lui avait parlé. L'idée l'effleura, et ce n'était pas la première fois, qu'Annie finirait par tuer son mari. Il ne pouvait la laisser faire. Il ne fallait pas. Mais, si cela devait arriver, elle attendrait que Keith Landry soit parti, ce qui lui donnait le temps de l'en empêcher. S'il avait bien joué son rôle, Terry dirait à Annie qu'il avait l'intention de s'en aller pour ne peut-être jamais revenir, si elle en croyait son expression. Ce n'était peut-être pas très loyal, il le reconnaissait, mais c'était nécessaire. « En amour comme à la guerre, tous les coups sont permis. » Enfin, peut-être pas tous, mais presque.

Il franchit la limite du comté de Spencer et, vingt minutes plus tard, entrait dans Spencerville. Il passa devant la maison d'Annie, dans Williams Street, mais ne vit pas de voiture dans l'allée. Il continua jusqu'au centre-ville, s'arrêta à la banque, tira la somme maximum autorisée au distributeur de billets, soit quatre cents dollars. Après quoi il erra un moment dans la ville au volant de sa voiture, sans jamais apercevoir la Lincoln blanche.

Il finit par quitter la ville par l'autoroute 22, et fit halte à la station-service de Bob Arles.

Il remplissait son réservoir quand Bob Arles jaillit de son bureau en lui adressant un salut de la main.

— Comment allez-vous ?

— Très bien. Et vous ? répondit Keith.

— Ça va. (Bob Arles s'approcha.) Vous vous êtes acheté une nouvelle voiture ?

— Vous voyez.

— Elle vous plaît ?

— Oui.

— Vous vous êtes débarrassé de l'autre ?

— J'en ai fait une cage à poules.

Arles éclata de rire.

— Dites, vous avez vu le chef Baxter ?

Keith lui jeta un coup d'œil.

— Il est passé la semaine dernière.

— Ouais, il pensait vous rendre visite. C'est moi qui lui ai dit que vous étiez là.

— Je vous remercie.

Keith remit le tuyau de la pompe en place. Arles l'accompagna à son bureau. Quand il eut payé, Keith demanda :

— Il vient souvent ici ?

Le visage de Bob Arles s'affaissa.

— Eh bien... avant, oui. Presque toute la ville et le comté venaient se fournir ici. Mais... euh... nous avons eu quelques problèmes.

— Je crois que je suis au courant.

— Ouais... beaucoup de gens sont au courant.

Keith franchit la porte qui séparait le bureau du magasin. Bob Arles le suivit. Il n'y avait personne derrière le comptoir. Keith s'en étonna :

— Où est Mme Arles ?

— Elle est en vacances. (Il ajouta :) Vous savez sans doute pourquoi, si vous avez entendu parler de la réunion qui a eu lieu à l'église d'Overton.

— Mais pourquoi Mme Arles est-elle partie ?

— Euh... eh bien... je crois qu'elle était... un peu nerveuse, quoi, après tout ce qu'elle a raconté.

— A-t-elle dit la vérité ?

— Mais non. Enfin, c'est que, vous comprenez, en ce bas monde, c'est donnant donnant. Les femmes ne comprennent rien aux affaires. (Arles agita la tête.) Le chef et son cousin, Don Finney, le shérif, ont débarqué ici et m'ont dit que la ville et le comté iraient désormais se fournir ailleurs. Vous savez ce que ça représente pour moi ? Je vais vous dire. Cinquante pour cent de mon chiffre d'affaires, au bas mot. Et vous savez ce qui va se passer maintenant ? Je suis foutu. Tout ça parce qu'elle n'a pas su tenir sa langue.

— Donc, vous ne voyez plus Baxter ?

— Oh si, il vient encore, comme avant, parce que c'est ici que la ville paye ses factures en attendant que le conseil choisisse un autre fournisseur. Mais il ne me parle plus beaucoup et ce qu'il dit n'est pas agréable à entendre. Il dit qu'il a un compte à régler avec Mary. Je l'ai averti qu'il ne la verrait pas dans le coin avant un moment.

— Il continue à se servir dans vos rayons ?

— Hé, mais c'est des histoires ! Il a toujours payé. Et si moi, j'avais envie de lui donner deux ou trois choses, qu'est-ce que ça peut bien faire ?

Keith déposa ses emplettes sur le comptoir, de quoi lui permettre de survivre pendant le week-end. Arles s'installa derrière la caisse et enregistra ses achats.

— Je quitte le comté de Spencer, annonça Keith. Lundi.

— Ah ouais ? Définitivement ?

— Oui. Il n'y a pas de travail ici.

— Je vous avais prévenu. Dommage. Ça manque de

monde, ici. Cela fera vingt et un dollars et soixante-douze cents.

Keith le paya. Arles mit les articles dans des sacs, en commentant :

— Quand vous reviendrez, ce sera fermé, ici.

— Votre femme a eu raison. Vous le savez.

— Ouais, peut-être. Mais je n'ai pas besoin d'avoir Baxter contre moi et j'ai passé l'âge de tout recommencer à zéro.

— Baxter ne restera pas forcément très longtemps chef de la police.

— Vous croyez ?

— Vous avez lu le compte rendu de la réunion de St. James ?

Il acquiesça.

— Quel est votre avis ?

— Ben... il ferait bien de contrôler un peu mieux son jacquot. (Arles consentit à sourire.) Vous savez pourquoi les hommes donnent des petits noms à leur pénis ? Pour ne pas laisser un parfait inconnu prendre les décisions à leur place. (Il s'esclaffa en abattant sa main sur le comptoir.) Vous avez compris ?

— Oui, j'ai compris.

Arles reprit son sérieux et continua :

— Mais les autres choses qu'on a dites sur lui... qu'il vient ici remplir sa voiture personnelle gratuitement... zut, même si c'était vrai, ce qui n'est pas le cas, ça ne fait de tort à personne. Bon, pour ce qui est de ses histoires avec les femmes, la mienne, de femme, elle dit que ça le rend indigne d'être chef de la police. Je ne sais pas, parce que j'ai pas le moyen de savoir si elles mentent pas. Ce que je sais, c'est que ce genre d'accusation ne doit pas arranger les choses chez lui. Vous connaissez Mme Baxter ?

— Nous étions à l'école ensemble.

— Ah oui ? C'est quelqu'un de très bien. Elle avait pas besoin d'entendre toutes ces pétasses débiter leurs salades avec autant d'aplomb.

— Tâchez d'assister à la prochaine réunion. Bien des choses à Mme Arles. Vous devriez être avec elle en ce moment.

Là-dessus, Keith prit son sac à provisions et s'en alla.

D'une cabine téléphonique adossée au magasin, il appela le domicile de Charlie Adair. Il tomba sur le répondeur, auquel il confia son message :

« Charlie, mes projets ont subi quelques modifications. J'arriverai dans un jour ou deux. Désolé de ne pouvoir vous retrouver ce soir. Mes amitiés à Katherine. Si tu m'appelles chez moi, dis-toi que mon téléphone est sans doute surveillé par le chef de police Baxter, qui est persuadé, on se demande pourquoi, que je m'intéresse à sa femme. Stewart a été merveilleux. Il devrait être rentré avant minuit. Je réfléchis toujours à la proposition qui m'a été faite. Pourrai-je avoir une lampe solaire dans mon sous-sol ? Dis au président que je le salue bien. À bientôt au téléphone. »

Vers 9 heures, ce soir-là, se rendant compte qu'il n'avait pas dormi depuis trente-six heures, Keith se prépara à prendre un repos bien mérité. En ouvrant le tiroir de sa table de chevet, il s'aperçut que son Glock avait disparu.

Il réfléchit. Les Porter savaient où trouver la clé, mais n'étaient pas du style à venir lui emprunter son pistolet. Il inspecta ses armoires. Ses affaires avaient été déplacées.

De toute évidence, Baxter avait pénétré dans la maison, ce qui, pour un policier disposant de quelques passe-partout, n'était pas bien compliqué.

Rien ne semblait manquer en dehors du pistolet, et la maison ne contenait aucun élément compromettant dont il pût avoir à s'inquiéter. Il avait brûlé les dernières lettres d'Annie. Les autres, celles des vingt dernières années, avaient fini dans les broyeurs des gouvernements successifs. Il n'était pas conservateur et se félicitait maintenant de ce trait de caractère.

Son arme avait bel et bien disparu, et Baxter avait fouillé dans ses affaires. C'était une raison suffisante pour tuer le bonhomme et il ne s'en serait pas privé s'il n'avait donné sa parole à Annie et s'il n'avait eu la certitude que Baxter était sur le point de perdre sa femme, son boulot, ses amis et sa ville. Comme on dit, la mort lui serait trop douce.

Keith dénicha son couteau de combat et le posa sur sa table de nuit. Puis il éteignit et s'endormit.

Il se réveilla à l'aube, se doucha, s'habilla et descendit. Il régnait un froid sec et vif en ce dimanche matin. Son souffle se condensait en petite nuée quand il sortit. Il marcha jusqu'au champ de maïs et éplucha un épi. La fine enveloppe et la couleur du grain annonçaient la maturité. Presque bon à récolter. Dans une semaine ou deux, si le temps s'y prêtait.

Il déambula dans sa cour de ferme, examina les bâtiments, les clôtures, le terrain. Il avait bien travaillé. Il n'avait fallu, tout compte fait, qu'un peu d'argent, beaucoup de temps et un labeur harassant. Il ne savait pas pourquoi il s'était donné tant de peine ni quel but il poursuivait, mais il était content de lui. Il avait manipulé les outils, réparé les choses que son père et son oncle avaient manipulées et réparées avant lui, et son grand-père avant eux. Il ne restait aucune trace matérielle du temps de son arrière-grand-père, ni de son arrière-arrière-grand-père, le premier colon de la famille, mais il foulait le même sol qu'eux et, dans la pâle lumière de l'aube et du crépuscule, quand la campagne baignait dans le calme du point du jour ou de sa fin, il sentait leur présence.

Il se rendit à l'église. Non pas à St. James, mais à St. John, à Spencerville. Le public n'était certes pas le même : vêtements plus chics, voitures plus cossues. Le vaste temple de brique et de pierre constituait le plus beau bâtiment de Spencerville, après le palais de justice. S'il y avait un lieu de rendez-vous dominical pour les notables du comté, c'était l'église luthérienne de St. John, héritée des premiers habitants de la région et fief incontesté du pouvoir local. Les épiscopaliens eux-mêmes consentaient à s'y montrer à l'occasion, surtout quand ils briguaient des postes ou traitaient des affaires dans la région.

Keith chercha les Baxter du regard, en vain. Même s'il s'était littéralement heurté à l'imposante carcasse de M. Baxter, il n'aurait rien eu à craindre ; un dimanche, à l'église, la bonne société de Spencerville n'aurait pas toléré la moindre manifestation de discorde ni le moindre incident déplacé dans la maison de Dieu, le jour du Seigneur.

Keith entra. La nef spacieuse contenait bien huit cents personnes. Keith scruta l'assemblée amassée sur les bancs. Il n'apercevait toujours pas M. et Mme Baxter. S'ils étaient là, il ne manquerait pas de les voir sortir en se postant sur le parvis à la fin de l'office.

Il choisit une place au fond, sur la gauche. La célébration commença, présidée par le révérend Wilbur Schenk, confesseur de Mme Baxter.

Ce n'est qu'au milieu de la cérémonie qu'il repéra Annie dans le chœur, à l'extrême droite de l'autel, parfaitement visible de sa place.

Le chœur se leva pour chanter. Elle tourna les yeux dans sa direction, comme si elle l'avait depuis longtemps localisé et désespérait d'être remarquée par lui. Leurs regards se croisèrent. Il lui adressa un clin d'œil. Elle sourit en entonnant « Rock of Ages », puis se plongea dans son psautier, sans se départir de son sourire. Elle avait l'air d'un ange dans son aube rouge, environnée de cierges dont ses yeux reflétaient la flamme. Le chant terminé, elle referma son livret et lui jeta un dernier regard avant de se rasseoir.

Keith partit avant la fin et sortit de la ville.

Il s'arrêta à la ferme Cowley, frappa à l'entrée, mais n'obtint pas de réponse. La porte n'étant pas verrouillée, il entra, appela Billy Marlon; la maison semblait vide. Dans la cuisine, il trouva un crayon et une vieille enveloppe. Il écrivit : « Billy, je vais m'absenter quelque temps. Je te dis à un de ces jours. Laisse tomber la bouteille. Va faire un bilan de santé dans un hôpital militaire de Toledo. C'est un ordre, soldat. » Il signa : « Landry, colonel d'infanterie, Armée des États-Unis ». Keith ne savait pas trop si son conseil serait suivi d'effet, mais il se sentait le devoir ou l'obligation d'écrire ce mot. Il laissa un billet de cent dollars sur la table et s'en alla.

Il songea à passer chez les Porter, mais il leur avait déjà fait ses adieux et ne voulait pas les inquiéter en avouant l'échec momentané de ses projets; là encore, moins ils en savaient, mieux cela valait pour eux. Non seulement il fallait compter avec Cliff Baxter et ses troupes, mais c'étaient même eux qui, dans l'immédiat, lui dictaient son emploi du temps.

Prochaine station : tante Betty. En route, il s'arrêta dans une ferme pour y acheter des confitures, des friandises, du sirop d'érable et autres sucreries en quantité suffisante pour plonger quiconque dans un coma diabétique, mais dont tante Betty semblait faire son ordinaire.

Quand il arriva chez elle, elle l'informa qu'elle s'apprêtait à partir déjeuner chez Fred et Lilly. Elle l'invita à entrer, visiblement perturbée, comme beaucoup de vieilles personnes l'auraient été, par cet événement imprévu venu modifier le cours de sa journée.

— Je dois être là-bas dans une heure, précisa-t-elle.

Fred et Lilly habitaient à vingt minutes de route. Keith se rappela avec un sourire la théorie de la relativité temporelle selon tante Betty. Il la rassura :

— Je ne reste que quelques minutes. En vous dépêchant, vous arriverez à temps. Tenez, je vous ai apporté des petites choses.

Il posa son sac sur la table et elle entreprit de le vider, article par article.

— Oh, Keith, il ne fallait pas. Tu es trop gentil.

Au bout d'un moment, il lui dit :

— Tante Betty, je vais partir quelque temps. Je voulais vous demander de jeter un œil sur la maison.

— Tu pars encore ?

— Oui. Ça ne m'arrive pas si souvent. Seulement tous les vingt-cinq ans.

— Où vas-tu cette fois ?

— À Washington. Quelques affaires à finir de régler. J'ai demandé à d'autres personnes de venir aussi surveiller la maison. Jeffrey et Gail Porter. Jeffrey est un ancien camarade de classe.

— C'est quel Porter ? Celui qui a trois fils ?

— Non. Son père avait trois fils. Jeffrey est l'un des trois. Il a mon âge. Enfin, je voulais seulement vous prévenir.

— Attends-moi ici. J'ai quelque chose pour toi.

Elle disparut dans sa cuisine et revint avec sa bouteille de bourgogne français, toute glacée d'avoir séjourné dans le réfrigérateur.

— Elle va se perdre. Je préfère te la rendre.
— Merci.
— Pourquoi ne viendrais-tu pas chez Fred et Lilly avec moi ? Je vais les appeler. Ils rajouteront une assiette. Elle prévoit toujours trop large. Elle gâche la nourriture, cette femme-là. Je l'ai dit à Harriet, « ta fille gâche »...
— Je suis pris ailleurs. Tante Betty, écoutez-moi. Je sais que vous ignorez les ragots, que vous ne les répétez pas et que vous n'y croyez pas. Mais, d'ici quelques jours, vous pourriez bien entendre raconter des choses sur votre neveu préféré et Annie Baxter. Et ce sera sans doute vrai pour l'essentiel.

Elle se contenta de le considérer avant de reporter son attention sur les gourmandises répandues sur la table.

Keith lui posa un baiser sur la joue.
— Ne roulez pas trop vite. Je vous écrirai.

Il laissa sa tante au milieu de son salon, sans doute affolée à l'idée de devoir se rendre chez Lilly avec moins d'une heure devant elle. Keith sourit. Il avait récupéré son vin, c'était une bonne affaire.

Il reprit le chemin de sa ferme. Quand il arriva chez lui, l'après-midi était déjà avancé. Le soleil d'octobre brillait à l'ouest, quelques nuages avaient surgi dans le ciel, poussés par un vent de nord, jetant sur la campagne une pénombre froide qui donnait à ce dimanche un air de solitude.

Un sentiment d'isolement, d'oppression l'étreignait, tempéré par la certitude d'avoir fait ce qu'il devait. Il partirait le lendemain matin, avec ou sans elle, mais il la porterait dans son cœur, et elle dans le sien. Dans une semaine, dans un mois, dans un an, ils seraient réunis.

28

Vers 6 heures du soir, Keith lisait dans le salon en buvant son bourgogne enfin chambré. Il avait retrouvé une caisse pleine de ses livres d'étudiant dans le grenier et y avait prélevé *Ethan Frome* d'Edith Wharton. Il appréciait cet auteur à l'université, ainsi que les autres écrivains américains de la même époque, Henry James, Theodore Dreiser et Sherwood Anderson, natif de l'Ohio. Pourtant, il était prêt à parier que plus personne ne lisait ces auteurs. Il nota dans un coin de sa tête de demander aux Porter si Anderson était encore au programme à Antioch.

Depuis l'université, ses lectures se réduisaient aux ouvrages d'actualité et de commentaire politique, le genre de bouquins qui figuraient sur la liste des best-sellers du *Washington Post* et sans doute nulle part ailleurs. Il rêvait de passer les vingt-cinq prochaines années à lire des œuvres littéraires sans utilité immédiate.

La radio, branchée sur une station de Toledo, diffusait de vieux airs en fond sonore. Van Morrison venait de chanter « Brown Eyed Girl », qu'il aimait, et Percy Sledge entonnait « When a Man Loves a Woman », qu'il considérait comme le slow le plus propice à la drague.

Le soir tombait, rendu plus obscur par l'abondance de nuages. Il aperçut le faisceau des phares dans l'allée avant même de distinguer le véhicule. Quelques secondes plus tard un crépitement de pneus résonnait sur le gravier.

Il posa son livre, éteignit la radio et se posta à la fenêtre. Une Lincoln blanche tourna devant la maison.

Keith alla dans la cuisine et sortit par la porte du fond au moment où la Lincoln s'immobilisait dans la cour. La portière du conducteur s'ouvrit sur Annie, en col roulé blanc et tailleur de tweed marron. Un bâtard gris bondit derrière elle et entreprit de visiter la cour à un train effréné.

Keith et Annie s'arrêtèrent à quelques pas l'un de l'autre. Elle esquissa un sourire.

— À cause de toi, je me suis perdue dans mon psautier.

— Tu avais l'air d'un ange.

— Tu parles d'un ange ! Si tu savais les idées qui me traversaient l'esprit ! J'ai dû devenir aussi rouge que mon aube.

Il s'avança. Ils s'embrassèrent sans passion, avec une sorte de retenue dictée par l'incertitude. Elle lui dit :

— Ma tante Harriet m'a transmis ton meilleur souvenir.

— Je l'en avais chargée en effet. Elle me plaît. Je voudrais que tu lui envoies une carte postale de Rome.

Annie continua, ignorant sa suggestion :

— Elle m'a dit qu'elle avait déjeuné avec toi chez ta tante dimanche dernier. Elle ne tarit pas d'éloges sur toi, ta beauté, ta culture. Elle a même employé le mot « sexy ».

— Seigneur Dieu du ciel ! Je lui enverrai moi-même la carte postale de Rome.

Annie ne souriait pas. Elle paraissait préoccupée.

À cet instant, Keith remarqua, Dieu sait pourquoi, l'autocollant bleu et blanc qu'arborait sa voiture sur le pare-brise arrière et qui proclamait : « Soutenez votre police ».

Elle intercepta son regard.

— Tu en veux un ? J'en ai plusieurs.

— Ça demande réflexion.

Elle tenta un sourire qui se transforma en grimace.

— Je n'ai guère le choix.

— Je sais.

Le silence retomba. Alors Keith posa la question inévitable et terre à terre :

— Où est ton mari ?

— Toujours à la cabane de Grey Lake. Il a appelé hier après-midi pour dire qu'il y passerait la nuit. Il rentrera ce soir aux alentours de minuit. (Elle ajouta :) Il ne me prévient jamais. Il savait sans doute déjà qu'il resterait là-bas tout le week-end.

Keith hocha la tête d'un air pensif en se rappelant le mot laissé par Baxter disant qu'il repasserait lundi.

— Tu es sûre de ne pas avoir été suivie ?

— Je n'ai vu aucun véhicule de la police, ni de la ville, ni du comté, et je connais les voitures banalisées. De toute façon, je repars dans quelques minutes et nous n'avons qu'à rester derrière la maison.

— D'accord. Veux-tu que je t'explique Washington.

— Non. Pas la peine. J'ai entendu parler du cyclone à la radio, dans ma voiture, en revenant de chez Terry. Je me suis inquiétée. J'ai failli revenir, mais je me suis dit que Cliff était peut-être rentré et que ce n'était pas prudent pour nous. Quand il a appelé pour dire qu'il restait là-bas, je l'aurais tué... J'ai pleuré jusqu'à épuisement, hier soir, dans mon lit, en pensant à toi et à ce qui aurait dû arriver hier.

— Il n'est pas trop tard.

Elle le considéra un moment et finit par avouer :

— Ma sœur m'a dit que tu partais demain.

— Tu voulais que je parte.

— Ah ! et depuis quand fais-tu ce que je te demande ?

Il sourit.

— Autrefois, je faisais au moins la moitié des choses que tu me demandais. Ce n'est pas si mal.

— Ça dépend de quelle moitié il s'agit.

— Tu es dure.

— Non, je suis trop poire. C'est mon problème.

— Je connais une excellente formation à Washington pour apprendre aux femmes à s'affirmer. Toutes celles de la capitale y sont passées. Je te donnerai le dépliant.

— Pauvre Keith. Elles t'ont donné du fil à retordre ?

— Serions-nous en train de nous disputer ?

— Pas encore.

Elle se tut longuement avant de reprendre :

— Bon, je veux bien que tu m'expliques Washington.

— Entendu. Jeudi, mon ancien patron, Charlie Adair, est venu, ici à la ferme, pour me dire que mon ancien employeur voulait me reprendre. Je lui ai répondu : « Non, je suis follement amoureux d'une fille du coin. » Il m'a rétorqué : « Parfait, emmène-la avec toi. » Je lui ai expliqué que tu avais un mari peu compréhensif qui ne laissait pas partir sa femme comme ça avec ses anciens amants...

Elle réprima un sourire et commenta :

— C'était donc un voyage d'affaires ?

— Oui. Qu'est-ce que tu croyais ? Que je prenais des vacances à Washington avant de t'enlever pour te ramener à Washington ?

— Je ne savais trop que... Euh... tu comprends... je me suis... (Elle leva les yeux vers lui.) Ce n'était pas une histoire de femme ?

— Oh... je vois... Non. Serions-nous jalouse ?

— Oui, tu le sais très bien. Mais seulement quand il s'agit de toi.

— Raison de plus pour refuser le poste qu'on me propose. Ils veulent m'envoyer faire le tour du monde pour séduire toutes les femmes chefs de gouvernement.

— Ne te moque pas. J'étais désespérée. Je ne sais pas ce qui m'arrive. Je n'ai jamais été comme ça... enfin, si, une fois. J'étais éperdument amoureuse d'un certain garçon, il y a des années.

— Était-il fidèle ?

— Comme un chiot.

— Bon au lit ?

— Le meilleur de tout l'Ohio.

— Quel est celui qui a laissé tomber l'autre ?

— Nous ne le saurons jamais.

— Triste histoire.

Elle agita la tête et reporta son regard sur lui.

— Ainsi, le gouvernement veut te récupérer ?

— Oui, et il faut que j'aille en personne décliner l'offre...

— Keith, si tu veux retourner travailler à Washington, je ne veux pas être un obstacle...

— Je ne souhaite pas...

— Écoute. Tu n'as qu'à y retourner, et si nous décidons de vivre ensemble, si tu veux que je vienne et si je veux te rejoindre, j'irai à Washington.

— Tu n'aimerais pas. Crois-moi.

— Qui sait ?

— Annie, si je te demande de quitter le monde qui est le tien, je dois en faire autant. Sans regrets et en espérant que tu n'en auras pas non plus.

— Non, Keith. Toi, écoute-moi. Ton univers était ici et tu aurais dû pouvoir y refaire ta vie. Mais tu ne peux pas rester à cause de moi et je ne veux pas être celle qui t'empêche de retourner à Washington.

— Tous ces nobles sentiments nous honorent. Bon. Soyons égoïstes. Parce que je crois que nous désirons tous les deux la même chose.

— C'est bien possible. Il faut que je m'en aille.

— Où es-tu censée être ?

— Nulle part. Il peut revenir à tout moment. Ce ne serait pas la première fois. Quand il prend la peine de m'indiquer l'heure de son retour, il débarque toujours quelques heures plus tôt, comme s'il s'attendait à me trouver au lit avec le facteur ou le plombier.

— Et pourquoi pas un fermier ? Allons chez toi. On va lui donner de quoi justifier ses soupçons.

Elle laissa échapper un sourire, aussitôt effacé.

— Je suis juste passée pour te voir avant ton départ et parce que je voulais te présenter Denise.

— Qui ?

Elle appela la chienne, qui arriva en courant, lui lécha les mains, puis renifla Keith avant de lui poser les pattes sur la jambe. Keith s'agenouilla pour jouer avec l'animal, qui lui faisait une fête, et caresser son poil dru de terrier approximatif.

Annie les observait. Elle demanda soudain :

— Tu te souviens ?

Il la regarda. Manifestement, il ne se souvenait pas.

— Elle, c'est Denise quatrième du nom.

Alors, la mémoire lui revint. En 1963, il lui avait donné un chiot, qu'ils avaient baptisé Denise, à cause de la chanson de Randy and the Rainbow qui faisait un malheur cet été-là. Il se releva et la questionna du regard :

— C'est... ?

— L'arrière-petite-fille de Denise. Denise est morte en 1973, mais j'avais gardé un de ses petits, que j'avais appelé Denise 2. Elle a eu à son tour des petits et ainsi de suite... J'ai... perpétué la lignée... C'est bêtement sentimental... Tu sais comment nous sommes, nous autres campagnardes... (Elle regarda la chienne qui mordillait les lacets de Keith.) Les chiens ne vivent pas longtemps, mais... au moins, ils ne se compliquent pas la vie.

Keith considérait l'animal, ému de constater la somme d'amour et de fidélité qu'il symbolisait.

— Je n'arrive pas à croire que tu aies fait une chose pareille.

— C'était tout ce que j'avais... (Cette fois, son sourire s'étiola avant même d'éclore.) Si Cliff savait... Il a aussi des chiens, mais celui-ci m'appartient. D'ailleurs, elle le déteste. Toutes les Denise le détestaient. La première du nom l'a même mordu une fois.

Cela la fit rire.

— Les chiens sont souvent de bons juges.

— Un jour, il m'a demandé comment je l'avais eue. Je lui ai répondu que je la tenais de mon ange gardien.

Keith se taisait. La chienne partit soudain au grand galop, à la poursuite d'un être invisible qu'elle avait entendu ou senti près de la grange. Keith la suivait des yeux, assailli de souvenirs qui lui nouaient la gorge, incapable de proférer un son.

Il se rappelait le jour où il avait vu Annie Prentis pour la première fois à l'école, l'été des premières rencontres, les longues promenades, les après-midi chez elle, sur la véranda familiale, les glaces mangées dans la rue, les séances de cinéma auxquelles ils assistaient main dans la main, ses cheveux et sa peau effleurés, son parfum, leur premier baiser. La tension sexuelle avait failli le rendre fou, mais, à l'époque, les chances de passer à l'acte se situaient entre zéro et rien. Pourtant, un soir qu'elle était seule chez elle, il était venu la voir. Ils étaient restés assis sur la véranda et, pendant une bonne demi-heure, elle n'avait pas prononcé un mot. Au début, ce mutisme l'avait mis mal à l'aise, mais peu à peu, par un mystère qu'à ce jour il n'avait pas percé, elle lui avait fait comprendre, sans un mot, sans un geste, sans même un regard, qu'elle voulait faire l'amour. Il avait eu si peur qu'il s'en était fallu de peu qu'il ne prît ses jambes à son cou. Il lui avait dit : « Allons dans ta chambre. » Son univers et sa vie avaient basculé ce soir-là.

Quelques jours plus tard, il avait décidé de prendre un chiot chez un ami pour le lui offrir. Il ignorait alors qu'on pouvait donner des fleurs. Depuis, il avait fait aux femmes, et reçu d'elles, des cadeaux plus imposants. Mais ce chiot était le premier hommage qu'il rendait à une fille, et ce qu'elle lui avait donné, son corps, était le plus précieux des dons qui lui seraient jamais faits.

Il remarqua :

— Tu ne m'as jamais parlé de Denise dans tes lettres.

— Je... je ne savais comment le faire sans tomber dans la sensiblerie larmoyante. (Elle soupira et chercha son regard dans la pénombre grandissante.) Enfin... ces chiennes me faisaient penser à toi tous les jours. (Elle se détendit.) Tu es vexé ?

— Non... je suis sans voix.

— Je suis trop sentimentale. Ça me perdra. Je vais te confier un autre secret. Chez ma sœur, j'ai une malle pleine de souvenirs de Keith Landry... lettres d'amour, photos de classe, agendas datant du lycée et de la fac, cartes d'anniversaire, de la Saint-Valentin, un nounours... J'avais d'autres choses. J'ai été assez bête pour les garder quand je me suis mariée. Il a trouvé la boîte. Il n'y avait pas de lettres ni de photos, seulement des petits cadeaux, des objets que tu m'avais rapportés. Il a supposé que ça ne venait pas de mes copines et il a tout jeté. (Elle marqua un temps avant de poursuivre :) Je ne lui ai rien dit, parce que je voulais être une bonne épouse. Mais j'ai compris ce jour-là, et ce jour-là seulement, que je n'avais pas choisi le mari qu'il fallait.

Elle se tut encore. Puis elle déclara :

— Allez, il faut que je te laisse.

— As-tu laissé tes affaires chez ta sœur ?

— Oui... j'ai préféré ne pas les rapporter au cas où il serait rentré entre-temps. Pourquoi ?

— Parfait. Allons-y.

— Où ?

— Chez ta sœur. Nous partons. Maintenant.

— Non, Keith...

— Maintenant, Annie. Pas demain, ni dans une semaine, ni dans un an. Maintenant. Ta sœur aime les chiens ? Elle n'en a pas.

Il la prit par le bras et l'embrassa.

Elle se dégagea.

— Keith, non... Tu veux dire... nous partons vraiment ? Là, tout de suite ?

— À la minute. Laisse ta voiture. Mes affaires sont restées dans la mienne. Appelle ton chien. Monte dans la voiture.

Il entra dans la maison, prit ses clés, éteignit les lumières, puis il arracha une feuille d'un bloc de papier et écrivit : « Baisé, Cliff. » Il signa, s'approcha de la Blazer et demanda à Annie ses clés, qu'elle lui donna aussitôt :

— Veux-tu lui laisser un mot dans ta voiture ?

Elle posa les yeux sur le billet qu'il tenait à la main et répondit :

— Non. Il ne m'en laisse jamais.

— D'accord.

Il amena la Lincoln devant la grange, descendit pour ouvrir les portes et y rentra la voiture. Il posa sa missive à Cliff sur le siège du conducteur avant de refermer la grange et de rejoindre Annie dans la Blazer. Il lui rendit ses clés et mit le contact. Comme il abordait l'allée, elle lui demanda :

— Est-ce que, toi, tu lui as laissé un message dans ma voiture ?

— Oui. Un message puéril et mesquin.

— Qui dit quoi ?

— Juste deux mots. Qui ne sont pas : « Bon anniversaire ».

Elle sourit sans autre commentaire.

Il s'élança sur la route avec Annie à ses côtés, Denise sur le siège arrière et ses bagages dans le coffre.

Il vira au sud, en direction du comté de Chatham. Ils étaient silencieux depuis un grand moment quand Annie murmura :

— Je ne peux pas à y croire.

Il lui jeta un bref regard. Elle contemplait la nuit à travers le pare-brise d'un air ébahi ou peut-être effrayé. Il demanda :

— Ça va ?

Elle acquiesça d'un signe, puis se tourna vers lui.

— C'est vraiment vrai, ce qui nous arrive ?

— Oui. Et c'est définitif et sans retour.

Elle agita la tête. Alors, elle ôta sa bague et son alliance et les jeta par la fenêtre.

— Définitif et sans retour.

Elle se pencha pour lui poser un baiser sur la joue.

— Je t'aime.

Il recueillit ses larmes sur son visage.

— Tu m'as manqué.

29

Peu après 7 h 30, Annie et Keith se garaient devant la maison victorienne de brique rouge. Annie sauta de la Blazer au moment où Terry surgissait par la porte de la cuisine. Les deux sœurs coururent l'une vers l'autre et, dans un concert d'exclamations et d'onomatopées inarticulées auxquelles Keith ne comprenait rien, s'étreignirent et s'embrassèrent en sautillant comme des collégiennes. Bien qu'il eût l'impression d'être à l'origine de ces débordements de joie, on le laissait à l'écart, livré à lui-même. Enfin Terry s'élança vers lui et le serra dans ses bras en s'exclamant :

— Alors, on est revenu finalement.

— Eh oui, nous avons réussi à nous entendre cette fois.

— J'en étais sûre.

Annie se tenait appuyée à lui, le bras passé autour de ses épaules. Keith avait la sensation de poser pour une photo de chasse. Annie annonça à Terry :

— Nous allons... (Elle se tourna vers Keith.) Où allons-nous, au fait ?

— À New York.

Ce n'était pas leur destination, mais, dans l'esprit de Keith, la situation présente ne constituait pas l'aboutissement d'une opération secrète, mais le début d'une tentative d'évasion d'un territoire ennemi.

Annie compléta :

— Ensuite, nous irons à Rome.

— Exact.

Denise, qui était restée dans la voiture, se mit à aboyer. Annie demanda à Terry :

— Tout s'est décidé si vite... tu veux bien garder Denise quelque temps ?

— Avec plaisir. Nous n'avons plus de chien depuis que les enfants sont partis.

À peine Annie eut-elle ouvert la portière que Denise s'échappait d'un bond pour galoper de droite et de gauche comme en terrain conquis.

La porte côté cuisine se rouvrit, pour livrer passage cette fois au mari de Terry. Keith avait oublié que Larry était si grand. Il mesurait plus d'un mètre quatre-vingt-dix et s'était étoffé. Même si son crâne s'était un peu dégarni, il dégageait une impression de force à ne pas négliger. Il salua sa belle-sœur et serra la main de Keith :

— Content de te revoir.

— Moi de même.

Larry était de ces hommes physiquement imposants, d'un naturel peu bavard, qui ne se perdaient pas en vaines paroles. À vrai dire, il n'en prononçait que le strict minimum. Keith se rappelait une soirée passée à boire des bières, chez un ami commun de Spencerville. Il ne se souvenait pas d'avoir entendu Larry dire autre chose ce soir-là que « J'en prendrais bien une autre ». Larry, donc, ne posait jamais de questions. Aussi Keith lui fournit-il spontanément l'information qu'il ne demanderait pas :

— Annie et moi partons ensemble.

Larry hocha la tête.

— Cela ne devrait pas vous créer de problèmes avec Cliff Baxter, du moment qu'il ne sait pas qu'Annie et moi sommes ici.

Larry haussa les épaules.

— Quelque chose me dit que vous arriverez à vous débrouiller.

— Ouais.

— C'est bien ce que je pensais.

Terry s'adressa à Annie :

— Vous pouvez rester un moment ?

Annie interrogea Keith du regard. Il dit :

— Il vaut mieux ne pas nous attarder.

— D'accord.

À la façon dont elle scrutait son regard, il se dit qu'elle cherchait à se rassurer.

— Tout ira bien, promit-il à Annie et à Terry. Nous n'aurons pas besoin de circuler dans le comté de Spencer.

Terry approuva.

— Tant mieux.

Entre-temps, Larry avait disparu. Il revint un instant plus tard avec une valise et un sac de voyage, qu'il enfourna sans un mot à l'arrière de la Blazer.

Annie le remercia, puis expliqua à Keith :

— J'avais apporté mes affaires dans des sacs de plastique. Terry me prête ses bagages.

— C'est tout ce que tu emportes ? s'informa Keith.

— Oui. Je n'aime pas m'encombrer.

— Je crois que je vais aimer voyager avec toi.

Elle sourit.

— Je pourrai toujours acheter ce dont j'ai besoin en route.

— Absolument.

— J'ai les lettres pour les enfants, rappela Terry. J'irai

voir papa et maman demain matin. Et je passerai aussi chez tante Louise.

Keith avait hâte de prendre la route. Il proposa néanmoins à Annie :

— Tu ne veux pas aller prendre une ou deux choses dans ta malle à souvenirs ?

Le visage d'Annie s'illumina d'un sourire.

— Ce que tu peux être romantique !

Elle lança un regard à Terry.

— Il est adorable, non ? Je peux jeter un coup d'œil à cette malle ?

— Bien sûr. Viens.

Quand elles eurent pénétré dans la maison, Keith se tourna vers Larry.

— Tu es shérif adjoint dans le comté de Chatham, n'est-ce pas ?

— Honoraire.

— As-tu une radio chez toi ou dans ta voiture ?

— Les deux.

— Tu reçois la police de Spencerville ?

— Oui. Faiblement.

— Et le bureau du shérif du comté de Spencer ?

— Ouais. Mieux.

— Tu pourras les écouter ce soir ?

— Pas de problème.

— Ensuite, tu appelleras le shérif de Chatham pour essayer de savoir s'il y a un avis de recherche concernant ma Blazer ou la Lincoln d'Annie. C'est possible ?

— Compte sur moi.

— Je t'appellerai en chemin.

— Entendu. (Il ajouta :) Tu sais quoi ? Prenez ma voiture.

— Non, je ne peux pas faire ça.

— Mais si.

— Écoute, Larry, je sais que ce type ne te fait pas peur, mais je ne veux pas qu'il sache qu'il y a un lien entre ce qui arrive ce soir et vous.

— Pas grave.

— Si je suis arrêté dans ta voiture, vous aurez des ennuis. Ce salaud ne te lâchera pas tant qu'il n'aura pas eu ta peau, même si ça doit lui prendre vingt ans.

— Ne t'inquiète pas pour ça.

— Si, je m'inquiète. Écoute, que ça te plaise ou non, il fait partie de ta famille. Ses enfants sont tes neveux et nièces, les cousins des tiens, et jusqu'à nouvel ordre vous avez les mêmes beaux-parents. Inutile de semer la discorde dans la famille. Je prends ma voiture.

Larry ne répondit pas.

Keith reprit :

— Et pour tout t'avouer, je ne veux pas affoler les femmes. (Larry acquiesça.) De toute façon, s'il y a un avis de recherche, il ne devrait pas être lancé avant plusieurs heures et ils commenceront par rechercher la voiture d'Annie avant de s'intéresser à la mienne. C'est plus de temps qu'il ne m'en faut.

Larry réfléchit un instant et lui conseilla :

— Reste le plus possible sur les routes nationales. Tu ne devrais pas y rencontrer de patrouilles de police. Quant à la police des autoroutes, il faudrait que Baxter lui fournisse un motif précis pour qu'elle prenne en compte son avis de recherche.

— Il n'a aucune charge légale contre moi.

— Oui, mais... on ne sait jamais ce qu'il peut inventer. Il n'en faut pas beaucoup pour interpeller quelqu'un. Une fois qu'ils te tiendront, ils l'appelleront.

— Je comprends.

— Où est sa voiture ?

— Pourquoi cette question ?

— Eh bien, si elle l'a laissée sur le bord de la route ou dans un parking, Baxter ameutera la police d'État en disant que sa femme a été enlevée. (Keith approuva.) Si sa voiture est chez elle, ou introuvable, les flics se diront qu'il s'agit d'un problème personnel, ou qu'il n'y a pas de problème du tout, jusqu'à plus ample informé. Tu vois ?

Keith secoua la tête et dit :

— Sa voiture est cachée.

— Parfait.

« Pas parfait du tout, songeait Keith, si elle est cachée dans ma grange et qu'on l'y trouve. »

Larry poursuivait :

— Vous serez tranquilles dans le comté de Chatham. J'y veillerai.

— Merci.

Annie et Terry reparurent. Annie tenait à la main un ours en peluche. Elle regarda les deux hommes, l'un après l'autre.

— Tout va bien ?

Elle était soit trop intuitive, soit très nerveuse, observa Keith ; ou alors Larry et lui n'avaient pas les visages impassibles de joueurs de poker qu'ils croyaient arborer. Il répondit :

— Très, très bien. Qu'as-tu trouvé ?

Elle lui lança l'ours, qu'il examina :

— Ce n'est pas moi qui te l'ai donné. Tu t'es trompée de malle ou de petit ami.

Annie adressa un sourire à sa sœur :

— Je te l'avais bien dit. Il est sarcastique et il se croit drôle.

— Bon, déclara Keith, il ne faut pas traîner.

Il prit la main de Larry.

— Merci encore.

Annie serra sa sœur dans ses bras.

— Tu as été merveilleuse. Merci. Je t'appellerai de New York. Oh, je crois que je vais me mettre à pleurer.

Puis elle embrassa Larry.

— Fais bien attention à toi maintenant. Et ne t'inquiète pas de ce qui se passera ici.

Keith tendait la main vers Terry lorsque le téléphone sonna dans la cuisine. Ils se figèrent, tous en proie à la même idée.

— Il faudrait peut-être répondre, suggéra Keith.

Terry hocha la tête en signe d'assentiment et rentra précipitamment. Keith, Annie et Larry lui emboîtèrent le pas.

Terry empoigna l'appareil accroché au mur.

— Allô ?

Keith comprit à son expression que ce n'étaient pas ses enfants qui téléphonaient pour dire bonjour.

Terry écoutait en considérant ses trois vis-à-vis et répondit enfin :

— Non, Cliff, je ne l'ai pas vue.

Annie saisit la main de Keith, comme si la présence de son mari à l'autre bout du fil suffisait à la mettre mal à l'aise.

Terry parlait dans le combiné :

— Non, elle est venue hier matin et elle est restée déjeuner. Je suis passé chez vous, ce matin, après la messe ; elle était là... Non, elle n'a pas dit qu'elle allait quelque part... Elle a parlé en revanche de faire des courses... Non, je ne sais pas pourquoi elle ne les a pas faites hier...

Terry tira la langue au téléphone, ce qui, malgré la situation, alluma un sourire sur tous les visages. Elle continua :

— Comment veux-tu que je sache si son téléphone de voiture marche ? (Terry se tut, attentive, et soudain, à la surprise générale, se récria :) Écoute, Cliff, si tu arrêtais un peu de vérifier tous les faits et gestes de ma sœur ? Je suis fatiguée de... (Elle se tut à nouveau avant de reprendre :) Va au diable, Cliff.

Elle raccrocha en commentant :

— Ça fait du bien.

Puis elle planta son regard sur Keith, Annie et Larry.

— Vous savez qui c'était, naturellement.

Larry lui demanda :

— Il t'a injuriée ?

— Plus ou moins.

Larry fronça les sourcils.

Annie lui dit :

— À partir de maintenant, tu peux considérer qu'il n'est plus ton beau-frère.

Larry se contenta de hocher la tête, mais Keith imaginait ce que ces paroles avaient pour lui de délectable. Keith interrogea Terry :

— D'où appelait-il ?

— Il m'a dit qu'il était chez lui. Il est rentré plus tôt que prévu.

— De quelle humeur était-il ?

— Toujours pareil. Soupçonneux.

— Il a enfin une bonne raison de l'être, remarqua Annie.

Keith leva les yeux vers la pendule. Il était 19 h 45, Cliff Baxter était à Spencerville et cherchait sa femme. Il ne leur restait plus beaucoup de temps.

— Allez, il faut partir.

Ils sortirent tous et renouvelèrent leurs adieux, pressés, cette fois, par un sentiment d'urgence.

En un instant, Keith et Annie avaient grimpé dans la Blazer, installé l'ours en peluche entre eux, et agitaient les mains en s'éloignant dans l'allée.

Cinq minutes plus tôt, Keith estimait qu'Annie et lui avaient toutes les chances de s'évader sans encombre. La probabilité se réduisait désormais à une chance sur deux, un pari aléatoire qu'il n'aurait pas pris en temps ordinaire.

30

La Route 6 s'élançait plane et droite à travers le comté, presque déserte en ce dimanche soir. Keith roulait à cent dix, tous phares allumés.

Annie s'inquiéta :

— Dis-moi vraiment, est-ce que tout va bien ? Et ne me raconte pas d'histoires.

— Je ne voulais pas alarmer ta sœur, expliqua Keith.

— Donc, tout ne va pas pour le mieux.

— Eh bien, la question est de savoir combien de temps mettra Cliff à comprendre ce qui se passe. Tu as peut-être une idée ?

Elle resta un moment songeuse avant de répondre :

— Il est près de 8 heures. Il ne m'est jamais arrivé d'être en vadrouille à pareille heure, sans qu'il sache exactement où je me trouvais. (Comme Keith ne disait rien, elle ajouta :) Je crois que ce départ précipité était nécessaire.

— Cela enlève tout le charme.

Elle se tourna vers lui et, voyant qu'il souriait, sourit à son tour, mais ils savaient tous les deux que cela n'avait rien de drôle. Il avoua enfin :

— Charme ou pas, tu cours un plus grand risque qu'il n'était souhaitable et j'en suis responsable. Si je pouvais te ramener à ma ferme sans être vu, je le ferais et je te dirais de rentrer chez toi.

— Non, même si c'était possible, je ne le voudrais pas. Je suis avec toi et je ne retournerai jamais là-bas. Et si j'ai dit oui ce soir, tu n'en es pas responsable. D'accord ?

— D'accord.

Ils filaient vers l'est et quittèrent bientôt le comté de Chatham pour entrer dans celui de Dawson. Keith s'enquit :

— Comment ton charmant époux va-t-il réagir ?

— Jeannot Lapin ? Le mangeur de radis ? Eh bien, il va appeler mon téléphone de voiture toutes les deux minutes... C'est pour ça qu'il l'a fait installer si généreusement par le garage Baxter. Entre-temps, il téléphonera à mes parents, cousins, amis, y compris au révérend Schenk et à sa femme, par exemple. Il n'a aucun scrupule quand il s'agit de me pister et, dans ces cas-là, ce n'est pas la subtilité qui l'étouffe.

Un sourire jaillit sur le visage de Keith.

— Ils doivent tous te prendre pour une débauchée.

— Non, c'est lui qu'ils prennent pour un dingue. Il croit me mettre dans l'embarras et me punir de ne l'avoir pas prévenu du moindre de mes déplacements. Il ne se rend pas compte qu'il se ridiculise.

— Surtout, cela prend du temps d'appeler tous ces gens. Quelle place occupe Terry sur sa liste.

— Généralement la deuxième, après mes parents. Il a encore une bonne douzaine de coups de fil à donner.

Keith approuva.

Annie pouffa de rire.

— Terry a fini par lui dire sa façon de penser. « Va au diable, Cliff », déclama-t-elle en imitant la voix grave de sa sœur. Il ne va pas décolérer pendant une demi-heure. Il ne supporte pas qu'une femme lui tienne tête.

— J'en connais d'autres.

— Pas toi, en tout cas. Tu adores ça, pour le plaisir de renvoyer la balle. Mais toi, tu n'es pas vache, tu es drôle. (Elle confirma :) Tu me fais toujours autant rire.

Et, ce disant, elle lui pinça tendrement la joue.

Il sourit. Ils roulaient bien. À ce train-là, l'Interstate 75 ne devait plus être qu'à une quinzaine de kilomètres.

Annie prit l'ours en peluche et le lui posa sur les genoux.

— Tu te rappelles ?

Il glissa un regard à la bestiole marron et blanc.

— La foire nationale.

— La foire régionale.
— Exact.
— Le stand de tir. Tu étais bon. Tu continues à tirer ?
— Non. J'ai renoncé.
— Je comprends. Tu es armé ?
— Non.
— Pourquoi ?
— Eh bien, je n'avais pas l'intention d'échanger des coups de feu avec la police.
— Mais si c'est lui ?
— Nous sommes sortis de son petit royaume.
— Il ira n'importe où pour nous retrouver, Keith.
— Et toi, as-tu une arme ?
Elle tarda à répondre.
— J'en avais une hier matin. Ce soir, tout s'est décidé trop vite.
Il hésita imperceptiblement avant de demander :
— Tu t'en serais servie ?
— Pour l'empêcher de nous séparer, oui.
— Ah... Moi aussi. Pour tout te dire, j'aurais emporté mon pistolet s'il n'avait pas disparu. Je crois que ton mari a cambriolé ma maison.
— Quoi ? Tu veux dire qu'il est entré chez toi ?
— Je ne peux pas affirmer que c'est lui, mais je le soupçonne fortement. Nous n'avons pas besoin d'arme, assura-t-il. Tout ira bien.
— Bon...
Il lui jeta un coup d'œil.
— Il y a deux mois, peu après mon arrivée, on a entendu une détonation chez toi, très tôt le matin. Tu veux bien m'expliquer ?
Elle baissa la tête et fixa longuement le plancher.
— Non, je n'ai pas envie.
— Entendu.
— Je le ferai... plus tard.
— Parfait.
— Comment le sais-tu ?
— Spencerville est une petite ville.
— Et on parle des Baxter, n'est-ce pas ?
— Oui, tu le sais très bien. Tu es toujours la sainte et lui le diable.

— Et toi, mon ange gardien.

— Merci. J'essaierai.

Il avait besoin de plus amples renseignements. Il reprit :

— Que fera-t-il quand il aura harcelé tout le monde au téléphone ? Il appellera ses policiers ?

— C'est possible... en dernier ressort. Mais il l'a déjà fait. Actuellement, il doit être en train de patrouiller à la recherche de ma voiture. Les motels d'abord, comme si j'allais choisir un motel du coin pour camoufler une liaison. En même temps, il doit appeler toutes les personnes qui lui viennent à l'esprit. Quand il sera à court d'idées, il appellera le commissariat. Il n'y passera pas, parce qu'il ne tient pas à se retrouver en face de ses hommes quand il leur racontera une histoire à dormir debout, comme quoi il a peur que je n'aie eu un accident ou qu'il ne me soit arrivé quelque chose. Tu comprends, l'hôpital ou ses policiers eux-mêmes l'avertiraient si j'avais un accident. Il est idiot et ses hommes le savent.

Keith nota :

— Tu m'as l'air de bien connaître sa méthode.

— Après toutes ces années, j'en connais un bout. Il y avait autrefois un vieux sergent au commissariat, un grand ami pour moi. Il me disait ce qu'il pensait des extravagances de Cliff. Cliff s'est débarrassé de lui et de tous les meilleurs éléments dès qu'il a pu. As-tu remarqué que ses troupes sont composées d'hommes jeunes pour la plupart ? Cliff les a triés sur le volet. Il m'a dit une fois que c'était comme le dressage des chiens, qu'il fallait les prendre jeunes, les nourrir soi-même, se faire craindre d'eux et leur apprendre à n'obéir qu'à leur seul maître. Il a même ajouté que c'était pareil pour les épouses.

Keith ne releva pas.

Elle continua :

— Il s'est efforcé de les rendre aussi tordus que lui. Mais je ne crois pas qu'on puise inculquer la méchanceté aux gens s'ils ne l'ont pas déjà en eux. Ces hommes sont sympathiques pour la plupart. Ils m'aiment bien, mais ils sont obligés de jouer leur rôle vis-à-vis du patron.

Keith n'en était pas si sûr, mais, puisqu'il n'avait pas l'intention de passer par le comté de Spencer, il n'aurait pas l'occasion de le vérifier. À moins, naturellement, que d'autres policiers ne les arrêtent pour les livrer à leurs confrères de Spencerville. Keith poursuivait son idée :

— Bon, après tous ces coups de téléphone, il va se décider à appeler le commissariat de Spencerville et sans doute le shérif du comté.

— Oui. C'est un cousin de sa mère.

— À ce stade, tout le comté sera à la recherche de ta Lincoln blanche.

— Oui. Avant que j'aie un téléphone dans ma voiture, ils m'interceptaient et me demandaient très poliment de rappeler mon mari à son travail ou de rentrer parce qu'il avait quelque chose à me dire. (Elle précisa :) Généralement, cela les faisait rire. Ils ne riaient pas de moi, mais avec moi.

— Cela m'a l'air désopilant d'être mariée au chef de la police locale.

— Eh bien, à vrai dire, ça l'était parfois. J'ai honte de l'avouer, mais j'adorais le voir s'attirer les railleries de tout le comté. (Elle murmura :) Désolée. Ça ne me ressemble pas.

— Ne t'en fais pas. Je vais être franc avec toi. La suite dépend beaucoup du temps qu'il mettra à se décider à aller faire un tour chez moi, puis à entrer, puis à ouvrir la grange.

— Je sais.

Il essaya de se mettre à la place de Cliff Baxter. Il songea à ce qu'Annie lui avait appris de sa technique habituelle de chasse à l'épouse, en prenant en considération le fait que Baxter ignorait l'existence d'un lien récent entre sa femme et Keith Landry. Pourtant, tôt ou tard, il échouerait à la ferme Landry. Et alors? Il verrait la maison plongée dans l'obscurité et constaterait l'absence de la Blazer. Il penserait que Keith Landry avait pris au sérieux ses menaces et plié bagage, ce qui serait une conclusion logique pour un homme à l'ego hypertrophié. Ou bien, le chef Baxter envisagerait une autre éventualité, sous l'emprise de sa jalousie paranoïaque, en l'occurrence justifiée. Si le réflexe lui venait d'inspecter la grange, il y trouverait les réponses à toutes ses questions. Et le mot laconique laissé par Keith ne contribuerait pas à apaiser son humeur. Au terme de sa réflexion, Keith déduisit qu'ils avaient encore devant eux une petite heure avant que les radios de toutes les polices des comtés avoisinants se mettent à crachoter.

Une demi-heure après avoir laissé Terry et Larry, ils approchaient de l'embranchement de l'Interstate 75. La direction sud conduisait directement à Dayton ou à la Route 15, qui menait à Columbus. La direction nord aboutissait à Toledo. Keith examina la question. En prenant la direction sud, il faudrait deux heures pour atteindre Columbus et trois pour Dayton. Ces deux villes possédaient des aéroports plus importants que celui de Toledo et leur offriraient de plus grandes chances d'attraper un vol pour Washington, ou même pour Baltimore ou Richmond. Peu importait la destination au point où ils en étaient. Mais c'était une bien longue équipée étant donné la situation.

L'aéroport de Toledo ne se trouvait qu'à une demi-heure de route, mais Keith n'était pas sûr qu'ils pourraient y prendre un avion pour l'est du pays, quelle qu'en soit la ville d'arrivée. Il devait pourtant bien exister à Toledo un vol sur lequel ils pourraient embarquer. Sa première préoccupation dans l'immédiat visait à quitter au plus vite le réseau routier. Il dit à Annie :

— Je pense que nous ferions mieux d'aller à Toledo, parce que c'est plus court.

Elle acquiesça d'un signe.

Il ajouta :

— Mais j'ignore totalement ce qu'il y a comme avions, ni quand ni pour où.

— Je me moque de savoir quand et où.

— D'accord.

Il prit donc l'Interstate 75 en direction du nord. C'était une route à quatre voies, aisée et rapide, sans grande circulation. Keith maintenait sa vitesse à cent dix. Ils revenaient vers le comté de Spencer, mais l'Interstate 75 n'y passait pas. Il essayait d'évaluer l'étendue de territoire que pourraient couvrir les patrouilles lancées à leur recherche et demanda à Annie :

— Quelle est la dernière personne que tu as vue ou à qui tu as parlé avant de venir chez moi à 6 heures ?

Elle réfléchit.

— J'ai appelé mes enfants vers 5 heures... simplement pour les entendre... Tom était sorti, mais j'ai eu Wendy.

— Baxter appellera-t-il sa fille ?

— D'ordinaire, il ne le fait pas, mais cette fois-ci ce n'est pas impossible. Oui, je pense qu'il le fera, parce qu'il se dira peut-être que je suis allée la voir. Je lui avais dit que j'en avais l'intention, mais l'idée ne lui plaisait pas.

— Wendy pourra donc affirmer que tu étais chez toi vers 5 h 30.

— Oui. Et j'ai laissé un message à Tom sur son répondeur vers cette heure-là.

Keith consulta la pendule du tableau de bord. Il était 20 h 30. Si Baxter avait correctement effectué son enquête, il calculerait que sa femme avait disparu depuis 17 h 30, soit trois heures, ce qui représentait une distance de deux cent quatre-vingt kilomètres en voiture. Ce rayon englobait Toledo, ainsi que Fort Wayne, dans l'Indiana, qui comportait un aéroport de la taille de celui de Toledo. Chaque heure qui passerait augmenterait automatiquement le rayon des recherches. En supposant que des recherches étaient en cours ou sur le point de commencer.

Annie l'observa un instant et déclara :

— Keith, tu n'avais pas besoin de ça.

— Non, mais je le souhaitais.

— Tu ne serais pas obligé de fuir si je n'étais pas avec toi. Laisse-moi à la prochaine aire de repos. J'appellerai la police de Spencerville et je dirai...

— Tu diras quoi ? Que tu as perdu ta voiture dans ma grange et que tu voudrais qu'on vienne te chercher ?

— Peu importe ce que je dirai, ce qu'il fera, ce qui arrivera. Je ne veux pas te mettre dans cette...

— Annie, j'ai moi aussi des griefs contre Cliff Baxter, depuis pas mal d'années. Je ne fais pas ça pour toi.

— Oh...

— Je lui vole sa femme pour l'embêter, c'est tout. J'irai à Washington, toi à Rome. Tu m'enverras une carte postale, OK ?

— Je suppose que tu plaisantes.

— Je suis sarcastique et pas drôle. Et toi, beaucoup trop scrupuleuse. Mais je te remercie de ta sollicitude.

Annie, tu as jeté ton alliance et nous étions d'accord : c'est définitif et sans retour. Affaire classée. Une fois pour toutes.

— Entendu. (Elle commenta :) Tu te débrouilles drôlement bien. On dirait que tu as fait ça toute ta vie.

— Oh oui, j'enlevais environ une femme par semaine.

— Des choses dangereuses, je voulais dire. Pour ton travail. C'était dangereux ?

— Pas si on s'y prenait bien. (Il s'empara de sa main et la serra.) Tu as du cran.

— Je me sens en sécurité avec toi.

— Ta sœur non plus ne manque pas d'estomac. Vous vous défendez bien dans la famille Prentis.

— Et puis ma mère vieillit très bien. Vous faites une bonne affaire, monsieur Landry.

— Je sais. J'ai eu l'impression que tu donnais le feu vert à Larry pour se colleter avec monsieur Baxter.

— Cliff n'osera plus l'approcher désormais. Quant à Larry, il n'ira pas chercher la bagarre. Larry et Terry forment un couple merveilleux. Les femmes Prentis sont d'excellentes épouses. (Elle rectifia, comme si elle lisait dans ses pensées :) Bon. L'une d'elles n'a pas su choisir le bon mari.

À son corps défendant, Keith demanda :

— Tu l'as aimé ?

— Non. Jamais.

— Mais il t'aime.

— Oui. Mais ce n'est pas le genre d'amour que je désire ou qui me convient. C'est celui qui lui plaît et lui convient, à lui, et j'ai cru devoir m'y conformer. J'en suis restée trop longtemps prisonnière. Wendy étant entrée à l'université, j'étais décidée à faire quelque chose, avec ou sans toi. Tu me crois ?

— Oui. Tu le laissais entendre dans tes lettres. C'est peut-être ce qui m'a poussé à revenir.

— Pas de peut-être, Keith. C'était notre dernière chance. Tu le savais.

— C'est vrai.

— Cette fois-ci est la bonne, n'est-ce pas ?

— Oui.

— Si je n'avais pas aussi peur, je sautillerais sur mon siège.

— Tu pourras sautiller dans l'avion. (Il inséra une cassette dans le lecteur.) Années 60. Une compilation. Ça te va ?

— Tu parles !

Les Lovin' Spoonful entonnèrent « Do you Believe in Magic ». Annie annonça :

— 1965. Notre première année. Exact ?

— Exact.

— Mes enfants adorent cet air.

Les Casinos entonnèrent « Then you Can Tell me Goodbye ». Keith commenta :

— Ce doit être... 67. Troisième année.

— Comme le temps passe !

Ils écoutaient religieusement. Au bout de dix minutes, Annie effleura le bras de Keith et lui désigna le panneau qui se dressait devant eux. « Bowling Green ».

Il secoua la tête. Étrange, le pouvoir évocateur qu'ont certains noms dans l'histoire personnelle des gens, se dit Keith. Il sentit comme un pincement au cœur et, se tournant vers elle pour lui parler, il vit une larme rouler sur sa joue. Il posa sa main sur sa nuque et la caressa.

— Tu sais, bredouilla-t-elle, si ma fille connaît là-bas la moitié du bonheur que j'ai vécu avec toi, elle gardera des souvenirs impérissables pour le restant de ses jours.

— Je suis sûr qu'elle sera heureuse, si elle te ressemble.

— Je le souhaite... Ce pays a tellement changé... Je ne sais pas si c'est mieux ou moins bien que quand nous étions jeunes.

— Moi non plus et, pour tout te dire, maintenant ça m'est égal. Je suis prêt à vivre ma vie et j'espère que le monde nous laissera tranquilles.

— Tu as dû voir bien des horreurs, Keith.

— Oui. Et, pour être franc, j'ai contribué à ma façon aux problèmes de ce monde.

— Vraiment ?

— Peut-être sans le faire exprès.

— Dis-moi une belle action que tu as accomplie exprès.

— Oh, là, comme ça, je ne sais pas... J'ai vu de belles actions... Ce monde n'est pas pourri, Annie. Loin de moi cette idée. À côté de toutes les horreurs auxquelles j'ai assisté, j'ai été témoin d'actes de courage extraordinaire, de manifestations d'humanité, d'honnêteté et d'amour sans pareil. Et de miracles... comme celui qui m'a permis de te retrouver.

— Merci. Il y avait longtemps que je n'avais entendu des paroles comme celles-ci. (Elle posa son regard sur lui.) Keith, je sais que ta vie n'a pas toujours été rose et facile et qu'il doit y avoir des blessures, des chagrins, des déceptions, des choses que tu préfères oublier ou que tu as besoin d'exorciser. Parle-moi autant que tu voudras, comme tu le voudras. J'écouterai.

— Merci. J'en ferai autant.

Une grande pancarte vert et blanc apparut dans la perspective de la route : *Sortie Toledo Airport*.

— Nous approchons du but, constata Annie.

— Oui.

Mais ils avaient encore besoin d'un ou deux petits miracles.

31

Keith pénétra dans l'enceinte de l'aéroport, au sud-ouest de Toledo. Il n'avait vu aucun avion atterrir ni décoller en arrivant, mais ne s'en était pas soucié outre mesure, sachant l'aéroport de faible importance. D'après ses souvenirs, il ne comportait que six portes d'embarquement.

Ils s'arrêtèrent devant l'entrée de l'unique terminal.

On n'apercevait ni navettes ni taxis, aucun véhicule en fait, personne aux abords de l'aérogare. Keith dit à Annie :

— Attends-moi ici une minute.

Il entra dans le petit bâtiment moderne. Il était sérieusement dépeuplé et toutes les boutiques étaient fermées, à part la cafétéria. Cela ne présageait rien de bon.

Il localisa le panneau d'annonces. D'après les avis affichés, sept compagnies desservaient l'aéroport, assurant essentiellement des liaisons courtes de ville à ville. Il demeurait les yeux rivés au panneau, refusant l'évidence : le dernier avion, un Eagle à destination de Dayton, s'était envolé une heure plus tôt. « Nom de Dieu. »

Il se dirigea vers le guichet le plus proche, celui de USAir. Une femme œuvrait seule devant un ordinateur. Il lui demanda :

— Avez-vous un vol en partance pour une destination quelconque ?

— Non, monsieur.

Son regard balaya les six autres guichets, tous déserts.

— Y a-t-il encore des avions qui décollent ce soir ?

Elle le considéra avec étonnement et répondit d'un ton moqueur :

— Non, monsieur. Pour aller où ?

Il ne voulait pas lui donner envie d'appeler la police de l'aéroport dès qu'il aurait le dos tourné.

— Je pensais qu'il y avait un vol pour Washington en fin de soirée.

— Non, monsieur. Les derniers vols à partir de Toledo sont à 19 h 45. Voulez-vous une réservation pour Washington demain matin ?

— Peut-être. (Il réfléchit un instant.) Les bureaux de location de voitures sont-ils ouverts ?

— Non, monsieur. Le dernier avion à l'arrivée a atterri il y a trois quarts d'heure.

Ils étaient prisonniers de la Blazer et ils n'iraient pas loin avec elle.

Le jeune femme proposa :

— J'ai un vol à 7 h 15 pour National Airport. Il arrive à 8 h 55. Il reste des places. Voulez-vous réserver ?

Keith n'avait pas l'intention de laisser derrière lui la moindre trace écrite et, de toute façon, le lendemain matin, tous les billettistes auraient la photo d'Annie Baxter, et peut-être la sienne, entre les mains.

— Monsieur ?

— Non, merci. Y a-t-il un service d'affrètement ici ?

— Oui, monsieur. Là-bas. C'est fermé à cette heure-ci, mais il y a un téléphone.

— Merci.

Il se rendit au guichet en question, décrocha le téléphone et composa le numéro indiqué. Une voix enregistrée le pria de laisser son nom, son numéro de téléphone et son message. Il raccrocha en se faisant la réflexion qu'il était plus difficile de sortir de Toledo un dimanche soir qu'il ne l'avait été de s'échapper de Saigon alors que l'ambassade américaine était assiégée par les tanks communistes.

Il s'enferma dans une cabine pour appeler les Ingram. Ce fut Terry qui répondit. Keith adopta son ton le plus enjoué.

— Bonjour, Terry.

— Keith ! Où êtes-vous ? Est-ce que tout... ?

— Tout va bien. Nous nous apprêtons à prendre l'avion. Annie m'attend à la porte d'embarquement. Je voulais seulement vous remercier encore et vous dire au revoir.

— Oh, c'est trop gentil ! Je suis contente que nous ayons pu vous aider et...

— Ne quitte pas... Bon, l'embarquement est annoncé. Je voudrais juste saluer Larry.

— Bien sûr. Il est à côté de moi.

Dès qu'il eut Larry en ligne, Keith l'interrogea :

— Larry, sans inquiéter ta femme, peux-tu me dire si tu as eu vent de quelque chose ?

— Oui. Attends.

Keith l'entendit s'adresser à Terry, puis sa voix résonna clairement dans l'appareil.

— C'est bon. Je peux parler. J'ai intercepté quelque chose il y a une dizaine de minutes. Ils ont diffusé un avis de recherche. On m'a même appelé pour me demander si je voulais participer aux patrouilles cette nuit.

— Bien... Que cherchent-ils et qui cherchent-ils ?

— Une Chevy Blazer verte de cette année portant ton numéro d'immatriculation. Annie Baxter et Keith Landry.

Keith hocha la tête d'un air pensif. On avait manifestement retrouvé la voiture d'Annie dans sa grange. Il reprit :

— Lieux de recherche privilégiés ?

— Comme d'habitude... bureaux de location de voitures, aéroports dans un rayon de quatre cents kilomètres autour de Spencerville, à élargir toutes les demi-heures, gares routières et de chemin de fer, routes et autoroutes... et ainsi de suite.

— Pourquoi sommes-nous recherchés ?

— Enlèvement. Je crois qu'ils ont trouvé sa voiture dans ta grange.

— Me conseillerais-tu de me rendre à la police et de m'expliquer ?

— Non. Surtout pas. Ils vous garderaient en attendant qu'il vienne donner sa version. Ce sont des flics et il est flic.

— Mais si elle signe une déclaration affirmant...

— J'ai parlé avec Baxter. Il dit qu'il fait venir ses enfants de l'université. Je ne sais pas si c'est vrai. Mais, si c'est le cas et si tout ce monde-là se retrouve au poste de police avec vous deux, je crains le pire. Si vous pouvez déguerpir, n'hésitez pas.

Keith médita ce conseil. Annie n'accepterait jamais de retourner auprès de Baxter — mais pourquoi leur imposer cette épreuve, à elle et à ses enfants ? Il avait d'autres solutions, plus simples. Du moins le croyait-il.

— OK. Merci encore, dit-il à Larry.

— Ça va ?

— Ouais. Nous prenons l'avion dans un instant.

— Allez-y. Bonne chance.

Keith reposa le combiné. *Dix minutes*. Quitter l'aéroport au plus vite.

Il traversa le terminal d'un pas vif, en se demandant s'il n'aurait pas mieux fait de tenter Dayton ou Columbus. S'il avait choisi cette solution, Annie et lui se trouveraient encore sur la route et, en admettant qu'ils atteignent ces aéroports sans encombre, l'avis de recherche y serait arrivé avant eux. Il allait d'ailleurs être déclenché ici même d'une minute à l'autre.

Inutile de tergiverser. Dans ces conditions, les décisions se prennent à la lumière de ce qu'on sait et de ce que suggèrent l'expérience et l'intuition. Le plan A avait échoué, le plan B était simple : se cacher.

Il ressortit pour apercevoir un agent de sécurité planté sur le trottoir devant la Blazer. En le voyant, l'homme vint vers lui.

— C'est votre voiture ?

— Oui.

— La dame me dit que vous devez prendre un avion pour New York. Je ne crois pas que ce soit possible.

Annie émergea de la Blazer et s'approcha. Keith répondit :

— En effet.

— Eh non. Je lui ai dit que le dernier avion était parti il y près d'une heure.

— C'est exact. Je viens de l'apprendre.

Annie se serra contre Keith en déclarant :

— Ce monsieur me dit que nous avons raté le dernier avion.

— Oui. Nous n'avons plus qu'à rentrer.

Il la prit par le bras et l'entraîna vers la Blazer.

L'agent de sécurité les suivit et désigna la plaque d'immatriculation.

— Cette voiture vient de Toledo, je vois.

Keith baissa les yeux. La plaque arborait le nom et le logo du concessionnaire.

— La dame dit que vous arrivez du comté de Chatham.

— C'est vrai. Mais j'ai acheté cette voiture à Toledo.

Il ouvrit la portière du passager. Annie monta.

Keith surveillait du coin de l'œil le talkie-walkie que l'homme portait à la ceinture. Il ne tenait pas à traîner dans les parages quand il diffuserait l'avis de recherche. Il contourna la voiture, ouvrit la portière du conducteur. L'homme ne le lâchait pas.

— Vous auriez dû réserver par téléphone avant de venir jusqu'ici.

Keith avait bien souvent été confronté à ce style de questions au cours de ses pérégrinations et il connaissait la mentalité de ceux qui les posaient. Cependant, il ignorait ce qu'Annie avait raconté au bonhomme, si ce n'est qu'ils voulaient aller à New York et qu'ils venaient du comté de Chatham. Entre-temps, Keith s'était renseigné sur les vols à destination de Washington.

Keith lança à Annie un regard appuyé et prit son meilleur accent du Middle West pour grommeler :

— Je t'avais bien dit qu'il fallait téléphoner avant.

Elle hocha la tête d'un air complice et, se penchant à la fenêtre, s'adressa à l'agent :

— Comme je vous le disais, ça nous a pris comme ça, sur un coup de tête. Vous savez, comme on voit dans les films. (Elle confia :) Nous n'avons jamais pris l'avion.

— Vous n'avez qu'à passer la nuit dans un motel. Il y a un vol USAir pour New York dans la matinée, leur indiqua l'agent.

— Oh, tant pis ! protesta Keith. Nous rentrons.

Il s'assit au volant, referma sa portière et démarra sans quitter des yeux, dans son rétroviseur, l'agent toujours posté sur le trottoir. Il remarqua :

— Il était un peu trop curieux.

— Tu as trop longtemps vécu à Washington. Il voulait nous aider. Il a fait preuve de beaucoup de bonne volonté.

— Je veux bien le croire.

En tout cas, l'homme se souviendrait d'eux et de leur voiture.

— Qu'est-ce qu'on fait ? s'enquit Annie.

— On va dans un motel.

— On ne peut pas continuer jusqu'à New York en voiture ?

— Je ne pense pas. (Il lui jeta un bref regard.) J'ai eu Larry au téléphone. Un avis de recherche a été lancé, avec notre signalement et celui de la voiture.

Elle resta muette.

À la sortie de l'aéroport, Keith prit la direction de Toledo.

Annie demanda :

— On ne peut pas en louer une ?

— J'y avais pensé avant de savoir que nous étions recherchés. Maintenant, nous allons devoir faire attention à ce que nous faisons.

Elle approuva.

Avisant un hôtel Sheraton à proximité de l'aéroport, Keith s'y arrêta, en faisant en sorte que la voiture ne puisse être vue de l'accueil.

— Attends-moi ici.

Elle tenta un sourire mal assuré.

— Comme au bon vieux temps.

— Si on veut.

Il s'engouffra dans le hall. Près de l'accueil, il trouva un téléphone inter-hôtels exposé sur une étagère. Quand il eut obtenu l'opérateur, il passa une réservation au Sheraton de l'aéroport de Cleveland pour une heure avancée de la nuit et confirma à l'aide de sa carte American Express.

Puis, d'un téléphone à pièces, il appela USAir pour réserver deux places sur le vol de 8 h 15 le lendemain matin de Cleveland à New York, en indiquant le numéro de sa carte. Il n'avait guère l'habitude de jouer les fugitifs dans son propre pays, mais il pouvait raisonnablement espérer que ses appels gratuits ne seraient pas répercutés jusqu'à Toledo. Même si c'était le cas, la police le rechercherait sur l'autoroute de Cleveland ou l'attendrait pour le cueillir à l'hôtel Sheraton de l'aéroport de cette ville. Les ficelles les plus grosses étaient souvent celles qui marchaient le mieux ; il fallait pour cela la conjonction de deux paramètres : une police assez efficace pour s'informer de toutes les réservations effectuées, mais assez crédule pour les prendre pour argent comptant. Or, la police croyait sans doute traquer M. Tartempion, citoyen moyen, et non un homme dont la cavale avait été le métier.

Il quitta l'hôtel, regagna la Blazer, récupéra sa mallette dans le coffre et revint s'installer au volant.

— Peux-tu me tenir ça ?

Elle lui prit la mallette des mains et Keith repartit sur l'autoroute.

— On ne reste pas ? s'étonna Annie.

— Non.

Il lui expliqua ce qu'il avait fait.

Elle le regarda en demandant :

— Tu pratiquais ça par vocation ou par nécessité professionnelle ?

— Par vocation. Et je ne pensais pas avoir à l'appliquer dans la vie civile. On en apprend tous les jours.

Ils avançaient sur l'autoroute, vers Toledo, dont les gratte-ciel commençaient à se profiler au loin. La circulation devenait plus dense et les zones commerciales plus importantes.

Il envisagea la possibilité de troquer ses plaques minéralogiques. Il faudrait pour cela dénicher une voiture garée pour la nuit et dont le propriétaire ne remarquerait pas l'échange de plaques et ne le signalerait donc pas. Cela leur permettrait de rouler toute la nuit sous un autre numéro et d'arriver à Washington à l'aube. Mais il ne pourrait pas savoir si le vol des plaques avait été signalé. D'ailleurs, la police recherchait une Blazer verte. Si elle en trouvait une, elle en communiquerait de toute façon l'immatriculation au service central, même si elle ne correspondait pas à celle indiquée par l'avis de recherche. Cette idée d'échange avait tout du marché de dupes.

Annie s'informa :

— À quoi penses-tu ?

— Aux choix possibles. Fuir ou se cacher ?

— Pourquoi ne pas s'arrêter à un poste de police pour leur expliquer ?

— Je ne crois pas que ce soit une bonne idée.

— Pourquoi pas ?

Il le lui expliqua et conclut :

— Es-tu prête à affronter la scène de ménage ?

Elle prit le temps de la réflexion avant de répondre :

— S'il n'y avait que lui, cela ne me ferait pas peur. Mais si les enfants sont avec lui... je ne sais pas...

— Je propose que nous nous planquions pour la nuit et que nous en reparlions demain matin. Ces avis de recherche ont tendance à perdre leur caractère impérieux avec le temps. Peut-être qu'au matin la police d'État aura un peu discuté avec le chef de la police de Spencerville, et peut-être même avec l'agent de sécurité de l'aéroport. Il n'est pas impossible qu'ils en déduisent que M. Baxter a un peu déformé la réalité.

Elle acquiesça.

— Peut-être...

— Et si tu veux tout savoir, ce n'est jamais une bonne chose de se trouver entre les mains de la police à cette heure de la nuit, sans pouvoir contacter un juge ou un avocat.

Elle essaya de rire.

— Tu raisonnes comme un criminel.

— J'en étais un dans certains pays. Jamais dans le mien. Mais les règles sont les mêmes. (Il ajouta :) Je crois que le temps joue en notre faveur, si nous restons discrets. Mais je ne prendrai aucune décision sans ton accord.

— Voilà des mots que je n'avais plus l'habitude d'entendre. (Elle resta un instant pensive avant d'admettre :) Il vaut peut-être mieux s'arrêter pour la nuit... et, même si je dois le rencontrer et m'expliquer avec la police, je préférerais attendre demain matin.

— Avec un peu de chance, tu ne seras pas obligée de le voir demain matin, ni jamais plus.

— Dieu t'entende.

— Parfait. Nous voici donc en quête d'un motel louche. Tu en connais ?

— Six ou sept, dit-elle en souriant.

— Un seul suffira. Ouvre ma mallette.

Il lui indiqua la combinaison. Quand elle l'eut ouverte, il l'avertit :

— Tu vas rire. Il y a un double fond. (Il lui expliqua comment l'atteindre.) Il me faut les lunettes et la petite enveloppe brune.

Elle retira ces deux objets sans un mot.

Il prit les lunettes, les mit sur son nez et continua :

— Ouvre l'enveloppe. Défense de rire.

Elle y puisa une moustache assortie aux cheveux châtain clair de Keith.

— Enlève le Cellophane et colle-la-moi.

Elle obéit. Il s'admira dans le rétroviseur.

— Qu'en penses-tu ?

— Je suis sans voix.

— Tu m'en vois ravi. Regarde si tu aperçois un motel.

Pendant ce temps, il avait sorti un peigne de sa poche et rectifiait sa coiffure.

— Là, annonça-t-elle. Sur la droite.

Keith repéra la pancarte. C'était en réalité une petite enseigne portable éclairée par un spot. On y lisait *Westway Motel — 29 $*. Une flèche pointait vers la droite. Il se souvint que l'accès à l'aéroport se faisait autrefois par deux voies tournicotantes. La route avait été élargie et redressée quelques années auparavant, laissant de nombreux motels à l'écart. Il stationna la voiture à bonne distance du bureau d'accueil.

— Là, c'est vraiment comme au bon vieux temps. Deux minutes.

— Avant, il ne te fallait pas plus de quarante-cinq secondes pour revenir avec la clé.

Il sortit de la Blazer en ravalant un sourire et remarqua une Ford Escort garée dans le parking avant de pénétrer dans le bureau d'accueil.

Un jeune homme leva les yeux du poste de télévision calé sous son comptoir.

Keith adopta l'attitude de l'homme en état d'urgence sexuelle et lâcha :

— Je veux une chambre.

Le réceptionniste posa un registre sur le comptoir.

Keith demanda :

— Combien pour quelques heures ?

— Même prix.

— Hé, je viens de lui offrir à dîner, vieux. Vous ne pouvez pas faire un petit effort ?

— Combien de temps comptez-vous rester ?

— Jusqu'à minuit, par là. Vous serez toujours là à minuit ? Vous pourrez vérifier.

— Non, à minuit, je suis parti, mais je ne veux pas vous bousculer.

— Bon, vous savez quoi ? Finalement, je vais peut-être rester plus longtemps. Je vous donne vingt-cinq dollars pour toute la nuit.

— D'accord.

Keith remplit le registre avec une certaine fantaisie, en s'attribuant une Ford Escort en guise de voiture. Il savait désormais que le réceptionniste, qui risquait toujours de l'identifier malgré son déguisement, serait parti à minuit. Jusque-là, parfait. Il lui remit vingt-cinq dollars en liquide, reçut en échange la clé de la chambre 7 et s'éloigna.

De retour dans la Blazer, il alla la garer dans le parking, à une place qui ne correspondait pas à celle de la chambre 7. Les voitures n'étaient guère nombreuses en ce dimanche soir et ne pouvaient être vues de la route. Mais il n'avait pas l'intention de laisser la Blazer très longtemps à cet endroit.

Ils prirent leurs bagages et Keith s'appliqua à retirer aussi de la voiture toutes ses affaires personnelles, y compris ses cassettes, sa carte grise et autres objets divers.

Keith ouvrit la chambre. Ils y déposèrent leur chargement. Annie alluma la lampe.

— C'est joli.

C'était plutôt surfait, à vrai dire. Keith saisit l'annuaire sur la table de nuit et commença à feuilleter les pages jaunes.

— Qu'est-ce que tu cherches ?

— Je voudrais... Voilà ce qu'il me faut. (Il referma le Bottin.) Je serai de retour dans quinze à vingt minutes.

— Où vas-tu ?

— Mettre la voiture à l'abri.

Elle posa la main sur son bras.

— Je vais avec toi. Si on me trouve ici, je ne veux pas être seule.

— Accordé.

Ils ressortirent et remontèrent dans la Blazer. Au bout de l'allée, Keith s'arrêta à la hauteur de l'enseigne plantée au bord de la route. Il alla débrancher la prise fichée dans le moteur électrique et la pancarte se trouva plongée dans l'obscurité, puis il revint en annonçant :

— Assez de clients pour cette nuit.

Annie lui jeta un regard sans rien dire.

Keith s'engagea sur la grand-route et tourna à droite vers Toledo.

— Nous allons devoir revenir à pied.

— Pas de problème.

Une voiture de police arriva en sens inverse et les croisa. Keith la surveilla dans son rétroviseur, mais elle poursuivit sa route. Il expliqua :

— Il y a un concessionnaire Chevrolet sur cette route, si j'en crois l'annuaire. Numéro impair, donc sur le côté gauche.

Elle hocha la tête.

— C'est en effet l'endroit idéal pour abandonner une Chevy. Vous êtes plus futé que vous n'en avez l'air, Landry.

— Merci.

— Tu es vraiment obligé de garder ces lunettes et cette moustache ?

— Pour cultiver tes fantasmes, tout à l'heure.

Elle lui donna un coup de poing dans le bras en riant.

— C'est toi, mon fantasme.

Le concessionnaire Chevrolet apparut bientôt sur la gauche. Keith ralentit, amorça son virage et traversa. Comme il s'y attendait, le magasin était fermé à cette heure. Il trouva une place au milieu des véhicules d'occasion.

Une fois dehors, Keith alla prendre deux tournevis dans

la boîte à outils, à l'arrière de la voiture, et entreprit de dévisser les plaques.

— Voilà. Allons-y. Le motel est à exactement deux kilomètres vingt-cinq, si tu veux savoir.

Ils se mirent en marche sur le bas-côté. Keith glissa ses plaques dans sa ceinture et referma sa parka.

Annie s'informa :

— Reviendrons-nous chercher la voiture demain matin ?

— C'est une possibilité.

Comme ils arrivaient en vue d'un Burger King, Keith demanda :

— Tu as faim ?

— Non, j'ai l'estomac noué.

— Alors, il faudra le remplir de force. Viens.

Ils entrèrent dans le Burger King, commandèrent des hamburgers avec des frites et du Coca et s'installèrent à une table.

— Est-ce aussi romantique que tu l'imaginais ? plaisanta Keith.

Elle lui sourit.

— Avec toi, la route de l'aéroport ressemble à la via Veneto.

— Je crois que je vais vomir.

Elle éclata de rire. Il posa sa main sur la sienne.

— Ça va aller maintenant.

Elle fit oui de la tête.

L'appétit vient en mangeant, dit-on. Ils vérifièrent la véracité de ce dicton. Keith jeta un coup d'œil à sa montre. C'était toujours une bonne idée de rester quelque temps éloigné de la chambre qu'on venait de prendre à l'hôtel. La police finissait souvent par se lasser d'attendre le retour des intéressés.

— N'avale pas ta moustache, conseilla Annie.

— Tu me plais, avoua-t-il avec un regard tendre.

À 10 heures, il décréta :

— Fuyons les odeurs de frites.

Ils repartirent, traversèrent la route à un feu. Ils étaient les seuls piétons sur la route. Dans certains coins d'Amérique, les piétons sont assez rares pour attirer l'attention. Il marchait devant. Elle régla son pas sur le sien.

À l'approche de la pancarte sombre qui annonçait le motel, Keith ralentit l'allure et lui prit le bras. Au coin de l'allée se dressait un supermarché ouvert la nuit. Il la poussa sur le parking. Ils s'immobilisèrent, les yeux tournés vers le motel.

— Tu ne veux pas entrer acheter un casse-croûte pour plus tard ? suggéra-t-il.

— Non. Je ne te quitte pas d'une semelle.

— Bon. Nous allons attendre quelques minutes.

Keith en compta cinq et décida de rejoindre le motel, via le parking du supermarché, et de rallier la chambre 7. Si la police les guettait, il était déjà trop tard, aussi entra-t-il tout simplement. La lumière était restée allumée. Tout semblait normal.

Annie referma la porte à clé et la verrouilla derrière eux.

Keith jeta la clé sur la table de chevet, les plaques sur le bureau, et la considéra.

— Tu es une équipière parfaite.

— Tu m'étonneras toujours.

Elle lui ôta ses lunettes, décolla sa moustache et l'embrassa.

En réalité, il était foncièrement heureux de réexercer ses talents professionnels. Il fut un temps où ils étaient pour lui comme une seconde nature. Maintenant, il devait réfléchir, mais au moins il savait comment réfléchir.

Tandis qu'Annie vidait son sac de voyage dans la salle de bains, Keith écarta les rideaux et scruta l'aire de parking. Tout paraissait calme, mais il avait une impression de déjà vu, comme s'il se retrouvait à Berlin-Est en train d'épier la rue de la fenêtre d'une maison où il se croyait en sécurité, sans en être tout à fait sûr.

Jusqu'à présent, il ne s'était pas trop mal débrouillé. Même le choix de Toledo, parce que c'était la ville la plus proche, s'était révélé une décision salutaire, malgré le dernier avion manqué de peu. Sa seule erreur, son unique faute, avait été sa décision impulsive de partir ; le fait d'avoir obéi à ses émotions au lieu d'écouter sa raison. Mais c'était à l'image de ces deux derniers mois. Le laisser-aller, la perte de contrôle. À cause d'une personne à laquelle on tient tellement que la règle observée pendant un quart de siècle, la juste proportion de A et D, comme ils disaient, Audace et Discipline, se réduit tout à coup à Amour et Désir, comme ça, du jour au lendemain. C'était réjouissant. Mais il y avait un prix à payer. Conséquence de sa première impulsion, son savoir-faire — le fameux plan B — servirait maintenant à limiter les dégâts. Il jeta un dernier regard au parking. « Tout semble en ordre. Tout est en ordre... »

La chambre ne comportant pas de chaises, il s'assit sur le lit pour retirer ses chaussures. Ce faisant, il pensait déjà au lendemain matin. Pas question de retourner à l'aéroport de Toledo, évidemment, ni de se présenter dans aucun autre aéroport. Un avis de recherche pour un motif aussi grave que l'enlèvement de la femme d'un chef de la police, mère de deux enfants de surcroît, avait de quoi mettre toutes les polices de l'État et des États voisins sur les dents. À moins bien sûr qu'elles ne s'en prennent à Baxter, comme il en avait tout à l'heure évoqué l'éventualité. Mais Keith n'en serait pas informé immédiatement.

La meilleure solution, celle en tout cas qui le tentait le plus, consistait à simplement quitter l'État. Et la meilleure manière pour y parvenir serait d'attendre 7 ou 8 heures du matin, l'heure où tout le monde part à son travail, et de prendre un taxi pour Toledo, qui était une ville assez grande pour s'y fondre incognito. Il ne pouvait pas louer de voiture et ne voulait pas non plus en voler une et aggraver ainsi son cas.

Les trains et les autobus leur étaient interdits, mais ils avaient d'autres possibilités : affréter un car ou un avion, ou encore un bateau pour atteindre l'un des ports des Grands Lacs situé dans un autre État. Cela se faisait en payant une somme en liquide, sans vérification d'identité, à des guichets en plein air ordinairement négligés par la police, où l'on ne posait qu'une seule question : « Où désirez-vous vous rendre ? »

Il leur restait trois autres possibilités : appeler la police, ainsi que l'avait suggéré Annie, appeler les Porter, appeler Charlie Adair. Mais aucune ne lui plaisait pour l'instant. Peut-être contacterait-il la police le moment venu, mais les Porter n'avaient pas besoin de ça; quant à Charlie, il avait toujours quelque chose à demander en échange d'un service. Ces solutions existaient néanmoins. Keith choisirait dans la matinée.

Annie émergea de la salle de bains. Il se leva.

— C'est ton anniversaire ?

— Non. Pourquoi ?

— Parce que tu portes le costume dans lequel tu es née.

— Oh ! J'ai oublié de mettre ma chemise de nuit. Je suis confuse. Retourne-toi.

Il sourit. Ils se rejoignirent et restèrent rivés l'un à l'autre à se dévorer de baisers.

— Keith, quoi qu'il arrive ce soir ou demain, ce moment est à nous.

— Mais nous aurons tous les moments du monde.

32

Seul dans son bureau du commissariat central de Spencerville, Cliff Baxter méditait. Les quinze hommes qui constituaient sa troupe étaient en service, certains au commissariat, d'autres sur la route.

Il buvait un Coca-Cola en contemplant le mur. Il éprouvait une sorte de satisfaction perverse à constater qu'il avait eu raison. Sa femme était bien une menteuse et une putain, et Keith Landry un moins que rien, doublé d'un coureur de jupons. « Je le savais. »

Ce qui le contrariait, c'était qu'ils avaient dû se voir au cours des dernières semaines, se rencontrer sous le nez de ses crétins de policiers pour préparer leur escapade. Il n'avait personnellement rien à se reprocher ; il avait vu juste dès le premier jour.

Il n'avait pas été bien difficile de retrouver la voiture d'Annie. Parmi les options qui équipaient sa Lincoln à son insu figurait un émetteur radio, un système de repérage acheté par la police de Spencerville pour affecter les moyens les plus modernes à sa lutte contre la criminalité, et le récepteur se trouvait dans le véhicule de Baxter.

Baxter revivait le moment où il avait pénétré dans la grange de Landry, vu la Lincoln dans toute sa lumineuse blancheur, rangée près du tracteur, et ouvert la porte. *Baisé, Cliff*, signé Keith Landry. « Non ! C'est moi qui vais te baiser, enfoiré ! »

Il avait vite empoché le billet avant que ses hommes le voient, non par gêne, s'était-il assuré à lui-même, mais parce qu'il s'agissait d'un message purement personnel qui n'avait pas valeur d'indice dans l'enlèvement de sa femme.

Évidemment, ce n'était pas un enlèvement et ses hommes s'en doutaient probablement, mais les autres flics de l'État l'ignoraient.

L'interphone se mit à bourdonner et la voix du sergent Blake résonna :

— Chef, le capitaine Delson, de la police d'État.

— OK.

Cliff Baxter saisit son téléphone pour entendre le capitaine Delson, de la police de l'Ohio, annoncer :

— Chef, nous avons quelque chose.

Baxter se redressa brusquement.

— Ouais ?

— Il y a une demi-heure environ, la police d'État enquêtait à l'aéroport de Toledo. Un agent de sécurité leur a dit avoir vu les suspects. La description de la voiture et le signalement concordent. Il se rappelait même une partie du numéro d'immatriculation, qui correspond.

— Ils ont pris l'avion ?

— Non, ils ont raté le dernier départ et ils ont dit à l'agent qu'ils rentraient chez eux.

— Bon, bon. Très bien. Vous les empêchez de sortir de la zone de Toledo, et...

— Oui... Seulement voilà, chef, le gars dit que la femme, qu'il a reconnue d'après la photo que vous nous avez fait parvenir comme étant Mme Baxter, n'avait pas du tout l'air d'être retenue contre son gré.

— Ah, n'importe quoi. Le salaud devait la menacer d'une arme...

— Eh bien, le suspect, Landry, s'est éloigné de la Blazer, et la femme est restée seule un bon moment dans la voiture.

Baxter s'éclaircit la voix.

— Dites-moi... c'était qui, ce type ? Un agent de

sécurité ? Comment un subalterne de sa catégorie peut savoir si... ?

— Chef, les suspects semblaient désireux de prendre l'avion ensemble. Cette affaire ne ressemble pas du tout à un enlèvement ou un kidnapping au sens légal du terme.

Baxter se tut quelques secondes avant de reprendre :

— Vous croyez qu'on peut prendre ce risque ? Si on la retrouve morte, vous voulez être celui qui a mis fin aux recherches ?

— Chef, nous avons passé l'État au peigne fin pour vous et je n'apprécie guère les menaces. Écoutez, de flic à flic, permettez-moi de vous dire que votre femme, visiblement, s'est tout simplement enfuie avec ce type.

Baxter demeura silencieux.

Le capitaine Delson continua :

— Nous avons transmis au FBI le numéro de sécurité sociale de Keith Landry que vous nous avez communiqué. Nous n'avons pas obtenu beaucoup de renseignements sur lui. Seulement que c'est un colonel de l'armée des États-Unis en retraite, s'il s'agit bien du même bonhomme. Aucun casier, aucun antécédent judiciaire. Nous poursuivons nos investigations.

— Ouais... Colonel, dites-vous ?

— C'est ça.

— Quelle est l'idée ? Où voulez-vous en venir ?

— Eh bien... je ne sais pas. Voulez-vous nous envoyer une déposition avec tous les tenants et aboutissants, et votre signature ?

— C'est que... la plainte ne pourrait-elle être déposée par l'État de l'Ohio ?

— L'État de l'Ohio n'a aucun grief contre cet homme ni contre Mme Baxter.

— Ah non ? Vous n'avez rien contre l'enlèvement ?

— Si mais, en l'occurrence, il semble que vous vous soyez trompé. Écoutez, chef, je sais que c'est dur, mais j'ai parlé moi-même à cet agent de sécurité au téléphone pendant vingt minutes. J'ai toutes les raisons de penser que les deux personnes qu'il a vues sont celles visées par l'avis de recherche et que Mme Baxter, qu'il a formellement identifiée d'après la photo, était consentante. Maintenant, nous pouvons continuer à les surveiller, par courtoisie professionnelle, et cela restera entre nous et n'a pas à venir à la connaissance des contribuables. Cependant, je dois établir un nouvel avis demandant de localiser les sujets et de les tenir sous surveillance dans l'attente de nouvelles instructions, de s'abstenir de tout interrogatoire, sauf si les suspects tentent de quitter le territoire sous notre juridiction, et de ne procéder à aucune arrestation ni garde à vue sans motif valable. Nous ne tenons pas à avoir des problèmes avec la justice et vous ne tenez pas à être exposé à une situation embarrassante. D'accord ?

Baxter prit le temps de la réflexion, respira à fond et répondit :

— Landry est recherché ici pour contravention au code de la route, obstruction au cours de la justice, harcèlement et violation de domicile.

Il y eut un silence au bout du fil, puis la voix du capitaine Delson s'éleva de nouveau :

— Dans ce cas, envoyez-nous un fax détaillé. (Et il ajouta :) Mais n'allez pas exposer des motifs qui ne tiendraient pas la route.

— Oh, mais je vais vous expédier un mandat de la Cour, signé par le juge. Tout ce que je vous demande, c'est de les retenir. Les autorités de Spencerville viendront les chercher.

— Je n'ai pas l'intention de les garder en détention, mais, si nous les retrouvons, nous vous le ferons savoir. Ce n'est pas tout. Un certain Keith Landry a réservé une chambre au Sheraton de l'aéroport de Cleveland et des places sur le vol USAir de Cleveland à New York. (Il donna tous les détails à Baxter, en commentant :) Nous surveillons les routes de Toledo à Cleveland et la police de Cleveland sera en poste au Sheraton. Nous maintenons ces mesures en place pour vous. Et puisqu'on les a repérés à l'aéroport de Toledo, nous avons mis en œuvre les procédures de routine ; la police locale et la police d'État fouillent tous les motels et auberges des alentours. Nos suspects pourraient renoncer à se rendre à Cleveland s'ils ont vent d'un avis de recherche les concernant.

Baxter secoua la tête.

— Bien... parfait. Prévenez-moi dès que vous avez une piste ou un indice.

— Comptez sur nous. (Le capitaine Delson hésita.) Vous souhaitez peut-être régler ça par vous-même, d'homme à homme ?

— Ouais... Dès que vous les aurez situés, et où que ce soit, vous m'avertissez. Je voudrais lui parler... Je veux m'assurer qu'elle sait ce qu'elle fait en décidant de quitter un mari et deux enfants. Si vous avez raison et qu'elle suive ce type de son plein gré, tant pis pour elle. Mais je veux l'entendre de sa bouche. Vous comprenez ?

— Parfaitement.

— Ah... c'est terrible. Vingt ans de mariage... un fils et une fille à l'université... Ils sont à la maison en ce moment — il n'était pas à un mensonge près —, ils sont bouleversés. Sa mère a failli avoir une crise cardiaque. Sa sœur est en larmes, son père ne décolère pas. Mais qu'ont donc les femmes, de nos jours ?

— Je ne sais pas.

— Je vous remercie de tout ce que vous avez fait. Je veux seulement lui parler.

— Nous vous tiendrons au courant.

— J'attendrai ici toute la nuit. (Il se moucha bruyamment au téléphone et bredouilla, d'une voix brisée :) Je veux la revoir. Oh, mon Dieu, je vous en prie...

— Allons. Gardez votre sang-froid.

Baxter raccrocha et frappa le bureau de toute la force de son poing. « Nom de Dieu ! Je la tuerai ! Et lui, le fumier, je le bousillerai... »

La porte s'ouvrit. Le sergent Blake passa la tête.

— Ça va, chef ?

— Ouais. Casse-toi... Non, attends. Demande à Schenley de dresser un mandat d'arrêt contre Landry — obstruction à la justice, violation de domicile, ce qu'il voudra — et dis-lui d'aller réveiller le juge Thornby pour qu'il le signe.

— Bien, chef.

— Attends ! Prenez deux voitures, avec trois hommes, dont toi, et le système de repérage. Nous allons à Toledo.

33

Tandis qu'il se déshabillait, elle l'observait, assise en tailleur sur le lit, l'ours en peluche sur les genoux.

— Je ne prends pas la pilule. Je te l'avais dit?

— Non. Nous avons bâclé les préliminaires la dernière fois. J'aurais dû te le dire : j'ai passé un examen médical de fin de carrière avant de quitter Washington. Je vais bien.

— Je suppose... mais j'imagine que j'étais censée demander avant... Je n'ai pas l'habitude de... Enfin, je ne fais pas ça tous les jours.

— Non, pas toi, en effet.

Elle acquiesça d'un signe de tête.

— Quand je me suis aperçue qu'il... couchait avec d'autres femmes, j'ai fait des examens et j'ai demandé à mon gynécologue de lui expliquer que je ne pouvais pas prendre la pilule ni mettre un diaphragme et que c'était à lui d'utiliser des préservatifs. C'était assez humiliant. Ça ne lui a pas plu, mais il a compris la véritable raison de... Faut-il que nous en parlions?

— Je pense que l'essentiel a été dit. (Il sourit.) T'ai-je mis enceinte?

Elle sourit à son tour.

— J'espère bien. Tu veux qu'on réessaie?

Keith se faufila dans le lit, repoussa l'ours en peluche et s'installa en face d'elle, les jambes enroulées autour des siennes. Ils s'étreignaient, se caressaient, s'embrassaient, s'effleuraient, s'adonnaient au jeu des préludes comme s'ils avaient vraiment tout le temps, comme s'ils n'avaient pas à craindre la moindre interruption.

Elle se rapprocha, se souleva et s'unit à lui, les lèvres toujours rivées aux siennes.

Pendant une demi-heure, sans même s'en rendre compte, ils retombèrent en adolescence, enfants vierges de tout savoir qui éprouvaient, exploraient, savouraient, goûtaient les secrets des plaisirs qu'on se donne avec la bouche, avec les doigts...

— Je n'ai pas fait l'amour comme ça depuis ce garçon dont je t'ai parlé, déclara-t-elle. Qui t'a appris toutes ces astuces?

— Une fille de seize ans. J'en avais dix-sept.
— Heureusement que tu n'as pas oublié !
— Non, je ne l'ai jamais oubliée.

Ils étaient allongés, main dans la main, au-dessus des draps. Il y avait une glace au plafond. Ils en avaient plaisanté, mais Keith avait eu l'impression qu'elle en était un peu gênée. Il leva les yeux et la vit, réfléchie dans la glace, étendue près de lui, les cheveux déployés sur l'oreiller, les yeux fermés, l'air épanoui et souriant. Son image l'assaillait comme un rêve paisible où il contemplait le lent mouvement de sa poitrine soulevée par un souffle régulier, ses jambes à peine écartées et ses orteils agités d'amusantes contorsions, comme autrefois, dans son souvenir. C'était l'image qu'il avait gardée d'elle, le matin de son départ, quand il s'était penché en murmurant : « À bientôt. »

Keith se redressa lentement et examina la chambre. Elle était succinctement meublée, et tout ce qu'elle contenait était maintenu par des boulons, y compris le poste de télévision et les appliques qui encadraient le lit. Il aurait voulu bloquer la porte, mais la pièce ne comportait même pas une chaise. Il s'avisa que, si les clients du Westway Motel appartenaient à la catégorie de ceux qui embarquent les meubles d'un motel miteux dans leur camion, ils appartenaient du même coup à la catégorie dont on vérifie l'identité et dont on exige des garanties plus sérieuses que le seul paiement d'avance à l'inscription. Fort de cette idée, il se dit que le réceptionniste devait venir relever lui-même les numéros d'immatriculation qui correspondaient sans doute rarement, pour ne pas dire jamais, à ceux figurant sur ses registres. Dans la colonne des avantages, il fallait noter que la Blazer n'était pas restée plus de dix minutes dehors. Il était inutile de se faire du mouron. Il avait appris deux principes contradictoires : ne jamais sous-estimer la police et ne jamais surestimer la police. Cette affaire n'avait pas pour enjeu une question de vie ou de mort, ou la survie du monde libre, seulement le risque d'un tour au poste, d'une scène désagréable et embarrassante, avec, au mieux, une issue heureuse et raisonnable. Keith ne souhaitait pas compter dans leurs souvenirs un passage au commissariat, mais, si cela devait arriver, tant pis. En revanche, il prenait un malin plaisir à narguer Cliff Baxter et cet aspect-là de l'aventure égaierait leur histoire. Il saisit sa montre sur la table de chevet. Il était 23 h 35. Pour l'instant, tout marchait comme sur des roulettes.

— Je n'avais pas été aussi heureuse depuis notre dernier été à Columbus, avoua-t-elle.

— Moi non plus.

— Tu le penses vraiment ?

— Oui. Vraiment.

— Allons-nous être heureux tout le reste de notre vie ?

— Oui, promis.

Elle laissa planer un silence avant de noter :

— Mais il faut d'abord que cette nuit et demain se passent, n'est-ce pas ?

Il ne répondit pas tout de suite et, soudain, il se pencha vers elle :

— Peu importe ce qui arrivera cette nuit ou demain, même si nous sommes séparés quelque temps, rappelle-toi que je t'aime et sois persuadée que nous serons à nouveau réunis. Je le jure.

Elle se releva et lui posa un baiser sur les lèvres.

— Toi aussi, tu devras te dire la même chose.

— Entendu.

Elle appuya sa tête contre sa poitrine.

— J'ai l'impression d'être comme avant, comme s'il ne s'était pas écoulé vingt-cinq ans, mais vingt-cinq heures, et qu'il ne s'était rien passé entre ton départ de Columbus et maintenant.

— C'est une belle idée.

— Bon. Alors, faisons comme si. Le monde n'existe pas au-delà de cette porte. Il n'y a que nous deux, comme avant.

— Comment ai-je pu te laisser échapper ?

— Chut. Tu ne m'as pas laissée échapper. Je suis là. J'ai toujours été là... (Elle promena son doigt sur son cœur.) Là, c'est le plus important. J'ai toujours été dans ton cœur et toi dans le mien.

Keith hocha la tête. Il s'apprêtait à répliquer, mais la voix lui manqua et, pour la première fois depuis plus de vingt ans, une larme naquit au coin de son œil et coula sur sa joue.

Cliff Baxter occupait le siège avant du premier des deux véhicules qui roulaient en convoi. Le sergent Blake conduisait. Les officiers Krug et Ward les suivaient dans l'autre voiture.

Le système de repérage était posé sur le vide-poches devant Baxter. Ce n'était pas le nec plus ultra. Le conseil municipal n'avait pas voulu du super-modèle qu'il fallait monter dans une camionnette avec une grande antenne pivotante sur le toit et tout un tas d'écrans et de dispositifs compliqués. C'était un récepteur VHF tout bête, qui se contentait d'envoyer un signal sonore quand il se trouvait à un peu plus d'un kilomètre de l'émetteur, en en augmentant l'intensité au fur et à mesure qu'il se rapprochait de la source. En tout cas, il remplissait fort bien le rôle auquel le destinait Baxter dès son achat, à savoir pister sa femme. L'appareil comportait deux émetteurs. Il avait utilisé le deuxième de temps en temps, pour s'amuser à suivre des gens à leur insu. Mais la plupart du temps, il traînait sur son bureau, jusqu'à vendredi dernier, où l'idée lui était venue de le fixer sur la voiture de Landry.

Naturellement, il était passé devant la ferme Landry quand il avait commencé à chercher la Lincoln et, comme les deux émetteurs fonctionnaient sur des fréquences différentes, il savait, bien avant de pénétrer finalement dans la ferme, que la Lincoln s'y trouvait mais non la Blazer. Dès cet instant, il avait su exactement à quoi s'en tenir.

Ils avaient atteint l'aéroport de Toledo. C'était, à son avis, le meilleur point de départ. Ils circulèrent dans les allées des parkings, sans avoir besoin de recourir à leur mini-radar, car ils étaient presque vides. Ils gagnèrent l'aire de stationnement des véhicules de location et longèrent les rangées de voitures d'un bout à l'autre.

Blake constata :

— Je ne vois pas sa voiture.

— Non. Bon, on rejoint la grand-route et on tourne à droite, vers Toledo.

— Compris.

Les deux voitures de police s'éloignèrent vers l'est, en direction de l'autoroute.

Empoignant son téléphone mobile, Cliff Baxter appela le commissariat central. L'officier Schenley assurait la permanence. Baxter lui demanda :

— Des nouvelles ?

— Non, chef. J'aurais appelé...

— Ouais. T'aurais appelé. Je vérifie que les communications fonctionnent, patate.

— Oui, chef.

— Comme je t'ai dit, si quelqu'un de la police d'État ou d'ailleurs téléphone, tu ne sais pas où je suis.

— Oui, chef.

— Tu me préviens et je prends contact avec eux. Ne va pas leur raconter ta vie.

— Oui, chef.

— Et ne t'endors pas.

Il raccrocha et ordonna à Blake :

— Hé, arrête-toi au Sheraton.

Blake obtempéra en commentant :

— Nous ne recevons aucun signal ici, chef.

— Merde, je ne me fie pas à ces trucs. Je me fie à mes yeux et à mes oreilles. Gare-toi devant l'entrée, laisse-moi descendre et, ensuite, tu patrouilleras dans le coin.

— Oui, chef.

Baxter descendit et entra dans le hall. Il se dirigea vers la charmante jeune femme qui se tenait à l'accueil.

— Comment allez-vous, ma toute belle ?

Elle lui offrit son plus beau sourire.

— Très bien. Et vous-même ?

— Ça pourrait aller mieux. Je suis à la recherche d'un sale type qui a enlevé une femme. Vous êtes au courant ?

— Et comment. J'ai vu ça à la télé.

— Parfait. J'espère que vous avez vu aussi quelque chose sur votre télécopieur.

— En effet. (Elle farfouilla derrière son comptoir d'où elle extirpa une feuille de papier.) Là, j'ai les signalements, les noms, la marque et le modèle de la voiture...

— Mais vous ne les avez pas vus.

— Non, c'est ce que j'ai dit au gars de la police d'État il y a une heure. Mais j'ouvre l'œil.

— S'il vous plaît, mon cœur.

Elle examina son uniforme et demanda :

— Spencerville ? N'est-ce pas... ?

— C'est ça même. C'est là qu'a eu lieu l'enlèvement. Si jamais vous y passez, venez me rendre visite.

- Vous êtes... vous êtes le chef Baxter dont la mme...

— Exact.

— Oh, je suis vraiment désolée. J'espère qu'elle va bien. Je suis sûre qu'elle s'en tirera.

— Elle n'aura plus rien à craindre quand je l'aurai trouvée. Plus rien du tout. À un de ces jours.

Baxter ressortit et rejoignit les véhicules. Quand il monta dans la voiture, Blake annonça :

— Négatif là-bas.

— Négatif ici aussi. On continue.

Ils reprirent la grand-route jalonnée de motels.

— Vous voulez que je m'arrête ? proposa Blake.

— Non, on roule vers Toledo direct et on verra bien si cette machine à bruit se déclenche. Sinon, nous reviendrons et nous fouillerons les motels. Seigneur, je n'en ai jamais vu autant de ma vie !

— Vous pensez qu'ils sont là ?

— Sais pas. Mais, si j'étais lui et que je vienne de manquer un avion, j'irais sans doute me cacher dans le coin, surtout si j'avais appris par la radio que je faisais l'objet d'un avis de recherche. Et s'il l'ignore, eh bien, il le découvrira quand on lui tombera sur le poil. De toute façon, il n'a pas pu aller bien loin.

— C'est juste. (Blake se montrait songeur.) Je ne comprends pas comment il a pu croire qu'il l'obligerait à monter dans un avion de force sans que cela se remarque.

— Contente-toi donc de conduire, putain de merde !

— Bien, chef.

— Il la menaçait d'un pistolet. Voilà pourquoi. Et il avait dû la droguer.

— Ouais, c'est sûrement ça.

Ce n'était pas ça du tout et tous les flics de l'État s'en étaient désormais rendu compte. Baxter en était conscient et, à la vérité, il voyait son avenir professionnel sérieusement compromis après ça. Mais, pour le moment, il détenait le pouvoir, il avait la loi pour lui et le cran nécessaire pour faire ce qu'il avait à faire. Les choses commenceraient à se gâter dans la matinée, aussi devait-il les retrouver avant. Et puisqu'il était fini en tant que flic, il pourrait faire d'eux ce que bon lui semblerait quand il aurait mis la main sur eux.

Ils roulèrent encore quelques kilomètres. Les hautes tours du centre-ville se dressaient au loin.

Soudain, le récepteur posé sur le vide-poches émit un son, un signal faible, puis se tut.

Blake et Baxter se regardèrent sans mot dire. Les fausses alertes étaient fréquentes, surtout dans les zones très construites. Une minute plus tard, un nouveau bip émanait du récepteur, puis un autre et encore un autre, de plus en plus forts et insistants, pour finir par constituer un sifflement continu.

— Arrête-toi.

Blake se rangea sur le bas-côté. La voiture qui les suivait les imita.

Blake et Baxter écoutaient le tintement électronique. Baxter observa les alentours.

— Avance. Lentement, en restant sur la bordure.

Blake obéit. Les signaux s'espacèrent, puis le volume s'affaiblit.

Baxter ordonna :

— Fais demi-tour et repars dans l'autre sens.

— Entendu.

Ils accélérèrent et tournèrent à la première ouverture dans le terre-plein central. Aussitôt, les signaux sonores s'intensifièrent.

Baxter scrutait le paysage. Il trouva bientôt ce qu'il cherchait.

— Ma foi, je parie... Blake, où cacherais-tu une aiguille ?

— Dans une meule de foin.

— Non, dans une pelote d'aiguilles.

Il ne leur fallut pas longtemps pour repérer la Blazer verte. Malgré tout, ils n'étaient pas sûrs que ce fût la bonne, car les plaques d'immatriculation avaient été enlevées. Baxter glissa la main sous le pare-chocs arrière droit et en retira l'émetteur magnétique. Il considéra l'objet rectangulaire, de la taille d'un paquet de cigarettes, d'où jaillissait une courte antenne, et un sourire se forma sur ses lèvres.

— Bien, bien, bien...

Il l'éteignit. Le récepteur se tut immédiatement dans la voiture.

— Que dites-vous de ça ?

Blake rayonnait de plaisir. Quant à Krug et Ward, ils regardaient leur chef avec admiration. Leur joie eût été totale s'ils avaient retrouvé la Blazer devant un motel, une pension ou un restaurant. De toute évidence, Keith Landry et Annie Baxter ne s'étaient pas réfugiés chez le revendeur Chevrolet. Blake fut le premier à en faire la remarque.

— Où sont-ils allés, d'après vous, chef ?

Baxter balaya les lieux d'un large regard, qui s'attarda sur la route.

— Pas bien loin.

— Ils ont peut-être volé une voiture ici, chef, suggéra Blake.

— C'est possible... sauf qu'ils ont emporté les plaques de la Blazer. Pourquoi prendre cette peine pour filer vers Cleveland ou ailleurs dans un autre véhicule ? Non... À mon avis, ils sont dans les parages, à la distance d'un trajet à pied, et ils ne voulaient pas être trahis par leur voiture. (Il observa ses trois hommes.) Quelqu'un a une meilleure idée ?

Krug s'aventura :

— Ils ont pu prendre un bus ou un taxi d'ici, chef. Ils sont peut-être à Toledo.

Baxter opina.

— Possible. (Il regarda encore autour de lui.) Un bus ou un taxi. Possible. Mais je ne pense pas. Je crois qu'ils ont pris une chambre dans un motel, un putain d'hôtel de passe, qu'ils ont fait la java au lit et qu'ensuite ils ont planqué l'automobile. Il a cru sa chance arrivée quand il a vu le garage Chevrolet. Ouais. Ils sont dans le coin. Dehors, en train de camper, mais plus probablement dans une usine à baise, ou une pension quelconque qu'ils peuvent régler sans carte de crédit. Ouais, bon, Krug et Ward, vous me remontez ce côté de la route et vous vérifiez tous les motels jusqu'à l'aéroport. Blake et moi, nous irons dans l'autre sens, en démarrant de l'aéroport. Si vous trouvez quelque chose, vous m'appelez, moi et personne d'autre. Servez-vous du téléphone mobile. Allons-y.

Blake et Baxter partirent de l'aéroport, passèrent devant le Sheraton et arrivèrent en vue d'un Holiday Inn. Baxter décréta :

— Continue. Ce sont les petits hôtels miteux qui nous intéressent.

— OK.

Ils poursuivirent leur route.

Une foison de pensées se bousculaient dans la tête de Baxter. Keith Landry était un connard, mais un connard bien plus malin qu'il ne l'avait cru. Peut-être pas assez cependant. Baxter se rendait compte qu'il avait depuis trop longtemps perdu le contact avec la réalité du travail sur le terrain, mais en trente ans de police il avait beaucoup appris, un peu retenu, et il reconnaissait, à contrecœur, qu'il avait affaire à un pro. Il se demandait quel genre de fonction Landry avait bien pu exercer auprès du gouvernement et se convainquit que le Service des eaux et forêts n'avait rien à voir dans l'affaire. Mais ce salopard avait compté sans l'instinct inné de prédateur dont s'enorgueillissait le chef de la police. Baxter compensait par l'intuition les réflexes qu'il n'avait pas acquis par un entraînement conventionnel. Dans les forêts du Michigan, il surpassait tous ses amis à la chasse. Il avait un sixième sens pour repérer les bêtes, humer leur sang et deviner leurs intentions, savoir à l'avance si elles allaient fuir, faire face et se défendre, ou rester paralysées de terreur en attendant leur sort. Selon Baxter, les humains n'étaient guère différents.

Alors, il songea à sa femme et essaya de comprendre comment elle avait pu organiser cette fugue à son insu. Certes, il avait eu des soupçons, mais il en avait toujours. D'une certaine façon, elle s'était montrée plus rusée que le renard. Il admettait, tout au fond de lui, qu'après vingt ans de vie commune à devoir faire preuve d'ingéniosité pour survivre elle le connaissait sur le bout des doigts. D'ailleurs, quand il se plaignait d'elle auprès des autres femmes, s'il y avait une critique qu'il ne formulait jamais, c'était : « Ma femme ne me comprend pas. »

Il ne voulait pas imaginer sa femme avec Keith Landry, mais, en fait, il y pensait quand même. Il se représentait parfois Annie, Mlle Sainte-Nitouche, la parfaite, la choriste des dimanches, en train de faire l'amour avec un autre homme. C'était depuis toujours son pire cauchemar, et voilà qu'il devenait réalité. Landry et sa femme se terraient tout près d'ici et, nus dans un lit, faisaient l'amour en riant. Landry la chevauchait, enserré entre ses jambes enlacées autour de lui. Rien que d'y penser, cela le rendait fou. Et l'excitait.

Ils croisèrent l'enseigne obscure du Westway Motel et, tandis qu'ils roulaient lentement, Baxter s'écria soudain :

— Attends ! Ralentis. Mets-toi sur le bas-côté.

Blake s'exécuta.

Baxter demeurait immobile. Son esprit avait enregistré quelque chose, qu'il ne parvenait pas identifier. Il dit :

— Recule.

Blake revint doucement en marche arrière. Quand ils arrivèrent à la hauteur de l'enseigne, Baxter lâcha :

— Arrête.

Cliff Baxter descendit de la voiture, se dirigea vers l'enseigne et lut l'inscription, en lettres de plastique, sur le support de polyester : *Westway Motel* — 29$. En s'approchant du panneau, il vit que la prise du moteur électrique était débranchée. Il la rebrancha, la lumière fusa. Il retira la prise, l'enseigne se retrouva plongée dans l'obscurité.

Il retourna à la voiture.

— Recule jusqu'à ce chemin et prends-le.

— Bien.

Blake s'engagea dans l'allée étroite. Le véhicule de la police de Spencerville se posta devant le Westway Motel à 0 h 5 très précises.

— Attends-moi là, dit Baxter.

Il saisit un porte-documents en carton et entra dans le petit bâtiment.

Le jeune homme qui gardait les lieux se leva.

— Oui, monsieur ?

— Je cherche quelqu'un, mon garçon. (Il posa le porte-documents sur le bureau.) Êtes-vous au courant de l'avis de recherche qui a été lancé dans la soirée ?

— Non, pas du tout.

— Qu'est-ce que vous regardez donc à la télé ?

— Une cassette.

— Ah bon ? Bien, à quelle heure avez-vous pris votre service ?

— À 4 heures. J'attends qu'on vienne me remplacer...

— Parfait, vous êtes l'homme qu'il me faut. Maintenant, écoutez-moi bien. Je cherche un homme qui conduit une Blazer vert foncé. Il a une femme avec lui, mais je suppose qu'elle n'est pas entrée ici. Ils ont dû se présenter vers 9 heures, 9 h 30, peut-être un peu après. Il a dans les quarante-cinq ans, il est grand, corpulence moyenne, cheveux châtains, des yeux genre gris-vert... assez bel homme, si on veut. Vous l'avez vu, n'est-ce pas ?

— Eh bien...

— Allons, mon garçon. Il est recherché pour enlèvement et je n'ai pas la nuit devant moi. Par contre, j'ai cinquante dollars pour votre peine.

— Eh bien, un type est passé... Est-ce qu'il a des lunettes et une moustache ?

— Il n'en avait pas la dernière fois que je l'ai vu. Montrez-moi votre registre.

Le réceptionniste feuilleta un paquet de fiches, dont il finit par extraire celle qui intéressait le policier.

— Voilà. Il est arrivé vers...

— Laissez-moi voir. (Baxter lut la fiche tout haut.) John Westermann de Cincinnati, conduisant une Ford Escort. Vous avez vu sa voiture ?

— Eh bien, après qu'il s'est inscrit, j'ai passé la tête dehors. Il y avait bien une Ford Escort, mais, celle-là, ça faisait plusieurs heures qu'elle était là. Je suis censé relever les numéros d'immatriculation...

— Je sais comment vous procédez dans vos hôtels louches. Avez-vous vu une Blazer verte ?

— Sais pas... J'ai entrevu un 4×4 de couleur sombre, mais je ne distinguais pas bien et elle n'était pas garée devant la chambre que j'avais donnée à ce Westermann. Je ne l'avais pas vue avant. Je comptais ressortir plus tard pour noter le numéro, mais, quand j'y suis allé une dizaine de minutes plus tard, elle n'y était plus.

Baxter hocha la tête.

— D'accord, quelle chambre lui avez-vous donnée ?

— La chambre 7.

— Il s'y trouve toujours ?

— Je crois. Il l'a prise pour la nuit. La clé n'est pas au tableau.

— Bon... (Baxter se frictionna le menton.) Bon... Et vous n'avez pas vu de femme?

— Non. Jamais.

Baxter ouvrit son porte-documents et en sortit un album. C'était le press-book universitaire d'Annie, l'une des rares choses de son passé qu'il lui avait permis de garder, principalement parce qu'il contenait une photo de lui à un bal de première année. Il exposa la page des photos de remise de diplôme.

— Regardez-les bien, mon garçon, sans oublier qu'elles ont plus de vingt ans et en imaginant des lunettes et une moustache sur un visage qui en est dépourvu. Prenez votre temps, mais faites vite.

Le jeune homme tourna les pages couvertes de portraits des jeunes diplômés. Il s'arrêta tout à coup.

— Vous l'avez vu?

— Je...

Baxter extirpa de sa poche un crayon, qu'il lui tendit.

— Dessinez des lunettes et une moustache semblables à celles du bonhomme en question.

L'homme prit le crayon et dessina des lunettes et une moustache sur le visage de Keith Landry. Alors, il déclara :

— Oui... c'est lui... Je pense que c'est lui...

— Et moi, je crois que vous avez raison. Donnez-moi la clé...

Le réceptionniste hésitait. Baxter se pencha sur le bureau et cria :

— Donnez-moi cette putain de clé!

L'homme lui remit la clé de la chambre 7.

Baxter commanda :

— Vous restez sagement assis à votre place et tout ira bien. Ce sera fini en moins de deux.

— Oui, monsieur... Euh, vous avez parlé de...

— Vous recevrez un chèque par la poste.

Baxter regagna le véhicule et se pencha à la fenêtre.

— Appelle les autres. Nous le tenons.

— Seigneur...

34

Keith Landry et Annie Baxter reposaient dans les bras l'un de l'autre. Ils somnolaient, mais, une fois de temps en temps, elle lui disait quelque chose et il répondait.

Il luttait contre le sommeil et la soupçonnait d'en faire autant. Elle finit par éteindre la lumière, se lova contre lui et, blottissant sa tête au creux de son cou, lui mordilla l'oreille.

— Je t'agace ? demanda-t-elle.

— Non. J'aime ça.

Il referma ses mains sur ses fesses, qu'il se mit à caresser.

— C'est bon.

Au bout d'une minute, elle avoua :

— Keith, je n'arrive pas à dormir.

— Essaie.

— Je ne peux pas.

Elle glissa la main entre leurs deux corps et le caressa. Puis elle l'attira en elle.

— Tu arriveras à tenir jusqu'à ce que je m'endorme ?

— Je ne sais pas. Je n'ai encore jamais essayé.

— Je t'aime.

— Je t'adore.

— Je ronfle.

— Moi aussi.

— Et je bave. Je bave partout. Je vais baver sur toi.

— Tu es drôle.

— Je mange du poulet et des frites au lit et je m'essuie la bouche dans les draps. Et je rote.

Il s'esclaffa.

— Arrête.

— Je fais des rêves sensuels et j'ai des orgasmes bruyants à longueur de nuit.

— Bien...

Elle ondula des hanches.

— D'ailleurs, je vais en avoir un.

— Oh, c'est...

Il entendit un bruit au-dehors. Il n'eut pas le temps de réagir que la porte volait en éclats, le verrou fracassé. Au même instant, Baxter faisait irruption dans la chambre en brandissant un fusil de chasse.

Keith repoussa Annie, qui se mit à hurler. Il bondit hors du lit en attrapant au passage son poignard de combat qui gisait sous l'annuaire, au bord de la table de chevet.

Baxter abattit la crosse caoutchoutée de son arme vers la tête de Keith, qui l'écarta d'un geste du bras, mais l'embout l'atteignit au front et il resta un instant étourdi. Baxter releva son fusil et en frappa violemment l'épaule de Keith, lui paralysant le bras. Sa main s'ouvrit, laissant échapper le couteau. Baxter s'apprêtait à lui assener un nouveau coup quand Annie s'élança du lit et atterrit sur son mari, qu'elle emprisonna de ses bras et de ses jambes, menaçant son équilibre.

Keith, encore sonné, le bras droit pendant, inerte, à son côté, récupéra son poignard de la main gauche. Le coup qu'il avait reçu sur la tête lui brouillait la vue, mais il distinguait vaguement Annie accrochée à Baxter, qui se débattait. Keith s'approcha en rampant et planta le couteau, pointe en haut, dans la région de l'artère fémorale, mais Baxter titubait sous le poids d'Annie qui ne le lâchait pas et Keith ne vit pas jaillir le sang de la blessure.

Baxter poussa un cri de douleur, Annie hurlait. Keith n'eut pas le temps de plonger à nouveau sa lame que deux hommes avaient surgi dans la chambre, pistolet au poing.

— Les mains en l'air ! Les mains en l'air !

Keith se releva péniblement, le couteau toujours à la main. L'un des hommes, en qui Keith crut reconnaître Ward, lui cingla le poignet de sa matraque et le couteau voltigea au loin.

Baxter avait réussi à se dégager de sa femme. Annie gisait à terre, secouée de sanglots. Les deux flics tenaient Keith en joue, mais leurs yeux étaient braqués sur la femme nue de leur chef.

Comme Keith se dirigeait vers Annie, Baxter fit de nouveau tournoyer la crosse de son fusil. Keith encaissa le choc dans le plexus solaire, se plia en deux et tomba à genoux. Il entendit Baxter beugler à ses hommes :

— Foutez le camp ! Putain, foutez-moi le camp !

Keith vit confusément les deux poulets déguerpir, avant d'écoper, dans le dos cette fois, une nouvelle volée de coups qui le cloua au sol. Baxter vociférait :

— Alors, baisé ? Qui a baisé l'autre ? C'est toi qui es baisé ! Toi !

Il lui labourait les côtes de coups de pied. Il perçut le cri d'Annie et la sentit soudain sur lui. Elle le couvrait de son corps, les bras serrés autour de son buste, la tête enfouie au creux de son cou. Elle s'égosillait :

— Laisse-le tranquille ! Laisse-le tranquille ! Va-t'en !

Le silence se fit dans la pièce. Keith luttait pour ne pas perdre connaissance. Il apercevait devant lui les jambes de Baxter, son pantalon imprégné de sang qui coulait dans sa chaussure.

La voix de Baxter s'éleva de nouveau :

— Sors de là ! Sors de là ou je te bute !

— Non !

En entendant armer le fusil à pompe, Keith prit son souffle et murmura :

— Écarte-toi... Annie, écarte-toi.

— Non !

De l'extérieur, une voix appela :

— Chef ! Il faut se débiner ! Il y a du monde qui arrive. La police débarque !

Baxter pointa le canon de son arme sous le nez de Keith.

— Je compte jusqu'à trois. Si cette salope n'a pas décollé et commencé à s'habiller, tu auras la cervelle en garniture autour des fesses. Un...

— Annie... lève-toi...

— Deux...

— C'est bon, rappelle-toi ce que je t'ai dit...

— Trois.

Keith sentit se relâcher l'emprise des bras d'Annie, son poids se soulever.

Baxter lui envoya une gifle et recula, sans détourner son fusil du visage de Keith, à qui il gueula :

— Quand j'aurai fini de la baiser, il n'en restera plus pour les autres.

Keith tenta de se redresser, mais Baxter lui cogna la tête et il retomba, face contre terre. Quelqu'un s'époumonait derrière la porte :

— Chef ! La police d'État !

Keith flottait entre conscience et inconscience. Il avait la vue obscurcie et les bruits semblaient lui parvenir de très loin. Il vit passer les jambes nues d'Annie, puis les revit recouvertes d'un jean, les pieds chaussés d'escarpins, et enfin encadrées par des jambes d'hommes en uniforme, qui l'emmenèrent. Elle proférait des mots qu'il ne saisit pas, mais au milieu desquels il reconnut son nom. La voix de Baxter lui parvint plus distinctement. Elle disait :

— Ah, si tu te voyais, affalé et nu comme un lapin écorché !

Il ouvrit les yeux. Baxter était accroupi devant lui. Il tenait à la main son couteau de combat. Il éructa :

— Tu es à moi, maintenant. Rien qu'à moi.

— Va te faire foutre !

Baxter lui cracha au visage et affala le lourd pommeau du poignard sur son crâne.

Keith sentit confusément des mains s'emparer de lui, le retourner. Quand il ouvrit les yeux, il vit le plafond. Baxter se pencha sur lui, le couteau à la main. Il souffla à mi-voix :

— Je vais te débarrasser de la cause de tes soucis.

Keith éprouva un pincement au scrotum et eut l'impression que Baxter maniait ses testicules, mais c'était peut-être une illusion. Alors, il s'aperçut que ce n'en était pas une. La voix de Baxter continuait à pérorer d'un ton lénifiant :

— Ensuite, nous les rapporterons chez nous et tu sauras, pour le restant de tes jours, qui les détient, qui baise ma femme et qui ne la baisera plus jamais...

Keith planta deux doigts dans l'œil droit de Baxter, qui hurla et bascula en arrière, le visage dans les mains.

Un bruit de pas précipités résonna dans la pièce, sur fond de voix angoissées. Baxter fut emporté, à demi traîné par Ward et un autre policier.

Keith ne ressentait aucune douleur en dehors des battements furieux de son cœur et de l'impression que ses yeux allaient jaillir de leurs orbites.

Une vague de nausée le saisit. Il faillit s'évanouir, mais il se rappela qu'il ne devait pas rester allongé sur le dos s'il ne voulait pas se noyer dans ses vomissures. Il trouva la force de rouler sur le côté, rendit et, rassuré, se laissa aller puis sombra dans l'inconscience.

35

— Quel jour sommes-nous ?

— Dites-moi d'abord comment vous vous appelez, ensuite je vous dirai quel jour on est, répondit l'infirmière.

Keith jugea le marché équitable.

— Keith Landry.

Elle sourit.

— Nous sommes mardi. Vous êtes arrivé dimanche soir... ou plutôt lundi matin.

Keith lorgna le soleil qui brillait à la fenêtre.

— Sommes-nous le matin ou l'après-midi ?

— À mon tour. Qui est le président des États-Unis ?

Keith le lui dit, en commentant :

— C'est un homme charmant. J'ai bavardé avec lui la semaine dernière.

Elle fronça les sourcils.

Il se rendit compte que ces considérations étaient malvenues dans la bouche d'un homme blessé à la tête. Il s'empressa d'ajouter :

— Je plaisante.

Elle inclina la tête d'un air approbateur.

Il tenta de se dresser sur son séant, mais elle l'en dissuada d'une main sur l'épaule.

— Restez tranquille, monsieur Landry.

Il suivit un moment du regard ses va-et-vient autour de lui. Elle avait la trentaine, un visage replet à l'expression amicale, mais qui, l'expérience aidant, saurait affecter un air sévère s'il se montrait trop insoumis. Il lui demanda :

— Quelle heure est-il ?

— 8 h 15 du matin. Vous êtes resté inconscient pendant près de trente-six heures.

— Oh...

Il se sentait un peu confus, sa tête et son corps lui faisaient mal, mais, à part ça, il avait l'impression d'aller bien. Il essaya de se rappeler exactement ce qui s'était passé. Il se remémorait des bribes, mais c'était comme un puzzle dont il fallait réajuster les morceaux.

L'infirmière lui demanda :

— Quelle est votre adresse ?

Il la lui indiqua. Elle poursuivit son interrogatoire. Il

s'aperçut alors qu'elle écrivait sur une feuille de papier au fur et à mesure qu'il lui donnait les réponses. Il avait besoin de rassembler ses souvenirs, mais elle n'en finissait pas de lui poser des questions. Soudain, sa mémoire lui restitua les deux dernières minutes qui avaient précédé sa plongée dans le coma. Sa main alla tâter son entrejambe sous les draps. Il soupira :

— Tout va bien.

— Vous allez très bien. Bons réflexes, bonnes réactions, bon...

— Bon. Eh bien, je m'en vais.

Il se dressa à nouveau et, une fois plus, l'infirmière posa une main réprobatrice sur son épaule.

— Restez allongé, monsieur Landry. Sinon, j'appelle un assistant.

— D'accord. Quand pourrai-je sortir ?

— Quand les médecins donneront le feu vert. Le neurologue ne va pas tarder.

— Bon. Où sont mes affaires ?

— Dans le placard.

— Ce téléphone marche ?

— Non. Voulez-vous que je le fasse brancher ?

— Oui, s'il vous plaît. Savez-vous ce qui m'est arrivé ?

Elle ne répondit pas tout de suite.

— J'ai cru comprendre que vous aviez été agressé.

— C'est exact. J'étais avec ma compagne. Avez-vous des nouvelles d'elle ?

— Non, je sais seulement qu'il y a quelques vêtements féminins dans votre placard. (Elle expliqua :) Vous avez été amené ici en ambulance. La police a inventorié tous les objets trouvés en votre possession et a tout apporté. Si vous voulez, je pourrai voir ça avec vous un peu plus tard.

— Non. Je voudrais seulement mon portefeuille. Pouvez-vous me le donner ?

— Plus tard.

Il réfléchit avant de s'enquérir :

— La police a-t-elle l'intention de m'interroger ?

— Oui, ils nous ont demandé de les avertir quand vous seriez en état.

— D'accord. Mais pas aujourd'hui.

— Nous verrons.

— Quel est le pronostic?

— Euh... favorable.

— M'a-t-on passé au scanner?

— Oui. Vous avez une fêlure crânienne, quelques œdèmes internes... Il vaut mieux que je laisse le médecin vous en parler.

Il tenta de la questionner plus avant, mais elle se refusait à lui fournir des précisions médicales sur son état et se contentait de décrire ses blessures en termes généraux : traumatisme à l'abdomen, à l'épaule droite, à l'avant-bras gauche et à la tête, pas d'hémorragie interne, quelques contusions, lésions superficielles, etc. Il en conclut que, s'il parvenait à se lever et à s'habiller, il pourrait partir sans crainte pour son état de santé.

— Où suis-je exactement? s'informa-t-il.

— Au Lucas County Hospital, aux environs de Toledo.

Il branla la tête d'un air songeur. Il était aux mains des autorités locales et en particulier de la police, qui le considérait comme une victime, ou comme un fugitif, ou les deux à la fois.

— Je vais demander au docteur si vous pouvez vous alimenter normalement, proposa-t-elle. Vous voulez un petit déjeuner?

Il en avait bien envie, mais, pour l'heure, il devait feindre la fatigue et l'extrême faiblesse. À vrai dire, il ne se sentait pas très en forme, mais relativement bien tout de même, malgré la migraine.

Il bredouilla :

— Je vais dormir.

— Bien, bien. Je reviendrai plus tard avec le neurologue.

— Parfait. En attendant, je vais prendre un peu de repos.

Dès qu'elle eut disparu, Keith s'assit dans son lit. À un moment quelconque, la police demanderait à l'hôpital de signer un certificat d'aptitude à la détention et le transférerait dans une maison d'arrêt sanitaire ou un autre établissement du même acabit. Il ignorait son statut légal et n'était pas trop certain de son statut médical, mais il n'avait pas le temps d'approfondir la question ni d'attendre de remplir les conditions à la satisfaction de tous. Migraine et confusion mentale ou pas, il était urgent de filer, de retourner à Spencerville et de retrouver Annie.

Il retira les deux intraveineuses. La veine se mit à saigner. Il y avait des bandes de gaze et du sparadrap sur la table de chevet. Il colla un pansement sur ses plaies. Puis il fit pivoter ses jambes au bord du lit et se leva lentement. Ses genoux fléchirent, il se rétablit et entreprit quelques pas hésitants autour de la chambre.

Un vieil homme occupait le lit voisin. Il dormait. Keith tira le rideau qui séparait les deux lits pour se dissimuler en partie aux regards. Il apercevait le bureau des infirmières sur la gauche de la porte ouverte.

Il ouvrit le placard où avaient été rangés sa valise et son sac de voyage, ainsi que sa mallette et un grand sac en plastique contenant tout un assortiment de vêtements et d'articles de toilette tant masculins que féminins. Il tira sa valise, enleva sa chemise d'hôpital et revêtit rapidement son costume de soie bleue italien.

Du sac en plastique dans lequel la police avait entassé pêle-mêle les objets ramassés sur les lieux, il extirpa le jean, la chemise et le blouson qu'il portait le dimanche. Mais pas de trace de son portefeuille ni de ses plaques d'immatriculation qui, de toute évidence, devaient se trouver en la possession de la police locale. Il trouva, tout au fond, l'ours en peluche marron et blanc. Il le garda un instant dans ses mains, puis le remit dans le sac.

Il ouvrit sa mallette, qui n'était plus verrouillée depuis qu'Annie l'avait ouverte. La police y avait certainement jeté un coup d'œil, mais le contenu visible avait un aspect assez anodin. Il appuya sur le double fond pour le libérer. En l'ôtant, il constata que son passeport s'y trouvait toujours, ainsi que quelques centaines de dollars en coupures petites et grandes. Il fourra l'argent dans la poche de sa veste, remit tout en place, sauf la mallette, dans le placard, qu'il referma. La mallette à la main, il gagna le palier d'un pas vif et décidé. Un regard à droite et à gauche et il repéra les ascenseurs sur sa droite. Il se dirigea aussitôt vers l'un d'eux, qui était ouvert, y pénétra en compagnie de membres du personnel de l'hôpital et descendit.

Dans le hall d'entrée, il aperçut un policier en uniforme, qui lisait un magazine, assis sur une chaise. En face de lui, un homme en civil, un détective de l'avis de Keith, faisait le pied de grue.

Keith sortit. Non loin, un taxi déposait un client. Il se faufila à l'arrière et dit au chauffeur :

— À l'aéroport, s'il vous plaît.

Le chauffeur se lança sur la route de l'aéroport. La circulation était encore assez dense dans les deux sens. Néanmoins, le taxi s'éloignait rapidement de Toledo. La zone commerciale lui apparaissait sous un jour différent en pleine lumière. Il reconnut le revendeur Chevrolet sur sa droite, sans parvenir à localiser sa Blazer. Un peu plus loin, de l'autre côté de la route, se dressait l'enseigne du Westway Motel.

Il ne savait pas trop comment Baxter les avait retrouvés. Il imaginait seulement qu'il avait entrepris sa chasse à l'homme avec assez d'acharnement pour tomber sur les deux seuls indices qu'il avait laissés : la conversation avec l'agent de sécurité à l'aéroport, qui délimitait le périmètre à fouiller et aboutissait, à terme, au Westway Motel, enseigne allumée ou pas. L'Amérique était, qu'on le veuille ou non, un État policier, avec des effectifs bien plus nombreux, des équipements bien plus modernes, une mobilité et des ressources bien plus importantes que tous les États policiers qu'avait connus Keith. Pourtant, c'était un mauvais coup du sort à l'aéroport qui avait modifié aussi instantanément et complètement le cours de la soirée.

Keith savait qu'il ne devait pas trop y penser ni se laisser submerger par la colère et le sentiment de sa culpabilité s'il voulait être capable de faire ce qu'il avait à faire. Il évacua donc ces considérations pour dresser son plan. Il n'aurait pas une infinité d'occasions de rétablir la situation. Mais une seule lui suffirait.

Le taxi était arrivé à l'aéroport. Le chauffeur demanda :

— Où dois-je vous déposer ?

— Arrêtez-moi près du panneau USAir.

Le chauffeur se gara devant le terminal.

— Ça fera douze dollars soixante-quinze.

Keith lui remit un billet de vingt dollars, prit sa monnaie et laissa un pourboire.

Il entra dans le bâtiment, fit un tour et ressortit par une

autre porte, à vingt mètres de là. Il se planta sur le trottoir en examinant sa montre, de l'air d'un homme d'affaires qui vient de débarquer d'un avion matinal. Il avait souvent fréquenté cet aéroport et en connaissait tous les recoins. Dédaignant la file d'attente qui s'étirait à la station de taxis, il interpella un porteur :

— Y a-t-il quelqu'un dans le coin qui accepte les longs trajets ?

— Certainement. Où voulez-vous aller ?

— À Lima.

— Bon.

Le porteur désigna un minibus stationné dans le parking de l'autre côté de la voie.

— Vous avez des bagages ?

— Non.

Comme le minibus approchait, Keith donna deux dollars au porteur. Un gosse dégingandé d'une vingtaine d'années sauta du véhicule.

— Où allez-vous ?

— À Lima. Combien ?

— Oh... disons... ça prend bien deux heures, plus l'essence et le voyage de retour... Cinquante, ça vous va ?

— Ça paraît raisonnable.

Keith ouvrit la portière du passager et monta tandis que le conducteur s'installait au volant, et ils partirent. Comme ils venaient de sortir de l'aéroport, le jeune homme tendit la main.

— Je m'appelle Chuck.

Keith lui serra la main.

— John.

— Ravi de vous connaître.

— C'est un chouette minibus que vous avez là.

— N'est-ce pas ? J'ai tout aménagé moi-même.

Chuck dressa la liste complète de toutes les améliorations apportées à son véhicule, une Dodge dernier modèle. Actuellement sans emploi, il subvenait à ses besoins, alourdis par une coûteuse passion pour l'automobile, en cassant les prix pratiqués par les taxis à l'aéroport. Quand il eut achevé son monologue, ils roulaient sur l'Interstate 75 en direction du sud.

Keith s'apprêtait à demander à Chuck d'accélérer

quand il s'aperçut qu'il menait déjà son bolide à cent vingt kilomètres à l'heure. Chuck surprit son regard posé sur le compteur et se mit à rire.

— Sur la 75, je roule à cent vingt. Heureusement qu'on n'est pas sur la 106. Si vous trouvez que je vais trop vite, dites-le-moi.

— Non, c'est parfait.

— Ouais ? Bon. J'ai le meilleur détecteur de poulets qui existe... là. (Il tapota le détecteur de radar qui ornait son tableau de bord.) Qu'ils aillent se faire foutre.

— Bien dit.

Il poussa à cent trente et demanda :

— D'où vous venez ?

— New York.

— Ah ouais ? Vous aimez ?

— Assez.

— Jamais mis les pieds.

Keith sentait monter une migraine, une nausée lui tordait l'estomac. Il ne savait pas si c'était à cause du voyage en voiture ou de la raclée qu'il avait subie. À moins que Chuck n'en fût la cause.

Ce dernier lui adressa un regard en biais.

— Je ne veux pas me mêler de ce qui ne me regarde pas, mais on dirait que quelqu'un vous a salement tabassé.

Keith ne s'était pas vu dans une glace ; ce n'était sans doute pas plus mal. Il rabattit le pare-soleil, découvrant un miroir encadré de lumières roses. Il se regarda. Il avait la tempe gauche légèrement enflée et marbrée de tons bleus et noirs, et, sous l'œil droit, une coupure badigeonnée de Mercurochrome, mais non suturée. Il était très pâle, avec de grands cernes noirs sous les yeux.

— Vous vous êtes fait rosser ?

— Non. J'ai eu un accident de voiture.

— La vache ! Vous êtes ici pour affaires ?

— Oui.

— Sans bagages ?

— Non. Je rentre ce soir.

— C'était bien ce que je pensais. Vous voulez que je vous attende ? Cinq balles l'heure d'attente.

— Peut-être.

— Vous voulez écouter la radio ? Ou des cassettes ?

— La radio.

Chuck alluma le poste, branché sur une station hard rock.

Keith mania le bouton, balayant une série de stations, à raison de dix secondes chaque, pour tomber enfin sur la station d'informations de Toledo. Ils écoutèrent les nouvelles internationales, qui les intéressaient aussi peu l'un que l'autre. Ce fut enfin le tour des informations locales.

Le présentateur débita :

« La police d'État a annoncé ce matin son intention d'interroger très bientôt Keith Landry, suspect dans l'affaire d'enlèvement de Spencerville. Landry, qui est originaire de Spencerville, se trouve actuellement au Lucas County Hospital, où il est soigné pour des blessures à la tête provoquées lors des violences qui lui ont été infligées par un ou plusieurs agresseurs non identifiés dans un motel situé sur la route de l'aéroport. Landry a fait l'objet d'une vaste chasse à l'homme dans la nuit de dimanche à lundi, après avoir été accusé par la police de Spencerville d'avoir kidnappé Annie Baxter, la femme du chef de la police de cette ville. Mme Baxter n'a pas été retrouvée au motel, mais la police d'État a été informée par ses homologues de Spencerville que Mme Baxter était saine et sauve et avait désormais rejoint sa famille. L'enquête se poursuit, selon les autorités, qui espèrent découvrir l'identité du ou des assaillants et déterminer la nature des charges qui seront retenues contre Landry. »

Keith effleura le bouton et les accents d'une musique country emplirent la voiture.

Chuck remarqua :

— C'est quelque chose, hein ?

— Quoi donc ?

— Cet enlèvement. Ils ont retrouvé le gus à deux pas de l'aéroport.

Et Chuck d'exposer son opinion sur l'événement :

— Il y en avait plein la radio, la télé, et tout ça, et je me suis dit : « Merde, si c'était ma petite amie, les flics ne se donneraient pas autant de mal. » Mais c'est un des leurs, vous comprenez. Cette femme, c'était quelqu'un dans son patelin, deux enfants et tout, et un mari chef de la police. Enfin, toujours est-il qu'ils les ont retrouvés...

mais, comme ils disent, elle, ils ne l'ont jamais vue. C'est quand même bizarre. La police d'État débarque dans le motel, une espèce d'hôtel louche où on loue les chambres à l'heure, vous savez, ils trouvent le gars qui l'a kidnappée, qui s'est pris une dérouillée de première, et personne ne sait où est passée la bonne femme... Quand la police est arrivée, tous les pensionnaires avaient déguerpi depuis longtemps, ne serait-ce que parce qu'ils n'avaient aucune raison de traîner dans le coin. Le seul témoin, c'est le gérant, enfin le type qui tient la boutique, et les poulets ne disent même pas ce qu'il a à raconter. Moi, à mon avis, ils étaient deux, deux bonshommes, Landry et un autre, et ils se sont disputés pour savoir qui allait la sauter le premier. L'un des deux a assommé l'autre et s'est taillé avec la bonne femme. Et c'étaient tous des Blancs. C'est pas croyable !

— Drôle d'histoire.

— Vous l'avez dit. Et maintenant, il paraît qu'elle a retrouvé sa famille. La police d'État prétend que le mari, le chef, il est... comment ils disent déjà... ?

— En état de choc ?

— Ouais, aussi, mais... Ah oui, il s'est *retiré à l'écart*. Il s'est mis au vert, quoi. Vous voyez le topo ?

— Ouais.

— Qu'est-ce que vous en pensez ? Ils étaient deux, non ? Ça explique tout. Les flics disent qu'ils ne savent pas ce qui s'est passé. C'est le grand mystère. Nom d'un chien, y a le type du motel et y a le type qui l'a amoché. Ils savent, mais ils ne veulent rien dire. Ça leur prend de temps en temps. N'empêche que c'est pas clair. La femme ne s'est tout de même pas envolée. Vous savez ce que je crois ? Le mari a payé une rançon. Mais les flics ne veulent pas avouer qu'un des leurs a payé une rançon. Pas vrai ?

— Peut-être.

— J'aurais dû me faire flic. Dites, vous voulez un café ? Il y a un arrêt un peu plus loin.

Oui, il voulait un café, il voulait manger quelque chose, il voulait raser sa barbe de trois jours, se laver les dents et se débarrasser de la puanteur qui lui collait à la peau. Mais il répondit :

— Non. Je suis pressé.

— Comme vous voudrez.

Ils roulaient depuis près d'une demi-heure quand Keith aperçut la sortie pour la Route 15. Il dit :

— Sortons là.

— Ici ?

— J'ai des papiers à récupérer chez un avocat.

— D'accord... Où c'est ?

— Je ne sais pas très bien. J'ai les indications. Si c'est trop long, je vous donnerai un supplément.

— Pas de problème.

Ils prirent donc la Route 15 en direction de l'ouest. Keith guida Chuck à travers un dédale de petites routes en se disant que le garçon n'arriverait jamais à s'en souvenir, si jamais on le lui demandait.

Chuck s'étonna :

— Dites donc, vous avez tout appris par cœur.

— Eh oui.

— C'est quoi comme ville ?

— C'est une ferme. L'avocat habite dans une ferme.

— Bon.

Ils finirent par atteindre la Route 22. Comme ils approchaient de sa ferme, Keith eut une impression curieuse. Il y avait quelque chose qui clochait dans le paysage. Ce qui clochait, c'était que la maison avait disparu.

Keith considérait les restes calcinés de ce qui avait été sa maison, la maison de son père, celle de son grand-père.

Chuck commenta :

— Seigneur... vous croyez qu'ils s'en sont sortis ?

Keith ne répondit pas. Il examina les autres bâtiments, qui tenaient encore debout, et son regard s'égara sur l'étendue infinie des champs de maïs, le ciel bleu, la rangée d'arbres découpés contre l'horizon.

— Qu'est-ce que vous voulez faire maintenant ? s'informa Chuck.

Ce qu'il voulait, c'était s'asseoir sur le sol et contempler le désastre jusqu'à la tombée de la nuit. Mais il avait autre chose à faire.

Il y avait un peu plus d'une heure qu'il s'était évadé de l'hôpital. Le personnel ne s'en apercevrait pas tout de suite. Quand on signalerait son absence, on commencerait par fouiller l'hôpital, il s'ensuivrait une certaine confusion et, alors seulement, on avertirait la police de Toledo. Keith prévoyait qu'il s'écoulerait un certain temps avant que la police de Toledo soit mise au courant et encore un nouveau laps de temps avant que quelqu'un pense à prévenir la police de Spencerville, qui n'était pas réputée pour la rapidité de ses réactions. Cela dit, le premier endroit où on viendrait le chercher était précisément celui où il se trouvait en ce moment. Il remonta dans le minibus.

Chuck sauta sur le siège du conducteur.

— Où va-t-on ?

— À Spencerville.

36

Ils arrivèrent à Spencerville et, bientôt, Chuck remarqua :

— Hé, voilà le commissariat. Quelle coïncidence, vous ne trouvez pas ? C'est vrai, vous traversez tout le pays depuis New York pour vous retrouver juste à l'endroit où a eu lieu l'enlèvement. Jolie petite ville. Où est le cabinet de votre avocat ?

— Dans son autre maison. Tournez ici.

Keith orienta Chuck vers le nord de la ville. Quelques minutes plus tard, ils descendaient Williams Street. Keith ne pensait pas vraiment qu'Annie et Cliff Baxter seraient chez eux, à tenter d'aplanir leurs différends. Ils s'étaient certainement retirés, loin du monde et de Williams Street. Quand le minibus passa devant la maison, Keith aperçut la Lincoln blanche dans l'allée, mais aucun signe de présence dans la maison ni de surveillance aux alentours. Il dit à Chuck :

— Arrêtez-vous là.

Chuck se rangea le long du trottoir.

Peut-être la police de Spencerville savait-elle maintenant que Keith Landry s'était échappé de l'hôpital. Dans ce cas, on supposerait peut-être que son premier réflexe serait de quitter l'État. Mais, à bien y réfléchir, on pourrait imaginer qu'il reviendrait à Spencerville, même si cela ne paraissait pas une fameuse idée. Quoi qu'il en soit, la police serait plus ou moins en état d'alerte et enverrait une patrouille du côté de la ferme. Mais il y avait deux endroits où on ne penserait pas à le chercher : le commissariat et le domicile des Baxter.

Keith descendit du véhicule en annonçant :

— Je reviens dans une dizaine de minutes.

Il prit sa mallette et se dirigea vers la maison des Baxter. Le froid matinal avait chassé les gens des vérandas. La rue elle-même était déserte. Il remonta l'allée et contourna la maison. Si jamais quelqu'un l'observait d'une fenêtre, le costume bleu et la mallette délivreraient un message de respectabilité et rassureraient sur ses intentions.

Il y avait un chenil au fond de la cour, mais aucun chien en vue.

Keith gravit le perron derrière la maison, ouvrit la cloison grillagée et manipula la poignée de la porte. Elle était fermée à clé. Il scruta les jardins adjacents, les fenêtres des maisons voisines, sans voir personne derrière les haies. Alors, maintenant le volet d'une jambe, il envoya le coin de sa mallette contre le carreau, glissa la main à l'intérieur et déverrouilla la porte. Il se faufila vivement à l'intérieur, en la refermant derrière lui.

Il observa la cuisine, dont l'ordre et la propreté le frappèrent. Il ouvrit le réfrigérateur; il était presque vide, ce qui n'était sans doute pas habituel. Apparemment, les Baxter étaient partis et ne reviendraient pas avant un moment.

Il écarta la porte du sous-sol et descendit. Arrivé dans le cabinet de travail, il alluma la lumière. Sur les murs, des têtes d'animaux entouraient un râtelier à fusils qui pouvait recevoir une douzaine d'armes. Il était vide.

Il remonta, traversa le salon et la salle à manger, en s'émerveillant une fois de plus de l'ordre et de la propreté qui y régnaient. Dans l'entrée, il inspecta le vestiaire, qui ne contenait qu'un imperméable d'homme et un pardessus d'uniforme de la police, ainsi que deux manteaux de femme. Toutes les vestes et pardessus ordinaires avaient disparu.

Keith grimpa au premier, passa devant une chambre de garçon, puis une chambre de fille, et enfin devant une pièce qui servait de bureau. Il y entra, fouilla un peu partout, empocha quelques cartes de visite et ressortit. Il déboucha enfin dans la chambre parentale, dont il ouvrit les deux placards. Là encore, il ne vit que des tenues habillées. Tous les vêtements décontractés qu'ils avaient pu contenir manquaient. Le placard de Cliff Baxter renfermait quatre uniformes de police bien repassés, deux d'hiver et deux d'été, avec tous les accessoires, chaussures, chapeaux et ceintures, qui les accompagnaient. Les tiroirs étaient béants et il n'y restait presque plus de sous-vêtements. Keith avait une bonne idée de l'endroit où ils avaient pu aller. D'après ce qu'ils avaient emporté, Baxter avait l'intention d'y séjourner un bon moment, sinon définitivement. Mais surtout, à en juger par les vêtements manquants, il avait l'intention de la garder en vie.

Keith pénétra dans la salle de bains. L'armoire de toilette était grande ouverte. Une serviette ensanglantée gisait dans le lavabo, lui-même éclaboussé de sang. Une boîte de gaze, une bande et un flacon de désinfectant étaient abandonnés sur la tablette. L'uniforme kaki de Baxter traînait par terre. Le pantalon était maculé de sang séché.

Un centimètre de plus à droite ou à gauche, se dit Keith, peut-être cinq millimètres de plus en profondeur, et il sectionnait l'artère fémorale. Mieux encore, s'ils étaient arrivés à l'aéroport de Toledo une heure plus tôt, ils seraient à Washington à l'heure qu'il est. Et s'il n'avait pas suivi Adair à Washington jeudi, Annie et lui se prélasseraient maintenant à Rome. Si, si... Cela ne servait à rien de s'appesantir; l'important, c'était qu'Annie et lui fussent en vie et que le destin leur offrît encore une chance d'être réunis.

Il ramassa le pantalon ensanglanté de Baxter et retourna dans la chambre. Comme le reste de la maison, elle arborait un style campagnard — mobilier de chêne, tapis de laine, rideaux de chintz et fleurs séchées. Il admirait le soin que, malgré son mariage malheureux ou peut-être à cause de lui, Annie avait apporté à sa maison, aux petits détails, pour lui donner chaleur et confort. Elle avait dû y mettre comme un point d'honneur, pour offrir à ses enfants, ainsi qu'à ses amis et à sa famille, l'apparence d'un environnement normal, mais aussi parce qu'elle aspirait à une existence et à une vie conjugale ressemblant à l'image de paix et d'affection, au décor d'un foyer harmonieux qu'elle avait tenté de créer.

Keith en fut attristé et troublé.

Sa présence en ces lieux n'était pas vraiment nécessaire, et les renseignements qu'il pourrait glaner ne valaient pas le risque encouru. Mais il fallait qu'il vienne, qu'il joue les voyeurs et pénètre dans l'intimité de Cliff et d'Annie Baxter, les deux personnes qui, plus que toute autre, avaient profondément changé et orienté sa vie.

Cliff, qui, quand il était collégien, n'avait jamais été invité chez les Landry, s'était récemment introduit chez lui par effraction, et cette violation de domicile semblait à Keith pire encore que l'incendie qu'il avait allumé, ou son comportement au motel. Keith n'avait nullement l'intention de mettre le feu à la maison des Baxter, parce qu'elle contenait trop de choses appartenant à Annie ou à ses enfants. Mais il éprouvait le besoin de laisser derrière lui une preuve de son passage, une marque de mépris, même si Cliff Baxter ne devait pas la voir, car il avait décidé que Cliff Baxter ne reviendrait jamais dans cette maison. Il voulait pourtant faire quelque chose, pour lui-même et pour le principe.

Keith contemplait son œuvre dans le salon. Dans le fauteuil à haut dossier trônait l'uniforme sanglant de Baxter, bourré de serviettes et de linge et surmonté d'une tête de loup empaillée, fichée dans le col de la chemise.

Keith était convaincu qu'il n'était pas fou, que le coup qu'il avait reçu sur le crâne n'avait pas ébranlé sa raison. Mais il n'était certainement plus le même homme depuis que Baxter avait enfoncé la porte de la chambre du motel. Il considérait la tête de loup saillant de l'uniforme. Il resta un moment fasciné par l'éclat des dents blanches et le regard vitreux de l'animal. Il savait que, pour tuer cette chose, il devrait devenir comme elle. Son bon ange l'avait quitté, assurément, et la bête immonde reprenait possession de son âme.

— Vous avez trouvé ce que vous vouliez ?
— Oui.
— Alors, on va à Lima ?
— Encore deux ou trois démarches.
Keith le dirigea vers la zone commerciale et l'arrêta dans le parking d'un 7-Eleven. Il extirpa de sa poche soixante dollars qu'il tendit à Chuck.
— Voilà déjà.
— Mais non. Je sais que je peux compter sur vous.
Keith posa l'argent sur le tableau de bord.
— On ne sait jamais, Chuck. Allez donc manger quelque chose. Vous auriez de la petite monnaie ?
— Oh oui.
Il lui versa dans la main une pleine poignée de pièces. Keith alla s'enfermer dans une cabine téléphonique pendant que Chuck entrait dans le grand magasin. Keith prit une carte de visite dans sa poche et forma le numéro. Il ne sentait pas vraiment d'amélioration physique, mais, mentalement, il allait beaucoup mieux depuis qu'il avait la certitude qu'elle était vivante, même s'il préférait ne pas penser à ce qu'elle devait endurer.
— Allô ?
— Terry, c'est moi.
— Oh, mon Dieu, Keith ! Keith, où es-tu ?
— Sur la route. Où est Annie ?
— Je ne sais pas. Ils sont revenus à Spencerville. Elle m'a appelée pour m'avertir qu'ils partaient quelque temps ensemble pour parler. Elle a dit qu'ils allaient en Floride.
Keith savait qu'ils n'avaient pas mis dans leurs valises ce qu'on emporte pour un séjour en Floride.
— Quelle voix avait-elle ?
— Il n'y avait rien de vrai. Nom d'une pipe, il devait lui braquer une arme sur la tempe. Le salaud ! J'ai appelé la police de Chatham, mais ils m'ont dit qu'ils ne pouvaient agir sans preuve et m'ont conseillé de m'adresser à Spencerville...
— Je sais. Écoute, Terry, je vais la retrouver et la ramener. À ton avis, où sont-ils vraiment allés ?
— À Grey Lake.
— C'est ce que je crois aussi. T'a-t-elle donné un indice quelconque au téléphone ?

Après un silence, Terry répondit :

— Oui, elle a dit quelque chose... qu'ils passeraient par Atlanta en chemin et, ensuite, je me suis souvenue qu'Atlanta est la préfecture du comté de Montmorency, dans le Michigan, sur la route de Grey Lake. Je pense que c'est là qu'ils sont allés, mais j'ai essayé de téléphoner plusieurs fois et je suis toujours tombée sur le répondeur. Alors, je ne sais plus...

— D'accord. C'est là qu'ils sont.

— Larry veut y aller...

— Non. Baxter est armé et dangereux. Je vais demander à la police de là-bas de s'en occuper.

— La police ne fera rien, Keith. C'est sa femme. C'est ce qu'ils me disent tous.

— Je m'en charge.

— Que s'est-il passé ? Je vous croyais sur le point de prendre l'avion.

— C'est une longue histoire. En gros, nous en avons été empêchés par la police.

— Quelle guigne !

— Oui. Mais elle allait bien quand ils l'ont emmenée.

— Je ne pense pas qu'elle aille bien maintenant. Mon père harcèle la police d'État et il a pris un avocat, mais... Je n'arrive pas à croire que cet enfant de salaud peut simplement la séquestrer, comme ça...

— Quand t'a-t-elle appelée ?

— Lundi soir, vers 6 heures. Elle m'a dit qu'elle avait changé d'avis, qu'elle ne voulait plus s'en aller avec toi, qu'elle était chez elle avec Cliff, qu'ils avaient passé la journée ensemble, fait leurs valises, et s'apprêtaient à se rendre en Floride. Elle a ajouté qu'elle avait téléphoné à ses enfants pour leur dire que tout allait bien et qu'elle partait en vacances avec leur père. Mais j'ai appelé ses enfants après son coup de fil. D'après eux, ils n'avaient eu aucune nouvelle de leur mère ; c'est leur père qui avait téléphoné dans la matinée. Quand j'ai voulu rappeler Annie, la communication a abouti au commissariat ; je leur ai demandé ce qui se passait, ils m'ont répondu que tous les appels destinés aux Baxter leur étaient automatiquement retransmis... Mon père s'est rué au commissariat pour s'entendre dire que Cliff et Annie étaient en route pour la Floride. Ce n'est qu'un tissu de mensonges.

— Bon, fais-moi plaisir, tiens-toi tranquille à partir de maintenant et raconte à tout le monde la même histoire. Je ne veux pas qu'il se soit déguisé en fantôme quand j'arriverai là-bas. Compris ?

— Compris.

— À quoi ressemble le cabanon, Terry ?

— Oh, seigneur... je n'y suis pas allée très souvent... C'est un chalet en bois sombre, en forme de V renversé, construit un peu à l'écart du lac.

— De quel côté du lac ?

— Euh, voyons... côté nord. Oui, au nord du lac et on y accède par un chemin de terre étroit à travers bois.

— Bien. Dis bonjour à Larry pour moi. Je vous appellerai ce soir du Michigan.

— Promis ?

— Tu sais bien que je le ferai, Terry. Dis, je suis désolé...

— Non, ne t'excuse pas. Tu as fait de ton mieux. C'est le diable en personne, ce type-là.

— Je te rapporterai ses cornes et sa queue.

Elle essaya de rire.

— Oh, mon Dieu, je le tuerais de mes propres mains si je pouvais... Keith ?

— Oui ?

— Si elle perd l'espoir de te revoir, elle préférera mourir plutôt que rester avec lui. J'ai peur pour elle.

— Je lui ai juré que nous nous retrouverions. Elle sait que je tiendrai parole.

— Je prie pour que tu aies raison.

— À ce soir.

Il raccrocha, prit une autre carte dans sa poche et composa un numéro.

L'opérateur lui indiqua le prix de la communication ; il glissa les pièces dans la fente et entendit la sonnerie.

Un répondeur se déclencha. La voix de Cliff Baxter annonça :

— Vous êtes bien au cabanon du Grand Chef Cliff. Il n'y a personne. Si vous savez où mord le poisson et où se cache le cerf, laissez un message.

L'appareil fit entendre une tonalité. Keith hésita, puis raccrocha sagement.

Il dénicha au fond de sa poche une autre carte sur laquelle étaient notés les numéros d'appel des dix voitures de police de Spencerville et des bips des quinze officiers. Il essaya un numéro, raccrocha et attendit.

Dès que le téléphone sonna, il s'empara du combiné.

— Officier Schenley ?

— Qui est à l'appareil ?

Schenley appelait manifestement de son téléphone mobile.

— Keith Landry.

Il y eut un silence et Schenley demanda :

— Comment connaissez-vous mon numéro de bip ?

— Peu importe. Êtes-vous seul ?

— Ouais. En patrouille. C'est vous que je recherche, d'ailleurs.

— Eh bien, me voici.

— Où êtes-vous ?

— C'est moi qui pose les questions. Avez-vous une amie au conseil municipal ?

Un nouveau silence suivit. Puis Schenley répondit :

— Peut-être.

— C'est aussi mon amie.

— Je sais.

— J'ai besoin d'aide.

— Ça, c'est certain. Je suis même étonné que vous soyez en vie.

— Voulez-vous m'aider ?

— Attendez. Je me gare.

Une minute plus tard, il reprenait :

— Écoutez, Landry, nous avons un mandat d'arrêt contre vous.

— Motif ?

— Oh, divers. Rien que des foutaises. Visé par le juge Thornby qui est prêt à signer tous les papiers que Baxter lui fourre sous le nez. Mais il n'y a pas de mandat national pour enlèvement. D'autre part, nous venons de recevoir un avis : la police d'État vous recherche comme témoin.

— Témoin de quoi ?

— Vous savez parfaitement. De ce qui est arrivé dans le motel.

— Vous y étiez ?

— Non. Baxter ne m'emmène pas dans ce genre d'opération. D'ailleurs, je n'irais pas. Mais j'étais de permanence, cette nuit-là. (Il ajouta :) Ce que j'ai vu ne m'a pas plu.

— Qu'avez-vous vu ?

— Merde, je suis flic, Landry, et vous êtes en cavale...

— Est-ce que vous dormez bien la nuit ?

— Non.

— Schenley, vous êtes conscient que Baxter a enfreint la loi et que, quand ça se saura, tout son monde tombera avec lui. Il se fiche de ce qui peut vous arriver, à vous et aux autres.

— Vous prêchez un converti.

— Dans quel état d'esprit sont les hommes ?

— Ils ont peur. Mais ils sont contents qu'il ne soit pas là.

— Il appelle de temps en temps ?

— Peut-être. Dans ce cas, il ne parle qu'à Blake.

Les deux hommes se turent pendant un long moment et, soudain, Schenley se décida :

— Bon, vers 2 heures du matin lundi, j'assurais la permanence. Baxter arrive de Toledo avec les trois hommes qu'il avait emmenés avec lui... Pas de noms, d'accord ? Il a avec lui... elle. Il la pousse dans le commissariat, les menottes aux mains, vous vous rendez compte ? Et il l'enferme dans une cellule. Il a du sang plein son pantalon, toute la jambe gauche, et il boite. Il a mal, visiblement. Il a aussi l'œil droit en sang, comme si on avait voulu le lui arracher, ou le lui crever, et il jure comme un charretier. Alors, il repart avec un de ses hommes, en laissant les deux autres sur place. L'un d'eux me dit que vous avez essayé de poignarder le chef dans les couilles. Une heure plus tard, Baxter revient dans sa Bronco, en civil cette fois. Il vient la chercher et l'emmène sans lui enlever ses menottes. J'ai vu la Bronco. Elle était bourrée de vêtements et de tout un tas de choses. Les trois chiens de Baxter étaient entassés dans le coffre.

— Où sont-ils allés ?

— Je ne sais pas. J'ai entendu parler de la Floride, mais je l'ai vu tourner dans Chestnut Street et je me souviens de m'être demandé pourquoi il ne prenait pas la direction de l'autoroute.

— Parce qu'il est d'abord passé chez moi.

— Ouais... je sais. Je suis désolé.

— Est-ce qu'on est allé questionner les Porter à mon sujet ?

— Ouais. Ward y est. Les Porter ne sont pas chez eux. Mais Ward patrouille dans le coin régulièrement.

— Combien d'hommes par voiture ?

— Un. Nous avons un grand territoire à couvrir. On pense que vous allez revenir par ici. On a mis tous les shérifs honoraires dans le coup et on a même fait appel à la police montée. On n'a pas vu un tel déploiement de forces depuis cinq ans, quand un gamin avait disparu. Il doit y avoir une vingtaine de shérifs honoraires qui sillonnent les routes dans leur voiture particulière et autant de membres de la police montée. Si vous n'êtes pas dans le comté de Spencer, n'y venez pas.

— Merci. Je m'en garderai bien. (Keith demanda :) Comment allait-elle ?

Schenley ne répondit pas immédiatement.

— Aussi bien que possible. Elle avait un bleu au visage... Vous savez, quand elle était dans sa cellule, j'aurais voulu lui parler, mais les deux autres montaient la garde. Je ne me suis jamais senti aussi mal de ma vie. Elle était assise, immobile, elle ne pleurait pas, ne criait pas, comme si elle était au-dessus de tout ça — très digne — et quand elle nous regardait, les deux autres et moi, il n'y avait aucune... euh, aucune haine, ni rien, comme si... comme si elle nous plaignait, nous !

— Bon... merci. Je n'oublierai pas votre coup de main, si jamais les tribunaux s'en mêlent.

— Merci, Landry. Quelle histoire ! Je ne comprends pas comment ces trois-là, que je croyais connaître, ont pu en arriver là.

— Quand nous l'aurons compris, nous aurons résolu tous les problèmes du monde. (Il confia :) Je glisserai un mot en votre faveur au révérend Wilkes.

Schenley s'esclaffa.

— Hé, pour votre information, Baxter avait placé un émetteur sur votre Blazer.

« Ah, le fumier. » Il demanda encore à Schenley :

— De quelle couleur est sa Bronco ?

— Noire.

Il lui indiqua le numéro d'immatriculation et ajouta :

— Laissez tomber, Landry. Restez aussi loin que possible de Spencerville. On vous recherche et Baxter n'y est plus.

— Ouais, mais je vais peut-être aller faire un petit tour en Floride, moi aussi.

— Il vous tuera la prochaine fois. Les autres ont dit qu'ils avaient dû le retenir pour qu'il ne vous massacre pas.

— Merci encore.

Keith raccrocha et regagna le minibus, où Chuck dévorait des beignets, arrosés d'un immense verre de Coca.

— Il y a d'autres beignets, là, proposa Chuck.

— Merci. Virez à gauche.

— À vos ordres.

Chuck quitta le parking et tourna à gauche dans l'avenue de la zone commerciale. Il remarqua :

— Ce n'est pas la route de Lima.

— Non. Vous tournerez encore à gauche au feu.

— Bien, bien. Je ne voudrais pas me mêler de ce qui ne me regarde pas, John, mais j'ai comme l'impression que quelque chose vous chipote.

— Non, tout va bien, Chuck. En réalité, ce dernier coup de fil m'a redonné foi dans l'espèce humaine.

— Ah bon ? Désolé, j'ai dû manquer un épisode.

— Eh bien, ne manquez pas votre virage.

Ils s'enfoncèrent dans la campagne, cap au sud.

Keith repensait à ce que lui avaient dit Schenley et Terry. Si la chronologie de Schenley était la bonne, ce qui était sans doute le cas, le coup de téléphone passé par Annie à Terry lundi matin ne provenait pas de Spencerville. Si Baxter avait quitté Spencerville vers 3 heures du matin, il avait dû arriver à Grey Lake vers 9 ou 10 heures, en comptant le détour par la ferme Landry pour la réduire en cendres. Baxter avait appelé ses enfants dans la matinée, puis, beaucoup plus tard, ordonné à Annie de téléphoner à sa sœur, lorsqu'il s'était rendu compte probablement de la nécessité de confirmer à un membre au moins de sa famille les nouvelles annonçant que les Baxter, à nouveau réunis, s'étaient retirés au calme. Et puis il fallait donner du poids à l'histoire des vacances en Floride. Baxter n'était pas seulement pervers, constatait Keith, mais malin. Un cocktail dangereux.

Keith n'avait pas la moindre idée de ce qui se tramait à Grey Lake, mais ce n'était pas une réconciliation. Annie lui avait affirmé qu'elle savait y faire avec Cliff. Il essayait de se rassurer à cette pensée, mais à vrai dire, après le spectacle auquel avait assisté Baxter — sa femme nue dans un lit avec un autre homme —, Keith était prêt à parier qu'il avait craqué. S'il avait gardé un tant soit peu de raison, il n'aurait pas enlevé sa femme en laissant une telle chienlit derrière lui ; il serait resté pour préserver sa carrière, son pouvoir, sa réputation. De toute évidence, il se savait fini et, du même coup, tout l'ascendant social qu'il avait jusqu'à maintenant réussi à entretenir se réduisait à néant.

Il ne la tuerait pas. Non, mais il lui ferait regretter d'être en vie.

À la demande de Keith, Chuck emprunta une grande route à un croisement et continua de se conformer aux indications de son passager.

— Comment se fait-il que vous connaissiez si bien cette région ? s'étonna Chuck.

— Je suis né ici.

— Vous m'en direz tant ! Alors, vous êtes un Buckeye ! Serrons-nous la pince, John.

Keith se sentit obligé de sceller leur camaraderie d'une vigoureuse poignée de main.

Quelques minutes plus tard, ils arrivaient en vue de la maison des Porter. En promenant ses regards sur les alentours, Keith ne remarqua aucune voiture de police, ni d'ailleurs aucun véhicule, pas même celui des Porter dans leur cour.

— Entrons là, dit-il à Chuck, qui obéit. Voilà, je suis arrivé, déclara Keith.

— Nous ne sommes pas à Lima.

— En effet. Voici vos soixante dollars, plus une rallonge de vingt. À bientôt, à Toledo.

— Hé, merci.

Keith ouvrit sa portière et descendit.

— J'adore ce minibus.

— Pas mal, hein ?

Keith se faufila vivement derrière la maison. Il n'y avait personne dans le potager. Pourtant, la porte du fond n'était pas verrouillée. Il entra. Il appela, sans obtenir de réponse. Il posa sa mallette sur la table, ferma la porte à clé, puis alla pousser les verrous de la porte d'entrée.

De retour dans la cuisine, il examina le contenu du réfrigérateur et y préleva un muffin et une bouteille de jus d'orange qu'il avala, en buvant directement au goulot. Quand il eut fini, il sentit son estomac se soulever, mais parvint à contenir la nausée qui menaçait. Il n'était décidément pas en grande forme. Il ne fonctionnait qu'à coups d'adrénaline, puisant son énergie à la source de sa haine.

Il ne savait pas où étaient les Porter ni quand ils reviendraient, mais, à vrai dire, il se réjouissait de leur absence.

Tôt ou tard, les policiers de Spencerville, le shérif, les gardes à cheval ou les adjoints finiraient par débarquer et il devrait fuir à nouveau. Il était à près de cinq cents kilomètres du nord du Michigan et il lui fallait un fusil, une voiture, des vêtements adaptés et quelques-uns des accessoires nécessaires au jeu de massacre.

Au moment où il gagnait l'entrée et posait le pied sur la première marche de l'escalier, un coup se fit entendre à la porte.

Keith se glissa sans bruit dans le salon pour regarder par la fenêtre. Une voiture de la police de Spencerville stationnait dans la cour.

La voiture était vide, la question se posait donc en ces termes : combien de flics encerclaient la maison ? Schenley avait dit qu'ils n'étaient qu'un par voiture. Un nouveau coup retentit, plus insistant.

Keith n'était pas tenu d'y répondre et cependant, si c'était l'un des hommes qui accompagnaient Baxter lors de sa descente au motel, Keith serait ravi de le saluer à sa façon et de lui emprunter son automobile et l'arme qui s'y trouvait.

En jetant un regard de côté, il aperçut Kevin Ward, les pouces fichés dans son ceinturon, l'air vaguement inquiet.

Keith alla ouvrir la porte d'entrée.

— Bonjour.

Ward n'eut pas le temps de réagir que Keith lui déchargeait son poing dans l'aine et le tirait à l'intérieur, plié en deux. Après quoi, repoussant la porte du pied, il lui assena un coup violent sur la nuque du revers de la main. Ward s'écroula, à demi inconscient.

Keith lui prit ses menottes, en referma une sur son poignet droit et fixa l'autre au radiateur. Puis il déboucla son ceinturon et le lui arracha.

Ward revenait à lui. Keith lui dit :

— Vous me cherchiez ?

Ward était allongé sur le flanc. Il lui fallut quelques secondes pour comprendre qu'il était attaché au radiateur. Il leva sur Keith un regard foudroyant :

— Espèce de...

Keith lui retira son pistolet de service, le braqua sur sa tempe et l'arma.

— Où est ton patron ?

— Je t'emmerde.

Keith tira dans le plancher, à deux doigts de son visage, l'envoyant léviter, au sens propre du terme.

Ward hurla :

— En Floride ! Il est en Floride !

— Où en Floride ?

— Je ne sais...

Keith tira à nouveau dans le plancher, tout près de sa tête. Ward rebondit et s'écria :

— Arrêtez ! Il est allé... Je crois qu'il est allé à Daytona. Ouais, à Daytona.

— Où à Daytona ?

— Je... Il ne l'a pas dit.

— OK. Elle est avec lui ?

— Ouais.

— Tu t'es bien amusé au motel ?

— Non.

— Tu avais pourtant l'air de bien t'amuser.

— J'étais mort de trouille.

— Pas autant que maintenant.

— Non. Vous savez, Landry, je me contente d'obéir aux ordres.

— Chaque fois que j'entends ça, j'ai envie de zigouiller celui qui le dit.

— Laissez-moi tranquille. Vous m'avez eu. Je vous ai

dit ce que je savais. Pour ce que j'en ai à faire, vous pouvez aller à Daytona tuer cet enfant de salaud si ça vous chante. Je le hais.

— Il ne t'a pas non plus à la bonne depuis que tu as vu sa femme à poil. Tu n'as plus qu'à espérer que je le descende, sinon tu risques d'avoir des problèmes.

Keith empocha le pistolet et s'élança dans l'escalier, laissant Ward à sa méditation. Avec un peu de chance, Ward savait que Baxter était à Grey Lake et il l'appellerait à la première occasion pour lui dire qu'il avait été un bon petit soldat en envoyant Landry en Floride. Cela n'avait pas grande importance en fait, mais il ne fallait jamais se priver d'une possibilité de bourrer le mou à l'adversaire.

Keith déboucha dans la chambre principale, qui brillait par son aspect très habité, jonchée qu'elle était de vêtements autour du lit en bataille, et sans un objet à sa place. Il s'aplatit à terre et tendit le bras sous le lit, en espérant que Gail l'avait pris au mot et y avait rangé le fusil. Mais il ne trouva rien. Il inspecta la chambre. À vrai dire, le fusil pouvait bien s'y dissimuler, il n'avait aucune chance de le voir dans tout ce désordre. Il contourna le lit pour regarder en dessous, mais, à part le sommier, il n'y avait rien qui ressemblât au treillis d'une boîte à fusil.

Une voix s'éleva soudain :

— C'est ça que tu cherches ?

Keith se redressa pour apercevoir le canon du M-16 reposant sur le bord du matelas. Il se leva.

— Bonjour, Charlie.

Charlie Adair laissa tomber le fusil sur le lit.

— Tu m'as l'air en piteux état.

— Merci. Toi de même.

— T'ai-je entendu agresser et injurier un représentant de l'ordre, en bas ?

— Je l'ai trouvé comme il était.

— C'était très futé de ta part de lui soutirer son histoire de Floride, alors que tu sais très bien où ils sont allés. Tu es très bon sur le terrain. J'ai toujours pensé que c'était du gâchis de t'asseoir derrière un bureau.

— Je me suis tué à le dire.

Keith se demandait bien comment Charlie pouvait savoir que Cliff et Annie n'étaient pas partis pour la Floride. Il ignorait d'ailleurs comment il avait abouti chez les Porter.

Adair jeta un regard autour de la pièce.

— Quand on a des amis comme ça, on n'a pas besoin d'élever des porcs.

— Ce sont des gens très bien.

— Des gauchistes.

— Ne va pas fouiner dans la vie de mes amis, Charlie. Je n'aime pas ça.

— C'est typiquement le genre d'amis sur lesquels je dois me renseigner.

— Non, ce n'est pas nécessaire.

— C'est vrai, ils sont très sympathiques.

— Comment es-tu arrivé jusqu'à eux ? Puis-je te le demander, d'ailleurs ?

— Non. C'est toi qui vas me le dire.

Keith réfléchit.

— Les appels téléphoniques.

— Gagné ! Tu ne t'es pas beaucoup servi de ton téléphone depuis que tu es ici, alors cela n'a pas été très difficile. Il n'y a pas de quoi me féliciter.

— Je n'en ai pas l'intention. Où sont les Porter ?

— Ils font des courses. Dis donc, je n'avais jamais vu un gus en costume de chez Armani sortir d'un minibus fluo. Qui était ce type ?

— Chuck. De l'aéroport de Toledo.

— Ah ! Bien. Il va revenir ?

— Non.

— Tu n'as donc pas de moyen de transport.

— Si. J'ai un véhicule de la police. Et toi ? Comment es-tu venu ?

— Je n'ai eu qu'à claquer des talons et me voici.

— Charlie... j'ai déjà la migraine. Qu'est-ce que je peux faire pour toi ?

— La question n'est pas là, Keith. Ne me demande pas ce que tu peux faire pour ton pays, mais ce que ton pays peut faire pour toi.

— Ce n'est pas dans ce sens-là que ça marche.

— Malheureusement, Keith, c'est ainsi que vont les choses à Washington, le nombril du monde. Ton pays vient à ta rescousse.

— Sans contrepartie ?

— Je n'ai pas dit ça.

— Je n'ai pas vraiment de temps à perdre.

— Le peu de temps que tu me consacreras maintenant t'en fera gagner beaucoup par la suite. Dis donc, nous pourrions peut-être aller parler ailleurs que dans cette porcherie. Je crois avoir aperçu un endroit propre au rez-de-chaussée.

Keith prit le fusil sur le lit et, l'étui et le ceinturon de Ward en bandoulière, suivit Charlie dans le couloir, où ce dernier récupéra la lunette et les munitions. C'était bien le style de Charlie d'apparaître comme par enchantement en brandissant un fusil. Toujours théâtral, drame ou comédie selon les cas, jusqu'au jour inévitable où la tragédie s'en mêlerait.

Ils descendirent dans l'entrée. Charlie s'approcha de Kevin Ward, toujours affalé sur le sol, et lui tendit la main.

— Salut, je suis Barry Brown, de chez Amway.

Keith réprima un rire en voyant Ward lever sa main gauche pour serrer celle de Charlie.

Charlie reprit :

— J'ai un produit miracle pour remettre cet uniforme à neuf. Je reviens. Ne bougez pas.

Keith lui emboîta le pas pour le rejoindre dans la cuisine. Charlie rinça deux verres dans l'évier en disant à Keith :

— Il y a du jus de tomate dans le réfrigérateur.

Keith alla le chercher et servit deux verres. Charlie trinqua en déclarant :

— Content de te voir en vie.

— Content d'être en vie, mais pas de te voir.

— Mais si, mais si.

Ils burent. Charlie fit claquer ses lèvres.

— Pas mauvais. Ça manque de vodka. Mais l'alcool ne serait peut-être pas bon pour toi. Tu as vraiment une sale mine. J'imagine que le chef Baxter t'a fait des misères.

Keith ne répondit pas.

— Sortons pour parler tranquillement.

Charlie s'installa dans un fauteuil de jardin derrière la maison, face au potager.

— Superbe.

Keith resta debout.

— Charlie, je suis à la bourre.

— Bon. D'accord, je vais être clair. Voici ce que je sais. D'après ce que j'ai pu glaner, tu es arrivé de Washington samedi, tu as manqué ton rendez-vous avec Mme Baxter, mais, dimanche soir, vous partiez ensemble. Vers 9 heures du soir, toutes les polices de l'Ohio vous recherchaient pour l'enlèvement ; curieusement, le FBI n'a pas été informé de cette affaire. Ensuite, nous avons appris par la police de l'Ohio qu'on t'avait retrouvé nu et passablement esquinté dans une sorte de baisodrome, non loin de l'aéroport de Toledo, sans Mme Baxter. Tu avais été admis, légèrement commotionné, au Lucas County Hospital, etc., etc. M. et Mme Baxter, à nouveau réunis, vivaient une seconde lune de miel en Floride. J'ai donc sauté dans un avion pour Toledo, lundi matin, pour aller te rendre une petite visite, mais tu étais encore dans le coltar. J'ai chargé un gars du FBI de veiller sur toi, pour que M. Baxter ne revienne pas te délester de tes roubignoles qui, m'a-t-on affirmé, sont intactes. Et puis je suis venu à Spencerville jouer à l'espion, comme au bon vieux temps. Le lundi soir, je m'initiais à la terrine de fèves chez les Porter et nous sommes devenus les meilleurs potes du monde, malgré nos divergences d'opinion. (Il posa sur Keith un regard grave.) Je suis passé chez toi, naturellement. Désolé.

— Je m'en remettrai.

— Je ne le crois pas. Tu veux donc le retrouver, le tuer et la ramener.

Keith se taisait. Charlie reprit :

— Je loge au motel pépère du coin. Ce matin, je reçois un coup de téléphone du type du FBI que j'avais posté à l'hôpital. Il m'annonce, tout chamboulé, que tu lui as filé sous le nez. J'étais très impressionné. Pas par le type du FBI, évidemment. Quand je t'avais vu samedi matin, tu n'avais vraiment pas l'air en état de t'attirer des ennuis. J'ai donc envoyé un officier fédéral mener sa petite enquête chez la sœur, dans son bled paumé, j'ai fait mettre quelques téléphones sur écoute, grâce à la bonne volonté d'un juge de Toledo, et j'ai rappliqué chez les Porter, en espérant que tu t'y pointerais. Entre-temps, je me suis procuré un acte d'*habeas corpus* pour le cas où les flics locaux te mettraient le grappin dessus. Il est là, dans ma poche. Je n'ai plus qu'à remplir les blancs. C'est pas merveilleux ? Tu vois, je fais ce que je veux. Mais cette fois, mon vieux, je suis du côté des anges, donc les petits abus de pouvoir sont pardonnables. (Il ajouta :) Nous ne pouvons compter que sur nous-mêmes, Keith. Il en a toujours été ainsi.

— Je sais.

— Je suis ici pour t'aider.

— Je te crois, Charlie. Mais je ne pense pas avoir besoin de ton aide.

— Tu te trompes. Tu as besoin d'une voiture, de vêtements et d'un bon équipement de chasse.

— Et pourquoi aurais-je besoin de tout ça?

— Pour aller dans le Michigan. C'est bien ce que tu as dit à Terry au téléphone ?

Keith agita la tête.

— Comme enquiquineur, tu te poses là. Écoute, je ne vais pas vendre mon âme pour une paire de bottes. Je peux me débrouiller tout seul.

— Laisse-moi t'exposer la situation. Tu as un poulet au frais dans l'entrée, pas de voiture, extrêmement peu d'amis, pas un rond, tous les flics du quartier à tes trousses, tu te balades en costume de soie et chaussures de ville, tu tiens à peine debout et ta seule arme, en dehors de la pétoire du ci-devant poulet, est ce M-16 qui ne t'appartient pas, étant la propriété de l'Oncle Sam, ce qui m'autorise à le confisquer.

— Je n'essaierais pas, si j'étais toi.

Charlie sortit de sa poche un paquet de cigarettes.

— Les Porter me permettent de fumer ici. Eux, ils fument de l'herbe. (Il alluma une cigarette.) N'est-ce pas exaltant de se savoir membre d'une vaste organisation toute-puissante ?

— À toi de le dire. Tu as besoin de ça pour te sentir quelqu'un ?

— En vérité, oui. Toi aussi.

— Faux. Dis, je croyais que tu étais de mon côté. Tu te souviens ? Les dragons peints sur mon écu et les rats dans le grenier ?

— C'était vendredi. Aujourd'hui, nous sommes jeudi et tu es à nouveau vulnérable.

— Encore faux. Ma quête est pure, Charlie. J'ai une fois de plus revêtu mon armure de chevalier pour sauver la demoiselle en détresse des griffes du monstre. C'est une juste cause et les chevaliers agissent toujours seuls. Au diable le roi et sa cour. Toi compris.

Charlie resta un instant songeur avant de répondre :

— OK. J'ai compris. Je n'exige aucune contrepartie, mais je ne vais pas laisser sir Keith se lancer dans la bataille sans les instruments dont il a besoin. Je te fournis ce qu'il te faut pour mener à bien ta mission, tu vas dans le Michigan régler son compte au gaillard, ensuite tu rappliques... disons à Detroit. Au Marriott, dans le centre-ville. Je te réserverai une chambre. Si tu n'as pas reparu demain à cette heure-ci, j'en conclurai que les choses n'ont pas marché comme tu le voulais. Si tu resurgis, nous fêterons ton succès, toi, Mme Baxter et moi. Sans contrepartie.

Keith demeura silencieux.

Charlie poursuivit :

— J'ai dit à Washington que tu avais une affaire personnelle à régler. Tout ce qu'on te demande, c'est une réponse, affirmative ou négative, vendredi au plus tard. Ça te donne le temps de réfléchir, si tu es encore en vie demain. Si tu y laisses ta peau, j'expliquerai que tu es définitivement empêché. Quoi qu'il en soit, dès que tu auras franchi cette porte, tu ne pourras plus compter que sur toi-même. Comme dans le bon vieux temps, quand je te faisais mes adieux dans un aéroport ou à un passage de frontière plus ou moins glauque. Mais je veux être sûr de t'avoir donné le plus de chances possibles avant ton départ. Comme autrefois, Keith. Laisse-moi faire ça pour toi.

— Pourquoi ?

— Je t'aime bien. Et je n'aime pas le chef Baxter. Sa manière d'agir me révolte. Et je veux ton bonheur. Un homme heureux prend d'heureuses décisions.

Keith prit encore le parti de se taire.

— Pense au moins aux Porter. Ils se retrouvent avec un flic dans leur entrée. Je vais m'en occuper, pour eux et pour toi.

— Je m'en charge. Où sont les Porter, Charlie ?
— Ils font des courses.
— Mais où ?
— À Antioch. Je les ai expédiés là-bas. Ils m'ont décrit les réglementations régissant le comportement sexuel à Antioch. J'ai failli m'étrangler de rire. Mais ce n'est pas drôle. (Il reprit son sérieux.) Je les aime bien. Ils m'ont promis de voter républicain la prochaine fois. Encore un peu de jus ? Je vais le chercher.
— Non. Il est temps que tu files.
— D'accord.

Charlie posa son verre à terre et se leva. Il prit une enveloppe dans sa poche.
— Mille dollars pour toi.
— Je ne veux pas de l'argent de l'Oncle Sam.
— C'est mon argent. Personnel à moi.
— Ce n'est pas vrai.
— Alors, c'est une avance sur ta retraite.
— Garde-la.

Charlie rempocha son enveloppe en haussant les épaules.
— L'autosuffisance et les grands sentiments chevaleresques sont morts, Keith.
— Pardonne-moi si j'ai l'air prétentieux, mais, tant que je suis en vie, ils ne sont pas morts.
— Alors, ils le seront demain matin. Bon, j'aurai essayé. Bonne chance, mon ami.

Ils se serrèrent la main et Charlie Adair s'éloigna, traversa la cour et le jardin potager et disparut dans le champ de maïs, comme un farfadet qui s'évapore dans la nature. C'était d'ailleurs l'effet recherché, Keith n'en doutait pas. Keith savait apprécier le style, mais Charlie en faisait parfois un peu trop.

Keith garda les yeux sur le champ de maïs, qu'il vit bientôt onduler et se coucher pour livrer passage à la Ford Taurus grise de Charlie Adair.

Il écrasa un parterre de fleurs et roula sur la pelouse, avant de s'arrêter à proximité de Keith.
— Je suis au Maple Motel.
— Excellent choix.
— Pas le choix, surtout. Dis, ce doit être une sacrée bonne femme.

— En effet.
— Aussi fantastique que Trucmuche de Georgetown ?
— Je ne me souviens pas de Trucmuche de Georgetown.
— Si elle est tellement extraordinaire, tu lui dois peut-être plus de chances de s'en tirer que tu ne lui en offres.
— Je dois me débrouiller sans ton aide et sans l'aide de l'Oncle Sam. Keith doit apprendre à résoudre ses problèmes tout seul.
— Comme tu voudras. (Charlie commenta :) Si ce foutu problème existe, c'est bien ta faute.
Keith ne releva pas.
Charlie insista :
— Enfin, quoi, Keith, un type comme toi, qui a réussi à passer en douce la frontière d'Allemagne de l'Est une bonne douzaine de fois, n'est même pas capable de foutre le camp de l'Ohio. Seigneur Jésus !
— Ne me provoque pas. Je ne suis pas d'humeur.
— Tu n'as rien à prouver. Tu as merdé et maintenant tu as besoin d'aide. Il n'y a pas de quoi en faire un fromage. Le problème avec toi, c'est que tu as un ego qui prend trop de place. Tu n'as jamais su travailler en équipe. Je suis étonné que tu n'aies pas été tué ou viré plus tôt. Tu as trompé la mort dans le monde entier pendant trop longtemps. Ce serait trop bête de te faire refroidir ici.
— Je te remercie de ta sollicitude.
— Va te faire voir.
Charlie enfonça l'accélérateur et s'élança dans l'allée, puis sur la route.
Keith avait la très nette impression qu'il n'en avait pas fini avec Charlie Adair.

37

Au volant de la voiture bleu et blanc de la police, Keith parcourait un chemin de ferme à peine assez large pour permettre à deux véhicules de se croiser. Il filait droit, en terrain plat, enserré entre deux murs de maïs tellement élevés qu'il avait l'impression de circuler au fond d'une tranchée.

Keith avait revêtu la chemise et le chapeau de Ward, mais il n'avait pas encore rencontré de véhicules de la police depuis qu'il avait quitté la maison des Porter. Il se méfiait néanmoins des shérifs adjoints patrouillant dans leur voiture personnelle ; cependant, il n'avait aperçu aucun conducteur en uniforme ni aucun garde à cheval. Le comté de Spencer recouvrait une vaste superficie de près de cent cinquante-cinq hectares, et la ferme Cowley n'était qu'à seize kilomètres de chez les Porter. Avec un peu de chance, il y parviendrait sans encombre. Il ne savait pas ce qu'il y trouverait.

Keith avait convaincu l'officier Ward de contacter le commissariat par radio pour faire son rapport. Le sergent Blake lui avait passé un savon pour avoir si longtemps déserté son véhicule. Lorsqu'il avait essuyé ces remontrances avec son arme de service braqué sur la tempe, les mains liées derrière le dos et le ventre endolori, Ward n'était pas le plus heureux des hommes. Il l'était encore moins depuis qu'il rebondissait dans le coffre au rythme des cahots. Mais il l'avait cherché. Ce n'était d'ailleurs que le début de ses malheurs et le cadet des soucis de Keith.

Le chemin aboutissait à la Route 8, dans laquelle Keith tourna.

Aux abords de la ferme Cowley, il vit cinq cavaliers armés de fusils et escortés de chiens surgir d'un bois et s'avancer sur la route, devant lui. Il ralentit pour les laisser traverser. Les hommes lui adressèrent des saluts, que Keith leur rendit. L'un des gardes détourna son cheval pour se diriger vers lui. Keith ignorait si l'homme connaissait de vue tous les flics de la région, mais il était sûr en tout cas que son pantalon de soie bleue ne passerait pas inaperçu, sans parler de l'officier Ward qui hurlait et s'agitait dans la malle arrière.

Alors que l'homme s'approchait, Keith agita la main et accéléra, comme s'il n'avait pas compris qu'il souhaitait lui parler. Keith observa dans son rétroviseur le cavalier qui le regardait.

Il dépassa la ferme Cowley, en remarquant au passage la camionnette bleue de Billy Marlon stationnée devant la maison. Il continua la route sur plus d'un kilomètre avant d'exécuter un demi-tour pour revenir en sens inverse.

Le garde à cheval était loin désormais. Keith vira dans l'allée de la ferme, donna un coup de volant pour contourner la camionnette et fonça vers une vieille étable. Il heurta les deux vantaux, qui s'écartèrent avec fracas, et écrasa le frein, pas assez tôt pourtant pour éviter un empilement de boîtes de lait, qui dégringolèrent dans un tohubohu assourdissant.

Ward beugla dans le coffre.

Keith coupa le contact, ôta la chemise et la casquette de Ward et enfila son ceinturon et son étui à pistolet. Il saisit son M-16 et le fusil de police fiché dans son râtelier, puis descendit et tapota sur le coffre.

— Ça va ?

— Ouais. Sortez-moi de là.

— Plus tard.

Il sortit de l'étable pour tomber sur Billy Marlon qui venait à sa rencontre.

Marlon considéra la voiture de police, puis Keith, et s'exclama :

— Seigneur Jésus !

— Non, ce n'est pas moi... Tu es seul ?

— Ouais.

— Entrons.

Il confia le fusil à Marlon.

Malgré son inquiétude et sa perplexité bien compréhensibles, il suivit Keith dans la maison, en déclarant :

— Hé, tu es recherché.

— Qui est passé chez toi ?

— Ce salaud de Krug. M'a demandé si je t'avais vu. Je lui ai répondu que je ne savais même pas qui tu étais.

— Il t'a cru ?

— Plus ou moins. Il m'a rappelé ton intervention lors d'un de mes accrochages avec les forces de l'ordre... À propos, merci pour l'argent. Je l'ai trouvé. Je croyais que tu étais parti.

— Je suis revenu. Tu as les idées claires ?

— Oui. Pas de sous, pas d'alcool. (Billy planta son regard sur Keith.) Bon sang, qu'est-ce qui t'est arrivé ?

— Je me suis pinté et foutu par terre dans l'escalier.

— Tu rigoles ? Dis, autre chose, y a un type qu'est passé hier, je me rappelle plus son nom ; il m'a raconté qu'il était de tes amis et que les Porter lui avaient dit qu'il te trouverait peut-être ici...

— Charlie ?

— Ouais... Genre fringué, le cheveu rare, m'as-tu-vu...

— Charlie.

— Ouais. Il te cherchait. Je lui ai montré ton mot et je lui ai dit que tu étais parti, mais il a prétendu que t'étais peut-être dans le coin. Qu'est-ce qui se passe, nom d'un chien ? Qu'est-ce que c'est que ce cirque ?

— Je n'ai pas beaucoup de temps, Billy. J'ai besoin de ton aide.

— Demande-moi ce que tu veux, si je l'ai, je te le donne.

— Bon. J'ai besoin de ta camionnette et d'une paire de bottes. Tu as une tenue camouflée ?

— J'ai ça.

— Des jumelles, une boussole ?

— Elles sont à toi. Tu pars à la chasse ?

— Ouais. Et je dois faire vite.

— Viens là-haut.

Ils montèrent à l'étage et pénétrèrent dans une petite chambre.

Pendant que Billy sortait tout son matériel de chasse d'un placard, Keith enleva son pantalon et ses chaussures, en lui disant :

— Brûle-les.

— Les brûler... ?

— Oui. Tout ce que je laisse, tu le brûles.

Keith essaya le pantalon camouflé, qui se révéla un peu avachi et d'une propreté plus que douteuse, mais, pour un homme qui ne s'était pas lavé depuis trois jours, cela pouvait convenir. Les bottes lui allaient parfaitement bien, ainsi que la chemise. Billy lui donna un gilet de sécurité d'un bel orange aveuglant, que Keith prit sans avoir l'intention de le porter.

Billy le regardait s'habiller et déclara soudain :

— Je vais avec toi.

— Merci, mais je préfère chasser seul.

— Qu'est-ce que tu veux chasser ?

— La vermine.

Keith noua les galoches et se leva. Il songeait aux trois

chiens de Baxter. Il y avait un chenil à Williams Street, et rien dans la maison n'indiquait la présence de chiens à l'intérieur. S'ils vivaient à l'extérieur à Spencerville, Keith avait tout lieu de penser qu'ils passaient la nuit dehors au cabanon. Il demanda à Billy :

— Tu as déjà chassé à l'arc ou à l'arbalète ?

— Non. Je préfère le fusil. Et toi ?

— Pareil.

Malgré son entraînement aux armes les plus exotiques, Keith n'avait jamais été initié au maniement de l'arc et de la flèche, du fusil à air comprimé, de la fronde, de la lance ni du boomerang. Le couteau et le garrot étaient les seuls moyens qu'il connaissait de tuer sans bruit. Il doutait de leur efficacité face à des chiens, or son M-16 ne possédait pas de silencieux ni Billy d'arbalète. Mais il s'en inquiéterait plus tard.

Billy commenta :

— Pas évident d'abattre la vermine avec un arc. Mais je l'ai vu faire avec une arbalète.

— Ouais. Bon, eh bien, merci. Je te rapporterai ta camionnette demain ou après-demain.

— Dis, Keith, je suis peut-être un indécrottable poivrot, mais là, dans l'immédiat, je n'ai pas bu une goutte.

Keith posa les yeux sur Billy Marlon, qui soutint son regard. Keith dit alors :

— Moins tu en sais, mieux tu te portes.

Comme il faisait mine de marcher vers la porte, Marlon le retint par le bras.

— Je n'ai pas oublié le moment que nous avons passé chez John, ni ton coup de main dans le square, quand tu m'as ramené chez moi.

— Il faut que j'y aille, Billy.

— Il s'est payé ma femme, c'est pas une blague... Ma deuxième femme. Je l'aimais... et elle m'aimait, et tout allait bien, mais ce salaud s'est fourré entre nous deux. Après, on a essayé de continuer... tu vois ? Mais je n'arrivais pas à m'y faire, je me suis mis à boire et je suis devenu vraiment pénible avec elle. Elle est partie, mais... elle m'a dit qu'elle m'aimait toujours, qu'elle avait fait une bêtise et qu'elle comprenait que je ne puisse pas lui pardonner.

Soudain, Billy tournoya sur lui-même et expédia un pied vengeur dans la porte du placard, dont le contreplaqué explosa en mille débris.

— Et merde !

Keith respira profondément.

— Allons, du calme.

C'était affolant de constater la somme de dégâts que Cliff Baxter avait causés à cause de ses caprices sexuels et de son goût pour la corruption. Keith demanda à Billy :

— Comment s'appelle-t-elle ?

Billy répondit, le dos toujours tourné :

— Beth.

— Où se trouve Beth actuellement ?

Il haussa les épaules.

— Je ne sais pas... À Columbus, je crois. (Billy se retourna face à Keith.) Je sais où tu vas. Je t'accompagne. Il le faut.

— Non. Je n'ai pas besoin de ton aide.

— Pas pour toi. Pour moi. S'il te plaît.

— C'est dangereux.

— Je suis déjà mort, de toute façon. Je ne verrai pas la différence.

Keith regarda Billy et accepta d'un hochement de tête.

Keith regagna l'étable à vaches et, à l'aide d'une hache que lui avait prêtée Marlon, pratiqua quelques trous d'aération dans le capot du coffre de la voiture de police. Il s'adressa à Ward à travers les fentes :

— T'as de la veine que ce soit une Fairlane et pas une Ford Escort.

— Va chier, Landry.

Keith sortit la voiture de son abri et reprit la Route 8 par laquelle il était arrivé. Il ne voulait laisser aucun indice de son association avec Billy Marlon.

Il se déporta sur le bas-côté, cahota sans douceur sur une rigole d'évacuation, et vira dans un chemin agricole coincé entre deux champs de maïs. Il s'arrêta cinquante mètres plus loin, entre deux rangées de maïs, invisible de la route, et coupa le contact.

Il sortit de la voiture et lança à l'adresse de Ward :

— Je téléphonerai de Daytona pour signaler ta position. Il y en a pour un moment, alors, prends ton mal en patience. Profites-en pour penser aux joies de la retraite anticipée.

— Hé ! Attendez ! Où suis-je ?

— Dans le coffre.

Keith rejoignit au pas de course la route où l'attendait Billy Marlon dans sa camionnette.

Billy conduisait la vieille Ford Ranger bleue. Keith occupait le siège du passager, un feutre de chasse crasseux rabaissé sur le front.

Ils transportaient, à l'arrière, des cirés pour se garantir des frimas du Michigan, le M-16 et sa lunette, le fusil de la police de Spencerville, le pistolet de service de l'officier Ward, et le fusil de chasse de Billy Marlon, un M-14 des surplus de l'armée, équipé d'un viseur à fort grossissement. Keith emportait aussi sa mallette, qui contenait son passeport, des papiers importants, un peu d'argent et divers objets. Il se fit cette réflexion que c'était là toute sa fortune, ni plus ni moins que ce qu'il possédait en quittant Spencerville pour l'armée à l'aube de sa vie d'homme.

Keith avertit Billy :

— Baxter a trois chiens de chasse avec lui.

— Merde.

— Penses-y.

— Oui. Où allons-nous ?

— Dans le Michigan. Au nord de l'État.

— Ah ouais ? C'est par là que je vais chasser en général. Tu trouveras des cartes dans la boîte à gants.

Keith déploya une carte et repéra Grey Lake, à l'extrémité nord de la péninsule. Il n'était pas loin de 1 heure. Ils devraient arriver à Atlanta vers 7 heures et, si tout allait bien, dénicher le cabanon de Baxter environ une heure plus tard.

Keith aperçut en route deux véhicules de la police de Spencerville, une troupe de gardes à cheval et la voiture d'un shérif du comté de Spencer. Il glissa chaque fois au fond de son siège. Billy portait une casquette rabattue sur les yeux. Keith lui recommanda de ne surtout pas accrocher le regard des flics, qui le connaissaient tous à cause de ses nombreuses nuits passées au mitard des soiffards.

Keith s'informa :

— Ils connaissent ta camionnette ?

— Nan... jamais eu la moindre contravention. Quand je bois, je circule à pied. Je prends presque jamais la camionnette pour me rendre en ville.

— Parfait... S'ils te font signe de t'arrêter, tu obéis. Pas question de nous mettre la police sur le dos dans cette affaire.

— Je les emmerde. Je ne vais plus m'aplatir devant ces enfoirés, plus jamais.

— Ils tireront, je les connais.

— M'en fous. Ils te tireront dessus de toute manière. Attends que je m'enfonce dans les maïs avec mon bahut, je te garantis qu'ils pourront pas nous filer le train.

— D'accord. À toi de jouer.

Keith observa Billy. Apparemment sa personnalité était plus complexe qu'il n'avait su le deviner lorsque Billy était ivre. Désormais, il accomplissait une mission et, même si leurs chemins s'étaient séparés depuis le lycée et le Viêt-nam, Keith Landry et Billy Marlon se retrouvaient sur le même sentier de guerre, avec la même obsession en tête.

De fait, Billy déclara :

— Je nous amènerai dans le Michigan, lieutenant. Dis, tu as signé ton mot « Colonel ». Tu es colonel maintenant ?

— Parfois.

Marlon éclata de rire.

— Moi, je suis sergent. J'ai eu mes trois galons. Pas mal, hein ?

— Tu as dû être un bon soldat.

— Oui... c'est vrai.

Ils roulèrent quelques minutes en silence. Puis Keith dit :

— Ils ont dû installer des barrages à la sortie du comté.

— Ouais. Je sais. Mais il doit bien y avoir une cinquantaine ou une soixantaine de chemins de ferme qui passent d'un comté à l'autre en rase campagne. Ils ne peuvent pas dresser des barrages sur tous.

— Exact. Prenons-en un.

— J'ai mon idée. La Route 18, presque pas goudronnée, un vrai lit de gadoue en général, parce que l'eau ne s'évacue pas. Les voitures s'embourbent et les rombiers de Baxter ont trop peur de salir les belles chiottes du garage Baxter. (Il laissa échapper un rire.) Les crétins !

Marlon bifurqua à l'ouest sur une route de campagne empierrée, puis tourna à droite, cap au nord, sur un chemin de caillasse défoncé, la fameuse Route 18.

Dix minutes plus tard, le maïs laissa la place à une étendue d'herbes aquatiques, vestiges des anciens marais du Black Swamp. La route se couvrit d'un lit de boue que la camionnette projetait en gerbes latérales sur son passage.

Au bout de cinq minutes, Billy annonça :

— Nous sommes sortis du comté de Spencer.

Keith n'avait pas vu de pancarte, mais Billy devait bien connaître la région. Il prit une carte de l'Ohio dans la boîte à gants.

— Il faut reprendre la route en direction de la Maumee et, de là, la Route 127 pour le Michigan.

— Ouais. C'est l'itinéraire.

Ils poursuivirent leur progression vers l'ouest et le nord en suivant un écheveau de petites routes qui sillonnaient les riches terres aux couleurs d'automne, les étendues infinies de maïs et de luzerne, les pâtures et les prés. Puisqu'il partait pour ne peut-être jamais revenir, Keith s'appliquait à noter chaque détail : les panneaux de signalisation, les noms inscrits sur les granges et les boîtes aux lettres, la végétation, les animaux, les gens, les véhicules, les maisons, toute l'atmosphère de ce pays... *Et notre exploration, à la fin des fins, nous ramènera au lieu de notre départ, que nous découvrirons d'un nouveau regard.*

Ils roulèrent encore une demi-heure en n'échangeant, pour toute remarque, que des considérations sur la police ou leur navigation routière.

En examinant la carte, Keith constata que les ponts qui franchissaient la Maumee se trouvaient presque tous dans les grosses agglomérations, or il ne tenait pas du tout à aborder les villes. Il en repéra un situé à proximité d'un village minuscule, appelé The Bend, et interrogea Billy à son sujet.

— Ouais, le pont existe toujours. Il doit y avoir une

limite de poids, mais, si je passe à fond la caisse, nous serons de l'autre côté avant qu'il s'écroule.

Keith avait des doutes sur les connaissances de Billy en physique appliquée, mais la situation valait bien un coup d'œil au pont en question.

Ils y arrivèrent bientôt. Keith n'eut pas le temps d'entrevoir le panneau de limitation ni d'évaluer la solidité de l'ouvrage. Billy fonça et, en quelques secondes, ils aboutirent sur l'autre rive. Keith remarqua :

— Je crois que ce pont était interdit aux véhicules à moteur.

— Ah bon ? Il avait l'air solide.

Keith haussa les épaules.

Ils dépassèrent le village en moins de temps qu'il n'en avait fallu pour franchir la rivière et récupérèrent la Route 127 à la sortie d'une bourgade du nom de Sherwood. Il était 2 heures de l'après-midi ; il leur restait une cinquantaine de kilomètres à parcourir avant d'atteindre la limite de l'État du Michigan et encore deux cent quarante kilomètres au moins pour Grey Lake.

La Route 127 traversait le bourg de Bryan, Ohio, qu'ils contournèrent avant de reprendre la grand-route à quelques kilomètres au nord de la petite ville. C'était la dernière agglomération de quelque importance dans l'État de l'Ohio. D'ailleurs, après Lansing, au sud du Michigan, la Route 127 n'en desservait plus jusqu'à la pointe de la péninsule.

Vingt minutes plus tard, une pancarte leur souhaitait la bienvenue dans le Michigan. « Le pays des lacs. » Keith ne s'intéressait qu'à un seul d'entre eux.

Le paysage et la topographie ne différaient guère entre le nord de l'Ohio et le sud du Michigan, à part quelques nuances subtiles dans la signalisation et le revêtement qu'on ne remarquait que si on avait vu le panneau annonçant le changement d'État. À vrai dire, l'attachement que Keith pouvait éprouver pour l'Ohio ne survivait pas au-delà de ce panneau. Il se détendit un peu.

Au bout d'une demi-heure, le relief se transforma. Une ondulation de vertes collines, séparées par de modestes vallées, anima la platitude interminable des champs. Les arbres s'assemblaient en bouquets plus généreux, chênes, noyers et hêtres, parés de tons d'automne plus intenses qu'en Ohio. Keith n'était plus revenu dans le Michigan depuis l'époque où il allait avec Annie assister au match Ohio-Michigan à Ann Arbor, ou soutenir Bowling Green contre Eastern Michigan à Ypsilanti. Il s'en souvenait comme de moments féeriques, où ils oubliaient non seulement leurs études, mais aussi la guerre et l'effervescence qui agitait le campus... Des week-ends hors du temps, sans débats ni manifestations, où chacun acceptait d'adopter une tenue, une attitude et un comportement normaux le temps d'une partie de foot.

Il laissa Annie occuper son esprit avant de se rendre compte de l'effet néfaste de ces pensées. Il avait un but, Grey Lake, une mission, régler son compte à Cliff Baxter, non seulement pour lui-même, mais aussi pour Annie, et toutes les pensées qu'il lui consacrait le détournaient de son objectif.

Billy s'informa :

— Où allons-nous exactement ?

— Je ne sais pas exactement.

— Dans ce cas, comment on va y arriver ?

— On se débrouillera. Hé, tu te rappelles cette phrase qu'on se répétait dans l'armée ? « Je ne sais pas où nous sommes... »

— Ouais. (Billy sourit et récita :) « Je ne sais pas où nous sommes ni ce que nous faisons, mais nous sommes dans les temps. »

Et il éclata de rire.

Keith crut un instant que Billy allait se satisfaire de cette esquive, mais il ne tarda pas à demander :

— Baxter est seul ?

Keith réfléchit avant de délivrer sa réponse.

— Je ne pense pas qu'il ait d'autres hommes avec lui.

Billy parut méditer cette assertion. Alors, il reprit :

— Où est Mme Baxter ?

— Pourquoi tu demandes ça ?

— Parce que... Ben, j'ai entendu parler de l'enlèvement à la radio. (Il posa sur Keith un regard de biais.) D'après la radio, tu l'as enlevée.

— Qu'est-ce que t'en penses ?

— Eh bien, pour moi, il est évident que vous vous êtes débinés ensemble. Toute la ville le sait.

Keith resta muet.

Billy continua :

— Ce que je comprends pas, c'est ce qui s'est passé ensuite.

— À ton avis ?

— Ben... je suppose qu'il vous a rattrapés. Ça expliquerait les gnons que tu as sur la figure. Mais ça n'explique pas pourquoi y en a pas un de vous deux qu'est mort.

— Ce n'est pas faute d'avoir essayé.

Billy s'esclaffa.

— Je veux bien te croire. Là, c'est le deuxième round, j'imagine.

— Le deuxième, le troisième ou le quatrième. Mais qui s'en soucie ?

— En tout cas, c'est le dernier, non ?

— Cela ne fait aucun doute.

— Tu vas le tuer ?

Keith hésita.

— J'aimerais mieux pas.

— Pourquoi donc ?

— C'est trop bien pour lui.

Billy hocha la tête sans répondre.

Keith lui dit :

— Si tu me suis jusqu'au bout, tu obéiras à mes ordres. D'accord ?

Billy baissa le menton en signe d'assentiment.

— Je ne t'entends pas, soldat.

— Oui, m'sieu.

Ils restèrent un moment silencieux. Enfin, Billy parla :

— Elle est avec lui, n'est-ce pas ?

— Oui.

— Bon. Donc, il faut l'avoir, lui, sans lui faire de mal à elle.

— Tu as tout compris.

— Cela ne va pas être facile.

— Non, en effet.

— Trois chiens ?

— Je crois.

— Quel genre de matériel il a embarqué ?

— À toi de me le dire. Il est chasseur et flic.

— Ouais, exact. Tu crois qu'il a des trucs pour voir la nuit ?

— Probablement. Empruntés au commissariat de police de Spencerville.

— Bien... Et je suppose qu'il est terré dans une hutte ou un cabanon et qu'il connaît le terrain par cœur.

— Tout à fait vrai.

Keith observa Marlon à la dérobée. Du point de vue médical, les hommes de l'art affirmeraient que le cerveau de Billy Marlon avait souffert d'abus d'alcool prolongé ; du point de vue humain, ceux qui le connaissaient assureraient que son âme avait souffert des coups répétés de la vie. Quoi qu'il en fût, Keith était certain qu'il accédait en ce jour au plus profond de son être et qu'il vivait à l'heure présente les moments les plus riches et les plus lucides de son existence. Il lui dit :

— Parle-moi de Beth.

— Je ne peux pas.

— Mais si, tu peux.

Billy ne bougea pas tout d'abord, puis il alla pêcher son portefeuille dans sa poche et en extirpa une photo froissée, qu'il tendit à Keith.

Keith la regarda. On y voyait le portrait en buste d'une femme d'une trentaine d'années, aux cheveux blonds coupés court, plutôt séduisante en fait, avec de grands yeux et un large sourire. Keith fut presque estomaqué de lui trouver tant de beauté, mais pas du tout surpris qu'elle eût retenu l'attention du chef Baxter. Le comté de Spencer comptait une proportion normale de jolies femmes, mais Keith savait pourquoi Baxter avait jeté son dévolu sur celle-ci. Ce pourquoi occupait le siège du conducteur à côté de lui. L'homme faible qui possède une femme trop gâtée par la nature est destiné à la perdre, au profit de matamores du genre Baxter.

Keith rendit la photo à Billy, en commentant :

— Elle est belle.

— Ouais.

— Quand est-ce arrivé ?

— Il y a deux ans.

— Elle s'est remariée ?

— Je ne crois pas. Elle est toujours dans l'annuaire de Columbus sous le nom de Beth Marlon.

— Tu pourras peut-être aller la voir après.

— Peut-être.

Au bout d'un moment, Billy parut gagné par une humeur plus joviale.

— Allez, tu devrais me raconter une histoire de guerre.

Keith n'était pas de cet avis. Il éluda :

— Tu connais cette route ?

— Ouais, je la prends de temps en temps. Il y a de bons coins de chasse dans le parc national de Hartwick Pines. Tu y es déjà allé ?

— Non, je ne suis jamais monté si loin au nord. Tu te souviens avoir vu des pompes à essence par ici ?

— Attends... (Il regarda par la fenêtre.) Ouais, à un ou deux kilomètres. Dis, on va loin comme ça ?

— Jusqu'à la pointe de la péninsule. Encore deux heures, je pense. (Il ajouta :) Tu n'es pas obligé de m'accompagner jusqu'au bout. Je peux te déposer dans un motel et te reprendre au retour.

— Ah ouais ? Et si tu ne reviens pas ?

— Je reviendrai.

Billy grimaça un sourire.

— Dis donc, t'as pas froid aux yeux, toi. Tu sais quoi ? On coince ce salopard, on l'étripe et on rentre à Spencerville avec sa carcasse arrimée au toit, comme un cerf. Qu'est-ce que t'en dis ?

— C'est tentant.

Billy laissa échapper un hurlement de joie et se frappa la cuisse.

— Ouais ! C'est ça. On s'enfile la grand-rue d'un bout à l'autre en klaxonnant comme des dingues, avec Baxter à poil sur le capot, les fesses à l'air, pendant que les loups dévorent ses tripes au fin fond du Michigan. Génial !

Keith ne réagit pas à cette explosion de barbarie sanguinaire, non qu'il la jugeât révoltante, mais parce que, justement, il ne s'en offusquait pas comme il aurait dû.

Quand il aperçut la station-service devant eux, il la désigna à Billy, qui s'y engagea. Keith lui donna de l'argent pour acheter quelque chose à grignoter. Billy entra dans le magasin et Keith s'installa au volant.

Le pompiste remplit le réservoir et Keith le paya tandis que Billy s'engouffrait dans les toilettes. Keith avait bien envie de partir en l'abandonnant sur place, non parce qu'il appartenait à la race des ratés. Keith comprenait cette espèce et il admirait le sursaut de Billy en la circonstance. Le problème venait de ce qu'il mettait ses propres raisons dans la balance et que sa présence conférait à la situation une tout autre dimension.

Mais, dans un moment de faiblesse, Keith avait révélé la nature de sa chasse. Billy en savait trop. Il ne pouvait donc s'en défaire et le laisser aller et venir à sa guise.

Billy reparut et vint s'asseoir à la place du passager. Son regard s'attarda sur Keith. Ils savaient l'un et l'autre que Billy Marlon était de ceux qu'on trompe, qu'on évince et qu'on largue.

— Merci, dit Billy.

Keith reprit la Route 127.

Les fermes s'espacèrent, les collines prenaient de la hauteur et se couvraient de bois plus denses. Les chênes et les érables avaient presque perdu toutes leurs feuilles, les bouleaux et les trembles étaient réduits à l'état de troncs nus. Les arbres à feuilles persistantes devenaient plus nombreux, sapins blancs ou rouges et pins du Canada d'imposante hauteur. La pancarte du dernier comté qu'ils avaient quitté annonçait une population de six mille deux cents âmes, le dixième de celle du comté de Spencer, pourtant considéré comme région rurale. Ils abordaient un pays isolé et presque dépeuplé, négligé par les grandes vagues de colonisation des pionniers d'antan.

Le jour commençait à baisser; les arbres projetaient leurs ombres oblongues à flanc de coteau. Tout semblait immobile. À part quelques rares troupeaux éparpillés au pied des collines, rien ne bougeait.

— Tu crois que ça va bien pour elle? s'enquit Billy.

Keith ne répondit pas.

— Il ne lui ferait pas de mal, tout de même?

— Non. Il l'aime.

Billy garda le silence, puis déclara :

— Je ne pense pas qu'il puisse aimer quelqu'un d'autre que lui-même.

— Ouais, bon, *aimer* n'est peut-être pas le mot qui convient. En tout cas, il a besoin d'elle.

— Oui. Je crois que je vois ce que tu veux dire. (Et il ajouta :) Elle va bien.

À Gaylord, dans le comté d'Otsego, Keith bifurqua sur la Route 32. Vingt minutes plus tard, à 7 h 15, ils arrivaient à Atlanta, la plus grosse bourgade du coin, avec une population de six cents âmes.

Keith dit à Billy :

— On va s'arrêter pour prendre de l'essence. Ne parle pas de Grey Lake.

Keith se gara dans la seule station-service des environs et remplit le réservoir à ras bord, partant du principe qu'il quitterait Grey Lake à une heure tardive pour une destination inconnue.

En bavardant avec le pompiste, Billy laissa entendre qu'ils allaient tirer le canard à Presque Isle.

Keith s'approcha du téléphone à pièces et composa le numéro des Baxter à Spencerville. Comme l'avait dit Terry, les appels étaient automatiquement retransmis. Une voix débita :

— Police de Spencerville, sergent Blake à l'appareil.

— Blake, c'est votre vieux copain, Keith Landry. Votre collègue manquant et son véhicule se trouvent dans un champ de maïs, au bord de la Route 8, côté nord, à un peu plus d'un kilomètre à l'ouest de la limite de la ville.

— Qu'est-ce... ?

Keith raccrocha. Il s'était senti obligé de passer ce coup de fil, pour que Ward soit délivré de son coffre avant que les fermiers ne récoltent son cadavre au moment des moissons. Keith ignorait si la police de Spencerville disposait d'un système d'identification capable d'analyser la provenance de son appel téléphonique. En vérité, il se serait passé de ce geste charitable s'il avait présenté le moindre risque, mais il ne souhaitait pas la mort de Ward. Quand la police le trouverait, il leur dirait que Landry était parti pour Daytona. La police de Spencerville alerterait alors la police d'État de l'Ohio, qui se lancerait à la poursuite de son témoin fugitif dans les aéroports des alentours ou en Floride. Ils n'auraient aucune raison de penser à Grey Lake, à Billy Marlon ni à sa camionnette. Du moins, il l'espérait.

Keith voulait aussi voir si quelqu'un répondrait au téléphone chez les Baxter. D'après ce que lui avait dit Terry sur l'indice livré par Annie à propos d'Atlanta —

l'Atlanta où il se trouvait actuellement —, Keith était convaincu que Baxter s'était réfugié à Grey Lake. En même temps, il avait la pernicieuse intuition d'une vaste mise en scène. Son problème, il le connaissait : il avait trop longtemps vécu au milieu de cette inextricable galerie des glaces où des milliers de petits malins jouent à leurs adversaires les tours les plus pendables et machiavéliques qui soient. Ici, ce n'était pas le cas. Baxter ne pouvait être qu'à un endroit : son cabanon de Grey Lake. Il était seul, avec Annie. Et il ne savait pas que Keith Landry était en route. Rassuré, Keith balaya ces sombres idées pour se concentrer sur l'urgence immédiate.

Il pénétra dans le petit bureau et dit à l'employé :

— Je voudrais acheter une bonne arbalète.

— Y a un gars, Neil Johnson, qui vend des articles de sport. Neuf et occasion. Paiement comptant. Il est fermé à l'heure qu'il est, mais je peux lui passer un coup de fil, si vous voulez.

— Parfait.

L'homme obtint Neil Johnson, qui était apparemment en train de dîner et demandait si le client pouvait attendre un moment.

Keith répliqua :

— Je ne voudrais pas traîner. Je n'en ai pas pour longtemps.

L'employé transmit le message à M. Johnson, qui convint d'un rendez-vous. Keith nota les indications que lui fournit l'employé, le remercia et remonta dans la camionnette.

Billy l'interrogea :

— Qu'est-ce qu'on fait ?

— On va acheter une arbalète.

Keith démarra et s'élança vers l'est.

Billy secouait la tête d'un air songeur.

— On ne pourrait pas trouver un moyen de tuer Baxter sans tuer les chiens ?

— On verra.

Naturellement, l'occasion se présenterait peut-être de canarder Baxter à cent mètres avec le M-16 et sa lunette superpuissante. Mais Keith voyait les choses autrement : il voulait le regarder dans les yeux.

Il arriva au domicile de M. Johnson, une petite maison de bois à la limite d'Atlanta, c'est-à-dire à quelques centaines de mètres de la rue principale, et s'engagea dans l'allée.

Des chiens aboyèrent, une lanterne s'alluma au-dessus de la porte d'entrée. Keith et Billy sortirent de la camionnette et furent accueillis par un grand échalas qui mâchonnait encore une bouchée de son dîner. Il se présenta. « Neil. » Keith annonça : « Bob et Jack ». Neil considéra un instant la vieille camionnette avant de reporter son regard sur Keith et sur Billy, en se demandant sans doute s'il avait vraiment du temps à perdre avec cette engeance.

— Vous venez de l'Ohio ?

Keith répondit :

— Ouaip. J'avais envie de m'essayer à l'arbalète.

— L'arbalète ? C'est pas du sport, ça. L'arc, c'est mieux.

— Je ne sais pas tirer à l'arc. Je veux juste tuer des nuisibles.

— Ah bon ? D'accord. Je n'ai qu'une sorte d'arbalète, si ça peut vous convenir. Entrez donc.

Il les entraîna vers un abri de tôle genre hangar, placé en retrait de la route, qui avait été transformé en magasin d'articles de sport. Neil alluma les néons. Le mur droit du long bâtiment était couvert de râteliers à fusils et d'étagères chargées d'accessoires de chasse et de munitions. Keith se dit que M. Johnson avait là de quoi armer à lui seul tout un bataillon d'infanterie. La moitié gauche était réservée aux articles de pêche, au tir à l'arc, aux vêtements d'extérieur, tentes et autres objets divers utiles aux chasseurs. Keith ne vit en revanche ni raquettes de tennis ni chaussures de jogging.

Il n'était pas particulièrement pressé, car la mission qu'il comptait accomplir à Grey Lake devrait attendre les dernières heures de la nuit. Pourtant, il ne souhaitait pas non plus s'attarder, mais on ne manifeste pas d'impatience dans un bourg de six cents personnes, où le moindre achat doit être traité comme l'affaire du siècle.

Après un échange de propos aimables, Neil Johnson présenta l'arbalète à Keith en disant :

— Celle-ci est d'occasion. Elle est en fibre de verre,

fabriquée par une société qui s'appelle Pro Line. Très bon article.

Keith examina l'engin, qui consistait essentiellement en un arc de courte dimension, monté en travers d'une pièce semblable au corps d'un fusil, également en fibre de verre. Une détente relâchait la corde tendue et expédiait la flèche qui glissait le long d'une rainure pratiquée sur le dessus du fût.

— Ça paraît simple.

— Ouais. Trop simple. C'est pas du sport. Vous tirerez honorablement d'ici quelques jours. Tandis qu'un bon archer doit s'entraîner des années avant d'atteindre un niveau correct.

Keith avait le sentiment que M. Johnson méprisait l'arbalète et ses usagers.

Neil Johnson finit par avouer :

— Y a un type qui m'a dit que le pape avait interdit les arbalètes du temps des chevaliers, vous savez, parce qu'il considérait leur emploi indigne des chrétiens.

— Vous m'en direz tant ! Même pour chasser les rats ?

— Sans doute pas. En tout cas, c'est une arme très précise. Vous avez une force de quarante kilos ; vous armez en appuyant la crosse contre votre poitrine et vous tirez la corde avec les deux mains. Attendez, je vais vous montrer.

Neil prit l'arbalète, banda la corde et l'accrocha à l'ergot de la gâchette. Il plaça une flèche dans la rainure et la braqua vers un trophée de cerf poussiéreux, suspendu à dix mètres de là, sur le mur du fond, à l'autre bout de la salle. Il visa et pressa la détente. La courte flèche fusa et alla se planter pile entre les deux yeux, dans la tête du cerf, qu'elle traversa pour terminer sa course dans le support de bois, où elle se ficha avec un bruit sourd.

— Qu'en dites-vous ?

— Pas mal.

— Ouais. Je ne pourrais pas en faire autant avec un arc. Bon, donc la flèche franchit soixante mètres à la seconde. Quand vous tirez un animal, vous devez vous souvenir que ce n'est pas la même chose qu'un fusil et qu'il faut vous en approcher davantage. Autre chose, à quarante mètres, la flèche s'infléchit d'un bon mètre, alors il faut compenser. (Il saisit une flèche en expliquant :) Celles-ci sont en fibre de verre, avec des ailettes en plastique et une pointe large pour la chasse. Elles sont vendues par boîtes de huit. Combien en voulez-vous ?

Keith désigna le carquois posé sur le comptoir.

— Remplissez-le.

— Bon. Ça nous en fait vingt-quatre. Il vous faut autre chose ?

— Pouvez-vous adapter une lunette sur ce truc ?

— Une lunette ? Vous ne leur laissez pas beaucoup de chances, à vos rats, hein ?

— Nan.

— Voyons ce que j'ai.

Neil dénicha une lunette. Il lui fallut une dizaine de minutes pour la monter sur l'arbalète, qu'il tendit à Keith.

— Vous voulez essayer ?

— Volontiers.

— Je vais vous installer une cible. Reculez jusqu'à la porte. Ça fait une vingtaine de mètres.

Keith s'empara de l'arbalète, enfila le carquois et se dirigea vers la porte, tandis que Neil Johnson fixait une cible au mur. Il s'écarta. Keith maintint l'arbalète contre son buste, prépara la flèche, visa à travers la lunette télescopique et actionna la détente. La flèche aboutit trop bas. Il régla la lunette et recommença. À la troisième tentative, il mit la flèche dans le cercle intérieur.

— Vu. Quelle est la précision à, disons, quarante mètres ?

— C'est deux fois plus précis qu'un arc, ce qui veut dire qu'à quarante mètres vous devriez pouvoir faire mouche à tous les coups dans une cible de vingt-trois centimètres de diamètre.

Keith secoua la tête.

— Et à quatre-vingts mètres ?

— À quatre-vingts mètres ? Mais on ne voit pas les rats à quatre-vingts mètres ! Enfin, peut-être qu'avec cette lunette vous aurez l'impression que ça fait seulement vingt mètres, mais vous avez toujours cet infléchissement d'un mètre à quarante mètres, soit peut-être trois mètres à quatre-vingts. Ces machins sont conçus pour tirer à quarante mètres. Vous pouvez envoyer la flèche à sept cents mètres avec ce truc, mais elle n'arrivera nulle part, si ce n'est dans la fesse d'une vache, avec un peu de bol.

— Ouais... Et, à cette distance, je peux atteindre, disons, un chien sauvage, s'il est immobile et qu'il n'y ait pas de vent, avec la lunette ?

Neil se frictionna le menton.

— Ben... la flèche ira tout droit, sans se déporter à droite ni à gauche, mais il faudra compter avec la perte d'altitude. Où voulez-vous en venir au juste ?

— Il y a des chiens qui agacent mes moutons dans l'Ohio. Quand j'en plombe un au fusil, les autres se dispersent. J'imagine qu'avec une arbalète ils ne seront pas effrayés par la détonation.

— Pourquoi vous ne leur filez pas simplement du poison ?

— Ce n'est pas très catholique.

Neil émit un petit rire.

— Faites comme vous croyez.

Il exhiba un crayon et se mit à griffonner des chiffres sur le bois du comptoir.

— Voyons... une arbalète, vingt-quatre flèches en comptant celle que j'ai tirée... Vous voulez que je vous la remplace ?

— Non.

— Bon. Un carquois, un étui, une lunette... disons six cents dollars avec les taxes.

— Ça paraît raisonnable.

Keith compta la somme. C'était presque tout l'argent qu'il possédait en liquide. Il songea aux mille dollars de Charlie Adair et se demanda du coup quand il le reverrait et dans quelles circonstances.

Tandis que Billy emballait tous leurs achats dans l'étui de toile, Keith alimentait la conversation :

— Vous voyez beaucoup de gens de l'Ohio dans le coin ?

Neil répondit, tout en vérifiant la monnaie :

— Pas mal en été et ensuite pendant la saison de chasse. Après, nettement moins. Où allez-vous ?

— À Presque Isle.

— Ah oui ? Ce n'est pas facile de se repérer la nuit, au milieu de toutes ces collines, à moins de bien connaître la route.

— Nous irons doucement. Je vois que vous vendez des aliments pour chiens.

— Ouais. Les gens de passage m'achètent surtout des munitions, du pâté pour chiens, des appâts, des trucs de ce genre. Ils ont déjà leur fusil et leur matériel.

Neil continua sur ce thème avant de se rappeler soudain le sujet de départ.

— Vous voulez de la nourriture pour chiens ?

— Non, mais j'ai un ami qui vient souvent par ici avec deux ou trois chiens qui sont de vrais morfales. Je crois que c'est chez vous qu'il s'approvisionne.

— Eh oui, quand on les fait courir, il faut les nourrir. Un type de l'Ohio est en effet passé il y a quelques jours. Il a pris de quoi nourrir ses clébards pendant des mois.

— C'est peut-être mon ami. Il est dans la région en ce moment ?

— Allez savoir.

La discussion paraissant s'enliser, Keith déclara, sans réfléchir :

— J'ai bien envie d'acheter quelque chose dans le pays, mais je voudrais en parler d'abord avec quelqu'un de l'Ohio qui a déjà un pied-à-terre ici.

— Ouais, c'est une idée. En fait, le gus qui a pratiquement raflé toute ma réserve de pâté se trouve à Grey Lake. Allez-y. Vous verrez son nom sur sa boîte aux lettres. Il s'appelle Baxter. Ce n'est pas lui, votre ami ?

— Non.

Billy ouvrit de grands yeux, mais garda le silence.

Keith poursuivit à l'adresse de Neil :

— Ouais, je tâcherai de passer le voir en revenant, mais je ne veux pas débarquer comme ça s'il a madame avec lui.

— Pas vu de femme dans la voiture.

Comme Keith se taisait, Neil ajouta :

— Pas vu de chiens non plus, d'ailleurs. Il a dû aller d'abord chez lui avant de revenir faire ses courses. Vous pouvez toujours l'appeler. Il est dans l'annuaire. Dites-lui que vous venez de ma part. On fait des affaires de temps en temps, lui et moi.

— Merci. Je l'appellerai avant de rentrer. En attendant, je dois donner un coup de fil chez moi. Je peux utiliser votre téléphone ?

— Bien sûr, allez-y. Là-bas, près de la caisse.

Keith découvrit en effet l'appareil à côté de la caisse enregistreuse. Il composa son numéro. Billy papotait avec Neil. Ils parlaient chasse et fusils.

Terry décrocha.

— Allô ?

— Terry, c'est moi.

— Keith ! Où es-tu ?

— Ici. Écoute, ton téléphone est sur écoute.

— Mon téléphone ?

— Oui, et ce n'est pas à la police de Spencerville que tu le dois, mais au gouvernement fédéral.

— Quoi ? Pourquoi ?

— Peu importe. Appelle ton avocat demain matin pour les faire cesser. Mais voici le plus important : je sais qu'il est ici, nous pouvons donc supposer qu'elle y est aussi. (Il ajouta, pour la rassurer :) Je suis sûr qu'elle est en vie.

— Oh, Dieu merci... Que vas-tu faire ?

— J'ai contacté la police locale, qui se montre très coopérative. J'insiste pour que Larry et toi ne tentiez rien qui puisse envenimer la situation. Ne dis rien à tes parents au téléphone non plus. D'accord ?

— Oui.

— Terry, fais-moi confiance.

— Je te fais confiance.

— Je la ramènerai demain.

— Tu le penses vraiment ?

— Oui.

— Et lui ? Est-ce qu'on l'arrêtera ?

— Je ne sais pas. Si elle dépose une plainte, c'est probable.

— Elle ne le fera pas. Elle veut seulement être débarrassée de lui.

— Bon. Chaque chose en son temps. La police d'ici préfère attendre demain matin. Ce n'est pas plus mal. Je te téléphonerai demain pour t'annoncer de bonnes nouvelles.

— Entendu... Je peux te joindre ce soir ?

— Je vais descendre dans un motel et je ne t'appellerai que si j'ai du nouveau.

— Bon. Sois prudent.

— Ne t'inquiète pas. Et maintenant, un message à

l'attention de ceux qui enregistrent cette conversation : « Salut, Charlie. Je suis arrivé jusqu'ici sans ton soutien, mais merci encore. Billy m'a aidé. Si je suis empêché plus tard, occupe-toi de lui. D'accord ? À bientôt. » (Puis, Keith dit :) Terry, ne fais pas de vagues. Amitiés à Larry.

— OK.

Keith raccrocha. Neil les raccompagna, Billy et lui, à la camionnette. Keith lança :

— À la semaine prochaine, quand nous rentrerons.

— Bonne chance.

Keith et Billy montèrent dans la camionnette et regagnèrent la route.

— T'as entendu ça, dis ? s'excita Billy. Baxter est à Grey Lake.

— Ça ne fait pas de doute.

Keith se sentait beaucoup mieux.

— Nous le tenons ! (Il regarda Keith.) Tu savais qu'il y était, non ?

Keith resta muet.

Billy médita un instant avant de reprendre :

— Tu crois qu'il sait que tu es à sa recherche ?

— J'en suis certain.

— Ouais... mais tu crois qu'il sait que tu savais où le trouver ?

— Là est la question.

Billy examina l'arbalète. Il la leva en la braquant vers le pare-brise et jeta un regard dans la lunette télescopique.

— On vise comme avec un fusil. Mais c'est cette histoire d'infléchissement que j'ai pas trop bien saisie.

Il considéra la pointe de la flèche, sorte de lame en acier trempé à double tranchant, effilée comme un rasoir.

— Seigneur, elle a bien trois centimètres de long ! Ça doit faire un beau trou dans la viande. Tu es sûr qu'on est obligé de tuer les chiens ?

— Tu me diras ce que tu en penses quand on sera sur place.

— D'accord... Dis, on peut peut-être descendre Baxter avec ce machin.

— Peut-être.

Qu'il l'abatte au M-16 à cent mètres ou à l'arbalète à quarante mètres, le bonhomme serait aussi mort que s'il lui avait sectionné l'artère fémorale avec son couteau. Mais la méthode adoptée ne produirait pas le même résultat post-opérationnel, si on pouvait appeler ça ainsi. Keith médita un instant cette question, en songeant que la mise à mort, quelle que soit sa forme, aurait lieu en présence d'Annie. Il envisagea aussi de ne pas le tuer du tout. Les événements qui se dérouleraient avant l'aube échappaient en grande partie à son contrôle, mais il se devait de penser à la vie après la mort, sa vie à lui après la mort de l'autre. Il s'y employait toujours, même si les choses tournaient rarement comme il l'aurait souhaité. On essayait surtout d'éviter de tirer dans le dos ou en dessous de la ceinture. En dehors de ces concessions mineures aux règles de l'honneur, tout était permis. Cependant, Baxter constituait un cas particulier, et Keith tenait à l'approcher d'assez près pour sentir son odeur, accrocher son regard et lui dire : « Salut, Cliff, tu te souviens de moi ? »

La voix de Billy s'immisça dans sa rêverie.

— Tu es dans la lune ?

— On dirait. J'ai manqué une bifurcation ?

— Non, mais tu dois tourner à la prochaine. Tu prends la branche gauche de la fourche.

— OK.

Keith vira à gauche, laissant Atlanta plein sud derrière eux pour s'enfoncer dans une contrée sauvage tout en collines, lacs, ruisseaux et marais.

Billy commenta :

— J'ai remarqué que les itinéraires indiqués sur la carte ne correspondaient pas toujours à la réalité.

— Bon.

Keith alluma le plafonnier pour consulter la carte. Ils s'apprêtaient à pénétrer dans une région de terres domaniales, comprenant cinquante à soixante-dix mille hectares de forêts, accessibles seulement par des chemins forestiers, des sentiers rudimentaires, ou en canoë. Keith n'y décelait aucun village ni aucun hameau. Il éteignit et tendit la carte à Billy.

— Tu te charges de la navigation.

Billy prit une lampe de poche dans la boîte à gants et se pencha sur la carte.

— Le cabanon de Baxter se trouve sur la rive nord de Grey Lake, signala Keith.

Billy lui jeta un bref coup d'œil, mais ne lui demanda pas comment il le savait.

— Bon... Il y a une route qui longe le lac par l'est, mais elle continue au large de la rive nord.

— Nous trouverons.

— Ouais, les gens plantent des panneaux, à l'entrée des chemins, avec leur nom dessus, comme celui-là, là-bas, tu le vois ? « Refuge de John et Joan ». Au fait, tu sais comment s'appelle sa bicoque ?

— Non... oui, « Résidence du Grand Chef Cliff », je crois. Mais, à mon avis, il a dû retirer sa pancarte.

— Ouais... On pourra toujours demander.

— Je ne vois pas beaucoup d'êtres humains dans les parages pour nous renseigner, Billy.

— Il y a toujours un ou deux types. Ils nous diront.

— Et ensuite, ils appelleront Baxter pour le prévenir.

— Ah, c'est pas impossible. Dis donc, tu penses à tout, toi. Je ferais peut-être bien de me mettre moi aussi à réfléchir un peu de temps en temps.

— Ça ne fait jamais de mal. Commence dès maintenant.

Ils poursuivirent leur cheminement dans la nuit noire, sur la route sinueuse bordée de pins vertigineux. Keith demanda :

— Tu as déjà chassé par ici ?

— Parfois. On y trouve des cerfs, des lynx, même des ours. Il y a aussi ces drôles de loups gris. Mais il faut bien connaître le terrain si on ne veut pas se faire baiser. Parce que, ici, c'est pas encore le bout du monde, mais on n'en est pas loin.

Après quelques minutes de silence, Billy indiqua :

— Prends cette petite route à gauche. Elle va presque jusqu'à la pointe nord du lac. Après, on se dépatouillera comme on pourra.

Keith acquiesça et s'engagea sur la route en question, à peine assez large pour la camionnette que les basses branches des pins frôlaient de part et d'autre. Keith entrevoyait le lac sur sa gauche, entre les troncs des arbres. La lune s'était levée, luisante et pleine, et son reflet à la surface du lac en accusait la teinte grise d'étain poli. Un bon kilomètre les séparait de la berge, entièrement recouverte d'une dense futaie de conifères, parsemée de bouleaux effeuillés au bord de l'eau. Aucune lumière électrique, en provenance d'habitations ou de bateaux, ne venait ponctuer la pénombre lunaire du paysage.

Keith reconnaissait à ce coin de planète une spectaculaire beauté, mais il était très éloigné des autres centres de loisirs du Michigan, et il se demandait ce qu'Annie avait pensé quand son mari avait acheté son lopin au milieu de ces immensités sauvages. Il se dit que, quand on était habitué aux horizons sans fin et aux vastes cieux de la campagne, on devait éprouver une impression de claustrophobie, d'oppression morbide dans ces lieux, probablement invivables en hiver. Baxter, en revanche, devait s'y sentir chez lui, dans son élément, en loup qu'il était.

Keith aperçut au milieu des arbres une hutte qui semblait inhabitée. Ces abris n'étaient sans doute occupés, pour la plupart, que le week-end et il ne devait pas y avoir à cette heure un seul humain aux abords du lac, à part Billy et lui, et Cliff et Annie Baxter. Cela ne le dérangeait pas. Avant l'aube, la population de Grey Lake serait réduite à néant.

La route s'enroulait autour du lac, dont Keith percevait par instants un pâle éclat sur sa gauche. Puis la route s'orienta de nouveau au nord, en s'écartant du lac. Keith s'arrêta.

Billy marmonna :

— Il doit bien y avoir un chemin assez large pour laisser passer une fourgonnette un peu plus bas.

— Exact.

Comme il lui était impossible d'effectuer un demi-tour, Keith repartit en marche arrière, en cherchant des yeux une brèche dans l'épaisse végétation de buissons et de pins. La route était jalonnée de poteaux. Keith essayait de distinguer un câble électrique ou une ligne téléphonique tendue en direction du lac à partir de l'un de ces poteaux.

Il finit par garer la camionnette sur un étroit terre-plein dégagé en bordure du chemin pour permettre le croisement d'un autre véhicule et il sortit. Billy l'imita. Il faisait froid. Son haleine se condensait devant sa bouche. Il régnait un silence absolu, typique des nuits d'automne dans les forêts du Nord, quand tous les insectes, les oiseaux et les grands animaux se taisent. L'obscurité était totale et le resterait jusqu'à ce que les premières neiges fassent scintiller la forêt.

Keith et Billy marchèrent une centaine de mètres pour tenter de découvrir un passage praticable dans la verdure. Billy chuchota :

— Nous devrions peut-être prendre une boussole pour rejoindre le lac à travers bois et jeter un coup d'œil.

— Tu as sans doute raison. Allons chercher ce qu'il faut.

Ils retournèrent à la camionnette. Keith ne quittait pas des yeux l'alignement de poteaux. Soudain, il s'immobilisa, tapa sur l'épaule de Billy et pointa son doigt.

Billy leva le nez vers le ciel nocturne. Un écureuil se promenait sur un câble presque invisible dans l'obscur fouillis de branches. Il s'éloignait en direction du lac. Un autre câble le doublait, sans doute la ligne téléphonique, se dit Keith.

— Ces fils vont incontestablement vers le lac, constata Billy, mais d'ordinaire ils suivent une route, et je n'en vois pas.

Keith se rapprocha du poteau et pénétra dans le bois. Alors, il empoigna le tronc d'un pin blanc de deux mètres et demi, le secoua, puis l'arracha du sol.

Billy considéra bouche bée la base sciée du tronc et s'exclama :

— Seigneur... ce type est complètement fêlé !

Keith poussa un autre conifère, qui tomba à la renverse. Quelqu'un, Cliff Baxter indubitablement, avait masqué le chemin qui menait à son cabanon en y plantant des pins de deux à trois mètres de haut. Keith en compta une douzaine, fichés en quinconce sur six à sept mètres pour donner l'illusion d'une forêt continue. Ils étaient encore verts et le resteraient plusieurs jours, mais légèrement flétris et plus petits que ceux qui les entouraient.

Keith remarqua aussi, à la limite de la route goudronnée et du chemin de terre, un tapis de bois mort et de branches de sapin, jetés là pour dissimuler les ornières creusées par les pneus. Du travail bâclé, selon Keith, mais suffisant pour dissuader les automobilistes trop curieux d'emprunter le chemin qui aboutissait chez Baxter.

En regardant autour de lui, Keith repéra un piquet scié à la base, qui affleurait à la surface du sol. Il ne portait pas de pancarte annonçant la « Résidence du Grand Chef », mais Keith était prêt à parier qu'elle avait existé.

De toute évidence, Cliff Baxter ne souhaitait pas de visites, prévues ou impromptues. Les arbres qu'il avait si laborieusement transplantés lui interdisaient par la même occasion toute incursion dans le monde extérieur. Inutile donc d'espérer surveiller la route en attendant que Baxter s'absente pour libérer Annie sans l'exposer au danger d'une bataille. Baxter avait manifestement engrangé tout ce qu'il fallait pour un long séjour. Naturellement, la question essentielle demeurait : Annie était-elle avec lui et était-elle en vie ? Keith avait la certitude qu'elle était là, et vivante, même s'il l'avait mise dans un piètre état. C'était toute la raison d'être du repli de Baxter dans son refuge solitaire : séquestrer sa femme infidèle et déverser sur elle sa rage et sa fureur sans être dérangé.

Il apparut à Keith que c'était là que devaient en arriver tôt où tard les Baxter, qu'Annie eût ou non décrypté l'implication psychologique profonde de ce cabanon de chasse et de la retraite qu'ils étaient censés y prendre. Il se rappelait ses paroles : « Les rares fois où nous y sommes ailés ensemble, seuls, sans les enfants ni personne, c'était quelqu'un d'autre. Ni pire ni meilleur... simplement différent... silencieux, distant, comme si... je ne sais pas... comme s'il avait une idée derrière la tête. Je n'aime pas y aller seule avec lui. Généralement, j'arrive à y échapper. »

Il imaginait aisément ce que Cliff Baxter avait derrière la tête. Il espérait seulement que le traitement qu'il avait fait subir à Annie ces derniers jours ne lui laisserait pas de séquelles irrémédiables.

Keith et Billy rejoignirent la camionnette, rassemblèrent leur matériel et revinrent à l'entrée du chemin camouflé. Ils eurent soin tous les deux de ne pas traverser le rideau d'arbres rapportés ni de marcher ensuite au milieu de l'allée. Ils pénétrèrent dans le sous-bois, à droite du chemin, qu'ils longèrent en restant à proximité autant que possible. Ils s'orientaient grâce à la boussole et aux poteaux électriques qui leur apparaissaient par endroits.

Au bout d'un quart d'heure de lente progression, Keith

mit un genou en terre et demeura aux aguets, à l'écoute de la forêt. Bill s'agenouilla près de lui et ils restèrent quelques minutes immobiles. Enfin, Billy murmura :

— Pas de bruits suspects, pas d'odeurs suspectes, tout va bien.

Keith approuva.

Billy reprit à voix basse :

— Je sais que ce camouflage, là-bas, ressemble à Baxter, mais comment pourrons-nous être sûrs que la maison que desservent ces fils est bien la sienne ? Nous ne savons même pas comment elle se présente et nous n'allons pas frapper à la porte avant de tirer.

— C'est une construction en bois sombre, en forme de V renversé, située en retrait du lac.

— Ah bon ! Tu en sais plus que tu ne veux bien le dire, toi. Typique des officiers.

— Maintenant, tu en sais autant que moi. Je t'ai prévenu que ça allait être dangereux.

— Ouais, en effet.

— Encore une chose : si je t'ai emmené, c'est pour toi, pas pour moi. Mais je te remercie de ton aide.

— Merci.

— Si tu me suis jusqu'au bout, je veux que tu me promettes de finir le boulot si je n'en suis plus capable.

Billy se tourna vers Keith et hocha la tête.

— Tu sais, j'ai mes raisons, et toi les tiennes... Alors, si l'un de nous est HS, l'autre prendra la relève.

Keith hésita avant de bredouiller :

— D'accord... Et si, au bout du compte, il ne reste qu'elle et toi, tu lui diras... ce que tu veux.

— Ouais, je lui dirai ce que je veux. Et à part ça ?

Bien des choses à part ça, mais Keith dit simplement :

— Tu lui raconteras notre journée d'aujourd'hui.

— Entendu. Et toi, tu feras la même chose pour moi. Peut-être que ça lui est égal, mais elle doit savoir.

— Promis.

Keith avait la nette impression de répéter une conversation déjà tenue, ailleurs et avec d'autres, et il ne le supportait plus.

— En route.

Ils reprirent leur marche dans la forêt. Keith essayait

d'imaginer comment Baxter s'était encore protégé. Ses efforts de camouflage étaient une chose, mais il était essentiel d'y ajouter un signal d'alarme. C'était la mission des chiens, évidemment, mais Keith redoutait surtout les déclenchements de fusées éclairantes et il se demandait si Baxter, qui n'avait aucune expérience militaire, y avait songé. Dans le doute, il levait haut les pieds. Il remarqua que Billy en faisait autant et s'ébahit de ce que les anciens soldats, même les Billy Marlon, retrouvaient leurs vieux réflexes. Mais quand on a vu une fois quelqu'un poser le pied sur une mine, explosive ou d'alarme, on n'oublie pas la leçon.

La lune avait acquis de la hauteur et répandait sur les arbres une faible lueur. Malgré tout, Keith ne voyait pas à cinq mètres devant lui. Le froid se révélait beaucoup plus vif que Keith ne l'avait prévu et le vent qui soufflait en provenance du lac en accentuait la morsure glacée.

Ils avançaient avec lenteur, à raison de huit cents mètres toutes les demi-heures.

Keith ralentit, puis s'arrêta tout à fait et tendit la main.

Devant eux, une clairière s'ouvrait au milieu des conifères, terminée par les eaux miroitantes du lac.

Ils parcoururent encore vingt mètres avant de s'arrêter à nouveau. À une centaine de mètres sur leur droite se dressait une construction de bois sombre en forme de V renversé, dont la masse se détachait sur la tache claire du lac.

Ils considérèrent longuement la maison. Keith leva enfin ses jumelles. C'était une sorte de chalet de type alpin, bâti sur des pilotis de béton qui haussaient le niveau d'habitation à bonne distance du sol. Un balcon en encorbellement courait tout autour, offrant à Baxter un panorama de trois cent soixante degrés à partir d'un point d'observation surélevé et donc privilégié. Une cheminée de pierre émergeait du centre du toit, crachant un filet de fumée dans leur direction, ce qui signifiait qu'ils se trouvaient sous le vent pour les chiens. Dans le garage ouvert était rangée une Ford Bronco de couleur sombre.

La maison étant disposée de biais par rapport au rivage, Keith en distinguait à la fois la façade et le long côté nord. Il apercevait de la lumière aux fenêtres découpées dans la pente du toit, ainsi qu'aux baies coulissantes des portes donnant sur le balcon. Une silhouette imprécise, celle d'un homme ou d'une femme, il n'aurait su le dire, traversa l'encadrement de l'une d'elles.

Keith abaissa ses jumelles.

— Nous y sommes.

Du côté de la maison, un chien aboya.

38

Cliff Baxter enfila son ceinturon et son étui à pistolet et revêtit son gilet pare-balles. Il alla décrocher du râtelier le Sako, modèle TRG-21, son arme de nuit, équipée d'une lunette infrarouge des surplus de l'armée. Ce fusil, fabriqué en Finlande, avait coûté quatre mille dollars aux contribuables, et la lunette mille. L'ensemble constituait, à son avis, l'engin le plus précis et le plus meurtrier dont puisse disposer un tireur de nuit.

Il éteignit les lumières de la salle de séjour pour ne pas se profiler en contre-jour et ouvrit la baie vitrée qui donnait accès au balcon.

Là, il s'agenouilla derrière le garde-fou, leva son fusil, regarda à travers la lunette et manipula le bouton de réglage pour obtenir une image nette. Son œil droit, esquinté par Landry, voyait encore trouble, mais le grossissement corrigeait en partie cette faiblesse.

Il inspecta les bois qui fermaient la clairière à une centaine de mètres de la maison, parcourut du regard la bordure de conifères, sans rien remarquer.

Il ne savait pas quel chien avait aboyé ni pourquoi, aussi préféra-t-il ramper le long du balcon pour examiner, à l'aide de sa lunette à grossissement variable, la forêt qui entourait la maison sur trois côtés, puis le rivage du lac, qui se trouvait aussi à une centaine de mètres d'espace découvert. Il effectua une mise au point sur les eaux du lac, mais ne décela la présence d'aucun bateau.

Le labrador était attaché à une barre fixe, parallèle à la façade de la maison donnant sur le lac. Un autre chien, le retriever, jouissait d'un périmètre qui allait du lac à l'entrée du chemin de terre dans les bois, en passant par la façade frontale de la maison. Le troisième, le berger allemand, s'ébattait derrière la maison. Il était amarré à un piquet par un câble métallique d'une bonne cinquantaine de mètres, ce qui lui permettait de vaquer à loisir entre les bois et la maison. Baxter avait pris soin de placer ses chiens de telle manière qu'ils puissent surveiller la totalité de la clairière autour de la maison.

C'étaient de bons chiens, mais ils jappaient pour un oui ou pour un non. Cependant, Baxter vérifiait chaque fois. Il revint sur la partie du balcon qui courait le long de la façade principale de la maison et, toujours à genoux, pointa son fusil vers le chemin de terre. Il lui semblait que c'était le retriever qui avait donné de la voix. D'ailleurs, il était au bout de sa longe, tourné vers les arbres. Mais la brise soufflait du lac. Le chien ne pouvait donc rien flairer contre le vent. Il avait dû voir ou entendre quelque chose. Baxter régla encore sa lunette et se concentra sur les images bicolores qu'elle lui renvoyait en la faisant glisser de gauche à droite.

Puis il la ramena sur le retriever. Il se tenait face aux bois, tendu vers un point situé à trente mètres à gauche de l'entrée du chemin. Baxter s'allongea dans la position du tireur couché, le fusil au sol, le canon saillant sous la dernière latte de la rambarde, braqué dans la direction qu'indiquait l'animal. Il visa la base des arbres et tira une fois.

La détonation se répercuta d'un arbre à l'autre et sur le lac derrière lui, déchirant le silence de la nuit. Les trois chiens se mirent à aboyer. Baxter visa encore, tira de nouveau, un coup, puis un autre.

L'écho se tut peu à peu, les chiens se calmèrent. Baxter demeurait immobile, l'œil rivé à sa lunette, guettant un bruit ou un mouvement dans le sous-bois et peut-être une riposte. Au bout de deux grandes minutes, il estima qu'il n'y avait rien, ou que l'éventuel intrus était mort ou en fuite. « Un cerf, peut-être. » Ils sortaient la nuit pour se nourrir pendant la saison de chasse, mais décampaient dès que les chiens aboyaient. Dans ce cas, pourquoi le chien continuait-il à fixer obstinément la forêt ? « Plutôt un lapin ou un écureuil. Ouais... »

« Bon. » Il ne tenait pas à attirer l'attention ni à tuer un chasseur. Pourtant, les quelques cabanons qui existaient de ce côté du lac étaient sans doute vides à cette époque. De toute façon, leurs occupants éventuels n'avaient rien à faire dans les bois la nuit pendant la saison du cerf ; en tout cas, pas si près de chez lui.

Il attendit encore quelques minutes, se rapprocha de la porte vitrée du salon en roulant sur lui-même, puis se leva d'un bond et pénétra vivement à l'intérieur.

Il remit le fusil à sa place dans le râtelier, garni d'un cadenas qu'il verrouilla avant d'empocher la clé. Il avait, dans ce râtelier, quatre autres fusils semi-automatiques, l'un équipé d'une lunette de pénombre pour chasser à l'aube et au crépuscule, un autre avec une lunette ordinaire, grossissant quatre fois, pour la chasse en plein jour, une arme à longue portée, munie d'un viseur grossissant douze fois pour tirer à plus d'un kilomètre, sur l'autre rive du lac, et enfin un fusil d'assaut à viseur simple pour les cibles proches.

À part cet arsenal et ses molosses, il disposait aussi de six pièges à ours traditionnels, répartis aux alentours de son domaine, hors de portée des chiens. Il en avait installé un au pied de l'escalier qui menait au balcon. Et puis il avait d'autres tours dans son sac, pour le cas où des visiteurs imprévus et indésirables se présenteraient. Il ne s'y attendait pas vraiment et, pourtant, quelque part dans son for intérieur flottait l'image de Keith Landry.

Keith s'était aplati au sol sous les basses branches des pins, avec Billy à son côté. Quand les coups de feu cessèrent, il chuchota :

— Tir d'essai.

Billy hocha la tête.

— Ouais... mais c'est pas tombé loin.

— Le chien devait marquer l'arrêt.

— Tu l'avais dans ta ligne de mire quand il était à genoux.

— Oui, mais je le soupçonne de porter un gilet. Il aurait fallu viser la tête. C'est pas évident à cette distance.

— Tu as vu cet œil rouge qui nous lorgnait ?

— J'ai vu.

La lunette à infrarouge avait un seul gros inconvénient :

la lueur rouge se voyait quand on était dans l'axe. Le fait que Baxter eût un dispositif de vision nocturne n'avait rien d'étonnant, mais cela rendait l'opération un peu plus délicate.

Le chien, qui stationnait à vingt mètres d'eux, fit entendre un grognement sourd.

Ils restèrent silencieux et immobiles pendant encore quelques minutes. Alors, le chien, attiré par un autre bruit ou mû par une impulsion nouvelle, se détourna et courut vers le lac au bout de sa longe.

Keith laissa encore passer une minute avant de se redresser lentement sur les genoux. Il ajusta ses jumelles et les orienta vers la maison.

Baxter se débarrassa de son gilet pare-balles, mais conserva son pistolet. Il alluma un spot fixé au ras du plancher, qui répandit une lumière tamisée sous la voûte immense du séjour.

Sur les murs inclinés de la salle s'alignait toute une variété de têtes empaillées : élan, cerf, hyène, sanglier, deux ours noirs face à face sur deux murs opposés ; au-dessus du manteau de la cheminée, un loup gris dominait l'ensemble.

Annie était assise sur un rocking-chair près de la cheminée, le regard perdu sur les flammes. Comme il s'approchait, elle leva les yeux.

Baxter demanda :

— Tu attends de la visite, ma chérie ?

Elle agita la tête.

— Je crois que c'est toi.

Il se laissa tomber dans un fauteuil en face d'elle.

Elle était nue sous la couverture dont elle s'était enveloppée pour se protéger du froid. Elle avait pourtant les pieds glacés malgré le feu. Elle avait les chevilles enserrées dans des bracelets de fer provenant de la prison, reliés entre eux par une chaîne de soixante centimètres, juste assez longue pour lui permettre de marcher normalement, mais trop courte pour qu'elle puisse courir. La chaîne était maintenue par un cadenas à un gros anneau fermement vissé dans le parquet de chêne.

L'unique téléphone de la maison se trouvait dans la cuisine, mais Cliff en avait enfermé le combiné dans le placard, ainsi que les couteaux les plus effilés. Quand il l'envoyait se coucher le soir, il lui attachait les poignets au cadre métallique du lit par des menottes et lui libérait les chevilles, « pour que tu puisses écarter les jambes pour moi, ma chérie ».

Cliff la considéra un instant.

— Tu t'imagines qu'il va venir te délivrer, mais c'était Blake qui appelait tout à l'heure, pour me dire que ton petit ami avait enlevé Ward et l'avait torturé. Ward lui a raconté que nous étions en Floride. C'est donc là-bas que ce triple idiot va aller nous chercher, s'il y arrive. Et s'il trouve seulement que tu vaux le dérangement.

Annie se taisait.

Baxter reprit :

— À mon avis, il s'en tape et, même si c'est pas le cas, il aura jamais le cran. En même temps, j'aimerais bien qu'il se pointe. T'as déjà vu un mec pris dans un piège à ours ? Crois-moi, c'est pas joli à voir. En général, il arrive pas à se dégager et il meurt de faim et de soif. Y en a qui se coupent le pied pour sortir. Si ton petit copain tombe dans un des pièges que j'ai aménagés autour de la maison, on pourra assister à son agonie pendant une bonne semaine. Le plus souvent, ils hurlent à s'en casser la voix, ils pleurent, ils supplient et, à la fin, ils demandent qu'on les achève.

Annie gardait les yeux fixés sur le feu.

Cliff continuait :

— J'en ai jamais vu en personne, mais je connais quelqu'un qui a assisté au spectacle. Je crois que ça me plairait. (Comme il n'obtenait d'elle aucune réaction, il renchérit :) D'ailleurs, je vois pas ce qu'il pourrait t'apporter maintenant. La dernière fois que je l'ai vu, je tenais ses testicules dans le creux de ma main. T'as déjà vu une paire de testicules détachées de leur bonhomme ? J'aurais dû les garder pour te les montrer.

Il la dévisageait. Elle lui décocha un bref regard. Il sentait qu'elle ne gobait pas complètement son histoire et, plus il la lui ressortait, moins elle semblait y croire. Aussi décida-t-il de laisser tomber pendant quelque temps. Il poursuivit son monologue :

— S'il montre son nez, j'espère que je ne serai pas

obligé de le tuer du premier coup. S'il échappe aux pièges, les chiens lui feront son affaire. Ou bien j'arriverai à le coincer et je te l'amènerai pour que tu puisses t'en occuper. Et quand il sera à point, je l'écorcherai vif et je lui carderai le cuir...

— Tais-toi !

Il bondit sur ses pieds.

— Qu'est-ce que tu as dit ?

— Arrête ! Arrête ça !

— Ah ouais ? Debout.

— Non.

— Debout, je te dis ! Obéis ou tu t'en repentiras.

Annie hésita et se leva.

— Lâche la couverture.

Elle la laissa glisser à terre. Baxter sortit la clé de sa poche, s'agenouilla et ôta le cadenas qui retenait la chaîne. Il se releva en ordonnant :

— Va te pencher sur l'accoudoir du canapé.

Elle fit non de la tête.

Il dégaina son pistolet, qu'il braqua sur son visage.

— Fais ce que je te dis.

— Non. Vas-y, tire.

Il abaissa son arme vers son ventre.

— Si je te tire dans les tripes, tu mettras un jour entier à mourir.

Annie resta planté sur place. Elle ne demandait qu'à mourir, et à cet instant, peu importait le temps que cela prendrait. Alors, elle pensa à ses enfants, en se berçant de l'idée que peut-être Keith se rappellerait qu'elle lui avait parlé de Grey Lake, ou qu'il aurait une conversation avec Terry, qui, avec l'aide de Dieu, aurait compris son allusion à Atlanta.

Annie savait qu'ils ne pourraient rester éternellement dans cette maison et que, quand quelqu'un finirait par se présenter, il y aurait des effusions de sang, qui s'achèveraient sans doute par sa mort et le suicide de Cliff.

Aussi, elle hésitait entre l'envie de mourir tout de suite et l'envie de vivre encore un peu, avec l'espoir de trouver un moyen de mettre un terme à ce cauchemar. Mais combien de temps pourrait-elle tenir encore ? Combien de temps avant qu'il vienne à bout d'elle ? Ils étaient arrivés trois jours plus tôt et, déjà, elle perdait le contact avec la réalité et se pliait à sa volonté perverse pour s'épargner trop de souffrance. Elle n'était pas à la hauteur dans cet affrontement. La partie n'était pas égale. Il détenait tout le pouvoir et même sa résistance subtile se heurtait à son sadisme. Pourtant, elle refusait d'être sa victime consentante et elle ne le lui envoya pas dire :

— Tu peux toujours courir.

Baxter remballa son arme, se dirigea vers la cheminée et ficha le tisonnier au cœur des flammes.

Annie le regardait faire. Non, il ne la tuerait pas. Pas encore. Mais il irait au bout de son intention du moment. Le tisonnier se mit à rougeoyer. Il le sortit du feu, le brandit devant lui et cracha dessus. La pointe grésilla. Il l'avança à quelques centimètres de son sein droit, en déclarant :

— J'aurais préféré éviter ça, mais tu ne me laisses pas le choix.

— Moi aussi, je préférerais l'éviter, mais toi, quel choix me laisses-tu ?

Il la foudroya du regard.

— De toute façon, c'est moi qui aurai le dernier mot. Alors ?

Consciente d'avoir résisté autant qu'elle le pouvait, elle tourna les talons et se dirigea vers le canapé, en traînant la chaîne derrière elle, les chevilles broyées par les fers.

— Penche-toi, gronda-t-il.

Elle s'inclina sur le bras rembourré, les bras allongés devant elle sur les coussins. Elle entendit Cliff reposer le tisonnier, puis dégrafer son baudrier, qu'il abandonna quelque part. Il se posta derrière elle, déboucla sa ceinture, la dégagea des passants de son pantalon.

— Bon, tu vas payer tes propos inconsidérés. Et tu en as accumulé un paquet au fil des années !

Annie se serait bien passée de répondre, mais si elle gardait le silence, il continuerait à déblatérer indéfiniment et elle n'avait aucune envie d'attendre la fin de sa péroraison dans cette position humiliante.

— Vas-y, qu'on en finisse, dit-elle.

— Je veux que tu réfléchisses à ce qui va suivre et à la raison qui te vaut ce traitement.

— Sois maudit...

Il abattit la ceinture de toutes ses forces sur son postérieur.

Keith dirigea ses jumelles sur l'une des fenêtres éclairées, dont les châssis saillaient de la toiture. Quelque chose glissa dans son champ de vision. Alors, il la vit. Elle se tenait debout. Il n'apercevait que son buste. Elle était torse nu. Elle resta d'abord immobile. Il entrevoyait son visage, mais à cette distance, équivalant à vingt-cinq mètres avec le grossissement des jumelles, il ne distinguait pas ses traits. Il lui sembla qu'elle avait l'air effrayé, mais c'était peut-être son imagination.

Soudain, elle disparut. Cliff Baxter surgit à sa place. Keith régla ses jumelles au plus près. À ce moment-là, Baxter exécuta un geste bizarre. Keith mit quelques secondes à comprendre qu'il maniait un objet quelconque, un fouet, une ceinture ou une canne, et à enregistrer la signification de la scène. Il abaissa ses jumelles, avec un pincement au cœur.

Billy demanda dans un souffle :

— Qu'est-ce que tu vois ?

— Rien.

— T'as vu quelqu'un ?

— Oui... (Il se tourna vers Billy.) Il est en train de la frapper. J'y vais.

Il saisit son fusil et commençait à se relever quand Billy le retint.

— Non ! Non ! Attends !

Keith retomba à plat ventre sur le sol. Il avait l'impression d'entendre le bruit des sévices qui se perpétraient dans la maison, le claquement répété de l'instrument sur la chair nue et les cris d'Annie. Évidemment, son oreille ne percevait rien, mais il éprouvait physiquement la morsure des coups, comme si c'était lui qui les recevait.

Annie laissa échapper un hurlement de douleur et de surprise. D'habitude, elle se préparait au premier coup et ne proférait pas un son jusqu'au moment où la douleur devenait trop vive. La veille, elle avait encaissé dix coups de fouet sans frémir et elle en avait retiré une certaine fierté.

Il annonça :

— Je pensais ne t'en donner que cinq, mais tu vas en recevoir le double. Tu comptes et, si tu perds le fil, je recommence à zéro. Prête ?

Elle restait coite.

— Prête ?

— Oui.

Et Cliff Baxter asséna posément neuf coups de ceinture bien réguliers sur les fesses de sa femme, encore rouges des brutalités de la veille. Entre chaque coup, il laissait à Annie le temps de reprendre son souffle et de compter à voix haute. À la fin, elle éclata en sanglots. Il déclara :

— Bon, je t'en avais donné un avant qu'on commence la série, alors je veux bien admettre que ça fait dix. Qu'est-ce qu'on dit ?

Elle étouffa un sanglot.

— Merci.

— Je t'en prie.

— Je peux me relever ?

— Non. Reste comme tu es et écarte les jambes.

Elle obéit, malgré l'entrave de la chaîne. Cliff Baxter la pénétra par-derrière, mais se retira avant de jouir.

— Tourne-toi.

Elle se redressa en chancelant et lui fit face.

— À genoux.

Elle s'agenouilla devant lui. Il attira sa tête et ordonna :

— Prends-le dans ta bouche.

Après, il se calmerait. Au point où elle en était, son seul désir était d'avoir la paix au moins pour cette nuit. Elle hésita pourtant. Il lui tira les cheveux en vociférant :

— Exécution !

— Allons, Keith, s'il prend la fuite, ce sera raté. Il faut attendre un peu et agir à bon escient. T'es d'accord ? Dis, ça va pas ? Ressaisis-toi, mon vieux. On n'est pas à l'entraînement.

Keith semblait frappé de mutisme.

— Allez, viens. Il ne faut pas rester ici.

Keith se dressa sur un genou, puis se leva et pointa

encore ses jumelles vers la maison. Mais il ne voyait plus rien.

Billy l'agrippa et le força à se baisser.

— Bon Dieu, s'il nous observe avec sa lunette à infrarouge, tu es un homme mort ! Viens.

Le chien se remit à aboyer.

— Avale.

Elle s'y résigna.

Baxter se détourna et regagna son fauteuil, la laissant à genoux. Il s'assit et la considéra, le souffle court. Il entendit le chien aboyer, mais n'y prêta pas attention. Au bout d'une longue minute, un sourire se déploya sur son visage.

— Tu t'améliores. T'as aimé ?

— Non.

— Garce. Ton copain a eu droit à des pipes aussi ?

— Non.

— Tu mens, salope. Tu l'as sucé, avoue.

— Non.

— Tu vas rester comme ça toute la nuit, jusqu'à ce que tu me dises la vérité. Tu l'as sucé ?

— Oui.

— Tu n'es qu'une sale pute.

Il se pencha, sans la quitter des yeux.

— Regarde-moi, petite grue. Tu m'as menti à son sujet, hein ?

— Oui.

— Tu as prétendu que tu ne te souvenais même pas de l'avoir rencontré dans la rue. Et pendant tout ce temps-là, tu lui taillais des flûtes. Pas vrai ?

— Oui.

— Peut-être qu'il a le sida, que tu l'as attrapé et que tu me l'as refilé, saloperie.

Elle se tut.

— Il doit baiser tout ce qui lui tombe sous la biroute, les chèvres, les petits garçons et les tapineuses à deux sous. Et tout ce qu'il s'est chopé, tu l'as chopé aussi. Il mettait des capotes au moins ?

Elle se taisait toujours.

— Combien de fois vous avez baisé ?

— En comptant le collège et l'université, ou seulement... ?

— Ta gueule ! Tu me dégoûtes. Je devrais te tuer, mais tu ne vas pas t'en tirer à si bon compte. Tu vas expier. Tu sais ça ?

— Oui.

— Et t'auras jamais fini d'expier, parce que tu ne pourras jamais réparer toutes tes dégueulasseries. Tu dois bien regretter maintenant, non ?

Elle ne disait rien.

— Réponds-moi !

— Oui.

— Oui quoi ?

— Oui, je regrette.

— Je pense bien que tu regrettes. Mais t'as pas tout vu. Quand j'en aurai fini avec toi, tu seras comme ma chienne. Tu feras ce que je te dirai, quand je te le dirai, tu mangeras quand j'aurai décidé, tu te rouleras à mes pieds, tu me lécheras la main et tu me suivras partout la tête basse. Pas vrai ?

— Oui.

— Oui qui ?

— Oui, monsieur.

— Bien. Mais je te traiterai correctement, même si tu ne le mérites pas. Tu auras trois repas par jour, un coin chaud pour dormir et un coup de ceinture seulement quand tu l'auras cherché. Ça te va ?

— Oui, monsieur.

Cliff se cala au fond de son siège pour mieux la contempler, à genoux, tête baissée, les bras serrés autour d'elle. Il sourit.

— T'as froid ?

— Oui, monsieur.

— Viens près du feu. Sans te relever.

Après une brève hésitation, Annie s'approcha à quatre pattes et s'arrêta aux pieds de Baxter.

— Redresse-toi.

Elle bascula sur les hanches et resta assise devant lui, la tête toujours inclinée.

— Regarde-moi.

Elle planta son regard dans le sien et remarqua avec une certaine satisfaction qu'il avait encore l'œil droit injecté de sang.

— Quand as-tu baisé avec lui ? Et où ?

— Chez lui.

— Chez nous aussi ?

— Oui.

Il eut un sursaut d'étonnement.

— Merde, c'est pas possible ! Tu mens ! À la maison, vous auriez jamais pu.

— Si tu le dis.

— T'es une vraie salope. Tu sais ça. Une putain, voilà ce que tu es, et je vais te traiter comme telle.

Elle aperçut le pistolet sur la petite table d'appoint, à droite du siège qu'il occupait. Elle se dit qu'elle pourrait s'en emparer, rouler sur elle-même et le tenir en joue avant même qu'il ait le temps de réagir. Elle le forcerait à s'enchaîner et elle pourrait fuir. C'était tout ce qu'elle demandait : lui échapper, échapper à cette maison. Elle ne tirerait que s'il l'y obligeait et, dans ce cas, elle tâcherait de le blesser seulement. Elle n'avait plus qu'à attendre une occasion.

Keith s'éloigna de la maison à contrecœur, Billy sur les talons. À une centaine de mètres du bord de la clairière, deux cents de la maison, ils s'arrêtèrent.

Billy s'assit, le dos appuyé à un tronc d'arbre et s'indigna :

— Ce fils de pute aurait pu nous tirer comme des lapins avec sa lunette à infrarouge.

Keith hocha la tête et chercha son regard dans la pénombre.

— Tu n'es pas obligé de rester. Retourne à la camionnette.

— Hé, on a passé un marché, non ?

— Oui, mais...

— Reprends tes esprits, Keith. Je sais que tu as vu quelque chose qui t'a bouleversé, que moi, je n'ai pas vu. Mais je n'ai pas besoin de voir. Je le connais mieux que toi. J'ai déjà été dans sa prison.

Keith retrouva son sang-froid.

— D'accord. Merci.

— On va attendre un peu que les chiens se calment, que Baxter se rassure. Ensuite, on le coince. Tu te souviens... ? On les trouve, on leur tombe dessus, on les finit. (Il conclut :) L'ordure.

Keith s'absorba dans ses pensées. Il se disait qu'il aurait peut-être dû riposter. Mais il y avait les bonnes et les mauvaises conditions, les tirs à coup sûr et les tirs à distance. Les conditions étaient mauvaises et la distance trop grande. S'il avait manqué son coup, ou seulement atteint le pare-balles de Baxter, l'occasion ne se serait jamais représentée. C'était risqué. On leur disait à l'entraînement que la première occasion n'était pas toujours la meilleure, mais qu'on n'était jamais sûr qu'elle se reproduirait. Il fallait savoir évaluer rapidement la situation et décider à la seconde de saisir ou non sa chance. S'il avait vu ou su ce que Baxter allait faire à Annie... au moins savait-il qu'elle était en vie et le resterait tant que Baxter tirerait d'elle quelque plaisir.

— Le fumier.

— Ouais. Pire que ça encore. Il faudrait inventer un mot nouveau pour le qualifier.

— J'en ai un. Mort.

— C'est un mot qui me plaît.

Baxter continua à l'abreuver d'injures pendant quelques minutes. Elle soutenait son regard comme il le lui avait ordonné, à genoux devant lui, mais elle n'écoutait pas. Elle attendait une occasion de bondir. Le pistolet n'était qu'à quatre mètres, mais il fallait le distraire. Elle lui dit :

— J'ai froid. Je peux prendre la couverture ?

— Non, tu peux te geler les miches, ça t'apprendra. (Il revint à son sujet favori.) Combien de types tu t'es envoyés depuis que nous sommes mariés ?

— Aucun.

— Arrête de mentir. Tu as le feu au derrière, ma pauvre chérie. Je vois bien comment tu regardes les autres hommes. Tu es une obsédée de la bite. Eh bien, tu vas en avoir tout ton soûl, ici. (Et il réitéra sa question :) Combien de types depuis que nous sommes mariés ?

— Aucun.

— Des clous ! Je ne te lâcherai pas tant que tu ne m'auras pas cité tous ceux que tu t'es payés derrière mon dos. Il y en a eu d'autres, n'est-ce pas.

Elle acquiesça.

— Combien ?

— Seulement deux.

— Voyez-vous ça ! Seulement deux ! (Il manifestait soudain un regain d'intérêt.) Qui ?

— Tu vas être fâché.

— Fâché ? Je suis furieux, oui ! Qui ?

— Tu me promets que tu ne vas pas me battre ?

— Je ne promets rien du tout, si ce n'est une autre correction si tu ne parles pas. Qui ?

Elle prit une profonde inspiration et laissa tomber :

— Reggie Blake et ton frère Phil.

Aussitôt, il fut debout.

— Quoi ?

Elle se protégea le visage de ses mains, mais c'était surtout pour lui cacher le sourire qui dansait sur ses lèvres.

— Tu... tu mens ! Sale garce, tu mens ! Regarde-moi !

Elle baissa les mains et le regarda.

Cliff fléchit un genou pour placer son visage à hauteur du sien.

— Tu te fous de moi, ou quoi ?

— Cliff, écoute, ce n'est pas juste. J'ai fait tout ce que tu m'as demandé. J'ai répondu une centaine de fois à tes questions. Qu'est-ce que tu veux que je te dise ?

— La vérité, bordel !

— Je n'ai jamais couché avec un autre homme depuis que nous sommes mariés... sauf avec lui.

— T'as pas couché avec Blake ?

— Non... bien qu'il m'ait fait des avances.

— Ah bon ? Ce foutu... Ni avec mon frère ?

— Lui aussi, il m'a fait des avances.

— Tu... Je ne te crois pas.

— Je suis désolée.

Cliff vrillait sur elle des yeux immenses. Finalement, il se détendit.

— De toute façon, nous finirons par connaître la vérité. Peut-être pas aujourd'hui, mais peu à peu, tu me diras tout. Hein ?

Il n'avait que cette idée en tête, et d'autres du même genre. Tant que son intérêt pour ces questions ne serait pas retombé, elle n'aurait pas à craindre le pire.

— Oui.

Il demeura un long moment silencieux. Toujours appuyé sur un genou devant elle, il lui prit le menton et tourna son visage vers le sien. D'une voix lente et assourdie, il demanda :

— Tu savais depuis le début que ça finirait comme ça. Je me trompe ?

Elle fouilla son regard en réfléchissant à ce qu'il venait de dire. Elle pensait le connaître dans une certaine mesure et avoir percé à jour sa folie, mais elle ne l'aurait jamais cru capable d'en arriver là. Et pourtant, confusément, elle s'y attendait.

— Tu le savais, n'est-ce pas ? Moi, je le savais, alors tu devais forcément t'en douter. Et, dans ce cas, ça veut dire que tu le souhaitais.

— Non !

— Tu aimes ça...

— Non ! Espèce de salaud.

Elle décocha son poing, mais il l'intercepta et la gifla. Elle eut un mouvement de recul avant de s'affaisser sur le sol.

Il se redressa.

— Lève-toi !

Elle enfouit son visage dans ses mains, se roula en boule et se mit à sangloter.

— Lève-toi !

— Laisse-moi tranquille ! Laisse-moi tranquille !

Baxter n'aimait pas la voir tourner à l'hystérie car, dans ces moments-là, il n'obtenait plus rien d'elle, elle ne l'écoutait plus et il était obligé d'attendre que ça passe.

Annie gisait à terre, lovée dans une attitude défensive, la tête dans les mains. Au bout de quelques minutes, Baxter lança :

— Bon, si tu arrêtes ton cirque, je te laisserai t'envelopper dans la couverture et je te donnerai à manger. J'attends, mais, si tu me fais poireauter trop longtemps, je vais chercher le fouet. En fait, tu as dix secondes. Neuf.

Et il commença son compte à rebours.

Annie se déplia lentement et se remit à genoux.

— Voilà qui est mieux. Écoute, chérie, à toi de décider si tu veux que les choses se passent bien ou mal. Ça ne tient qu'à toi. Plus vite tu comprendras que c'est moi qui commande ici et que tu as intérêt à la boucler et à filer doux, mieux tu te porteras. Tu n'as aucun moyen d'y échapper, mon cœur. Tu vas faire la cuisine, le ménage, me laver, me sucer, coucher et me baiser les pieds. Plus vite tu y viendras, mieux ça ira pour toi. Compris ?

— Oui, monsieur.

— Tu sais, vous, les filles Prentis, vous vous êtes toujours crues sorties de la cuisse de Jupiter. Tu crois que je ne me suis pas rendu compte que vous méprisiez ma famille ? Mais pour qui vous prenez-vous ? Je regrette que ta sœur ne soit pas avec toi. Elle aurait bien besoin d'apprendre à tailler des pipes, elle aussi. Regarde-moi, petite garce. Je te parle. Qu'est-ce que tu en dis ? Deux putes à ma botte, à poil du matin au soir...

— S'il te plaît, Cliff... je ne me sens pas bien. Je vais tourner de l'œil. Je ne voudrais pas attraper une pneumonie... J'ai besoin de manger quelque chose... Je vais tomber dans les pommes...

Il l'examina attentivement.

— Ouais. Ce serait bête que tu tombes malade. Je ne tiens pas à te soigner. Et tu ne peux pas te contenter de pomper les mecs. Ça ne suffit pas, n'est-ce pas ? N'est-ce pas ?

— Non, en effet.

— Bon, tu vas commencer par aller chercher la trousse de secours et changer mon pansement. Pas la peine de te mettre debout, ma douce. Tu es mon saint-bernard.

Annie traversa la pièce à quatre pattes, récupéra la trousse dans le coffre de bois où elle était rangée et, sans attendre son ordre, se l'accrocha autour du cou avant de revenir près de lui.

Baxter baissa son pantalon et son caleçon et s'allongea sur le canapé.

Annie ouvrit le sac de toile, où elle puisa une paire de ciseaux à bout rond servant à découper les bandes. Elle inséra l'une des lames sous le bandage enroulé autour de sa cuisse gauche et commença à couper. Il y avait encore du sang sur la bande. En l'ôtant, elle constata que la blessure cicatrisait mal. Elle ne remarqua cependant aucun signe d'infection. Elle se demanda comment elle pourrait lui en inoculer une.

Elle nettoya la plaie avec un coton imbibé d'alcool. Il

fit la grimace. Puis elle badigeonna la coupure d'iodine. Cette fois, il laissa échapper une plainte. Il souleva sa jambe pour lui permettre d'enlever l'ancien pansement, opération apparemment douloureuse, elle aussi. Elle appliqua enfin un tampon de gaze et entreprit de bander à nouveau la plaie. Il ne parlait jamais de sa blessure ni de son œil abîmé, une façon sans doute d'essayer de se convaincre, et de la convaincre par la même occasion, que l'incident du motel avait tourné à son avantage. Elle savait néanmoins que Keith s'était vaillamment défendu et avait failli lui trancher l'artère fémorale. Au début, elle avait failli croire Cliff quand il lui disait qu'il avait castré Keith, mais il était évident, à voir sa rage contenue, qu'il n'en était rien.

Il avait fermé les yeux. Elle jeta un rapide coup d'œil vers la table sur laquelle il avait posé son baudrier.

— Tu cherches quelque chose ?

Elle se retourna.

— Pendant que je suis là, étendu avec mon froc sur les chevilles, tu te demandes si tu peux attraper ce baudrier avant moi. Tu le peux, ma chérie. Mais tu risques d'avoir une surprise, parce que — il alla pêcher le pistolet entre les coussins, où il l'avait caché — je l'ai là, sous la main. (Il pressa le canon sur son front.) Nous avons encore du chemin à faire, hein ? Mais, quand je t'aurai dressée, tu iras me chercher mes fusils et l'idée ne te viendra même pas d'en braquer un sur moi.

Elle hocha la tête, mais elle savait, et il savait, que ce jour n'arriverait jamais. Elle se rendait compte que ce jeu du chat et de la souris l'amusait, qu'il mettait un peu de sel dans ses nuits et ses jours. Il tenait à lui démontrer qu'il était plus malin qu'elle, ou du moins plus rusé et mieux armé pour survivre dans le monde qu'il avait créé. Dans un sens, il cherchait à la briser, mais, d'un autre côté, il appréciait le courage dont elle faisait preuve, les défis auxquels elle le confrontait. S'il parvenait trop vite ou trop facilement à l'anéantir, il serait submergé d'ennui et de déception, et tromperait cela par un surcroît de sadisme, jusqu'à ce qu'il mette fin à la partie en mettant fin à leurs jours. D'autre part, si elle lui opposait trop de résistance ou se montrait assez intelligente pour lui damer le pion, il la tuerait dans un accès de fureur ou par simple instinct de conservation. C'était ce que lui avaient appris les trois derniers jours, mais elle n'avait pas encore trouvé le juste équilibre entre la rébellion et la soumission. Il y avait des moments où elle s'en fichait, où il lui imposait des humiliations tellement infâmes qu'elle était tentée de renoncer. Mais, chaque fois, elle serrait les dents en se jurant de tenir une heure encore, et puis encore une heure, jusqu'au moment où il décidait de l'attacher au lit pour la laisser enfin dormir.

Baxter commanda :

— Nettoie mes bijoux de famille, ma petite chérie. À l'alcool. J'adore ça.

Elle imprégna une gaze d'alcool et tamponna son sexe.

— Hum, c'est bon ! Mets donc de la vaseline.

Elle en pressa un tube sur son pénis et ses testicules et l'étala. Elle arrêta l'opération quand elle remarqua un début d'érection.

— Tu sais, je peux baiser trois fois par jour, assura-t-il. Je me farcissais une ou deux bonnes femmes dans la journée et, une fois rentré, je recommençais avec toi. Qu'est-ce que tu dis de ça ? Et tu te croyais la seule à faire la java.

Elle connaissait ses infidélités depuis belle lurette et elle se demandait comment il pouvait espérer que ces révélations la blesseraient. Mais il se creusait la cervelle pour trouver ce qu'il pourrait faire ou dire afin de la blesser, de l'humilier, de l'amener à douter d'elle-même et de sa raison d'être. Il pensait qu'à force de la traiter de garce, de chienne et de putain elle finirait par le croire. S'il lui affirmait qu'il avait castré Keith, elle le croirait. Quand il s'en prenait à sa sœur, elle éprouvait une rage mêlée d'inquiétude. Quand il la lardait de coups de ceinture, elle se sentait vaincue et impuissante, mais, au comble de la souffrance, elle conservait autant de dignité que possible et chaque coup asséné la renforçait dans sa volonté de préserver sa raison.

Elle demanda :

— Je peux avoir ma couverture maintenant et quelque chose à manger?

— Quand je t'ai trouvée dans le motel, tu étais nue. Tu n'as qu'à le rester.

Il quitta le canapé et remonta son caleçon et son pantalon.

— Je t'en prie, Cliff. J'ai froid et j'ai faim. Et j'ai besoin d'aller aux toilettes.

— Bon, dans ce cas, tu peux te relever.

Elle ne se le fit pas dire deux fois et, sans attendre sa permission, s'enroula dans la couverture.

— Allons-y.

— Je ne peux pas y aller seule ?

— Pas question, mon cœur. En avant.

Elle s'engagea dans le couloir qui longeait la cuisine et pénétra dans la salle de bains.

Baxter resta assis sur le bord de la baignoire pendant qu'elle urinait, à califourchon sur le siège des toilettes, en évitant son regard. Elle s'essuya, se releva et s'éloigna dans le couloir, contrainte par la chaîne à marcher à petits pas, quand elle aurait voulu fuir à toutes jambes.

Elle entra dans la cuisine. Il se précipita pour passer devant elle et se planta devant le réfrigérateur.

— Qu'est-ce que ça boulotte, les putains, quand ça a fini de pomper les mecs ?

Elle respira profondément avant de répondre :

— J'aimerais quelque chose de chaud. Je peux me débrouiller.

— Tu mangeras ce que je te donnerai. Assieds-toi, si tu n'as pas trop mal aux fesses, sinon reste debout, ou accroupis-toi par terre et je t'apporterai l'écuelle du chien, comme la dernière fois.

Elle se dirigea vers la table et se posa délicatement sur la chaise de bois, en serrant la couverture autour de ses épaules.

Il ouvrit le réfrigérateur, aligna deux tranches de pain sur une assiette en carton, disposa dessus quelques lamelles de viande froide et jeta le tout sur la table.

— Mange.

Elle porta le sandwich à sa bouche, sous son regard attentif. Elle mangeait avec lenteur, en prenant son temps, malgré la faim qui la tenaillait.

Il prit une bière dans le réfrigérateur et plaça devant elle un carton de lait, sans lui donner de verre. Puis il vint s'asseoir en face d'elle.

— Tu n'auras rien d'autre, alors ce n'est pas la peine de demander.

Annie jugea le moment venu d'essayer d'engager avec lui une conversation plus ou moins normale. Il semblait un peu apaisé, content de lui. Elle pourrait peut-être lui soutirer quelques informations. Elle s'efforça d'adopter un ton plaisant, comme s'il ne s'était rien passé de spécial, comme s'il ne venait pas de la battre et de la violer.

— Quelle quantité de provisions avons-nous, Cliff ?

— De quoi tenir deux ou trois mois. Il ne restera plus beaucoup de produits frais à la fin de la semaine. Mais j'ai prévu des conserves. Et des tonnes de bières.

— Et ensuite ?

— Ensuite, j'irai faire des courses en ville. Pourquoi ? Tu comptes te rendre quelque part ?

— Je voulais seulement savoir quand nous pourrions rentrer chez nous.

— Tu es ici chez toi, mon petit pain en sucre.

— Je veux parler de notre maison, à Spencerville.

— Et pourquoi veux-tu y aller ?

— Je pensais que nous ne resterions ici que quelques jours.

Il grimaça un sourire.

— Ah ouais ? Moi, je crois pas. Nous avons pris notre retraite, ma chérie. Nous allons pouvoir vendre notre maison.

— Bon. C'est sans doute une bonne idée.

Elle n'aimait pas boire sans verre, mais, n'ayant pas le choix, elle avala quelques gorgées de lait à même le carton et demanda incidemment :

— Quand est-ce que je pourrai passer quelques coups de fil ?

Il arrêta son regard sur elle.

— Quand tu te repentiras sincèrement de ce que tu as fait.

— Mais je regrette, Cliff. Je regrette ce qui est arrivé. Quand me pardonneras-tu ?

— Jamais. J'accepterai peut-être un jour de te montrer plus de clémence. Mais nous en sommes encore loin.

Elle hocha la tête, sans se faire d'illusions. Il était imprudent de lui suggérer qu'ils ne pourraient indéfiniment négliger leurs enfants, que ceux-ci manifesteraient tôt ou tard le désir de venir pour Thanksgiving, ou à Noël. Qu'elle avait une famille, une sœur, des parents, tout comme lui. Mais, en lui rappelant qu'il existait un monde extérieur avec lequel il fallait compter, elle risquait de le précipiter au fond de son incohérence. Cependant, elle avait déjà abordé le sujet en parlant de téléphoner et, depuis, il était songeur. Elle reprit :

— Si je peux appeler quelques personnes, on ne se demandera pas où nous sommes passés. Je dirai que nous sommes revenus de Floride, et...

— Laisse-moi en décider. Dans une ou deux semaines, on verra. Pour tout le monde, nous voyageons en amoureux en Floride. Je n'ai de comptes à rendre à personne. Je suis en congé pour une durée indéterminée et l'endroit où je me trouve ne regarde que moi et personne d'autre. Les enfants ne sont plus des enfants ; ils ont leur vie et ils se fichent de savoir ce que nous devenons. Je les appellerai de temps en temps.

— Bon, approuva-t-elle. (Elle posa les yeux sur lui.) Cliff, tu m'as largement fait payer mes erreurs, j'ai eu ce que je méritais. Alors, pourquoi ne pas passer l'éponge et rentrer à Spencerville, comme si de rien n'était ? Tu sais bien qu'il faut que tu retournes travailler, que tu accomplisses tes dernières années. Je t'assure que j'ai compris ce que tu attendais de moi. Je... je regrette du fond du cœur mon écart. Je ne recommencerai pas. Tu es le seul homme qui m'intéresse.

En l'examinant attentivement, elle s'aperçut qu'elle avait réussi à l'ébranler et qu'il méditait ses paroles. Elle continua :

— Nous n'avons pas de raison de rester ici indéfiniment. Maintenant que je sais comment te satisfaire et te rendre heureux, je pourrai appliquer ce que j'ai appris ici à Spencerville. Si nous y retournons assez vite, on ne nous posera pas de questions. Tu ne crois pas ?

Il resta silencieux, puis finit par se lever, sans un mot. Il la regarda. Elle se leva à son tour, étroitement blottie dans sa couverture. Ils se tenaient face à face. Annie le savait en proie à un intense débat intérieur. Elle n'arrivait pas à distinguer ce qui, dans son comportement, relevait de la colère ou appartenait à la névrose. Mais, au lieu de se calmer peu à peu, il manifestait une agitation qui n'avait fait qu'empirer au cours des trois derniers jours et Annie en était effrayée.

Finalement, il prit le parti de sourire et constata, d'un ton presque jovial :

— On dirait que tu veux recommencer comme avant, en mieux.

— Oui.

— Ce qui veut dire que tu m'aimes. Tu ne prendrais pas tant de bonnes résolutions si tu ne m'aimais pas.

— Non.

— Tu m'aimes ?

Elle ne répondit pas.

— Dis que tu m'aimes.

— Ce n'est pas le cas.

— C'était bien ce que je pensais. Moi, je t'aime.

— Si tu m'aimais, tu ne me traiterais pas comme tu le fais.

— Tout ce qui t'arrive, tu l'as cherché. Est-ce que je t'ai jamais traitée ainsi avant que tu ailles te vautrer avec un autre homme ? Hein ?

— Non... c'est vrai.

— Tu vois ? Seulement, tu ne veux pas accepter les conséquences. Tu ne veux pas assumer la responsabilité de tes actes. Vous, les femmes, vous êtes toutes pareilles. Toujours prêtes à faire le joli cœur, ou le tapin, à prendre du bon temps impunément. Tu as semé la merde à Spencerville. Tu ne vas pas t'en sortir si facilement.

— Toi non plus.

— Qu'est-ce que ça veut dire, ça ?

Elle se tut.

— Tu veux encore le fouet ?

— Non.

— Je m'en doute. Ainsi, tu ne m'aimes pas. Mais tu m'aimeras. Et quand tu le diras, tu seras sincère. Vraiment sincère, au plus profond de toi. Tu diras : « Cliff, je t'aime. » Et tu sais quoi, si j'avais mon détecteur de mensonge ici, il me confirmerait que tu dis l'absolue vérité. Mais je n'en ai pas besoin, chérie de mon cœur, parce que, le moment venu, je saurai que tu le penses et, toi aussi, tu le sauras.

— Jamais.

— N'oublie pas ce que tu viens de dire. En attendant, remercie le ciel que je t'aime encore parce que, le jour où je cesserai de t'aimer, tu seras morte. Quand tu diras tes prières ce soir, prie pour que je t'aime encore demain matin.

— Quand je dirai mes prières ce soir, je prierai pour ton âme, Cliff, et je demanderai à Dieu de te pardonner. Moi, je ne peux pas.

Cela ne lui plut pas.

— Va t'enchaîner au plancher.

Elle sortit de la cuisine, traversa le salon et alla s'agenouiller à côté du fauteuil à bascule, devant la cheminée. Il la suivit pour la regarder enclencher le cadenas dans un maillon de la chaîne, puis dans l'anneau rivé au plancher, et le refermer avec un bruit sec. Elle s'enroula bien dans la couverture et s'assit.

Il attisa le feu, ajouta une bûche et resta un moment à contempler le ballet des flammes. L'un des chiens émit un jappement, mais il ne parut pas le remarquer. Alors, il se retourna vers elle.

— Je te l'ai dit, quand j'aurai fini de te dresser, tu ne seras plus la même. Tu n'auras même plus envie de retourner à Spencerville. Il faudra t'habituer à cette idée, ma douce. C'est comme ça, pour toujours. (Il désigna la tête de loup gris qui surmontait la cheminée.) Rien que toi, moi, et ces bestioles pour toute compagnie.

Annie se détourna de lui. Une larme roula sur sa joue.

Il alluma une petite lampe près de son fauteuil, puis alla éteindre l'éclairage au sol. Il s'assit et se plongea dans la lecture d'un magazine de chasse. Soudain il leva les yeux et déclara, d'un ton anodin :

— Je vais te dire. Il y a quelque part, dans la nature, un mec qui a forniqué avec toi. Si mes gars l'attrapent et l'amènent ici, ou s'il débarque et que je le coince, alors, une fois qu'il sera mort, je verrai peut-être les choses différemment. D'ici là, tu restes ici, avec moi. Tu peux rêver de sa biroute autant que tu voudras. Tu ne la reverras pas, sauf quand je la donnerai à bouffer aux chiens.

Annie essuya ses larmes.

— Ne pleure pas, ma chérie. Je sais que tu t'inquiètes

pour moi, mon cœur, mais je sais me défendre. Tu t'en es rendu compte, n'est-ce pas ? (Il gloussa et reprit sa lecture.) Garce.

Pelotonnée au creux de son fauteuil, Annie avait faim et froid, elle avait mal, elle se sentait outragée, épuisée. La journée avait été rude et il y en aurait d'autres comme celle-ci. Elle glissa un regard vers lui, puis ferma les yeux et songea à Keith. Il était présent en elle et elle essayait de l'imaginer tout près. Elle se répétait ses paroles... *Même si nous sommes séparés quelque temps, rappelle-toi que je t'aime et sois persuadée que nous serons à nouveau réunis. Je le jure...*

— Je le jure.

— Quoi ?

— Rien.

Il se pencha de nouveau sur son magazine, en disant :

— Je crois savoir à quoi tu penses. Ça va peut-être t'étonner, mais je pense à la même chose. Moi aussi, j'espère qu'il va venir.

39

Keith trouvait l'attente pénible, mais il savait que, plus ils attaqueraient tard, plus ils auraient de chances de surprendre Baxter. L'attaquant avait toujours l'avantage de la surprise et de la mobilité, en plus d'être psychologiquement préparé au combat. L'attaqué avait l'avantage d'avoir choisi le lieu et de l'avoir aménagé à sa convenance, ce qui lui permettait de jouir d'un certain confort. Mais c'était parfois ce dernier détail qui, en créant un sentiment de sécurité trompeur, endormait la vigilance de l'intéressé et lui était fatal.

Billy extirpa un sachet de plastique de sa poche et le lui tendit.

— Tu veux des cacahuètes ?

— Non.

Billy se mit à grappiller en marmonnant, la bouche pleine :

— Nous ne sommes peut-être pas obligés de tuer les

chiens. Maintenant que j'ai le décor dans l'œil, je crois que nous pouvons l'abattre de loin. On se place en position de tir à la limite de la clairière, on fait un peu de bruit, les chiens aboient, il sort sa fraise sur son joli balcon suspendu et on l'arrose. Nous avons des lunettes et nous avons le temps de tirer deux ou trois rafales chacun avant qu'il comprenne ce qui lui arrive.

— Il a un gilet pare-balles.

— On s'en fout, du gilet. Quand il se sera pris une giclée de plomb, il sera atteint au bras, ou à la jambe. Ou en pleine bobine. Qu'est-ce que t'en penses ?

— J'aime bien ta façon de voir les choses. Bon, on l'a eu. Et ensuite ?

— Une fois qu'on l'a plombé, tu files — un sprint de cent mètres jusqu'à la maison, ça te prend douze, treize secondes. Moi, pendant ce temps-là, je te couvre, comme ça, s'il tente de relever sa carcasse, je le canarde. S'il en reste quelque chose quand tu arrives sur le balcon, tu lui tranches la gorge. Moi, je te rejoins et je l'étripe. C'est vrai, quoi, merde, Keith, que je vais l'étriper. Ou bien, si tu préfères, c'est moi qui m'y colle et c'est toi qui me couvres. Tu décides, mon lieutenant.

Keith jeta un bref coup d'œil à Billy Marlon. Il était manifestement à la fête et c'était son droit. Keith commenta :

— Manœuvre classique. Pas mal. Sans risque pour nous.

— Ouais. Celui qui couvre l'autre n'a rien à craindre et celui qui fonce vers la maison doit avoir confiance dans la sûreté de son tir. Tu tires bien ?

— Assez. Et toi ?

Marlon hésita avant d'avouer :

— J'étais un tireur hors pair. Maintenant, ça dépend si ma main tremble.

— Et elle tremble beaucoup ?

— Pour ce salopard, elle ne bougera pas d'un poil.

Keith hocha la tête. Il réfléchit à l'idée de Billy. À l'école d'infanterie, on l'aurait approuvée. Mais il y avait d'autres paramètres à prendre en compte. D'abord, la présence d'un otage et cette image qu'avait Keith en tête, de Baxter et lui face à face. Ces éléments n'étaient pas prévus dans les cours de théorie tactique, ni même à l'école du renseignement. La vengeance s'apprenait sur le tas. Il dit à Billy :

— Qui te dit que Baxter ne se mettra pas à l'abri avant d'être sérieusement touché ? Il peut toujours se réfugier de l'autre côté de la maison ou, pis, à l'intérieur.

— Oui... mais...

— Écoute, un tir à cent mètres, c'est jouable, mais, quand il fait nuit et que l'autre gus porte un gilet pare-balles, ça peut tourner à la catastrophe. Je ne veux pas qu'il ait la plus petite possibilité de rentrer dans la maison.

— C'est bien pour ça qu'il faut que l'un de nous cavale vers la maison comme s'il avait cent bridés à ses trousses. On lui tombe dessus avant qu'il ait le temps de dire ouf. Même s'il rentre dans la maison, il sera dans un sale état.

— Il pourrait la tuer.

— Keith, il sera salement amoché, parce que ni toi ni moi ne le raterons à cette distance, avec des lunettes ; alors, même s'il arrive à rentrer dans la maison, il n'aura qu'un seul souci en tête : lui et nous. Et autre chose à faire que de s'occuper d'elle.

— Peut-être bien.

— Toi, tu as ton idée sur la question.

— Oui. Ce que je veux éviter, c'est qu'il soit tué net, d'un coup en pleine poire. Je ne veux pas qu'il meure trop vite. J'y tiens. Il faut que tu le saches.

Billy garda le silence. Il hochait lentement la tête.

— Ouais... j'y ai pensé aussi. Tu vois, ce serait trop facile s'il était là, bien portant, et, la seconde d'après, réduit à l'état de souvenir, un pruneau dans la cervelle, sans souffrance, sans confrontation. Putain, je veux l'étriper vivant. Vivant, Keith, le regarder droit dans les yeux en lui montrant ses boyaux. Mais, si tu comptes ramper jusqu'à son antre pour lui tomber dessus sans crier gare, je ne marche pas. Je n'ai pas ce courage. Et toi ?

— Si.

— Dans ce cas, vas-y. Je te couvrirai depuis les arbres. Mais il faut d'abord supprimer les chiens.

— Exact. C'est pour ça que j'ai acheté une arbalète. Solution simple d'un problème simple.

— Si on veut. Mais, entre ce qu'on veut faire et ce

qu'on peut faire, il y a une marge. Moi, je te propose une méthode sans risque pour débusquer cet enfoiré, et toi tu me réponds opération commando.

— Billy, quelle que soit la méthode, pour toi, ça ne change rien. Tu te mets en position de tir sous le couvert des arbres.

— Oh, mais je n'ai pas peur pour ma pauvre vie qui ne sert à personne. Seulement, je ne tiens pas à ce que tu te fasses descendre au milieu de cette clairière, ni à ce que tu débarques dans la maison pour t'apercevoir qu'il t'attend de pied ferme. Là, je ne pourrai rien pour toi, mon vieux. Avec mon système, quand on lui mettra la main dessus, il sera mort ou mal en point. Dans un cas comme dans l'autre, je l'étripe.

Keith avala une grande goulée d'air et avertit Billy :

— Je veux le prendre vivant.

— Pas question.

— Si, je veux le ligoter et le jeter à l'arrière de ton camion pour le livrer à la justice. J'ai mûrement réfléchi. C'est ça qu'il faut faire. Penses-y, toi aussi.

— Oh, j'y ai déjà pensé. Je vois ce que tu veux dire. Il préférerait mourir plutôt qu'avoir à répondre de ses saloperies. Mais, tu sais, la loi fonctionne d'une drôle de façon. La loi, elle passe son temps à me tracasser parce que je suis un moins que rien, mais je n'ai jamais fait de mal à personne. Par contre, le fumier, là, il pourrait bien être remis en liberté.

Keith médita cette remarque. Quelle que soit l'humiliation subie, Baxter serait à nouveau libre au bout d'un an ou deux. C'était un malade et la justice conviendrait sans doute avec son avocat qu'il avait besoin de soins et du secours de la médecine. Il avait subi un traumatisme en découvrant sa femme au lit avec un autre homme, un ignoble séducteur étranger à la ville, et il avait réagi comme n'importe qui à sa place : il avait corrigé l'amant et, au lieu de flanquer une bonne raclée à sa femme, il l'avait emmenée en vacances pour tenter d'arranger les choses. Évidemment, il avait un peu dépassé les bornes, d'où la nécessité d'une psychothérapie. Keith songeait à tout cela et il en conclut que, malgré sa promesse à Annie, Cliff Baxter devait mourir.

— D'accord. On le liquide. Mais de près. Il faut qu'il sache que ça vient de nous, toi et moi.

— Entendu. Si cela suffit à ton bonheur, je te suis. Ça me plaît. J'espère qu'on y arrivera.

— On y arrivera.

— Tu sais, quand on aura réglé cette affaire de merde, j'irai la retrouver à Columbus. Je ne pouvais pas tant qu'il était en vie. Tu comprends ?

— Je comprends.

— Je ne pouvais plus regarder personne en face, Keith. Quand je me baladais en ville, je le rencontrais dans la rue et il se moquait de moi. Parfois, il m'arrêtait, quand il voyait que j'avais bu. Il m'enfermait et m'obligeait à me déshabiller sous prétexte de me fouiller. Il prenait des photos, le fumier, en me disant qu'il allait les envoyer à Beth, des clichés de lui et moi ensemble, pour qu'elle compare.

Keith ne savait que dire.

— Tu te demandes sans doute pourquoi j'errais comme ça, dans les rues. Parce que j'essayais de trouver le courage de le tuer. Je ne le trouvais pas... et je ne l'aurais jamais trouvé si je ne t'avais rencontré. Tu n'oublies pas, si je ne peux pas aller au bout...

— Je sais. Ça suffit.

Keith considéra Billy, qui contemplait la nuit, adossé à son arbre. À cet instant, Billy Marlon, libéré des brumes de l'alcool, envisageait probablement, avec la trop grande clairvoyance dont sont douées les âmes perdues, l'imminence éventuelle de sa mort. Et peut-être qu'il ne se trompait pas. Mais Billy avait accédé à l'un de ces moments infiniment rares de l'existence, parmi les plus précieux peut-être, où la vie et la mort acquièrent une valeur égale aux yeux de celui qu'elles concernent.

Leur attente se poursuivit, dans un silence à peine effleuré par les bruissements occasionnels de la nuit d'automne, le frôlement d'un tamias, d'un écureuil, d'un lièvre, d'un oiseau solitaire. La lune était presque au zénith. Elle disparaîtrait dans trois ou quatre heures. Ce serait le moment d'agir, à ce détail près qu'il aurait besoin de l'éclat de la lune pour abattre les chiens à l'arbalète.

Keith ne voulait pas penser à ce qui se passait dans la

maison, mais il ne pouvait s'en empêcher. Manifestement, Cliff Baxter avait craqué et sa tyrannie avait pris un tour beaucoup plus sordide. Baxter ne se priverait pas de maltraiter Annie, de la mortifier, de la punir de son infidélité. En réalité, Baxter était un déséquilibré sexuel, un sadique, qui avait enfin trouvé le prétexte qu'il attendait pour soumettre à ses fantasmes malsains la femme qu'il n'avait jamais réussi à asservir complètement. Keith croyait de toutes ses forces qu'il n'était pas encore parvenu à la briser et que, quand il la reverrait, elle serait comme lui, blessée et meurtrie, mais foncièrement inébranlée.

Il se coula dans l'état d'esprit qui convenait à ce qui allait suivre. Il lui faudrait agir avec rationalité et froideur, et toute la ruse dont Baxter était capable. Il se rendait compte que Baxter pouvait la tuer à tout moment, mais qu'il n'en ferait rien tant qu'il n'en aurait pas fini avec elle. Or la situation qu'il avait instaurée entre lui et sa femme constituait la part la plus savoureuse de toute son existence et il n'y mettrait pas fin de sitôt, pas avant le tout dernier moment. C'est à cet ultime instant, celui du face-à-face, que tout s'accomplirait : le sauvetage, la vengeance et la rédemption tant attendus.

Billy déclara tout à coup :

— J'ai l'impression qu'il sait que nous ne sommes pas loin. Enfin, ce n'est pas qu'il le sache vraiment, mais il le sent.

— Peu importe. Ça ne change rien, ni pour lui ni pour nous.

— Certes. Il est acculé. (Après un instant de réflexion, il ajouta :) Nous aussi, d'ailleurs. Nous pouvons nous en aller et, en même temps, nous ne pouvons pas. Tu vois ce que je veux dire ?

— Je vois.

— Oh ! là là ! je m'en fumerais bien une.

— Tu éprouves le besoin de boire ?

— Eh ben... tu as quelque chose ?

— Non. Je te demande si tu éprouves le besoin de boire.

— Je... oui. Mais... j'attendrai.

— Tu sais, après ça, tu peux redonner un sens à ta vie, si tu laisses tomber la bouteille.

— Peut-être.

— Je t'aiderai.

— T'en fais pas. Nous sommes quittes. Tu ne t'es jamais dit qu'on s'était fait entuber sur toute la ligne ?

— Ouais. Et alors ? Tous les anciens combattants, depuis la première guerre, se sont fait entuber. Tu devrais arrêter de pleurer sur ton sort. Il n'existe pas une guerre assez longue ni assez moche pour te déglinguer la caboche autant que tu te l'es déglinguée toi-même.

Billy ne répondit pas tout de suite.

— Peut-être pas la tienne. Elle a toujours tenu bon. Mais la mienne ne pouvait pas en absorber autant.

— Désolé.

— Je vais te dire une chose, Keith : si tu n'as pas l'impression d'être un peu déboussolé, toi aussi, c'est que tu n'écoutes pas les petites cloches et les bruits bizarres qui résonnent dans ton crâne.

Keith ne fit aucun commentaire.

Une autre heure s'écoula, presque sans un mot. Et puis Billy s'anima :

— Dis, tu te rappelles le match contre Findlay quand nous étions en dernière année ?

— Non.

— Je jouais, ce jour-là, demi de mêlée. On se faisait piler sept à douze. J'attrape le ballon au vol et je le plaque. Ils me sont tous tombés dessus, une mêlée pas possible. Mais j'ai tenu bon. J'ai feinté et je te l'ai envoyé. Tu étais arrière, ce jour-là, tu te souviens ? Ces salauds de Findlay étaient autour de toi comme un essaim, mais toi, tu as expédié une véritable bombe à un gus, comment il s'appelait déjà ? Davis. Pas vrai ? Il était complètement dans la lune, mais il s'est retourné et le ballon a abouti dans ses mains. Et puis il s'est fait faucher et le ballon est tombé derrière la ligne. Essai. Tu te souviens pas de ça ?

— Si.

— Un match pourri. Ah, on en apprend un bout dans ces cas-là. Même quand tout va de travers, si on s'accroche, on finit parfois par avoir sa récompense. Je me demande s'il existe encore un film de ce match.

— Probablement.

— J'aimerais bien le voir. Au fait, tu as des souvenirs de Baxter au lycée ?

— Non... enfin, à vrai dire, si.

— Ouais, c'était déjà un petit con. Tu t'es jamais battu avec lui ?

— Non. J'aurais dû.

— Jamais trop tard pour s'expliquer.

— C'est exactement ce qu'il se dit et c'est pour ça que nous sommes tous là.

— Ouais... Au lycée, on ne lui a jamais frotté les oreilles. Moi, je n'ai jamais réagi. Il emmerdait le monde et on le laissait faire. Comment se fait-il que personne ne se soit jamais dressé contre lui depuis tout ce temps, je ne comprends pas.

— Il ne s'attaque qu'aux faibles.

Billy Marlon ne releva pas. Il continua sur sa lancée :

— En tout cas, il t'en veut. (Il lâcha un petit rire et reprit :) Tu sais quoi, quand je t'ai rencontré au bar, le lendemain, j'avais la tête un peu plus claire et j'ai repensé à ton histoire avec Annie Prentis. Et je ne pouvais pas m'ôter de l'idée que vous alliez vous retrouver et vous remettre ensemble, comme avant. C'est pas de la prescience, ça ?

Keith ne répondit pas.

Billy poursuivit :

— J'imagine qu'il avait eu la même idée. Tu sais, je la croisais parfois dans la rue... Bon, je ne la connaissais pas très bien au lycée, mais, comme nous nous étions assis sur les mêmes bancs à l'école, elle m'adressait toujours un sourire, un bonjour. Parfois, elle s'arrêtait pour bavarder, me demander des nouvelles. Moi, j'étais là, ne sachant trop quoi dire. Je pensais : « Ton mari a sauté ma femme, je devrais te le dire. » Naturellement, je ne l'ai jamais fait. Et puis je ne voulais pas que nos conversations durent trop longtemps, parce que j'avais peur qu'il ne me fasse des misères ou qu'il ne lui en fasse à elle, s'il nous surprenait à papoter ensemble.

Keith remarqua :

— Après tout, je devrais peut-être te laisser l'étriper vivant.

Billy le regarda et dit :

— Je n'ai pas besoin de ta permission.

Keith fut surpris de sa réaction. C'était un signe de guérison. Il rétorqua :

— Il était entendu que c'était moi qui donnais les ordres.

Billy resta silencieux.

Une heure passa encore. Il commençait à faire froid. Keith consulta sa montre : 10 heures. Il avait hâte de passer à l'action, mais il était encore trop tôt. Baxter serait éveillé et sur le qui-vive, ainsi que les chiens.

La lune naviguait désormais au sud-ouest. Le clair de lune persisterait encore deux à trois heures. Il annonça :

— Bon, voilà comment on va procéder. Nous abattons les chiens au clair de lune. Ensuite, nous attendons qu'elle disparaisse. Je traverse la clairière au pas de charge, tu me couvres. Arrivé sur le balcon, je me colle le dos au mur à côté de la baie vitrée. D'accord ?

— Jusque-là, ça va.

— À ce moment-là, tu te débrouilles pour le faire sortir. Tu sais aboyer comme un chien ?

— Pas de problème.

— Bon, alors, tu aboies, il sort, comme tout à l'heure, seulement, cette fois, je suis derrière lui et je lui braque un pistolet sur la nuque. Simple et sans histoire. Tu as des objections ?

— Ça paraît parfait... ça a toujours l'air parfait, tu ne trouves pas ?

— Exact. Même que ça marche parfois.

Billy sourit.

— Tu te rappelles les briefings avant les matchs de foot ? Toutes les manœuvres se terminaient par un succès. Pareil à l'armée. Mais on ne nous montrait jamais ce qui arrivait quand un de nos gars tombait entre les mains de l'adversaire, et on ne savait jamais ce que l'autre camp mijotait à notre intention.

— C'est la vie.

— Ouais.

Il reprit après un temps de réflexion :

— Je crois que j'ai dégringolé tout seul. Les sales types n'y sont pour rien. (Il ajouta :) Mais je me suis accroché assez longtemps pour mériter cette récompense.

Ils attendaient dans l'obscurité glacée, blottis dans leurs cirés. À minuit, Keith se leva, laissa tomber son ciré et déclara :

— Allons-y.

40

Cliff Baxter posa son magazine, bâilla. Il vida sa canette de bière, saisit une poignée de biscuits salés dans le sachet et les avala. Il jeta un regard à sa femme, recroquevillée dans le fauteuil à bascule, et lui lança quelques biscuits qui se répandirent sur la couverture.

— Tu ne diras pas que je te prive de douceurs. Mange.

Elle ne broncha pas.

— Tu es prête à aller te coucher, ma chérie ?

Les yeux fixés sur le feu qui se mourait, elle répondit :

— Non, je préfère rester ici.

— Ah ouais ? Toute la nuit ?

— Oui.

— Et qui je vais serrer dans mes bras.

— Pas moi. Je suis enchaînée au lit.

— Attachée par les mains. Pas enchaînée.

— Pour moi, qu'est-ce que ça change ?

— Si je pouvais te faire confiance, je ne t'attacherais pas au sol ni au lit. Est-ce que je peux te faire confiance ?

— Oui.

Il éclata de rire.

— C'est ça, je peux compter sur toi pour me brûler la cervelle à la première occasion.

Elle tourna son regard vers lui.

— Aurais-tu peur de moi ?

Il fronça les sourcils.

— J'ai peur de toute personne susceptible de presser une gâchette. Je ne suis pas idiot.

— Non, tu n'es pas idiot. Mais tu es...

— Quoi ?

— Tu ne sais pas faire confiance aux gens, Cliff. Pourquoi ne peux-tu avoir confiance ?

— Et pourquoi j'aurais confiance ? Pourquoi je te ferais confiance, à toi ?

— Si je te donne ma parole que je n'essaierai pas de te tuer, tu m'enlèveras mes menottes ?

— Nan. Pourquoi tu fais toute une affaire de ces menottes ?

— Pourquoi ? Mais parce que je ne veux pas être enchaînée comme une bête. Voilà pourquoi.

— Oh, mais tu n'es pas enchaînée comme une bête. Les bêtes ont plus de liberté. (Il s'étrangla de rire.) Tu es enchaînée comme un traître tombé sous le coup de la loi. Les chiens, là, dehors, n'ont jamais rien fait de mal, alors ils peuvent aller et venir à leur guise dans un rayon de cent mètres. Toi, tu as fauté, ma chère. Eh bien ! Dans une semaine, si tu veux, je t'attacherai à la longe du chien. Là, tu pourras dire que tu es enchaînée comme une bête et tu me remercieras.

Annie prit sa respiration et plaida :

— Cliff... j'avais l'occasion de te tuer, ce jour-là... Je suis incapable de tuer qui que ce soit. Je t'en prie, crois-moi... Tu le sais, d'ailleurs. Tu l'as dit toi-même. Laisse-moi dormir sans menottes cette nuit. Je n'arrive pas à dormir avec les mains rivées au cadre du lit. S'il te plaît. Je te jure que je ne te ferai aucun mal.

— Ouais ? Ce qui ne veut pas dire que je ne me retrouverai pas ligoté au lit. Et toi, tu auras pris la poudre d'escampette. Pas vrai ? Pas vrai ? Allez, tu n'as pas besoin de répondre. (Il se pencha vers elle.) Ça me fait penser. Quand tu auras besoin de pisser, tu n'auras qu'à le faire sur place.

— Cliff... je t'en prie...

— Après, tu nettoieras. Mais pas dans le lit. (Il bâilla de nouveau.) Alors, comme ça, tu préfères dormir dans ce fauteuil plutôt qu'avec moi.

Elle agita la tête.

— Non... je suis désolée. Je ne tiens pas à rester là toute la nuit. Je viens me coucher. (Elle ajouta :) J'ai besoin d'aller à la salle de bains.

— Tiens donc ! J'ai une meilleure idée. Tu vas rester ici. Ça ne te fera pas de mal.

Il lui arracha la couverture et la jeta à l'autre bout de la pièce.

— Tu n'as qu'à crever de froid et pisser sur ta chaise.

— Salaud !

Il lui pinça sauvagement la joue.

— Tu auras dix coups de fouet sur les fesses demain matin. Cette perspective te tiendra occupée toute la nuit. Et pas de petit déjeuner. Tu baigneras dans ta pisse en reniflant l'odeur des œufs et du bacon.

Il se dirigea vers le râtelier à fusil, l'ouvrit, en retira l'AK-47 et referma.

— De toute façon, je préfère dormir avec un fusil qu'avec toi. Ça me tient plus au chaud.

Elle demeurait immobile dans son fauteuil, les bras repliés sur la poitrine, le visage tourné vers les braises rougeoyantes.

Il demanda :

— Tu veux que je rajoute une bûche ?

Elle ne répondit pas.

— Je n'en avais pas l'intention, de toute manière.

Elle le supplia du regard.

— Cliff, je t'en prie... je regrette. Ne me laisse pas ici. J'ai froid, j'ai besoin...

— Tu aurais dû y penser avant d'ouvrir ta grande gueule. Tu te souviens de ce doberman qui aboyait quand je l'approchais ? Il m'avait même mordu, une fois. Tout le monde me conseillait de l'abattre. C'est à la portée de n'importe qui. Il m'a fallu un mois pour lui montrer qui était le patron, pas plus. Finalement, c'est un des meilleurs chiens que j'aie jamais eus. Eh bien, c'est ce qui t'attend, ma douce.

Elle se dressa comme mue par un ressort.

— Je ne suis pas un chien. Je suis une personne, un être humain. Je suis ta femme...

— Non. Tu *étais* ma femme. Maintenant, tu es ma chose.

— Non et non !

Cliff la repoussa dans son fauteuil et la toisa de toute sa hauteur. Il la regarda un long moment. Et puis il lâcha, d'un ton sarcastique :

— Si tu étais ma femme, tu aurais une alliance. Je n'en vois pas.

Elle se tut.

— Si tu la retrouves, on pourra considérer que tu es ma femme. Où l'as-tu perdue, à ton avis ?

Un silence lui répondit.

— De toute façon, tu n'as pas besoin d'alliance. Tu as de beaux bracelets aux chevilles et aux poignets. En fait, j'aurais dû t'en mettre il y a des années. Et une ceinture de chasteté, par la même occasion, pour garder ton petit cul trop ardent à l'abri des ennuis. Tu ne prends pas ton engagement conjugal très au sérieux, Dieu m'est témoin.

— Tu...

— Quoi ? Tu vas me dire que, moi aussi, je fricotais à droite et à gauche. Mais ces femmes ne signifiaient rien pour moi. Si tu avais rempli correctement tes obligations, je n'aurais pas eu besoin d'aller fourrailler ici et là. Mais toi tu es carrément tombée amoureuse. Non ?

Elle gardait toujours le silence.

Quand il s'approcha, elle se détourna. Il tonna :

— Regarde-moi.

Elle se fit violence pour se tourner vers lui.

— Tu crois que j'oublierai un jour ce que j'ai vu dans ce motel ? Je ne parle pas de votre partie de jambes en l'air. Je t'avais souvent imaginée en train de pieuter avec des mecs. Mais quand tu m'as sauté dessus pour qu'il puisse... qu'il puisse essayer de me tuer. Quand tu t'es couchée sur lui pour m'empêcher de lui casser sa sale gueule. Tu crois que je pourrai l'oublier ?

— Non.

— Non. Je n'oublierai jamais.

Keith et Billy s'étaient agenouillés à la limite de la clairière.

Tandis que Billy balayait le paysage avec sa lunette télescopique, Keith promenait ses jumelles sur la maison. Le salon était toujours éclairé, mais d'une lumière différente de celle qu'avait aperçue Keith auparavant, qui brillait au ras du sol à proximité des baies vitrées. Celle-ci était plus faible et prenait sa source non loin de la lucarne par laquelle il avait entrevu Annie ; elle émanait du centre de la pièce, presque à l'aplomb du conduit de cheminée qui émergeait du toit. Elle devait provenir d'une seule lampe, posée sur une table. Il n'en voyait pas d'autres, pas plus qu'il ne distinguait la lueur dansante des flammes dans l'âtre. Pourtant, la fumée étirait toujours son filet blanc dans leur direction, indiquant qu'ils restaient sous le vent pour les chiens, ce qui était une bonne chose.

Il observa longuement la maison à la jumelle. Rien ne bougeait, aucune ombre ne se déplaçait derrière les fenêtres. Il n'y discernait pas non plus l'éclat bleuâtre caractéristique qu'aurait projeté un poste de télévision, avec le bruit de fond qui l'accompagne et qui aurait constitué pour eux un atout. Il pouvait y avoir une radio ou un lecteur de cassettes en marche, mais Keith comptait sur Baxter pour éviter de prendre ce risque. S'il devait essayait de deviner ce qui se passait à l'intérieur de la maison, et il le fallait, il dirait que l'un des deux occupants sinon les deux étaient encore éveillés et lisaient, ou bavardaient peut-être, au coin de la cheminée.

Keith examina l'espace découvert qui entourait la maison. Le retriever était allongé, peut-être endormi, au bout de sa longe, vers le lac. Plus loin, l'ombre d'un autre chien se découpait sur la tache claire du plan d'eau ; il marchait le long du rivage, apparemment attaché, lui aussi, à une barre fixe qui courait parallèlement au rivage. Le troisième chien devait se trouver quelque part derrière la maison, hors de son champ de vision, du moins pour l'instant. Keith constatait qu'avant de se retirer dans sa tanière Baxter avait placé ses chiens de manière à s'assurer un maximum de sécurité. Il se dit que, s'il avait vécu comme lui, il aurait, lui aussi, pris quelques précautions.

Keith abaissa ses jumelles et Billy son fusil. Ils bougeaient aussi peu que possible et ne pouvaient se parler qu'à l'oreille, à voix très basse, à cause des chiens. Billy chuchota :

— On y voit de moins en moins.

Keith acquiesça d'un signe. La lune avait sombré très bas sur l'horizon, au sud-ouest du lac, à dix degrés à peine au-dessus du faîte des arbres les plus hauts. L'obscurité totale serait la bienvenue et Keith aurait volontiers attendu, pour agir, le moment situé entre 3 et 4 heures du matin, celui où les hommes et les chiens dorment de leur plus profond sommeil. Mais s'il pouvait éliminer les chiens maintenant, tant qu'il y voyait encore, il se sentirait plus à l'aise en regardant ce vaste terrain découvert qui s'étendait de la maison aux arbres.

Ils attendirent encore, en espérant que les lumières de la maison s'éteindraient avant le coucher de la lune.

Keith gardait les yeux fixés sur la maison, cette fois sans le secours des jumelles. Plus il la regardait et plus elle lui semblait lugubre, sombre triangle planté au milieu de nulle part, qui se dressait dans un halo de lune au centre d'un cercle nu aménagé pour tuer, et répandait un éclairage aveugle sans livrer son mystère. La brume qui s'élevait désormais du lac ajoutait à l'atmosphère fantomatique du lieu. Keith essayait d'imaginer la scène qui se déroulait à cet instant dans la maison, les propos qu'échangeaient Cliff et Annie Baxter au terme de tant d'années, leurs sentiments et leur état d'esprit alors qu'ils savaient l'un et l'autre la fin imminente.

Annie était tournée vers Cliff et pour la première fois depuis ces trois jours, et peut-être depuis des années, leurs regards se rencontrèrent véritablement. Elle ne l'aimait plus depuis longtemps, aucun d'eux ne l'ignorait, et depuis quelques années elle n'avait même plus d'affection pour sa personne. Mais elle n'avait jamais souhaité le voir souffrir, malgré tout ce qu'il lui avait fait subir. Et là, en dépit de la torture physique qu'il lui avait infligée, elle éprouvait de la compassion pour sa souffrance morale, qu'elle savait réelle et profonde. Elle ne conservait aucune tendresse pour lui ; il y avait longtemps qu'il avait tué ce sentiment. Mais elle aurait donné cher pour que lui soit épargné le spectacle auquel il avait assisté dans le motel.

Comme s'il avait lu dans ses pensées, il maugréa :

— Tu n'aurais jamais fait ça pour moi. Même il y a vingt ans.

— Non, c'est vrai. (Et elle poursuivit :) Je suis désolée, Cliff. Sincèrement. Tu peux me battre, me violer, faire tout ce que tu voudras, tout ce que je ressens pour toi, c'est de la pitié. Je suis peut-être en partie responsable de ce qui arrive, j'aurais dû te quitter plus tôt. Tu aurais dû me laisser partir.

Il ne répondit pas, mais elle voyait bien que ses paroles avaient porté. Elles ne pouvaient qu'accroître sa souffrance, elle en était consciente, mais étant donné la situation, qui réduisait la vie à sa part essentielle, et puisqu'il avait lui-même abordé le sujet, le moment était à la vérité et à l'honnêteté. En lui parlant ainsi, elle ne s'attendait pas à l'arracher à sa folie. Elle risquait au contraire de l'empirer. Mais si elle devait mourir, ou s'ils devaient mourir tous les deux, elle voulait qu'il sache, à la toute fin, quels étaient ses véritables sentiments.

Keith se sentait peu à peu envahi de ce calme familier qui précède les combats, ce dédoublement presque surnaturel du corps et de l'esprit qui donne à croire que les événements sont vécus par un autre que soi-même. La plupart des soldats connaissaient cet état au moment de se lancer dans la bataille, mais plus tard, quand l'adrénaline affluait au cœur de l'action, la réalité reprenait ses droits et opérait la réunification du corps et de l'esprit.

Il songea à Annie. Il espérait qu'elle gardait confiance et qu'elle aurait la force d'attendre qu'on vienne la secourir, sans se résigner et sans provoquer l'irrémédiable.

Baxter dégaina son pistolet. Il le brandit en disant :

— C'est son pistolet. Je l'ai volé chez lui. Je voulais que tu le saches. Si je te tue, ce sera avec cette arme.

— Et alors ?

Il braqua le Glock 9 mm contre son front.

— Tu veux en finir maintenant ?

Elle considéra la masse de métal sombre pointée vers elle.

— C'est toi qui décides, pas moi. Quoi que je dise, tu feras comme bon te semble.

— Absolument. Tu m'aimes ?

— Non.

— Tu l'aimes ?

— Oui.

Il attarda son regard sur elle et, soudain, retourna le pistolet contre lui et libéra la sécurité.

— Tu veux que je presse la détente ?

— Non.

— Et pourquoi non ?

— Je... Cliff, ne...

— Tu n'as pas envie de voir ma cervelle gicler ?

Elle se détourna.
— Non.
— Regarde-moi.
— Non.
— Tant pis. Si je me fais sauter la cervelle, tu vas mourir lentement, très lentement, retenue au plancher par cette chaîne. Tu me verras pourrir, là, devant toi, au milieu de la puanteur.
Elle plaqua ses mains sur son visage.
— Cliff... s'il te plaît... arrête... cesse de me torturer, de te torturer...
— C'est toi ou moi, mon doux cœur. Lequel des deux ?
— Arrête ! Arrête !
— Adieu, ma chérie...

Une détonation étouffée se fit entendre soudain. Keith et Billy se baissèrent. Ils attendirent, mais la détonation ne fut suivie d'aucune autre. Seul l'aboiement des chiens résonnait dans le silence.
Billy murmura :
— Ça venait de la maison ?
— Sais pas.
Mais il en avait l'impression. Ce n'était pas le claquement caractéristique d'un coup de fusil tiré dans la nature, mais un son assourdi, comme la déflagration d'une arme à feu entre les murs d'une maison. Keith ajusta ses jumelles. Ses mains tremblaient. Il ne voyait rien au travers de la fenêtre. Il dut résister de toutes ses forces à la tentation de courir vers la maison. Mais, quelle qu'ait été la nature de l'incident, c'était fini et il n'y avait plus rien à faire.
Billy lui glissa à l'oreille :
— Garde ton sang-froid. Nous ne savons pas ce que c'était.
— Non, mais nous n'allons pas tarder à le savoir.

Annie entendit le coup partir, une détonation assourdissante qui la fit sursauter. Elle se retourna. Il se tenait debout devant elle, le pistolet à la main, un large sourire aux lèvres.

— Raté. (Il éclata de rire ?) Déçue ?

Il se mit à rire de plus belle.

Annie se cacha le visage dans les mains et éclata en sanglots.

Cliff saisit son AK-47, son gilet pare-balles et un autre fusil, après quoi il éteignit la lampe, plongeant le salon dans l'obscurité.

Le bruit de sa respiration lui parvenait, tout proche.

— Bonne nuit, mon cœur.

Elle ne répondit pas.

— J'ai dit bonne nuit, mon cœur.

— Bonne nuit.

— Et pas de crise de somnambulisme.

Il lâcha un rire.

Son pas s'éloigna.

Annie demeura toute une minute immobile. Alors seulement, elle ouvrit les yeux. Les braises luisaient faiblement dans l'âtre. Son cœur battait à tout rompre. Elle respira profondément. Malgré le comportement irrationnel de Cliff, qui la paniquait, elle parvenait encore à lui suggérer des idées qu'il faisait siennes et à influencer ainsi sa conduite. Il n'avait pas l'intention de se tuer, ni de la tuer, cette nuit. Mais il voulait la faire souffrir et il était ravi de l'idée, qu'il croyait avoir trouvée tout seul, de la laisser là, grelottante et nue, les chevilles enchaînées au sol. Jusque-là, parfait. Elle avait une chance à saisir et une seule. Elle se laissa glisser doucement à terre et se dirigea vers la cheminée.

La lumière qui éclairait la fenêtre s'éteignit. Presque aussitôt une autre lumière jaillit d'une autre fenêtre, située plus en arrière de la maison, celle d'une chambre sans doute. Un moment après, cette lumière disparut à son tour. Keith lâcha ses jumelles. Si quelqu'un venait d'être tué dans cette maison, l'autre personne n'éteindrait pas tranquillement les lumières pour aller se coucher comme si de rien n'était. Cela ne paraissait pas logique. Dans une réserve de chasse, les coups de feu ne sont pas rares, même la nuit, se rassura Keith, et, à cause du lac et de l'écran de la forêt, il était difficile de déterminer la provenance de celui qu'ils avaient entendu un instant plus tôt.

Il se ressaisit et se tourna vers Billy, qui le regardait et attendait ses consignes. Dans un moment pareil, lorsque l'action devient imminente, la conversation se résume à trois ordres : y aller, ne pas y aller, attendre. « Ne pas y aller » était à éliminer d'emblée. « Attendre » constituait une solution tentante. Y aller » était irrévocable. Keith demanda :

— Prêt ?

— Prêt.

— Allons-y.

41

Annie rampait silencieusement sur le parquet de bois ; la chaîne défilait au travers du cadenas quand le bracelet qui lui maintenait la cheville gauche arriva au contact de l'anneau. Elle tendit la main vers le tisonnier, appuyé au pilier de pierre de la cheminée, mais il était hors d'atteinte.

Elle se reposa un moment, l'oreille aux aguets. Cliff ronflait, à cinq mètres, dans la chambre au fond du couloir. Elle s'allongea autant qu'elle put. Le tisonnier était tout près, à un centimètre du bout de ses doigts.

Elle fit une autre tentative, en s'étirant de toute sa longueur, mais elle ne parvint qu'à effleurer la poignée du tisonnier. Elle se détendit et la chaîne retomba avec un claquement sur le sol. Elle se figea, attentive au moindre bruit.

Le ronflement de Cliff s'interrompit un bref instant avant de reprendre de plus belle. Elle s'assit et promena son regard sur la pièce obscure. Les braises produisaient une faible lueur et la lune déversait un éclat diffus par les fenêtres, au sud. Il lui fallait quelque chose pour prolonger son bras, mais il n'y avait rien à proximité. Soudain, elle eut une illumination. Devant la cheminée, éclairé par les braises, elle aperçut un long biscuit en boucle allongée, qui était tombé quand Cliff lui avait arraché sa couverture. Un petit cadeau de son mari. *Merci, Cliff.* Elle le ramassa et tendit tout son corps vers le tisonnier.

L'effort sollicitait tous ses muscles et faisait naître des douleurs fulgurantes et multiples. Mais elle gardait son calme et sa constance, et elle finit par arriver à passer la boucle du bretzel autour du manche du tisonnier. Elle tira d'un coup sec. Le tisonnier bascula en avant, elle s'en saisit et s'immobilisa, à bout de souffle.

Quand elle fut sûre qu'il n'avait rien entendu, elle recula vers le fauteuil et s'assit à terre. Elle se pencha pour examiner la chaîne, le cadenas et le piton qui la retenaient prisonnière. Elle ne pensait pas pouvoir soulever le piton, ni fendre le maillon. Mais elle pouvait essayer de le dévisser. Elle inséra la pointe du tisonnier dans l'anneau et se mit à le tourner dans le sens inverse des aiguilles d'une montre, en entraînant dans ce mouvement le cadenas, qui imprimait au piton un effet de levier en tournant en même temps que lui. Le pas de vis crissa. Elle s'arrêta pour écouter, puis recommença l'opération, en veillant à ne pas emmêler la chaîne. Au bout de quelques tours, elle sentit dans ses doigts que le piton remontait. Elle se souvenait qu'il avait huit à dix centimètres de long et, lorsque Cliff l'avait rivé dans le plancher, il lui avait dit : « Impossible à enlever. » *Faux, Cliff.* Mais cela allait prendre du temps. Elle continua avec persévérance. Au bout de quelques minutes, le piton était remonté de cinq centimètres, mais il tenait encore bon.

Elle entendit le lit grincer, puis le plancher craquer dans le couloir.

Elle glissa vivement le tisonnier sous le tapis et monta dans le fauteuil, le pied posé sur l'anneau du piton. Elle s'affaissa et feignit de dormir, en le surveillant par la fente de ses paupières à demi closes.

La lampe d'appoint s'alluma. Il ne dit rien. En caleçon et tee-shirt, il dardait autour de la pièce des regards d'animal aux abois, cherchant le détail qui pourrait lui sembler anormal. Ses yeux se posèrent sur ses pieds, pour aussitôt se tourner ailleurs. Annie se disait qu'il était devenu comme ses chiens, par bien des aspects ; elle avait même parfois l'impression qu'il avait acquis l'ouïe et l'odorat surdéveloppés dont jouissent les chiens, et l'habileté sournoise du loup. Son point faible venait de ce qu'il surestimait sa propre intelligence et sous-estimait celle des autres, surtout celle des femmes, et en particulier de la sienne.

— Hé ! Réveille-toi !

Elle ouvrit les yeux et se redressa.

— Tu es bien, ma chérie ?

— Non.

— Tu as déjà pissé sur toi ?

— Non... mais j'ai besoin...

— Bon. Vas-y.

— Non.

— Tu vas obéir. Tu as froid ?

— Oui.

— Je me disais que j'allais peut-être te laisser venir dans le lit.

Il fit tinter les clés qui pendaient au bout d'une chaîne à son cou.

— Tu veux venir te coucher ?

Non, non, non. Elle s'efforça de paraître soulagée et reconnaissante.

— Oui. Merci. J'ai besoin d'aller à la salle de bains. J'ai froid, Cliff, et j'ai faim. Et je crois que j'ai mes règles. Il me faut une serviette hygiénique. (Elle ajouta :) S'il te plaît.

Il réfléchit à la question. Elle en fit autant. S'il lui restait la moindre parcelle de compassion pour elle, il aurait pitié d'elle et accéderait à sa demande. Mais elle était prête à parier qu'il ignorait la pitié, que les mots « s'il te plaît » sonnaient à ses oreilles comme une douce musique et que le mot « non » résumait tout ce qu'il souhaitait lui offrir.

Baxter déclara :

— Bon, je vais y songer. Je reviendrai plus tard, voir dans quel état de faim, de froid et d'humidité tu te trouves.

— S'il te plaît, Cliff.

— N'oublie pas, dix coups de fouet au réveil, et pas de petit déjeuner. Mais on verra ce qu'on peut faire. Pense donc à cette chose que tu me refuses toujours.

Il lui adressa un clin d'œil, la main sur l'interrupteur. Avant d'éteindre, il jeta un coup d'œil à la pendule de la cheminée.

Annie l'entendit s'éloigner, actionner la chasse d'eau, puis reconnut le grincement du lit. Elle resta un moment à écouter le tic-tac de la pendule. Les deux dernières nuits, il faisait sonner son réveil toutes les deux heures, à partir de 1 h 30 du matin. Il était 0 h 45. Cela lui laissait un peu de temps, à moins, naturellement, qu'il n'ait modifié ses horaires cette fois. Elle n'avait aucun moyen de le savoir. De toute façon, elle devrait s'assurer qu'il soit endormi.

Elle laissa s'écouler un peu de temps, environ vingt minutes. Alors elle crut l'entendre ronfler. Elle s'accroupit par terre, récupéra le tisonnier sous le tapis et recommença.

Un chien aboya, une fois seulement, puis une rafale de vent ébranla les vitres, un courant d'air raviva le feu et fit pétiller les braises. À chaque bruit, à chaque gémissement de la maison, elle sursautait et son cœur s'affolait.

Tandis qu'elle dévissait patiemment le piton, elle s'imaginait libre. Les bracelets emprisonneraient toujours ses chevilles, mais elle pourrait marcher. Elle savait où se trouvaient les clés de la Bronco, dans la cuisine. Elle n'aurait qu'à les prendre, s'enrouler dans la couverture, ouvrir la baie vitrée, sortir sur le balcon et descendre l'escalier. Il avait parlé d'un piège à ours au pied des marches. Il lui faudrait donc enjamber la rambarde avant d'arriver en bas, se faufiler sous la maison, où était rangée la Bronco, s'installer au volant et démarrer. Elle aurait atteint le chemin de terre en quelques secondes. Elle se demandait s'il irait jusqu'à tirer sur la voiture. Il lui avait décrit la façon dont il avait masqué l'entrée du chemin, et la question était de savoir si la Bronco pourrait passer. Mais ces interrogations n'auraient plus d'importance si elle commençait par aller dans la chambre lui défoncer la tête avec le tisonnier. Elle n'aurait plus alors qu'à s'habiller et appeler la police.

Elle soupesa la tige d'acier. Le geste lui-même ne demanderait guère d'effort, moins qu'il n'en faut pour courir. Mais, si elle n'avait pu se résoudre à le tuer alors qu'ils étaient face à face et tous les deux armés, comment pourrait-elle l'assassiner dans son sommeil? Encore un centimètre, encore quelques minutes et elle serait libre.

42

Keith et Billy cheminaient entre les arbres. Ils s'arrêtèrent au bord de la clairière, derrière la maison.

Keith cala la crosse de l'arbalète au creux de sa poitrine et tira sur la corde jusqu'à ce qu'elle s'enclenche dans l'ergot de la détente. Il disposa une courte flèche dans la rainure et planta un genou en terre, en s'appuyant à un arbre pour affermir sa main. Puis il regarda à travers le viseur.

Un grand berger allemand allait et venait au clair de lune, à une soixantaine de mètres. Celui-là n'était pas attaché à une barre fixe, mais relié à un piquet par une longue laisse.

Keith attendit, espérant que le chien s'approcherait ou interromprait au moins son va-et-vient pendant quelques secondes, mais le berger allemand continuait à marcher au hasard. Keith ne le quittait pas des yeux.

Billy pointa les jumelles vers la maison et murmura :

— Tout va bien de ce côté.

Le chien s'immobilisa enfin à quarante mètres d'eux et leva la tête, comme pour tendre l'oreille. Il se présentait de profil. Keith visa le flanc, avec l'intention de l'atteindre au cœur ou aux poumons. Il actionna la détente, la flèche fusa.

Il ne la vit pas atterrir, mais elle avait manqué le chien. L'animal, en revanche, avait entendu le frémissement des ailettes et émit un jappement bref, étonné, avant de se mettre à courir en tous sens.

Keith réarma et ajusta une autre flèche.

Billy chuchota :

— Toujours OK de mon côté.

Keith se leva et visa volontairement trop court. La flèche se planta à vingt mètres devant lui. En entendant ce nouveau sifflement, le chien fonça droit sur la flèche pendant que Keith réarmait l'arbalète, plaçait une nouvelle flèche et fixait un œil dans la lunette. Le chien freina des quatre fers, donna un coup de patte à la flèche. Keith pressa la détente.

Il vit la flèche traverser la tête du berger allemand. Il était mort avant de toucher le sol.

Keith tapa Billy sur l'épaule.

— Un de moins. On s'en va.

Keith avait renfilé la bretelle de son M-16 et tenait l'arbalète à bout de bras, le long du corps. Billy portait le M-14 à l'épaule et le pistolet à la main. Ils repartirent ensemble vers les deux autres chiens, en progressant sous le couvert de la forêt. Il leur fallut une vingtaine de minutes pour contourner la clairière en se frayant un chemin entre les arbres. Ils traversèrent le chemin de terre au pas de course et poursuivirent leur trajet en demi-cercle vers le lac.

Ils s'arrêtèrent à un endroit d'où ils apercevaient le lac. La lune avait presque sombré derrière les arbres, l'eau paraissait plus sombre. Keith se dit qu'il ne leur restait plus que quelques minutes de visibilité convenable.

Le coin où ils se trouvaient était jonché d'arbres renversés, abattus, semblait-il, pour augmenter la surface de la clairière. Keith se servit de la base sciée d'un tronc pour caler le fût de l'arbalète. Il examina les alentours à travers la lunette et localisa le labrador, assis sur son train de derrière, non loin de sa barre d'attache, la tête tournée vers le lac.

Billy surveillait la maison au moyen de la lunette télescopique de son fusil. La porte vitrée donnant sur le balcon de façade entra de biais dans son champ de vision. Il murmura :

— Rien à signaler côté maison.

En déplaçant sa lunette, il découvrit le retriever.

— L'autre chien dort.

Keith pointa l'intersection des lignes de foi de la lunette sur le flanc gauche de l'animal. Le chien leva la tête et bâilla. Keith tira. À part la vibration de la corde, il n'y eut aucun bruit quand la flèche partit. Presque au même instant, le chien sursauta, lâcha un bref cri de surprise et s'affaissa. Il gémit doucement et, bientôt, se tut.

Keith roula sur le dos et banda aussitôt la corde de l'arbalète, tandis que Billy lui tendait une flèche. Keith arma et se leva d'un bond. Maintenant qu'il avait mis deux chiens hors d'état de nuire, la rapidité devenait plus importante que l'épaisseur du silence. Il lut à sa montre qu'il était 1 h 28.

Il sortit du couvert des arbres pour s'élancer droit sur le

retriever qui semblait dormir, roulé en boule à une cinquantaine de mètres. Keith avait déjà parcouru vingt mètres quand le chien se dressa, alerté. Il tira et, avant même de savoir si la flèche atteindrait son but, laissa tomber l'arbalète pour se ruer vers le chien, en dégainant son couteau dans sa course.

Le retriever hurla et fit mine de courir vers Keith, mais la flèche s'était fichée dans sa hanche gauche. Il chancela. Comme le chien se retournait pour essayer de comprendre ce qui lui arrivait, Keith sauta à genoux sur lui, lui brisant la colonne vertébrale, et lui saisit le museau, qu'il maintint fermement pour lui trancher la gorge.

Keith sentit l'animal se convulser tandis que son sang se répandait. En quelques secondes, il cessa de s'agiter.

Keith regarda la maison à cent mètres devant lui. Il n'y avait désormais plus rien entre elle et lui, plus de chiens pour avertir Baxter, mais pas non plus d'abri ou de cachette pour le protéger. Cent mètres à découvert. Il faisait sombre, mais pas autant que lorsque la lune aurait sombré derrière les arbres. Il devait attendre ce moment, comme prévu. Mais il était pris dans le feu de l'action, ivre d'adrénaline, il avait versé le sang, et il se sentait fin prêt.

Billy s'était faufilé derrière lui, dans un creux invisible au milieu des arbres, presque en face de la porte vitrée. Il pouvait ainsi couvrir Keith sans que celui-ci ne soit dans sa ligne de mire. Billy lança d'une voix étouffée :

— Keith, reviens, ou fonce, mais ne reste pas là.

Keith se retourna et lui adressa un signe de la main, le pouce levé. Billy répondit :

— D'accord, je te couvre. Bonne chance.

Keith lui tourna le dos et, sans hésiter, entama son sprint.

Pour ne pas s'alourdir, il avait abandonné son fusil, dont il n'aurait pas besoin, pour ne garder que le pistolet de police et le couteau de chasse.

Quatre-vingts mètres. Dans dix secondes, il grimperait l'escalier qui menait au balcon. Il gardait les yeux sur la vitre noire de la baie coulissante.

Soixante mètres. Il se sentait nu, dangereusement exposé, à courir comme un dératé en terrain dégagé. Si Baxter se pointait sur son balcon à cet instant, avec son fusil à lunette infrarouge, il n'aurait même pas besoin de se dépêcher, il aurait tout le temps de viser posément et même de sourire et de lui lancer une vacherie. Pourvu que Billy Marlon soit un bon tireur !

Obéissant à la sonnerie du réveil, Cliff Baxter s'était levé. Il entra dans le salon, en sous-vêtements, et alluma la lampe d'appoint. Il avait enfilé son ceinturon et son baudrier et revêtu son gilet pare-balles, mais n'avait pris ni son AK-47 ni son fusil de chasse.

Annie était à genoux au pied du rocking-chair, presque assise sur ses talons cerclés de leurs bracelets. Elle serrait le tisonnier entre ses cuisses. La pointe ressortait entre ses pieds, sous le fauteuil. Baxter ne pouvait la voir.

— Qu'est-ce que tu fais, à genoux dans le noir? s'étonna-t-il.

— Je n'arrive pas à dormir dans le fauteuil. J'allais me coucher par terre.

— Ah ouais ?

Il se dirigea vers la porte vitrée.

— Je vais réveiller les chiens.

Il empoigna son revolver, débloqua la porte et l'écarta juste assez pour glisser le canon de son revolver et tirer en l'air. Il s'apprêtait à refermer la baie quand il se figea et tendit l'oreille. Les chiens n'aboyaient pas.

Billy Marlon le couvrait, l'œil sur sa lunette, le collimateur fixé sur la baie vitrée.

Une lampe s'alluma soudain dans la maison. Quelques secondes plus tard, une silhouette se découpait dans l'encadrement de la porte. Il n'aurait su dire si c'était Baxter. La baie parut coulisser, il y eut un coup de feu. Il n'eut pas le temps d'appuyer sur la détente que la silhouette avait disparu. « Merde ! » Keith entra à cet instant dans son champ de vision, lancé dans sa course. « Bon, Bon. » Quelques mètres avant l'escalier, il bifurqua et Billy le perdit. « Qu'est-ce qu'il fout ? »

Billy Marlon demeura un instant perplexe, furieux contre lui-même, avec l'impression d'avoir d'une certaine manière trahi Keith. Il ne connaissait rien de plus frustrant que les occasions manquées, les cibles qui se dérobent. Il abaissa son fusil et, sans réfléchir, fonça à son tour vers la maison.

Trente mètres. Plus que quatre ou cinq secondes. En levant les yeux, Keith vit la maison s'éclairer. Il ne ralentit pas, mais conserva l'allure sans se laisser démonter.

Vingt mètres. Une silhouette en contre-jour surgit tout à coup derrière la baie vitrée. Keith crut voir la porte s'entrouvrir. Il prit une décision instantanée et changea de cap pour se précipiter sous le balcon, où il acheva sa course contre l'un des piliers de béton qui soutenaient la maison. Un coup de feu éclata. Keith s'appuya dos au piler, le revolver braqué vers le haut. La lumière provenant de la maison diffusait une faible clarté entre les lattes ajourées du balcon. Il garda son arme pointée en l'air à l'affût d'un mouvement au-dessus de lui, en vain. Un instant plus tard, il entendait la porte se refermer avec un claquement sourd.

Il était à peu près certain que c'était Baxter qui avait manié la porte et qu'il ne l'avait ni vu ni entendu. Sinon, il n'aurait pas allumé. Baxter avait simplement choisi le plus mauvais moment pour réveiller ses chiens d'un coup de semonce, lesquels chiens n'avaient pas réagi, et pour cause. Baxter savait qu'il avait de la compagnie.

Cliff Baxter verrouilla la porte vitrée et recula d'un grand pas, le dos au râtelier à fusils. Puis il resta absolument immobile, le Glock de Keith dirigé sur la porte. Il jeta un coup d'œil en arrière vers la lampe, allumée à cinq mètres de lui. Il était partagé entre l'envie de l'éteindre et la crainte de bouger. Il tendit l'oreille.

Il se répétait que personne n'avait pu éliminer les trois chiens à la fois, qu'ils n'étaient pas morts, que son coup de feu n'avait pas suffi à les réveiller. Mais ce n'était pas vraisemblable. *Nom de Dieu!*

Il déporta ses yeux sur sa femme, agenouillée à l'autre bout de la pièce, et rencontra son regard.

Annie soutint son regard. Elle reconnut l'expression qu'elle lui avait vue quand elle avait pointé le fusil de chasse sur lui. Elle aurait voulu sourire, tenter une moue, dire quelque chose, mais elle sentait la mort rôder, sans savoir qui elle prendrait.

Baxter sélectionna l'une des clés suspendues à son cou pour ouvrir le râtelier. Il préleva le Sako, déclencha la lunette infrarouge et actionna le dispositif de sécurité en position de tir.

Keith demeurait pétrifié au pied de la colonne de béton, le revolver toujours orienté vers le haut. Derrière lui s'étendait le garage où était rangée la Bronco, juste sous la maison. Il guettait des bruits de pas, mais tout était silence.

Il se tourna vers l'endroit où il avait laissé Billy Marlon, au bord de la clairière, au-delà du cadavre du retriever. La lune avait disparu derrière les arbres. L'obscurité avait pris possession de la clairière.

Keith se demandait pourquoi Billy n'avait pas tiré, mais il s'en félicitait. Les choses avaient dû se passer trop vite ; il n'avait pas eu le temps de réagir, ou alors il avait pensé que Keith ouvrirait le feu et s'élancerait dans l'escalier, dans sa ligne de mire. Quoi qu'il en soit, Baxter était désormais en état d'alerte, Billy à l'affût à cent mètres de là, et Keith sous les pieds de Baxter, à moins de trois mètres de lui. Il aurait préféré se trouver sur le balcon, mais au moins Baxter ignorait sa présence. Il ne lui restait plus qu'à attendre que Baxter se décide à ressortir avec sa lunette infrarouge et la question serait réglée.

Entendant un bruit, Keith scruta la clairière baignée d'ombre. Il mit quelques secondes à entrevoir un mouvement et vit alors Billy qui arrivait en courant.

Ah, l'imbécile ! Keith était furieux contre lui parce qu'il n'obéissait pas aux ordres, mais, à vrai dire, il n'en était pas vraiment étonné.

Billy franchit la distance à toute vitesse, le fusil sur la hanche, prêt à tirer, tel un fantassin attaquant une position ennemie.

De sa place, Keith n'était pas en mesure de le couvrir. Il essaya de lui faire signe de venir le rejoindre sous la maison. Mais Billy ne songeait qu'à foncer dans l'escaier. Il voulait Cliff Baxter et c'était tout ce qui comptait pour lui à cette minute.

Cliff Baxter évalua rapidement la situation. Il ne savait pas quand les chiens avaient été tués ni qui s'en était chargé, quoiqu'il eût sa petite idée sur la question. Les chiens n'ayant pu l'avertir, il ignorait où se trouvait Keith Landry à cet instant. Une goutte de sueur perla à son front et coula sur son visage. *Merde de merde!*

Il s'apprêtait à traverser la pièce pour aller éteindre la lampe quand il lui sembla percevoir un bruit au-dehors, comme si quelqu'un approchait en courant.

Billy Marlon n'était plus qu'à trois mètres de l'escalier et ne semblait pas du tout décidé à venir rejoindre Keith sous le balcon. Keith n'avait plus le choix : il était contraint de sortir de sa cachette pour voler dans l'escalier à la suite de Marlon, même s'il ne savait pas trop ce qu'ils feraient une fois arrivés en haut. Il supposait que Billy fracasserait la baie vitrée d'une rafale de fusil et qu'ensuite ils mettraient le paquet.

Keith se mit en mouvement au moment où Marlon effectuait sa dernière longue enjambée avant l'escalier de bois. Keith vit trop tard les quatre pieux émergeant du sol devant la première marche. Billy posa le pied sur un carré de terre apparemment ferme, qui n'était en réalité qu'un carré de toile ou de plastique, retenu aux quatre coins par des pieux et recouvert d'une mince couche de terre.

Keith vit la scène se dérouler comme au ralenti : le regard ahuri de Billy sentant le sol se dérober sous lui et sa chute dans le trou béant. Keith s'attendait à le voir disparaître dans une fosse profonde pour finir empalé sur des bambous effilés, comme au Viêt-nam. Mais Marlon ne s'enfonça que jusqu'aux genoux, le pied coincé dans une sorte de cône étroit. Keith entendit un claquement métallique, suivi aussitôt d'un crissement atroce de chair broyée et du cri perçant, suraigu, de Billy. Keith se figea sur place, à l'abri du balcon, à quelques centimètres de Billy. Au-dessus de sa tête, la baie vitrée coulissa.

Baxter entendit le piège se refermer, et le cri qui suivit. Il ouvrit la baie. Les cris emplirent la pièce. Il beugla :

— Je t'ai eu ! Je t'ai eu !

Au pied de l'escalier, une ombre se tordait de douleur en poussant des hurlements et en brandissant un fusil.

Baxter s'aperçut immédiatement que ce n'était pas Landry. Il s'écria :

— Mais qui... Marlon ! C'est toi, petit merdaillon !

Du pas de la porte, Baxter braqua son fusil sur Marlon.

Billy n'avait pas lâché son arme, qu'il tenait d'une main malgré les spasmes de douleur qui le secouaient. Il réussit à tirer en même temps que Baxter. La balle passa trop haut et se logea dans la cloison de bois, au-dessus de Baxter. La balle de Baxter atteignit son but et toucha Billy Marlon en pleine tête.

Presque simultanément, Keith tira trois fois à travers le plancher de bois, à l'aveuglette. L'une des balles fracassa la baie vitrée, une autre égratigna le bras de Baxter, la troisième le heurta en pleine poitrine et le projeta en arrière dans le salon, où il s'écrasa sur le sol, le souffle coupé.

Annie poussa un cri.

Baxter se releva, le fusil bien en main.

Dès qu'il entendit Baxter s'affaler dans le salon, Keith bondit en avant, empoigna la balustrade d'une main et sauta par-dessus le trou où Billy Marlon gisait sans vie. Il monta l'escalier quatre à quatre, le revolver braqué sur la porte. Ne trouvant pas trace de Baxter, il franchit le balcon d'une enjambée, plongea dans l'ouverture de la porte et atterrit en roulé-boulé derrière un long canapé, en balayant la pièce du bout de son arme.

Couché derrière le sofa, il risqua un œil, l'oreille aux aguets. Rien. À l'autre bout de la pièce, la lampe répandait une lumière parcimonieuse qui jetait des ombres grises dans le coin où il se trouvait. Le canapé l'empêchait de voir les alentours de la cheminée, dont il n'apercevait que le conduit montant à l'assaut du plafond en voûte de cathédrale. Il remarqua la tête de loup qui toisait la pièce du haut de son support.

Il était allongé sur le dos, immobile, sans cesser de promener son revolver autour de lui, en s'efforçant de contrôler sa respiration et de se représenter la disposition de la salle d'après ce qu'il en entrevoyait. Il était certain d'avoir touché Baxter, mais du bruit qu'il avait fait en s'affalant Keith déduisait qu'il portait son gilet protecteur. Il avait seulement perdu l'équilibre et s'était éloigné de la porte en rampant. Il était peut-être blessé, mais une balle de calibre 38 qui avait d'abord traversé un plancher de bois avant d'atteindre son gilet n'avait pas dû beaucoup l'amocher.

Comme le canapé et les autres meubles lui barraient la vue, Keith se rapprocha furtivement du mur. La tête et les yeux sans cesse en mouvement, il inspecta la pièce de gauche à droite, en déplaçant son pistolet de droite à gauche. Il comptait sur sa vision périphérique pour lui signaler tout ce qui n'entrait pas dans son champ immédiat et sur son instinct pour lui commander de tirer sur tout ce qui bougerait.

Keith ne savait pas qui prendrait la prochaine initiative. Ce qui était certain, c'était que les possibilités étaient désormais réduites.

Des images de Billy Marlon dansaient devant ses yeux, Billy au bar, chez John, Billy lui demandant s'il pouvait l'accompagner, Billy dans la camionnette, Billy attendant avec lui dans la forêt... Billy se tordant de douleur. Billy mort.

Il pensait aussi à Annie. Elle était ici, il le savait, elle n'était pas loin et elle aussi savait qu'il se trouvait dans cette pièce.

Keith décida de prendre l'initiative, non dans un élan d'orgueil ou de fureur, mais parce que Baxter savait qu'il y avait quelqu'un dans la pièce et qu'il avait repéré approximativement l'endroit où il se terrait, alors que Keith, lui, ignorait totalement où se trouvait Baxter.

Il commença à se dresser sur un genou et, soudain, une voix de femme lui parvint des parages de la cheminée :

— Il est couché dans le coin, à droite. Il a un pistolet.

Elle n'avait pas fini sa phrase que Keith se relevait, braquait son arme au-dessus du dossier du canapé et tirait deux coups en direction de Baxter, qui s'était tapi derrière un coffre de bois. Keith retomba derrière le divan et roula vers le mur, sur sa droite, tandis que la riposte trouait le siège de deux balles.

Keith se tint coi derrière un fauteuil rembourré.

Au cours des deux secondes qu'il lui avait fallu pour viser, il avait eu le temps d'apercevoir Annie sur sa gauche, agenouillée, nue, près de la cheminée. Il ne doutait pas qu'elle l'avait vu aussi.

Keith était certain d'avoir atteint Baxter, mais, une fois de plus, son gilet l'avait sauvé. Keith n'appréciait pas beaucoup le Smith & Wesson modèle 10 à six coups dont Baxter avait armé sa police, surtout à la minute présente, car il ne lui restait qu'une balle et il ne pouvait prendre le risque d'ouvrir le barillet pour ôter les anciennes cartouches une à une et recharger tranquillement.

Il se demanda si Baxter avait son Glock, qui comportait dix-sept coups et se rechargeait rapidement. Cela n'avait d'ailleurs plus grande importance car, maintenant que Baxter était certain d'avoir Landry en face de lui, la partie serait vite terminée.

Comme s'il avait pu lire dans ses pensées, Baxter lança :

— Ne tire pas, Landry. Je suis juste derrière elle. Je la tiens en joue. Alors, lève-toi, que je te voie, les mains au-dessus de la tête.

Le connaissant, Keith s'y attendait. Il remarqua qu'il parlait d'une voix ferme, quoiqu'un peu tendue, alors que les circonstances jouaient en sa faveur.

— Je veux voir des mains vides d'abord.

Keith n'avait plus qu'une solution. Baxter la lui avait donnée en lui tirant dessus. Il fit le mort.

Quelques secondes s'écoulèrent. Baxter reprit :

— Hé, enfoiré. Tu veux sa mort ? Montre-toi si tu es un homme ou je lui brûle la cervelle. Je plaisante pas.

La voix d'Annie s'éleva :

— Keith, ne l'écoute pas...

Suivirent l'écho d'une gifle et une exclamation de douleur.

Baxter hurla :

— Hé, le héros, tu as cinq secondes ! Après, je la descends. Un !

Keith n'était pas inquiet, Baxter ne la tuerait pas, pour

plusieurs raisons. Avant tout, il ne tenait pas à perdre son bouclier humain.

— Deux !

Keith savait que, s'il se livrait à Baxter, il ne pourrait compter sur une mort rapide. Il serra le revolver contre lui pour étouffer le bruit, ouvrit le barillet et éjecta les cartouches utilisées.

— Trois !

Keith rechargea paisiblement les alvéoles vides.

— Quatre ! Je le jure devant Dieu, Landry, si tu ne te montres pas, je la tue !

Annie cria :

— Keith ! Non, ne...

Encore une gifle, ponctuée d'une plainte. Pendant ce temps, Keith remettait son barillet en place.

— Cinq ! Tant pis pour elle.

Keith retint son souffle. Il aurait voulu bondir, hurler, tirer, se laisser abattre par Baxter, tout sauf ce que la raison commandait, à savoir ne pas bouger.

Un long silence s'abattit, que Baxter finit par rompre :

— Hé, tu es mort ou tu fais semblant ?

Keith souffla et esquissa un sourire. *Tu n'as qu'à venir voir.*

— Je ne vais pas attendre toute la nuit, Landry.

Moi non plus. Keith attendit pourtant. En tout cas, il pouvait compter sur Annie pour l'avertir si Baxter venait vers lui. Son otage, son bouclier, présentait quand même un inconvénient. Mais apparemment Baxter s'en était rendu compte, car la lumière s'éteignit soudain et la pièce se trouva plongée dans l'obscurité.

Il régnait un tel silence que Keith entendait la pendule débiter son tic-tac à dix mètres de là. Alors Baxter ricana.

— L'un de nous a une lunette infrarouge, l'autre pas. Devine lequel des deux verra dans le noir.

Keith entendit le parquet grincer, puis il perçut un nouveau craquement, plus proche, puis plus rien.

Il imaginait Baxter, planté au milieu de la pièce, en train d'examiner le sol, les murs, les meubles à la lunette. La partie était presque jouée. Il restait à Keith deux possibilités : se lever et tirer à l'aveuglette ou continuer à faire le mort absolu.

Il glissa la main droite qui tenait le revolver sous ses fesses, comme s'il était tombé mort sur son avant-bras. De la main gauche, il saisit son couteau et se découpa une entaille à la racine des cheveux, puis il étala le sang sur son visage et son œil gauche. Il remit le couteau dans sa poche et garda les yeux grands ouverts, fixés sur le plafond perdu dans l'ombre.

Baxter se rapprocha. Il était tout près, de l'autre côté du canapé. Il dit :

— Donc, tu ne fais pas semblant.

Keith ne le voyait pas, mais sentait sa présence à proximité, à trois mètres environ, à en juger par le son de sa voix. À cette distance, la vision infrarouge renverrait une image trop floue pour détecter le moindre signe de vie. Keith préféra néanmoins bloquer sa respiration et se retenir de ciller ou de bouger les yeux. Mais il ne pouvait empêcher la sueur d'humecter sa lèvre supérieure. Il sentait, devinait le faisceau de la lunette fixé sur son visage, le canon du fusil pointé vers sa gorge. Là-bas, à l'extrémité de la pièce, Annie sanglotait.

Baxter dit :

— Hé, Landry, tu fais le mort ?

Il fallait viser à la tête, mais c'était impossible dans le noir. Au mieux, Keith toucherait son gilet et, quand il tomberait à la renverse, il attaquerait au couteau.

— J'espère bien que tu n'es pas mort, tête de nœud. Je veux que tu sentes ce qui va venir.

Keith comprit que Baxter allait lui tirer dans les jambes ou dans le bas-ventre. C'était maintenant ou jamais. Il dégagea son revolver et tira trois fois, vers le haut et vers la droite, dans la direction d'où lui parvenait la voix de Baxter. Puis il roula sur lui-même, déchargea ses trois dernières balles et s'immobilisa contre le mur, près de la vitre éclatée de la porte. Il scruta l'obscurité et attendit.

Il n'avait pas entendu Baxter crier, il n'avait pas entendu les balles frapper son gilet, il n'avait pas entendu de bruit de chute. Baxter avait dû se baisser entre le moment où il avait prononcé ses derniers mots et celui où Keith avait tiré. C'était bien joué. Keith, en revanche, venait de commettre une erreur fatale. La voix de Baxter s'éleva, ailleurs :

— Adieu, connard...

Au lieu de la déflagration qu'il attendait, Keith entendit un choc sourd. Il était incapable de l'identifier, mais ce n'était pas la détonation du fusil de Baxter se déchargeant sur lui, donc il était en vie. Il se dressa et bondit vers le canapé en brandissant son couteau. Sa jambe heurta un objet qui dégringola à terre avec le même bruit sourd.

Le silence retomba et puis il y eut un grognement, et une lampe s'alluma près du canapé.

Ses pupilles mirent quelques secondes à s'adapter à la lumière. Même alors, il ne comprit pas tout de suite ce que ses yeux lui montraient.

Baxter était à genoux sur le canapé, écroulé sur le dossier, la tête et les bras affaissés devant Keith. Il portait un épais gilet de Nylon gris, le sang coulait de son bras gauche qu'une balle avait dû atteindre. Il avait les yeux ouverts, fixés sur Keith.

Le couteau toujours brandi, Keith regarda à ses pieds, où gisait le fusil à lunette infrarouge. C'était cela qu'il avait heurté avec sa jambe. Il n'avait pas touché Baxter avec son couteau, et pourtant celui-ci saignait maintenant de la bouche.

Keith sentait, plus qu'il ne la voyait, la présence d'Annie à sa gauche. Il se tourna vers elle. Elle était nue, pétrifiée, le regard lointain. Sa main tenait encore l'interrupteur de la lampe. Alors il remarqua le tisonnier qui pendait à son côté, dans sa main gauche. Elle considérait d'un air hagard la nuque de Cliff Baxter.

Baxter gémit, sa tête bascula sur le côté. Le sang s'écoulait de sa bouche.

Keith reporta son regard sur Annie. Il ne disait rien, ne bougeait pas, mais se contentait de la regarder. Elle finit par tourner les yeux vers lui.

Le canapé se dressait entre eux, mais il tendit les bras au-dessus de Baxter et lui fit signe de lui donner le tisonnier. C'est alors qu'il s'aperçut qu'elle avait les chevilles enchaînées. Il réitéra son signe, mais elle agita la tête.

Cliff Baxter émit encore une plainte. Un filet de sang courait maintenant le long de son cou. Keith s'adressa à lui, mais c'était à Annie qu'il destinait ses paroles.

— Tu l'as cherché. Tu le sais...

Baxter releva la tête. Il n'avait pas perdu conscience. Il regarda Keith et grommela :

— Je t'emmerde...

Il tenta alors de se redresser et de se tourner en dardant des regards tout autour de la pièce.

— Annie, Annie, je...

Elle leva le tisonnier très haut et l'abattit de toutes ses forces sur la tête de son mari, qui se renversa sur le canapé.

Keith avait littéralement entendu le crâne éclater et vu les yeux de Baxter sortir de leurs orbites tandis que le sang jaillissait de son nez. Keith ne fut pas surpris par ce second coup fatal. Annie savait mieux que personne ce qu'elle faisait et pourquoi.

Annie laissa tomber le tisonnier et regarda Keith.

Il lui dit :

— Ça va... Tout va bien...

Il contourna le canapé sans cesser de lui parler doucement. Elle amorça un pas timide vers lui, puis un deuxième, plus assuré, mais la chaîne la retint. Elle chancela. Il la prit par les bras et la fit asseoir dans un fauteuil. Il ôta sa chemise, lui en enveloppa les épaules, posa la main sur sa joue.

— C'est fini.

Keith s'éloigna, ramassa le tisonnier, revint vers le canapé d'un pas ferme et l'abattit avec toute la violence dont il était capable sur le crâne déjà défoncé de Baxter. Il remarqua, curieusement, que Baxter était en sous-vêtements, qu'il avait la peau claire et que ses sphincters s'étaient relâchés.

Keith jeta le tisonnier à terre et se tourna vers Annie. Il lui dit tranquillement :

— Je l'ai tué.

Elle ne répondit pas.

Il répéta :

— Annie, je l'ai tué. Il est mort. C'est fini.

Elle posa son regard sur lui. Il s'agenouilla devant elle, lui prit les mains. Elles étaient froides et moites. Il lui dit :

— Tout va bien, maintenant. Ça va aller. Nous rentrons à Spencerville.

Elle hocha la tête. Une larme roula sur sa joue.

— Merci.

De l'avis de Keith, ce n'était pas le moment de la remercier de lui avoir sauvé la vie, d'autant qu'il voulait l'amener à concevoir différemment la situation. Il lui frotta les mains en s'inquiétant :

— Tu es blessée ?

— Non.

Elle effleura son visage encore taché de sang frais qui suintait de sa coupure.

— Toi, tu es blessé.

— Non, je n'ai rien.

Elle avait un bleu au visage et des hématomes sur les jambes. Elle était pâle et glacée, et pourtant ses yeux conservaient leur éclat. Pendant qu'il serrait ses mains dans les siennes, il constata que son pouls battait vite, mais régulièrement.

— Tu vas bien. Tu es solide.

— Il a les clés autour du cou. Je veux me débarrasser de ça. (Elle secoua les bracelets fermés sur ses chevilles.) Je veux les enlever.

Il lui sourit.

— Bien sûr.

Il se leva, s'approcha du corps de Baxter et lui arracha la chaîne. Puis il revint s'agenouiller devant Annie. Tandis qu'il essayait les clés une à une, il remarqua le cadenas et le piton accroché par son anneau.

— Comment as-tu fait ?

— Je l'ai dévissé avec le tisonnier.

Il approuva d'un signe. Il ôta les bracelets et lui massa les chevilles.

— Ça va mieux ?

— Oui.

— On va t'habiller et filer d'ici.

Elle semblait incapable de bouger, mais, quand son regard tomba sur le corps de Baxter affaissé sur le divan, elle murmura :

— Oui. Je veux m'en aller. Aide-moi.

Il l'aida à se lever, en l'obligeant à tourner le dos au cadavre. Il l'entoura de son bras et l'accompagna tandis qu'elle se dirigeait vers le couloir, enveloppée dans sa chemise.

Elle s'arrêta et se dégagea.

— Je peux me débrouiller. Attends-moi ici. J'en ai pour quelques minutes.

— Entendu.

Elle hésita, et puis elle demanda :

— Il y avait quelqu'un avec toi, n'est-ce pas ?

— Oui. Billy Marlon.

— Il est mort ?

— Oui.

— Je suis désolée.

— Tu n'y es pour rien.

Elle regarda Cliff, puis Keith :

— C'est moi qui l'ai tué.

Il ne protesta pas.

Elle mit la main sur sa joue et plongea son regard dans le sien. Après un long silence, elle déclara :

— Je savais que tu viendrais.

— Je te l'avais promis.

— Au moins... j'espère que tu trouves que j'en valais la peine.

Il lui sourit et répondit par un baiser.

— À quoi servent les amis ?

43

La camionnette de Billy Marlon filait au sud sur la Route 127. Quand Keith et Annie atteignirent la limite de l'Ohio, l'aube se levait sur les champs et les haies nappés de givre.

Keith jeta un regard à Annie :

— Tu ne veux pas essayer de dormir ?

— Je veux rester éveillée pour te regarder.

Il sourit.

— Je ne suis pas au mieux de ma forme.

— Tu es superbe.

— Toi aussi.

En fait, ils n'étaient ni l'un ni l'autre très beaux à regarder, même si Annie s'était un peu maquillée. Elle portait un col roulé blanc sur un jean. Elle avait nettoyé et pansé [illegible]e qu'il s'était ouverte au couteau, mais aucun d'eux [illegible]avait eu le courage de prendre le temps de se doucher ni d'emballer les affaires d'Annie. Ils n'avaient pas non plus récupéré les fusils. Il y avait eu entre eux une sorte d'accord tacite pour tout abandonner et quitter au plus vite cette maison de l'épouvante.

Il lui dit :

— Je suis entré chez toi par effraction avant d'aller à Grey Lake. Je voulais que tu le saches.

— C'est pas grave. (Un sourire dansa sur ses lèvres.) Toi qui es si bien élevé, tu as trouvé la maison en ordre ?

— C'est une jolie maison. Et tu es une maniaque de la propreté.

— Mais la souillon en moi ne demande qu'à sortir.

— Bien.

Ensuite, ils roulèrent en silence. Quand ils parlaient, ils faisaient peu ou pas d'allusions aux trois derniers jours.

Elle lui tenait la main depuis leur départ. Même quand il changeait de vitesse, elle gardait sa main sur la sienne. Cela rappelait à Keith l'époque où ils étaient au lycée, quand, ne pouvant emprunter la voiture familiale, il allait la chercher avec le camion de la ferme et qu'elle laissait sa main sur la sienne même quand il manœuvrait le levier de vitesse.

Keith déclara :

— La journée s'annonce belle.

— Oui. J'aime assister au lever du soleil. (Elle ajouta :) Surtout aujourd'hui.

— Certes.

Un moment plus tard, il reprit :

— Billy Marlon m'a dit que tu l'avais toujours traité avec gentillesse. Il t'en était reconnaissant.

Elle resta silencieuse.

Keith continua :

— Il tenait à venir. Il avait un compte à régler.

— Je sais. Je suis au courant pour sa femme.

Keith acquiesça. Annie commenta :

— J'ai toujours su qu'un jour ou l'autre Cliff devrait payer la note. (Elle souligna :) Il l'avait vraiment cherché.

— C'est généralement le cas.

— Tu l'aurais tué ? Je veux dire, si tu t'étais trouvé en état de légitime défense.

— Je ne sais pas. Je ne sais vraiment pas.

— Moi, je ne crois pas. Ça ne fait rien. Tu es foncièrement bon. Et tu m'avais fait une promesse. Moi, je n'avais rien promis à personne.

Il changea soudain de sujet :

— On va s'arrêter dans un Restoroute, un peu plus loin. Je t'offre un petit déjeuner.

— Je fais peur à voir. Et toi aussi.

— J'ai quelqu'un à rencontrer.

— Oh... l'homme à qui tu as téléphoné du cabanon ?

— Oui.

— Ton ami de Washington ?

— Oui.

Elle n'en dit pas davantage. Quelques minutes plus tard, Keith se garait devant un Restoroute, peu après le péage de l'Ohio.

Annie déclara :

— Je reste dans la voiture.

— Non, je veux que tu fasses la connaissance de Charlie et que tu appelles ta sœur.

Ils descendirent de la camionnette et entrèrent dans la cafétéria.

Charlie Adair était installé dans un box, près d'une fenêtre, arborant le premier et dernier costume britannique qu'on verrait jamais dans ces parages. Il lisait un journal en fumant devant un café. Il se leva à leur approche et leur dédia un grand sourire.

— Bonjour.

Keith et Charlie échangèrent une poignée de main. Keith dit :

— Charlie Adair, je te présente Annie Baxter.

Il lui prit la main.

— Je suis content que vous ayez pu venir.

— Merci. Je suis contente d'être ici.

Ils s'assirent. Charlie commanda deux autres cafés et déclara :

— Cet endroit me plaît. Tout le monde fume.

Il s'adressa à Annie :

— Vous permettez que je fume ?

Annie accepta d'un signe de tête.

Charlie ralluma une cigarette et lui expliqua :

— Keith et moi avons eu des mots avant son départ pour le Michigan et nous voulions nous présenter mutuellement des excuses de vive voix.

— Et vous vouliez voir à quoi je ressemblais, compléta Annie.

— Absolument. Vous êtes très jolie.

— Je le suis d'ordinaire, mais pas en ce moment.

Charlie sourit.

— Ce n'est pas mon avis. Je n'ai pas l'intention de vous enlever Keith, alors soyons amis.

— D'accord.

Keith glissa à Annie :

— Il ne faut pas croire un mot de ce qu'il dit.

— Je m'en étais déjà rendu compte.

Charlie les gratifia d'un autre de ses sourires.

On leur apporta leurs cafés. Ils se mirent à boire. Charlie dit à Annie :

— En tout cas, là, vous pouvez croire ce que je vous dis : Keith Landry est le type le plus honnête, le plus courageux et le plus loyal que je connaisse.

— Je sais, assura-t-elle en souriant.

Keith intervint :

— Je crois qu'en voilà assez.

Il dit à Charlie :

— La femme que tu vois là m'a sauvé la vie.

Charlie hocha la tête.

— Tu as une sacrée dette envers elle.

Annie rectifia :

— En réalité, Keith a risqué sa vie pour sauver la mienne.

Keith martela encore :

— Assez.

Charlie annonça :

— L'Oncle Sam se propose de vous offrir le petit déjeuner. Sans contrepartie si c'est moins de dix dollars.

Ils agitèrent la tête comme un seul homme.

Charlie demanda :

— Avez-vous besoin d'argent ?

— Non, nous avons ce qu'il nous faut, répondit Keith.

— Ainsi, vous vous connaissez depuis la prime jeunesse. C'est merveilleux. Qui était le meilleur en classe ?

— Moi, dit Annie. Il était étourdi comme un papillon.

Charlie sourit.

— Ça dépend pour quoi. Il lit couramment le russe. Vous saviez ça ?

— Nous n'avons jamais abordé ce sujet et nous n'en aurons sans doute plus l'occasion.

Charlie éclata de rire.

Ils burent une gorgée de café. Alors Charlie dit à Annie :

— Je sais que vous avez traversé une épreuve sans doute assez pénible et je vous remercie d'avoir accepté de vous arrêter pour bavarder un peu.

— Je suis bien certaine que, quand j'aurai quitté cette table pour aller passer mon coup de fil, vous laisserez tomber le bavardage futile.

Charlie la considéra.

— On se retrouvait toujours quelque part à ses retours de mission, généralement dans un bistrot d'une petite ville proche d'une frontière périlleuse. Alors cette rencontre, aujourd'hui, nous rappelle le bon vieux temps. On prenait un café ou un verre ensemble. Je le mettais au courant des derniers événements sportifs. On ne parlait de son voyage que beaucoup plus tard. Mais cette fois, comme je ne pense pas le revoir avant longtemps...

Annie se leva.

— Je vais passer mon coup de fil.

Keith et Charlie se levèrent tandis qu'elle s'éloignait, sous les yeux ébahis des routiers présents.

Ils se rassirent. Charlie opina :

— Une femme bien. De la présence, de jolis yeux, un joli visage, une jolie silhouette. Mauvais goût dans ses choix masculins.

— On dirait.

— Toujours amoureux ?

— Oui.

— Le mari gênant n'est plus de ce monde, j'imagine.

— Plus du tout.

— Tu as besoin d'un service de nettoyage ?

— Oui. Il est dans le cabanon. Billy Marlon est à l'extérieur.

Charlie hocha la tête.

Keith lui indiqua comment trouver le cabanon et précisa :

— Je veux qu'on enlève tout ce qui appartient à Annie. Je veux qu'on rapatrie le corps de Marlon. Si tu décides de tout brûler, parfait. À toi de voir. Ensuite, quelqu'un pourra adresser un coup de téléphone anonyme à la police locale. Ils se débrouilleront.

Charlie hocha encore la tête.

— On s'en occupe. Que fait-on du corps de Marlon ?

— Trouve ses plus proches parents à Spencerville. Il a une ex-femme et des enfants à Fort Wayne et une ex-femme prénommée Beth à Columbus, Ohio. Je veux qu'il ait un enterrement militaire avec les honneurs à Spencerville.

— Entendu. Dis, tu es heureux ou malheureux ?

— Les deux.

— Elle t'a vraiment sauvé la vie ?

— Oui. Elle lui a éclaté la tête avec un tisonnier.

— Aïe ! En dehors du fait qu'il a essayé de te tuer, je suppose qu'il le méritait.

— Au-delà de ce qu'on peut imaginer.

— Comment elle prend ça ?

— Bien.

— Ça risque d'être un peu moins évident plus tard, tu sais, quand elle subira le contrecoup. Avec les enfants, et tout. Tu vois ?

— Elle surmontera. Mais personne n'a besoin de savoir ce qui s'est passé là-bas.

— Personne ne le saura jamais.

— Merci.

Charlie raccrocha un sourire à ses lèvres.

— Ainsi, tu t'es débrouillé tout seul. Mais c'est à moi de ramasser les morceaux.

— C'est ce que tu fais le mieux.

— C'est un service gratuit que je te rends là ?

— Certainement.

— Je ne peux rien espérer en retour ?

— Absolument rien.

— Tu reviens ?

— Non.

— C'est définitif ?

— Oui.
— Bon. Je vais peut-être prendre le poste.
— Fais comme chez toi.
Annie reparut. Les deux hommes se levèrent à nouveau et sortirent du box. Keith dit à Annie :
— Nous partons.
— Bon. (Elle tendit la main à Charlie.) J'ai été ravie de vous rencontrer. J'espère que nous aurons l'occasion de nous revoir.
— Mais oui. Je veux que vous soyez mes invités à Washington.
— C'est très aimable à vous.
Charlie s'empara de la main de Keith.
— Bonne chance, mon ami. Nous nous retrouverons dans de meilleures circonstances.
— Je n'en doute pas.
Ils se firent leurs adieux, et Keith et Annie partirent et regagnèrent la camionnette.
Keith reprit la route et demanda à Annie :
— Tu as pu avoir Terry ?
— Oui. Elle est heureuse et soulagée. Elle m'a chargée de te remercier.
— Tu lui as dit pour lui ?
— Oui. Elle a dit : « Paix à son âme. »
Keith se tut.
Ils poursuivirent leur route vers le sud, vers Spencerville. Annie déclara :
— Charlie est un garçon charmant.
— Très charmant.
— C'était ton patron ?
— Oui, mais il n'a jamais pris la hiérarchie très au sérieux.
Elle resta un moment silencieuse avant de lui demander :
— Tu veux y retourner ?
— Non.
— Pourquoi ? Ce devait être très passionnant et gratifiant. Que vas-tu bien pouvoir faire après une vie pareille ?
— Cultiver le maïs.
Elle posa son regard sur lui et bredouilla :
— Keith... tu sais pour ta maison ?

— Oui.

— Je suis désolée.

— Ce n'est pas grave, Annie. La terre est toujours là et il y avait déjà eu deux maisons avant celle-ci. J'en construirai une quatrième.

Elle parut songeuse.

— Je t'aurais bien proposé de venir habiter avec moi, mais je crois que je ne pourrai plus vivre dans cette maison.

— Non, en effet.

— Non... Eh bien... que...

Elle chercha son regard.

— Quels sont tes projets ?

— Eh bien, avant tout, je vais t'emmener à Rome pour que nous puissions voir le Colisée de nuit, ensemble cette fois.

Elle sourit, lui mit la main sur l'épaule et murmura :

— Bienvenue chez toi, Keith.

REMERCIEMENTS

Je tiens à remercier les trois confrères écrivains qui m'ont apporté les lumières de leur savoir : Pete Earley, Washingtonien distingué ; Tom Block, pilote de ligne et romancier ; John Westermann, officier de police et romancier.

Mes remerciements vont aussi aux membres de ma belle-famille, habitants de l'Ohio : Al et Carol Schad et Mike et Melinda Myers, pour leur hospitalité et l'aide qu'ils m'ont apportée lors des recherches effectuées pour ce livre.

Ma reconnaissance particulière à Larry Kirshbaum, président de Warner Books, qui a mis cette histoire sur le droit chemin.

Enfin, toute ma gratitude aux premiers lecteurs et critiques de ce livre : Pam Carletta, mon assistante ; Nick Ellison, mon agent ; Nancy Neiman, mon éditeur ; et, naturellement, Ginny DeMille, diplômée d'anglais de l'université de l'Ohio, épouse patiente et amie fidèle.

Achevé d'imprimer en février 1998
sur les presses de l'Imprimerie Bussière
à Saint-Amand (Cher)

POCKET - 12, avenue d'Italie - 75627 Paris Cedex 13
Tél. : 01-44-16-05-00

— N° d'imp. 199. —
Dépôt légal : septembre 1997.

Imprimé en France